上海
应急管理报告

2008-2012

上海市突发公共事件应急管理委员会办公室 编著

SHANGHAI YINGJI GUANLI BAOGAO

上海人民出版社

● 市长韩正检查值班工作并通过城市交通监控系统察看道路交通情况

● 常务副市长杨雄为世博平安志愿者颁奖

● 副市长屠光绍检查在建金融大厦工地安全管理

● 副市长艾宝俊、副秘书长肖贵玉实地检查危化品运输车辆安全

● 副市长唐登杰、副秘书长沙海林察看粮食储备和安全管理工作

● 副市长胡延照、副秘书长周波出席全国安全生产电视电话会议

● 副市长张学兵检查人员密集场所消防安全工作

● 副市长沈骏、副秘书长尹弘赴上海海上搜救中心慰问"智利国航瑞马"轮应急抢险救助人员

● 副市长沈晓明、副秘书长翁铁慧在世博园区检查医疗保障和食品安全工作

● 副市长赵雯、副秘书长薛潮检查指导F1赛事安全保卫工作

● 副市长姜平、副秘书长王伟视察社区建设和安全工作

● 副秘书长、上海世博局局长洪浩看望世博一线安保人员

● 副秘书长蒋卓庆出席本市危险化学品安全责任保险试点工作推进会议

● 市政府总值班室应急值
守人员在联络核实突发事
件信息

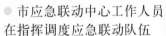

● 市应急联动中心工作人员
在指挥调度应急联动队伍

● 上海海上搜救中心组织
处置海上失事船舶

● 市应急救援总队组织开展
人员搜救演练

● 市医疗急救人员
开展应急演练

● 市公安警航队组织开展多
警种联合救援演练

● 市民防特种救援队在地下商城
开展危化品侦检演练

● 市政工程人员应急抢修燃气管道

● 电力抢修队伍抢修线路故障

● 防汛部门组织防汛墙加固

● 上海医疗救援队紧急奔赴地震灾区

● 上海民防应急车辆在震区开展救援保障

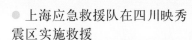

● 上海应急救援队在四川映秀
震区实施救援

● 本市各届踊跃为震区捐款

● 上海口岸对来自疫情爆发区的墨西哥包机进行检验检疫

● 浦东机场检验检疫人员对来自疫区的国际航班旅客实施体温检测

● 医疗卫生机构科学组织诊疗

● 社区普及甲流预防知识

世博安保队伍举行宣誓仪式

世博运营指挥中心工作人员坚守值班岗位

安保人员有序引导世博参观者

● 组织开展"平安世博"隧道反恐演练

● 世博园区成功应对大客流

编辑委员会

主　任：洪　浩
副主任：熊新光
委　员：姚　凯　沈伟忠　瞿介明　刘　凯　张海涛　吕耀东

编　辑　组

组　长：谭维勇　刘　霞
副组长：邹勇杰　赵　俊
成　员：(按姓氏笔画排序)

丁　键	方长勇	王爱洁	王　震	王立慷	王华亭	王喜芳
何海闽	郭　盛	邓正荣	孙剑勇	叶晓华	叶建荣	朱国强
朱轲冰	严　晓	宋耀君	周小跃	苏国平	黄建伟	张　晖
张凌翔	张　铭	范建军	李德宝	杨　凡	杨力敏	杨金伟
杨晓东	邵祺翔	高正甫	吴金城	陆　勤	陆善鹏	肖功建
陈　阳	沈　坚	金　鑫	罗晓平	殷　飞	赵　兵	赵　克
赵清永	胡　滨	胡　欣	顾旭东	顾铖祎	施育官	姜　鑫
祝贤高	夏建民	殷光霁	黄　栋	黄　烨	谢海鹏	应志松
董幼鸿	韩素友	蒋卫平	蒋自豪	龚波涛		

前　言

自 2008 年本届政府成立以来，按照党中央、国务院的统一部署，本市围绕保障城市运行安全的主线，以"一案三制"（应急预案、应急管理体制、机制和法制）建设为主要内容，全面加强应急管理工作，基本建立起符合国家总体要求、适应上海特大型城市公共安全保障需要的应急管理新模式，形成了纵向对应、横向协同，网格化、全覆盖的应急管理工作格局。

根据上海市突发公共事件应急管理委员会的要求，我们组织编写了《上海应急管理报告》（2008—2012）一书。该书真实记录了本市应急管理近五年来走过的不平凡历程，全面总结了应急管理实践的经验教训，充分展示了应急战线广大干部职工解放思想、开拓创新的精神风貌和智慧。该书的出版，将对进一步加强应急管理工作、提升城市应急管理水平起到有益的借鉴和促进作用。

当前，上海城市发展日新月异，功能设施日益改善，但影响城市安全运行的敏感性、关联性和突发性的内外部因素进一步增强，使得城市安全的脆弱性有增无减，全市应急管理工作面临的形势依然严峻，任务十分艰巨。我们要认真学习贯彻党的十八大和市第十次党代表大会精神，坚持以邓小平理论、"三个代表"重要思想、科学发展观为指导，加强和创新社会管理，不断提升应急管理能力和水平，充分依靠和发动全社会的力量，努力保障城市运行安全，为加快实现"四个率先"，加快建成"四个中心"和社会主义现代化国际大都市作出新的更大贡献。

最后，谨向全市应急管理工作者以及为本书编写出版付出辛勤劳动的同志们表示衷心的感谢。

编辑委员会

2012 年 12 月

目　录

第一部分
领 导 要 论

探索上海特大型城市应急管理新模式

韩　正

加强应急管理,是全面落实科学发展观、构建社会主义和谐社会的重要内容。对上海这样的特大型城市来说,加强应急管理工作尤其重要。近几年来,按照中央要求,结合自身实际,上海始终把加强应急管理工作摆在十分重要的位置,积极探索符合特大型城市特点的应急管理新模式,取得了一定的成效。

一、充分认识加强应急管理工作的重要性和紧迫性,把加强应急管理作为政府必须强化的重要职能之一

社会主义市场经济条件下,社会管理和公共服务是政府必须强化的重要职能。应急管理作为一项综合性、系统性和公共性非常强的工作,是社会管理和公共服务的重要内容。上海是一个特大型城市,地域小、人口多、建筑密集,经济要素高度集聚,一旦发生突发事件,上海遭受的损失和由此造成的国内国际影响将比其他城市大得多。因此,加强应急管理,确保城市安全,对上海来说更具有重要性和紧迫性。市委、市政府高度重视应急管理工作,将其作为社会管理的一项重要工作来抓,主要是基于以下三点认识:

一是城市规模越大、现代化水平越高,诱发突发事件的因素越多。上海中心城区地下管线系统复杂,密度非常大。供水管道长约1.2万公里,排水管道长约6 300公里,燃气管道长约1.7万公里,平均每平方公里的供水、排水和燃气管道长度约为54公里。因此,上海发生"生命线工程"事故的几率比其他城市大得多。特别是近几年,一些非传统的安全风险比如破坏活动、恐怖活动等,主要以大城市为目标,使得大城市面临的考验和挑战更为严峻。

二是城市规模越大、现代化水平越高,预防和处置突发事件难度越大。以上海交

通系统为例,如果发生大雾等灾害天气,不仅海港、空港、过江轮渡要关闭,而且高架道路、地面道路、越江通道都将受到影响。个别的事故,如果预案不到位、处置不果断,容易演变成局部的、区域性的交通拥堵,甚至导致交通瘫痪。又比如,上海人口多、密度大、人员流动频繁,一旦发生流行性传染病,控制疫情传播的难度也非常大。

三是城市规模越大、现代化水平越高,突发事件可能造成的危害和损失也越大。目前,上海 8 层以上建筑超过 1.2 万幢,其中 30 层以上建筑超过 700 幢;轨道交通客运量屡创新高,2007 年"十一"期间,客运总量超过 1 650 万人次,其中,单日最高峰超过 280 万人次。高层建筑、轨道交通一旦发生火灾、恐怖袭击等突发事件,后果不堪设想,可能造成的人员伤亡、财产损失和潜在损害将无法预计。

二、适应新形势、新情况、新要求,加快建立健全符合上海特大型城市特点的应急管理新模式

从 2001 年起,上海就开始探索建立城市应急管理体系。最初是从防灾减灾角度出发,构建城市综合减灾和紧急处置体系。2003 年"非典"的爆发,凸显了全面加强应急管理工作的重要性。根据国家总体要求,结合自身实际,上海在原有灾害事故处置体系的基础上,加快建立健全符合上海特大型城市特点的应急管理新模式。

(一) 上海特大型城市应急管理新模式的突出特点

相对于传统的应急管理体系,上海特大型城市应急管理新模式具有五个方面的鲜明特点:

一是综合性更强。打破了原来按事件类型设置应对机构、分别进行应急处置的传统模式,设立了全市统一的应急管理指挥和协调机构,有利于更好地适应突发事件综合性、衍生性的特点,充分发挥不同部门的协同联动作用。

二是应急反应更快。在"测、报、防、抗、救、援"六个环节紧密衔接,整体联动,大大缩短了反应和行动时间,有利于在突发事件发生伊始,就将其控制在一定范围内。

三是覆盖面更宽。建立了市、区、街道(乡镇)三级应急管理网络,纵向到底、横向到边,覆盖了全市所有地域和各类突发性灾难事故。

四是保障更有力。按照分工明确、优势互补、常备不懈的原则,建立包括信息、通信、指挥技术、工程、队伍、交通、医救、治安、物资、资金、科研和立法等多项内容的突发事件紧急处置保障体系。

五是防范更严密。从过去单纯强调处置,向预测预警、紧急处置、恢复重建并重转

变,强化了突发事件发生前的防范和监测工作,建立了信息共享、机制优化、防患未然、科学减灾的突发事件应对体系。

(二)上海特大型城市应急管理新模式的主要内容

上海建立健全特大型城市应急管理新模式的基本思路,是按照"以人为本、预防为主、统一领导、分级负责、依法规范、加强管理、快速反应、协同应对、依靠科技、资源整合"的要求,着眼于特大型城市的实际,突出"测、报、防、抗、救、援"六要素,推进组织整合、信息整合和资源整合,着力构建以预案体系、管理体制、运行机制、保障制度为主要内容的综合应急管理体系。

1. 防患未然,建设应急预案体系。按照国家关于应急预案建设的要求,上海本着"预防与应急相结合、常态与非常态相结合"的原则,在完善原有灾害事故处置预案的基础上,形成了以 1 个市总体预案、19 个区县分预案、51 个专项和部门预案、部分市级基层应急单元预案和重大活动应急预案为主体的应急预案体系,基本涵盖了突发事件应对的各个方面、各个环节。在应急预案的制定中,上海做到"三个注重":一是注重预防性。重点强化防汛防台、火灾、轨道交通事故等上海市发生概率较高事件的应急预案建设;二是注重针对性。预案要"管用、能用",吸收应对各种突发事件的经验和教训,能够解决问题;三是注重动态性。在实践中检验预案,并不断修正、充实和完善。

2. 加强领导,建立应急管理体制。在体制建设方面,上海从突发事件的固有特点出发,立足于特大型城市实际,吸取国外大城市应急管理经验,努力建立有利于快速高效决策和资源统一调度的指挥协调系统。核心内容是三点:一是实行行政领导负责制。应急管理工作实行集中统一领导,一把手对辖区内突发事件预防及处置负有重要责任。二是建立健全分类管理、分级负责,条块结合、属地管理为主的应急管理体制。在市级层面,成立了市应急委,部署全市突发事件应急管理工作,下设应急办作为日常办事机构;防汛、防震等指挥部是应对突发事件的专业协调机构;有关委办局是应对各类突发事件的工作机构。区县层面,也相应成立了应急管理领导机构、办事机构和工作机构。市与区之间、协调机构与工作机构之间各司其职,相互配合,充分发挥上海"两级政府、三级管理、四级网络"的体制优势。三是加强基层应急管理单元建设,实行网格化、全覆盖,这是上海推进应急管理重心下移的一项重要举措。针对可能影响和威胁城市安全的薄弱环节,全市遴选出洋山深水港、上海化工区等一批市级基层单元和区县级基层单元,强化区域、时段、环节全覆盖,形成条、块、点相结合的工作格局。

3. 明确责任,完善应急运行机制。围绕统一指挥、反应灵敏、协调有序、运转高效的目标要求,着力强化三方面机制:一是预测与预警机制。上海已基本建立气象、地震、海洋灾害等自然灾害监测预警预报体系,不少灾种监测预报设施和网络已初具规模。同时,通过强化事故灾难风险隐患排查,有效增强了突发事件的预防和预警能力。二是指挥处置机制。重点是依托市应急联动中心,建立统一的应急处置指挥平台。市应急联动中心负责受理全市范围内各类突发事件报警,实施统一指挥、分级处理。接警后,首先组织应急联动单位进行即时处置。一旦发生先期处置仍不能控制的紧急情况,则报请市应急委直接决定,启动相应应急预案。在必要时,设立市应急处置指挥部,实施应急处置工作。三是恢复与重建机制。在突发事件处置完毕后,进入善后处理阶段。对伤亡人员及征用物资给予抚恤和补偿,对受灾情况进行评估,采取有效措施,恢复正常生产生活。

4. 整合资源,强化应急保障制度。包括多个方面:一是通信保障。依托公务网和政务内网等系统建设,形成了贯通各区域、各灾种管理部门和重点防护目标的信息交换网络。二是队伍保障。以公安、消防、防汛、抗震、医疗等专业队伍为基本力量,整合各方面人员资源,形成了综合性应急队伍体系。三是经费保障。市财政逐年加大对应急管理的资金投入,使突发事件的应对得到有力保障。四是物资保障。形成了一套应急物资统一规划、统一调配的管理体系。此外,还有医疗保障、科技保障、交通运输保障等。

三、认真贯彻《中华人民共和国突发事件应对法》,进一步强化上海应急管理各项工作

《突发事件应对法》的出台,标志着我国应急管理工作进入了一个新的阶段。《突发事件应对法》作为我国第一部规范应急管理工作的法律,反映了对突发事件应对工作规律性认识的不断深化,将有力地推动我国应急管理工作的开展。下阶段,要以贯彻实施《突发事件应对法》为契机,不断强化上海应急管理各项工作,进一步提高应急管理能力和水平。

(一) 深入宣传,切实增强公众应急管理意识

应急管理是一项复杂的社会系统工程,提高公众的应急管理意识具有十分重要的作用。围绕《突发事件应对法》的出台,深入做好应急管理宣传工作。一是加大对《突发事件应对法》的宣传力度。组织各区县、各部门、各单位学习《突发事件应对法》,增强政府工作人员的危机意识、责任意识和法治意识。将该法纳入全市"五五"普法教育体系当中,充分利用各种宣传手段,让全社会广泛了解这部法律的重大意义、立法背景

和主要内容。二是加大对应急管理知识的推广普及力度。通过开展贴近实际、简便易学和群众喜闻乐见的应急科普宣教活动,全面普及预防、避险、自救、互救、减灾等应急知识,增强公众维护公共安全意识和自我防护意识,提高全社会应对突发事件的能力。

(二) 扎实推进,不断夯实应急管理基础工作

以完善"一案三制"为重点,进一步强化上海应急管理各项工作。"一案",就是深化完善应急预案体系。狠抓预案落实,确保其中各项规定和措施落到实处,在突发事件应对中发挥最大作用;狠抓预案完善,根据实践发展不断修订和补充。"三制",就是健全应急管理体制、机制和法制。健全应急管理体制,重点是全面深化市、区两级基层应急管理单元建设,将应急单元建设与网格化管理有机结合,提高基层预防和处置突发事件能力;健全应急运行机制,核心是整合现有资源、提高处置效能。要在预防预警、应急处置、恢复重建等各个环节,加强纵向之间、横向之间、内外之间的联动,形成整体合力;健全应急法制,主要是按照《突发事件应对法》的要求,制定并完善上海市应急管理地方性规章,把应急管理各类行为纳入法制化轨道,提高依法应对突发事件能力。

(三) 加强演练,提高应对突发事件实战能力

加强应急演练,是及时发现安全隐患、提高应急实战能力的重要手段和有效途径。通过实战性强的应急演练,暴露薄弱环节,消除安全隐患,加强协同配合,确保一旦有事,能够迅速应对,拉得出、用得上、顶得住。重点加强两类应急演练:一类是大规模综合性应急演练。这类应急演练涉及范围广,常常跨地区、跨部门、跨单位,参与人员多,要在演练中磨合好、协调好、配合好,提高应急协同能力;另一类是低概率突发事件的应急演练。这类突发事件平时发生得少,应对经验不足,但一旦发生会造成严重影响,必须通过应急演练,增强实战感,掌握紧急处置技能。

做好应急管理工作意义深远,责任重大,任务紧迫。随着上海城市的发展,突发事件的类型和形式也在发生变化。上海将不断地总结经验教训,继续探索和完善适合特大性城市特点的应急管理新模式,提高预防和处置突发事件的能力,确保上海城市安全、社会稳定和人民生命财产不受损失。

(市长韩正在《中国应急管理》上发表的文章)

坚持积极预防　强化有效应对

杨　雄

加强应急管理,提高预防和处置突发公共事件的能力,是关系国家经济社会发展全局和人民生命财产安全的大事,是坚持以人为本、执政为民的重要体现,是全面履行政府职能,进一步提高执政能力的重要方面,是构建社会主义和谐社会的重要内容。上海市委、市政府认真贯彻党中央、国务院的决策部署,大胆实践,不断创新,紧紧围绕"为城市安全运行设防"的中心任务,以确保"安全世博"为目标,坚持积极预防、强化有效应对两大工作环节,在实践中确立常态管理与非常态管理相结合,综合管理和分类管理相衔接,防范与处置并重等三个工作模式,扎实推进城市应急管理工作,有效地保障了城市的安全运行。

一、围绕一个中心任务

"为城市安全运行设防",就是要通过建立各种有效的风险应对机制,为促进多元文化的融合、促进经济的繁荣,推动城市科技的创新、完善城市社区结构、加强城乡二元结构互动互通提供最大程度的公共安全保障。

上海世博会的主题是:城市,让生活更美好。按照世博会主题演绎,它用一种"和谐城市"的理念回应了对城市生活的美好诉求。现代城市面临的种种挑战,包括各类自然灾害、事故灾难、公共卫生事件和社会安全事件,恰恰是人与自然、人与人、精神与物质之间各种关系的失谐。历时184天的上海2010年世博会,预计参展国家和国际组织将达到200个,国内外参观人数将达到创纪录的7 000万人,单日最高参观人数峰值可能超过80万人次,届时,还将有大量国际、国家领导人光临世博园区,是对城市安全保障和应急管理水平的全面考验。

二、把握两大工作环节

（一）坚持积极预防

居安思危、预防为主，是应急管理工作的指导方针，坚持预防重于处置的理念，是整个应急管理工作的基点和主线，预案、预测、预报、预警、预演处处体现预防的第一价值，强调全力做好突发公共事件的预防工作，做到常备不懈，有备无患，防患于未然。近年来，围绕"积极预防"的理念，上海着力完善了全覆盖的应急预案体系；加强公共安全风险隐患排查和监管；向全市570万家庭免费发放了《市民防灾必读手册》，以增强市民的防灾减灾意识、提高自救互救能力；实施上海市应急管理科普宣教方案，增强应急管理工作社会预警、全民参与的协同能力；结合实际先后举行了反恐怖、海上搜救、危化品、防控禽流感、地铁磁悬浮等专项应急演练。

（二）强化有效应对

协同应对、快速反应这是加强应急管理工作的基本要求。应急反应效率的高低，直接决定了人民群众的生命和财产损失的大小，必须加快形成政府统一指挥，各部门协同配合、全社会共同参与的应急管理工作格局。围绕"有效应对"的理念，上海着重强化了两种能力的建设：一是做实应急联动平台，在完善23家已接入单位联动功能的基础上，继续扩大接入范围，着力提高统一指挥、协调有序的应急联动处置能力；二是组织实施市应急指挥室改造，配合800兆数字政务集群共网建设，着力提升运转高效、反应灵敏的指挥调度保障能力。

三、确立三个工作模式

（一）常态管理与非常态管理相结合

1. 以应对非常态的需求，提升常态管理的水平。开展基层应急管理单元建设，是上海贯彻全国应急管理工作会议精神，积极推进应急管理工作进社区、进企业、进农村、进学校的重要举措。结合上海特大型城市的特点，适应推进和深化应急管理工作的要求，对重点区域的应急力量和资源配置进行适当的调整，用一种应对非常态的需求，谋划常态管理工作的新格局，提升常态管理的水平。基层应急管理单元建设通过落实组织体系、应急预案、应急保障、工作机制和指挥信息平台五个应急管理要素建设，实现覆盖管理区间（整个基层单元区域范围）、覆盖管理环节（包括"测、报、防、抗、救、援"六环节)、覆盖管理时限(全天候和全时段)、覆盖管理对象(基层单元可能应对的各类突发公共事件),通过确定比选标准、明确"事件部件"、落实管理要素,已取得阶段性的成果。首批确定市级基层单元共九个。包括:洋山深水港区、上海化工区、浦东和虹桥国际机场、铁路上海站(包括铁路上海南站)、轨道交通站点、民防工程及地下空间、宝钢、世博会园区、上海石化。

2. 加强常态管理,预防和应对非常态的突发事件。依托我市现有的应急管理工作基础,形成完整的应急管理工作体系与常态管理相结合的机制,为预防和及时、高效处置各类非常态的突发事件提供了有利条件。如最近我市组织实施了民用微型核反应堆退役卸料外运。牵涉部门多、涉及法律规章多,安全保障要求很高。我市决定依托应急管理工作机制开展相关应急保障,组成了市微堆退役工作小组,由市政府的一位副秘书长牵头负责,组织应急、公安、质监、卫生、环保、民防、武警、警备区等单位建立应急联动机制,从完善预案入手,梳理出可能发生的7种事故,制定了完整的应急预案和处置规程,开展现场警卫、安全施工、运输保障、环境辐射监测、应急救援和应急舆论疏导等工作,顺利完成核反应堆卸料和装运任务。

(二) 综合管理和分类管理相衔接

"测、报、防、抗、救、援"是上海应急管理工作的六大环节,也是上海城市减灾的主要经验成果。这六大关键环节充分体现出综合和分类管理有机衔接、统分结合的应急管理模式。

1. "测、报、防"体现分级分类管理。"测、报、防"属于常态应急管理工作范畴。常态应急管理的预测、预报和防范,具有较强的专业性和特殊性,比较适合采取分级分类的管理模式。例如气象信息预测预报和防汛信息预测预报,两者存在关联性,但更多体现的是差异性,台风、暴雨等气象信息是防汛信息判断、分析、决策的重要依据,但具体到某一段的河塘、海塘的潮位却并不完全一致,因此常态下的应急管理工作要体现更多的专业和分类意识,发挥职能部门的特长。

2. "抗、救、援"体现综合统一管理。"抗、救、援"属于非常态的应急管理工作范畴。非常态应急管理的抗灾、救援和援建,具有较强的时效性和协调性,非常态应急管理工作,往往需要在较短时间内动员和集聚较大力量,对指挥的权威性、反应的灵敏性、程序的规范性和资源调度的准确性都有很高的要求,比较适合采取综合、统一的管理模式。这几年,上海加快了相关队伍整合力度,如建立统一的应急指挥平台,并按照"一队多用、一专多能、平战结合"的原则组建市地震灾害紧急救援队。该队伍总人数规模在250人以内,人员以市消防局特勤支队为主,结合医救、地震等专业人员,以及救援专家等,队伍装备等级为重型,功能定位在保障我市、支援国内、参与国外。

(三) 防范与处置并重

我市在构建应急管理体系的过程中,一直把防范和处置并重作为应对突发事件应急处置的原则之一,高度重视防范与处置各类潜在风险,强调应急管理的"关口前移"。如上海市化工区结合区内巴斯夫聚氨酯公司新建生产装置运行投产前的检查,模拟厂区内发生危化品运输事故、光气装置泄漏事故、装置跑料爆燃事故,按照有关应急预案,启动响应程序,实施应急处置。在演练内容上,结合市级基层应急单元建设,着眼化学品突发公共事件特点,积极探索大城市化学品泄漏引发事故处置的途径和方法,检验市总体应急预案和处置危险化学品应急专项预案的操作性,强化和锻炼应急队伍实战水平和应急指挥协同能力。在指挥机制上,采用卫星图像视频、音频双向传输,起用中卫国脉 800 兆数字集群系统组网,并组建现场指挥部、化工区应急响应中心与市政府应急指挥室相结合的指挥模式。为今后应对各类突发事件,建立和完善信息指挥平台建设积累了经验。又如我市杨浦区探索以"大社会"保障"大安全"的机制,通过设立举报受理中心和举报热线"962151",24 小时接受市民举报,落实专项资金,实行"一案一奖"。"大安全"机制探索以来,安监、质监、消防、建设交通、房地和市容等九个部门的管理领域,特别是消防设施、安全生产、特种设备、危险化学品、公共卫生、食品药品、市政道路、物业管理等 8 大类共 34 个方面的安全隐患都得到了社会化的排查,成效比较显著,在社会上形成了一批"公共安全隐患的啄木鸟"。政府以财政专项资金为杠杆,整合社会资金,建立新型的公共安全保障投入机制,形成了开展风险隐患排查的有力基础。

全面加强应急管理工作,是党中央、国务院在深刻分析我国公共安全形势和国际复杂多变的环境的基础上,全盘考虑、审时度势作出的重要科学决策。应急管理,任重而道远。我市将在党中央、国务院的领导下,在学习和借鉴兄弟城市经验的基础上,进一步完善应急管理体制机制,全面提升应急管理工作水平,为城市安全设防,为构建平安和谐的上海而继续努力!

(常务副市长杨雄在国务院应急管理领导干部(厅局级)培训班上的讲话节选)

强化风险防范处置 维护上海金融稳定

屠光绍

我们今天召开全市金融风险防范处置专题会议,请金融监管部门、市有关部门、司法部门参加,主要任务是研究当前影响本市金融稳定的重点风险情况,明确重点风险防范的具体任务和责任分工,确保本市金融稳定。近年来,面对国际金融危机的严重冲击和错综复杂的国内外经济形势,本市各相关部门积极履行职责,加强协调配合,加大对非法金融活动的打击力度和对潜在风险的监测力度,为维护正常的社会经济秩序,保护人民群众合法权益,促进社会和谐稳定,作出了积极贡献,值得充分肯定。总体来看,上海的金融环境还是比较好的,金融风险整体呈平稳可控状态,发生系统性风险的可能性不大,但也不可因此掉以轻心,当前金融领域还存在一些突出问题和潜在风险,需要引起高度重视,必须以"确保不发生系统性、区域性金融风险和避免重大群体性事件"为目标,及时妥善化解。下面,我就本市金融稳定工作讲几点意见:

一、统一思想,充分认识金融稳定工作的重要性和特殊性

(一) 从当前的特殊形势认识金融稳定工作的重要性

今年是一个特殊的时期,党的十八大和市第十次党代会将分别召开。今年也是上海承前启后、继往开来、推进国际金融中心建设的重要一年。尤其是近期中央对维护安定团结的政治局面及和谐稳定的社会环境提出了更高的要求,在当前的特殊形势下,上海做好金融稳定工作是维护社会和谐稳定的重要环节和基本要求,显得尤为重要。我们要把思想认识和工作思路统一到中央的总体要求和部署安排上来,努力维护改革发展稳定的良好局面,为党的十八大和市第十次党代会的召开营造祥和、稳定的金融环境。

(二) 从金融业本身的特殊性认识金融稳定工作的重要性

金融的核心是跨时间、跨空间的价值交换,金融自身缺乏内生的稳定性。金融业

的产生,就意味着风险的出现。加强风险防范是金融创新和发展的题中之义,加之金融业务往往涉及面广、政策性强、参与人员数量众多、涉及金额特别巨大,一旦发生风险易引发群体性事件,社会影响较大。在年初召开的全国金融工作会议上,温家宝总理特别指出:"国际金融危机没有结束,我们必须增强忧患意识、责任意识,居安思危,努力把金融工作提高到一个新水平。"他强调要坚持把防范化解风险作为金融工作的生命线。我们要切实增强风险防范意识,坚持金融创新与防范风险并重的发展理念,保持金融健康稳定运行。

(三) 从当前金融发展中的突出问题认识金融稳定工作的重要性

当前,上海经济正处在转型发展的关键时期,国际国内经济形势仍然错综复杂,国际金融危机的深层次影响依然存在,我国经济和金融运行中还存在较多不稳定、不确定因素。随着转方式、调结构的深入推进,经济领域一些长期积累的矛盾和问题也会在金融领域反映出来,将造成或可能造成一些潜在的金融风险隐患。防范金融风险、维护金融稳定的任务仍然十分艰巨。例如,房地产、钢贸等领域的信贷风险比较突出;准金融机构缺乏有效监管;涉众型非法集资案件时有发生。我们要敏锐发现、妥善化解各类风险隐患,防止局部风险演化为系统性、区域性金融风险。

二、加强风险研判,做好重点领域和重点环节的金融稳定工作

做好金融稳定工作,要立足实际,突出重点,加强风险研判,切实抓好以下几个方面的工作:

(一) 加强对重点行业、领域金融风险的监测预警,进行规范引导

金融监管部门要加强监测预警,及时制定针对性防范措施,防止因资金链断裂而造成风险集中爆发;加强对准金融机构的规范引导。要进一步理顺准金融机构的监管体系,明确监管主体,完善监管方式,促进其规范发展。

(二) 加强对可能引发社会群体性事件金融风险的预判监控,提升处置能力

做好涉众型非法集资案件的防范处置工作,加强监控和打击,确保本市金融和社会稳定。在人民银行总行确定的"以稳为主,逐步推进"的原则下,不能放松对相关企业的经营状况和备付金情况的日常监控,做好应对预案,确保市场稳定,对确有违规行为的金融机构要追究责任。

（三）加强对具有苗头性的相关重大问题的关注研究,完善工作措施

一是加强对信用卡案件高发现象的关注研究,采取切实措施,减少信用卡纠纷,打击信用卡犯罪;二是加强金融机构的内控管理,完善内控机制,堵塞管理漏洞,加强对从业人员的合规教育和监督管理;三是加强对未经许可的跨境金融业务风险处置的关注研究,加强外汇监管,加大取缔和打击力度,防止风险蔓延扩大;四是加强金融纠纷司法集中管辖制度的研究,提升上海在金融纠纷解决中的司法话语权。

三、不断完善工作机制,明确工作责任,形成工作合力

加强金融风险防范处置、维护金融稳定是一项长期性任务,面临的形势复杂,涉及面广,要着眼于建立完善长效机制,切实加强组织领导,落实工作责任,形成工作合力。

（一）完善金融风险防范处置、维护金融稳定工作机制

进一步完善组织领导和工作协调机制。依托市打击非法金融活动领导小组和市金融法治环境建设联席会议两个机制,形成协调配合、齐抓共管的整体合力,确保中央和市委、市政府维护金融稳定各项部署的贯彻落实;进一步完善金融风险监测预警机制。依托金融监管、各行业主管部门和司法部门现有的风险监测机制,建立金融风险监测预警平台,加强信息交流,实现信息共享,提高工作效能;进一步完善金融风险防范和处置工作机制,做好金融风险防范工作预案,确保一旦发生金融风险事件,能够迅速控制、果断处置。

（二）严格落实金融风险防范处置、维护金融稳定工作责任

金融风险防范处置工作涉及面广、专业性强,各金融监管部门、市有关部门及司法部门都要在市委、市政府的统一部署下,切实增强工作责任感,各尽其责,齐抓共管,形成防范和打击合力。对于群体性投诉信访事件,各相关部门都要各负其责,对本部门受理的投诉信访,要切实采取有效措施,稳妥处置,维护经济金融安全、社会稳定和人民群众利益。各部门均要加强对宏观经济形势的前瞻性研究,不断加强情况调研和风险研判,及时发现苗头性、倾向性问题,制定防范应对各种金融风险的对策,大力促进金融业健康发展。

维护上海金融稳定,是市委、市政府赋予我们的重要职责。今年加强金融风险防范、确保金融稳定任务重、要求高。我们必须深入贯彻落实市委、市政府的工作要求,齐心协力,扎实工作,为维护本市金融、社会稳定和构建和谐社会作出积极贡献!

（副市长屠光绍在全市金融风险防范处置专题会议上的讲话节选）

落实安全生产举措
确保安全生产形势始终受控

艾宝俊

这次全市安全生产工作会议的主要任务是，全面贯彻落实党的十七届六中全会、中央经济工作会议和国务院安委会全体会议、全国安全生产电视电话会议精神，深入贯彻落实科学发展观，坚持以人为本、安全发展的理念，以深入贯彻落实《国务院关于坚持科学发展安全发展促进安全生产形势持续稳定好转的意见》（以下简称《意见》）、《国务院关于进一步加强企业安全生产工作的通知》（以下简称《通知》）为核心，紧紧围绕上海城市运行安全和生产安全的工作主线，以深入扎实开展"安全生产年"为载体，继续推进企业安全生产主体责任的落实；以落实责任、隐患治理、应急处置、科技支撑、基础建设为主要措施，安排部署2012年重点工作任务；进一步减少事故总量，有效防范和坚决遏制重特大事故，促进本市安全生产形势的进一步稳定好转，确保不发生有严重社会影响的重特大事故，确保本市安全生产形势始终处于受控状态，以安全生产的新成效迎接党的十八大胜利召开。下面，我讲三点意见。

一、提高认识，切实增强做好安全生产工作的责任感和紧迫感

党中央、国务院始终高度重视安全生产工作，胡锦涛总书记、温家宝总理多次对安全生产工作做出重要指示。胡锦涛总书记在党的十七届六中全会上重申了安全生产必须"思想认识上警钟长鸣、制度保障上严密有效、技术支撑上坚强有力、监督检查上严格细致、事故处理上严肃认真"的总体要求，温家宝总理主持召开六次国务院常务会议研究部署加强安全生产工作，充分表明了党和政府坚决维护人民群众生命财产安全，坚持走科学发展、安全发展正确道路的坚强决心，为做好新形势下的安全生产工作指明了方向，提供了保证。

市委、市政府主要领导也对安全生产工作提出了明确要求。俞正声书记在九届市委十七次全会时强调,要切实加强隐患排查治理,落实整改措施,维护好城市运行安全。韩正市长在市十三届人代会第五次会议的政府工作报告中,指出要始终把安全放在第一位,更加注重以人为本、管理为重,常备不懈抓安全,全面提升城市管理科学化水平。我们要认真学习,全面落实,进一步研究、梳理、明晰工作思路和对策,改进安全监管方式方法,推动安全生产工作的创新发展。

(一) 牢固树立科学发展安全发展理念,夯实安全生产的思想基础

科学发展、安全发展是发展的本质要求,是坚持中国特色社会主义,追求创新突破、转型发展、稳中求进和促进社会和谐稳定的重要保证。各区县、各部门、各单位要认真学习和大力宣传贯彻国务院《意见》、《通知》精神和《安全生产"十二五"规划》,充分认识科学发展、安全发展的重要性和紧迫性。要以"科学发展、安全发展"为主题,组织开展好"安全生产月"、"5·25交通安全日"、"11·9消防日"、"安康杯竞赛"等一系列专题宣传活动。通过广泛深入的宣传教育,使党中央、国务院和市委、市政府的重大决策部署和各项政策措施深入人心,真正把坚持科学发展、安全发展的理念,落实到各区县、各部门,落实到基层,落实到岗位。

(二) 统一对安全生产工作总体思路的认识,切实增强做好安全生产工作的主动性和自觉性

要将国务院《意见》、《通知》精神作为当前安全生产工作的主线和重要准则,把握好工作的方向。要建立健全安全管理工作考核问责制,全面深化企业主体责任落实,切实加强安全监管,认真做好当前安全生产各项工作,有效防范和坚决遏制重特大事故。要重点加强对中央、国务院和市委、市政府关于安全生产工作一系列决策部署执行情况的监督检查,切实解决好一些行业领域、一些地方和单位事故多发以及职业危害严重损害群众利益的突出问题。

(三) 切实增强宗旨意识,推动建立能够保障最广大人民群众安全健康的工作机制

大力推进科技进步、安全达标、长效机制建设,把切实保障、坚决维护人民群众生命财产安全始终作为安全生产工作的出发点和落脚点,以实现好、维护好、发展好最广大人民群众安全利益为根本目的,从本市安全生产领域的实际出发,着力建立健全体现以人为本、执政为民要求的安全生产工作体制机制,创造性地推动安全生产工作持续健康发展。要进一步加大对安全生产事故的查处工作,要会同有关部门从严惩处事故背后的腐败行为。要进一步统筹推进教育、制度、监督、改革、纠风、惩治等各项工作，着力解决安全生产领域人民群众反映强烈的突出问题，切实维护安全生产领域的社会公平正义。

二、突出重点，扎扎实实推进本市安全生产各项工作

2012 年要以落实市委、市政府进一步加强城市运行安全和生产安全的意见为主线，突出抓好安全生产责任制的落实、事故隐患排查治理和重点行业领域源头治理、城市运行安全和生产安全保障措施落实，着力推进安全生产标准化建设、应急救援保障体系建设、城市安全文化建设。各有关单位要找准着力点，加大工作力度，认真贯彻落实，做到"三个强化"。

（一）强化责任，全力抓好安全生产责任制的落实

抓好安全生产责任制的落实，是加强安全生产工作的关键。首先，要紧紧抓住企业安全生产责任主体不放，落实企业主要负责人和实际控制人安全生产第一责任人的责任，强化岗位、职工的安全责任，立足于加大投入、治隐患、防事故，认真落实完善各项规章制度，严格领导现场带班责任，严查"三违"行为，严禁超能力、超强度、超定员组织生产，切实做到不安全不生产。另外，市安委办、市安全监管局要进一步强化区县政府及相关部门的安全生产监管责任，严格落实主要负责人负责制和领导班子成员安全生产"一岗双责"制度。要严格按照制定的职责分工和责任制考核要求，建立完善安全生产的考核制度和考核指标体系，加强对区县政府、行业主管部门等单位的安全生产考核，把安全生产指标作为考核领导干部的一项重要内容。尤其对执行控制指标不理想的区县和行业，要探索实行安全生产警示制度、问责与告诫制度。

（二）强化重点，扎实推进城市运行安全和生产安全任务措施落实

以落实市委、市政府《进一步加强城市运行安全和生产安全的意见》45 项任务为工作主线，着重抓好以下重点行业、领域任务落实。一是危险化学品领域。制定实施《上海市禁止、限制、控制危险化学品目录》，推进集中交易和专业配送，完成非工业园区危险化学品生产、储存企业布局调整工作，启动危险废物专业化运输工作，推进市区两级固废战略基地的建设工作，切实加强危险化学品安全管控。二是消防安全领域。认真贯彻落实国务院和本市关于加强消防安全的意见精神，进一步加强消防安全领域尤其是居民住宅消防安全工作，强化民用爆炸物品和烟花爆竹监督管理。三是建筑施

工领域。完善动态监控及预警预报体系,完善建筑市场管理信息平台,加强现场安全监管和房屋拆除工程安全管理,强化高层电梯运行、玻璃幕墙、地下空间、越江工程和工地施工等安全管理。四是交通运输领域。督促客运车辆、集装箱卡车、危险品运输车辆、自卸货车(含渣土运输车)以及校车等重点车辆单位完善内部安全管理制度,落实对违规单位的处罚、通报制度,开展轨道交通运营安全第三方评估并及时整改薄弱环节,制订轨道交通应对大客流防止踩踏事件应急预案,保障城市交通运行安全。五是地下空间领域。推进网格化管理信息系统建设和风险评估、安全检测、监督检查标准建设,强化地下空间安全监管。六是管线设施领域。开展各类管线安全专项整治和巡查,加大对占压、损坏、偷盗等各类非法违法行为的打击力度,建立统一的管线地理信息系统及应急处置方案信息共享平台。七是燃气安全领域。加强燃气设施安全运行管理,加快老旧管网更新改造,严格燃气企业行业准入,加强液化石油气、压缩天然气运输、储存、充装、经营、使用环节的安全监管,依法严厉打击非法经营液化石油气行为。

(三)强化治理,切实抓好隐患排查治理督办

把排查治理隐患作为坚持预防为主、有效防范遏制事故的治本之策,毫不放松地抓下去。紧紧抓住道路交通、铁路交通、建筑施工、火灾消防、人员密集场所、危险化学品、烟花爆竹、特种设备、燃气、电力、冶金、船舶等重点行业领域,全面推进和规范隐患排查治理体系建设。继续深入开展非法经营液化石油气、易燃易爆危险场所作业、有毒有害受限空间作业、建筑市场、火灾隐患、"四客一危"车辆船舶、大型工程车辆、校车、"四类车"(助力车、三轮车、二轮摩托、残疾人机动轮椅车)等的专项治理行动,继续严厉整治非法违法生产经营建设行为以及超速、超载、超员、酒后驾驶、疲劳驾驶、非营运车辆载人等非法违法行为。特别是新建项目审核要严格把关,全面落实建设项目"三同时"制度,对所有新建企业、新上项目,从立项、审批、设计、施工、检测检验、试生产和竣工验收等各个环节,全过程地进行审查、复核,从根本上杜绝事故隐患。

三、提升保障能力,坚决把各项安全生产举措落到实处

2012年本市安全生产的重点工作,关键在于要切实提升"四种安全保障能力",坚决把各项安全举措落到实处。

(一)进一步提升安全生产法制保障能力

一是要积极推进安全生产立法。要加快《上海市建筑工程安全质量条例》、《上海

市安全生产重大隐患排查治理办法》、《上海市消防条例》、《上海市烟花爆竹安全管理条例》以及《上海市危险化学品安全管理办法》等有关法规规章的制定、修订。二是要加大安全生产执法力度。各有关部门、单位要认真编制年度执法工作计划并组织实施，做到"年有计划、季有通报、月有方案、日有记录"。

（二）进一步提升安全科技保障能力

市发展改革、经济信息化、科技、安全监管、质量技监等部门要合力推进本市安全生产科技进步，强化政府部门引导和推动作用。根据行业技术进步和产业升级的要求，加快制定修订生产安全技术标准。制定促进安全技术装备发展的产业政策，鼓励和引导企业研发、采用先进适用的安全技术和产品，鼓励安全生产适用技术和新装备、新工艺、新标准的推广应用，充分发挥科技进步对安全生产的支撑作用。各区县、各部门要积极推进先进适用技术装备项目实施，结合产业结构调整，加快推进危险化学品企业布局调整，加快淘汰不符合安全标准、职业危害严重、危及安全生产的落后技术、工艺和装备，促进企业加快提升安全装备水平。

（三）进一步提升宣传教育培训保障能力

各区县政府、各部门、行业系统要以强化安全意识、提高安全素质为着眼点，深化安全生产宣传教育和培训，为安全生产提供思想保证和智力支持。要严格企业负责人、安全管理人员、危险化学品从业人员、特种作业人员培训考核，继续开展30万农民工安全生产培训市政府实事项目，积极拓展安全生产宣传阵地，实施安全知识"进企业、进校园、进工地、进社区、进家庭"，普及市民灾害逃生知识，提高全民安全意识和素养。着力推进上海城市安全文化建设，广泛推进安全文化示范企业、安全社区、安全校园、安全保障型城市建设，加强社会和新闻媒体舆论监督，完善安全生产举报制度，进一步畅通安全生产社会监督渠道，营造"关爱生命、关注安全"的社会氛围。

（四）进一步提升应急救援保障能力

各区县、各部门、各单位要根据国家安全生产事故有关应急预案，修订本部门、本行业和领域的各类安全生产专项、部门应急预案。要督促企业大力开展危险化学品生产、储存、运输，建筑施工、高层建筑、轨道交通、地下空间等领域突发事件的实战演练。要定期组织开展各类应急救援演练和市民逃生自救应急演练。每个单位、每幢居民楼必须开展疏散逃生演练，各类学校每学期应开展逃生疏散演练。要紧紧依托消防等专业救援力量和大中型企业、社会救援力量，优化、整合应急救援信息数据、专家库等应急救援资源，逐步完善应急救援联动机制，进一步加强安全生产应急队伍和装备建设，推进城市综合防灾和减灾体系建设。

安全生产工作任务艰巨,责任重大,使命光荣。我们要按照党中央、国务院的要求,全面落实和自觉实践科学发展观,以更大的决心、更严格的责任、更扎实的工作,将安全生产作为以改善民生为重点的社会建设的重要任务,始终保持警钟长鸣、警惕长存,坚决把各项政策措施落到实处,确保本市不发生有严重社会影响的重特大事故,确保安全生产始终处于受控状态。

(副市长艾宝俊在全市安全生产工作会议上的讲话节选)

加强与社会各方面合作
提升城市综合管理成效

张学兵

市公安局在闵行召开现场会以来,各分(县)局围绕管理体制、工作机制、操作手段等方面,因地制宜推进城市综合管理和应急联动工作,取得了明显成效,工作方向是正确的。公安部即将在沪召开全国公安厅局长座谈会,与会代表将参观考察闵行分局、浦东分局花木派出所、嘉定分局真新派出所,它们的工作亮点都与城市综合管理和应急联动有关。在现有工作基础上,全市公安机关深入推进城市综合管理和应急联动工作,很有必要。

一、要强化合作意识,进一步加大推进力度

在当今社会,合作已成为一种世界潮流。在市场经济背景下,社会管理不但需要纵向畅通指令,还需要横向加强合作。最近,周永康同志在《求是》发表题为《加强和创新社会管理,建立健全中国特色社会主义管理体系》一文,强调社会管理要树立以人为本、服务为先,多方参与、共同治理,关口前移、源头治理,统筹兼顾、协商协调,依法管理、综合施策等理念,要积极构建源头治理、动态协调、应急处置相互衔接、相互支撑的新机制。孟建柱同志在上海视察时指出,现代社会是一个重视分工的社会,也是一个强调合作的社会,只有学会合作、善于合作,我们的事业才能不断取得新的发展进步。就公安而言,这种合作不仅是内部合作,更重要的是加强与社会各方面的合作。

当前,社会管理的资源分散在各职能部门和一些社会领域,公安机关作为行政管理部门之一,拥有的资源、手段不可能覆盖全社会,因此,我们既不能"单打独斗",更不能"包办天下"。世博安保经验启示我们,最严密的安全防范就是全社会的联防,最大的安全系数就在于广大群众的参与和支持,有之处处得到帮助配合,无之时时防不胜防。现在,社会管理的一大问题就是源头管理缺失,表现为制度设计不系统,社会对话

机制不健全,一些职能部门不作为、作为不到位等,结果导致大量影响社会稳定和治安的矛盾隐患产生,一旦激化,非治安问题往往变成治安问题,就需要公安出警解决。我们与其断后,不如靠前,用多靠前合作的主动来减少"断后"、"兜底"的被动。在管理源头上主动寻找相关方面的利益交汇点,搭建合作平台,应成为公安机关重要的工作取向。

城市综合管理和应急联动工作的本质就是合作。这项工作涉及方方面面,有些问题的产生往往与源头管理缺失有关,只有相关职能部门和社会各界加强合作,共同努力,才能减少管理成本,真正做好这项工作。全市公安机关要进一步增强合作意识和合作能力,在加强公安内部合作的同时,着力加强与职能部门及社会各方面的合作,深入推进城市综合管理和应急联动工作。当前,社会管理领域的矛盾和问题层出不穷,我们的工作主动还是不主动,结果完全不一样。比如,对食品安全问题的综合治理,公安机关就责无旁贷、义不容辞,要联合有关部门主动加大打击治理力度;再如,"黄牛"问题整治涉及城管、工商、公安等部门,如果相互推诿,就打不胜打、防不胜防,只有形成合力、齐抓共管,才能有效遏制"黄牛"问题的多发势头。

二、要抓住关键环节,确保推进工作取得实效

当前,各分(县)局此项工作推进情况还不平衡,有的是受到一些客观因素制约,但更多的是主观上有畏难情绪和观望的想法。去年闵行现场会上我就强调,各分(县)局、各部门、各警种一定要有大局观、社会观,有主动牵头、主动合作的思路和做法,乘势而上,抓住关键,努力提升城市综合管理工作的成效。

一是强化组织保障。要积极争取党委、政府的领导和支持,尽快推动建立健全区县、街镇、居村委三级组织体系,确保相关职能部门和人员全部到位,并明确牵头领导和具体负责人,形成完善的组织架构,切实加强对城市综合管理和应急联动工作的组织、指导和监督,形成相关部门齐抓共管的良好工作格局。从刚才交流单位的情况看,组织体系保障有力,工作推进就比较顺利。如,闵行分局积极推动纵向建立区、街镇、居村委三级网络,横向建立53家区职能部门间的行政执法联动机制,成效比较明显。各分(县)局"一把手"作为区(县)常委或副区长,要多争取党委、政府主要领导支持,多协调解决一些跨部门的问题,多为城市综合管理和应急联动工作顺利开展创造有利的条件和环境。

二是以执法管理联动为核心。要强化指挥平台建设,推动区(县)应急联动中心实体化运作,为实现区(县)层面的联动奠定基础;推进联动指挥信息系统建设,实现各类信息采集、流转、反馈、督办的流程化运作;结合派出所图像监控室规范化建设,加强街

镇层面的指挥平台建设,提高指挥调度能力。嘉定分局真新派出所建设 100 路智能化监控探头和城市综合管理信息平台,大力提升了城市综合管理的效能。要完善勤务模式,将各相关职能部门的执法执勤力量有效整合起来,实行 24 小时网格化巡逻、巡查,开展联动执法,加强前端管理。要与社区警务责任区警种联动机制建设有机结合,强化责任区与联动、联勤工作站的职责对接,责任区警长、各警种要加强与工作站、相关职能部门人员的协作配合,共同开展信息采集、隐患排查、矛盾调解等工作。要与大调解工作体系结合起来,充分发挥多方参与的工作优势,妥善处理各类矛盾纠纷,将矛盾纠纷化解在基层。徐汇分局徐家汇派出所,依托"大联动"平台,建立完善多元化矛盾纠纷调解机制,收到了良好效果。

三是不断拓展联动的新领域。要扩大联动的主体,与各种群防群治力量有机结合起来,与更多的社会力量进行联动,实现联动主体的多元化,充分发挥各方面的作用。金山分局蒙山路派出所将辖区所有物业公司纳入社会面防控体系,有效提升了社区治安巡防的成效。要延伸联动的空间范围,在强化街面防控的同时,积极向社区、市场、企业等延伸,整合更多的社会资源,以取得更好的效果。要将更多的公安工作,如"三项建设"、"三项管理"等,纳入联动范畴,整合外部力量和资源,夯实公安工作基础,共同做好公安工作。浦东分局花木派出所以居村委实有人口信息采集工作室为依托,综合协管员与楼组长、治安积极分子包干对应,动态采集实有人口信息。

四是建立健全配套机制。要建立健全联席会议机制,定期召开例会,对各职能部门的联动协同、力量调配、资源整合等事项进行协商,加强信息共享和流转,并对推进情况及相关工作效果进行点评通报,明确下一步工作重点。要建立健全问题发现机制,以问题管理为导向,通过视频巡逻、现场巡查、联合检查、专项督察等方式,即时发现问题,及时研究、解决问题。2010 年,闸北分局天目西路派出所通过图像监控系统,发现并通知有关单位处置各类违法违规问题 188 起,效果明显。要建立健全考核机制,积极争取党委、政府的支持,将城市综合管理和应急联动工作纳入政府考核范围,发挥好考核的导向作用,提高各相关单位和人员的积极性。闵行分局建议区政府,将"大联动"工作纳入对各街镇和职能部门的考核,权重占总分的 10%,力度很大。要建立健全经费保障机制,积极协调区县、街镇,争取各方支持,将城市综合管理和应急联动工作的相关经费纳入预算,强化经费保障。

(副市长、市公安局长张学兵在全市公安机关

深入推进城市综合管理和应急联动工作会议上的讲话节选)

扎实抓好准备工作　把握防汛主动权

沈　骏

防汛工作事关城市正常运行和人民群众生命财产安全。党中央、国务院以及市委、市政府对今年的防汛防台工作十分重视。前一段时间，国务院、国家防总召开了一系列相关会议，研究部署今年的防汛工作，国家防总、长江防总专门抵沪进行防汛检查，太湖防总还在上海召开了指挥长会议；俞正声书记、韩正市长对做好今年的防汛工作都作出了重要指示。今天，市政府召开防汛工作会议，主要是贯彻落实国务院、国家防总的会议精神，研究部署今年本市防汛防台工作。下面，我再强调三点：

一、认清形势，把握大局，进一步提高对防汛工作重要性、艰巨性、长期性的认识

今年是市委、市政府确定的城市安全年，防汛工作是确保城市安全运行的重要一环。近几年来，上海防汛工作一直比较平稳，特别是去年世博防汛保障工作取得圆满成功，容易引起我们思想上的麻痹。世博会后，社会公众对城市管理的期望不断提升，对城市公共安全的诉求更为迫切，这就要求我们必须克服麻痹思想和侥幸心理，对防汛工作的长期性、艰巨性、复杂性时刻保持清醒头脑。各级政府、各部门尤其是各级领导干部，要站在新的起点上，切实增强忧患意识、公仆意识、责任意识，围绕中心，服务大局，充分认识做好防汛工作的极端重要性。

第一，做好防汛工作是科学发展、共建和谐、关注民生的具体体现。防汛减灾水平是一个城市现代化程度的重要标志之一。当前，上海已进入加快实现"四个率先"、加快推进"四个中心"建设的关键时期，不管是从长远发展来看还是从眼前工作来看，不管是对区域发展来说还是对全市大局来说，防汛工作在任何时候都不容放松，各级政府必须自觉实践以人为本、人水和谐的治水理念，把防汛减灾工作融入上海"十二五"

发展全过程。

第二，做好防汛工作是上海城市自身特点的现实要求。上海处于长江和太湖流域下游，濒江临海，水系发达，特定的地理环境使上海在尽享江河湖海便利的同时，也备受台风、水患的困扰。经过长期、特别是"十一五"期间坚持不懈的努力，上海的防汛工作有了较好的物质基础，积累了不少宝贵的经验，战胜了一次又一次水患灾害的侵袭，为全市发展作出了积极贡献。但我们要清醒地看到，上海越发展，对城市安全的要求越高。本市的防汛基础设施建设、城市防汛安全还远未到高枕无忧的程度。

第三，做好防汛工作是确保上海城市安全运行的内在要求。今年是中国共产党建党70周年，上海还将举办第十四届国际泳联世界锦标赛，做好今年的防汛工作对全市具有特殊重要的意义。刚才招洪同志对今年的汛情形势作了分析。总的来看，上海今年的防汛形势不容乐观。无论预测是大汛还是小汛，我们的准备工作必须是一样的；不管预测是有灾还是无灾，都要作有灾的准备，而且要作防大汛、抗大灾的准备。

总之，各级政府、各部门、各单位和各级领导干部一定要从全市发展的大局出发，以对党和国家、对人民群众高度负责的精神，从保持社会和谐稳定的高度，扎扎实实抓好各项防汛准备工作，牢牢把握防汛工作的主动权，确保全市防汛防台安全。

二、立足当前，着眼长远，进一步加强本市防汛防台能力建设

在过去的五年里，在全市各级防汛干部职工的共同努力下，市区联手、部门协同、综合防御，取得了显著成效，尤其是去年世博期间，通过扎实细致的工作，确保了世博防汛安全，得到了全社会的广泛认可。在深入总结"十一五"和世博防汛保障工作经验、并使之长效化的同时，我们也要清醒地认识到：本市虽已初步建成了以千里江堤、千里海塘、城镇排水、区域除涝等"四道防线"为骨架的防汛保安体系，具备了一定的防灾减灾能力，但它们与上海国际化大都市和"四个中心"的目标还不完全相适应，必须进一步加强防汛防台能力建设，夯实防汛防台的工作基础。

一是加强防汛基础设施建设。按照突出重点、抓住关键、远近结合的原则，按照"十二五"规划目标，着力推进流域防洪工程、海塘和防汛墙达标、区域排涝控制性泵闸、城镇雨水排水系统、河道调蓄能力和防汛指挥系统建设，以进一步提高本市应对风、暴、潮、洪等自然灾害的能力。

二是加强防汛机构能力建设。防汛工作必须要有健全完善的组织体系作保证。我们要按照国家防总"机构健全、管理规范、装备先进、指挥科学"的要求，推进市、区县

和街道、乡镇三级防汛指挥机构建设,在人员配置、技术装备、资金投入等方面,不断充实加强防汛指挥机构的工作力量,彻底解决"机构不齐、编制不足、待遇不高、人心不稳"等实际问题,确保防汛工作高效有序开展。

三是加强防汛基础工作建设。防汛工作虽然具有很强的季节性,却是一项常年性工作,必须坚持汛期与非汛期并重,按照"安全第一、常备不懈、以防为主、全力抢险"的防汛工作方针,加强防汛日常基础工作,确保灾时指挥调度不疏、不漏、不断、不乱。要进一步推进以防汛工作联络网、基础资料信息库、防汛专家资源库、预警预案管理库、抢险队伍物资库"一网四库"为重点的规范化建设,完善防汛应急响应机制,加强灾后救助、防汛保险等研究,确保上海防汛防台工作在新时期迈上一个新的台阶。市有关综合部门和各区县政府在资金计划安排上,要优先保障防汛防台工程建设的需要,保障各级防汛指挥机构更新设备、完善装备、开展工作的需要,这些钱要舍得花,千万不能因小失大。

三、精心组织,落实措施,切实保障今年防汛防台安全

全市各级组织和党员干部要始终把人民生命安全放在首位,牢固树立"防大汛、抗大灾、抢大险"的思想,把困难估计得严重些、把措施考虑得周密些、把工作做得细致些,宁可"十防九空",也决不能思想麻痹、心存侥幸,要尽最大努力确保人民生命财产安全,确保城市运行正常有序。

一是要深入一线,靠前指挥。当前,本市即将进入汛期,也将迎来强对流天气和台风、暴雨、高潮位的多发期,各级党政领导干部要以防强对流天气、防暴雨积水、防台风侵袭为重点,始终把群众安危冷暖放在心上,把群众的呼声当作"第一信号",把解决好小区、马路积水和房屋漏雨等群众最关心、最直接、最现实的问题作为当务之急,深入基层,深入群众,深入一线,靠前指挥,狠抓各项薄弱环节的整改,采取一切办法把台风、暴雨对群众生活可能造成的不利影响减少到最低程度。特别对易积水地区,要因地制宜地进行各类"小包围"建设,尽最大努力解除这些地区的积水之患。同时,要把评价权交给群众,以群众监督为动力,切实把防范、减灾工作做到家、抓到位。

二是要完善预案,精心组织。凡事预则立,不预则废。各级政府、各部门、各单位都要按照"少伤亡,少损失"的要求,按照防大汛、抗大灾、抢大险的要求,对险段防守、队伍调度、人员转移、物资调运、医疗救护、治安保卫以及灾后救助、保险理赔等各项防汛抢险工作,进一步制订、完善简洁明了的工作预案和操作规程,提高应急处置能力,

最大限度地保障人民群众生命财产的安全。

三是要加强督查，狠抓落实。市和各区县防汛办及有关部门要以脚踏实地、求真务实的作风，加大对各项防汛措施落实情况的检查力度，并掌握动态、跟踪督办。对于本地区、本系统、本部门防汛工作的薄弱环节，各单位都要了然于胸，限时限刻抓好整改。如果因防汛检查不到位造成防汛隐患的疏漏，甚至产生不良后果，那便是失责失职。对于高空构筑物、广告牌，地面绿化树木、危棚简屋，海上、水上作业、建设工地等易发生伤亡事故，以及地铁、隧道等关乎城市正常运行的重要环节，各有关职能部门要加强监管，有关单位要逐一检查。特别是世界游泳锦标赛举办场所周边的防汛工作，决不能有丝毫差错。对把泥浆排入下水道、在防汛墙后违章堆载等破坏防汛设施的现象，各级水务行政和行业主管部门要依法严肃处罚。各新闻媒体要积极配合气象、防汛部门及时发布预警信号，传播防汛知识，引导市民支持、配合、理解、参与到防汛工作中来。

四是要加强领导，形成合力。以行政首长负责制为核心的各级各类防汛责任制，既是长期防汛工作的经验总结，也是法律规定的一项重要制度。要严格执行国家防总制订的《地方政府行政首长防汛抗旱责任制》，各级政府、各部门、各单位在工程建设、汛前准备、队伍组织、应急调度、抢险救灾等各个环节都要明确任务，落实责任；要按照各自工作职责，坚持"以块为主，条块结合，条条保证"的原则，恪尽职守，密切协同，努力形成既分工明确又相互协调的防汛工作局面，进一步提高防汛防台工作的整体合力。市防汛指挥部办公室要加强平时的综合协调和灾时的指挥调度，并做好信息发布和情况反馈工作；气象、水文、海洋、海事等部门要密切与市防汛指挥部的协同联系，及时报送预测预报预警信息；各区县政府要加强区县防汛机构和防汛队伍建设，对因推诿扯皮、工作不到位而造成不良影响和重大损失的，要按照有关规定追究相应的责任。

汛期在即，各级领导干部和全体防汛干部要认真贯彻落实科学发展观，时刻保持高度警惕，狠抓责任落实，加强团结协作，扎实细致工作，真正做到思想重视、行动迅速、措施落实，圆满完成好今年的防汛任务，为保障城市安全、促进经济社会又好又快发展作出新的贡献。

（副市长沈骏在全市防汛工作会议上的讲话节选）

全面落实应对措施　有效防控流感疫情

沈晓明

自今年3月甲型H1N1流感发生以来,市委、市政府高度重视,坚决贯彻中央精神和国务院统一部署;全市上下积极行动,及时启动应急预案,全面落实各项防控工作。下面,我代表上海市防控甲型H1N1流感疫情工作小组,简要通报一下本市前阶段的防控工作并就做好下一阶段的工作讲三方面意见。

第一,市委、市政府高度重视,建立健全组织保障体制。

4月28日凌晨,世界卫生组织将流感大流行警告级别由3级提升到4级;同日上午,国务院召开常务会议,对防控工作作出部署。上海市委、市政府高度重视,两位主要领导分别做出批示,市政府立刻启动工作预案,组织建立了分管副市长牵头的防控工作小组。在国家质检总局的直接指导下,本市顺利配合处置了4月30日晨墨西哥直航来华航班的检验检疫工作。

4月30日凌晨,世界卫生组织将警告级别从4级提升到5级;5月1日晚香港报告一名乘墨航班机在上海转机的墨西哥乘客被确诊为甲型H1N1流感病例。获知消息后,全市上下紧急动员,进入临战状态。市委、市政府主要领导深夜第一时间做出多条重要指示;各部门、各区县连夜落实各项防控措施。5月2日上午,韩正市长在市公共卫生应急指挥中心召开紧急会议,要求各级领导干部进一步增强责任感和使命感,做到思想到位、工作到位、措施到位,切实落实组织保障、实现科学防控,绝不能因为上海的工作疏漏造成疫情在全国扩散。5月2日晚上,俞正声书记主持召开市委常委会,研究部署本市防控甲型H1N1流感工作。俞正声同志指出,防控甲型H1N1流感工作是当前上海的一件大事。下一步疫情变化发展情况不清,要做好长期作战的准备。上海是我国的重要口岸,做好防控工作涉及全国。各单位、各区县要统一思想,高度重视,全力以赴做好防控工作。

市委常委会明确建立了三个层次的组织保障机制:一是成立由市长韩正同志担任

组长的防控甲型 H1N1 流感疫情领导小组；二是成立由分管副市长沈晓明同志担任组长的防控甲型 H1N1 流感疫情工作小组；三是成立由市政府副秘书长翁铁慧同志担任组长的口岸防控工作现场指挥部。在防控工作小组层面，还设立了综合协调、疾病防治、动物疫情监测、检验检疫、储备供应保障、新闻宣传、旅游外事等七个工作小组，具体分工负责各项防控工作。同时，成立了市防控甲型 H1N1 流感疫情专家指导小组，由流行病学、临床医学、动物学方面的 10 位专家参加，对政府及时提供咨询、判断和建议，对社会解疑释惑，加强正面指导。

第二，全市上下积极行动，认真落实各项防控措施。

在国家联防联控机制的统一领导下，在卫生部、国家质检总局等部委的具体指导帮助下，过去一个月以来，上海全市上下紧急动员、全力以赴、积极行动，顺利完成了转运墨西哥人员乘包机回国、接应南航包机接运中国公民入境等重要任务，口岸和全市面上防控情况总体平稳有序。总的来说，我们重点抓了三个方面工作。

一是严防死守，严格把好口岸防控关。刚才口岸防控指挥部的同志已经详细汇报了本市的口岸防控工作，我再补充讲几句。上海作为全国重要的口岸城市，航班多，任务重，工作量大。我们严格按照国家质检总局的要求，不折不扣地执行有关工作规范，在人员、车辆、后勤等方面全力支持保障出入境检验检疫部门；同时，结合上海空港口岸特点，梳理工作流程、加强各方协同，不断提高工作效率。务求做到既保质保量做好口岸防控工作，为国家守好门、把好关；又确保口岸有序运转、礼貌待客，维护国家和城市形象。

二是全力以赴，做好全市面上医疗监测。这方面，刚才市卫生局的徐建光局长已经做了介绍。总体来看，从墨、美疫情发生以来，我们始终密切关注疫情发展。加强流感监测点的监测，筛查可疑病例；严格全市发热门诊管理，实行 24 小时开放；设置两所甲型流感定点医院，做好医疗准备；开展密切接触者的集中医学观察（留观）和流行病学调查，追踪密切接触者，努力确保做到早发现、早诊断、早隔离、早治疗。

三是积极主动，认真开展宣传外事工作。俞正声书记、韩正市长多次强调防控工作一定要信息公开，及时向市民披露有关情况。为此，我们通过多种手段、形式和方法，及时、全面向社会发布流感防控工作的进展情况，加强对科学防控知识的宣传，为市民解疑释惑，引导群众科学、理性对待疫情。同时，我们还注意加强与在沪领馆的沟通，认真做好宣传解释工作，争取支持，减轻外交压力，维护城市形象。

5 月 23 日，上海口岸发现了第一例甲型 H1N1 流感输入型病例。各有关方面既按预案进行了有效处置，目前病人正在定点医院上海市公共卫生临床中心隔离诊治，病情稳定；密切接触者已开展集中医学观察；其他机上人员已落实追踪排查。

第三，严格执行国家部署，努力确保各项防控工作万无一失。

这里，我代表市政府和市防控工作小组表个态，下一步上海将继续严格按照党中央、国务院的总体部署，认真落实各项工作要求，不折不扣完成好防控任务，在国家联防联控机制的统一领导下，在国家质检总局等部委的指导下，继续全力以赴做好各项防控工作。具体来说，我们要做到"三个到位"：

一是口岸工作，要责任到位。对国家的要求要保质保量地完成，对各项操作规范要不折不扣地执行。各有关部门、单位都要抱着高度的责任感、使命感，为国家、为人民守关把门，努力减缓病例输入、减少病例输入。

二是医疗工作，要措施到位。医疗卫生系统要继续全力落实各项措施，认真做好治疗、监测、观察、跟踪等各项工作。对输入型病例，要认真治疗，努力做到不发生死亡病例；对密切接触者，要做好集中医学观察，对相关人员，要做好医学跟踪，努力做到不发生二代传染；对面上情况，要保持警惕，加强监测，及时处置。

三是保障工作，要准备到位。防控甲型 H1N1 流感是长期战、持久战，疫情未来发展趋势仍有不确定性。要加强宣传动员，营造良好舆论氛围，引导群众科学、理性对待疫情，开展群防群控。要加强物质药械储备，既要为本市的防控工作做好准备，还要为支援全国预留余量。

（副市长沈晓明在国家联防联控机制口岸组督查

上海口岸防控工作现场会上的讲话节选）

抓好安全管理　确保旅游交通安全

赵　雯

没有安全就没有旅游,旅游交通安全更是旅游安全的重中之重。特别是在世博会结束后,本市旅游交通行业已连续发生多起旅游客运包车交通安全事故,给我们敲响了警钟。今天,我们专门召开旅游客运包车安全管理工作会议,部署进一步加强本市旅游客运包车安全管理工作,非常必要、意义重大。下面,我提四点要求。

一、高度重视

一是要从维护城市运行安全和保障游客生命安全的高度,认识旅游包车安全管理的重要性。俞正声书记近期特别强调要深刻吸取"11·15"特大火灾事故教训,处理好发展与安全的关系,要在城市运行安全上大做文章。韩正市长要求,明年要把生产安全和城市运行安全作为全市重点工作,坚持以人为本、安全第一,从贯彻落实科学发展观的高度来抓安全生产,从维护人民群众生命财产安全的角度来谈安全生产。旅游业的生产体现在为游客提供服务上。本市旅游业要素集中、游客聚集,旅游包车出行频繁,安全生产责任重于泰山。

二是要从建设世界著名旅游城市、推动旅游业大发展的高度,认识旅游包车安全管理重要性。上海将打造成为国际都市观光旅游目的地、时尚购物目的地、商务会展目的地、文化旅游目的地、休闲度假目的地和门户型旅游集散地。随着世界著名旅游城市的建设,预计本市每年动用的旅游车辆将上百万车次,旅游安全事故发生的可能性加大,极易酿成群死群伤事故,旅游业的大发展势必会迅速增加旅游交通特别是旅游包车的安全管理压力。

市旅游局、市交通港口局和有关企业要从思想认识上高度重视、始终绷紧旅游安全生产这根弦,秉持敬畏之心,始终警钟长鸣,以如临深渊、如履薄冰的态度,强化旅游包车安全管理。

二、完善制度

近年来,本市旅游业快速发展,带动旅行社、旅游客运企业迅速扩张,但由于旅游客运包车安全管理制度没有与时俱进,没有及时完善,以至旅行社贪图便宜,擅自租用无营运资质车辆、司机自营的挂靠车辆的现象;旅游客运单位聘用不合格司机、使用老旧报废车辆、低价竞争、管理松懈、不重视车检、带病出车、安全意识淡漠的现象,以及旅游过程中导游和游客不注意司机的休息,加景点、改路线,开快车、开夜车的现象层出不穷,屡禁屡犯,直接导致旅游车辆安全事故高发。不能只管赚钱、放松安全监管,无论行政管理部门,还是行业管理部门,都必须针对事故涉及的司机、车辆、导游、游客以及天气、路况,认真剖析事故原因,提出针对性强、便于实施的强制性规定,提出有威慑力的、有惩戒作用的罚则,从源头上减少旅游客运包车安全事故,不仅保护游客的生命安全,也保护司机、导游的生命安全,保护旅行社、客运单位的声誉和物质利益。

市旅游局、市交通港口局已联合发布了《关于进一步加强本市旅游客运包车安全管理工作的通知》(以下简称《通知》)。下一步,市有关部门要督促各旅行社和客运企业认真贯彻落实《通知》要求,加大检查特别是暗查力度,及时整改安全隐患,对落实不到位的企业要严格责任追究、从重从严处罚。同时,要坚持预防第一,要进一步查找薄弱环节,进一步完善旅游用车的规范要求和制度规定,既要管好车,强化车检,确保车况良好,更要管好人,提高人的安全意识、安全责任和应急能力,特别是提高司机的安全意识、安全责任和应急能力。

三、重在落实

抓好旅游车辆安全工作,要以基层、岗位的责任落实为基础,以落实企业法人安全生产主体责任和各级领导责任为核心环节,确保安全生产责任层层落实好。

政府要加强行业监管。本市旅游、交通管理部门和区县政府要完善部门、区县联动监管和应急处置机制,强化检查、督促、协调职能,提高旅游包车安全管理水平。重点是加大现场检查力度,抓源头、抓隐患,进一步规范旅行社用车合同文本管理,对经整改仍不符合安全生产要求的,要坚决予以关闭或停业。积极推动旅行社和旅游包车企业品牌化建设,尽快遴选并向旅行社推荐一批资质全、规模大、质量信誉考核优良、安全营运管理严格的客运经营企业。定期组织开展安全教育培训，以驾驶员、导游和企业负责人为重点，强化安全防范意识，普及安全知识技能，提高应急处置能力。

企业要切实履行安全生产主体责任。旅行社作为旅游经营的主体，要加强导游和游客的安全教育，为游客购置保险，在租借车辆时要认真审核客运车辆运营企业的资质、车辆年检情况、司机的资质等相关条件，必须签订书面租车合同，明确旅游客运车辆的使用要求和应急处置制度，分清责任。旅游客运车辆运营企业和使用自有车辆的旅行社，都要按照相关规定，严格客运车辆的运营与安全管理，确保证件齐全、检查到位、车况良好，司机负责、行车安全。

行业协会要积极发挥行业自律作用。行业协会要采取多种形式，总结推广优秀企业的成功经验，引导行业强化自律，规范服务。同时，进一步加强旅游车辆管理情况的调研，尽快制定相关自律文件，积极引导规范企业经营行为。

四、迎接挑战

当前，正值隆冬季节，雨雾冰雪天气增多，道路交通条件恶化，加上双节临近、旅游旺季将至，旅游交通安全防范工作面临重大挑战，需要各单位通力合作，加强防范，营造安全、有序的旅游市场环境。

全市旅游行业和交通运输管理部门要认清形势，立即行动，根据季节特点，突出旅游车辆的车况监管，采用暗查与明查相结合、日常检查和突击检查相结合等措施，全面彻查旅行社、旅游客运企业安全制度落实情况，督促相关企业认真落实进出场"一车一检"制度和运行中的"一程一检"制度，坚决杜绝"病"车上路和租借无资质车辆承运游客，严防重特大事故发生。各旅行社与客运企业要认真落实工作制度，全面开展导游和司机安全培训，杜绝发生人为安全事故，实现社会效益和经济效益双丰收。

我们要认真汲取事故教训，积极完善落实旅游车辆安全管理制度，不断加强安全防范工作，提升旅游包车服务质量，为广大游客提供满意、周到、安全的旅游服务。

（副市长赵雯在全市旅游客运安全管理工作会议上的讲话节选）

提升气象服务水平　保障城市安全运行

姜　平

今天,在这里举行 2012 年度上海市气象工作会议,传达贯彻中央领导同志对气象工作的重要批示精神,部署推进下阶段全市气象工作。下面,我讲两点意见:

一、上海气象部门为服务上海经济发展、城市安全运行、市民日常生活作出了重要贡献

气象服务与经济发展、城市安全,与全市老百姓的日常生活息息相关。上海每位市民每天都在享受气象服务,每个人都离不开气象服务。上海市气象局的天气预报也是我们安排全市重大活动、重要会议的重要依据,特别是在重大活动、重大工程的保障中,在上海城市的安全运行中,气象部门靠前、及时、准确的气象服务,为市委、市政府决策发挥了关键的作用。长期以来,上海气象部门在上海市政府和中国气象局的领导下,围绕气象业务、科研、服务做了大量深入细致的工作,为上海经济社会发展和人民生活服务作出了重要贡献。

一是气象部门"以人为本、民生气象"的服务能力得到新提升。连续第 5 年完成年度六件便民实事。以气象信息广覆盖为重点,大力提高气象服务水平,服务更加现代化,服务渠道更加多样化,初步形成了报纸、电视、广播、电话、网络、短信、电子屏等为一体的气象信息发布平台。一年来,上海气象通过全市 2.3 万多块电子显示屏发布气象信息 800 万余次。在 9 个电视频道提供 41 套节目,首播时长 120 分钟;在 6 个电台直播 1 150 余次;969221 电话总拨打量约 98 万次;上海天气网气象服务信息量明显提升,点击率 1 800 万余次。汛期为全市 100 多万订制用户发送短信 1 288 次。实现了气象信息实时发布。对台风、暴雨、强对流等上海高影响灾害性天气进行网络直播 9 次,制作专题电视节目 26 期科学分析,提高了市民对灾害性天气的防范应对能力。

二是围绕大城市区域性防灾的新需求,积极推进气象信息进乡村、进社区、进学校、进企业工作取得新成效。目前,"灾害性天气预警信息发布平台"已覆盖全市1万多个居民小区,"气象应急信息发布系统"覆盖1 780多所学校,"气象预警信息发布系统"覆盖了各区县的应急管理部门,"农业气象信息发布系统"覆盖了全市所有村镇、农技部门和种植养殖大户。以"农民一点通"服务终端为信息服务载体(1 427个),发展农业气象信息员1 000多名,共建气象信息服务站130余个,基本实现乡乡有气象信息服务站、村村有气象信息员。

三是积极创新气象服务方式,气象服务贴近各行业需求取得新进展。气象为经济生产保障服务的精细化、个性化和专业化水平不断提高。气象与农业部门共同成立了上海市农业气象中心,很好地完成了上海地产粮食、蔬菜生产和"三夏"、"三秋"等重要农事气象服务,成效十分显著;气象部门对一些专项工作也提供了很多精细化的服务,比如为春运开设"春运气象台",由气象专家亲临春运现场进行天气咨询和服务等。总体看,上海气象部门提供种类齐全、专业性和综合性很强的气象服务,为城市的建设、发展、运行提供了强有力的支撑。

这些年来,上海气象部门的工作形成了十分鲜明的特点:一是服务经济社会发展的大局意识十分突出;二是跨前一步的主动意识十分突出;三是部门联动的合作意识十分突出;四是服务市民的民生意识十分突出。经过广大气象工作者的不懈努力,气象工作为上海经济社会发展作出了突出贡献,为城市安全运行做好了积极保障,为广大市民提高生活水平提供了优质服务。

二、以率先实现气象现代化试点为契机,全力以赴做好 2012 年上海气象工作

去年,中国气象局决定把上海列入率先实现气象现代化的试点单位,体现了对上海气象工作的重视。上海应该率先实现气象现代化。因为我们这个城市是有2 300万人口的特大型城市,随着现代化程度的提高,城市越发达,城市防灾减灾、安全运行对气象的要求也越来越高。在此过程中,市气象局承担着重要的责任。

当前,上海正处在创新驱动、转型发展的关键时期;今年是率先实现气象现代化的启动之年。加快推进气象现代化建设面临前所未有的机遇,公共气象服务面临前所未有的需求,我们要按照中央领导同志对气象工作的重要指示精神,围绕中国气象局和上海市委、市政府确定的"十二五"发展目标,深化部市合作,增强和树立世界眼光和战

略思维,加强"四个一流"建设,不断提高"四个能力",坚持公共气象的发展方向,坚持把提高气象服务水平放在首位,继续推动气象工作的政府化、服务的社会化、业务的现代化,构建整体实力雄厚,初具世界先进水平的气象现代化体系。在这方面,上海气象部门要继续发挥优势,当好排头兵,更好地为上海经济发展、百姓生活提供一流气象服务。上海气象部门一定要解放思想,大胆探索,闯出一条创新发展、转型发展的新路子。在此,我再谈几点希望:

一是要以率先实现气象现代化试点为突破口,切实提高灾害性天气预报预测准确率,全面提升气象服务质量。要抓好全年气象保障服务工作,做好台风、暴雨、强对流、高温、重霾、大雾、冰冻雨雪等重大灾害性天气的预报服务工作,确保汛期气象服务万无一失。抓好春运等重大气象保障服务,抓好春耕、"三夏"、"三秋"等重大农时及农业气象灾害、农业病虫害等农业气象保障服务。深化基层气象服务保障,努力构建以气象惠民、多方参与的公共气象服务体系。做好黄金周、F1赛车、旅游节等惠民专项服务活动保障工作。及时发布灾害预警信息,积极开展针对性、精细化预报,有效提出防灾减灾建议,进一步丰富气象在"测、报、防、抗、救、援"首要环节的内涵,进一步完善和落实已经推行的部门联动机制,为防灾避险赢得时间,为政府部门抗灾救灾决策指挥提供支持,为市民群众防灾自救提供有效指导。

二是要以率先实现气象现代化试点为契机,全面落实"十二五"规划和部市合作重点项目建设。要落实好第三届部市合作会议纪要精神,进一步深化部市合作机制,切实落实好"十二五"期间重点推进的部市合作重点项目。落实好备份中心建设工作;大力推进多灾种预警系统建设,推动精细化现代气象探测和预报系统建设。推动气候变化研究中心工作,推进智能气象工程,抓好公共卫生三年行动计划健康气象项目建设,全面推进面向基层农业一线的上海市农业气象中心建设。

三是要以率先实现气象现代化试点为助推器,全面提升上海气象的综合实力。气象现代化是对大城市气象预报预警服务发展的新观念、新模式的一次重要探索,在城市气象服务科研、技术、理念等多方面将涌现出很多创新性成果,将对未来大城市气象服务发展起到重要作用。要按照中国气象局党组的部署和上海市政府的要求,不断完善和细化方案,抓好工作落实,认真总结经验成果,加强推广应用,提升上海、华东乃至全国气象服务水平,使之成为我国城市气象服务发展的助推器。在提高硬实力的同时,注重提高软实力。继续加快气象科技创新体系和人才体系建设,进一步推进气象依法行政和科学管理,加强气象部门党建工作和先进气象文化建设。办好徐家汇观象台140周年纪念活动,深入挖掘凝练气象文化,营造积极向上、包容和谐的人文环境和工作氛围,为创新驱动和转型发展营造良好的事业发展环境。

　　气象工作事关上海经济社会的可持续发展,事关上海特大型城市的安全运行,更事关广大市民群众的日常生活,责任重大,使命光荣。希望上海广大气象工作者,弘扬世博气象精神,充分发扬艰苦奋斗、无私奉献、开拓进取的优良传统,振奋精神,扎实工作,为实现上海气象现代化作出新的更大的贡献!

　　　　　　　　　　　　　　　(副市长姜平在全市气象工作会议上的讲话节选)

切实做好值班工作　维护全市平安和谐

洪　浩

韩正同志近期对市委、市政府机关的工作提出了"作风最过硬、服务最好、效率最高、工作最严谨"的"四最"要求。作为政府机关的重要枢纽和窗口，值班部门落实"四最"要求，既是应对政府职能转变特别是社会管理创新的需要，也是推动值班工作再上新台阶的有力抓手。各级值班部门要对照"四最"要求，找差距，补不足，抓重点，破难题，争取值守应急的各项工作取得新进展、新进步。

（一）日常值班要突出一个"稳"字

一是要进一步完善值班组织体系。各区县、各部门和基层应急单元要在完善本单位值班机构的基础上，积极推动值班机构向部门、乡镇、街道、村委会、居委会、企事业单位等基层组织延伸，努力做到值班工作网络体系"纵向到底、横向到边"。二是要培养和造就高素质的值班队伍。各单位要落实专人到值班工作岗位，并定期开展业务培训。市政府总值班室要进一步加强这方面工作。三是要健全落实专人专职24小时值班、节日及重要敏感日的值班等制度。确保全年365天、每天24小时都有人值班。特别是领导同志要以身作则，按照有关要求，节假日轮流值班、带班。确保政府工作正常进行，突发事件处置及时有效。

（二）信息报告要强调一个"合"字

这个"合"字，指的是信息综合。及时、准确、全面地做好突发事件信息报告工作，是值班工作的一项重要内容，也是应急管理的一个重要环节。不要小看信息报送，不要以为拿到材料后，一个电话、一个传真就能解决问题。现在信息技术发展非常快，容不得我们有丝毫耽搁。有时，一个小小的耽搁就可能导致问题、事件成为热点、难点，成为炒作对象。所以，要继续坚持"快报事实，慎报原因"的原则。但具体什么信息要追踪延伸，什么信息要重新核实，什么信息要立刻报送，什么信息要立刻发布，什么信息可以留作参考,需要值班人员具备较强的信息综合和研判能力。尤其是在特大、重大突发事件处置期间,事发阶段信息有限、纷繁复杂、多头报来、情况不明,处置阶段信息激增、鱼龙混杂,有真有假、有实有虚,领导也经常会打电话或亲自到值班室了解情况,更需要我们善于归纳,不要一问三不知。要搞好信息综合,必须在"心"字上下工夫,即了解信息要用心,查看信息要专心,报送信息要精心。

(三) 舆情应对要体现一个"快"字

2012 年 6 月,市政府办公厅建立了舆情应对核查督办制度,各单位也建立了相应制度。总体来看,这项工作已经取得了积极成效,一些重要舆情得到了有效应对。但也要看到,一些重大紧急舆情应对慢的现象依然存在。主要原因在于重大紧急舆情的协调层次和力度不够;部分单位应对意识不强,核查整改部门与新闻宣传部门沟通不畅、协调不顺,存在"两张皮"的现象,未形成新闻部门与实体应对部门的无缝衔接。下一步,市政府总值班室要尽快建立重大紧急舆情报请市领导协调处置的工作机制,完善舆情应对考核评估机制,特别是要加大培训力度。培训是至关重要的,市应急办和市政府新闻办要共同搞好这方面的培训。相关单位要进一步整合资源,理顺工作关系,形成工作合力。

(四) 标准建设要注重一个"实"字

编制值守应急地方标准,这是一项非常有意义的工作,但必须注重实效。一是内容要贴近本市值班工作的实际。二是各项具体要求要具有可操作性。三是标准发布后要逐项落到实处。目前,起草组已完成值守应急地方标准征求意见稿,并在今天会上与编制说明一起发给各区县和各有关单位。希望各区县、各有关单位本着认真负责的精神,结合实际,提出修改建议并及时反馈。标准发布后,市政府总值班室要认真组织开展宣传贯彻工作,与各区县、各有关单位一起,把标准要求一项一项落到实处,推动本市值班工作不断上新的台阶。

值班工作岗位平凡,责任重大,使命光荣,希望大家树立"值班工作无小事"的思想,继续努力,恪尽职守,为促进上海经济社会发展,维护城市运行安全和社会稳定作出更大贡献!

(市政府秘书长在全市政府系统值班工作电视电话会议上讲话节选)

第二部分
总 结 回 顾

2008—2012 年上海市应急管理工作总体概况

自 2008 年以来,上海的应急管理工作按照党中央、国务院的决策部署,在市委、市政府的坚强领导下,在国务院应急办的有力指导下,紧紧围绕推进"四个中心"建设、加快实现"四个率先"以及"建设和管理现代一流都市"的目标,逐步完善应急管理体制、机制和法制,加强预案和规划编制,发挥制度规范引领作用,着力夯实基层基础,基本形成了"政府统筹协调、联动高效处置、保障有力有序、社会参与广泛"的应急管理体系,持续增强维护保障特大型城市安全平稳运行的能力。五年来,尽管面临着各类突发事件的严峻考验,但城市总体保持了安全平稳运行,各类自然灾害发生状况与往年总体持平,受灾影响情况逐年改善;各类事故灾难总数逐年稳步下降,道路交通、工矿商贸、火灾、铁路交通、农业机械等事故起数、伤亡人数处于国家考核指标内;公共卫生联防联控机制更加健全,应急处置能力持续提升;社会安全形势总体稳定,无重大群体性事件、民族宗教、涉外、涉侨、恐怖袭击、劫机、暴狱等突发事件发生。

一、不断创新,着力完善应急管理体制机制

体制机制问题是应急管理工作的核心,也是有效应对各类突发事件的关键。早在 2004 年,市委、市政府根据处置各类突发事件的需要,在全国率先建立了省级应急联动机制,启用了市应急联动中心,负责对各类突发事件的统一接处警和指挥调度。2005 年,本市又按照党中央、国务院的统一部署,深入推动了"一案三制"建设,基本确立了"分类管理、分级负责,条块结合、属地管理为主"的应急管理体制,建立了市和区县两级应急管理领导机构、办事机构和工作机构。同时,遴选出机场、铁路、化工区等一批应急管理的重点区域,作为市级基层应急管理单元。特别是近年来,上海根据变化了的形势和发展需要,紧密结合特大型城市安全管理的特点,在充分总结重特大突发事件处置的经验的基础上,进一步充实完善了应急管理的工作体系框架,应急体制机制建设进入了一个新的阶段。

一是进一步确立了"条块结合、属地为主"的工作格局。从"条"上看,各部门应急管理的组织保障力度不断增强,职责分工更加清晰明确。如2008年,市政府成立了市安全生产应急救援指挥部,统一组织、指挥和协调事故灾难类突发事件的应急救援工作。2010年,为结合贯彻落实新修订的消防法,本市以公安消防队伍为依托组建了市应急救援总队,赋予其重大灾害事故和其他以抢救人员生命为主的应急救援现场指挥权。从"块"上看,应急管理的属地化能力也得到了有效加强。目前17个区县政府都全部成立应急领导机构和办事机构,闵行、长宁、奉贤、杨浦、嘉定等区县还积极从加强社会管理创新的角度,探索形成了应急管理与城市综合管理既一体化融合又各具特色的运作机制。

二是进一步理顺了综合协调、应急联动和现场处置等工作流程。2011年,市政府第107次常务会议决定对本市的应急管理体制进行调整,明确了市应急办(市政府总值班室)在常态和非常态下的工作职责,并且同时明确市应急办专设1名副主任,由市应急联动中心主任兼任。通过理顺关系,规范程序,强化了市应急办和市应急联动中心之间的工作衔接,市应急联动中心、市应急办在信息报告、指挥调度、应急联动、现场处置等流程更加规范,有力地保障了重特大突发事件的协调效率和处置效果。

三是进一步拓展了应急管理工作的内涵和外延。在认真完成"一案三制建设"等"规定动作"的同时,注重探索,不断创新,完成了一批"自选动作"。2012年,根据市主要领导指示精神,在原有政府应急值守的工作体系上,通过叠加功能,明确要求,建立了独具特色的"涉沪舆情应对制度",其主要内容是:加强舆情应对规则制订,提升政府、部门和企业的三层次舆情应对能力;建立"发现、督办、回应、反馈"等四环节的舆情应对流程;依托"上海发布"等舆情应对平台,在突发事件面前,讲真话、道实情,及时回应社会关切,有力疏导和化解社会热点。舆情应对制度的建立,促进了市政府总值班室信息上传下达枢纽作用的发挥,实现了应急管理"实体应急"与"虚拟应急"相结合的工作转变。

二、强化规范,充分发挥制度政策的保障作用

政策法规体系的健全规范,是全市应急管理工作的根本保障。2008年以来,市委、市政府先后印发了加强城市运行安全和生产安全、实施应急体系建设规划、加强突发公共事件新闻应对实施等意见和通知。市应急委、市政府办公厅组织开展了市级专项和部门预案的修订工作,并制定了加强值班工作规范、改进突发事件信息报告、推进避难场所建设、建立综合性应急救援队伍、推进应急信息系统、加强气象预警发布、建立应急专家队伍等一系列规范性文件。同时,配合市人大常委会开展了突发事件应对

地方立法工作。

一是预案体系不断完善。为提高应急预案编制的规范性、针对性和可操作性,市应急委(办)先后印发了《关于进一步加强应急预案建设的意见》、《基层应急预案框架指南》等规范性文件。积极开展市级专项和部门预案修订工作,要求做到"三个有"(即:事先有详细论证,事中有意见征询,事后有培训解读),鼓励部门之间建立应急预案的联合修订协调机制。多次举办了较大规模和具有社会影响的专项应急演练,如2012年9月26日,上海海事局结合海上搜救市级专项应急预案的修订,牵头组织了国内首次民用航空器水上遇险联合搜救演练,有效积累了航空器水上遇险专业处置的经验。

二是应急规划有序实施。市应急办牵头制定了《上海市突发事件应急体系建设"十二五"规划》,提出了"十二五"期间本市应急管理的整体发展思路、工作目标和具体指标。市民政局牵头制定了《上海市综合减灾"十二五"规划》。市各部门结合"十二五"规划的编制,开展了专项工作规划的编制工作,如市建设交通委编制了《"十二五"期间市建设交通委突发事件应急体系规划》,市质量技监局编制了《上海市"十二五"特种设备应急体系建设规划》,市安全监管局编制了《上海市安全生产"十二五"规划》。各区县也结合实际,开展了"十二五"应急规划的编制工作。

三是法制建设加快推进。在突发事件应对立法方面,本市具有较好的基础。2007年国家《突发事件应对法》制订期间,受国务院法制办委托,本市牵头承担了地方建议稿的起草工作。《突发事件应对法》实施后,市政府法制办及时对本市相关法规和政府规章、规范性文件进行了系统梳理和专门清理。2010年,市应急办、市民防办、市政府法制办共同开展了突发事件应对的地方立法课题研究。2012年12月,市十三届人大常委会第三十八次会议审议通过《上海市实施〈中华人民共和国突发事件应对法〉办法》,并于2013年5月1日实施。

三、强基固本,着力夯实应急管理的基层基础

基础不牢,地动山摇。2008年以来,本市通过增加经费投入,强化资源整合,加强宣传教育等多种手段,依托社区、社会组织和志愿者力量,从基层基础着手,全面做好应急管理队伍、专家、物资、信息、知识、能力等基础性工作,取得了新的进展。

一是完善队伍体系。2008年,经市政府同意,市安全监管局整合化工、冶金、建筑、船舶、电力、汽车制造等行业的应急资源,组建了17支市级安全生产专业应急救援队,作为公安消防骨干队伍的补充。2010年,市应急救援总队成立后,针对高层、地

铁、化工、空勤、水域、交通、搜救犬等领域,强化了专业应急救援能力建设。2011年,市卫生局承建了2支公共卫生的"国家队",1支国家急性传染病防控队和1支国家紧急医学救援队,承担在极端条件下开展医疗卫生应急救援工作、重大事件专业处置和国际医疗卫生救援的任务。

二是加强物资保障。市、区县两级财政持续加大对应急物资、装备的配置保障。市发展改革委、市经济信息化委、市商务委等部门,结合处置甲型H1N1流感等突发事件,加大重要商品储备保障,不断调整储备品种、数量,整合应急物资实物储备资源,建立和完善实物储备、生产能力和紧急动用的信息管理系统,逐步实现各类应急物资的信息资源共享和动态管理。市民政局正积极推进位于闵行区的市级救灾物资储备仓库建设,做好棉被、帐篷、饮用水等救灾必需品的储备。市商务委针对应急产品"配送难"的实际,会同相关部门与企业积极探索应急配送体系建设,以进一步提高对应急产品保障能力。公安消防部队的应急救援综合保障能力大大提升,跨区域地震救援、搜救所需装备物资已基本实现了"模块化"的储备模式。

三是提升科技水平。近年来,本市应急管理的科技化、信息化和集约化水平得到了显著提升。按照国家统一部署,市政府实施了总值班室与应急指挥室改建、应用系统研发等市应急平台项目建设,基本具备为市领导处置重、特大突发事件提供信息技术支持的条件,实现了与国务院应急平台、市各主要部门、各区县政府的互联互通。市民政局依托科技,加强通信保障和科技备灾能力。通过整合社会资源,建立了民政卫星通信体系,加强"天—地—现场"一体化信息获取和传送能力。民防、气象、防汛、地震、交通、消防、卫生、食品药品监管等部门高度重视科技信息化手段在突发事件应对的作用,开展了专项应急管理信息系统建设,提升了专业防范和处置水平。

四是搞好科普宣教。民防、民政、消防和安全监管等部门,充分利用每年的"5·12防灾减灾日"、"11·9消防日"、"国际减灾日"、"安全生产月",广泛开展各类应急知识宣传。公安、教育等部门协同配合开展了"校车安全"等专题培训和工作部署,市各大中小学校每学期组织开展1—2次学生疏散逃生演练活动。农民工安全生产培训、"全民消防安全演练和消防安全知识普及活动"相继被列为市政府实事项目。据2008年以来的不完全统计,全市共发放各类防灾减灾知识宣传资料910万余份,近68万人参与了各级各类应急疏散救护演练530余次,各类科普宣传场馆接待了近3.3万人次,宣传活动覆盖全市5300多个居(村)民委员会,累计农民工安全生产完成培训181万人次。全市共创建"全国综合减灾示范社区"84个,认定了一批"国际安全社区"、"民防减灾特色小区",并由民政部门牵头,在国内首次开展了"社区综合风险评估"工作。

四、有力有序,妥善应对重特大突发事件的考验

2008 年以来,本市依托高效成熟的应急联动机制,充分发挥公安、消防等骨干队伍以及防汛、电力、燃气、医疗急救等专业队伍的作用,在驻沪部队和武警部队的大力支持下,全市上下齐心协力,经受住了各类突发事件的考验,并为成功举办 2008 年北京奥运会上海赛区比赛、2010 年中国上海世博会等大型活动提供了可靠的保障。

自然灾害方面,先后经受了"莫拉克"、"梅花"、"圆规"、"海葵"、"达维"、"布拉万"等十余次强台风的袭击和考验,未造成重大人员伤亡和财产损失。有效应对了 2008 年春节的雨雪冰冻灾害和"8·25"特大暴雨灾害,保证了城市交通的基本畅通。组织开展了"5·12"汶川特大地震救灾援助,受到国家等方面的充分肯定。

事故灾难方面,妥善处置 2010 年"10·25"S4 高速公路液化气槽罐车侧翻事故,避免了重大次生、衍生灾害的产生。认真做好"11·15"特别重大火灾事故的处置和善后工作,尽最大可能维护社会安全稳定。积极处置 2011 年"6·21"智利国航瑞马轮危险化学品燃爆、"9·8"上海华东区赛科石化低温罐区烯烃管线爆炸燃烧、"9·14"上海英业达公司班车翻车和"9·27"地铁 10 号线追尾等多起突发事故。

公共卫生事件方面,有效防控甲型 H1N1 流感疫情,妥善处理"熊猫问题奶粉",彻查处置"染色馒头事件",成功阻断"疑似传染性肺结核"病源传入本市等。

社会安全事件方面,依法开展 2009 年"莲花河畔景苑"房屋倒塌引发的矛盾处置、及时化解"钓鱼执法"纠纷和产生的社会不良影响。有力处置"9·22"浦东国际机场出租车司机聚集事件。2011 年日本福岛核辐射危机后,通过加强市场供应和舆论引导等,成功平息了"抢盐风波"。

尽管本市五年的应急管理工作积累了一些经验,取得了一定的进展,在社会经济发展的过程中发挥了积极的作用,但是同社会主义现代化国际大都市的宏伟目标和"建设和管理世界一流都市"的具体要求相比,还存在着明显的差距。下一阶段,本市各应急管理部门将紧紧围绕《上海市应急体系建设"十二五"规划》明确的"　个系统、两个机制、三个能力、四个体系"的建设任务,以全面贯彻实施《上海市实施〈中华人民共和国突发事件应对法〉办法》为契机,进一步提升本市的应急管理工作水平,更好地保障特大型城市的安全运行。

(市应急办供稿)

2008—2012年自然灾害应对工作评估概况

一、自然灾害基本情况

上海地处濒江临海的特殊地理位置,容易受到台风、大雾、雷暴雨、大风和持续高温等自然灾害的影响。

据市民政局统计,2008年,全年因灾死亡8人、紧急转移3.8万人次,农作物受灾面积约2.1千公顷,直接经济损失约3.20亿元;2009年,全年因灾死亡1人,紧急转移0.2万人次,农作物受灾面积13.71千公顷,直接经济损失约2.45亿元;2010年,无直接人员死亡,农作物受灾面积约100千公顷,直接经济损失约0.02亿元;2011年,全年因灾死亡5人,紧急转移安置人口31.4万人次,农作物受灾面积约23.52千公顷,直接经济损失约3.57亿元。2012年全年因灾死亡4人,紧急转移34.95万人次,农作物受灾面积14.67千公顷,直接经济损失约5.2亿元。

总体而言,本市近年来自然灾害发生状况与往年平均水平持平或略高于往年,而台风、持续高温、风暴潮等自然灾害的存在对本市城市安全运行带来影响,自然灾害受灾情况总体平稳。

二、自然灾害应对工作评估

本市按照"聚焦两头"的工作思路,本市的自然灾害应对工作"一头"抓"科技备灾",瞄准国际救灾领域的高端技术,抢占救灾减灾技术的高地;"一头"抓"社区减灾",发挥社区在救灾减灾中的职能优势,夯实救灾减灾工作的基层基础,探索建立符合国家要求,具有上海特点的城市救灾减灾工作体系,立足上海,面向华东,服务全国。

(一)总体思路

1. 以人为本,更加尊重人民群众的生命价值。坚持民生为重,把人民群众的生命安全放在首位,推动灾害救助工作从"事本主义"向"人本主义"转变,减轻灾害造成的人员伤亡和财产损失。

2. 城乡并重,推动减灾工作全面发展。在做好农村救灾工作的同时,研究探索城市减灾工作的发展方向和具体措施,形成特大型城市综合减灾工作模式。

3. 关口前移,推动救灾与减灾的有机结合。进一步推动救灾工作从灾后救助向灾前预防转变、从应急救灾向常态防灾转变、从减轻灾害损失向减轻灾害风险转变。

4. 政社结合,实现政府、市场和社会资源的优势互补。加强政府在救灾减灾领域的规划指导,强化民政部门与涉灾部门的合作,培育社会组织和志愿者,充分利用科技企业的市场优势,探索形成政府、社会和企业的三方合作互动的格局。

5. 科技支撑,有效补充传统手段的不足。运用现代卫星、网络等新科技手段,发挥上海城市的人才、科技、物流等优势,加快推进救灾减灾产品、设备和技术的研发和应用能力,实现传统手段与高科技相结合,确保长期稳定不间断的业务运行能力。

(二) 主要工作

1. 完善体制、机制和法制,为救灾减灾工作奠定基础

一是形成合理的管理体系和组织架构。建立了各级市和区县政府的自然灾害救助应急综合协调机构,组织协调本行政区域的自然灾害救助工作。明确了民政部门的协调职能,加强与涉灾部门的合作。成立上海市民政减灾中心,加强与国家减灾中心和兄弟部门的合作。

二是形成有效的运行机制。完善资源共享机制,强化信息的互通。完善社会动员机制,不断深化政社合作、政企合作,以政府购买社会服务、征召企业服务、公益招投标等形式,探索形成政府、社会和市场(企业)的三方合作、互动格局。

三是健全法规制度和配套政策。研究制定上海市《自然灾害救助条例》实施细则,明确救助准备、应急救助、灾后救助、救助款物管理等方面工作规范。制定《上海市综合防灾减灾规划(2011—2015)》及实施方案。建立健全救灾减灾工作行政执法责任制,规范执法行为,加强监督检查,使救灾减灾工作进一步规范化、制度化和法治化。

2. 探索构建上海科技备灾体系,抢占救灾减灾的技术高地

一是强化灾情采集传输能力建设。整合民政部国家减灾中心和上海市民政局各自的救灾通信资源,加强"天—地—现场"一体化信息获取和传送能力,探索建立全方位、全天候、全灾种的灾情采集传输系统。

二是健全数据灾难备份系统。以技术研发为依托,开展"北京—上海"两地的全业务灾难备份系统建设,保证当任何一地的数据中心因自然灾害或其他因素导致失效时,救灾减灾工作依靠另一个数据中心不间断持续运行。

三是完善减灾宣传教育手段。借助依托上海远程教育视频系统,建立减灾宣传教育网络,普及防灾减灾知识和技能。

四是加强技术研发培训。提升救灾减灾领域新技术和新产品的研发,实现技术成果转换。开展救灾减灾工作人员的技能培训,提高队伍素质。其中,为积极配合国家减灾中心技术装备部对 SVC 现有卫星通信应急车队进行相关配套改造,实现灾情现场与国家减灾中心后台数据信息的直接互联,提升应急响应联动能力。

3. 加强社区综合减灾工作,夯实救灾减灾的基层基础

一是研发社区风险评估模型。以基层社区为单位,对可能发生的自然灾害、事故灾难、公共卫生和社会安全等各种致灾因子以及社区脆弱性和风险应对能力等进行全面识别和系统评估,形成通用的社区风险评估模型(村居委),并编制社区风险地图。在此基础上,建立本市社区风险评估模型(街镇),并于 2012 年在杨浦区、徐汇区、松江区试点推行,上述三个区全面推进"社区风险评估示范点"创建工作,绘制风险地图,2012 年底可实现社区风险地图在上述三个区县的全区覆盖。

二是创建"全国综合减灾示范社区"。以群众需求为导向,充分利用各部门、各行业减灾资源以及行政、法律、科技、市场等手段,形成一批各具特色、有推广价值的示范社区,提升市民防灾减灾意识和技能,并把创建"全国综合减灾示范社区"作为社区建设的重要内容,提高社区居民的自救能力和互助意识,推动社区和谐发展。2009 年以来,全市共创建"全国综合减灾示范社区"115 个。

三是开展社区减灾宣传教育活动。充分利用"5·12 防灾减灾日"、"11·9 消防日"、"国际减灾日"等重要纪念日,运用社区宣传栏、橱窗、板报、LED 电子屏等载体,以及社区学校、老年活动中心、社区文化中心等活动场所定期进行防灾减灾宣教活动,并定期开展各项多种形式的应急演练,切实提高居民的自救互救能力,提升居民对社区防灾减灾工作的满意度。2009 年以来,全市累计共发放各类防灾减灾知识宣传资料 910 万余份,近 68 万人参与了各级各类应急疏散救护演练 530 余次,13 万人接受了现场咨询,宣传口号滚动播放 9 万多次,播放宣传短片和公益广告 3 万条次、近 7 万余分钟,15 万人接受了各类防灾减灾培训,各类科普宣传场馆接待了近 3.3 万人次,宣传活动覆盖全市 5 300 多个居(村)委会。

4. 完善救助协作机制,提高自然灾害救助水平

一是研究编制和修订自然灾害相关预案。和高校合作开展相关课题研究,有序开展《上海市自然灾害救助应急预案》的修订工作。同时指导各区县民政局开展区县层面的相关预案修订工作。

二是健全灾情会商机制。与气象、地震、水务、海洋、农委、规土等涉灾专业部门签订双边或多边协议,促进资源与信息的共享。发挥自然灾害应急管理工作的牵头作用,从2007年开始组织灾情会商评估和灾情趋势分析,为市政府有效预防和应对自然灾害提供了决策咨询,确保了城市平安有序发展,为城市自然灾害预防与应急处置管理提供了较好的依据和管理模式。

三是提高应急救助水平。在对本市自然灾害及救助现状全面调查与分析的基础上,编制《上海市贯彻〈自然灾害救助条例〉的实施细则(试行)》,进一步建立健全本市应对突发重大自然灾害救助体系和运行机制。同时,不断完善自然灾害灾情报送系统,探索引入灾害保险员参与对灾情损失的评估,提高核灾的专业性。不断完善灾民救助补助标准。探索巨灾保险制度,推广社区综合保险制度,建立风险分担机制。根据自然灾害的特点、人口特征,按照布局合理、规模适度的原则,成立了市民政局救灾物资闵行储备库。

四是完善对兄弟省市的救灾援助。完善与兄弟省市的对口援助方案,加大技术救灾的援助力度,形成有针对性的、多元化的长期合作机制。创新救灾捐赠方式,研究协调组织公募机构开展救灾募捐活动。据统计,2008年"5·12汶川地震"抗震救灾工作中,根据市救灾援助指挥协调小组的指示要求,市民政局制定救灾捐赠工作方案,并组织成立市民政局"5·12汶川地震"救灾捐赠领导小组,牵头负责社会捐赠工作小组,统筹协调全市社会捐赠工作,负责动员社会力量,做好救灾援助工作。截至2008年10月14日,市民政系统接纳的捐款人数达570.100 2万人,接收捐款单位达4.401 6万家,共接收赈灾捐款8.97亿元,直接接收捐赠物资折价0.75亿元,两项计9.72亿元。2008年市民政局启动21次应急响应,先后分别对湖北、湖南、贵州、广西、安徽、江西、江苏、云南、四川、甘肃、陕西、广东等各省市区实施了救灾紧急援助,共援助5 500万元资金,以市委、市政府名义发送慰问电18次。2009年市民政局启动22次应急响应,先后分别对广东、湖南、广西、云南、河北、山西、辽宁、吉林、陕西、河南、湖北、山东、北京等各省市和内蒙古自治区、宁夏回族自治区、新疆维吾尔自治区实施了救灾紧急援助,共援助3 100万元资金,以市委、市政府名义发送慰问电22次。2010年市民政局启动22次应急响应,先后分别对云南、广西、青海、浙江、江西、湖南、广东、四川、贵州、湖北、重庆、陕西、吉林、甘肃等各省市实施了救灾紧急援助,共援助4 800万元资金,以市委、市政府名义发送慰问电17次。2011年市民政局启动5次应急响应,先后分别对云南、四川、湖北、贵州等4个省市实施了救灾紧急援助,共援助700万元资金,以市委、市政府名义发送慰问电5次。2012年市民政局启动5次应急响应,先后分别对云南、甘肃、重庆等3个省市实施了救灾紧急援助,共援助1 338万元资金,以市委、市政府名义发送慰问电4次。

5. 以能力建设为重点,加强防灾减灾队伍建设

一是建立一支灾害信息员队伍。开展灾害信息员职业资格鉴定工作,推进灾害信息员队伍专业化建设,综合承担灾害预警以及灾害信息收集、传递、评估和应急救助工作。

二是建立一支灾难社会工作者队伍。进一步总结汶川地震社会工作服务的经验,依托社会力量,探索建立以"社会关系重建"为目标的灾难社会工作者队伍,体现灾后救助工作的人文关怀。

三是建立一支救灾减灾志愿者队伍。鼓励基层社区、共青团组织、非政府组织和公民参与救灾减灾工作。探索开展定期培训,健全激励机制,逐步培育和发展社会公益组织和志愿者团体。

此外,本市加大综合减灾资金投入力度。建立健全减灾投入机制,加大综合减灾资金投入,并纳入财政预算。积极整合各类减灾资源,建立救灾减灾资金长效保障机制,计划对综合减灾"十二五"规划中明确的减灾重大项目,优先安排,重点保障。

(市民政局供稿)

2008—2012 年事故灾难应对工作评估概况

一、事故灾难基本情况

近年来,本市各类事故灾难逐年稳步下降,道路交通、工矿商贸、火灾、铁路交通、农业机械等五类国家控制考核指标始终受控。

2008 年,本市道路交通、工矿商贸、火灾、铁路交通、农业机械等事故实际死亡总人数为 1 532 人,占控制指标的 97.15%;2009 年,实际死亡总人数为 1 479 人,同比上一年度下降 3.46%,占控制指标的 97.9%;2010 年,实际死亡总人数为 1 409 人,占控制指标的 97.44%;2011 年,实际死亡总人数 1 250 人,占控制指标的 91.58%,同比上一年度下降 11.28%。2012 年,实际死亡总人数为 1 208 人,同比上一年度下降 3.36%,占控制指标的 96.56%。

二、事故灾难应对工作评估

本市事故灾难应急管理工作按照相关要求,以夯实"一案三制"为基础,保障城市运行安全为目标,开展了扎实有效应对工作。

(一) 应急预案体系不断完善

从 2006 年起,在市应急办的统一组织、指导下,有关部门陆续编制完成了本市 3 个事故灾难专项应急预案,17 个事故灾难类部门应急预案。经过几年的实践探索,为进一步增强应急预案的实效性和执行力,切实提高应急预案在处置事故灾难突发事件中的作用,2012 年又对这些应急预案组织开展了评估和修订。同时,各部门积极推进应急预案体系建设。市民防办进一步完善应急救援体系建设,完成了《地下空间突发事件应急处置操作规程框架指南》及地下空间使用单位《应急处置操作规程》,积极推进区县应急预案体系建设,17 个区县全部完成了地下空间突发事件应急预案的编制,建立完善了本市地下空间应急预案体系。市交通港口局层面已初步形成 1 总 19 专的预案框架,另外还完成世博公交、长途、内河通航等 12 个专项细化方案的编审工作。市安全监管局结合本市中小企业面广、管理水平参差不齐的特点,组织人员编制了化工、服务业、制造加工业、建筑业等四类行业应急预案范本,推动中小企业开展应急预案编制工作,并指导各区县根据自身的特点对应急预案范本的种类作了进一步的细化,如黄浦区编制了服装、商贸、餐饮等 9 个指导性应急预案,发给区域内 6 000 余家小企业。

(二) 应急组织体系建设逐步健全

一是设立了安全生产应急救援指挥机构。经市政府批准,成立了市安全生产应急救援指挥部,指挥部办公室设在市安全监管局。

二是各部门的应急组织体系逐步建立。例如:市农委建立健全安全生产领导机构,充实农机安全生产突发事故处置工作领导小组,成立市渔船水上安全突发事件应急处置办公室。市环保局成立了市环境应急与事故调查中心,从应急预警、应急准备、环境应急、事后处置等方面开展环境应急管理工作,基本形成了市、区县两级的应急响应体系,实现了统一受理、分级处置的运行模式。市安全监管局加强与市应急办、市应急联动中心、市消防局、市环保局、市民防办等单位和部门协调和沟通,成立了应急管理处,专门负责本市安全生产应急管理工作。华东电监局指导推动市电力公司开展电力应急和城市应急联动能力建设,进一步健全应急组织体系。市通信管理局所属各基层电信营运企业均成立了以公司主管为领导的应急通信保障组织机构。市环保局成立了辐射安全管理处,专设了应急管理岗位,各区县进一步明确了分管领导和部门负责同志。市交通港口局成立了应急工作领导小组,由局长任组长,分管副局长任副组长,区县交通主管部门、局处室、直属单位和集团大企业的分管领导为成员。机场集团两个机场均设置了应急救援领导小组和应急救援指挥中心。

(三) 应急管理规章制度不断规范

近年来,本市事故灾难应急管理规章制度建设有了初步成效。例如:印发了市安全生产应急救援指挥部《上海市安全生产应急救援指挥部及其办公室和各组成单位主要职责》;市建设交通委《建设工程班组安全管理标准》;市公安局、市交通港口局、市安全监管局等部门《公交客车通用技术标准》、《上海市公共汽车和电车客运服务规范》及《上海市公交汽(电)车消防安全管理规定》。市公安局完成了《上海市消防条例》、《上海市消火栓管理办法》等法规规章修订;机场集团制订了《应急救援设备管理规定》;市交通港口局制订了《关于上海市交通港口系统安全事故报告和赴现场处置范围与程序的规定》等。

　　各部门结合"十二五"规划的编制,稳步推进应急制度规范建设。例如:市建设交通委《"十二五"期间市建设交通委突发事件应急体系规划》;市质量技监局《上海市"十二五"特种设备应急体系建设规划》;市安全监管局《上海市安全生产规划(应急管理部分)》;市旅游局《关于做好 2011 年旅游安全生产工作的通知》等。

(四)应急演练培训工作有序开展

　　2010 年,本市依托公安消防部队成立了上海市应急救援总队,各区县也成立了应急救援支队,围绕世博安保工作,积极组织有关单位进行应急演练。市安全监管局在安全生产月期间专门安排了"应急预案演练周"活动,以危险化学品生产、使用、储运企业和建筑施工等高危行业企业为重点,开展各种形式的应急演练。据统计,仅在 2010 年安全生产月期间,各区县、各集团公司组织有一定规模的安全生产应急演练 100 多次。如吴泾化工基地危险化学品泄漏事故应急处置综合演练、宝山钢铁股份有限公司特殊钢事业部天然气泄漏事故区域性应急救援演练等,通过演练有效地检验了预案,提高了应急救援队伍协同和区域作战能力。上海海事局组织救助、公安、消防、渔政等 10 家搜救中心成员单位在黄浦江陆家嘴(外滩)水域成功开展了上海港历史上首次大型国际邮轮综合搜救演习,强化了海上搜救的应急协调指挥能力。民航华东地区管理局督促各机场公司举行了飞机在跑道降落时发生火情应急救援综合演练、飞机进入非辅助路面应急桌面演练,进一步巩固了飞行区应急运行模式。电力行业内部针对应急演练已经实现了常态化和制度化,电力突发事件的应急联合演练工作正逐步向重要用户、重点领域和热点地区推进。另外,在建党 90 周年、第 14 届"世游赛"等重大活动期间,市环保局、市通信管理局、市防汛办等相关部门组织开展了专项演练,有效保障了"世游赛"等大型活动的安全顺利举行。

　　各部门大力开展应急宣传与培训,提高了应急意识和能力。如:市公安消防部门积极实施"开展全民消防安全演练和消防安全知识普及活动"市政府第 1 号实事项目,编写《上海市家庭消防安全知识读本》,发放到数百万户家庭;邀请建筑消防设施生产厂家技术骨干,分批分类开展了 5 期短期强化培训,共培训社会单位消防管理人、消防控制室操作人等重点岗位人员 1.9 万余名;聘请消防控制设备生产厂家技术骨干,分批分类对 6 581 名社会单位消防管理人员、5 000 余家人员密集场所消防安全责任人、1 万多名党政机关领导干部和街镇、居(村)委消防安全管理人员、4 万多名社会单位消防从业人员开展了消防知识和技能培训,切实强化了社会单位及从业人员的消防责任意识,增强了自主管理综合能力。2008 年至 2011 年计划培训 160 万农民工,实际完成农民工培训 181.236 2 万人。另外,建设交通部门积极贯彻落实《市政府关于进一步规范上海市建筑市场加强建设工程质量安全管理的若干意见的通知》,组建上海市整治建筑市场领导小组办公室,开展建筑市场整治规范专项行动,加强对外宣传和总结、上报整治情况信息等工作。质量技监部门认真吸取大连"7·16"输油管道爆炸等事故的教训,加强化工管线安全防范工作,组织有关单位开展自查,排除隐患,狠抓制度落实和人员的教育培训。教育部门切实加强安全教育和演练。积极推进《大学生安全教育纲要》的实施,进一步加大安全应急预案的演练,不断扩大预案演练的覆盖面。要求市各大中小学校每学期必须开展 1—2 次学生疏散逃生演练活动。不断开展高校保卫、后勤、安全干部常规培训,重大活动、特定时段专题培训,校车安全应急专项培训等各项培训活动。安全监管部门注重培育和发展安全文化。积极开发群众喜闻乐见的安全宣传产品,发放到一线职工;及时总结推广来自社区、企业的先进经验,促进安全文化建设有序进行;深入开展"安全生产月"活动,提升公众安全素养。其他各部门、各区县也都开展了多种形式的安全教育培训活动,增强了做好应急管理工作的责任感,提高了处置突发事件的能力,促进了安全文化素养的提高。

(五) 应急救援队伍建设初具规模

各部门不断壮大应急救援队伍建设。如:公安消防部门强化总队、支队、中队三级应急救援队伍,不断推进高层、地铁、化工、空勤、水域、交通、搜救犬等 7 个专业、54 支专业队伍建设。实行全警消防联席会议制度实体化运作,全市 357 家公安派出所消防专(兼)职民警配置到位;通过立法和强化培训,推动全市约 28 万人的保安队伍承担消防安全保卫职能,前移全社会防控火灾的关口。市交通港口局认证了第一批 10 家取得资质的救捞单位,基本覆盖本市内河范围,并组织社会力量、专业力量,开展了内河综合应急救助基地筹备工作,拟先期在黄浦江上游的松江区叶榭、青浦区淀山湖(含急水港)、直属吴淞江泗江口建立三个集人命搜救、船舶救捞、污染物清除、碍航物清理等功能的内河综合应急救助基地。市地方海事局成立了黄浦江(上游)巡航大队,健全浮吊船管理工作制度,加强区域联动合作,建立闵行、松江、青浦三个海事处之间联动联勤机制,共建黄浦江上游平安航区。市安全监管局通过季度例会、800 兆电台联动、应急演练等方式,"险时搞救援,平时搞防范",继续抓好 17 支安全生产救援队伍的管理,着力提高应急救援能力。市燃气处重新编制了《上海市燃气行业应急处置人员联络网》手册,确保了应急信息顺畅、处置及时到位,建立专家聘用和评价机制,重新梳理选定了燃气应急专家队伍,选取合适的、有能力的应急抢修队伍,创新了政府购买应急服务的管理模式。

（六）应急资金投入不断加大

各部门努力加大资金投入力度，进一步提高应急基础设施和装备的水平。如：在2011 年本市公安消防部门持续增强战勤综合保障能力，4.87 亿元市政府消防特种装备专项资金首期拨付到位，先后购置各类消防车辆 72 台、装备器材 30 万余件套。跨区域地震救援专用储备库和宝山、金山 2 个保障大队投入战备，7 支重型搜救队和 16支轻型搜救队所需装备物资实现"模块化"储备，2、4、8 小时应急响应和快速集结，72小时自我保障目标基本实现，本市东西南北全方位、全勤化、联动式的战勤保障网络初步形成。市建设交通委运用科技兴安，试点推进塔机防碰撞装置的应用。市环保局加强环境应急监测体系建设，初步建成布局合理、分工协作、各有侧重的快速应急监测网络体系。市通信管理局督促各公司将分散在各个专业、目标（通信枢纽、机房、营业厅、仓库等）的安防监控系统、消防控制系统、动力环境监控系统、GPS 车辆定位系统等设施，利用互联网技术，构建成统一的安全管理平台。华东电监局在上海电力行业全面推广运用"电力安全事故（事件）信息网络报送系统"等。

过去的五年，本市事故灾难应急管理工作在各级党委的高度重视和各级政府的直接领导下，由于精心有力组织指挥、专家支持参与决策、有关部门协调配合、救援队伍英勇奋战、企业职工员工自救互救，取得了显著成效。

（市安全监管局供稿）

2008—2012 年公共卫生事件应对工作评估概况

一、公共卫生事件基本情况

(一) 传染病类

据统计,2008 年至 2012 年,通过卫生部"突发公共卫生事件信息管理系统",本市共报告传染病类突发公共卫生事件 140 起,涉及病例 3 126 人,其中死亡病例 15 人。

按照事件类型分类,130 起传染病类突发公共卫生中,14 起为甲类传染病疫情,均为个案的霍乱病例,无死亡病例报告;23 起为乙类传染病疫情,涉及病例 94 人,其中报告死亡病例 14 人,主要是重症型甲型 H1N1 流感病例死亡报告;20 起为丙类传染病疫情,涉及病例 841 人,无死亡病例报告,以流行性腮腺炎暴发疫情为主;83 起其他类传染病疫情,其中 79 起事件为水痘暴发。

按照事件级别分类,140 起传染病类突发公共卫生事件中,一般突发公共卫生事件 115 起,未达到国家规定的分级标准的事件 25 起,没有较大、重大和特别重大级别的传染病类突发公共卫生事件报告。

按照事件发生的年份分布,2008 年报告 41 起,2009 年报告 41 起,2010 年报告 23 起,2011 年报告 17 起,2012 年报告 18 起,呈逐年下降趋势。

按照事件发生的场所分布,140 起传染病类突发公共卫生事件中,101 起发生在学校,占总数的 72%,共涉及学生 2 766 人,无死亡病例报告。

(二) 食物中毒类

共报告发生集体性食物中毒 50 起,中毒人数 1 286 人,无死亡报告,每年的集体性食物中毒发病率保持在十万分之三以下的较低水平。

食物中毒发生时间特点分析。食物中毒发生时间以第二、三季度为主,共发生 37 起,中毒人数 864 人,中毒起数和人数占 5 年间中毒总起数和总人数的 74% 和 67.2%。

食物中毒致病原分析。有 39 起食物中毒查明病原物质,其中 32 起为细菌性的,7

起为化学性的。

食物中毒发生原因分析。有 34 起食物中毒查明中毒发生原因，绝大部分是由于生熟交叉污染、熟食加工储存不当、加工人员带菌操作等不规范操作引起的。

食物中毒肇事情况分析。分析 50 起食物中毒的肇事情况，除 2 户无证单位、2 户家庭办酒、3 户食品零售单位外，其余 43 户均为餐饮服务单位。

（三）人畜共患传染病类

本市牲畜口蹄疫、高致病性禽流感等重大动物疫情总体基本保持平稳。O 型口蹄疫变异株在我国部分地区持续发生和流行；2009 年发生一起奶牛 A 型口蹄疫疫情；2011 年国家参考实验室已经从本市邻近省市的活禽交易市场禽群中分离到变异程度较高的 H5 亚型高致病性禽流感病毒株。

本市继续落实以免疫为主的综合防疫措施，加强疫情监测，强化检疫监管，重大动物疫病的强制免疫覆盖率达到 100%，免疫抗体合格率均处在高于国家 70% 的标准。病原学监测方面，监测结果全部为阴性。加强奶牛"两病"等主要人畜共患病的监测，奶牛"两病"一年监测 2 次，做到监测面 100%，阳性牛无害化处理率 100%。家畜血吸虫病的监测按人、畜同步的原则进行，并进行血吸虫病抗体监测，全部为阴性。

（四）口岸突发事件

上海口岸共处置各类突发公共卫生事件 20 起，其中成功处置了"精钻探索"号、"弗拉里"轮、"钻石公主"号等多起外籍游轮突发群体性腹泻事件。

（五）其他突发事件

通过卫生部"突发公共卫生事件信息管理系统"报告的其他类型突发公共卫生事件 97 起。其中，报告职业中毒类事件 45 起，高温中暑类事件 32 起，环境因素类事件 5 起，预防接种反应 8 起，其他类事件 7 起。45 起职业中毒类事件涉及人数 158 人，其中死亡病例 33 人。21 起为较大级别事件，23 起为一般级别事件，1 起未达到国家分级标准。职业中毒类事件的致病因素主要有一氧化碳中毒、硫化氢中毒、二氧化碳中毒和氯化氢中毒等。32 起高温中暑类事件共涉及人数 35 人，全部为死亡病例。高温中暑类事件的报告时间主要集中在每年的 7—8 月。5 起环境因素事件中 4 起为一般级别事件，1 起为较大级别事件；均为非职业性一氧化碳中毒，涉及人数 94 人，其中死亡 7 人。8 起预防接种反应均发生在学校，均为较大级别事件；涉及人数 153 人，无死亡病例报告。7 起其他类型事件均未达到国家分级标准，主要为不明原因的疾病、农药中毒、血铅超标事件和流感样病例暴发；7 起事件共涉及 140 人，其中死亡 1 人。

二、公共卫生事件应对工作评估

市卫生局、市食品药品监管局、市农委、上海出入境检验检疫局等有关部门高度重视突发公共卫生事件应对工作,结合各自工作实际,不断完善和提高突发事件处置能力,全力保障上海城市公共卫生安全。

(一) 建立联防联控工作机制,健全应急管理体系

2008 年以来,有关部门和单位不断强化组织领导,根据上级部门的部署和要求,不断建立健全突发事件应对指挥体系和工作机制,加强应急值守,强化责任意识,完善应急网络建设。加强部门间会商机制,每年研讨总结上一年度突发公共卫生事件,分析当年突发公共卫生事件发生趋势,并向市应急办报告。

2008 年,市卫生局建成了市公共卫生应急指挥中心,在 2009 年防控甲型 H1N1 流感疫情期间,启用了该应急指挥中心,召集参与甲型 H1N1 流感防控工作的相关政府部门派遣工作人员进驻指挥中心集中办公,分管市领导也常驻指挥中心,充分利用指挥中心的应急信息化决策支持系统、视频会商系统、办公信息化系统等,确保了国家和本市防控甲型 H1N1 流感疫情的工作部署第一时间得到集中传达、集中会商、快速响应、及时落实。

2011 年本市成立了市食品安全委员会及其办公室,共有 18 个部门和单位协同配合,组织落实国务院及市委市政府关于食品安全工作的决策部署,统筹指导全市食品安全工作,制定食品安全监管的重大政策措施,督促落实食品安全监管责任等,为本市食品安全撑起了强有力的保护伞。

市农委进一步完善市、区县、镇及村的四级防疫体系,提高市、区县二级动物疫病诊断检测能力和动物产品质量安全监管水平。同时,在继续实施市食品安全联席会议及相关沟通机制的基础上,进一步完善与兄弟省区市供沪动物及动物产品联防监管和沟通联系机制。

上海出入境检验检疫局与市卫生局、市环保局、市公安局等部门均建立了合作机制,签署了相关的合作备忘录或合作协议,进一步强化了部门间的合作交流、联防联控的工作平台。

(二) 完善应急预案体系,规范应急处置流程

市卫生局组织编制的应急预案有《上海市突发公共卫生事件专项应急预案》、《上

海市突发事件医疗卫生救援预案》《上海市手足口病工作预案》《上海市处置污染婴幼儿奶粉事件医疗卫生救援应急预案》等一系列突发公共卫生事件方面的应急预案，印发了《上海市卫生应急预案汇编》，预案的针对性、实用性和可操作性不断增强。

市食品药品监管局根据《国家食品安全事故应急预案》《上海市突发公共事件总体应急预案》，重新制定了《上海市食品安全事故专项应急预案》，重点就预案中的事故分级、报告以及调查评估方面提出了修订的建议，进一步规范和指导食品安全事故的应急处置工作；为建立健全本市生猪产品的食品安全预警和应急处置机制，规范和指导生猪产品的应急处置工作，编制了《上海市生猪产品食品安全预警和应急预案》；为做好"世博会"期间食品安全保障工作，制定了《2010 年上海世博会食品安全突发事件应急处置预案》。在做好食品安全事故应急预案编写管理等工作的同时，还组织撰写了《上海市食品安全应急联动五年工作总结》和《上海市基层食品安全应急队伍建设情况》等。

市农委每年根据农业部部署的相关工作要求，结合国内外疫情形势和本市的防控需求，制定免疫、监测和流调三个方案，并印发至各区县，确保相关工作的实施和落实。2009 年在甲型 H1N1 流感疫情防控期间，及时印发了《猪感染甲型 H1N1 流感应急预案（试行）》等文件。在 2010 年"世博会"和 2011 年"世游赛"等重大活动前，制定了《上海市世博会期间动物卫生及动物产品质量安全突发事件应急预案》《2011 年上海第 14 届国际泳联世界锦标赛期间动物防疫及动物产品安全突发事件应急预案》，修订了《供沪动物及动物产品防疫监管规定》。

上海出入境检验检疫局在实际工作中不断完善和改进应急预案体系，预案内容涉及口岸传染病控制、卫生监督、食物中毒、生物反恐、核和辐射反恐等各个方面，主要有《上海口岸沪九直通车突发公共卫生事件处置预案》《上海口岸食物中毒事故处理规程》《上海口岸国际航行邮轮群体性食源性感染事件处置规程（试行）》《上海空港口岸入境传染病应急处理（预案）操作规程》等，并于 2010 年世博会前，重新对所有的应急预案和工作方案进行了修订完善。此外，在世博会期间，为使在上海口岸检疫查验发现的口岸输入性疑似传染病病人得到及时、有效的转诊和治疗，控制疫情蔓延，上海出入境检验检疫局与市卫生局联合下发了《关于建立上海世博会期间口岸输入性疑似非国境检疫传染病病人转运机制的通知》，该机制的形成，进一步提升了上海口岸预防控制传染病由境外传入的能力，并为今后两局形成长期联防联控工作机制奠定了基础。

（三）加强风险评估和监测预警，实现预防工作关口前移

建立快速、规范、有效地开展突发事件公共卫生风险评估机制是早期发现、识别和

控制危害群众健康风险隐患的重要手段和关键环节,各单位十分重视各自领域内预防预警机制和风险评估工作。

市卫生局启动以传染病个案报告为基础的传染病与突发公共卫生事件信息报告管理系统,通过网络直接向卫生部报告传染病疫情等突发公共卫生事件,提高了报告的及时性、敏感性和准确性,并实现了传染病等突发公共卫生事件报告的动态统计和分析。2011年受卫生部的委托,市卫生局承担了《国家突发事件公共卫生风险评估技术方案》编制工作,依托现有的传染病直报和突发公共卫生事件监测报告等体系和国内外疫情、舆情监测信息,每月开展一次突发事件公共卫生风险评估,并对当前阶段公众关注的焦点公共卫生事件进行分析,提出针对性的防控措施。

市食品药品监管局在开展大量风险监测的基础上,组织开展食品安全风险评估,并根据评估结果采取针对性风险管理和风险沟通工作,自2008年以来共撰写各类食品安全评价专报200余份,及时将食品安全风险信息传递给有关各方,减少了食物中毒的发生几率。2009年6月1日正式启用细菌性食物中毒预警系统,每日在专门网站发布细菌性食物中毒的风险等级,并通过手机短信向各级食品药品监管部门及有关食品生产经营单位发送预警信息,由于细菌性食物中毒占本市食物中毒总数的80%以上,针对细菌性食物中毒开展的预警工作,可以提醒有关单位和个人采取针对性措施,大大减少了食物中毒的发生。为更有效地预防和控制食物中毒的发生,根据食物中毒在各个季节和某些特殊时段发生的特点,向社会发布食品安全预警公告和消费提示,2008年以来共发布了"谨防河豚鱼食物中毒"、"谨防外送盒饭、桶饭引起的细菌性食物中毒"、"新学期预防学生食物中毒"、"国庆长假食品安全消费提示"等17期食品安全预警公告和消费提示。

市农委根据农业部的要求和《2012年上海市高致病性禽流感和口蹄疫等主要动物疫病免疫计划实施方案》部署,对全市规模养殖场和专业养殖户按照推荐的免疫程序进行免疫,全市禽流感、牲畜口蹄疫、猪瘟和高致病性猪蓝耳病等重大动物疫病的强制免疫覆盖率达到100%。近年来随着国内外疫情不断变化,积极开展疫情研判,科学调整免疫方案。为做好新流行毒株的防控工作,自2010年来组织召开多次研讨会,积极协调相关部门和企业,确保疫苗足额到位。同时加强应急储备物资的管理,定期更新储备物资,进一步健全与中标企业的疫苗调运机制,确保发生突发事件时应急物资及时到位、调运顺畅。目前,常年储备口蹄疫疫苗200万毫升,禽流感疫苗300万毫升,猪瘟疫苗100万头份。

上海出入境检验检疫局在突发公共卫生事件预防预警方面着力健全监测网络体

系,在各口岸查验点、港区、海关边防及相关船舶代理单位都设立了监测点,形成全覆盖的监测网络,一旦有突发事件发生,可在第一时间向检验检疫分支机构业务科报告,在处置突发事件后,同步向上海出入境检验检疫局卫生监督处和国家局报告,国家局将根据上报的突发公共卫生事件的性质、风险等级和分布情况等情形,通报全国各级检验检疫机构做好相应的准备,启动相应的预案。总体来看,随着上海出入境检验检疫局突发事件监测网络体系不断完善和预测预警能力的提高,为本市及周边口岸乃至全国各口岸制订实施相关防范措施提供了依据。

(四) 加强公共卫生监管力度,提高食品药品监管水平

市卫生局卫生监督所建立和健全本市公共场所基础档案工作,全面排摸本市各类公共场所卫生基本情况,分析可能存在的公共卫生隐患。突出重点,抓住关键控制点,加强对理发美容店、沐浴场所、游泳场所、文化娱乐等公共场所的公用物品、用品清洗消毒效果的监督抽检,加强对人群密集和使用集中空调通风系统的商场(超市)、宾馆饭店的室内空气质量的监督管理。加强与行业主管部门及各行业协会沟通,及时研究分析可能产生的卫生隐患。进一步建立与完善突发公共卫生事件紧急报告程序和制度。根据公共场所突发卫生事件的特点及气候性等因素,有针对性地在相关媒体发布警示性公告。

市食品药品监管局不断开展各类专项检查工作,加强春秋季学生集体用餐检查,发放《学校食堂食品安全告知书》、《食物中毒预防指南》等宣传资料,进一步强化学校负责人的食品安全意识;加强企事业单位、工地食堂专项检查,5年间出动监督员2万余人次,检查企事业单位职工食堂7 000余户次,工地食堂2 000余户次;做好节假日和重大活动食品安全保障工作,在春节、五一、十一等节假日,加强节日期间各类餐饮单位的专项检查工作,进一步规范和完善了酒席套餐的标识,杜绝了生熟交叉污染的食品安全隐患,遏止了少数不法经营单位加工销售违禁食品的行为。

市农委不断强化检疫监管,坚决防止外疫传入,加强产地、屠宰检疫监督工作,设立屠宰检疫派驻点,完成检疫申报点的布局和建设,组织开展动物检疫员年度上岗培训;进一步强化市辖境内公路道口等滤网作用,联合公安部门开展节日前夕专项整治行动,切实发挥市境公路道口各动检站区域性动物防疫屏障作用;加强流通环节的延伸监管,对家禽批发市场、肉类批发市场和库、卖场及加工经营单位的防疫监管,特别是对本市3家家禽批发市场,进行市场凭证入场、定期休市、防疫消毒及无害化处理等措施的专项检查,定期对活禽采样,密切监测禽流感免疫状况。

上海出入境检验检疫局开展食品安全专项整顿,大力开展食品安全宣传,加大监管能力建设,完善食品安全监管长效机制。通过签订《上海口岸食品安全责任书》、明确责任、加强监管、加大抽检比率,规范口岸食品生产经营单位和餐饮单位的食品安全状况。

（五）积极开展培训演练,提高队伍应急处置能力

市卫生局每年有计划地组织开展有关培训演练,内容包括应急管理人员培训、公共卫生应急救援专业培训、反恐救治药品使用培训、批量伤员院内救援培训、世博会等重大活动医疗保障培训、输入性及新发传染病临床诊疗能力培训、核化生医疗救治培训等。分别组织对全市 54 支二级甲等以上医院和 42 支二级乙等综合性以上医院的应急医疗队伍开展卫生应急培训;组织全市 96 家综合性医疗机构卫生应急队伍开展"迎世博现场急救技能培训";承建了 1 支国家急性传染病防控队和 1 支国家紧急医学救援队,以期承担在极端条件下开展医疗卫生应急救援工作、重大事件专业处置和国际医疗卫生救援的任务。在做好培训工作的同时,市卫生局每年都组织开展应急演练并参与由其他单位主办的演练,组织举办了迎奥运防病演练、迎世博防病演练、突发事件批量伤员救治演练、城市突发事件应急医学救援演练等各类突发公共卫生事件的模拟演练和突发事件批量伤员救援的实战演练,参与了反劫机演练、"浦江 4 号"反恐演练、轨道交通突发事件演练、特大桥梁突发事件应急处置演练等全市性的综合演练,通过一系列的演练和培训,全市卫生应急队伍专业素质不断提高,卫生应急处置实战能力明显提升。

市食品药品监管局在国内率先建立了与国际接轨的食品从业人员规范化培训体系,目前已有 10 万余名餐饮行业从业人员接受了食品安全规范化培训。通过培训,食品从业人员的食品安全意识、知识和技能明显提高,食物中毒得以有效预防。同时,市食品药品监管局每年组织开展全市规模的食品安全事故的应急演练。各区县分局也积极组织开展辖区内的食品安全应急处置演练,通过演练,锻炼了全市 1 000 余名食品药品监督员队伍,强化了应急准备、协调以及应急响应意识和能力,并通过对演练结果进行总结和评估,为进一步完善各类应急预案和提高实际应用效果提供了经验。

市农委为进一步提高应对突发动物疫情的能力,分别对各区县动物疫病预防控制中心的分管主任和业务骨干、动物防疫信息统计人员和流行病学调查人员以及村级动物防疫员开展了监测、疫病流行趋势及防控策略等应对突发重大动物疫情的相关培训。并组织开展全市畜禽采血大比武活动、市境道口动检执法人员集训和动物留验实战演练等活动,提高了应急人员的技术水平。

上海出入境检验检疫局每年举办多次针对性培训,内容包括口岸卫生监督员培训、疟疾卫生检疫防控暨全球基金疟疾项目培训、口岸生物反恐及核辐射检测技术培训、口岸肠出血性大肠杆菌防控培训、卫生处理从业人员技术培训和卫生检疫业务信息管理系统培训等，并多次有针对性地开展了"邮轮突发群体性腹泻事件应对处置"系列实战演练，并将演练内容和场景对话翻译成外文、编制成学习手册发放至每一位口岸一线工作人员手中学习。

　　过去的五年，本市的公共卫生安全总体平稳、可控，但作为特大型城市其公共卫生安全形势仍然面临挑战。本市各级行业管理部门将不断健全体制机制，加强行业监管，提高工作能力，紧紧依靠全市人民，共同做好城市公共卫生安全工作，努力为本市的社会经济发展和公众健康保驾护航。

（市卫生局供稿）

2008—2012 年社会安全事件应对工作评估概况

一、社会安全事件的基本情况

近五年来,无重特大社会安全突发事件发生,网络舆论总体平稳,全市社会安全形势总体稳定。

二、社会安全事件应对工作评估

1. 刑案工作方面。一是加大攻坚命案等严重暴力案件。2008 年,共立刑案 13.41 万起;2009 年共立刑案 13.23 万起;2010 年,共立刑案 11.97 万起;2011 年共立刑案 12.7 万起;2012 年共立刑案 13.57 万起。始终保持对命案等严重暴力犯罪的严打高压态势,有效整合各种资源,充分发挥现代科技手段和传统侦查手段相结合的优势,强力推进命案侦破工作。二是有效开展打黑除恶工作。本着"露头就打、除恶务尽"的工作思路,进一步增强政治敏锐性和工作责任感,始终保持对涉黑涉恶违法犯罪活动的严打高压态势。三是不断加强缉毒侦查工作。按照"打团伙、摧网络、破大案、抓毒枭、缴毒资"的工作方针,严厉打击各类毒品犯罪,继续强化口岸查缉毒品工作,加强易制毒化学品管控。四是有力推动在逃人员追捕工作。持续推进"全警追逃"、"信息追逃"工作,积极挖掘各类信息资源,深入开展在逃人员追捕工作。

2. 反恐怖工作方面。市反恐办通过不断完善反恐怖应急处置体制机制,切实提高了全市反恐部门、应急处置队伍的应对能力和处置水平。一是健全反恐应急预案体系。明确应急队伍的处置程序、力量调用、职责任务和通讯保障等,构建了门类齐全、层次分明、科学合理的反恐怖应急预案体系。二是切实加强反恐怖安全防范工作。制发重点目标防范能力评估标准,协调有关单位结合区域特点、工作实际,建立健全重点目标防范工作机制。三是加强反恐应急处置队伍建设。整合全市反恐应急处置力量,研究制定了《上海市反恐应急处置队伍最小作战单元及勤务规范》,明确了各反恐应急处置队伍的职责分工和指挥协同关系。四是加强反恐实战演练工作。通过组织各类反恐应急拉动和演练,着力提升指挥员的现场指挥水平和各反恐专业队伍的协同作战能力。五是加强反恐应急处置培训和调研。对全市反恐成员单位的指挥员和应急处置人员,开展恐怖袭击事件的系统性专业培训,进一步提高本市各级反恐应急处置队伍指挥员的理论水平和业务能力。

3. 反劫机工作方面。在市处劫领导小组的领导下,市处劫办以提高处置能力为重点,通过完善预案体系、开展培训演练、加强情报收集等措施,全面做好处置劫机事件的各项准备工作。一是增强反恐意识。市处劫办及各成员单位领导始终把防范和处置劫机事件作为各项安保工作的头等大事,广泛开展形势任务、职能使命、工作目标等专题教育,为有序推进本市反劫机工作奠定了坚实的思想基础。二是强化工作措施。加强上海机场地区重要目标、重点部位的反恐防范,加大上海空港口岸涉恐等重点人员和危险物品的查控工作,对发现的各类重点人员逐一采取审查、跟控等措施。三是加强情报建设。建立情报信息互通共享机制,充分发挥信息网络作用,全面加强对上海空港空防安全形势的预测和分析。四是加强业务培训。开展专业培训和岗位练兵活动,有效提高了相关人员执行反恐、反劫机任务的能力。五是加强协调联络。进一步做好驻场武警部队的各项协调工作,充分发挥驻场武警部队在确保空防安全和维护空港地区社会稳定中应有的作用。

4. 预防和处置群体性事件工作方面。各地区、各部门按照各级处置群体性事件专项应急预案的要求,注重发挥职能优势,以群体性事件的依法处置为抓手,协调相关部门做好跟踪化解工作,确保全市未发生影响社会稳定的重大事件。一是各级领导高度重视维稳工作。长期以来,群体性事件的应对、处置、善后等工作得到了市委、市府、公安部、市委政法委各级领导的高度重视和坚强领导。二是加强情报信息工作。全市各级维稳部门及时收集掌握涉及群体性矛盾因素的预警性、行动性情报信息,做好突出矛盾动态情况的跟踪续报,强化对情报信息的定量、定性分析研判,为各类重大会议、活动安保(维稳)工作提供切实有效的基础积累。三是全力做好应急处置工作。全市各级维稳部门全力做好相关群体性事件现场的应急处置工作,积极完善相关群体性事件应急处置预案,开展重点涉稳对象的辨识指认、疏导分流及打击处理等相关工作。

5. 化解民族宗教矛盾工作方面。在相关部门及各区(县)的大力支持和配合下,本市民族宗教突发事件均得到较为妥善的处置,有效维护了社会稳定。一是加强宣传教育力度。多层次地开展民族宗教工作法律法规、政策知识的宣传教育,积极营造民族团结进步的良好氛围,引导宗教与中国特色社会主义相适应。二是积极整合社区资源。帮助少数民族尤其是来沪少数民族群众解决就业、就学、就医等实际困难,使他们自觉遵守上海的各项法律和制度,尽快融入社区,从源头上减少矛盾冲突的发生。三是及时排查和化解不稳定因素。对可能影响民族团结、宗教和睦和社会稳定的苗头性隐患进行集中排查,特别注意排查和防范敌对势力利用涉及民族关系、宗教问题,制造事端的情况。对排查出的隐患,采取有效措施,妥善加以化解。四是做好涉及民族、宗教因素的信访工作。畅通群众利益诉求表达渠道,最大限度地保护民族宗教界的合法权益,对有历史遗留问题和突出矛盾的老上访户,认真研究应对措施,做好重点人员的工作。

6. 监狱管理工作方面。市监狱系统以防暴狱、防劫狱和防脱逃为重点,加强应急管理基础工作,确保上海监狱的安全稳定。一是完善突发事件应急预案体系。面对错综复杂且日益严峻的监管安全形势,本市紧密结合工作实际,修订完善了以暴狱、处置罪犯脱逃、劫持人质、外来人员聚众冲击监狱等为重点内容的9个专项预案,初步形成了较为完善的应急预案体系。二是加强应急处置队伍能力建设。注重应急队伍建设,抽调政治素养高、业务能力强、身体素质过硬的民警成立应急分队,完善应急装备,加强应急训练,切实提高处置突发事件的能力。三是加强指挥中心能力建设。将监狱指挥中心作为负责监狱安全的综合管理部门独立设置,着力发挥指挥中心日常安全管理、应急指挥调度的枢纽作用,警务协调、监视监控、应急管理、检查监督、设施管理等五大职能得到初步履行。四是开展突发事件预警预测。按照早发现、早报告、早处置的原则,制定了《上海市监狱管理局重大事项社会稳定风险评估实施办法》,加强突发事件的预警预测。健全完善狱情犯情分析会制度,形成局、监狱和监区三级的狱情犯情分析会的运行机制。

7. **市场供应保障工作方面。**市商务委根据市委、市政府的统一部署和要求,结合主副食品供需特点,着力做好主副食品供应工作。一是加强货源组织,确保供应。推进主要副食品产销合作,要求生产加工和超市卖场零售企业要保持必要的经营库存量。充分发挥大型农产品市场发布信息,吸引货源,扩大交易功能,保持货源充足,供应均衡。二是加强动态监控,完善供应体系。精心组织力量,加强对主副食品市场动态监控和趋势分析,动员组织并会同有关部门加强对国际市场相关食品信息的监控,关注上海周边地区市场行情。切实做好部队、学校等特殊群体的供应工作,确保数量充足,价格基本稳定,质量安全,确保本市主副食品市场供应正常。三是加强市场监管,切实保护消费利益。工商、物价、质量技监和食药监等部门,加强市场监管,确保主副食品从生产、流通到消费的食品安全,依法查处低于成本价的违法促销行为,制止主副食品低价限时限量促销行为。

8. 高校安全工作方面。市教委积极开展本市教育系统应急管理工作,妥善处置本市高校各类突发事件,有效地维护了高校的安全稳定。一是完善组织体系,明确工作责任。加强对本市教育系统应急管理工作的领导,完善本市教育系统突发事件应急处置体系,由各基层单位的保卫、安全、卫生等部门抽调专职人员组成应急管理处置队伍。加强制度和预案建设,层层落实工作责任,确保高校的一方平安。二是及时处置高校不稳定事件。建立了市教委、高校、区县教育部门安全保卫干部直线联系制度,保持 24 小时信息沟通,确保第一时间赶赴现场开展工作,妥善处置各类高校突发事件。三是积极推进高校技防建设。切实推进高校技防建设,巩固人防、物防、技防"三位一体"安防体系,大力推广技防系统实战应用平台建设,加强应用管理和人机联防、处置,提高校园安全综合防控能力。四是推进校园安全宣传教育活动。充分利用校刊、广播、校园网络等资源,扩大安全宣传的覆盖面和影响力。精心组织专题安全宣传教育活动和应急预案演练。

9. 旅游安全工作方面。市旅游局积极做好本市旅游安全生产的各项工作,妥善处置旅游突发事件。一是加强应急管理工作。本市旅游行业确立"以人为本"的理念,按照"预防为主"、"标本兼治、重在治本"的要求,加强旅游安全和突发事件的应急管理,立足促进确保旅游安全、应对突发事件与旅游经济同步发展。二是增强突发事件的应对能力。逐步完善旅游应急管理机制建设,开展消防及突发事件应急演练,建立旅游行业应急救援队伍,控制、减轻和消除突发事件引发的社会危害,保护中外游客的生命财产安全。三是加强政策法规学习。积极组织学习贯彻国家有关开展旅游工作的方针、政策和规定,提高旅行社管理人员的政治意识、政策意识和外事意识。四是加强宣传教育。加强对旅行社领队、导游的培训,通过领队、导游对游客进行安全防范的宣传与教育。

10. 涉侨矛盾处理工作方面。市政府侨办在市委、市政府领导下,严格按照《上海市政府侨办涉侨突发事件专项应急预案》的要求,明确工作机制,强化应急保障。同时,加强侨务系统干部对涉侨突发事件应急处置工作的学习和培训,要求侨务干部一要知政策,及时解答问题;二要勤排查,及时掌握动态;三要善调处,及时化解矛盾;四要敢负责,及时控制局面。

11. 金融安全工作方面。在市金融突发事件应急领导小组统一部署下,市金融办积极做好本市金融系统突发性事件的处置工作,确保上海金融发展态势总体平稳。一是完善组织机构。建立健全金融应急工作小组工作制度,落实金融应急工作小组部署的各项工作举措,确保全市金融突发事件应急工作机制高效运转。二是加强预案体系建设。完善金融突发事件的组织、运作、保障体系,加强预案与相关金融稳定工作制度的衔接,不断增强金融风险处置能力。三是加强突发事件防范、预警机制建设。不断完善监管体系,提高监管手段和措施,对主要风险机构和重点风险领域充实监管力量,落实监管责任。推进金融监管部门与地方政府之间的协作,加强对投资类、担保类等中介公司的管理,对非法集资等社会影响面广的非法金融活动,开展专项打击整治行动。

12. 网络舆论工作方面。市网信办在国家互联网信息办公室的领导下,按照市委宣传部部署,适应微博客快速发展的新的网络传播环境,扎实做好网络宣传、管理、引导、舆情各项基础工作,努力创新工作手段,推动本市互联网健康有序发展。一是完善舆论引导机制。形成以宣传部门为主导、实际工作部门相配合、各类媒体齐心协力的网上舆论引导工作机制,不断提高舆论引导水平。二是完善网上舆情的研判机制。加强部门沟通和信息共享,准确判断网上舆论态势和舆情走势,协调开展网上热点应对和突发事件处置,提高舆论引导的实效性、针对性。三是建立和完善新闻发布制度。改进重大突发事件和群体性事件报道工作,及时准确发布权威信息,最大限度地压缩小道消息和谣言的传播空间。四是提高网络管理水平。加强网上信息管理的技术手段建设,及时发现和封堵有害信息,对无视社会责任、传播有害信息、造成恶劣影响的网站,坚决依法惩处。

（市公安局供稿）

第三部分
创 新 交 流

第三部分

司法改革

一、预案管理

本市探索应急预案编制管理的实践

应急预案作为突发公共事件应急管理的重要组成部分,是应急管理建设的基础性工作。2005 年以来,市应急办按照国务院的部署和市委、市政府的要求,逐步建立并形成了以市总体应急预案为龙头,区县应急预案、专项与部门应急预案、工作预案和基层应急管理单元应急预案为主体,处置规程以及社区(乡村)、企业、学校等基层单位应急预案为补充的具有特大型城市特点的应急预案体系,基本涵盖了自然灾害、事故灾难、公共卫生、社会安全等各类突发事件的各个方面和环节,在保障城市安全运行和生产安全中起到了重要作用,也为防范和处置各类突发事件工作提供了规范和依据。

一、应急预案编制

按照国务院《关于实施国家突发公共事件总体应急预案的决定》和《国务院办公厅关于加强基层应急管理工作意见》等规定要求,市政府办公厅和市应急委分别制定并印发了《转发国务院办公厅关于加强基层应急管理工作意见的通知》、《上海市突发公共事件应急管理委员会关于进一步加强应急预案工作的若干意见》等一系列规定和文件,为进一步规范预案编制和管理,提高预案的针对性和操作性,完善本市应急预案体系发挥了积极作用。

据不完全统计,近五年来,本市共制定并印发突发事件应急预案 27.603 6 万个。其中,1 个市总体应急预案、17 个区县分预案、51 个部门和专项预案、11 个市级基层应急管理单元预案和重大活动应急预案;1.042 0 万个基层乡镇(街道)综合应急预案、9 829 个居(村)委会应急预案和处置规程;21.765 7 万个全市大中小型企业应急预案和现场处置方案;2.725 8 万个全市普通高校、中学、小学、幼儿园应急预案。

本市应急预案编制主要呈现以下特点：一是注重预防性。随着上海城市快速发展，城市风险的社会脆弱性增加，新的公共安全隐患不断出现，轨道交通、桥梁隧道、地下空间、超高层建筑、人员聚集场所等大量城市基础和基本建设项目常态运营中日常安全管理面临重大考验。各区县、各应急管理工作机构坚持"积极预防、有效应对"的工作原则，扎实做好以预案体系建设为主要内容的应急管理工作。针对本区域可能发生概率较高的突发事件，进一步加强重点领域(行业)的预案管理，不断健全预案体系，强化管理职责，优化处置程序。如：2010年上海世博会筹备期间，根据重大活动工作和特点要求，制定了世博会开幕式、开园仪式、高峰论坛、国家馆日、闭幕式的总体预案，并就接待、外事、安全、宣传等方面，研究形成数十个专项工作预案，进一步明确工作职责，把握重点环节，落实具体任务。通过实践检验，各项预案在上海世博会历时184天运行中，充分发挥了重要作用。二是注重规范性。在市级预案框架的基础上，根据基层和企业特点，市应急委编制印发了《上海市基层应急预案框架指南》，对基层应急预案和处置规程的体例、基本内容、注意事项等作了表述，着重突出针对性、实效性和可操作性，确保了预案管用、能用和规范，全面推进了基层应急预案体系建设。三是注重动态性。按照应急预案"领域上全覆盖、内容上高质量、管理上动态化"的要求，各单位结合应急管理工作实践，建立应急预案评估制度，对应急预案的适用性、衔接性、操作性和实效性等进行评估，原则上每两年进行一次。在评估中，发现应急预案存在内容不符合实际需求，预案编制单位及时予以修订和完善。如：市建设交通委组织修订《上海市处置建设工程事故应急预案》，开展以预防高处坠落、起重伤害、机械伤害、触电、物体打击、坍塌等为重点的专项治理。上海海事局通过修订《上海海上搜救和船舶污染事故专项应急预案》，进一步明确上海海上搜救中心的责任区域，规范搜救中心的组织指挥体系，强化了搜救应急设备、专业救助力量建设等要求。

二、应急预案管理

根据市总体应急预案的规定，影响本市四大类44种突发事件的预案编制均明确了预案责任单位。全市各应急管理工作机构、区县应急办、市级基层应急管理单元牵头单位均明确预案责任主体和处置机制。基层预案编制推进中，按照"分级负责，属地管理"的要求，明确以市民政局、市安全监管局、市教委作为应急管理"进社区(含农村)、进企业、进学校"的牵头单位，以市和区级基层应急单元作为重点，结合不同特点和需求，做好各类应急预案的编制、实施和管理。如：闵行区大胆创新预案管理新模式,通过构建区应急联动中心,建立了"大联动"机制,运用关联和信息系统,将全区应急预案的建设管理工作通过一个平台覆盖到各街镇和所有委办局及有关部门指挥系统。又如上海机场(集团)按照市级基层应急单元建设要求,重点加强预案建设和管理,五年来,已分别制定机场各类突发事件应急预案或规程 25 个,实现了预案全覆盖。

三、应急预案演练

近年来,各有关部门的应急演练工作已经常态化,演练的针对性和实效性进一步提高。据统计,本市市级每年常态化演练多达数十次。如:市地震局每年组织协作区域演练1—2次。市规划国土资源局开展地质灾害演练,运用电子水准仪、地下管线探测仪、数字地震仪、探地雷达仪、经纬仪等先进设备仪器和装备,开展地质灾害演练,强化了应急演练技术化保障手段。市民政局联合相关部门和单位开展自然灾害应急保障演练,充分利用现有民政救援机制、物资资源和通信资源,实现卫星通信、地面网络、应急车辆和手持终端等技术装备之间的有机融合,提高"天—地—现场"一体化信息获取、传输、服务、应急指挥和保障能力。2010 年上海世博会前夕,市主运行指挥部围绕世博会各项重大活动的重要环节和重要内容开展多种层次的工作演练、内部演练、单项演练和仿真演练,力求通过演练进行"情况大摸底"、"问题大排查"、"工作大练兵",及时查漏补缺,完善工作细节。如开幕式、开园仪式先后组织了 4 次开幕式工作演练、2 次开园仪式工作演练、2 次外事工作单项演练。特别是在开幕式彩排中,组织近7 000 余名社会各界代表模拟中外来宾进行了"全仿真"演练。同时,围绕开幕式、开园仪式涉及的工作内容,开展了整车入园、远程安检、园内转场等数十场内部模拟演练,为确保世博会实现"成功、精彩、难忘"的目标奠定了坚实基础。据统计,2011 年,全市各有关部门共组织开展突发事件应急演练 35.252 8 万次。其中,政府及其部门组织开展演练 2.128 2 万次;社区(村)组织开展演练 1.048 0 万次;普通高校、中学、小学、幼儿园组织开展演练 7 026 次;大中小型企业组织开展演练 31.374 0 万次。

四、下一步努力方向

本市应急预案体系建设虽然取得了一些成果,但仍存在一些薄弱环节:

一是预案质量有待进一步提高。从本市已制定的社区、乡村、学校、企业等基层应急预案和处置规程来看,目前,尽管数量不少,但质量参差不齐。有少部分预案操作性不强,有的照搬照抄上级的预案。

二是演练实效有待进一步提升。从全市演练情况看,目前,本市少数部门和单位出于对本单位各种考虑,每年的演练次数少、投入小,演练重形式、轻实效,重表演、轻实战。

三是预案分级标准有待进一步统一。从全市应急预案"分级标准"看,目前各单位预案处置分级标准依据不一,有的是根据突发事件造成损失的量化指标确定,有的是根据突发事件的严重程度确定,尚未形成统一的分级标准。今后,本市将进一步深化应急预案体系建设,加强应急预案管理,完善配套工作预案和处置流程,提高各类应急预案应对突发事件的针对性和可操作性。

（市应急办供稿）

浦东和虹桥国际机场应急预案体系建设

上海浦东和虹桥国际机场是市应急委确定的市级基层应急管理单元之一,近年来,结合市级基层应急管理单元建设,重点在机场预案体系建设上作了一些探索和实践。

一、上海机场应急预案体系框架

近年来,依据《中华人民共和国突发公共事件应对法》、《上海市突发公共事件总体应急预案》,结合上海机场特点和对应民航系统要求,逐步建立健全了上海浦东和虹桥国际机场地区的应急预案体系。该预案体系主要由三级构成。

1. 第一级《上海浦东和虹桥国际机场地区突发公共事件总体应急预案》(以下简称《总体预案》)是两场地区应对各类突发事件制定的整体计划、规范程序和行动指南,主要界定机场应急委及其成员单位的职责、机场地区应急管理体制、机制以及应急响应的原则、程序和机制,是指导机场应急委成员单位及驻两场地区其他相关单位编制专业和部门应急预案、处置规程的主要依据之一。总体预案已经在 2006 年底机场应急委成立前制定,经机场应急委各成员单位会签通过,并经过了市政府审定。

2. 第二级《上海浦东国际机场突发公共事件应急预案》、《上海虹桥国际机场突发公共事件应急预案》(以下简称两场应急预案)是浦东、虹桥国际机场地区应对两场地区突发事件制定的计划和程序,明确各类突发公共事件的处置职责、流程、要点等。两场应急预案包括自然灾害、事故灾难、公共卫生、社会安全等 4 个类别预案,在每个类别中,根据突发事件实际发生频率和应急保障的重要性的不同,分别制定若干种具体突发事件的专项应急规程,共 23 个。

3. 第三级机场地区各应急联动单位处置规程(以下简称处置规程)是两场地区各应急联动单位依据总体预案、两场应急预案明确本单位应急管理职责,制定相关各类突发事件应急处置流程、人员设备组织、技术保障方案等。

二、上海机场应急预案体系的特点

1. 编制过程中充分听取、吸纳了机场内与应急相关的主要单位的意见,突出可操作性。

2. 预案种类选取上,主要考虑了突发事件可能发生的频率、重要性两个因素。

3. 维持了机场在应急运作中的主体地位,强调了统一指挥和协调,机制程序畅通。

4. 兼顾了民航局和地方政府对机场应急管理的要求,维持了应急准备工作模式、应急运作方式等基本内容的一致性,既沿用了民航应急体系的一贯模式。又使机场应急管理融入上海应急体系。

5. 保持对应急预案的修订和完善,并加强了与驻场单位的协调,机场公安、航空公司、民航华东管理局、机场检验检疫局等机场应急委成员单位直接参与了预案的编制和修订。

三、上海机场应急演练种类及特征

1. 常规性应急演练。即有组织地通过制定计划、分项演练、合成演练等步骤来完成,主要有以下几个方面的作用:一是能够有效地检查一个机场针对某一种类突发事件制定预案体系的适用程度、衔接程度;二是提供一次"复习"应急预案、应急程序的机会;三是出动和检验应急设备或系统;四是磨合民航管理当局、ATC、机场、航空公司、公安等不同单位合成处突能力;五是对演练暴露出的问题,及时修补,完善机制。

2. 检验性应急演练,或者称为应急抽查。近年来,上海机场集团逐渐加大了该种演练的频率,主要用于不定期抽查虹桥、浦东两个机场在岗工作人员(主要是值班和应急指挥人员)的应急反应能力。最常用的做法是紧急集合,临时设问,考核相关人员对预案的熟悉程度;或者以"不打招呼"的形式预设模拟处突现场。这种做法特点突出、效果明显:一是少了"演戏"的成分;二是能有效检验通讯联络、在岗在位等情况,测试应急反应速度;三是能有效检验值班人员对应急预案所规定的职责、程序、应急处置要点、现场情况等的熟悉程度;四是能有效检验各部门应急装备物资调用是否及时;五是能有效检验基层应急人员的技术性操作;六是与常规性演练的功能互为补充。

四、下一步发展思路

一是机场应急预案体系建设要进一步强化机场各部门"形成合力"的意识,不断在资源、信息等方面实现整合,形成一种强强联手、功能齐全的预案体系。

二是机场应急预案体系建设要坚持可操作性,对本区域的风险(或危险源)、应急能力作出综合、深入的分析和评估,并将风险高、发生概率大的突发事件,作为制订本区域应急预案的主要参考依据。

三是基层应急预案体系建设过程中,注意做好上下衔接和左右协调,主要是做到机场预案与区域外属地预案,企业预案和政府预案,机场内不同种类预案等相互衔接配套等。

四是推进预案使用的信息化建设,利用信息技术将预案的内容融入到应急信息平台,在应急的后台和前沿之间同步、同质实现预案的决策参考和应急支持功能。

在市应急委的领导下,上海机场基层应急单元将进一步强化预案体系建设,持续改进和加强上海机场的应急管理能力,为努力建设成为"设施一流、服务一流、管理一流"的现代化航空港架设可靠的安全屏障。

（上海机场集团　吴友林供稿）

二、风险排查

本市建立风险隐患排查治理机制

近年来,市政府(市安全生产委员会)通过组织开展隐患排查治理专项行动、百日督查活动、安全生产三项行动及安全生产年等活动,积极探索建立风险隐患排查"四级责任、三级督办"的工作机制,完善重大隐患挂牌督办制度,实施全面排查治理各类隐患的长效机制。

一、加强领导,全面动员,突出"五个结合"

市政府高度重视安全生产隐患排查治理工作,要求做到"五个结合",即与落实隐患治理年各项措施、与落实重点行业领域安全专项整治工作、与落实重点行业主管部门监管责任、与落实企业安全生产主体责任、与落实"迎奥运、保安全"措施相结合。2008年6月,市政府印发了由市长韩正签署的致全市各企业法定代表人公开信,共发放60万份,基本做到了对全市各类企业的全覆盖。公开信进一步强调了企业在安全生产中的主体地位,要求各企业法定代表人认真履行安全生产第一责任人的职责,从自身做起,从现在做起,从岗位细节做起,共同构筑坚实的安全生产防线。各区县也先后召开党委常委会、区政府常务会等会议专题研究结合年度目标部署隐患排查治理工作,党政主要领导挂帅,做到亲自动员、亲自部署、亲自带队深入一线督查。特别是在专项行动中,市各有关部门进一步推动安全生产责任制的落实,强化企业在安全生产中的主体地位。

各生产经营单位也以开展专项行动和安全生产月为契机,广泛发动职工积极参与,抓住源头管理、过程控制、应急救援、事故查处等主要环节,逐项排查梳理,做到了隐患排查治理的全覆盖。通过采用班组自查自纠、各组互查、领导督查的方式,找准隐患,落实整改。

二、乘势发力,勇于攻坚,聚焦"四大重点"

一是重点领域。本市开展了反"三违"(违章指挥、违章作业、违反劳动纪律)行动,促进企业安全生产主体责任落实,强化安全基础管理,建立重大隐患分级督办制度和重大危险源分级监控制度。同时,将易制爆化学品、剧毒化学品、易制毒化学品从业单位以及成品油集中储存区域、重大危险源单位作为全市安全监管的重点,督促相关单位立即开展全面检查和自查自纠,落实防范措施。

消防部门以人员密集场所、高层建筑、易燃易爆单位、"三合一"场所、地下空间、群租房等为督查重点对象,集中开展整治。交警部门采取明察与暗访、综合督查与专项督查、定期督查与随即督查、实地督查与网上督查相结合等多种督查方式,连续对各个区县进行了专项检查。建设行政部门重点开展建筑起重机械专项治理、强化轨道交通工程监管、注重对学校、幼儿园等敏感区域的施工安全质量监管、开展危险性较大工程的集中整治等活动,质监部门重点对人员密集场所、主要旅游区域的电梯、大型游乐设施等特种设备安全管理情况开展安全督查。水上交通部门按照"排查要认真、整治要坚决、成果要巩固、杜绝新隐患"的总体要求,对内河乡镇渡口、水上通航和涉外危险品、客运码头、浦江游览和报监水运工程施工重点单位进行督导检查。

市政部门整合资源,对区县重大市政工程、城市燃气、道路交通设施、公路超载、道路管线安全开展综合督查。专项行动期间颁布了《市政公路养护维修企业安全诚信档案制度》,构建了养护维修作业行业安全监管的长效机制。

交通、铁路、民航、电力、农业、水务、卫生、旅游、教育等部门根据行业特点、监管重点和治理难点分别在系统内开展了一系列针对性强、措施有力的督查治理行动。通过排查梳理,督促指导,落实整改,有效促进了行业内安全生产状况的好转,为进一步建立安全生产长效机制、制定安全生产治本之策奠定了基础。

二是重点企业。对一些存在较大事故隐患且整改不力的或发生过生产安全事故的企业,不断加大跟踪督改力度,实行跟踪问责,确保事故隐患整改的落实到位,有力推动解决了一批老大难问题。

三是重点区域。针对城中村、各类商品交易市场等人口大量集聚,安全事故、火灾频发区域,开展全面整治。如宝山区原步云胶鞋厂区域由于历史原因,该区域安全管理混乱,乱搭建、擅自改变房屋结构,违章建筑、群居群租、"三合一"现象严重,安全出口不畅,人员混杂,流动量大,存在着严重的消防和社会治安问题。整治期间,市委、市政府领导高度重视,在市安委办的综合协调下,市区联手,攻坚克难,最终基本实现了"年内实现经营户撤离、非法建筑全部拆除、事故隐患彻底消除"的预定目标。

四是重点人员。外来务工人员由于缺乏必要的安全意识和常识,在生产中违规违章作业高发。为此,在安全隐患排查治理过程中,注重培养和增强外来务工人员的安全意识,消除人为的安全隐患。

三、积极创新,寻求突破,完善管理机制

一是部门联动机制。各区县建立了层层落实、逐级负责的隐患排查治理体系。区县政府都成立了由相关部门组成的专项行动领导小组,由党政主要领导亲自挂帅,统一领导;各相关职能部门细化责任分工,明确了专项行动的分管领导和联络员,建立了畅通的联系沟通渠道;各街道(镇)派出经验丰富的工作人员,把专项行动的检查面扩展到中小企业和基层。一方面,各区县按照"条块结合,以块为主"的原则,充分发挥安监、建设、公安、交通等部门合力,各司其职,相互配合,建立了分工合作的联动模式,全面开展安全督查;另一方面,各街道、镇、工业区、村(居)委会也会充分发挥基层组织的网络监管优势,共同推动安全生产隐患排查治理工作纵深开展。通过加强条块之间的衔接,确保排查工作的全覆盖。

二是政企互动机制。在安全生产隐患排查治理中,充分调动企业的安全生产主体责任,依靠和发动广大企业人员参与隐患排查治理,做好隐患的自查自改。闵行区积极主动地为企业提供安全生产服务,帮助企业对有关问题进行诊断和整改。同时,加强对企业的跟踪和指导,督促企业增加投入,采取措施,确保隐患整改到位。特别是区质监局细化特种设备隐患排查工作要求,在隐患排查治理中对企业予以及时辅导,帮助企业"建立四本台账、抓住三个环节、建立二个机制、建立一套预案",确保特种设备安全运行处于受控状态。如针对上海重型机器厂有限公司在改造过程中存在的问题,专门联系了起重机械检验方面的专家,到企业上门指导,帮助企业尽早地完成了起重机械的改造、验收工作。

三是挂牌督办机制。通过建立台账、重点督办、整改销号等措施,加强跟踪督查工作力度,促使事故隐患整改到位。如闵行区对于重点隐患单位,按照属地管理和分级管理的原则,严格实行挂牌督办机制。对于挂牌督办单位,由区安委办发文下发至各重大安全隐患挂牌单位和所属街镇安全办,并在区安全生产报和区局域网上予以通

告；重大事故隐患单位对隐患现状的产生原因、危害程度、整改难易程度进行分析，并制定方案上报；政府出资聘请专家对隐患做出会审评估，并由职能部门开具重大事故隐患限期改正通知书；企业整改完毕，由隐患单位写出书面报告报区职能部门，并由职能部门派员会同专家组复查验收，开具复查意见书。凡验收合格的，有区安委办发文销号，并在区安全生产报和局域网再次予以通告。

四是投入保障机制。在隐患治理中，各区县政府进一步加大公共财政对隐患治理的支持力度。如原卢湾区对公共安全工作实行"三个纳入"：纳入政府重要议程，纳入实事工程、平安工程，纳入公共财政保障，并每年安排 1 000 万的公共安全专项资金。再如在"整治宝山区原步云胶鞋厂区域重大隐患"中，市区财政和上海爱建股份有限公司共投入了 1 600 万元，在隐患治理、资金保障方面取得了突破。

五是责任落实机制。本市建立起"市、区县、行业（系统）三级督办，市、区县、行业主管部门和企业四级责任"的治理机制。生产经营单位是隐患治理的责任主体，对隐患治理全面负责，市、区县、行业主管部门是隐患治理的监管主体，通过重大隐患公告公示、跟踪治理、整改销号等措施，落实监管责任。每年以市安委办名义公布市级督办的重大事故隐患项目，接受全社会监督；对重大事故隐患按照监管责任主体，分别向相关安全监管部门、区县发出督查书。同时，要求各隐患治理责任单位对各项重大事故隐患治理的推进情况按季度书面上报市安委办，经汇总后报市领导。

（市安全监管局　孟大鹏供稿）

加强安全风险隐患排查
为城市安全运行设防

——虹口区构筑社会消防安全"防火墙"工程

五年来,虹口区应急管理工作在区委、区政府的领导下,围绕"为城市安全运行设防"的中心任务,坚持"常态与非常态相结合、综合管理与分类分级管理相衔接、防范与处置并重",努力构筑社会消防安全"防火墙"工程,确保区域安全运行。

一、强化应急预案修订和备案工作,完善应急预案体系建设

五年来,虹口区加强应急预案体系建设,要求区内各单位在以往应急预案的基础上,进一步修订与完善应急预案,使预案更具有针对性、时效性与可操作性。全区已制定完成总体应急预案和23个专项应急预案,基本覆盖各类突发公共事件,初步形成区应急预案体系,为明确应急处置责任、提高应急管理水平提供了制度保证。同时。区应急办加大对各单位预案修订工作的检查督促力度,要求各单位定期将修订情况及时填报《虹口区突发事件应急预案备案表》,上报区应急办备案,并建立应急预案修订数据库。五年来,全区各单位共修订各类应急预案 1 200 个,基本形成了"横向到边、纵向到底、门类齐全、覆盖面广"的应急预案体系。

二、强化安全源头防控工作,健全风险隐患排查机制

虹口区以商业设施、办公楼宇、危棚简屋、地下空间、在建工地、特种设备、闲置厂房、危险化学品单位、物资仓库、公共聚集场所等为重点对象,逐步建立基层单位安全隐患与风险排查制度,落实登记、评估、监控、整改等措施。2011 年,结合"安全社区"建设,制定印发了《虹口区安全社区建设实施意见》,要求各街道在交通安全、工作场所安全、居家安全、老年人安全、儿童安全、学校安全、公众场所安全、体育安全、涉水安

全、社会治安、防灾减灾、环境安全等方面组织开展全员、全过程、全方位的风险排查与预测预防工作,提高社区安全水平。如凉城街道率先试点制定了全市第一张社区风险评估图,利用多方资源,广泛发动群众参与。目前,社区风险评估图制定工作已经在各街道全面展开,为虹口区社区风险评估工作提供依据。

三、加强居民家用设施安全改造,提升居民小区安全防范能力

深刻吸取"2009 年 12 月 4 日西安路重大煤气泄漏事故"教训,加强居民小区各类安全设施建设。重点加强对老旧公房、出租房集中区域的用户入户安检工作监督,督促供水、供电、供气企业落实入户安全检查制度化、常态化;开展非安全型燃气器具替代工作,鼓励居民燃气用户更换使用安全型燃气器具,积极推广家用燃气泄漏报警器和使用金属连接管替代传统橡胶管。五年来,全区实施老式居民楼用电线路与公共部位安全设施改造,对老旧小区内 30 年以上超龄燃气管道更新改造 2 万米、为 800 户独居高龄老人免费安装燃气报警装置。

四、完善应急疏散方案,保障密集场所人员安全

加强人员密集场所安全管理工作,督促大型超市、商场、酒店、轨道交通站点、公共娱乐场所、校园、医院、社会福利机构、体育场馆等人员聚集场所加大安全技术防范设施的投入,确保其符合标准并正常运行,为公众提供更趋人性化、合理化的安全保障服务。运用现代传播手段,在公共场所集中发布各类安全预警信息。严格执行大型活动、大型赛事安全审批制度,控制大型活动规模,落实安全保障措施,完善应急疏散方案,确保不发生火灾、踩踏、挤伤等恶性事故。

五、整合多方资源,重视应急救援队伍建设

通过整合现有应急救援力量,基本形成了以虹口区应急救援支队为中坚力量,以房屋急修、环境保护、绿化市容、市政水务、医疗救护、公共卫生、民防等专业队伍为基本力量,以应急救援志愿者队伍为辅助力量的应急救援队伍体系。积极推广"平安世博"经验与做法,调动基层力量参与应急救援,建立基层应急预警发现与先期处置机制,注重整合多方资源,充分调动居委会、居民楼组、物业公司、社区保安与安保志愿者

队伍积极参与应急管理工作,让其在基层一线发挥早期预警与先期处置作用。

六、军地协同合作,共享应急救援资源

2011年11月7日,经区应急办协调,虹口区卫生局与解放军第四一一医院举行"突发公共事件医学救治合作备忘录"签约仪式,为地方与军队之间加强医疗服务资源的交流、互补,实现急救医疗资源共享,完善紧急医疗救治打下基础。当日,区应急办、区教育局、公安分局(公安消防支队)、区卫生局、区民防办和解放军第四一一医院在新华初级中学还联合举行了"校园师生消防应急逃生综合演练",包括疏散撤离、自救互救、消防人员楼内搜救、医疗人员现场救护、排险救助等演练项目,通过现场实践操作及急救演示,帮助师生们掌握应急逃生技能和正确的营救方法。

在"十二五"期间,虹口区将进一步完善风险隐患排查机制,推进构筑社会消防安全"防火墙"工程、公共消防基础设施、城市应急救援体系等软环境和硬实力建设;综合整治老旧住宅小区消防安全顽症,解决消防安全建设历史欠账,切实强化火灾源头防控工作,建立健全消防目标考核、消防安全风险定期评估等安全监管机制。

(虹口区应急办　周勇供稿)

建立风险识别机制　提高质量安全水平

——市质量技监局引入风险管理加强质量技术监督

近年来,市质量技监局按照市委、市政府关于加强城市运行安全和生产安全的部署和要求,立足"三个着眼点",增强"三种能力",即:着眼于维护社会公共安全,增强风险识别的技术能力;着眼于履行质监法定职能,增强风险处置的应对能力;着眼于提高干部职工素质,增强风险预防的管理能力。加强收集、识别风险因素,开展质量安全、队伍建设方面的风险分析,及时发现可能存在的薄弱环节和潜在威胁;建立食品、消费品质量安全风险管理技术支撑体系,探索建立产品伤害监测制度,建立以预防为主的风险管理工作机制,实现依法行政、科学管理、从容应对、有效控制。

一、工作机构设置

1. 成立风险管理工作领导小组,作为质监系统风险管理的领导决策机构。主要负责系统风险管理工作的组织领导,对重要风险事项进行分析、评估及审议控制措施,研究决定风险管理目标规划和风险管理的工作重点。

2. 设立风险管理工作领导小组办公室,作为领导小组的组织协调机构。主要负责风险管理制度的制(修)订、风险分析、风险控制、风险交流的综合协调,以及风险管理课题研究,承办风险管理综合性会议及系统内部人员风险管理培训等工作。

3. 成立风险管理专家咨询组,为风险领导小组提供有关风险分析、风险控制、风险交流和化解争议的建议。

4. 相关单位和部门成立风险管理工作机构,负责本单位、本部门的风险管理制度建设,风险信息收集、风险评估、风险控制、风险交流、风险回顾工作,以及风险信息管理工作报告的报送等。

二、风险分类

质量技术监督风险由风险因素、风险事故和风险损失等要素组成。因综合风险因素的范畴不同,本市质监系统风险工作分为 3 类 15 种:

(一) 产品风险类

1. 食品安全风险:指食品、食品添加剂、食品相关产品中已存在的或潜在的可能对人体健康造成不良影响的生物性、化学性和物理性危害。

2. 产品质量安全风险:指由于产品的缺陷、瑕疵,或不合理的检验标准、评价方法等,可能导致对人体健康和人身、财产安全造成的不良影响。

3. 特种设备安全风险:指由于特种设备在生产、使用等过程中已存在的或潜在的危害,对人体健康和人身、财产安全可能造成的不良影响。

4. 计量事件风险:指在用的计量器具数据失准、发生集体故障或由于商品量短缺和重要计量器具监管中存在的或潜在的制度缺陷、管理不到位对公民、社会可能造成的不良影响。

(二) 工作风险类

5. 地方标准风险:指由于地方标准制(修)订及其实施过程中存在的或潜在的缺陷式不合理因素,对公民、社会可能造成的不良影响。

6. 行政审批风险:指由于行政审批事项设置、流程设定、业务公开及审批过程中存在的或潜在的不合法、不合理或不完善因素,对公民、社会可能造成的不良影响。

7. 行政管理风险:指由于非行政审批事项的管理过程中存在或潜在的制度缺陷、不作为、乱作为、不尽职等因素对公民、社会可能造成的不良影响。

8. 行政执法风险:指由于行政检查、行政强制、行政处罚以及涉案物品管理中存在的或潜在的违法或不合理因素对当事人权利和社会稳定可能造成的不良影响。

9. 检验检测风险:指由于检验检测机构在检验、检定、校准、测试、形式评价、技术审查等工作中存在的或潜在的制度缺陷或其他不合法、不合理的因素对公民、社会可能造成的不良影响。

10. 公共信息风险:指由于行政机关应对存在的或潜在的公共危机过程中信息管理不慎、信息披露不当对公民、社会和政府公信力可能造成的不良影响。

（三）队伍风险类

11. 岗位职责风险：指因岗位职责的特殊性及思想道德、业务流程、制度机制和外部环境等方面的原因，可能造成工作人员不履行或不正确履行职责、玩忽职守、贻误工作，导致失职渎职、以权谋私等严重后果的风险。

12. 制度机制风险：指制度机制缺失或不健全，有章不循、不按制度办事、影响制度机制有效运行，行政权力过于集中、自由裁量权空间较大、缺乏有效制约，工作流程设计不完善、缺乏相互制约，执行不力、权力失衡，滥用职权、以权谋私等严重后果的风险。

13. 工作作风风险：指工作作风浮夸、浮躁，脱离实际，缺乏求真务实的精神，作风专横，不注重生活小节，可能造成工作人员不履行职责或不能正确履行职责，不作为、慢作为、乱作为，导致失职渎职等严重后果的风险。

14. 思想道德风险：指理想信念动摇，党性修养、公仆意识、责任意识、宗旨意识淡化，不能确立正确的权力观、地位观和政绩观，把不住思想道德防线，导致以权谋私等严重后果的风险。

15. 外部环境风险：指因行政相对人和服务对象在业务交往和办事过程中对相关工作人员进行利益诱惑或者施加其他非正常的影响，可能造成权力失控、行为失范，导致失职渎职、权钱交易等严重后果的风险。

三、风险管理内容

1. 对照职责找风险。各单位、各部门要根据自身的工作特点，认真对照职责查找风险，着重把握四个环节。一是在方式上，要采取自我查找与相互查找相结合、下级查找与上级查找相结合、内部查找与外部查找相结合的方式查找风险。二是在切入点上，要从思想意识、制度机制、作风建设、行政管理事项、业务工作流程等方面认真查找风险点。三是在重点把握上，领导干部要着重查找在管理决策上存在的风险；业务管理部门要着重查找涉及人身健康、财产安全的产品监管行为和相关信息获取、分析及处置上存在的风险；执法部门要着重查找执法理念、执法方式、执法手段、执法信息公开以及罚没物品管理上存在的风险；技术机构要着重查找抽样、检验行为和检验结果披露上存在的风险；其他部门要着重查找工作运行中存在的失控和滋生不良后果的风险等。四是在效果上，要将风险点找准、找实、找全，不能泛泛而谈。要将排查出来的风险点认真梳理、认真分析筛选，做到有的放矢，为科学分析提供依据。

2. 征求意见评风险。各单位、各部门在查找出风险点的基础上，要进行纵向和横向分析。纵向分析:可邀请上级业务主管部门和下级部门或服务对象进行;横向分析:可邀请相关业务对接联系的部门或人大代表、政协委员、群众代表等进行。各单位、各部门风险管理工作组要通过举行座谈会、联系会等方式广泛征求意见,从风险发生几率和危害损失程度方面开展讨论,分析研究,提出风险要素,并报市局风险管理工作领导小组办公室进行汇总整理。

3. 监控查风险。各单位、各部门要把风险点和风险要素监控运用到各项工作的推进和各个岗位职责中,切实做到工作开展到哪里、风险监控跟踪到哪里。要逐步探索建立三种风险监控模式:一是实行分级立项监控管理,按照风险评估等级由高到低分别由单位主要领导或分管领导和相关责任人负责立项管理,做到定岗、定人、定责;二是实行定期排查与不定期抽查相结合的风险分析排查管理,要建立并完善风险管理监控网络,延伸监控触角,开展经常性的自查、效能督查、随机抽查或询问服务对象等工作,通过信息反馈及时跟进了解掌控风险点运行情况、及时上报风险隐患并有效处置,防止工作"脱节";三是实行风险预期分析管理,要根据工作中出现的新情况和新问题,对可能产生风险的重点领域、重点部位、重要环节进行认真分析甄别,查找可能产生风险的根源并上报市局风险管理工作领导小组办公室,实行重点监控,切实预防和降低风险发生的可能性。

4. 预警防风险。建立风险预警机制和风险发布平台,及时发现风险并预防风险的发生。按照分级管理的原则,对出现的一般性问题,带倾向性、苗头性问题和涉及全局、影响重大、损害程度高的问题,按照由低到高的级别启动相应的预警,并按照职责要求分别由相应的责任人认真分析研究,负责处置。要针对出现的风险制定严密的防控措施,通过警示、纠错、整改等办法进行处置,切实将风险化解在萌芽状态,防止风险进一步扩大。同时要针对出现的风险项目深入调研、分析成因、充分评估,从制度、机制入手采取措施,力求从根本上消除隐患和化解风险。

5. 机制化风险。建立相关领导机制、工作机制和效果评价考核奖惩机制等,不断增强抵御、化解风险的能力。加强对风险管理组织领导、科学决策、定期分析、全员推动,形成齐抓共管局面;加强风险动态管理,建立以前期预防、中期监控、后期处置三道防线为核心的工作机制,加大源头预防和化解风险的力度;强化风险管理效果评价考核,对风险管理工作的效果进行评估、修正;结合日常监督和执行情况实施考核,并将结果作为年度考评依据之一,严格责任奖惩,严格责任追究,着力形成以岗位为点、以程序为线、以制度为面的风险防控机制。

(市质量技监局　刘梦蕾供稿)

三、监测预警

本市推进多灾种气象早期预警系统示范建设

为全面提高上海应对突发事件应急处置能力,构建适应特大型城市的综合减灾体系,特别是加强应急综合信息平台建设、跨部门联合行动、减灾各环节的一体化运作,市委、市政府联合中国气象局将"上海多灾种气象早期预警系统"建设列入部市合作项目加以重点支持,为完善上海突发事件预警工作体系提供技术平台支撑。

一、多灾种气象早期预警系统示范项目背景

据统计,全世界90%的自然灾害与气象相关,我国气象灾害造成的直接经济损失相当于国内生产总值(GDP)的3%～6%。因此,气象及其相关灾害的防御是多灾种早期预警系统建设的重点。世界气象组织(WMO)作为联合国系统负责气象及水文的一个专门机构,十分重视多灾种早期预警系统,并将多灾种早期预警系统建设作为实施《兵库行动框架》的优先领域。

2006年5月23—24日,由WMO主办、联合国开发计划署(UNDP)、联合国国际减灾战略(ISDR)、联合国人权事务协调办公室(OCHA)、红十字会与红新月会国际联合会(IFRC)、联合国教科文组织(UNESCO)、世界银行(WB)共同组织的多灾种风险管理及其早期预警系统国际研讨会在WMO总部召开,18个部门和99位专家参加。会议认为上海、法国、孟加拉和古巴等四个地方的多灾种早期预警实践较为成功,但需要进一步的示范计划来阐明多灾种预警的概念、可行性和潜在效益,并呼吁WMO根据不同国家的经济文化背景,发起多灾种早期预警系统发展的示范项目,通过部分国家在基层的实践,在综合灾害方面积累早期预警系统建设的经验,提供进一步的示范。建议将上海、法国作为首选地实施多灾种早期预警系统示范和开发项目。

二、上海多灾种气象早期预警系统的主要建设内容

1. 建立一个先进的多灾种早期预警系统,实时发布气象及次生衍生灾害早期预警和灾害预评估信息,并通过其指挥决策支持系统,向市领导提供指挥方案建议,智能生成各部门联动方案。

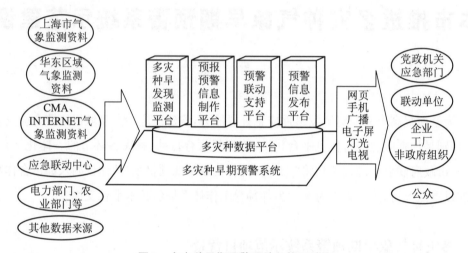

图 1　多灾种早期预警系统总体设计图

2. 按照国家突发公共事件预警信息发布系统总体建设要求,建立上海市突发公共事件预警信息发布系统。

3. 建立多灾种灾害预警及灾情查询网站和呼叫中心,通过双向互动方式,实现上海灾害早期预警的"一门式"服务。

4. 通过多灾种综合、多部门联合、多阶段一体化响应的防灾减灾实践,加快监测、预警、信息分发系统的建设,普及预报预警产品制作、信息发布、社会自救互救的理念,提升整个社会的防灾减灾水平和公众自救能力。

三、上海多灾种气象早期预警系统的最新进展

1. 系统平台建设稳步推进。目前已完成了早发现平台综合探测资料的监测和显示功能开发以及报警指标体系的设计;基本完成预警制作模块开发工作,现已建立了基于网页的预警产品制作和审批的业务流程。预警子系统中,已建成城市交通、热浪与人体健康、电力能源安全、细菌性食物中毒等 7 个早期预警子系统并投入业务运行,

超过半数的预警子系统已初步建立了业务平台;预警联动支持平台已完成了灾情录入查询(110、灾情上报、信息员等)、应急预案任务通道、决策支持产品上传审批、部门联动产品制作与反馈等模块的开发。

2. 基本完成与市应急平台的对接工作。以"部门联动"为核心的多灾种早期预警系统与市应急平台对接专用版已基本完成,多灾种早期预警系统将作为市应急平台的重要组成部分,为市政府处置突发公共事件应急指挥提供服务与支持。建立了规范化部门联动机制。与防汛指挥部、农委、食品药品监督局、卫生局、电力公司、建交委、海事局、市政局、市政府重大工程项目办等部门开展紧密合作。围绕洋山港、化工园区、宝钢、火车站等重点部位,设立部门联动专岗。形成早通气、早会商、早预警、早发布、早联动、早处置的多部门一体化、规范化联动工作机制。

3. 多灾种早期预警系统向基层拓展进展良好。一是以松江区为试点,努力实现气象预警信息发布与传递的多渠道、全覆盖。自早期气象预警信息融入松江城市网格化管理平台以来,双方按照既定的管理与实施细则要求、工作流程,充分利用该平台传递和发布了气象预警信息。目前已有约170名城市网格化管理员被纳入气象信息联络员队伍,松江气象局于2009年11月底前对其进行专业培训,组建气象灾情收集队伍,收集气象及相关灾害的实时灾情并即时反馈。经过两年的建设,松江区气象信息发布显示系统已于2009年3月18日全部通过竣工验收。二是积极探索超大型城市气象信息发布的途径和方法,实施了气象灯光预警系统建设。气象灯光预警系统建设主要是结合城市景观灯光工程建设,选取区域标志性建筑物,通过赋予灯光颜色具体

图2　社区气象预警灯

的气象含义,使一定范围区域内的市民能方便地看见并实时了解气象灾害预警发布及天气预报相关信息。2008年8月6日,本市首个"社区气象灯"项目在宝山区建成并启用。本市气象灯光预警系统(社区气象灯)气象灯设定为6种颜色,分别为:蓝色、黄色、橙色、红色、白色和紫色。气象灯光预警系统建设作为本市城市景观灯光工程的延伸工程和社区气象信息发布的重要手段,将城市景观、设施功能与公共服务有机结合起来,是在城市网格化管理模式的基础上,对公众气象预警信号发布渠道和传播方式的补充完善和发展创新,是利用社区公共资源传播灾害性气象信息和防灾减灾科普知识,进行资源共享的全新尝试,有效提高了预警时效和信息覆盖面,切实解决了预警信息传递"最后一公里"问题。

四、多灾种气象早期预警系统在城市防汛防台气象服务中的应用

近年来,在城市防汛防台工作中,本市充分发挥多灾种早期预警系统项目的建设成果,强化部门联动,体现气象部门首要环节和全程保障作用的有效机制。与四色台风预警信号相对应,市防汛指挥部建立了四色防汛联动信号,并在有效联动的部署中发挥重要作用。

在2012年第11号"海葵"台风的应对过程中,充分发挥多灾种预警系统形成的"早发现、早通气、早预警、早发布、早联动、早处置"机制,两次组织召开部门早通气会商会,全市10个最密切的相关单位参加。及时通报台风的最新动态和对本市的影响,对相关部门和行业提出建议,如:提醒电力部门防范强风造成树木倒伏对电力损毁,提醒铁路部门关注侧风对高铁的影响,提醒太湖流域管理局关注太湖水位升高,提醒民航部门关注风雨对航行安全的影响。

总之,多灾种早期预警系统将继续在上海大城市气象服务中发挥重要作用,为城市的高效、安全运行提供高水平的服务和保障。

(市气象局　刘静供稿)

强化风险监测　维护食品安全

——市食安办狠抓落实"五个最严"

食品安全是社会各界广泛关注的热点问题之一。市食安办按照市政府"五个最严"(最严格的准入、最严格的执法、最严格的监管、最严格的处罚、最严格的问责)的要求,增强忧患意识,把应对处置食品安全突发事件作为一项重要工作来抓,在全市范围内建立"从田间到餐桌"覆盖全食物链的监测网络,多措并举保驾菜篮子,做到未雨绸缪、防微杜渐。

一、建立健全工作机构是食品安全监测的前提基础

为进一步加强本市食品安全工作,根据《上海市人民政府关于建立上海市食品安全委员会的决定》(沪府发〔2011〕21 号)文件精神,本市于 2011 年 5 月成立了市食品安全委员会及其办公室,市食品安全委员会及其办公室承担本市食品安全应急管理职责。市食安办紧紧围绕保障公众食品安全这个中心,结合本市食品安全监管领域实际情况,依法全面履行政府监管职责,不断完善应急管理机制,努力做好食品安全应急管理工作。与此同时,积极加强应急组织机构和网络建设,全市各部门、各区县健全了食品安全组织体系,落实了应急工作责任,形成了领导有力、属地管理、分级负责、快速反应、条块联动的食品安全事故应急指挥体系。

二、实施分级分类风险监测是食品安全监测的关键环节

自 2005 年起,本市按照世界卫生组织推荐的监测指标,开展了各类食品分级分类的风险监测。风险监测涵盖了食品种植养殖、生产加工、流通消费的各个环节,由食品药品监管部门牵头实施。7 年来,监测点逐步增扩,从起初的 70 个增至去年的 115 个,共监测 29 个大类、94 个小类近 7 万件各类食品,由具有国家资质认证的 16 家实

验室承担检测任务,获得监测数据 106 万项次。结果显示,本市各类食品的安全状况受到全面监测,总体合格率处于高位。根据最新的风险监测结果,2011 年本市食品风险监测 8 593 批次,平均合格率 94.1%。2011 年 3 月至 2012 年 3 月,本市的大米、面粉、食用油、禽蛋、乳品等 5 大类食品的监测合格率为 100%;畜禽肉的合格率为 97.6%,主要不合格原因是个别样品检出兽药微量超标;蔬菜的合格率为 96.9%,主要不合格原因是农药残留超标。2011 年开始,本市将市民关注的农药残留、保健食品中违法添加等 26 个项目列入年度风险评估立项项目,还及时组织开展了 8 项应急风险应急监测和评估。在问题蜜饯、问题豆芽、问题油脂等重大食品安全事件的查处以及食品安全地方标准的制定中发挥了重要作用。从 2012 年起,上海加大监测力度,食品安全风险监测点增加至 150 个。其中,与百姓生活密切相关、风险相对较高的食品被列为重点监测对象,包括大米、面粉、食用油、蔬菜、禽蛋、畜禽肉、乳制品等,实行每月 1 次的高密度监测。2012 年初,市食安办根据风险监测情况和各监管部门的日常监管情况编发《2011 年上海市食品安全状况报告》(白皮书),召开新闻发布会,及时向社会公布。同时加强风险交流,每月将风险监测和评估的情况及时告知相关监管部门、行业协会和连锁企业,督促其采取措施,加强监管,发布预警和提示,防范和控制食品安全风险。相关监管部门以风险监测发现的问题为线索,对问题产品、企业加强监管和监督抽检。

另外,为进一步加强食品安全监测信息发布,让广大市民及时了解食品安全动态信息。市食品药品监管局和市气象局依托"多灾种早期预警系统",于 2009 年正式启动了国内首个细菌性食物中毒气象预警系统,在气象因素达到细菌性食物中毒发生中度以上风险时,该系统可以通过短信、网站、移动电视终端等大众媒体,向食品生产经营者、监管部门和消费者发出细菌性食物中毒预警。2012 年 6 月 7 日,本市今年首次发布细菌性食物中毒高度风险预警公告。市食品药品监管局当天发布预警信息:根据与气象局联合研发并运行的上海市细菌性食物中毒预警系统显示,随着气温升高,上海细菌性食物中毒风险等级 6 月 8 日为高度、6 月 9 日为中度。为保障市民身体健康,特别是保障高考学生的饮食安全,市食品药品监管局要求各类餐饮单位加强食品安全防护,消除食物中毒隐患,同时提醒消费者增强自我防范意识,注意饮食安全。

三、加强舆情监测和舆论引导是食品安全监测的重要内容

本市加强食品安全舆情监测措施,积极回应社会关切。一是明确食品安全舆情监

测与收集工作。通过建立信息员队伍,对食品安全通报、简报、网站、新闻媒体上的食品安全突发事件、公众热议的问题食品、媒体报道和记者暗访的安全隐患较大的食品、有关部门通报的监管、检测中发现的问题食品或报道的普遍性食品行业问题等展开监测与收集。二是加强食品安全舆情分析和处理。邀请相关专家,对热点难点问题舆论走向进行分析与研判,及时制订信息发布预案。三是增强食品安全舆情的反馈和发布。通过"上海发布"等政务微博,就食品安全问题与市民开展信息互动。市食安办和市食品药品监管局定期编制《食品安全舆情专报》、《国外食品安全动态》、《每日网摘》,并对世博会期间研发的"食品安全信息智能化监控与分析系统",进行升级改造,及时发现国内外食品安全重大信息,防范食品安全风险,形成了一整套以及时发现、及时通报、科学评估、迅速处置为核心的系统的舆情处置机制。坚持食品安全信息透明、公开原则,第一时间向社会公布,取得了较好的社会反响。加强人员培训,不断提升服务媒体、应对突发事件的意识和能力。加强与媒体沟通合作,妥善引导社会舆论。建立了市食安办专职新闻发言人制度,就重大食品安全问题接受主要新闻媒体采访六十多次,及时发布食品安全信息,回应媒体和社会的关注。

与此同时,本市在着力加强食品安全信息公布的同时,食品药品监管部门还积极开展了食品安全知识及应急管理宣传教育工作,各部门在政府网站设立了专栏发布食品安全信息,市食安办设立了上海市食品安全网。各部门通过政府门户网站、微博、移动电视、IPTV 等及时公布食品安全日常监督管理信息。市食安办组织各部门积极参与国务院食品安全办举办的"全国食品安全宣传周"活动,以"共建诚信家园,同铸食品安全"为主题,深入开展食品安全知识进学校、进社区、进企业、进机关,采取专家讲座、现场咨询、宣传册等多种形式大力宣传食品安全重要举措和取得成效,以及法律法规、科普知识等,使市民充分了解食品安全监管工作,增强食品安全信心,提高自我保护能力。此外,本市还通过地方立法的形式,确定建立全市统一的投诉举报电话和受理平台。本市于 2012 年 1 月 1 日启动了 12331 投诉举报电话,并大力实施食品安全有奖举报制度。仅开通上半年,全市食品安全投诉举报受理量累计达到 1.98 万件,同比增长 30%。市食品安全举报投诉中心处理 1.507 5 万件,占全市总量的 76.1%;当月办结率从运行之初的 50%左右,逐步达到目前的 90%以上;按时回复率达到 100%。设立了食品安全举报专项奖励资金,全市投诉举报奖励同比增长 10%。

"十二五"期间,本市将加强食品安全应急管理信息平台建设,不断完善应急视频指挥系统、食品安全信息分析预警系统等各专业系统的应急功能;建立健全食品安全风险监测体系,不断完善监测点,扩大抽验和监测覆盖面;加强对监测抽验信息的研究分析,提升应急检验监测能力,重点制定完善应急检验制度和程序,加强对食品突发事件风险因素的研究和分析,广泛开展应急检验方法研究和探索,全面提高应急检验能力和水平;组织力量定期或不定期开展风险隐患排查、分析,全面掌握各类风险隐患情况;完善食品安全突发事件信息报告制度,加强对相关信息的核实、审查和管理,重大突发事件要按照规定要求及时准确上报和妥善处置;加强信息发布和舆论引导,重点建立健全信息发布机制、舆情收集和分析机制,加强突发事件新闻发布工作管理,及时、准确、统一、科学、权威发布信息,加强与主流媒体的协调配合,为食品安全突发事件处置营造良好的舆论环境。

（市食安办　张仁伟供稿）

依托信息技术平台　强化旅游应急管理

——市旅游局建立出境旅游团队动态信息监管系统

近年来,伴随着中国旅游业的快速发展,上海旅游业紧密依托城市发展,把握奥运、世博契机,实现了旅游业整体平衡、健康有序的发展。据统计,2011年上海居民出境旅游达到132.44万人次,同比增长13.33%。如何在发生突发事件时保护在境外旅游的本市游客生命财产安全,将损失降低到最小,是旅游主管部门面临的巨大挑战。

一、"上海旅游团队动态信息监管系统"的基本情况

从2008年起,为响应国家旅游局通过信息化手段加强行业管理的号召,市旅游局开始着手建设旅游团队信息动态监控系统,分别于2008年建设了出境游系统,2009年底启动了入境游和国内游团队的管理系统。

"上海出境游动态监管系统"于2008年9月完成开发,该系统以旅游行政管理部门的出境游审批权限为依据,要求出境游组团社通过互联网报送"中国公民出国旅游团队名单表"和团队行程计划,然后经旅游局网上审核。2008年第4季度该系统在上海39家有出境游资质的旅行社中试点、培训和应用,2009年1月1日全面正式使用。目前,该系统全面覆盖了上海46家出境游组团社和9家赴台游组团社的出境游及赴台游业务,填报率达到了80%以上(部分国家和地区的出境旅游团组填报率达到95%以上),基本实现了旅游团队境外行程监控和出境游团队统计汇总的功能。入境游和国内游团队动态监管系统自2009年6月起启动开发,2010年1月1日开始试点应用。经过三年的开发、培训、试点推广,"上海市旅游团队动态信息监管系统"得到了全面应用,目前该系统已基本覆盖了全市1 187家旅行社,进入常态化运营阶段,旅行社的旅游团队上报率也在不断地提升。

在系统功能方面,该系统以计算机技术为手段,以WEB技术的B/S结构为基础,建立了模拟GPS全球定位功能的管理系统,它以团队行程单为核心,经过旅行社对团

队行程的网上填报、系统比对审核、部分人工后期干预等步骤,基本实现了对旅游团队行程中各个关键环节的监控,系统通过汇总、分析、统计、搜索包括组团社信息、地接社信息、目的地国家和地区信息、景区点信息、游客信息、交通工具信息、住宿信息、领队信息等,有效实现了旅游行业监管与旅游安全应急管理等功能。

二、"上海旅游团队动态信息监管系统"在出境旅游应急管理中的作用

一是监测监控。对于境外发生的旅游突发事件尤其是因自然灾害引发的旅游突发事件而言,以最快的时间掌握事发地(及其附近一定区域)旅游团队相关信息是旅游应急管理的第一要务。因为团队动态系统采用了出团前行程导入、出团后节点对应的类 GPS 方式,所以能够在突发事件发生后,马上根据时间、地点等条件对系统中的旅游团队进行检索和汇总,将可能涉及的旅行社、旅游团队、旅游者、领队、团控人等的信息一一罗列,市旅游局应急办可立即依据相关信息做出处置。例如,2011 年 2 月 22 日中午,新西兰第二大城市基督城(克莱斯特彻奇)发生里氏 6.3 级地震,通过系统查询到当时在新西兰旅游的上海团队有 8 个,共 166 人,而 2 月在基督城旅游的团队只有 1 个,是上海巴士国际旅行社组织的 17 人团队。市旅游局应急办人员迅速通过系统直接查到该团队的领队和相关负责人的手机,通过第一时间的沟通,了解到该团队虽受惊吓,但所有游客都已平安撤离地震区域。同时系统还显示,2 月 23 日和 2 月 24 日将有上海锦江旅游公司和上海实华国旅两个分别为 19 人和 21 人的旅游团队前往基督城,为此,市旅游局立即会同旅行社相关负责人及时采取应急措施,火速调整旅游路线,防止了意外的发生。

二是预报预警。旅游突发事件的发生往往是瞬间的、短暂的、不可预料的,但如果处置不当,则有可能打乱原有的计划安排,并对后续的旅游团队造成不利的影响,引发一连串次生灾害。这就要求在旅游安全应急管理过程中,要谋事在先、考虑周全、提前着手、及早准备,努力做到万无一失。正因为动态系统在旅游团队信息填报、审核、统计、分析上具备了一定的提前量,才得以掌握一定的"主动权"。例如:日本"3·11"大地震,事发后市旅游局没有仅仅停留在对 3 月 11 日当天在日旅游团队的信息梳理和情况排摸上,而是进一步通过系统分析汇总了未来 15 天内即将赴日旅游的团队数和游客数。随后,市旅游局应急办立即通过短信平台向相关旅行社发出短信,要求他们"合理调整行程计划,近期内不得安排游客前往福岛、仙台等灾情严重地区;认真处理好游客退团等相关善后事宜,尽最大限度减少游客损失"。同时,通过系统分析发现,3

月 14 日、19 日、26 日还将有大批游客乘坐邮轮赴日旅游，其中仅 3 月 14 日当天就将有 609 名上海游客乘坐皇家加勒比邮轮"海洋神话号"赴日、韩两国，并将于 3 月 16 日到达日本福冈。为了维护游客的安全，同时也为了避免游客、旅行社、邮轮公司在退团问题上可能产生的激烈冲突，市旅游局及时将有关情况上报国家旅游局及市委市政府，后经国家旅游局、市政府、市旅游局与邮轮公司反复协商，促使该公司于 3 月 14 日凌晨 1 时提交了较为妥善的退团方案，为最终化解危机奠定了基础。

三是发布权威信息，安抚公众情绪。旅游突发事件特别是境外旅游突发事件，往往远隔重洋，具有时空上的差异。因此，难免造成信息的滞后和错漏，此时就需要有权威的声音、准确的信息、以最快的时间通过媒体向广大公众披露，这也最能体现政府在处置突发事件过程中的公信力和权威度。以日本"3·11"大地震为例，地震发生时通信几乎中断，但通过团队系统能够较为准确地汇总出当时在日的旅游团队信息，同时按照离地震震源的远近程度，细分出处在东京、箱根、名古屋、伊豆、大阪的具体团队数量，并得出上海无旅游团队在地震发生地旅游的结论，在第一时间向社会媒体和公众发布，有效地安抚了人们紧张的心理，避免造成更大的社会恐慌，切实履行了政府公共服务职能。

三、利用信息化手段提升出境旅游应急管理水平的思考

近年来，由于"上海旅游团队动态信息监管系统"在历次境外旅游突发事件应急管理中取得了显著的成效，2010 年国家旅游局在多次考察、反复论证的基础上，以"上海旅游团队动态信息监管系统"为蓝本，开发建设了"全国旅游团队服务管理系统"，并已在全国推广运用。4 年来的实践表明，利用好信息化手段为旅游安全应急管理服务，需把握好以下要点：

1. 政府主导找准抓手。上海旅游团队动态信息监管系统之所以能够形成团队信息填报的长效机制，最重要的是旅游管理部门要利用好手中的行政资源，在行业中推广使用这一平台，同时借助这一平台更好地实现自身的行政职能，从而形成良性循环。市旅游局牢牢抓住"出境游名单表"审核权这一关节点，通过系统实施网上审批，引导旅行社通过系统填报团队信息。同时，还利用系统为领队配额管理、出境游赴台游名单表发放、等级旅行社评定等行业监管行为提供数据支持，既提高了行业管理的科学性，又提高了旅行社填报信息的积极性。

2. 体系健全形成合力。上海旅游团队动态信息监管系统之所以能够提升旅游安

全应急管理水平,不仅仅在于它自身的功能和作用,还在于整个旅游安全应急管理体系的建立健全。只有整体健全了,才能发挥作为部分的团队系统优势,形成应急处突的合力。上述事例中,如果没有业已形成的旅游安全应急机制、完善的旅游安全应急预案、快捷的应急短信平台、强大的公共媒体宣传,要想取得旅游安全应急管理的良好效果是无法想象的。

3. 服务各方发挥效益。市旅游局在使用上海旅游团队动态信息监管系统的过程中发现,该系统不仅可以为旅游行业监管、旅游突发事件应急管理服务,还可以服务于不同的对象。例如,利用该系统,旅行社可以增强内部的团队管理水平,了解本企业业务规模在整个旅游市场中的占比,从而为企业自身发展提供目标方向。例如,利用该系统可以很方便地为游客家属找到失去联系的游客,让家属知道游客是否安全,使家人放心,让游客安心。通过为企业所用、为游客所用,更好地体现了该系统所承载的政府公共服务职能,反过来,也促进旅行社更好地运用好系统,发挥其综合效益。

4. 不断更新满足需求。近年来旅游产业迅猛发展,新业态、新情况不断涌现,这就决定了上海旅游团队动态信息监管系统不可能也不应该是一成不变的,为了适应新的需求,必须不断在原有的基础上进行系统更新和升级。如增加了赴台个人游信息的填报窗口,从而全面掌握了本市居民赴台游有关情况,提高了应对赴台旅游突发事件的能力。又如按照应急工作的实际特点,调整了信息汇总展示的先后次序,使其更加清晰明了,更加易于使用,从而提高了旅游应急管理的效率。

(市旅游局　王京供稿)

四、值守信息

本市建立健全值守应急和突发事件信息报送工作机制

近年来,在市委、市政府领导下,市应急办(市政府总值班室)按照市应急委的工作部署,全面履行值守应急职能,按照国务院有关突发事件信息报告工作规定和要求,结合上海工作实际,严格全市突发事件信息报告制度,加强突发事件信息报送工作,加强社会舆情关注和核查督办,在保障城市运行安全和生产安全过程中发挥应有的作用。

一、值守应急工作

1. 基本模式。市政府总值班室实行 24 小时双人专职在岗轮流值班制度,设立主、副值班员岗位。昼间值班由市应急办应急值守处承担,夜间值班由应急值守处和市应急办应急管理处或指挥协调处人员各 1 名承担;节假日和周末的昼间值班由市应急办和办公厅机关的副处级以上人员承担,夜间值班仍参照执行工作日的模式。节假日和敏感时期或时段,按照国办的要求,严格执行市领导带班制度和加强值班制度。

为落实好全年值班工作,按照国办每年公布的国家法定节假日安排,根据市政府领导分工和工作安排,由总值班室统一编制节假日期间市政府领导带班值班表,并按要求上报国务院应急办和国务院总值班室。汇总、编制市政府各部门和区县政府值班室上报的本单位负责同志带班值班表,并报市政府领导。

2. 工作职责。市政府总值班室工作职责主要包括:负责组织市政府总值班工作,及时掌握和报告重要值班情况,办理向市政府报送的紧急事项;负责指导全市政府系统值班工作,建立值班通讯网络,协调应急值守系统的建设和运行,保证市政府与各区县政府、市政府各部门信息畅通;负责收集、汇总、分析和反馈本市突发事件情况和信息,按规定向国务院总值班室和市委、市政府领导报告;负责收集媒体、网络等方面涉及城市运行安全和生产安全等重要信息、舆情动态,督促检查各区县、各部门落实情况;负责协调全市应急预警信息发布和机制建设,对特大、重大突发事件进行预测、跟踪和研判,协调有关方面做好突发事件的应对工作;负责本市应急系统的值班点名,组织落实国务院总值班室视频点名工作;负责非常态下突发事件应急值守和信息报告工作;负责关注社会、网络舆情及其核查督办等。

3. 工作机制。一是明确值班时间。市政府总值班室的昼间值班时间是上午9时至下午6时,夜间值班时间是下午6时至翌日上午9时;值班员必须提前到岗,按照交接班制度,交代值班期间未尽事项,要求"件件有着落,事事有回音"。二是实行主班负责制、首接负责制、首办负责制等规定。其中,主班负责制指由主值班员负责值班室当值的全部事项,了解并掌握所有值班信息,提出并初核值班信息的处置建议和报告范围;按照"轻重缓急",按类分送处理值班信息;接受、督办交接班的未尽事项;负责值班室设备等系统维护,副值班员协助主值班员工作,及时接收、处理、报告各类值班信息。首接负责制指第一次接起电话的值班员,必须负责电话通知事项的处置、跟踪和落实;如确需交给其他值班员分办,必须交接清楚,衔接到位,首接者仍需跟踪进度和办理结果。三是每周进行视频点名。一般每周一通过可视调度系统,对各区县政府、市政府有关部门和基层应急管理单元值班室进行视频点名,通报上周全市面上值班情况,点评值班重点工作,并下发《近期值班工作提示》,提醒各单位关注近期工作重点和热点。此外,按照国办有关通知要求,参加国务院总值班室视频点名,及时报告本市发生的重特大突发事件。

二、突发事件信息报告工作

1. 报送原则。根据市委、市政府领导关于突发事件处置工作的"快报事实、慎报原因、求实为本、依法处置"的总原则,一旦发生重特大事件,属地区县和主管部门接报后,必须按照"一小时内口头,两小时内书面"的规定向市政府总值班室报告,特别重大和特殊情况,须立即报告。

2. 报送载体。主要有:一是按照国务院应急办的要求,向国务院应急办、国务院总值班室等上级领导机关上报《上海值班信息》;二是按照市领导工作分工和突发事件信息的紧急程度,按程序向相关市领导报送《值班快报》,每日编印《值班记事》,反映舆情督办,聚焦全市当天热点和突发事件情况等信息;三是针对市有关部门、区县政府等报送的值班信息,由市政府总值班室提出拟办意见,报送相关市领导;四是主动关注新闻媒体曝光的涉及城市运行安全的各类报道,由市政府总值班室向相关部门、区县政府下发《市政府总值班室重要信息办理单》、《市政府舆情核查办理单》和《市政府舆情告知单》,督促其限期整改并反馈市政府总值班室。

3. 报送方式。《上海值班信息》通过国务院值班信息系统实现电子化报送。《值班情况报告》和《值班记事》是通过公务网发送到市政府领导和各区县、各委办及其相关单位。《值班快报》等目前是纸质和电子并行。

三、舆情应对和核查办理工作

微博等即时网络工具的迅猛发展使信息发布和获取方式发生了巨大变化。针对这一特点,市政府总值班室及相关部门积极贯彻市领导关于"实体应急要与虚拟应急相结合"的指示精神,积极做好突发事件网络舆情应对工作。

1. 建立突发事件舆情应对核查督办制度。2012年6月,根据市领导指示,市政府办公厅印发了《关于建立舆情应对核查督办制度的通知》,明确市政府总值班室为本市政府系统舆情应对核查督办的工作部门,明确各区县、委办局的办理责任单位、责任人,初步建立了政府系统舆情应对工作的组织架构。并先后召开了全市政府系统舆情应对工作会议和政务微博工作会议。有关会议上,韩正同志提出了"以公信力为先,以公众需求为本,以第一时间为要,以平等交流为基"的"四个要求",指明了舆情应对工作的方向。

2. 建立突发事件舆情核查办理工作机制。为规范做好舆情应对有关工作,市应急办制订了《舆情应对核查督办工作规范》,明确三项机制:一是会商通报机制。每个工作日8:30,由应急办主任召开舆情会商晨会,由市网信办提供涉沪舆情,市政府总值班室进行集体研判分析。二是告知督办机制。根据舆情的强度、显著度、广度、持续度和实际影响度等技术指标,将舆情区分为重大紧急、重要和一般舆情,分别进行督办或告知。三是汇总交流机制。每月对办理情况进行汇总分析,不定期在专报上刊载创新做法,推动经验交流。相关职能门根据舆情应对核查督办工作制度的要求,迅速开展核查、整改工作,并适时和连续地进行了媒体应对,对事件处置和舆情逐步平息起到了良好效果。

3. 建立突发事件信息发布沟通制度。市政府新闻办官方微博"上海发布"自2011年11月28日上线后,博客数量已超过500万,在全国政务类微博影响力中排名第一。

为充分依靠和发挥这一平台的优势和作用,市应急办与"上海发布"办公室建立了信息沟通制度,力争在第一时间发布和澄清有关突发事件信息。

四、主要做法和成效

1. 强化值守应急工作的"三个坚决"。坚决贯彻落实国务院应急办重要工作部署,坚决贯彻落实市委、市政府工作要求,坚决贯彻落实值班工作和突发事件信息报告工作各项规定。市应急办进一步强化值班工作和突发事件信息报告制度的落实,完善了市区两级值班室的领导带班、24 小时双人在岗值班、节假日值班和值班点名制度,制订了《应对特大暴雨袭击的内部信息报告制度》、《市政府领导赴现场指挥处置重特大突发事件的服务保障工作制度》等内部操作规定,进一步理顺了值守与应急的关系,确保值班工作"不断不乱"。

2. 强化突发事件信息报告的"三个要点"。即全面提高突发事件信息报告的"速度"、进一步挖掘突发事件应对的"深度"、扩大突发事件信息报告的"广度"。经过不断调整和完善,已基本形成较为完善的突发事件信息报送框架体系,信息报送速度和质量也稳步提升。此外,针对上海与国内外交往日益频繁,各类涉沪的外事、旅游等方面的突发事件不断增多等形势任务发展需要,不断充实值守应急力量,工作上主动跨前,积极开展信息收集、研判、报告和应急处置工作。

3. 规范突发事件信息报送制度。根据中办、国办相关文件精神,制定了《关于加强和改进本市突发公共事件信息报告的意见》等文件,从制度上对突发事件信息报送的基本原则、责任主体、报送时效、报送范围和信息收集、报送、反馈,以及考评和通报等方面进行了规范。

4. 提高突发事件信息报送的时效性。突发事件信息报告时效,直接影响应急决策和应急处置效率。要"边处置、边核实和边报告",提高信息报送时效,值班员坚持"快收、快核、快报",在第一时间内处理来文来电,尤其是重要和敏感信息,采取口头和书面相结合、逐级报送和平行分送相结合,实时传递,确保市领导及时掌握情况,指示及时下达。

5. 关注社会面和舆论信息的收集和报送。上海作为特大型城市,社会上任何偶发事件或社会舆论,很容易成为媒体关注的焦点。为此,市政府总值班室通过互联网、电视等媒体,主动加强社情民意研判,及时向市领导报送相关事件进展情况,为政府及时回应社会关注赢得了先机。

6. 加强突发事件信息报送的跟踪和反馈。牢牢把握突发事件信息报送的"首报、续报和终报"三个关键环节。对一些初始情况不甚清晰的突发事件,在首报的基础上,多方核实后迅速报告。

7. 推进突发事件信息报送信息化建设。除电话报告、书面报告外,市应急办将市气象局、市地震局、市建设交通委、市安全监管局等职能部门的短信平台接入市应急平台短信系统,第一时间接收突发事件短信报告。同时,利用该系统,及时向市领导报送有关突发事件信息,进一步提高了信息报告的时效。另外,积极探索和利用流媒体技术,开展现场图像信息实时传送,将全市的道路监控、地铁监控整合到市应急平台,为市领导妥善处置突发事件所做的决策提供直观可靠的依据。

五、下一步工作设想

结合市政府重点工作和应急管理工作要求,下一步主要做好以下工作:

1. 积极推进值守应急标准化建设。根据值守应急标准化建设的要求,市政府总值班室认真梳理了 57 项有关值守应急工作规范,并在征询上海市质监局等相关单位意见的基础上,开展上海市政府系统值守应急工作标准研究。

2. 建立健全突发事件信息报送制度。在不断强化市政府总值班室应急值守工作规范化的基础上,完善信息报告工作机制,严格信息报告年度考评制度,确保信息报送及时有效。逐步建立网络舆情监控机制,关注社会热点,及时发现并报告苗头性、预警性、行动性信息。

3. 进一步规范值班点名和信息通报。学习和借鉴国务院总值班室每周一视频值班点名制度,坚持每周一的 9∶30 通过可视调度系统和 800 兆电台,对各区县政府、市政府有关部门和单位进行点名,交流上周值班及信息报送工作,点评并及时督促各单位整改问题。开展每月编辑一期《值班情况报告》,通报上月全市发生的主要突发事件和信息报告情况,传达市领导批示和有关重要会议精神,提高基层单位信息报告的主动性和积极性。

4. 持续深化应急平台信息化建设。会同各应急职能部门,整合相关数据源,优化"上海城市运行动态"系统,集成气象、供水、供电、供气、供血、道路交通、轨道交通等城市运行信息,提高值守应急的科技水平。

5. 继续加强信息报送培训及队伍建设。以市政府总值班室为平台,组织全市值班人员开展轮训,增强突发事件信息报送意识,提高信息收集、汇总和编写能力、熟悉报送流程,提高突发事件信息报送的综合能力,锻炼和提高全市突发事件信息报送的水平。

6. 进一步强化督促检查和指导力度。一方面,针对节假日和重大活动期间的全市面上值班情况,市政府总值班室将加大抽查力度,及时发现问题并督促整改。另一方面,加强对区县和基层单位值班室和值班工作的指导,畅通交流渠道,提升本市各级值班工作水平。

(市应急办供稿)

普陀区着力加强值班制度化建设

应急值守是应急管理机构的基本职责。近年来,普陀区根据《上海市政府机关值班工作规范》内容,结合区应急工作的特点和新形势下要求,做到应急值守规范化、有序化。

一、严格落实应急值守制度

近年来,普陀区分别制定并完善了《值班工作规范》、《值班人员工作职责》及《突发公共事件处置流程图》等规范制度,区应急办工作人员严格按照上述制度,履行职责,坚持双人 24 小时昼夜值班,并根据实际情况采取"以老带新"的模式——即安排责任感强、业务熟悉的老同志带领新同志参加应急值守。值班人员强化责任意识,保持在职在位和通信畅通,及时掌握动态、报告情况,妥善协调、处置各类问题;同时,认真做好值班记录,并严格值班交接,注意通报信息、搞好衔接。不论是逢节假日还是遇重大事件敏感时期,值班人员在应急值守工作中始终坚守岗位,恪尽职守,保持良好的精神状态,及时妥善地处理了各类突发事件。遇市民咨询各类问题时,值班人员耐心、细致解答,及时与区相关职能部门联系协调,尽可能在第一时间予以解决;在处置群体性突发事件时,依靠区 110 指挥中心和各街镇的合力,及时处置,尽力化解每一起上访矛盾。据不完全统计,自 2008 年至 2011 年,区总值班室共接听各类电话、处置各类投诉、咨询、求助逾 5 000 余起。

二、及时、准确、全面上报突发信息

近年来,区应急办严格执行突发事件请示和信息报告制度,紧紧围绕"第一时间上报"原则,对重特大突发事件做到一小时内向市政府总值班室口头上报,两小时内作出书面报告。在"2008 年北京奥运会"期间和"2010 年上海世博会"期间,区应急办坚持每天密切关注本区各类动态信息,加强社会信息的收集。通过多种途径,传达领导批示和工作要求,为确保重大活动期间我区顺利开展各项工作夯实了基础。

三、配置整合应急信息系统

2008 年 6 月,根据国家信息产业部的统一部署和市政府有关要求,区总值班室及有关部门和区领导配置了 800 兆数字集群政务共网终端设备,并完成入网启用,承担起应急通信的职能。2008 年 8 月,区应急办又购置一套应急平台可视调度会议系统设备。在日常工作中,认真做好应急通信系统维护工作,确保 800 兆数字集群网络和可视调度会议系统运行正常,保持与市政府总值班室的密切联系。2009 年,区公安分局负责在全区主要路段、重要场所配置了实施监控、值守系统,有效降低了案发率,提高了处置突发事件的及时性、有效性。上述设备的配置启用和优化整合为区处置应对突发事件提供了科技支撑。

四、规范完善应急文书档案工作

近年来,区应急办认真做好应急管理档案工作,目前已完成历年档案 39 卷的整理归纳任务。同时,为进一步规范和加强应急值守工作台账工作,自 2012 年起,设专人将原本纸质的值守记录逐日、逐项、逐条录入电脑,形成电子台账,并对每日值守工作中发生的突发事件及处置情况进行分类、汇总,为总结统计和领导决策打下基础。

五、提高应急值守队伍业务水平

近年来,区应急办以"把好关、服好务"为总体要求,以"加强思想政治教育,着力解决主要问题,完善工作机制,提升工作水平"为目标,通过"个人自学、集中培训、专题辅导、组织讨论"等形式努力提高应急值守队伍业务水平。

(普陀区应急办　姜浩供稿)

充分发挥"上海发布"等政务微博在突发事件应对工作中的作用

上海是全国建立新闻发言人制度较早的地区。依托成熟的新闻发布制度和新闻发言人制度,上海的突发事件信息发布工作基本形成了一套覆盖传统媒体的运作机制。一方面通过制定实施突发事件新闻和公众信息发布的应急预案,强调了事件责任部门信息发布的第一责任,明确了相关信息发布的范围、方式和流程等;另一方面,市政府新闻办与市应急办(市政府总值班室)建立联络员制度,一旦发生重、特大或者社会影响较大的突发事件,信息发布工作可以有效配合事件的应急处置过程,通过新闻发布会、通气会和新闻通稿等形式及时提供给媒体进行信息发布。这一机制在历次突发事件应对过程中得到了检验,取得了比较好的效果。

以微博为代表的新媒体崛起,越来越多的人通过"围观"、"转发"、"评论",将"自媒体"的特性不断发挥出来。飞速的微博传播和扩散速度留给政府信息发布的反应时间急剧缩短。为了满足这种信息需求,近年来,本市着力加强政务微博建设,使之成为推进政府与群众沟通互动的新渠道。2011 年 11 月 28 日,"上海发布"正式上线运行。随后,本市各级政务微博陆续上线运行,至 2012 年第一季度末,各区县、市政府各委办局、全市主要社会团体、公共服务机构和国有企业官方微博已上线运行。目前,在新浪网、腾讯网、东方网、新民网四个平台上,共有 1 100 余家单位开设政务微博账号 1 400 余个,粉丝总量合计超 2 000 万人次,上海政务微博群基本建成。以"上海发布"为核心的政务微博群不断探索运用新媒体的规律和模式,第一时间发布重大信息,主动、及时回应社会关切,密切与网友沟通联系,努力推动政务信息公开,不断促进政府服务方式转变,着力构建起政府与群众沟通互动的桥梁。特别是在突发事件信息发布方面,起到了发布权威事实、回应网友关切,树立公开透明的政府形象的作用。在提高保障城市运行安全能力方面发挥了积极作用。上海政务微博群的主要做法:

一、建立健全信息核实机制,畅通突发事件信息获取渠道

　　"上海发布"在筹划之初就将建立健全重大舆情和突发事件应对机制作为重要工作,重点加以谋划。当今的社交媒体高度发达,智能移动终端迅速普及,突发事件一旦发生,就可能在第一时间被发布在微博等网络媒体上,甚至附上图片和影音。"上海发布"要快速准确地获取突发事件信息,必须借助成熟的突发事件应急体系和信息报送网络。上海从2005年起开始建立和完善城市突发事件应急体系,其重要的组成部分就是健全突发事件信息的报送通道。通过应急平台、800兆数字集群政务共网等现代化通讯手段,市应急办(市政府总值班室)、市应急联动中心、市应急委各成员单位在突发事件时保持密切联系,确保重特大和影响较大的突发事件发生后"一小时口头,两小时书面"汇总到市应急办。这为"上海发布"政务微博信息获取与核实提供了得天独厚的条件。同时,通过建立扁平化的信息审核机制,确保突发事件信息确认后在最短时间内发布。这些都保证了"上海发布"在第一时间获取和发布权威的突发事件信息。

二、坚持"快报事实、慎报原因、重在态度",维护政府公信力

　　突发事件信息在网上传播如发酵一般有其爆料、转发、形成热点的固有规律。但是因为信息获取不完全或者微博字数限制,信息往往存在偏差。而部分媒体微博、名人微博和草根微博在转发过程中难以快速甄别,加之微博上"快"字当先的理念,这些未经证实的信息会在极短的时间内将事件信息快速推送至成千上万的微博用户的各类终端上。"上海发布"始终按照"快报事实、慎报原因、重在态度"的信息发布理念,坚持"公信力"为第一原则,由权威部门核准信息,杜绝虚假、错误信息。同时,始终秉持"以人为本"的原则,客观传递事件真相,鲜明表明处置态度,真实反映政府措施。对于事态仍在发展中的突发事件,一般可以采取进行式的滚动发布方式,不断跟进发展态势、伤亡人数、救治情况、应对措施等事实信息。

三、采取分级分类发布原则,构建权责分明的微博发布群

　　按照《中华人民共和国突发事件应对法》,突发事件应对工作遵循属地为主、分级分类管理的原则。通过政务微博发布突发事件信息及相关应对口径,同样适用分级分

类管理的原则。"上海发布"始终坚持调动各级各类政务微博的积极性,充分发挥政务微博群的作用。对发生在区县以及责任单位明确的一般突发事件,按照"分级分类管理"原则,由相关区县或市级委办局政务微博第一时间发布信息;对全市性、综合性、影响力大的重大突发事件及情况,由"上海发布"经授权发布权威信息。"上海发布"与各政务微博团队建立密切的通讯联系,相关信息发布前进行相互通报,从而在全市形成了快速有效的微博发布体系。

四、加强信息发布后的跟踪,加强与网友良性互动

突发事件信息在政务微博上发布,绝不是工作的终结。必须加强后续跟踪,加强与网友的互动,避免不实消息扩散。微博区别于传统媒体的重要特点是互动性。一般突发事件信息发布后,网友的转发、评论会大量出现,可能会有支持、关注者,也会有质疑、不满者,甚至出现谣言和谩骂。"上海发布"及政务微博群对待微博上的评论,坚持以包容、宽容的心态,虚心听取网友意见和建议,包括质疑和批评的声音。通过不断加强对微博舆论场规律的研究,采用积极主动、正面回应的方式在评论中回答网友的质疑,提供事实的依据,传递出政府部门全力以赴、主动作为的信息;同时不回避问题,将网友合理的意见收集起来,及时转达给相关区县或职能部门。从实践来看,以事实为基础,用谦虚谨慎的姿态和理性平实的语言,积极地与网友互动,能让网友尽快了解突发事件的事实真相,减少不实信息的传播,有助于突发事件的积极有效应对。

现在微博舆论场的影响力已经与传统媒体舆论场并驾齐驱,政务微博在突发事件处置和舆情应对中的作用日益突出。"上海发布"及各政务微博团队将继续努力,开拓进取,扎实工作,为保障城市运行安全作出新的贡献。

("上海发布"办公室供稿)

五、应急联动

强化上海应急联动工作
提升城市应急管理水平

    上海作为一个特大型城市,如何构建起一个适应经济社会快速发展要求的城市应急联动工作体系,迅速、果断、有效地处置各类突发公共事件,是党和政府必须破解的难题。2004 年 9 月 30 日,上海市应急联动中心正式建成并启用,标志着本市基本形成"政府领导、公安搭台、全市联动"的应急联动工作体系。据统计,2004 年 9 月 30 日至 2012 年 12 月 31 日,市应急联动中心共接警 9 000 万余起,日均 3 万余起;全市共处警近 3 000 万起,日均 1 万余起;其中,应急联动处置警情 200 万余起,日均 600 余起。各应急联动单位基本做到及时响应,快速到场,有效处置。

一、本市应急联动的框架特征

    1. 职责明确、协调顺畅的管理体制。根据国家要求建立"分类管理、分级负责、条块结合、属地为主的应急管理体制"的部署,以及特大型城市的安全需求,针对上海突发事件的多样性、复杂性和放大性等特点,本市建立了四个层级的应急处置框架体系。第一层级:在市委、市政府统一领导下,市应急委决定和部署本市突发事件应急管理工作。第二层级:市应急办,设在市政府办公厅,作为市应急委的办事机构,在全市应急管理工作中履行指导、协调等职责,综合协调全市应急管理体系建设等工作。第三层级:市应急联动中心,设在市公安局,作为本市突发事件应急联动、先期处置的职能机构和指挥平台,履行应急联动处置较大和一般突发事件、组织联动单位对特大和重大突发事件进行先期处置等职责。第四层级:应急联动单位,包括公安、民防、交通、卫生、安监、环保、气象、防汛、地铁和水、电、气等 24 个关系国计民生的重要部门,以及

17个区县政府。

2. 统一高效、反应迅速的指挥平台。在市政府领导下,市应急联动中心是集中受理、统一指挥处置全市各类突发事件的职能机构和指挥平台,履行以下职责:一是统一受理全市范围内突发公共事件的报警;二是负责应急联动处置一般突发公共事件;三是负责组织联动单位对重、特大突发事件进行先期应急处置,并协助市政府组织实施紧急处置;四是负责对全市应急联动工作的指导;五是市政府授予的其他职责。市应急联动中心的物理位置设在市公安局办公指挥大楼内,与市公安局指挥中心合署办公,日常管理由市公安局负责。市应急联动中心通过实现"交通指挥台、消防指挥台、特警指挥台、综合指挥台"在物理位置、组织管理、系统支撑、预案整合等方面的"四统一",以及相关技术系统的建设、升级、应用,构筑资源共享、协同运作的实战指挥平台,减少决策流程,优化指挥层级,使点对点指挥成为可能,实现了应急联动指挥工作的"扁平化、可视化、精细化"。

3. 覆盖全市、协同处置的联动网络。市应急联动中心会同应急联动单位,以法定职责为依据,以信息系统为纽带,以法规规章为保障,建立健全各项应急联动工作机制,落实各项工作措施,联动处置各类突发事件,提高处置效率,控制并减轻突发事件造成的危害和损失。市应急联动中心与各应急联动单位之间没有行政隶属关系,在工作模式上,依托市公安局指挥中心工作平台;在警务指挥工作的基础上,叠加社会应急联动的工作职能。市应急联动中心与23家联动单位及各区县政府应急指挥机构,通过有线(热线电话)、无线(800兆数字电台)、网络(市公务网非涉密域)等多种方式,实现互联互通,形成覆盖全市、协同处置的应急联动网络。110接警员接到需联动单位处置的警情后,在通知属地公安机关的同时,将警情发送到相关联动单位指挥机构,由被指令单位调派本单位专业应急处置队伍前往现场开展工作。

二、应急联动的主要工作机制

1. 分级分类应急响应机制。突发事件发生后,市应急联动中心及时收集、汇总突发公共事件有关情况,对突发事件综合研判,确定事件的等级,按照不同等级的工作要求和流程,组织、协调、指挥相关应急联动单位开展处置。一旦出现先期处置仍不能控制的紧急情况,由市应急联动中心报请或由市应急委直接决定,明确应急响应等级和范围,启动相应预案,必要时设立市应急处置指挥部,统筹、整合、调用全市应急资源,实施应急处置工作。这种分级分类、扁平化的突发事件应急处置机制,能够合理使用有限的应急资源,有利于应急处置工作有序、高效地开展。

2. 信息定期互通机制。突发事件种类繁多,在应急处置中必须加强工作统筹和信息互通。市应急联动中心建立应急联动工作年度会议和联络员工作例会制度,及时互通应急联动工作信息,协调解决应急处置工作中存在的突出问题。市应急联动中心注重加强与各应急联动单位的沟通交流,完善重要、紧急信息的相互通报机制,有效整合、共享应急联动相关资源,提高突发事件应急处置的效率。例如:为防范灾害性天气工作,市应急联动中心与市气象局建立较完善的信息通报制度。一旦出现雨、雪、冰、冻以及台风等恶劣天气,市气象局及时将预警信息通报市应急联动中心,期间双方保持不间断联系。市应急联动中心加强分析判断,及时将有关信息通报各联动单位,督促启动相应的防范措施,确保各相关职能部门第一时间内做出有效反应。

3. 评估通报机制。对重、特大突发事件处置工作,市应急联动中心充分发挥组织协调作用,召集相关联动单位认真分析、及时总结,并编写应急联动工作简报予以通报。市应急办、市应急联动中心采取实战演练和上门检查等多种形式,加强对各应急联动单位专业处置队伍的勤务检查,及时发现问题,通报督促有关联动单位采取有效措施,及时整改。

三、提升应急联动战斗力的创新举措

上海坚持推动体制优化、机制创新,强化科技支撑和法制保障,走规范化、信息化、集约化之路,依托市应急联动中心,健全城市应急联动工作体系,大力提升应急联动战斗力。重点推进实施了五个方面的创新举措。

1. 建立集约高效的指挥体系。为减少决策流程、优化指挥层级,按照"指挥人员专业化"的理念,市应急联动中心建立指挥长制度,赋予总指挥长在突发事件处置中"先期处置权、直接指挥权、装备调用权、信息处理权、检查督导权、行政管理权",并依托"应急联动指挥信息系统"、"800兆数字集群系统"、"350兆无线数字集群系统"、"城市图像监控系统"、"警用地理信息平台"、"公安移动应用系统"等高科技含量的系统平台,实现点对点指挥,切实做到了指挥有力、信息灵敏、反应迅速、协调顺畅。

2. 建立统分有序的接处警体系。市应急联动中心精心打造了一支经过专门训练、实战经验丰富的专业接警队伍,24小时受理全市警情和应急求助。各应急联动单位建立完善24小时值班制度,确保指令畅通、响应迅速。市应急联动中心受理110报警后,立即予以核实,同步分发至相关应急联动单位、公安分(县)局,第一时间分类联动处置有关警情和突发事件,组织、协调、指挥、调度有关联动单位进行处置。市应急联动中心接处警系统日呼入量设计为 8 万次,目前实际日呼入量为 3.7 万次。

3. 建立有备无患的应急预案体系。为不断完善应急预案,充分发挥实战效能,市应急联动中心定期组织开展应急联动处置演练,以促进指挥人员和专业力量熟练掌握相关预案,提升应急联动单位合成作战的能力和水平。

4. 打造常备不懈的应急队伍体系。在应急联动工作中,应急处置队伍建设是根本,也是保证。本市集中各方精锐,由巡逻民警、特警、"轮训轮值"警力、消防官兵、武警应急小分队,以及卫生、民防、环保、电力、燃气、水务等联动单位的专业应急救援队伍,组成了全市全天候常备不懈的应急处置力量。此外,近年来组建了市政府飞行队(即警务航空队),配置了 4 架直升机,成立空中交警大队,为交通指挥、医疗救护、抢险救灾等应急处置工作提供了空中支援保障。

5. 健全执行有力的责任体系。市应急委印发的《关于进一步加强上海市应急联动工作的若干规定》明确了市应急委、市应急办、市应急联动中心及应急联动单位的职责、应急处置的预案管理、突发事件处置流程,并对各应急联动单位的值班值守、队伍建设、到场时限、责任追究等作了明确规定。市应急联动中心负责对各联动单位的应急联动处置工作进行监督检查,对值班值守、信息报送、应急响应等方面存在的问题,及时通报相关联动单位,督促有关联动单位采取有效措施、及时整改。

四、深化应急联动效能的工作思路

目前,市应急联动中心已建立顺畅有序的运作体系和规范的联动处置流程,防汛、卫生、食品安全等专业部门也按照职能建立相对独立的应急处置专业指挥系统,形成较为成熟的突发事件应急处置工作体系。相对应急处置工作而言,城市突发事件预警机制,特别是自然灾害、事故灾难、公共卫生预警机制和信息化系统建设方面还处于起步阶段,亟待进一步加强。突发事件的早发现、早报告、早预警,是及时做好应急准备、有效处置突发事件、减少人员伤亡和财产损失的前提。下一步,本市将从三个方面进一步完善应急联动工作:

1. 进一步完善应急联动体制机制。一是完善应急联动工作体制。完善市应急联动中心机构设置,强化区、县应急联动中心实体化运作,加强市级应急管理单元应急联动工作,实现应急联动体系全覆盖,提高应对突发事件的整体效能。二是加强应急联动工作机制建设。加强快速响应机制、先期处置机制、协同配合机制的建设,不断完善扁平化指挥模式,切实提高应急联动工作能力。三是完善应急预案,加强实战演练。在现有预案的基础上,抽取应急处置工作的要素,制定"处置工作指引",细化明确处置程序、应对处置措施等内容。同时,根据应急处置工作实际需求,加强经常性实战演练,有力推动和提高应急联动单位处置工作水平。

2. 进一步提升应急联动指挥效能。一是落实应急联动工作责任。建立健全具有可操作性的监督体系及考评规则,科学客观评定各应急联动单位联动处置的效果,督促各应急联动单位认真履行各自职责。二是提高重特大突发事件的处置水平。进一步实现指挥工作的扁平化、集约化、精细化,切实做到"迅速准确传达指令、及时有效跟踪警情、果断有力干预指挥"。三是提高应急联动信息化水平。加强各类应急处置信息系统的整合、关联,尽可能实现共享和综合利用,努力使市应急联动中心成为应急处置资源调度中心和专业化信息处理中心,强化应急联动工作职能。

3. 进一步实现预警和处置的有效衔接。一是完善突发事件预警工作组织体系。预警工作影响面大,涉及部门多,需要建立专兼结合、常态非常态结合的精干的工作班子,以及配套高效的工作运行机制,以确保预警工作的常态化管理。二是完善突发事件预警机制。健全各类突发事件专业监测预警系统,加强突发事件信息系统建设,整合全市实时监控系统资源,实现各级各类应急管理信息系统的互联互通。三是建立预警信息发布的权威平台。建设功能完备、运作高效的信息发布渠道,规范预警信息发布,响应流程,实现"事前预警、事中处置"的有机结合。

(市应急联动中心　孙吟枫供稿)

整合海上应急救援力量
搭建上海海域搜救平台

上海海上搜救中心(以下简称搜救中心)作为市政府领导下的市级议事协调机构,由上海市分管副市长担任主任,其日常机构设在上海海事局。搜救中心现有上海海事局、东海救助局、市交通港口局等37家成员单位,负责履行组织、协调、指挥海上应急搜救行动,协助营救遇险人员,船舶污染事故应急处置,实施海上交通管制,发布航行警告和安全信息等职能。现有的救助力量主要有:海事巡逻艇、专业救助船只和救助飞机、辖区社会应急救助力量等。当发生重大及以上等级的海上突发事件时,搜救中心自动成为应急处置指挥部,统一指挥海上应急处置行动;搜救中心成员单位成为应急处置指挥部成员单位,履行各自应承担的应急救援职责。近年来,搜救中心通过资源整合、健全制度、强化联动、加强演练,进一步提升了海上应急救援能力。

一、加强了上海海上搜救应急资源整合

搜救中心在"十一五"期间开展了社会应急资源普查登记工作,全面掌握辖区范围内的社会应急资源,特别是海上搜寻救助应急力量和溢油应急反应力量,建立应急物资储备数据库和调用方案,确保一旦发生水上突发事件能够立即"拉得出、用得上、打得赢"。如在应急队伍建设上,积极发挥社会力量的作用,组建了以从事船舶服务作业公司和液货码头等社会力量为主体的溢油应急队伍,辖区内现有38家从事船舶残油污水接收作业公司、10家从事围油栏布设作业公司和1家专业溢油清污公司,共拥有60余艘可以从事清污作业的船艇(其中海船12艘,平均400总吨,内河船54艘,平均200总吨),船上配有围油栏、收油机、吸油毡、消油剂等专业清污设备。这些社会应急力量在海事部门指挥下成功处置了各起船舶污染事故,在上海港船舶溢油应急处置中发挥了不可替代的作用。又如,在应急救援装备上,投资4 900万元在长江口五号沟

建设大型溢油应急设备储备库,建成后一次溢油综合清除控制能力将达 1 000 吨。再如,在溢油清除器材和物资储备上,对 2 艘大型航标船进行了溢油应急专项改装,用于海区及重大溢油事故应急处置。

此外,上海海事局辖区共配置海事巡逻艇 72 艘,其中还包括一批技术先进的双体穿浪艇、高海况巡航救助艇等。

二、建立了上海海上搜救工作制度

根据《国家海上搜救应急预案》,结合搜救中心的任务和要求,搜救中心组织编制了《上海海上搜救和船舶污染事故专项应急预案》及 9 个辖区海事处分预案,规范了上海搜救责任区海上突发事件的领导机构和协调机制,规定了海上搜救中心成员单位的职责和义务,明确了海上突发事件处置的实施步骤和具体要求,使本市海上突发事件的处置有章可循。2008 年随着《中华人民共和国突发事件应对法》颁布实施,以及搜救形势和情况的变化,为了更好地发挥应急预案在海上搜救工作中的作用,搜救中心对原预案进行了修订:一是进一步深化了海上搜救的工作原则;二是修改了预案的适用范围,明确了参与海上突发事件应急响应行动的单位、船舶、航空器、设施及人员均适用本预案;三是强化了搜救成员单位及其相应的救助力量的职责;四是确立了海上搜救决策咨询机构和程序;五是重新划分了预警风险等级和响应程序;六是充实完善了海上搜救接报警、救助指挥、应急响应等处置程序;七是增加了救助效果的评估与奖评等。此外,特别强化了海上搜救工作的信息公开工作,加强公众信息交流,进一步保障社会公众的知情权。

2012 年,搜救中心就海上搜救地方立法及海上搜救奖励政策开展了调研,已形成《上海市海上搜寻救助规定》(草案),旨在从制度上进一步规范海上救助和奖励工作。

三、加强了上海海上搜救应急演练

近年来,搜救中心立足实战举行了多次应急演练,如组织了"2008 年 4 月 15 日吴泾海事处演习"、"2008 年 6 月 26 日外高桥辖区保安、溢油防污及海难救助演习"、"2009 年 6 月 5 日外高桥海事处防污染、海难救助联合演习"、"2009 年中日海上搜救通信演习"等。2010 年上海世博会开幕前,于 2009 年 6 月 15 日在黄浦江世博核心区水域举行了"上海世博水域应急扫测演习";2009 年 12 月 16 日以及 2010 年 1 月 21 日,在吴泾水域和董家渡水域分别举行了"黄浦江上游水域世博管控演练"和"世博人员落水救助演习";2010 年 1 月 27 日,举行了"上海世博会船舶污染应急处置桌面推演"等与世博相关的应急演练。通过演练进一步锻炼了队伍,提高了海上交通安全管控和应急救援能力。

(上海海上搜救中心 张鸣鸣供稿)

依托城市应急联动体制
完善地震应急响应机制

近年来,特别是汶川大地震以后,党中央、国务院高度重视抗震救灾应急救援力量的建设。市地震局根据国家的有关部署和要求,结合本市实际,着力推进建立具有上海特色的地震应急快速响应机制。

一、协同联动机制

1. "块"上应急联动。"块"是指上海本行政区域,常态下应急表现为"站岗放哨",非常态下行使应急处置职责。市地震局为本市应急联动成员单位,地震应急也正式纳入上海应急处置体系,开始进入"块"的整合与联动,体现了地震应急服务于本市公共安全的要求。除参与市应急联动中心应急联动处置外,还在重大活动等特定时段,形成市、区两级地震部门安保联动机制。

2. "条"上应急联动。"条"是指地震系统内部的联动,按照同行业和行政垂直的特点,"条"应急已成为常态工作。由于"条"的联动具有体制和资源上的优势,在实际工作中"条"联动处于优先位置。在重大活动等特定时段,地震联动安保中优势更明显、作用更大。目前,市地震局与中国地震局的垂直联动(上下级关系),与华东地震应急联动协作区跨区域联动(平行关系)运行良好。

二、平战结合机制

地震应急是地震部门常态性工作,常态和非常态(有震时)的区别在于具体应急任务不同,通过平战结合可以保持良好的应战状态,主要取决于需要一个快速转换机制为保障。目前,市地震局"平战结合"机制在以下两个方面进行了探索:

1. 市级层面的应急平战结合机制。上海抗震救灾指挥部的机构设置体现了平战结合原则。根据《上海市地震应急专项预案》规定,常态下,本市地震应急机构为"上海市防震减灾联席会议",其常态工作由联席会议办公室履行。一旦震情达到应急响应等级,市防震减灾联席会议自动转为"上海市抗震救灾指挥部"。市地震应急处置机构自动转换机制实现了无缝接轨,既可避免社会过度敏感带来的负面影响,又符合上海少震、弱震的震情背景实际,使"平战"两个阶段的"防"与"救"重点更突出。

2. 内部应急平战结合机制。"5·12"汶川大地震的教训告诉我们,地震部门必须建立平战结合的长效机制。2009年,我局结合世博地震安保需要,将局内日常、重大活动时段、国定假日等值守工作进行整合,在世博会试运营前建立了统一的全天候应急总值守制度。常态下总值班室主要承担上级部门、横向单位、新闻媒体、市民咨询等来电处理,包括日常震情报告、对外通联和总值班室各类应急技术装备维护等任务。一旦发生地震,可行使前期处置职责,在局应急处置指挥部成立后,即转为辅助指挥和对外通联。经过整合的应急值守制度实施"7×24"小时全天候总值守,配备正、副班,保证人员时刻在岗。目前,市地震局应急总值守机制已固化,具有指挥、调度、日常行政处理和对外通联的功能,是地震平战结合的一次首创,也是行之有效的工作成果。

三、全员应急机制

鉴于地震应对工作的特点,只有形成全员皆兵的动员机制,才能应对"万一"。每位职工平时是"民",战时是"兵"。将震时应急处置任务分解到各处室、各事业单位,细化到个人岗位。形成全员应急态势,各部门根据处置流程在规定的时间完成规定任务和要求。"全员应急"纳入预案并固化,强化在每位职工的岗位职责中。"全员应急"是新形势下的新要求,也是地震应急工作发展的必然趋势。

同时,立足上海实际,推动组建了地震应急处置三支专业力量,为有效做好城市地震应急处置打下坚实基础。一是上海武警特种救援队。2011年6月,中国地震局、武警总部联合印发的《关于武警部队抗震救灾应急救援力量建设与使用的若干意见》中,要求依托武警部队建设一支分布在全国各省、自治区、直辖市的抢险救援专业力量。根据这一要求,由市地震局和武警上海总队联合组建的上海武警特种救援队于2011年11月正式成立。该队以武警上海总队工化救援中队为依托,并由武警总队医院为主的应急医疗救援队、武警上海总队九支队为主的后勤应急保障队和市地震局地震现场工作队共同组成,全队人员共计178名,担负本市可能发生的破坏性地震及其引发的次生灾害、建(构)筑物倒塌救援,兼顾其他重、特大灾害抢险救援及国家、军队和市政府赋予的跨区域抢险救援任务。结合上海特大型城市特征与实际,上海武警特种救援队将突出"快速反应"和"重大工程灾害救援"两个能力,接受武警总部、中国地震局和市委、市政府领导与指挥,纳入上海应急救援体系。二是上海地震灾害紧急救援队。经市政府批准成立的上海市地震灾害紧急救援队,以"一队多用,一专多能,突出震害,兼顾多灾种抢险救援"为建队定位,发挥部门优势,引进世界最新技术装备,做到救援功能和手段齐全,反应快速,可承担跨地区、不同地理和气候环境的重、特大灾害事故综合性抢险救援任务。救援队正式注册人员 250 人,主要由市消防特勤支队、市地震局、市卫生局等多家单位派员组成,其人员管理和隶属关系不变。救援队行动受市防震减灾联席会议领导,本市地震灾害抢险救援由市抗震救灾指挥部指挥调度。三是市地震局地震现场工作队。这支队伍是由市地震局符合条件且经过审核的相关人员组成,注册队员 30 人,现场队队长由局应急救援处处长兼任,内设综合组、监测组、科考组和通讯保障组。应急状态下,现场工作队直接归局地震应急处置指挥部指挥;常态下,由局应急救援处履行职能管理。主要承担的职责和任务是:地震现场监测;灾情信息收集;宏观应急调查与烈度划定复核;宏观应急科考与烈度区域核定;参加或配合建构筑物损伤鉴定与震害评估;提出现场抢险与搜救方案建议;震区后期科学考察等。

(市地震局　陈迁供稿)

坚持平战结合原则　实现军地优势互补

——闵行区探索军地应急建用衔接机制

近年来,闵行区会同市有关部门积极将区域内现役部队、国防后备和政府应急管理"三支力量"的人才、装备、技术等资源整合起来,形成具有地域特色、满足任务需要、适应形势发展的军地应急应战力量建用衔接机制,为维护社会安全稳定和经济发展提供了有力保障。

一、适应军事斗争准备和应对突发事件需要,突出地域特点确定任务定位

闵行地区具有城乡二元结构矛盾突出、重点军工化工企业多、陆空交通枢纽功能强、重要目标防卫任务重等特点,"三支力量"战时将担负防空作战、重要目标防卫、军兵种专业保障和动员支前等任务,平时担负维护社会稳定、化工和交通事故救援、抗击自然灾害等非战争军事行动。按照"政府应急力量融入国防后备力量建设整体规划、为应战打基础,国防后备力量融入政府应急管理体系统筹建用、为应急作贡献,军队支援力量融入地方应急行动联合运用、为应急做支撑"的总体思路,区分专业种类,明确任务定位。一是驻区部队。以战时作战任务为主,平时根据上级明确的非战争军事行动任务,加强专业应急力量建设,支援地方应对突发情况。二是预备役和民兵支援队伍。以着眼遂行作战任务为主,战时应战,急时应急。民兵预备役防空分队,担负防空作战任务,平时作为一般应急力量,主要担负抢险救灾支援任务;重要目标防卫分队战时防卫,平时作为重点应急力量,担负维稳处突、化工救援、抗台防汛、抗击雨雪冰冻、抗震救灾等任务;军兵种专业保障力量,包括信息支援、医疗救护、装备抢修等,战时支援作战保障,平时作为专业应急力量,担负相应救援任务。三是民兵应急队伍。以着眼遂行非战争军事行动为主,平时服务,急时应急,战时支前,包括防化救援、信息保障、交通保障、卫勤保障等队伍。四是国防动员专业队伍。包括战时政治动员的新闻宣传管制,经济动员的卫勤、物资、经费保障,人民防空的消防、化救、防空观察、疏散组

织,交通战备的路桥抢修、道路运输、交通管制,科技动员的装备保障,信息动员的信息保障,战时担负参战支前任务,平时纳入政府应急体系担负相应任务。五是政府应急力量。包括武警、公安、消防、卫生、气象、城管、环保、质监、安监等队伍,以平时应急为主,战时担负管制、救灾、消防等任务,支持和支援地区作战。

二、统合国防后备力量和政府应急力量资源,着眼够用管用调整规模结构

采取由区国动委牵头、区应急委协调、区人武部统筹的方式,着眼未来作战参战支前新特点和经济社会发展新要求,按照精干、融合、增效的思路,立足军地力量联合行动够用管用,论证确定各类各支队伍的编组规模数量。总体遵循三个原则:一是应战力量按照作战任务需要编,以上级任务数为基准,适当调整。二是应急力量按照军地联合行动够用编。针对闵行地区特点,把驻区部队纳入总体方案,把国防后备力量和政府应急力量统合,军地联合制定组建规划,建立了一支3 000多人组成的自然灾害应急力量,具备防台防汛、抗击雨雪冰冻灾害和抗震抢险等功能;一支1 000多人组成的事故灾害应急力量,具备生产安全、火灾扑救、化学救援、保交护路等功能;一支2 000多人组成的社会维稳应急力量,具备维持社会秩序、疏散宣传群众、重点区域巡逻等功能;一支1 000多人组成的公共卫生应急力量,具备医疗救护、传染控制、疫区封控等功能;一支700多人组成的综合保障应急力量,具备应急通信、交通运输、饮食保障等功能的。三是国防动员力量按照基干民兵与普通民兵一定比例编制,提高国防后备力量质量,保证战时能够抽编军队指挥的参战支前力量和政府指挥的地方力量。四是政府应急队伍、国防动员专业队伍已组建的专业队伍,原则上不再组建基干民兵专业分队。

三、坚持统筹规划设计和发挥行业专长结合,区分地域类别优化布局编组

按照"有利于组织领导、有利于建设使用、有利于行业发展"的原则,充分发挥区国动委的统筹功能,区应急委的协调功能,区职能部门的专业功能,采取"统筹规划、条块结合、平战一体、归口编建"的方式,明确组编部门和抽组单位。一是统筹规划。采取"条线拿意见、国动委搞统筹、应急委抓协调"的方法,制订《闵行区应急力量建设使用方案》;采取"部队提需求、国动委搞协调、政府抓落实"的方法,制订《闵行区国防后备力量建设实施方案》,统一规划明确专业队伍建设种类、组建规模和布局设置,确保各

类力量建设有序发展。二是分类分编。采取"一般应急力量按单位编,参战支前力量按区域编"的方法,既避免重复交叉,又便于统合使用。重要目标防卫分队与基本应急力量平战结合编,一队多能,精干高效;一般应急力量按单位编,作为区应急支援力量和各单位普通应急力量,便于分级使用。三是分业统编。把民兵支援、应急专业队伍与国防动员专业队伍合并归口编,区分基干民兵与普通民兵、应急支援与国防动员,从企事业单位抽组,统编统用与统编分用相结合,防止重叠。比如,交战队队伍的民兵交通运输队、民防运输队、交战专业队,在人武部统一牵头协调下,由交战办根据不同需求统一确定编组;同样,医疗卫生、防化救援等队伍依此编组。四是归口建设。采取行业系统按职能分工配装备、抓训练、管经费,区人武部和应急办以定期联合搞点验、搞演练、搞协调的办法,促进力量编组建设的落实,确保随时拉得出、用得上、打得赢。

四、遵循军地联合指挥和集中统一用兵原则,立足平战结合规范兵力使用

积极构筑军地联合的组织指挥体系,理顺力量指挥关系,明确力量使用范围,规范力量动用程序。在指挥关系上,平时应急以区应急委为主导,建立军地联合指挥部,统一指挥协调应急力量,下设以应急委和国动委相融合的地方指挥机构和以区人武部为主、驻区部队领导参加的军队指挥机构,战时将这些机构转换为在国动委统一领导和指挥下的使用力量。在使用范围上,应对自然灾害,主要使用"便于投送、反应迅速"的军地应急专业力量;处置公共卫生事件和事故灾难,主要使用地方应急专业力量,视情使用民兵预备役和现役部队;处置社会安全事件,主要使用公安、武警,民兵分队协助维持秩序,一般不动用现役部队;遂行核生化救援、扑火、排爆等高风险任务,重点使用军地专业力量,视情补充非专业力量配合。在动用程序上,地方应急力量依据响应等级和预案分批投入使用;现役部队和民兵预备役应急力量,由区人武部发出预先号令,接到应急支援命令后,根据衔接预案边行动、边请示、边报告。

五、完善军地联供联保和预储预征配套机制,明确责任方法落实相关保障

区政府会同人武部将应对重大突发事件各类专业装备和物资器材保障建设纳入经济发展规划,通盘考虑驻区部队和国防后备力量建设,整合军地资源,建立职责明晰、顺畅高效的综合保障机制。一是明确保障责任。政府应急专业力量,由组建单位归口保障;现役部队遂行应急处突任务所需体制外装备器材和经费,由区财政统一解

决;民兵预备役所需体制外装备和经费、器材,由街镇(工业区)政府负责保障。区政府拿出专项资金,在区人武部建成了"平战结合、军地联通、机固一体"的国动委应急指挥信息系统,为现役部队、民兵预备役和武警公安专业力量,集中配备了一批工程机械、化学洗消、灾害救援和应急通信等体制外装备。二是落实预储预征。在调研基础上,区政府指定区内一批军工企业、IT产业、电信行业、石油化工等单位,签订平时预征预储、战时生产征用协议,确保急时快速调用和战时动员支前。针对闵行地区"两桥、两枢纽、两高架"的交通格局,为3 000名现役和民兵预备役人员,分点储备了扫雪除冰工具,预储了一批融雪铺路物资器材,为抗击雨雪冰冻灾害做好充分准备。三是实施分类管理。按照"有利于使用、有利于保管"的原则,根据装备器材来源渠道和归属关系,配发装备由编制单位日常保管、保养和维修,预储预征装备器材,平时由归属单位管理,急时由人武部和应急委调用,战时由国动委调用。

(市国动委综合办、闵行区应急办供稿)

依托网格化管理平台　建立大联动管理模式

——奉贤区加强应急联动资源整合

奉贤区城市综合管理和应急联动工作(简称"大联动")面向城市管理、民生服务、应急处置及治安稳定等领域,综合各联动部门的信息资源,建立联动管理、指挥、调度和辅助决策服务平台。在不改变原有行政管理的组织体制和部门行政管理职责基础上,通过强化队伍整合、管理联动、信息互通、资源共享等工作环节,实现信息准确采集、指挥高效及时、处置快速有力的应急管理效能。

一、健全组织机构

区级层面建立区城市综合管理和应急联动工作领导小组,成员由各相关委办局和各镇、开发区、社区主要负责人组成。各镇、开发区、社区,各相关委办局层面也相应成立领导小组。并将城市网格化管理中心与区应急管理署合署办公,成立"奉贤区城市综合管理和应急联动中心",增挂"奉贤区城市网格化管理中心"牌子,列为区政府直属事业单位,下设5个科室,编制38名。目前,已形成区、镇、居(村)委三级大联动工作网络。全区有43家区级联动处置单位、12个镇级"大联动"分中心、215个居村"大联动"工作站。

二、明确工作内容

奉贤区城市综合管理和应急联动工作主要包括城市管理、应急处置、民生服务和治安稳定4大类。其中,城市管理类由区大联动中心指挥处置,以现有的城市网格化管理平台为基础,拓展范围、增加内容。管理范围从城市化地区街面扩大到居民小区、农村地区,实现区域全覆盖。管理内容在网格化88种部件、32种事件的基础上,结合南桥镇试点情况,将部、事件扩展至142种。应急处置类由区应急署(区总值班室)指挥处置,并新建应急管理子系统,满足应急状态下应急指挥协调的信息需求。目前共涉及 22 小类、46 种事件,对应梳理出 23 个专项指挥部及其附属成员单位,同时梳理各类处置预案,进一步明确各成员单位职责,提高响应速度和处置效率。民生服务类结合大联动建设,新建城建热线子系统,今后与"市民热线"相衔接,目前涉及 10 个相关行业。治安稳定类由公安 110 指挥中心指挥处置,并与大联动信息系统实现互通,目前涉及 9 种事件。

三、落实网格化管理

依照网格化管理模式,主要包括问题上报(由专职监督员、兼职监督员、市民投诉、网络媒体等渠道承担案件的发现工作)、任务派发(大联动中心将南桥中心城区的案件和各镇开发区的转派件派遣至各区级处置单位,处置单位二次派遣至下属单位或部门。各分中心将各类上报的信息按照既定的职责分工派遣至镇级处置单位或向区大联动中心申请转派)、问题处置(坚持首问责任制、及时快速处置,处置经费按事权由区、镇两级政府各自承担,属公司盈利行为的自行解决)、处置期限(按照不同类型的问题设置相应的处置时限)、处置反馈(通过专职监督员、兼职监督员、接线员进行处置情况的查看、回访,最终结案)、处置督办(区大联动中心对各镇、社区、开发区大联动分中心和各委办局进行考核、督办、指导)、处置情况公开(所有问题的发现、处置、反馈结果在大联动处置系统上以红绿灯形式进行适度公开,通过倒逼机制进行约束,树立大联动权威性)。

四、细化操作流程

"大联动"核心是"联",关键是"动"。该区通过细化流程,规范操作,实现全过程管理。一是情况上报。通过专职监督员、兼职监督员、市民投诉、网络媒体等渠道发现、上报问题,"大联动"负责南桥中心城区和各镇分中心上报的信息(案件),各镇分中心负责所辖区域的信息。二是任务派发。"大联动"和各镇分中心将(信息)案件派发至相关处置单位。三是情况处置。实行电话首接责任制,区、镇两级受领任务后及时有效处置,处置经费按事权由区、镇两级政府各自承担。四是处置期限。按照不同类型的问题设置相应的处置时限。五是处置反馈。通过专职监督员、兼职监督员、接线员等进行处置情况的查看、回访。六是处置督办。区大联动中心对各镇、社区、开发区大联动分中心和各委办局进行考核、督办、指导。七是处置情况信息共享。所有问题的发现、处置、反馈结果信息在处置系统上显示，供各联动单位共享。

五、建立管理制度

为保障"大联动"高效运转，该区建立一整套规范的工作制度和管理方法。一是下发规范性文件。由区委办、区府办联合印发了《奉贤区城市综合管理和应急联动工作方案》。由"大联动"中心印发《镇级分中心建设指导意见》、《处置平台建设指导意见》，编制了《大联动工作实施意见》、《大联动工作考核办法》、《大联动工作制度汇编》等。二是加强信息系统管理。"大联动"中心负责应急管理建设系统运行与完善，做好对应急预案、应急队伍、应急物资等决策辅助信息的备案与管理。三是提高工作站能力。加强对区级平台面上掌控，对各工作站加强机动督察和热线宣传，提高发现和处理情况的能力。督促镇级平台建立对工作站和兼职监督员的考核机制，提升主动意识。加强对工作站工作人员的业务培训，提升工作能力。四是实行考核监督。与区监察部门开展合作，对大联动工作进行效能监督，特别对热线案件处置不力的情况和群众反映集中的问题进行跟踪督办。完善大联动系统的考核模块，强化对处置单位、镇级平台以及内部工作人员的考核，提升大联动的指挥权威和工作推动力。

（奉贤区应急办　陈德章供稿）

加强应急队伍整合　探索社区综合管理

——浦东新区花木街道建立"五队联动"机制

花木街道地处浦东新区区政府所在地,是新区行政文化中心,总面积 20.93 平方公里。截至 2010 年底,实有人口 23 万,户籍人口、人户分离人口各占一半,有来自 104 个国家和地区的外籍人士 2 万余人。街道下辖牡丹、由由、培花、钦洋、联洋、东城 6 个分社区(42 个居委会)及尚未完成动迁撤制的 3 个行政村和 2 个生产队。

近年来,在浦东新区(以下简称新区)区委、区政府的正确领导下,新区花木街道(社区)党工委、办事处立足城市综合管理的重点、难点,积极推进基层社区应急能力建设与网格化城市日常管理有机结合,加强城管、工商、公安、社会保安、市容协管等五支队伍的力量整合,形成了整合资源、机制优化、联动处置的工作机制(简称"五队联动")。该机制以"一体化管理、专业化执法"为原则,形成了行政专业管理力量与辅助管理力量有机整合,日常城市综合管理与突发事件应急处置有效衔接的工作方式。通过对社区实施全覆盖、全时段的城市综合管理及联动执法,将以往基层社区各类突发事件发生后同一时段多支队伍"多龙治一水"的模式转变为同一时段一支队伍"一龙治多水",极大地提升了处置效率,为营造整洁有序的市容环境和安定和谐的社区环境保驾护航。2006 年、2008 年,花木街道连续两届获得上海市"文明社区"荣誉称号,2007 年,被命名为全国首批"国家安全社区"和第二批"国际安全社区"。2011 年以来,新区区委、区政府将"五队联动"的经验做法作为创新社会管理模式的有效方法在全区范围内推开试点。

一、"五队联动"机制的主要做法和特点

2003 年,原花木镇(花木街道前身)启动创建国家卫生镇的工作。为切实加强市容环境管理及社会治安管理等方面的整治工作,镇属的城管、工商、公安、社会保安、市容协管等五支队伍组成松散型的联合管理队伍,形成了"五队联动"的雏形,开展对乱

设摊、跨门经营、地下食品加工及安全、三轮车非法营运等问题的整治。2006 年，花木街道进一步将上述五支队伍整合，对应六个分社区以及三个行政村，组建五支联动小队。这一阶段的"五队联动"主要是通过上述五支队伍的联动，开展市容环境管理及社会治安方面的联合巡逻、联合整治。但在实际运作中也暴露出专业行政管理队伍力量不足、联动时不能及时到位、各支协管队伍分属不同条线、协调指挥成本较高等问题。

2009 年底，新区迎接世博会的各项准备工作进入紧锣密鼓的冲刺阶段。花木街道在开展"迎博办博"工作中，深感现有的模式和机制在应对日常城市综合管理中的各类突发事件时还存在不足。为此，街道（社区）党工委、办事处多次研究，并积极与新区相关职能部门沟通，取得理解和支持。在此基础上，街道全面整合街道层面的各类行政管理（执法）资源，理顺区域联动机制，将五支队伍的联动进一步深化为城市综合管理的区域联动、职能联动、工作联动，形成了以整合联动和区域化管理为主要特点，以"一个平台、两轮驱动、三层整合、四路对接、五队联动"为主要构架和工作模式的城市综合管理机制。主要内容是：

1. 在指挥体系上，实现一个平台统一指挥。在新区公安分局和环保局的支持下，花木街道把原先分属派出所的街面监控系统、街道的小区技防系统和新区城市网格办的网格化管理系统"三网合一"，整合到花木街道五队联动指挥中心（图像监控室），近 2 000 多个探头覆盖了花木主要行政区域。联动指挥中心由街道分管城管的副主任兼任指挥中心主任，网格办、公安、城管、社保等队伍入驻中心实行 24 小时勤务运作。目前，花木街道区域内通过视频巡逻、街面巡逻、分社区反馈等不同渠道采集的动态信息统一汇总到联动中心，构筑了一张全时段全覆盖的城市运行动态监控网络，并通过资源共享、统一指挥和从点到面的辐射化管理，基本实现区域内城市综合管理和突发事件及时发现、快速处置，基层社区应对突发事件的能力大大提高。

2. 在组织体系上，坚持街道党政班子"两轮驱动"共同参与队伍管理。"五队联动"成员单位由街道城管、公安、交警、工商、消防、房办等单位组成，并成立指挥部。总指挥由街道办事处主任担任，全面负责"五队联动"机制的牵头、协调和推进。下设办公室（"五联办"），与街道党政办、长效办、网格办等机构合并归一，实体运作，具体负责"五队联动"日常管理、计划制定、队伍管理、目标考核等工作。分管市容的街道办事处副主任担任"五联办"的主任和机动大队大队长，街道办事处的其余 3 名副主任担任 3 个区域综合管理大队大队长，街道（社区）党工委委员担任各大队的教导员。指挥部在街道层面建立每周会商机制，每周党政联席会议向街道班子成员通报"五队联动"机制的运作情况，班子成员结合分管条线提出需要解决的问题。通过街道党政班子成员交叉参与"五队联动"工作的方式,形成了人人有责、全员参与、共同推进的良好氛围,确保指挥更加有力,联动更加深入有效。

3. 在力量整合上,推进三个层面的有机结合。一是坚持分块包干的原则。针对街道层面涉及行政管理(执法)权力的部门和单位分属街道以及新区职能部门的实际情况,"五队联动"机制明确,由街道行政业务科室的科长到各区域综合管理大队担任第一副大队长,其主要责任就是牵头联系、协调新区、街道两级行政管理力量有机结合,避免出现"两张皮"的现象。二是坚持城市综合管理专业队伍先行整合。在新区公安分局和环保局(城管执法局)的支持下,花木街道先行启动城管和公安派出所力量的整合联动。各区域综合管理大队下设中队,早班、中班中队由城管队员任中队长,公安民警任副队长,再配备相应的城管队员和公安民警;夜班中队有公安民警任中队长,综合协管员任副队长。通过交叉搭配的组织构架,做到了街面巡查和管理力量信息共享、联勤联动、协同处置。三是坚持做到行政管理辅助力量"一个拳头打出去"。将分属街道综治口的社保大队治安中队、市容巡查队,城管口的市容协管队,城建口的综合巡查队整合为综合协管大队,目前共计201人,统一由街道"五联办"统一安排和管理,补充三支区域综合管理大队的力量。通过把几个手指捏成一个拳头,改变了以往辅助执法管理力量分属街道不同条线部门,工作联动时不能发挥"1+1>2"的状况。

4. 在日常工作开展上,强化四个路径的联动。一是在联系机制方面,坚持定期沟通与分块负责相结合。街道"五队联动"指挥部("五联办")每月定期召开各支队伍参加的例会,分析区域内市容环境保障形势和突发事件的隐患,形成相应的对策预案。三个区域综合管理大队每周召开由城管、工商、公安、社保协管、市容管理等部门以及分社区书记参加的例会,总结本辖区每周工作情况,讨论部署下周工作重点。通过街道、大队、分社区垂直一体化的定期沟通机制,确保了各类信息和工作要求早通报、早落实,形成沟通有效、落实有力的日常工作机制。二是在联调机制方面,切实强化联动指挥中心与街面的联动,并制订完善街面突发事件处置预案,进一步提升突发事件的处置效率。联动指挥中心的视频巡逻和区域综合管理大队的街面巡逻组,能够第一时间发现问题,在对相关问题开展联合调查后,按照城市网格化管理、市容管理、治安管理等三类突发事件具体处置流程,由相对应的行政管理(执法)力量牵头其他相关部门,通过联合执法加以调处,改变了以往各管一边的状况。三是在联防机制方面,形成了统一指挥下的多部门联防联控机制。通过"人防加技防"的有机结合,实现了对行政区域内主要景观道路、重点路段和时段各类事件的有效防控,特别在社会治安管控方面,大大降低了街面各类案件的发生率。如综合协管大队队员多次及时发现治安线索,配合民警追捕违法嫌疑人;在整治占道设摊等市容管理顽症时,城管、交警、综合协管三方联手开展整治,并快速制服暴力抗法人员。四是在联治机制方面。针对市民关注及投诉的热点、难点和突出问题,由街道"五联办"牵头,以区域综合管理大队为主体,协调街道其他行政管理(执法)力量共同参与进行重点专项整治。如在世博会等多次重大活动举办期间,这一机制快速处置了多起突发事件,维护了世博期间社区环境的有序、稳定。

二、"五队联动"机制取得的主要成效

"五队联动"机制不断深化,始终坚持"以一体化管理、专业化执法"的原则不放松,各支队伍相互支撑、相互补位,实现了社区全覆盖、全时段的综合管理。主要取得了以下三个方面的成效:

1. 在理顺体制方面,形成了基层社区应急能力建设主动对接、融入城市综合管理的新机制。按照应急管理体系建设"分类管理、分级负责、条块结合、属地化管理为主"的原则,基层社区的应急能力建设往往与该区域城市综合管理领域的工作相互交织、相互促进。"五队联动"机制的核心在于立足基层社区的管理需求,坚持区域化管理和防控相结合,将各类突发事件的应急处置纳入日常城市综合管理体系中总体考虑和部署。这一机制着力聚焦市容环境、社会治安等基层社区发生几率较高、社会影响面较大的城市综合管理难点,完善突发事件应急处置机制,形成及时响应、分级联动的突发事件常态化管理模式,确保城市运行始终处于安全、有序的状态,切实提高了社区居民的幸福感和安全感。例如2010年9月17日,指挥中心图像监控发现梅花路白杨路大量房产中介人员集聚,并发生群体性打架事件后,立即启动应急预案,组织区域综合管理大队和机动大队赶往现场,锁定主要嫌疑人,并驱散参与闹事人员。2010年10月25日早7时17分,花木区域多条道路同时发生车辆夜间偷倒垃圾事件,经视频锁定为当日凌晨4时24分所为,指挥中心立即联系养护单位予以清理,并落实联合管理(执法)力量进行追查。

2. 在能力提升方面,为破解城市综合管理瓶颈问题提供了新路径。"五队联动"是一种机制,而不是简单的各支城市综合管理队伍的联动。以往的经验证明,短期内把社区执法和管理的相关队伍全部整合起来并不现实,必须要有先行先试。因此,"五队联动"机制先行整合城管、公安等两个领域的条块管理(执法)资源,以提高突发事件应急处置能力为突破点,带动面上城市综合管理水平的提升,为从机制上为解决目前条块协调难度较大、处置效率亟待提高等问题提供了有益的尝试。一是切实形成了统

一高效的快速处置机制。通过联动中心这一平台,统一指挥、协调,将以往各支行政管理(执法)力量各自为政"单打一"的模式转变为同一区域一支队伍联合管理(执法),基本解决了以往突发事件发生后多头管理、推诿扯皮的现象。同时,通过街道层面搭建联动平台健全了城市综合管理中联合执法的长效机制,做到令行禁止、目标一致、行动一致,处置的效率上大大提高。如2011年10月26日上午7时,花木街道第一区域综合管理大队接到群众举报地沟油非法加工点的信息后,9时即调集城管、公安、工商、食药监等方面的力量,在相关区域开展"地毯式"排查,依法取缔这一刚设立的加工点。二是形成了处置与发现并重的复合型日常管理机制。区域综合管理大队队员在街面巡逻时,既对市容环境、治安等方面违法违章现象进行发现、劝告、报告和处置,也要对消防、安全、食药监、工商等方面潜在或处于萌芽状态的苗头或隐患及时发现并报告,切实做到管理关口前移。如2011年2月以来,区域综合管理大队队员发现有部分外来人员占据闲置厂房居住,存在严重消防安全隐患,由公安消防部门牵头,会同区域综合管理大队的其他力量开展大范围的排查和整治工作,确保此类隐患及时消除。

3. 在管理模式创新方面,进一步增强了基层社区社会管理工作的主动性和有效性。基层社区的城市综合管理是社会管理的重要组成部分,传统的社会管理模式在应对各类突发事件时多为被动应对,缺乏完整的应急处置方案,面对快速变化的社会发展形势和日益复杂的管理环境,往往因为信息获取不及时、队伍调动不及时、措施落实不及时而陷入被动局面,已经不适合花木街道区域管理需要。"五队联动"机制施行后,花木街道区域内各类动态信息资源"合五为一",信息来源较以往更加及时准确,各类行政管理资源整合更加有效,街道(社区)工作的主动性和有效性进一步增强。突发事件发生后,后续处置队伍、措施能够第一时间落实到位,第一时间控制事态发展,避免事件影响的扩大化,降低了后期处置成本。如在处理电动三轮车非法营运突发事件时,联动指挥中心按照分步有序的原则,先由区域综合管理大队和综合协管大队队员进行劝阻,如发现事态有扩大化倾向,及时组织机动大队予以支援,同时公安民警依法介入,执法取证。在事件处置完毕后,安排律师与当事人沟通,安抚情绪,引导其合理合法主张权益,避免新的不安定因素的发生。这种变被动为主动的工作模式,避免了以往基层社区社会管理工作被动处置的滞后性,切实体现了新时期下加强和创新社会管理工作关于"要把各种管理资源集中到社区,推进公共服务延伸到社区,特别要切实提高基层社区的应急服务管理水平和突发事件应对能力"的要求。

(浦东新区应急办　陈杰供稿)

六、应急演练

探索防空防灾一体化演练
提升民众应急防护能力
——市民防办开展民众应急疏散演练

在市委、市政府的领导下,市民防办充分利用民防资源,在城市社会安全应急疏散方面进行了实践探索。

一、科学总结防空防灾客观规律,组织开展防空防灾综合演练

2008 年以来,上海民防转移工作重点和协调工作职能,从把战时动员组织民众防护和减轻战争灾害的民防,转向平时的防灾减灾与抢险救灾;把民防过去单一的战时防空职能,发展为平时防灾与战时防空相结合的双重职能。通过多年的实践探索和科学研究,紧抓防空袭灾害与防自然灾害的共性特点,充分利用民防资源,自 2008 年来,四次在全市范围内,组织开展防空警报试鸣并组织防空防灾演练。

2008 年第一次在全市范围内组织了防空警报试鸣与防空防灾演练,初步形成了以人员防护为重点的基层民防工作格局。2009 年试点采用有线与无线双重控制警报试鸣,举办首届社区民众防护技能运动会。2010 年,编制民防部门参与应急处置的预案,强化民防应急救援演练、组织地下空间应急演练等活动,为世博会的成功举办保驾护航。2011 年,在第三次全市范围防空警报试鸣及防空防灾演练时,认真汲取上海"11·15"特大火灾事故教训,有针对性地开展了消防演练。2012 年第四次组织全市范围内防空警报试鸣并组织城镇居民防空防灾演练,进一步增强了广大市民的国防观念和民防意识。

民防部门从"点、线、面"多角度,全方位提高社会面安全应急疏散能力,变被动为

主动,充分发挥人民群众的主观能动性和调动社会群众的全面参与度,有效提高防空防灾处置的科学性。

二、围绕全方位防空疏散新特点,组织开展形式多样的防空防灾科普宣教活动

近年来,民防部门逐年扩大演练规模,鼓励和调动群众参与,扩大防空防灾科普宣教影响范围,摸索社会面安全应急疏散新特点,不断提高应急管理水平。2008 年,警报试鸣时,试点由各区县组织学校、社区开展小规模防空疏散掩蔽演练,探索防空与防灾相结合的群众性宣传教育与演练新模式;2009 年,各区县民防部门重点组织开展了中心城区临战人口疏散接收演练,探索人员高密集、楼宇高集中条件下的民众疏散和防护能力;2010 年结合上海世博会安保要求,从强化地下空间安全管理入手,开展了有针对性的综合应急处置演练。2012 年除了举办常态应急演练外,还通过组织 31 家市级部门和单位参与《上海市人民防空袭方案》编制修订工作,重点提高各部门的应急联动和协同应对处置能力。

为有效加强科普宣传力度,民防部门组织开展民防集中宣传周活动,发放纸质资料,并且通过市和区县广播、电视、报纸、网络等媒体进行广泛宣传报道,组织相关培训工作,向社会民众告知警报试鸣的安排和注意事项,宣传防空警报和防空防灾知识,真正做到以人为本,将国防教育与防灾教育融于一体。

三、夯实民防工作社会基础,增强社会动员能力及公众参与水平

2008 年全民国防教育日,本市第一次在全市范围组织防空警报试鸣时,各区县共组织 31 所学校、62 个社区约 2.6 万余人进行小规模防空疏散掩蔽演练,市和区县民防办还会同市民政部门,在全市 41 个街道(镇)、79 个居委会进行了社区民防建设试点。2009 年时,全市共组织 177 个街道乡镇、208 所学校、1 324 个居委会、3 529 个居民区共 25 万余人进行防灾疏散演练。在社区民防建设方面,全市有 197 个街道镇、3 586 个居委会全面开展社区民防建设工作。2010 年时,各区县民防办共组织 345 个社区以及学校、基层单位近 30 万人参加防空防灾疏散演练活动。2011 年,在"9·17"全民国防教育日,第三次组织全市范围内防空警报试鸣并开展消防应急演练,共有218 个街道镇、2 504 个居民小区 65.7 万余人参加消防应急疏散演练。通过开展一系

列有影响力的防空防灾演练，增强了社区民众的国防和防灾意识，提升了防空防灾能力。

　　同时，本市民防部门还把建设一支专业、高效、精干、实用的工作团队放在突出地位。市民防部门 2008 年建立基层民防队伍，2009 年建起社区民防志愿者队伍和医疗救护、抢险抢修、治安消防等基层民防应急队伍，增强了民防救援队伍的专业水平，是一支"叫得应、拉得出、打得响"的民防应急队伍。

（市民防办　施建明供稿）

贴近实战抓演练　磨练队伍强素质
——金山区开展应急演练纪实

五年来,在区应急委的坚强领导下,金山区应急办积极牵头组织、指导、协调有关单位,依据应急预案,并结合金山区特点,着重开展了化工救援方面应急演练。五年来共举办各类演练 800 次左右,其中开展化工演练 90 次左右。通过演练在实战应急处置中起到了非常有效的指导作用,并达到了检验预案、磨合机制、锻炼队伍、教育群众的目的。

一、主要做法

1. 领导高度重视,不断增强演练实战能力。区政府主要领导多次强调"要有计划地开展好各项演练活动,在演练中不断完善预案,强化预案的可操作性,不断增强实战能力"。区政府分管领导多次亲自指挥演练,指导点评,并要求区相关职能部门精心组织,对演练中暴露出的问题及时整改。

2. 缜密策划方案,着实提高应急演练质量。为了完善演练方案,演练组织单位多次召开协调会,听取各相关职能部门意见建议,合理分配出演顺序,充实演练内容,细化演练步骤,并认真勘察演练场地,落实具体操作。

3. 精心实施演练,确保应急演练实战到位。参演过程中,指挥人员严格把关演练步骤、营造实战氛围、着重体现演练亮点,促使相关人员状态更紧张、处置更从容、节奏更迅速。各应急救援队伍做到严阵以待,全身心投入演练过程,认真处置好每一个环节,不断提高应急水平,增强协同作战能力。

二、应急演练典型案例

(一) 金山区举行反恐化救综合演练

2008 年 8 月 5 日上午,在上海华源化工有限公司举行了"金山区反恐怖袭击事件化救综合演练"。公安、应急、消防、民防、安监、卫生、水务、气象、金山卫镇等8家单位参与了此次演练。演练模拟2名恐怖分子潜入上海华源化工有限公司,用爆炸物将装有1500吨松节油槽罐出口处的一根输送管道炸断,造成大量松节油泄漏并燃烧,主要内容为追捕逃犯,疏散群众、救治伤员、消防灭火、封堵管道、环境检测洗消等。区四套班子领导,各镇、街道、各委办局负责同志在区应急联动指挥中心,通过卫星转播车,观看了演练实况影像。本次演练达到了练指挥、练队伍、练保障、练协调等目的,提高了区域奥运安保和反恐工作水平。

(二)金山区漕泾物流园区突发事件应急演练

2008年10月10日上午,在漕泾物流园区举行了突发公共事件应急演练。上海化学工业区消防支队,应急、公安、消防、环保、安监、卫生、民防、漕泾镇和迅通(中国)物流有限公司等9家单位联合参与了此次演练。演练模拟漕泾物流园区迅通(中国)物流有限公司在装卸货物过程中,由于叉车驾驶员操纵不当,发生碰撞事故,造成仓库内存放丙酮的容器破碎,引发大量丙酮泄漏,并遇碰撞所产生的火花发生起火燃烧,主要内容为报警与自救、消防灭火与伤员救护、环境检测与人员疏散、现场洗消与污水处理等。本次演练,进一步检验了应急预案的可操作性,锻炼了应急队伍,提升了处置突发公共事件能力。

(三)液化天然气(LNG)应急处置综合演练

2011年9月16日下午,在上海万事红燃气技术发展有限公司举行LNG储配站应急处置综合演练。市建设交通委交通战备处和设施运行处、市燃气管理处、上海万事红燃气技术发展有限公司,发展改革委、公安、消防、应急、安监、质监、环保、卫生、电视台和枫泾镇等13家单位参与了此次演练。本次演练主要模拟一辆装载满车LNG低温槽罐车在道路上发生车辆碰擦事故,导致槽罐车罐体局部变形,经专家分析认为罐体内部可能存在损伤或破坏,需要将槽罐车内的液化天然气进行紧急处理,决定指派上海万事红燃气技术发展有限公司协助本次事故的应急处置工作,负责接收事故槽罐车的卸液处理作业,主要内容为受损车辆护送、罐体降温、伤员救护、环境检测、LNG放散处置等。此次演练进一步检验了各单位和部门预防、及时处置燃气运输、储存和供应事故,以及各应急救援队伍之间协调、联动、处置的能力,进一步理顺了燃气事故应急处置指挥体系中的信息传递、现场指挥、物资调运、善后处理等机制,达到了演练预期的目的。

（金山区应急办　陆天彪供稿）

立足基层为民众　推进演练进万家
——嘉定区做实社区应急演练工作

近年来,嘉定区积极推进社区应急演练工作,通过应急演练,检验了预案、锻炼了队伍、教育了群众,有效地提高了居民抵御风险和自救互救能力,从而进一步提升了社区的安全管理水平。

一、领导高度重视

举行一次演练尤其是综合性演练,筹备任务繁重,领导重视是调动多方力量、推动工作落实的保证。我区把搞好社区应急演练工作作为全区应急管理工作重点任务来抓,区领导多次强调应急演练是有效应对各类突发事件的基础性工作,是提高应急处置能力的有效途径,要求各部门扎实有效地组织开展社区应急演练,使演练真正起到"检验完善预案、磨合联动机制、提高处置能力"的目的。每年年初,区应急办在制订年度开展的社区应急演练工作计划时,有针对性地选择一个社区,确定有一定新意的演练主题,并将拟制演练计划及实施方案报区政府研究审定后,转发各有关部门和单位筹备实施。如 2010 年在江桥嘉怡社区举行的嘉定区地下空间突发事件应急处置综合演练、2011 年在嘉定工业区裕民社区清水颐园小区举行的高层居民应急疏散逃生综合演练、2012 年在菊园新区举行的嘉定区高层商务楼应急疏散逃生演练。

二、部门通力协作

区有关部门在制定社区应急演练工作方案时,注意发挥各参与者的一技之长,明确主要任务和分工,落实专人负责,按时按要求做好准备工作。各参演单位根据每次演练项目所承担的任务,在应急演练领导小组的领导下,统一指挥,密切配合,各司其职,及时沟通,通过多次预演、合练,协商解决遇到的一些问题,同时利用好各街镇武装部、各社区居委会的工作优势,依托全社会各部门的支持配合,动员方方面面的力量共同参与这项工作,高标准、高质量、高要求地完成了演练动作,为演练活动开展提供了强有力的人力、物力和技术等全方位支持,确保社区应急演练各项工作有效落实。

三、完善应急预案

应急预案是组织应急救援演练的依据,是有序、有效开展应急救援工作规范,也是做好应急演练的重要基础。区预案编制责任单位一直坚持抓好各类应急预案的编制工作,通过深入调研、专题分析、组织培训、上门指导等方法,帮助指导各街镇、各相关部门及基层单位开展应急预案编制工作。据 2012 年开展的应急预案编制梳理统计,截至 2011 年底,共制定总体应急预案 1 个,专项预案 9 个,部门预案 31 个,单项预案 4 个;12 个街镇区域预案 12 个;各街镇、有关部门制定预案和内部工作预案有 231 个,基层单位编制的应急预案 5 900 多个,初步形成"纵向到底、横向到边"的应急预案体系。近年来全区组织开展的社区应急演练,都是以应急预案为基础,有重点、有选择地进行演练。

四、强化公众参与

组织公众观摩并参与社区应急演练是我区宣传普及应急知识的一个重要平台。在开展应急演练的同时,精心组织有关部门、各街镇分管应急工作的负责同志,所在街镇的社区居委干部,社区部分群众和学生到现场进行观摩,并根据场景需要组织居民和学生担当群众演员参与演练。如组织开展建筑工地突发公共事件应急处置综合演练,在马陆镇永盛公寓举行的来沪务工人员集中居住地人口疏散暨防灾减灾演练、在同济大学(嘉定校区)举行的人员集居区防空防灾综合演练,分别组织了 500 多名群众、学生参与演练,让他们亲身感受和体验灾难情景,模拟自救互救。此外,积极联系有关新闻媒体对演练活动进行多角度、全方位的宣传报道,及时发布相关信息;利用开展社区应急演练的契机,在现场展示防灾减灾宣传图板,向观摩群众发放应急避险宣传资料,邀请有关部门提供防灾减灾的知识咨询等。

五、加大经费保障

按照"结合实际、合理定位,着眼实战、讲求实效,统筹规划、厉行节约"的原则,凡属于区级综合应急演练,演练组织单位积极同区财政部门协商,落实演练专项经费;属于街镇或社区应急演练,由街镇财政落实相关费用。每年由演练组织单位上报计划,使经费纳入区、街镇两级财政预算。近年来,区两级财政加大了对应急演练的财政投入,确保了应急演练的顺利实施,如2011—2012年向区内9万户居民家庭发放了应急包,并组织好相关应急知识的培训,共投入1 350万元。此外,相关职能部门多方筹措社会存量资源,引导社会投入,在社区、企业、学校等组织开展了一些小型的应急演练,取得了良好的成效,节约了行政资源。

（嘉定区应急办　赵德刚供稿）

七、应急保障

上海应急保障的技术平台：
800 兆数字集群政务共网

上海市 800 兆数字集群政务共网主要是为提高政府部门和重大企事业单位应对突发公共事件的处置、应急联动能力及提升日常管理和社会化服务水平而提供的专业级无线调度指挥通信网络。网络目前已经全面覆盖上海行政区域（包括洋山深水港），并对本市部分标志性建筑、重点要害单位和重要交通设施进行室内环境的覆盖。网络由两个交换中心和 134 个基站组成，并采用相邻基站和交换中心交叉连接方式，确保在一个交换机故障情况下，提供整个地区的基本覆盖。同时还配备了专用应急通信车，确保集群网络的通信安全和机动通信能力。

一、800 兆政务共网网络构成的基本情况

800 兆政务共网采用 TETRA 制式集群系统，TETRA 是一种数字集群专用无线通信技术，它是全球专业无线电通信标准技术之一，能够满足政务共网提出的安全、快速、稳定等各种网络运行质量和要求。

（一）网络规模及组成

现网主要由以下部分组成：(1) 2 个交换控制中心（MSO）；(2) 1 套网管子系统（配 2 个网管终端和 2 个远程网管终端）；(3) 1 套调度台子系统（配 2 个调度台）。网络系统设计容量为 5 万用户，系统网络组成如图所示：

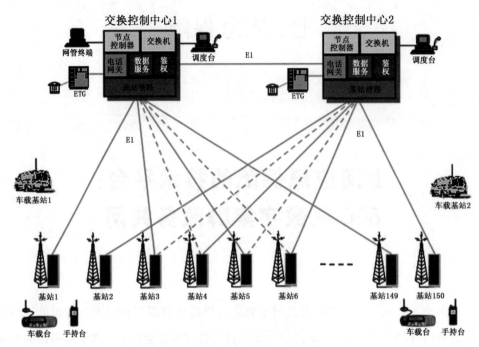

图 800兆政务共网系统网络组成图

系统包含两个交换控制中心(MSO),两个MSO通过3个E1链路相连,构成统一的网络交换控制系统,采用负荷分担的工作方式。每个MSO均与有线电话网互联。

网络包含一套网管子系统,在两个交换控制中心各配置2台近端网管终端及2台远程网管终端,采用分级账户管理方式。

系统网络还包含一套调度子系统,在2个交换控制中心各配置1台调度终端,调度子系统采用账号方式管理,即调度员可以从任一调度终端登录并进行授权的调度。

(二) 结构特点

1. 本市数字集群政务共网系统采用异地双机分布式交换控制网络结构,该网络结构的特点是具有良好的经济性和安全性,在设备投资增加不多的情况下,两个交换控制中心起到了互为备份的作用,极大地提高了网络系统的安全性。系统在两个地理位置各设置一个交换控制中心,每个交换控制中心交叉管理控制一半的基站,两个交换控制中心通过链路相连。当一个交换控制中心发生故障或灾难时,该交换机下的基站将工作在单站集群模式,由于具备邻站控制信道信息的移动台会尽量选择邻近广区基站(网络状态下的基站)登记入网,而两个交换控制中心下的基站有大量的重叠覆盖(−95 dBm区域),因此一个交换控制中心故障,大部分的用户可以自动选择在另一正常工作交换控制中心下的基站登记入网,因此受影响的区域将是很有限的,并且受影响的区域仍具有单站集群功能的基站工作。

2. 两个交换控制中心共同组成一个统一完整的系统网络管理体系。全网用户统一编号，系统用户具有全网透明漫游的功能，用户无需关心其现在位于哪一个交换控制中心的范围，所有的业务，包括语音和数据，对用户来讲都保持一致。位于不同交换控制中心的用户之间的语音和数据功能与在同一交换控制中心的用户之间的通信功能完全一样。

二、上海800兆政务共网业务发展情况

上海电信800兆政务共网由中国电信上海分公司投资约3.5亿，于2006年开始建设，并在当年12月开通运营。网络开通运营后，建立了政府应急联动通信网，改善了原先由市政府信息中心等政府部门或各企业独立运营、采用了不同制式标准的通信网，各个系统、各部门之间难以协调配合、统一指挥、联合行动、共同应对突发事件与灾害事故，并做出快速、有序及高效的反应状况。满足了本市各级人民政府应急及日常指挥调度通信的要求。

（一）业务发展情况

上海市800兆数字集群政务共网从2006年12月投入运营以来发展迅速，用户入网终端数量及业务收入呈突破性增长趋势，尤其是2008年至2010年，3年内实现业务收入连续近翻番，2011年再创新高。集群政务共网自业务启动至今历年业务发展情况为：2007年累计长期入网终端790台（另租赁业务终端1 639台），年业务收入254万元；2008年累计长期入网终端3 986台（另租赁业务终端1 248台），年业务收入544万元；2009年累计长期入网终端6 111台（另租赁业务终端649台），年业务收入936万元；2011年累计长期入网终端6 686台（另，世博局使用终端约6 000，租赁业务终端1 071台），年业务收入1 640万元。截止到2012年7月，累计长期入网终端数为7 238台。

（二）用户结构情况

截止2012年7月底，上海市800兆数字集群政务共网入网用户387家，长期入网终端总数7 238台。用户包括市应急联动全体成员单位（市委、市政府；市委、市政府各部、委、办、局；各区委、区政府等）和行政执法、医疗急救、民防、海事、交通、港口货运等政府部门及特大型企业单位。其中市应急联动使用终端2 600台、民防系统755

台、"120"医疗急救 927 台、交通行政执法 366 台、城管执法 192 台、海事管理 246 台、港口生产管理(洋山港)1 376 台等。

(三) 主要服务领域

800 兆数字集群政务共网是为市委、市政府等单位提供应急管理指挥调度及日常管理指挥调度服务的无线通信平台。上海数字集群提供的服务领域主要有三个方面:

1. 政府应急联动及日常管理调度通信

主要由 800 兆数字集群政务共网提供调度通信服务。800 兆数字集群政务共网应急管理模式,主要服务于市、区、街道(镇)各级、各类应急管理工作机构的应急指挥;日常管理主要服务于各级政府职能部门、应急管理工作机构和社会企事业单位的日常行政管理和生产作业调度。

(1) 本市应急条线,主要用户群包括市委、市政府,19 个区县委、政府(及相应的应急办)、市政法委、市应急委、市信息委、市应急联动中心、警备区、市发展改革委及卫生、公安、民政、交通、人事、财政、体育、劳保、文广等 120 多家委办局和部门,以上单位部门都为应急突发事件处置主要成员单位,终端用户数量达 2 600 多台是政务共网核心用户。

(2) 消防条线,主要分为企业消防和消防局两类应用。企业消防主要用于消防局企业消防处与全市 100 多家大型企业消防队的一、二级指挥调度通信。遇有突发事件,企业消防处可利用 800 兆数字集群政务共网调动全市企业消防队进行应急事件的联动处置。消防局主要和全市各消防支队进行一、二级指挥调度通信。

(3) 120 急救中心,包括市 120 及 19 个区县 120,共有急救车 400 多辆分布在全市各个地。因关系民生故影响重大,电信对 120 所涉及的相关医院区域的集群信号先期进行了优化,并在不影响其正常开展急救工作的情况下分批完成了全部 400 辆急救车车载终端的转网工作。近期,电信长途无线部及时为市 120 急救中心开通了部分应急终端并同步启动了应急通信保障预案,从而确保了在本市 H1N1 流感防范应急工作的顺利开展。目前 120 急救中心的入网终端量已近千台,随着上海城市规模的发展,配套急救保障需求也在不断扩大,故 120 急救中心对集群业务需求也将不断增大。

2. 大型企事业单位生产管理调度通信

上海数字集群网络为本市大型企事业,如洋山深水港、市急救中心、交通执法总队等单位和部门提供日常安全可靠、及时有效的通信指挥和生产调度通信服务。

(1) 地铁互联。2010 年 3 月,通过前期大量协调工作,以及政府相关部门协助,正式实现 800 兆数字集群政务共网与地铁专网之间互联,通过该互联形式,为市应急条线联动扩大了调度通信保障范围。目前虹桥枢纽区域公安已通过互联形式开展正常的区域管理工作。

（2）洋山深水港。洋山港用户是政企网真正意义上的第一个央企大用户，而数字集群通信是其日常生产调度运营的基础保证。通过"明确总量、分期入网"原则，加快推进洋山港一、二、三期用户入网工作。目前，洋山港用户已超 1 000 台终端入网，主要服务于港口的日常生产调度，电信高品质的集群通信和服务为上海"航运中心"的发展提供了强有力的保障。

3. 重大事项和活动提供服务

上海数字集群自投入运营以来，先后为 2007 年特殊奥林匹克运动会、2008 年北京奥运会上海赛区、2010 年上海世博会、2011 年 14 届世界游泳锦标赛提供了通信服务，确保了一系列世界级的重大活动的指挥调度工作，受到了市政府、世博局等单位的表扬。

（1）2007 年 10 月 3 日—11 日，800 兆数字集群政务共网为 2007 年特奥会提供调度通信服务。

（2）2008 年起，上海 800 兆数字集群政务共网政府应急条线正式启动。市委市政府、局委办及 16 个区委区政府等 124 家单位，近 2 600 台终端正式入网。

（3）2008 年 8 月，800 兆数字集群成为奥运足球比赛上海分赛场集群通信指挥 1＋1 调度备份保障系统，为奥运上海赛事提供了优质的调度通信保障服务。

（4）2009 年甲型 H1N1 流行期间，800 兆数字集群为市急救中心紧急提供集群终端，用于处置甲型 H1N1 流感。9 月 20 日上午进行全市防空警报试鸣，800 兆数字集群政务共网调度通信作为指定通讯工具，出色地完成了任务。

（5）2010 年上海世博会前后期间，800 兆数字集群为世博局及相关单位提供 6 000 余台 800 兆终端，服务 2010 年世博会的各项指挥调度通信工作。

（6）2011 年 4 月—7 月，800 兆数字集群为世游赛初赛和正式比赛提供了近 2 000 台终端，为指挥、安保、演出等部门提供调度通信保障；5 月，800 兆数字集群继续按往年一样与上海 F1 组委会合作，继续为 F1 上海站组委会提供调度通信保障；6 月，800 兆数字集群完成环崇明岛国际公路自行车赛通信保障工作；11 月 15 日，800 兆数字集群紧急为市政府应急处置部门提供 800 兆终端，为胶州路特大火灾后的各项处置工作安排提供调度通信保障；12 月为上海马拉松比赛提供指挥调度通信保障。

（7）2012 年 4 月继续签约 F1 赛事，为 F1 比赛提供通信保障；5 月为上海崇明自行车环岛及自行车世界杯提供指挥调度通信保障；6 月为上海市电影电视节组委会提供指挥调度通信保障。

此外,上海市800兆数字集群政务共网每年定期为汇丰杯高尔夫球比赛、上海旅游节组委会、消防项目、民防项目等调度通信保障作出较大贡献,体现社会价值。

三、上海数字集群下一步发展思路

一是探索与现有专网、常规对讲机的合作共赢模式。800兆数字集群政务共网自建成后,可达到改变目前上海交通地上、地下系统之间沟通不畅的局面,能够和目前上海公安、地铁、海港以及上海航空港的集群通信系统实现有条件互通连接,为重大活动和各类应急事件提供通信服务。如能借鉴新加坡数字集群运营模式,整合上海地区现有商用市场通信系统,发挥800兆数字集群政务共网的平台优势,探寻数字集群政务共网、专网和常规对讲市场的合作共赢模式。

二是上海数字集群需自身加大优化力度。上海数字集群下一步发展,仍需抓住后世博发展契机,大力推广数字集群的应用。主要从以下几方面入手:

(1)优化网络覆盖,提升服务能力。网络覆盖,特别是重要场所,通信繁忙区域,需要不断完善,为通信的安全、畅通、快捷提供保证。

(2)充分利用专业通信的网络和资源,提供增值用户服务。除语音调度外,将加强和第三方的合作,探索并尝试数字集群的增值运营,以便满足更多专业用户的需求。

(3)发挥专业营销服务团队优势,加快用户发展。凭借拥有一支十多年从事集群营销服务具备丰富数字集群销售经验的团队的优势,不断提高服务能力,同时抓住城市的信息化建设,提升城市管理能力的政府大联动项目,通过迪斯尼项目等机遇,宣传和推广数字集群的应用,促进用户发展。

(4)加强和终端厂商、供货商的沟通合作。推进终端的国产化,有效降低进入门槛,减少客户终端成本,推进数字集群在上海的快速发展。

(市政府办公信息处理中心　吕震宇供稿)

依托市级重要商品储备
提高本市应急物资保障能力

为适应经济社会发展需要,确保本市重要商品市场供应稳定,有效应对各类突发事件,自1993年起,市发展改革委牵头建立了上海市市级重要商品储备制度,为维护城市运行安全和社会正常秩序发挥了积极的作用。近年来,按照《中华人民共和国突发事件应对法》和《上海市突发公共事件总体应急预案》的要求,针对突发公共事件发生的新情况、新特点和突发公共事件处置对应急物资保障即时性、专业化的要求,以市级重要商品储备为依托,市发展改革委不断调整应急保障的结构和方式,研究选择合理的运行机制,整合各种应急保障资源,编制和修订相关应急预案,建立和完善应急物资储备、生产能力和紧急动用的信息管理系统,逐步实现了各类应急保障资源的共享和动态管理。

一、市级重要商品储备的品种

为适应部分商品市场情况的变化和应对突发公共事件新特点,自1993年以来,市级重要商品储备的品种和数量经过了多次调整,目前的常年储备商品包括5大类31个大项:一是主副食品,主要包括粮食、食油、食糖、肉类等;二是生活必需品,主要包括食盐、棉花等;三是农资商品,主要包括化肥、农药等;四是能源商品,主要包括汽油、柴油等;五是抗灾救灾商品,主要包括急救药品、医用器材、防毒用具、救生器材等。另外,还有防汛抗台的季节性储备,包括木材、钢材、草包等。市级重要商品储备体系在稳定市场供应、应急救灾等方面发挥了积极作用,已经成为全市应急物资保障体系的主体。

二、完善应急物资储备和保障的主要工作

1. 市级重要商品储备管理工作机构。市级重要商品储备管理领导小组由市发展

改革委、市商务委、市财政局联合组成,下设市储备商品管理办公室,主要负责:筹措商品资源,落实承储企业,提出调整储备商品目录,监管储备商品轮换,实施储备商品的动用和补充。在应对突发事件过程中,根据市应急委的要求,负责及时调用相关储备商品,为应急处置行动提供保障。储备商品委托相关企业承储,由承储企业结合经营进行日常管理,落实商品轮换,不断推陈出新,确保储备商品的数量、质量。

2. 逐步建立三级应急物资储备体系。近年来,各类突发事件处置对应急物资的即时性和专业化要求越来越高,为更有效、及时地应对突发公共事件,本市以市级重要商品储备为基础,正逐步形成市级储备、专业储备和区县储备三级应急物资储备体系。对影响全局、需求范围广的通用性物资,以市级储备为主;对职能部门和单位专用性较强的物资,建立专业储备;各区县按照各自的实际情况和需要建立区县储备。专业储备由专业部门负责管理,制定相应的管理办法,并纳入本市应急物资储备体系;区县储备主要是满足本区域的应急需求,并作为市级和专业储备的补充。

3. 应急物资储备制度进一步完善。经历了十多年的实践和探索,经过不断地调整、补充和完善,本市已基本形成分工明确、责任到位、管理有序、反应灵敏的市级重要商品储备运行和管理机制,制定了《市级重要商品储备实施细则》,从品种确定、委托承储、轮换更新、费用补贴、储备动用、储备补充等方面形成规范的管理制度。考虑到不同储备商品生产的季节性、储备的时效性、轮换的周期性等因素,为充分调动企业在储备商品运作中的积极性、最大程度地提高储备效率,对部分储备商品,制定了差别化的轮换管理和资金补贴办法。

4. 应急物资储备品种动态调整。近年来,保证市场稳定供应的任务日益繁重,各类突发公共事件不断以新的形式和情况出现,都对商品储备品种的调整提出了现实和紧迫的要求。按照国务院关于粮食保供稳价、确保粮食安全的总体部署,调整了粮油储备的品种结构,根据国家有关部门要求,增加了成品粮油储备;鉴于国际能源、资源商品供求、价格的频繁波动,为保障全市能源的稳定供应,建立了市级成品油储备,研究制定建立煤炭储备的方案;为应对食物中毒、化学中毒和放射伤害以及"非典"、禽流感疫情等,增加了相关防治药物的储备;为提高江河湖海的防汛能力,确保城市安全,增加了防汛物资的储备品种和数量。经过近几年的调整,全市应急物资的实物储备不断丰富和完善。

5. 以信息化整合应急物资保障体系。本市已经建立"上海市重要商品储备管理系统",逐步实现各类突发公共事件对应急保障物资的共享,同时以实物储备为基础,分步建立生产能力储备、技术能力储备和应急物资产品信息集成的综合应急物资保障信息系统。应急物资保障平台是全市应急平台的重要组成部分,将成为全市应急物资保障的综合管理系统,集实物储备、生产能力、紧急动用和生产、应急物资产品信息的动态监测、指挥和管理于一体,实现应急物资综合信息动态管理和共享,并形成应急保障物资的实时调度指挥体系。

6. 专业应急物资储备逐步建立。针对上海突发气象灾害和维护城市安全的特点,2008 年建立了防汛物资专业储备,2011 年建立了民政救灾物资专业储备,为逐步完善本市专业应急物资储备体系提供了范例,积累了经验。着眼于近年来我国突发公共事件发生的新情况,条件成熟后,本市将逐步建立医药等专业应急物资储备。

7. 编制物资应急保障预案。为提高应对突发事件所需重要物资应急保障能力,保证应急处置所需重要物资迅速、高效、有序地调度与供应,建立协调一致、高效快捷的重要物资应急保障体系,本市于 2009 年 11 月制定实施了《上海市重要物资应急保障预案》。该预案按照分级负责、归口管理,条块结合、协同保障,平战结合、常备不懈的原则,明确了组织体系、落实了职责分工、规范了常态管理、加强了协同保障、强化了监督管理,进一步健全了本市应急物资保障的规范化管理。

（市发展改革委　郑浩然供稿）

八、应急单元

立足常态出实招　注重能效抓管理

——上海综合保税区建成市级基层应急管理单元

　　上海综合保税区应急管理工作坚持以预防为主、预防与应急并重、常态与非常态结合，深入推进应急管理市级基层单元建设，确保上海综合保税区的安全可控。

一、组织机构建设突出"管用"

　　目前，上海综合保税区管委会委员成员单位 28 家，管辖区域面积约 21.73 平方公里，东西跨度约 100 余公里，包括外高桥保税区、洋山保税港区和空港保税区，点与点之间距离均在 30 公里左右，同时洋山保税港区是上海与浙江省市合作的区域，东海大桥又是我国第一座最长的外海跨海大桥，情况复杂、管理难度大。综合保税区管委会根据实际情况，配备了精干的领导机构、齐备的工作机构及专职的值守人员，为保税区应急管理工作打下了坚实的组织保障。

　　1. 领导机构精干。建立了以上海综合保税区管委会主要领导为主任，分管领导为副主任，驻区主要职能部门、开发主体和重要保障单位主要领导为成员的应急管理委员会，加强对综合保税区突发公共事件应急管理工作的领导。此外，综合保税区还结合实际组建了上海综合保税区防汛防台领导小组、安全生产委员会、消防安全委员会等机构。

　　2. 工作机构齐备。依据分类处置原则，上海综合保税区设立防汛防台、安全生产事故救援、进境动植物疫情等 9 个应急指挥中心，分别由上海综合保税区防汛办、安委办、出入境检验检疫局和海事、公安、消防等单位的主要领导担任指挥长，把突发事件处置工作落到实处。

3. 值守人员专职。综合保税区管委会高度重视应急值守工作,克服了事业单位调整、编制减少等困难,采取有力措施,增加应急专职值守人员,规范和加强应急值守工作,确保政令畅通,确保重要信息准确、及时、安全报送。

二、应急预案设计突出"创新"

2011 年,上海综合保税区启动了应急预案修编工作,突出内容、方法和管理的"创新"。

1. 内容创新。按照分级分类原则,将应急预案分为四级:即上海综合保税区应急管理总体预案;由防汛防台、入境动植物疫情处置等组成的 9 个专项应急预案;以及由各个开发主体为责任主体的应急单元总体预案和各个基层单位为责任主体的基层预案。

2. 方法创新。加强与上海市防灾减灾研究所互动合作,提高综合保税区相关部门和单位的应急管理人员防灾减灾、预案编制知识的学习,强化预案编制的能力,不断提升预案的适用性与操作性。

3. 管理创新。加强完善各项预案的修订和细化,充实预案内容,实现预案管理的科学化。上海综合保税区委托相关研究机构编制了一套应急预案管理软件,把各预案中主要的要素进行提炼,并以网页链接的形式进行管理,以方便预案的使用与管理。

三、隐患排查突出"常态"

近年来,综合保税区促进和强化对各类突发事件隐患的"常态化"排查和整改,消除事故隐患,有效防止和减少各类突发事件发生。

1. 例行检查不流于形式。综合保税区在重大节日、重要敏感时段、汛期来临前等节点都会对区内重点部位、建筑施工企业组织例行检查。综合保税区的领导和应急管理与安全生产监管的各专门机构在组织例行检查时不流于形式,每次检查都会要求相关管理部门的人员参加,并邀请专家参与,以有利于及时发现问题、解决问题。

2. 专项检查不留情面。2011 年 9 月至 2012 年 2 月组织的清剿火患战役过程中,综合保税区内公安、消防主管单位及所有的消防委员会成员单位、开发主体都严格按照市和新区领导的要求打了一场整体战、协同战,切实落实领导分片包干和调查问责制,对检查中发现的问题不留情面,实现了"一般火灾隐患 100％落实整改,重大火灾隐患 100％挂牌督办,火灾起数、人员伤亡数、财产损失数明显减少,有效遏制重特大火灾事故"的预期目标。

3. 考核不走过场。综合保税区安全生产委员会每年都会与综保区各安全生产监督管理职能部门、各开发主体、重点企业直接签订安全生产责任书,年末时由综保区安全生产委员会各成员单位派员会同聘请的专家一起按照考核方案和考核的标准,对各家企业年度安全生产履职情况逐一进行考核,督促企业进一步落实安全生产的主体责任。

四、应急处置突出"实效"

在突发事件应急处置上,综合保税区通过与驻区各职能部门、开发主体等多方参与,共同努力,快速、有效处置各类突发事件。

1. 预警讲实效。通过前期投入和后续管理,综合保税区重要部位预警机制基本到位,及时发现突发事件。例如:2011 年 11 月 17 日东海大桥监控中心在第一时间发现集卡起火,几乎与集卡车驾驶员报警时间相同;同一时间上海港公安局洋山分局指挥中心也接到指令。在工作实践中驻区各职能部门相关工作人员对重要信息的捕捉越来越敏感,能够及时上报各种相关信息。又如:2011 年 4 月洋山保税港区公安部门在工作中掌握了少数人在鼓动集卡司机罢工的信息,及时发出预警,管委会领导适时召集相关部门和开发主体、码头公司共同研究处置措施,妥善处理了此次事件,消除了可能带来的负面影响。

2. 处置讲实效。作为市级应急管理基层单元,洋山保税港区相关单位均能本着跨前一步、主动作为的指导思想,讲究处置的实效。2012 年 2 月 22 日东海大桥 A 线 K27 处发生了一起因能见度不良车辆追尾的连续碰撞事故时,洋山交警、洋山消防中队、芦潮港消防中队、120、东海大桥管理公司赶赴现场进行救援,洋山海关、浦东交警二大队(南汇)适时疏导大桥两端的滞留车辆。

3. 救援讲实效。综合保税区各应急处置联动单位战备执勤观念强、效率高,救援反应迅速有效。2011 年 11 月 17 日东海大桥集卡起火仅 2 分钟左右,大桥公司牵引车到场,约 13 分钟交警到场,约 22 分钟消防队到场;在集卡驾驶室明火扑灭后,消防队及时检查集装箱内情况,发现有烟雾冒出,在联系不到专业人员无法掏箱时,交警、消防队、大桥公司不推诿,能服从应急办的协调,将集卡拖至小洋山岛冠东公司集卡预录场强行打开箱门进行灭火,将货主的损失降到最低限度。

五、应急宣教突出"贴近"

上海综合保税区注重各类安全工作的宣传教育,并在实施过程中强调"三贴近":贴近员工实际、贴近企业实际、贴近管理实际。

1. 贴近员工实际。在组织防灾减灾宣传周、安全生产月、消防活动周等专题宣传活动时要求企业"办好一个主题活动日"、"组织一次演练"来贴近员工实际,让员工亲身感受。各单位依据活动主题,广泛开展消防安全知识竞赛、主题演讲、征文、隐患举报、征集"金点子"等活动,通过开展人员集中场所消防灭火、应急逃生、疏散、紧急救护为主要内容的防灾减灾演练,让广大综合保税区员工参与其中。

2. 贴近企业实际。综合保税区各级应急、安全管理机构通过指导和对接企业"开好一次会"、"上好一次课"、"进行一次流动宣传"等举措,帮助企业掌握宣传的重点对象、重点内容和方式方法。

3. 贴近管理实际。组织企业进行安全生产年度考核,设定考核等级,让安全生产管理做得好的企业交流经验做法,让企业安全管理人员相互交流、相互学习、共同提高。此外,还通过每月安全信息平台,让管理机构、企业相互了解和交流各自应急宣传教育开展情况。

（上海综合保税区管委会　陆正泉供稿）

围绕枢纽三位一体特征
提升枢纽应急管理水平
——虹桥商务区搭建综合应急管理体系

虹桥综合交通枢纽是目前国内最大的现代化城市对外综合交通枢纽。枢纽涵盖了除水运之外的航空、铁路(高速铁路、城际铁路)、高速公路网等城市对外交通以及轨交、公交、出租等市域交通,最终形成轨、路、空三位一体,最高客流集散量可达 110 万至 140 万的超大型城市对外综合客运枢纽。

根据市委依托虹桥综合交通枢纽,构建成为面向苏浙两省总部经济聚焦地、成为城市新的商务聚焦地、成为未来上海城市发展新亮点的要求,2009 年 7 月,市委批准设立上海虹桥商务区管理委员会;2010 年 1 月,《上海市虹桥商务区管理办法》(以下简称《管理办法》)以上海市人民政府令形式正式发布。该《管理办法》第十七条指出:"上海市在虹桥枢纽设立应急联动机构,管委会应当做好应急联动机构与虹桥枢纽各运营管理单位间的衔接工作,督促相关单位制定应急预案。"根据《管理办法》的要求,在市应急委的领导和市应急办的具体指导下,在市有关部门、各成员单位以及枢纽各运行单位的支持配合下,围绕市级基层应急管理单元"五要素"(组织体系、应急预案、工作机制、信息平台、应急保障)建设,虹桥商务区管委会积极、稳妥地推进了枢纽应急管理工作,具体工作如下:

一、加强领导,构建枢纽应急管理组织体系

根据虹桥枢纽应急管理特点,2011 年 6 月,由虹桥商务区管委会牵头,成立了上海虹桥综合交通枢纽应急管理领导小组(以下简称"领导小组")及其办事机构、应急联动机构。

领导小组成员单位包括虹桥商务区管委会、市公安局、市建设交通委、市交通港口局、闵行区政府、长宁区政府、机场集团、上海铁路局、申通集团、申虹公司等,领导小组

根据工作需要,相应成立了枢纽应急管理专家组。

领导小组下设办公室(以下简称"枢纽应急办"),作为枢纽应急管理的办事机构,成员单位由枢纽各运营管理单位组成。枢纽应急办具体负责枢纽应急管理体系建设,指导、督促枢纽各运营管理单位突发事件应急预案的编制和管理,组织开展枢纽应急演练、宣传培训。

领导小组下设枢纽应急响应中心(ERC,以下简称"响应中心"),作为枢纽应急联动的工作平台。响应中心由市编委于 2010 年 7 月批复同意设立,为全额拨款事业单位,人员编制 15 名。响应中心具体承担枢纽应急工作的常态管理、信息汇总、应急值守、综合协调和指挥平台的职责。响应中心与枢纽各运营管理单位建立应急联动关系,是枢纽各运营管理单位之间日常管理与应急信息交互平台,负责枢纽应急管理信息汇总分析和发布。

二、加强协调,推进枢纽应急管理信息平台建设

一是实现枢纽本体视频信息全覆盖。响应中心采用编组选送方式,利用现有的传输链路,常态下传送固定点位视频图像,应急状态下,由相关单位通过技术编组将事发地的视频图像通过现有链路传送至应急响应中心,替换原有的固定点位视频。通过建立完善的信息系统,充分发挥各类信息的作用,有利于在突发事件发生时,更快速、有效地获取信息,充分调动各类应急资源,使应急处置更为及时。

二是加强与市应急办、市应急联动中心等信息管理平台的联通对接,做好与枢纽内其他市级基层应急管理单元信息管理平台以及枢纽内各交通方式运营单位的信息管理平台的联通对接,实现信息互通,资源共享,形成虹桥综合交通枢纽应急信息管理系统网络体系。

三是建立覆盖枢纽的无线通讯网络。响应中心采用 800 兆数字集群政务共网设备作为枢纽内现有联络方式的补充,在枢纽区域内形成基本的无线通讯网络格局,以便在突发事件发生后与各运营单位保持通讯畅通。

按照"各司其职、协同应对、信息共享、应急联动"的枢纽应急管理原则,响应中心的信息共享的运作模式主要包括常态预防模式和突发事件处置模式。常态预防模式是指在常规工作状态下,响应中心(枢纽应急办)负责收集、汇总、分析枢纽范围内各交通单位的运行信息,定期制作报表,供领导决策。同时,向相关单位进行数据信息的及时通报,形成各交通单位之间信息共享的工作机制;突发事件处置模式是指若枢纽内

有突发事件发生,相关单位除按既定流程进行处理外,应第一时间通报响应中心(枢纽应急办),响应中心(枢纽应急办)即时向领导小组汇报突发事件各要素,参照应急预案,对突发事件进行跟踪,并通报枢纽范围内其他交通单位,实现应急联动,将突发事件造成的损失控制在最小范围内。

三、多方协同,建立枢纽应急联动机制

虹桥枢纽内各运营单位的投资主体、管理主体呈现多元化特征,尚处于各自独立、分散管理的状态,没有建立起有序的联动机制,且分属机场、铁路、轨交、地下空间等不同的市级基层应急单元,应急重点不同。虽然在突发事件发生后,也可以相互支援,但由于没有形成联动机制,缺少一个统一的运作平台,不同单位之间无法进行很好的配合与协调,联合行动的实施也面临着诸多困难。为此,根据《上海虹桥综合交通枢纽突发事件应急预案(总案)》相关内容,充分发挥枢纽各运营管理单位的作用,形成了"统筹指挥、反应快速、协调有序、运转高效"的应急联动格局。

一是常态下枢纽各运营管理单位负责本单位的日常运营管理;

二是当发生一般事件,不影响周边其他交通方式时,枢纽各运营管理单位可按本单位的预案处置流程进行自行处置,并报枢纽应急办掌握情况;

三是当发生较大事件,且事件可能影响枢纽其他运营单位时,由枢纽应急领导小组牵头,会同事件发生单位及其上级、市有关主管部门启动联动机制,协调各方力量进行处置,并将情况上报市有关方面;

四是当发生重特大事件时,须接受市委、市政府的统一指挥,领导小组协调虹桥枢纽应急力量配置,发挥现场指挥运行保障功能。

四、编制预案,建立健全枢纽应急预案体系

1. 编制虹桥枢纽应急总体预案,建立符合枢纽特点的预案体系。《上海虹桥综合交通枢纽突发事件应急预案(总案)》于 2012 年 2 月经市政府同意并转发。还编制了虹桥枢纽大客流延误、紧急疏散等应急专项预案,根据枢纽应急特点,适时启动其他专项预案的编制工作,督促枢纽各运营管理单位制定应急预案。

2. 牵头平衡预案,实现无缝衔接。枢纽各运营管理单位编制的预案,往往侧重本单位、本部门的应急管理要求。枢纽应急办着手组织力量,逐一研究,消除预案与预案

编制中存在的空白点,相互补充,互为完善。

3. 加强枢纽预案管理。结合虹桥枢纽和管委会的实际情况,在预案管理层面,根据枢纽各交通单位、各种交通方式的自身特点,将各单位的预案进行集中,了解不同单位预案的特性,分类指导,最大程度地提高枢纽各单位编制预案的可操作性,同时避免预案运行中可能存在的矛盾,尽最大努力做到"统一协调、属地为主、专业处置"。

五、整合资源,确保枢纽应急保障工作

枢纽各运营管理单位根据本单位应急管理的需要,制定相应的应急保障规划,落实应急保障方案,配备应急管理救援人员,做好应急救援物资、应急设施设备的储备、管理、更新工作,并将相关规划或方案报枢纽应急办备案。

枢纽应急办根据枢纽运行及突发事件处置特点,督促枢纽各运营管理单位储备相应的人员、物资,保障应急需要,并进行动态更新与管理。协调落实应急管理专项费用,确保枢纽应急管理工作所需经费。

根据《上海虹桥综合交通枢纽突发事件应急预案(总案)》规定,紧急状态时,枢纽应急领导小组可协调或通过市政府相关部门,征用各成员单位的应急人员和应急物资,事件处置结束后,根据相关法律法规,给予相关单位相应补偿。

(虹桥商务区管委会　陆杰供稿)

紧扣生产安全主线　落实单元要素建设

——宝钢集团健全企业应急管理体系

宝钢集团公司作为本市第一批市级基层应急管理单元,负责本单元范围内各部门和单位应急管理单元建设各项工作,落实本单元五个管理要素(建立组织体系、编制应急预案、明确应急保障、形成工作机制、构建指挥信息平台)建设。

一、建立健全主要生产单元应急管理体制

1. 宝钢应急管理委员会(简称宝钢应急委)

宝钢应急委主任由宝钢集团公司主管安全副总经理担任,应急委副主任由宝钢股份有限公司主管安全副总经理担任,委员由宝钢有关职能部门和主要生产单元负责人构成。主要联动单位有:宝钢分公司、不锈钢分公司、特殊钢分公司、化工分公司、浦钢公司(罗泾工地)、宝钢企业开发总公司、宝钢检修公司、宝钢检测公司、武警上海总队七支队、宝江消防队等。

2. 宝钢应急委的办事机构

宝钢应急委下设办公室(简称宝钢应急办),是宝钢应急委的日常办事机构,设在宝钢集团公司办公室(宝钢股份有限公司办公室)。

3. 宝钢应急委和宝钢应急办工作机制

(1)宝钢应急委职责及工作模式。

宝钢应急委是宝钢应急救援工作的决策机构,其职责是对宝钢区域内突发事件应急管理和应急救援的重大事项进行研究、协商和决策。宝钢应急委对口联系国务院应急办、国家应急救援指挥中心及市应急委。宝钢应急委采取不定期会议制度,会议议题可由各位委员、联动单位或宝钢应急办提出,会议由宝钢应急办承办。突发事件影响程度较高时,需启动宝钢应急委时,由宝钢应急办根据预案召集。

（2）宝钢应急办职责及工作模式。

宝钢应急办由有关职能部门和主要联动单位的应急管理部门负责人组成，是宝钢应急委的办事机构，对口联系市应急办。宝钢应急办负责对宝钢区域突发事件应急救援工作"测、报、防、抗、救、援"六个环节的领导、协调、检查、监督，并规范应急管理工作和建立相关的工作制度；负责整合、汇总、管理宝钢区域内突发事件应急处置预案，指导和督促相关单位建立和完善专项、部门应急预案。宝钢应急办采取不定期会议制度，会议议题由有关职能部门、联动单位或宝钢应急办提出，由宝钢应急办召集。应急运作中，宝钢应急办应派员前往现场指导、协调，并负责召集事后总结会议。

二、有序推进区域应急"一个平台，多个中心"运作模式

宝钢区域应急联动中心（暂名）由宝钢总值班室与各主要生产单元的管制中心共同构成。宝钢区域应急联动中心的职责及运作模式可概括为"一个平台，多个中心"。

1. 一个信息平台。以宝钢总值班室为沟通本单元与市应急联动机构的信息平台。由宝钢总值班室负责联系市应急联动中心，对宝钢区域内发生的突发公共事件，各主要生产单元的管制中心通过宝钢总值班室向市应急联动中心传递应急信息和报请有关事项（其他各生产单元由调度室、值班室报告）。市应急联动中心下达的指令和其他事项，则通过宝钢总值班室这一信息平台来传达。

2. 各主要生产单元的管制中心。各主要生产单元的管制中心为宝钢突发事件应急处置的组织指挥中心，具体负责通知、调度本单元应急救援力量、宝钢有关专（兼）职应急救援单位（队伍）参与突发事件处置，组织协调应急现场的先期处置工作。各主要生产单元的管制中心负责向宝钢总值班室通报事件处置情况。

3. 应急处置时，宝钢总值班室负责现场指挥部与市应急联动中心等的信息沟通工作，以简化程序，提高效率，实现信息保真。

4. 建立和完善与各联动单位之间的应急联动机制。明确宝钢总值班室与各联动单位之间的应急联动关系，在预案衔接、通信联络、运作模式等方面建立一体化、协调化的宝钢区域应急联动机制。

5. 明确宝钢总值班室的日常工作分工。日常工作中，由宝钢总值班室负责与市应急联动中心间的沟通协调工作以及由此涉及各主要生产单元的管制中心的工作。各主要生产单元的管制中心分别负责现场应急预案、队伍、物资、信息、演练等的管理工作。

三、修订完善突发事件应急预案

根据《宝钢重大突发公共事件应急管理办法(总预案)》,作为各应急联动单位共同遵守的突发事件应急工作依据,组织修订完善各应急联动单位应急预案,逐步建立起以总预案为龙头、各应急联动单位预案为主体的立体预案结构体系,进一步细化各应急联动单位之间在突发公共事件分类分级标准、突发公共事件预警级别上的共同标准,特别是要在不同行业、不同领域、不同层级、不同部门各自的预案中涉及到的同类事件的分级方法和指标体系之间统一标准,强调各个条块的预案在内容和标准上的规范化、统一性,保持不同预案之间的兼容性,形成总体—专项—部门—单元—活动五要素有机整合的协同应急框架,为具体应急行动奠定预设方案基础。

四、不断加强应急保障力量建设

宝钢集团本着"预防为主"的原则,在加强宝钢区域突发事件处置的同时,进一步做好突发事件应急保障力量建设,扎实做好各项应急准备工作。

1. 宝钢总值班室。根据宝钢总值班室与市应急联动中心间的沟通需求,以及与各主要生产单元的管制中心的工作联系需求,由宝钢总值班室负责建立健全各项应急管理工作所需的平台建设工作。

2. 生产单元管制中心。根据各主要生产单元的管制中心与宝钢总值班室间以及各专(兼)职应急救援单位(队伍)的工作需求,由各管制中心负责建立健全各项应急管理工作所需的中心建设工作。

3. 应急联动单位(应急救援队伍)。宝钢专(兼)职应急救援队伍主要由以下单位组成:一钢公司应急救援队伍,特殊钢分公司应急救援队伍,宝钢检修公司应急抢险队伍,宝钢医疗应急救护中心,宝钢管道带压堵漏队伍,宝钢防汛防台应急救援队伍,不锈钢分公司煤气防护应急救援队伍,宝钢环境监测应急队伍。主要职责是:按照宝钢应急救援指挥部命令、要求,快速、有效地执行应急救援工作;负责应急抢险、救援队伍建设,形成完整的应急抢险、救援体系;负责提供各类应急抢险、救援队伍所需的设备、装置、器材和个人防护用品,根据需要不断更新完善,并确保处于最佳状态;负责应急管理人员的常规性培训和各类应急抢险人员和救援人员的业务知识和专业技能培训。

4. 各主要生产单元。主要有：(1)宝钢股份宝钢分公司；(2)宝钢股份不锈钢分公司(含一钢公司)；(3)宝钢股份特殊钢分公司(含五钢公司)；(4)宝钢股份梅钢公司(含梅山公司)；(5)宝钢股份化工分公司；(6)宝钢企业开发总公司；(7)宝钢工程技术公司；(8)其他各子公司。

（宝钢集团　程海波供稿）

聚焦轨道交通安全　夯实应急管理基础

——上海申通集团构建网络化应急保障体系

目前,本市轨道交通运营线路有 12 条,运营线路总长 400 多公里。上海申通集团围绕轨道交通基层应急管理单元建设目标,积极构建以运营与应急指挥中心为指挥平台的应急管理组织体系和工作机制,细化应急预案,落实预防与应急准备各项工作。

一、构建网络化工作流程,提高应急指挥处置能效

2007 年 8 月申通集团设立轨道交通网络运营协调与应急指挥中心,纵向对接市应急办(市政府总值班室)、市应急联动中心,横向与市地铁抢险办、公安轨道交通分局、市交通局等应急管理工作机构有效衔接。同时,在基层单元内部,按照集中分级式管理架构,形成网络管理层—线路控制层—车站执行层的三级指挥处置模式,实现单元内突发事件应急处置的统一指挥、分级管理和资源共享。

二、完善基层单元应急预案体系,开展专业培训演练

申通集团修编完成了与《上海市处置轨道交通事故应急预案》相衔接的基层单元应急预案体系。其中包括 1 个基本案、17 个地铁运营过程中可能发生的各类突发事件应急处置分预案、161 个车站工作预案。在此基础上,细化各车站的应急疏散路线,制定列车司机应急处置程序,明确车站各工作岗位现场处置职责;建立全员应急知识培训机制,编印应急预案口袋书和反恐口诀,发放到每个员工手中,方便员工掌握突发事件处置的基本措施和程序;以枢纽站为重点,开展不同规模、各种类型的应急演练,包括每月一次的消防联动、人员疏散等演练。

三、加强风险排查监控，做好应急资源准备

根据本市轨道交通运行特点，申通集团不断完善车站应急照明、车厢应急疏散标识、列车司机应急装备以及车站和列车视频监控设备配备等工作，对车站、控制中心、主变电所、基地等重点目标设施开展风险排查，梳理并整改发现的问题。近期，结合反恐工作需要，在各站点增配了防爆桶、金属检测器、爆炸物和化学毒气探测器等安全防范装备，进一步提高防范和应对恐怖袭击事件的能力。申通集团还建立了多层面的应急专家库，并在8个重要区域和部位设置应急抢险点，分别部署了36支抢险队伍和3支预备抢险队，一旦发生突发事件，抢险队伍可在20分钟内抵达现场开展处置工作。

四、积极主动作为，加强安全宣传

申通集团联合有关职能部门和单位，利用轨道交通站点和运营列车上的公共传播媒介，向乘客宣传安全防范知识。一是在市中心枢纽站人民广场站，设立公共安全知识馆，定点宣传安全防范知识，展示救生防护器材，并专门开辟逃生模拟通道，供乘客亲身体验暗处爬行逃生；二是利用地铁运营视频系统，滚动播放安全防范宣传片；三是主动联系气象等部门，尝试建立突发事件预警信息发布机制。同时，申通集团积极配合市应急办在地铁车站和列车上宣传有关法律法规和应急管理知识，取得了良好的效果。

（上海申通集团　翁春慧供稿）

着眼化工应急管理特点
筑牢园区安全生产防线

——上海化工区构建三级应急响应体系

上海化学工业区自 2001 年 1 月 6 日正式启动建设以来,坚持科学发展观,努力建设具有国际竞争力的世界级石化基地和上海循环经济示范基地,开创性地提出并实施了"五个一体化"的开发理念,创造了基础设施完备、公用配套齐全、管理服务便捷的良好投资环境。2012 年 3 月,国务院批准上海化工区升级为国家级经济技术开发区。据统计,2011 年底,化工区危化品从业人员 8 898 人,专职安全管理人员 362 人。45 家化工企业已投入运行,其中,危险化学品生产企业 34 家,储存企业 3 家,使用企业 5 家,运输企业 1 家,废弃物处置企业 2 家。危险化学品生产装置 59 套,年产总量达 2 000 万吨,逾百个生产品种,百吨级危险化学品储罐 228 只,每年通过水上、公路进出园区的危险化学品总量为 538 万吨,科学发展、安全发展已经成为园区各项工作的生命线。

针对园区内危险化学品企业集中、重大安全风险集聚的特点,化工区注重加大安全和应急管理方面的投入,2004 年投资 800 万组建应急响应中心,投资 600 万组建医疗急救中心,在全国各工业开发区中属首创。2005 年成立安全生产委员会、专家咨询委员会和应急处置领导小组,完成了化工区应急总体预案编制,建立了一体化的安全管理和应急处置体系。2006 年组建化工区消防支队,拟建公安消防站 5 个(建成 2 个,在建 1 个,待建 2 个),建有企业消防站 6 个,拥有全国各工业开发区中布点最多、力量最强、装备最先进的化工消防专业力量。2008 年又投资 2 000 多万元,对应急响应中心的指挥系统进行升级。2008 年完成区域环境风险评价,2010 年完成区域安全风险评价,到目前为止,未发生较大及以上安全事故,园区生产、运营安全总体处于受控状态。

一、上下联动,构建完备的园区应急响应体系

化工区应急响应中心是一个集信息收集、传输、反馈、区域安全监控、事故灾害预

警、先期处置、指挥协调于一体的应急响应平台。化工区应急响应中心先后编制了《上海化学工业区应急响应中心接处警操作程序(试行稿)》《光气泄漏事故应急处置操作程序》《氯气泄漏事故应急处置操作程序》《液氯槽罐车事故应急处置操作程序》《异味事件处置操作程序》等,明确处置流程、规范处置程序,有效提升了园区应急响应整体合力。

1. 实行三级(市—园区—企业)应急联动响应机制。作为市级基层应急管理单元之一,化工区应急响应中心落实 24 小时值班制度,通过 110、119、120 三台合一的接处警模式,实行三级(市—园区—企业)应急联动响应机制,实现物理位置、组织管理、系统支撑、预案整合上的统一和对各类基础资料、安全信息的共享,研究开发了集信息收集、安全监控、事故灾害预警、调度指挥、应急处置于一体的应急指挥管理系统;建立了先进的有线、无线通讯系统、GPS 车辆定位系统,并在园区主要道口设置了图像监控点。

2. 建立完善园区应急指挥组织体系。成立上海化学工业区应急处置领导小组,下设指挥部,作为园区应急处置重、特大事故灾害的最高指挥机构,统一领导园区应急处置工作,初步形成了应急指挥体系框架。

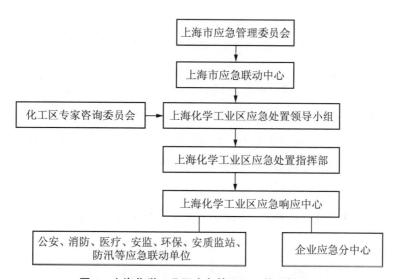

图 1　上海化学工业区应急管理组织体系框架图

3. 建立完善园区应急指挥管理系统。主要包括:通信与计算机网络系统、信息采集系统、综合接处警系统、大屏幕显示系统、地理信息系统、辅助决策系统、指挥调度系统、预案管理系统、信息发布系统,保证了应急指挥管理科学高效。

二、求真务实,不断完善园区应急预案准备

1. 建立并完善应急预案体系框架结构。为加强园区预案体系建设,化工区管委会牵头编制了《上海化工区突发公共事件总体预案》,园区各应急联动单位编制并完善交通事故应急预案、火灾应急处置预案、环境污染应急预案、防汛防台应急处置预案等专项预案(部分应急联动单位根据实际情况制定战斗预案、操作程序)。到 2009 年 6 月,已经初步形成了上海化学工业区总体预案—部门专项预案—企业预案的层级架构式预案体系,为处置各类突发公共事件提供了依据。

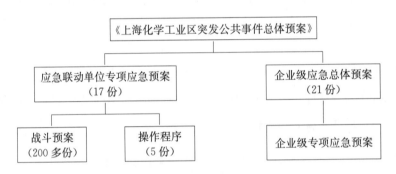

图 2　上海化学工业区应急预案分级分类图

2. 开发建设应急预案管理系统。预案管理系统是一个功能强大的支持系统,除了能够实现常规的预案管理功能(如:检索、查找、维护)外,还包括了以下两个特点:第一,应急预案关联度高。应急预案不再是以往的纸质文件,而是以数据形式,加以纵向横向关联度很高的系统软件进行管理。应急预案管理系统数据与前台地理信息系统、辅助决策系统、庞大的底层数据库数据实现共享,通过这类关联形成动态的实时应急预案。由于与诸多系统高度关联,使得化工区应急预案数据量更多、更新频率更快,处置准确度更高,管理效率更明显。第二,处置流程动态性强。该系统可以根据突发事件发生时不同的现场环境(风向、风速、温度、大气稳定度等参数),科学地调整早期定义的应急处置流程,重新分配各项任务的优先等级,准确配置应急资源,并在 GIS 地图上以图片、视频、照片等形式展现出来,使得处置流程表现得更直接、更形象,便于应急处置领导小组掌握事件处置整个过程。在上海化学工业区应急管理指挥系统改扩建项目按既定目标不断推进的过程中,开发建设应急预案管理系统也随之提上日程,目前该项目在稳步推进中。

三、夯实基础，建立健全应急响应工作制度

1. 抓信息的采集、汇总、维护和运行机制，努力确保园区内各项安全信息的准确性和有效性。一是建立基础信息维护采集更新制度。化工区应急响应中心制定"企业基本信息维护更新制度"，定期做好基础信息数据的采集和录入。系统各模块的数据维护和更新已达 5 000 余条，切实提升指挥系统在突发事件处置中的作用。二是建立信息汇总通报制度。化工区应急响应中心每周编制应急响应工作周报，发送给各应急联动单位，并在周例会上进行通报，年终对全年的接处警情况进行汇总分析，为决策提供依据。截至 2012 年 7 月 31 日，化工区应急响应中心共计编制接处警周报 424 期，环境质量周报 424 期，简报 115 期，情况通报 9 期，月报 53 期，季报 17 期，年报 4 期。三是建立系统运行检查记录制度。制定"应急指挥系统运行检查记录制度"，每天组织开展各操作系统的检查，并将检查情况记录在值班日志上，做到故障及时发现、及时报修。

2. 落实中心与企业分中心的联系制度，努力确保中心与企业信息沟通的无缝衔接和快速反应。一是建立了化工区应急响应中心与各应急联动单位、企业分中心之间的 800 兆集群电台点名制度，电台点名工作每年执行 24 000 余次，一旦有企业不能回应，中心及时通过电话等方式与之取得联系沟通，解决存在的问题，确保园区应急响应无线通讯体系 24 小时畅通。二是落实每日对时制度，避免在突发事件处置过程中出现行动不协调、时间不统一的情况。此举得到了各单位和园区企业的大力配合，园区内以化工区应急响应中心时间为基准，形成了统一应急行动时间。三是建立生产动态情况询问制度。2007 年 8 月开始，中心每日通过电话向园区生产企业、应急响应分中心询问当日安全生产情况，对发生的异常情况和群众反映及时作出判断和回应。截至 2012 年 7 月 31 日，化工区应急响应中心累计询问企业装置安全生产运行情况 1 796 次，形成动态表 1 796 期，编制《一周装置生产运行动态》248 期。四是抓安全信息提醒制度。根据气象、气候和地理条件，通过短信、网络等方式，将各类气象信息和自然灾害事故及时发给各职能部门、企事业单位主要负责人，确保园区的正常运行，截至 2012 年 7 月 31 日，化工区应急响应中心通过短信群发系统发布各类预警信息达 3 万余条。

3. 抓每周一次的中心例会制度，努力确保应急响应工作的常态化和精细化。每周例会由分管安全和应急响应的管委会领导主持，公安分局、消防支队、安监处、环保

办、安质监站、医疗中心以及防汛办等七个应急联动单位有关负责人和专家出席会议。会议除了听取应急响应中心值班长接处警情况报告和各应急联动单位相关应急管理工作情况汇报外,将 HSE 经理专题事件汇报也纳入到会议议程中;同时,各应急联动单位及时将日常应急管理工作中发现的问题提交会议讨论,通过听取化工区专家意见和建议,就问题解决方案达成共识,努力将问题解决在萌芽状态,截至 2012 年 7 月 31 日,会议形成纪要 158 期,共计讨论解决问题达 600 余条,保障了园区的安全运营。

4. 抓三级联席会议制度,努力确保应急响应工作得到园区企业支持。一是 HSE 经理例会制度:每季度由管委会安监处、应急响应中心组织企业 HSE 经理召开例会,形成会议制度。该例会的主要内容有:通报本季度园区安全生产总体情况,通过对各类事故的通报,使各部门对园区安全形势有充分认识,居安思危;通过会议各企业 HSE 经理交流应急管理和事故预防方面的经验教训,以此作为应急管理信息交流平台,发挥示范、借鉴的作用;通报园区突发事件处置情况,进行案例教育和培训,及时对区域性应急管理运作机制作调整和修改。二是业主大会制度:每季度召开一次业主大会,园区内确定一家企业的总经理,收集、整理、汇总各企业所关注的应急管理焦点问题,罗列企业认为对政府实施区域性监管有所帮助的建议,以业主大会的形式,进行双向沟通,集思广益,共同协商今后园区应急管理总体目标和发展方向,从而树立良好的政府形象,建立良性的政企关系。三是区域应急管理工作会议制度:化工区管委会与奉贤分区、金山分区建立季度区域应急联动协调会议制度,会议通报各区本季度应急管理工作的情况,对存在的问题根据实际情况作专题讨论,为今后应对突发事件做好先期准备,提高联动应急能力。

四、合力攻坚,为园区生产和运营安全保驾护航

1. 落实联动处置机制,有效应对和处置影响园区安全的各类事件。借鉴国内外先进的应急理念,建立公安、消防、医疗、环保、安监等实时联动的应急处置机制,为突发事件应急处置过程中现场秩序的有效维护、突发事件的快速处置、应急救援人员和事件受影响人员的医疗急救、及时准确的环境监测等提供了可靠的保障。

2. 落实风险源登记机制,及时将各类风险源目标纳入管理和应急处置范围。中心充分发挥应急响应平台作用,每年都将化工区管委会确定的园区各类重大危险源数据录入到指挥系统中,同时根据扩散模拟软件(SAFER),以危险源为目标,模拟最不利情形下的事件影响范围,制定专门的应急处置操作程序。

3. 落实联合演练和实战,有效提升应急联动单位处置突发事件的能力。每年组织实战演习,将园区内某处重大危险源作为事故模拟对象,开展大型实战演习以及各类突发事件专项桌面演练,检验各相关部门采取的应急措施是否快速有效,同时评估跨辖区、跨部门之间协同作战、信息沟通、资源调配等各项综合能力。2011 年 6 月,"上海化学工业区灾害事故立体应急救援综合演习"成功举行,共出动消防车、医疗救护车等 31 辆次,警用直升机 3 架,消防员、公安民警、医疗救护人员等 300 余人次,是化工区历史上第一次立体化、全方位的大型实战演习。截至 2012 年 7 月 31 日,应急响应中心共计接处警 4 230 次,在应对区内突发事件中发挥了重要作用。

安全生产、安全运营是化工区实现又好又快发展的重要保障,不断提升园区应急管理的能力和水平也是一项长期而艰巨的任务,上海化工区将进一步增强忧患意识和责任意识,坚持需求导向、问题导向和项目导向,努力把园区安全管理和应急响应工作做得更好,为早日建成具有国际竞争力的世界级石化基地和循环经济示范基地而不懈努力。

(上海化工区管委会　王永供稿)

迎接传统行业新挑战 融注安全管理新要求

——上海铁路局建立功能一体化应急指挥体系

近年来,在铁道部应急办、上海市应急办的指导下,上海铁路局坚持"居安思危、预防为主、减少危害"的工作理念,主动应对铁路运输安全环境的变化,切实加强组织领导,持续完善应急预案体系,完善落实应急管理机制,推进应急管理常态化、制度化、规范化发展,努力构建起路局、站段两级应急指挥中心平台为依托,运输调度、救援指挥、应急联动等多种功能为一体的应急指挥体系。

一、切实加强组织领导和应急指挥

1. 加强对应急管理工作的领导。上海铁路局成立由局长或党委书记为组长;分管运输、安全、工电、机辆、装卸、建设、卫生工作的副局长,分管宣传工作的党委副书记为副组长;铁路局各相关部门及上铁公安局负责人为组员的路局应急管理领导小组,以路局应急管理办公室为平台,统一领导、指挥和协调全局安全生产应急管理工作。

2. 强化路局应急指挥管理。在路局应急管理领导小组下设应急管理办公室,明确了应急管理办公室是路局应急管理领导小组的日常办事机构,分别规定了职责分工和权责范围。此外,为了加强路局应急指挥协调及快速响应,在路局应急管理办公室的提议下,专门设立应急指挥调度台,并及时制定了应急指挥调度台作业办法、应急指挥实施细则等工作制度,形成了具有铁路特色的应急指挥 10 分钟响应机制,确保应急预案启动后各部门快速跟进、有效联动,提高了响应速度和处置效率。

3. 建立站段应急管理机构。在运输站段同步建立应急指挥调度台和应急处置网络,明确分工,落实责任,认真抓好应急预案的学习和贯彻工作,增强全员忧患意识、危机意识和责任意识,努力提高各种突发事件的应急处置能力。

二、持续推进应急预案体系建设

1. 确定分级范围及启动程序。按照铁道部要求和上海铁路局实际，将安全生产重要信息报告程序分为四个等级，按事故性质、影响程度、延误时间分级启动向路局业务部门、总调度长、分管领导、主要领导报告程序，并按动态发展自行向上升级。

2. 动态完善应急预案体系。按照国家、铁道部的要求，编制了涉及自然灾害、事故灾难、突发公共卫生事件和突发社会安全事件等 4 大类 11 项专项预案，初步形成了以《上海铁路局突发公共事件总体应急预案》为统领，突发公共事件专项应急预案、各系统和部门专业应急预案为一体，适应管内高速铁路和普速线路的应急预案体系。截至目前，全局已编制完善各类应急预案 955 个，其中路局层面 99 个、站段层面 856 个。

3. 全面优化应急预案管理。为方便掌握各类应急预案，进一步提高应急处置效能，建立了路局、站段两级应急预案目录，定期对各级各类应急预案进行全面梳理和修订完善。路局重点对安全事故应急预案和典型行车设备故障处置办法进行细化、完善，制定了《上海铁路局铁路交通事故和行车设备故障应急处置预案图项表》，并对《上海铁路局铁路交通事故应急预案》、《上海铁路局危险化学品铁路运输事故应急预案》等 15 类、43 项应急预案图项表逐一绘制了响应处置流程图，明确规定关键、重点事项，健全应急处置通信联络表，增强应急预案实际运用的针对性和可操作性。

4. 强化应急预案体系建设。随着高等级铁路集中投产运营，铁路交通事故应急救援工作面临更多的困难和更大的挑战。在这种情况下，坚持适新应变，动态优化，全面加快铁路交通事故尤其是高铁事故应急预案体系建设。近年来，依照国务院、铁道部有关规定，先后修订了《处置高速铁路铁路交通事故应急预案》、《京沪高铁、沪宁城际、沪杭客专动车组脱轨事故救援预案》、《上海铁路局高速铁路接触网故障应急处置办法》等针对高铁突发事件的应急预案，对高速铁路交通事故现场救援、组织指挥、施救流程等进行了规范。

三、建立健全应急联动机制

1. 全面加强应急演练管理。铁路局应急管理办公室牵头制定了《上海铁路局应急演练管理办法》，从应急演练的目的、原则、方式、组织分工、管理及要求、演练组织程序及内容、日常检查与评价考核等方面，规范和加强全局应急演练管理。一是每年初铁路局公布年度路局层面统一组织的应急演练项目计划,各系统主管部门对系统内各单位应急演练项目进行统筹部署;二是按照年度应急演练工作计划,各系统、单位组织应急处置预案培训,细化制订演练方案,明确应急演练目标要求,全面开展应急演练,做到所有预案年度全覆盖,确保应急演练工作制度化、系统化、常态化;三是对每次启动预案、组织演练的全过程进行写实分析,形成演练总结,动态发现问题、修正偏差;四是建立应急演练档案;各系统、单位按照"一事一档"的原则,从演练计划、方案、培训、写实、总结评价及改进措施等方面建立档案,通过档案化管理不断总结经验、纠正缺陷、完善预案,提高全员的日常应急处置能力。

2. 强化应急响应和处置过程的跟踪评价。铁路局应急管理办公室按照"以相关应急预案为基础,分级负责、综合考虑、分类评价"的原则,对各类应急预案演练、每次应对突发事件启动相应预案后应急处置效果实时进行评价;围绕突发事件预防预警、应急预案管理、应急演练管理三个方面内容对日常应急管理进行年度综合评价。各专业处室按照"一案一跟踪、一案一分析"的原则,及时做好本系统、本部门应急响应和处置过程的跟踪。铁路局安监室、相关专业主管部门同时启动应急预案响应的评价机制。

3. 建立完善应急联动机制。坚持大运输、大协调理念,建立了跨区域、跨系统、跨部门联动协调制度,形成指挥统一、反应灵敏、功能齐全、协调有序、运转高效的应急管理机制。一是内外联动机制。与地方省市政府及相关应急管理机构建立沟通联系机制,综合协调并处置突发事件。根据高铁开通运行的特点,本市已重新修订了《处置铁路交通事故应急预案》。二是上下联动机制。密切与铁道部应急办的沟通联系,掌握管内铁路突发公共事件信息并及时上报,迅速传达铁道部有关指令。随时保持与各基层单位联系,做好对下应急管理工作的检查督导。协调局内应急信息系统、应急平台建设和应急演练等工作。

四、完善应急救援设施、设备建设

1. 不断充实应急救援力量。按照救援全员出动的要求,实施"专兼结合,区域管理"原则,优化全局铁路交通事故应急救援力量配置。在上海铁路局管内三省一市设置12个救援列车,配备专职救援队员432名;分地区组建兼职救援队,成员5 000余名。各运输站段和驻站的机务、供电、车辆、电务、工务人员全部承担兼职救援工作,并明确,一旦发生铁路交通事故,铁路局或事故发生地工作由常态转化为应急状态,所有运输值岗人员、设备管理单位维修人员全部进入救援状态。按上海市领导要求,全面强化上海枢纽专兼职救援力量配置,其中,在上海南翔救援基地设救援列车1个,配备专职人员负责上海枢纽铁路交通事故的应急救援工作。在铁路上海站组建兼职救援队,驻车站的各设备管理单位可动用的救援力量达数百人,以满足发生铁路交通事故和行车设备故障情况下的前期和辅助救援工作。

2. 不断补强应急救援装备。上海铁路局现有12列救援列车、救援起重机15台。救援列车均配置了德国进口液压破拆设备、切割机具、液压顶复机具、复轨器、发电设备,配置了吊复机车、车辆用迪尼玛软吊索带和钢丝绳等吊索具,列车通信设备和高铁GMSI通信设备和手机、现场用对讲机、起重机应急配件等为确保铁路行车事故救援用的设备和机具。

专业救援方面,在上海救援基地停放专用铁路救援列车1列,配属国产铁路救援起重机1台、铁路救援专用客车8辆,吊具、索具、切割、顶复、破拆、复轨、照明机具若干,另增配进口铁路救援起重机1台。根据铁路新型动车组、客运专线整体道床的实际,自主研发了适合整体道床和动车车辆脱轨起复救援的新型复轨器,并配置到全局救援列车。兼职救援方面,在上海站配备脱轨起复器1套和常用救援工具,用于行车设备故障和非正常情况下行车的应急处置。资源整合方面,加强与江苏、浙江、安徽三省厂矿企业的对接协调,初步建立了《地方厂矿企业应急救援资源联系表》,与93家大中型企业共享事故救援资源。同时,全局在各救援列车指挥车上安装了900兆电台,配置了移动手持电台,另外构建了辐射上海铁路局管内全部区域的铁路内部自动电话、调度电话,基本满足了铁路内部的应急通信需要。其中,在上海站、虹桥站、上海南站组建3支铁道应急通信抢修分队,配备了动、静态图像传输设备和光缆熔接机和集群电话等先进装备。

上海铁路局将按照应急管理工作的要求,将进一步加强日常管理工作,不断完善应急处置预案,切实提高应急处置能力,为国民经济又快又好发展作好运输保障。

（上海铁路局　于亚光供稿）

九、应急队伍

加强本市应急队伍建设
保障上海城市公共安全

长期以来,市委、市政府高度重视城市应急救援力量建设。在过去的五年中,本市以贯彻实施《中华人民共和国突发事件应对法》为契机,全面落实《国务院办公厅关于加强基层应急队伍建设的意见》,不断加强应急队伍建设,完善应急处置机制,基本形成统一领导、协调有序、专兼并存、优势互补、保障有力的应急救援队伍体系。

一、应急救援队伍不断健全壮大

按照应急救援队伍"一专多能、一队多用、平战结合"的建设原则,本市基本形成以消防为骨干、专业救援为支撑、社会力量为补充的应急救援队伍体系。市应急救援总队(2010年7月依托市消防局挂牌成立)是本市突发公共事件处置的主要力量。在全市应急救援队伍中,市级应急责任单位的专业救援队伍数量为占救援队伍的主体,区县综合性救援队伍和乡镇街道综合性救援队伍已建立了较为健全的组织体系。目前,本市用于处置突发事件应急救援队伍人数共有7.8289万人。队伍结构情况:市级专业队伍共有32支计2.7921万人(专职1.0164万人,兼职1.7757万人),占队伍总数的36%,分别来自全市有关委、办、局和企事业单位等;17个区县共有113支综合性应急救援队伍共2.6663万人(专职6223人,兼职1.844万人),占队伍总数的34%,分别来自各区县有关委、办、局和企事业单位等;分布在乡镇街道基层救援一线的救援队伍2.3705万人(专职3511人,兼职2.0194万人),占队伍总数的30%。从全市上下来看,从事专职应急救援队伍人数共有1.9898万人,兼职队伍人数为5.6391万人,专兼职比约为1:3。年龄结构:区县队伍平均在40岁左右,市级队伍37岁。专业等级：全市救援队伍中，高、中、初级职称人员占队伍总数的 5％、18％、42％，无专业职称占 35％。

同时，有关区县和相关单位根据区域的地理位置和产业化特点，建立了专业应急救援队伍。如浦东新区、金山区、奉贤区地处东海海域一线，有可能面临台风、潮汛、海啸的险情，为此，这几个区成立了海塘抢险应急队伍；如嘉定区根据区域内汽车工业和国际赛事集中、对道路保障要求高的实际，成立了道路交通抢修队；闵行区针对辖区城乡分布不一，将网格化管理与应急联动资源有效整合，建立适应区域应急指挥大联动模式的队伍体系；青浦区针对区域旅游产业迅猛发展等因素，成立了旅游突发事件处置队伍；崇明县结合区域内有国家级森林公园等产业，着眼于保护生态需要，成立园林抢险队。市级专业队伍也采取有针对有重点的科学配置队伍。随着近几年的轨道交通发展，建设交通系统侧重于轨道交通安全方面应急救援队伍的配置。其他来自于卫生、建交、民政、安监、民防等专业救援队伍也能够做到围绕预案、科学配置，能较好地履行应急职能，能有重点、有科学地组建应急救援队伍，并充分发挥各种社会力量的基础性作用，组织动员基层队伍和公众参与防范、处置突发公共事件工作。

二、应急装备配置和管理更加科学

加强救援队伍装备建设，是做好抢险救援工作的重要环节。各应急管理部门和单位根据自身的职能定位，全面加强了救援装备、器材的配置和管理。一是采取专业化队伍的内部保障管理。如市应急救援总队（市消防局）等专业应急救援队伍，根据适度超前、优化组合的思路，从精、从高、从优提高救援装备的科技含量和现代化水平，为适应抢险救援业务训练的需要，构建了可以开展灭火战斗、水上救援、井下救人、化学危险品事故处置等综合训练的基地，形成设备较齐全、性能可靠、技术先进、保障有力的救援装备体系。二是采取有偿与无偿相结合的企业应急装备管理。如城乡建设和交通系统的救援装备大都设立在下属企业，并建立突发事件紧急调用保障机制。企业根据自身承担的任务，配备有各类救援器材和个人防护装备，自身强化管理与培训，实现人与装备的有效结合。三是采取社会化保障的应急征用管理。如市质量技监局根据大型特种设备救援管理的特点，采取社会化保障的路子，平时掌握本市的特种设备企业的救援设备信息，遇到突发事件时启动紧急调用机制，在完成应对特种设备突发事件救援过程的同时，也起到政府与企业平台互补的作用。

三、健全了高效的应急处置工作机制

1. 应急联动机制。本市应急救援队伍由市应急联动中心统一指挥调度。市应急联动中心作为市级突发事件联动处置的指挥平台,统一受理报警及应急求助,组织联动单位实施应急处置,明确了市应急救援总队参与以抢救人的生命为主的应急救援任务,最大限度控制突发事件产生的危害和造成的影响。同时,确立了分级分类应急响应机制。本市明确市应急联动中心负责指挥调度卫生、水务、燃气、电力等 24 个应急联动单位对较大和一般突发事件实施联动处置;对特大或重大突发事件实施先期处置。一旦发生先期处置仍不能控制的紧急情况,由市应急联动中心等报请或由市应急委直接决定,明确应急响应等级和范围,启动相应预案,必要时设立市应急处置指挥部,统筹、整合、调用全市各类资源,实施应急处置工作。这种分级分类、扁平化的突发事件应急处置机制,能够合理使用有限的应急资源,有利于应急处置工作有序、高效地开展。

2. 值班备勤机制。在市级应急联动机制之外,市、区两级应急救援队伍实行 24 小时值班及应急处置机制。坚持备勤制度,随时接受上接命令、指示和社会报警,迅速拉动相应应急救援队伍,协调和会同相关部门展开应急行动,各救援队伍保持 24 小时值班备勤状态,成为市级应急联动的补充和属地应急处置的基础力量。由于担任社会应急力量不少是由企业配置,比较分散,因此,一些单位采取分散布置、统一调配、集中使用方法,24 小时待命。这些应急力量也在突发事件抢险救援中发挥较大的作用。

四、形成了多层次的应急培训演练制度

本市具体培训形式可大致分为几种:一是由各区县政府牵头下的专业救援培训;二是各专业部门自行结合岗位开展培训;三是将应急管理知识纳入经常性业务学习;四是通过在实战抢险(救)中检验和提高培训技能。公安、电力、卫生、地震、通信等部门的培训能够按年度计划中的培训内容进行,多数区县以民防、消防等部门为牵头,按照内容与任务布置具体协同参与,根据需要每年进行 1—2 次的专业培训,多数单位设有专门的培训机构。各支应急救援队伍都制定相应的演练计划,应急演练的具体形式既有桌面演练,也有实战演练。大型综合性应急演练一般由相应的应急管理工作机构统一组织实施,如近年来举行的上海市应对灾害事故应急处置模拟演练、上海市电力

突发事件应急演练以及每年的联动中心大型拉动演练等。除此之外,各区县及单位部门也针对本部门特点,规范突发公共事件现场处置流程,锻炼现场处置队伍,进一步提升应急机动能力。

近年来,本市的应急救援体制机制,经受了防控禽流感、抗击灾害天气、开展"5·12"汶川地震救灾援助等重特大突发事件的考验,实践表明应急救援是有力、有效、有序的。

(市应急办供稿)

上海城投公司着力水务应急救援队伍建设

近年来，上海城投公司作为政府投资主体、重大项目建设主体和城市运营主体，牢固树立全员的忧患意识，加大应急救援的投入，推进队伍建设，开展培训和演练，实现了防灾救灾能力的提升。

一、加强组织领导，落实应急管理工作责任

城投公司成立由总经理亲自挂帅的突发事件应急处置工作领导小组，重点部署每年度应急管理工作目标和主要任务，制定具体的、可操作性强的实施方案，将应急管理工作内容逐级分解，使应急管理工作的目标、任务、措施落实到每个部门和每名员工；同时，将应急管理和安全工作有机结合起来，确保生产安全、运行安全。为保障责任落实到位，建立了各基层单位应急管理目标责任制，进一步明确工作职责，保证全面工作有人管、具体工作有人抓，形成各级联动、层层负责、职责明确、责任到人的良好工作局面。一是严格落实责任制，明确应急管理工作领导小组第一责任人；二是贯彻市委市政府精神，对应急管理工作进行深入分析，并结合实际，制定具体的应急预案；三是进一步健全应急管理工作规章制度，特别是贯彻落实好 24 小时值班、领导带班制度，做到看好自己的门、管好自己的人、办好自己的事。

二、整合内部资源，确保应急管理工作到位

应急管理工作应配强、配全应急队伍，加强应急管理人员业务培训，包括：突发公共事件应急处置基础知识，供排水系统突发公共事件应急处置概述，突发公共事件、自然灾害和事故灾难等引发的自来水系统突发公共事件预防与处置，突发公共事件应急处理能力的培养等。从业人员通过学习，提高了应急处置工作水平。城投公司范围内共成立 48 支应急抢险队伍，应急队员达 886 人，平时在各服务站点值班，关键时刻拉

得出、打得响、打得胜。在重大活动节点，注重与市公安局等建立信息沟通机制。在上海世博会期间，主动邀请了武警进驻水厂等重点目标。武警驻点后，各驻点水厂与驻点部队每周组织处置突发情况研究、每月进行联合处突演练，做到遇有突发情况，反应迅速，处置稳妥到位，牢固构筑了供水系统安全防范的铜墙铁壁，有力保障了世博会的正常运行。在应急物资和装备管理上，以"平时储备、急时应急、战时应用"为根本，采取了分散存储，分别在自来水厂、污水厂、管线单位、营业所、泵站等设立抢险物资或装备专用仓库，公司范围内共设立物资储存点 44 处、应急抢险装备存放点 33 处，建立了存储物资或装备的数量、品种、时效等制度，及时进行补充更新，加强维护保养，确保发生意外事件时能及时用上。

三、紧扣预案修订，完善应急管理工作措施

应急预案是开展应急救援的重要前提和基础，因此，城投公司十分重视应急预案的编制工作。由于供排水企业应急预案涉及方方面面，包括制水生产、供水管网、水质检测、排水运行、恐怖袭击、防火安全及防台防汛等。公司对各类预案进行梳理，制定了处置突发事件总体应急预案和各类专项应急预案；同时，各直属企业、三层次单位也结合自身实际，建立了各自的应急专项方案，从而构建了三级应急预案体系。预案实施过程中，人是最关键的因素，因此有针对性地开展演练必不可少。根据预案要求，进一步修订了操作规程和岗位规范，组织开展岗位练兵，提高员工操作技能，从日常管理上堵住事故的漏洞。适时开展演练，夯实员工安全技能和实战能力。在公司的统一部署和指挥下，各基层单位每半年就开展一次综合演练，并积极参与市级层面组织的应急演练，如：消防演练、爆管抢修演练、防汛防台演练、硫化氢中毒事故应急演练等，增强应急队伍实战能力。同时，公司将应急管理纳入责任目标考核范围，针对具体事件，对反应迅速、处置有力、效果良好的相关人员落实一事一奖制度，激发了广大员工的积极性。

四、引进先进技术，提高应急管理工作效率

在抗灾抢险中，应急装备也是不可忽视的重要一环。城投公司高度重视设备设施的更新，在世博前，配备了 4 辆先进的专业排水车；2012 年，又新购置了美国史丹利液压动力工具系统装置、管道内部检测系统装置、气压测试管塞装置等抢险设备，并请供

应商的工程技术人员到现场,逐一对设备进行讲解、演示、实操,为抢险队员们上课,提高了应急抢修队伍的业务水平。

在世博会期间,公司信息技术人员结合园区实际情况,研发了"管网应急抢修指挥系统"。该系统由 GIS 技术为基础框架,集 SCADA 数据、检漏系统、卫星通讯、水力模型等多项技术为一体,一旦世博地区发生管线事故,抢修人员能迅速使用该系统实现应急操作与指挥,为抢修分中心的管理人员提供一个高效、准确的辅助决策工具。

五、夯实基层基础,增强应急管理工作能力

开展应急救援工作,还必须加强基础管理和配套措施,这是进行应急救援的重要前提。城投公司将实施预案与生产管理紧密结合起来,关口前移,切实加强生产基础管理,提高应对突发事故的能力。一是加强水源地监测管理;公司在原水取水头部上游和下游处设置警示标志牌、在水厂取水口设立安装拦污浮桥,以防漂浮物流入取水口,并配备围油绳、吸油毡等,对水面可能出现的油膜起到吸附、拦污作用;还设立了保安值班岗亭,实行 24 小时巡视值班,对水源保护区周边环境及水源情况实施密切监控;在水厂安装各种水质在线仪表对源水进行实时检测,设置生态鱼池,通过在原水中放养鱼苗进行生物预警。二是加强对各水厂过程水、出厂水和管网水水质的监测和管理;公司加大对中心化验室及各水厂化验室的建设,增大投入、增加仪器设备、提高化验能力,通过增加检测项目,加强对各项污染指标的检测。三是按照"平战结合"原则,配备相应救援的设备、物资,做好统计汇总,开展经常性的检查核对,确保关键时刻用得上。

(上海城投公司　李剑锋供稿)

上海电力公司强化电力应急救援队伍建设

近年来,上海电力公司根据《中华人民共和国突发事件应对法》和《上海市人民政府办公厅关于加强上海市综合性应急救援队伍建设的意见》精神,进一步完善和加快应急救援体系建设,提高应急队伍建设管理的科学化、规范化和社会化水平。

一、上海电力应急救援队伍的现状

1. 应急救援队伍构成。基层应急抢修队伍建设。"十一五"期间,上海电力公司按照《国家电网公司应急队伍管理规定》,在各基层单位组建以专业施工、抢修为骨干的专兼职应急抢修队伍约 2 600 人。一类是专业应急抢修队伍建设。根据公司三集五大"大检修"体系建设总体部署,按照不增机构、"一支队伍、两块牌子"的运作模式,结合公司各专业原有人员储备、物资储备、技术储备,在新成立的检修公司进一步整合上海电网内线路、电缆、变电等专业技术骨干,加强整合应急抢修力量,成立专业应急抢修队伍约 600 人。第二类是综合性应急救援队伍建设。上海电力公司从 2012 年开始已着手建立一支"平战结合、一专多能、专兼并存、优势互补、保障有力、快速反应、战斗力强"的综合性应急救援队伍,队伍规模 50 人,划分为变电、线路、电缆分队。

2. 应急救援队伍职责。在上海电网内重要设施设备发生突发事件时,应急救援队伍工作流程包括:响应、先期处理、分级响应、应急救援、应急调整与结束等过程(详见图 1)。应急救援队伍第一时间赶到事故现场,执行现场勘察、人员救护、技术指导、现场临时指挥、应急供电和照明、特殊环境抢修保障和通信保障等先期处置工作。其主要职责为:一是在公司应急领导小组的指挥下,以最快速度赶到灾区或现场应急处置,开展特种环境下的人员救助和防护工作,抢救人员生命,协助政府或国网公司开展救援;二是利用应急通信保障手段,及时向公司应急指挥中心反馈受灾地区、应急处置现场电网受损情况,协调开展事件现场先期处置工作;三是提出应急抢险救援建议和初步抢修方案,为公司应急指挥领导小组指挥处置提供可靠决策依据,为后续开展的事故处理、恢复等各项应急处置工作做好前期准备。

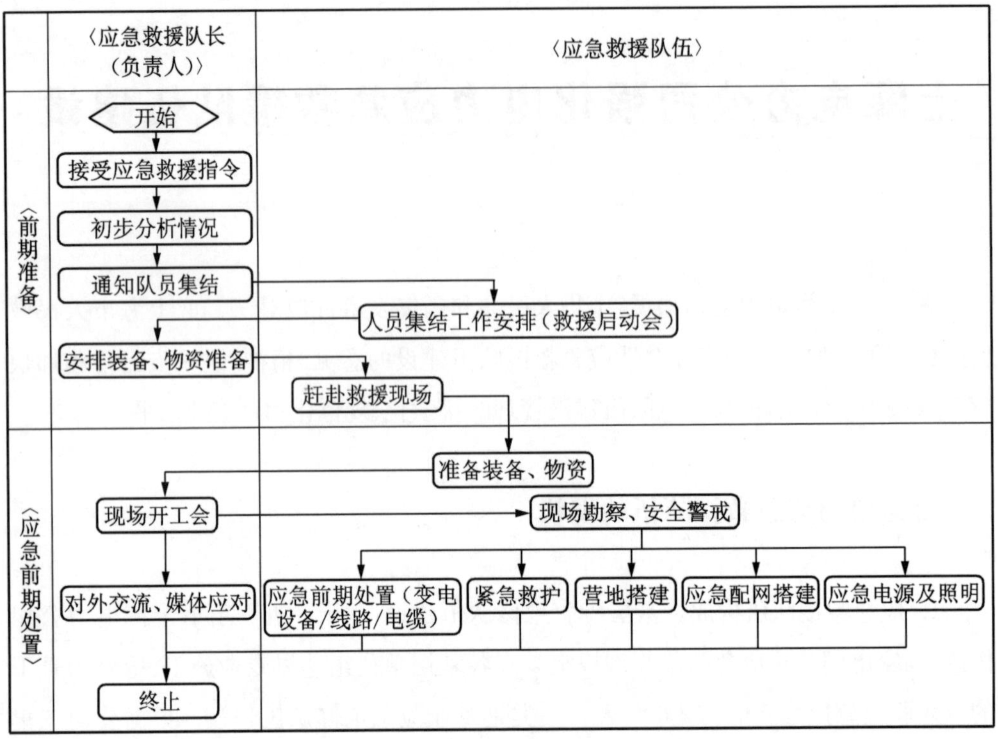

图1　应急救援队伍的工作流程图

二、上海电力应急救援队伍的运作和管理

1. 完善应急救援指挥机制。一是应急救援队伍服从公司应急工作领导小组的统一领导、管理和指挥,公司应急办为公司应急工作领导小组下设的应急管理机构,负责日常工作,履行应急值守、信息汇总、综合协调职能和发挥运转枢纽作用。二是应急救援队伍在常态(即非紧急状态)下,接受所属单位的领导和管理,开展正常的生产任务,并接受公司应急办的应急业务管理和指导。在非常态(即紧急状态)下,接受公司应急领导小组的统一领导、指挥、调度和使用。三是在突发事件发生时,公司迅速成立应急救援指挥部,指挥决策突发事件应对处置工作。救援工作中,赋予综合应急救援队在应急救援现场紧急情况下的临机处置权。并根据需要,报请当地政府应急指挥中心协调,调动各专家救援队、专业救援队和其他社会应急资源参与救援。四是建立省级间协调应急救援机制。在国家电网公司和华东电网公司的统筹调度下,上海电力公司与华东区域内各兄弟公司间建立了协调救援机制,紧急情况下能快速调用嘉兴地区华东

应急物资库内所有应急保障物资及装备，尤其提升了公司应对台风、汛情、地质灾害、雨雪冰冻等重大自然灾害的处置能力。

2. 建立健全应急队伍管理制度。公司建立应急抢修救援队伍的管理机制，包括出动机制、技术支持机制、日常管理机制和经费保障机制等。并制定应急救援队伍的值班、岗位工作、内务管理、装备维护保养、安全保密和保障等制度，进一步明确装备建设、物资储备、日常管理、救援处置、信息报送等相关责任和工作事项。健全应急救援培训制度，强化应急抢修队伍、应急救援队伍的教育学习、培训演练，提高综合和专业救援能力。

3. 制定综合救援应急预案。综合应急救援队按照突发事件特点制定综合应急救援预案，使预案适应综合救援和辖区应急需要；根据各专业救援情况修订和完善专项应急预案，构建覆盖本辖区、本行业和跨地区、跨行业的预案体系，并通过演练和实战检验，不断优化指挥程序、完善预案内容，进一步增强预案的科学性和适用性。

4. 建立应急救援专家库。组建应急管理专家库，成立自然灾害、事故灾难、公共卫生、社会安全等方面的专家救援队伍，现有专家组成员共 95 人，涵盖了公司各专业突发事件的处置应对。完善专家应急救援机制，公司牵头应急救援专家组，为各类应急救援提供支持，开展课题研究，积极参与救援处置，有效解决突发事件应对中的技术和疑难问题，不断提高应急救援水平。

5. 建设应急指挥平台。逐步建设市级、地市级应急指挥平台，整合指挥中心现有资源，扩大通信容量、优化调度程序、增强指挥功能，实现视频通信，充分发挥现有应急联动平台的作用，推动综合性应急救援队伍与公安、水务、气象、地震、建设、环保、交通、安监、供气、卫生、外事、信息、通信等部门加强协调联动，共享应急管理信息和资源，及时会商解决应急救援中的问题，提高对各类突发事件的综合研判和预警、处置能力，真正实现人员与装备的快速调度、现场救援和指挥平台一体化建设。

6. 综合后勤保障。按照"集约高效、整合资源、避免重复"的原则，公司将综合性应急救援队伍建设的经费纳入财政预算，建立基层应急救援队伍经费保障机制，增加综合性应急救援队伍建设的经费投入，给予资金支持和保障，加强应急救援装备建设和配置（详见表 1），确保综合性应急救援队伍战斗力提升。

7. 扎实开展教育培训和演练工作。根据公司应急救援队伍的技能要求，有计划、有组织、有重点、有实效的组织应急队伍的业务学习、教育、培训和演练，采取日常训练、节日活动、技术竞赛、技术交流等多种形式，不断提高应急队员的应急处置能力和实战能力；做好应急救援的专门训练，强化救援能力。经统计，公司每年组织开展综合性应急救援演练 20 次左右，演练科目覆盖迎峰度夏、防汛防台、重要用户电力保障等重点领域;每年组织开展专项性抢险救灾演练 40 次以上,演练科目包括消防疏散、人身伤害、地下配电站水淹倒灌、电力倒杆断线等现场处置。

表1　综合性应急救援基干队伍技能与装备配置

技能类别	名　称
应急电源与照明	全方位移动照明灯塔、自动泛光灯、移动照明灯、手提式探照灯、强光电筒、微型头灯、便携式发电机(220 V, 5 kW)、小型发电机、便携式配电箱、照明及动力电缆(220 V)、照明及动力电缆(380 V)
通信与信息保障能力	照相机、望远镜、摄像机、对讲机、现场 3G 单兵设备、手机可视终端、电脑可视终端、车载可视终端(GPS 定位系统)、移动卫星电话、Vsat 卫星便携站、无线电台
运输与交通能力	应急勘察车、人员运输车、物资运输车、水陆两用车、冲锋舟
生活保障能力	国网应急救援队伍标准服装、便携式背包、便携式餐具、睡袋、野营帐篷、个人生活用品、登山用保暖壶、野外净水车、野外炊事车
安全防护能力	防雨雪保暖衣、雨衣、雨鞋、冲锋服、登山鞋、头盔、护目镜、防毒逃生面罩、空气呼吸器、限次工作服、救生软梯、攀登绳索、绳索发射枪、SF6 气体测试报警仪、汽油切割锯或机动链锯、组合破拆装备、一级防化服、防化手套、隔热服、防静电服、防静电内衣、呼救器、扩音器、潜水泵、轴流风扇
自救与人员救援能力	急救包、便携式氧气自动苏生器、氧气瓶、音频生命探测仪、电子气象仪、多功能折叠担架、救生衣、大平斧
团队管理与现场指挥能力	笔记本电脑

三、上海电力应急救援队伍建设的不足和发展方向

不足之处有:一是应急救援队伍建设的投入不足。建立和完善公司应急救援队伍离不开资金的投入。"巧妇难为无米之炊",应急队伍建设、装备建设、物资储备、演练经费、保障能力等都需要资金到位。从目前投入看,公司资金缺口仍较大,一定程度阻碍了公司应急救援队伍的建设和发展。二是应急救援队伍的缺乏系统性管理。公司应急救援队伍在各类抢险、保电等工作中,虽积累了一定的经验,但由于公司应急管理工作发展时间较短,应急救援队伍的现场处置能力、管理和指挥手段等滞后于应急救援队伍的发展速度。

"十二五"期间,上海电力公司将继续把应急救援队伍建设作为一项重点工作开展,结合公司安全生产"十二五"规划和应急体系建设三年规划,通过进一步的实施和完善,提高上海供电企业应急处置能力,保障电网安全可靠的运行,履行好供电企业的社会职责。

(上海电力公司　周岚供稿)

上海燃气集团夯实燃气应急救援队伍建设

2008 年以来,在市委、市政府的关心支持及申能集团的直接领导下,燃气集团积极创新探索,加快应急队伍建设,不断夯实应急队伍工作的软硬件条件,提高应急队伍的应急处置能力,初步打造出具有燃气行业特色的应急救援队伍建设模式。

一、广覆盖,做好燃气集团应急队伍基础工作

应急处置工作是一项系统工程,需要从组织上加强领导,并做好巡视、应急处置、专家咨询、停气配合等各方面应急队伍的建设,为此,上海燃气集团从组织上保证应急工作的顺利开展。

1. 完善应急处置网络,加强应急工作领导。做好燃气集团应急队伍建设工作,是燃气集团党政领导班子历来的一项重要工作。为此,燃气集团成立了由集团主要领导负责,相关部门和系统单位负责人任成员的集团安委会。安委会定期召开会议,研究部署集团应急管理工作,组织领导集团相关职能部门和下属单位应急工作的开展;系统各单位也相应成立安委会,指导各单位内部的应急管理工作。2008 年以来,集团及各下属单位在应急管理工作主管职能部门的基础上,明确职能部门工作职责和各有关配合部门的工作职责,落实责任到人,定岗定责,理顺了工作关系,提高了工作效率,做到各尽其责,分工协作,建立起了"横向到边,纵向到底"的应急处置队伍网络。

2. 明确各类应急队伍职能,理顺相互关系。根据各类应急队伍所从事应急工作内容的不同,燃气集团将应急队伍分为巡视、应急处置、专家咨询、停气配合等不同应急队伍,明确各自职能。其中:

巡视应急队伍负责管线及燃气设施巡视,以及时发现各类燃气隐患并及时采取措施消除隐患,防止燃气事故的发生。

应急处置队伍负责燃气事故现场处置,包括泄漏、火警、爆炸等燃气事故的现场控制及受损燃气设施的修复工作等。

专家咨询队伍负责在重大燃气突发事故应急处置过程中对事故的处置提出具体措施,供领导决策;对燃气集团的日常应急管理工作提出合理化建议,以提高燃气集团的应急工作管理水平等。

停气配合队伍负责应急处置过程中的配合工作,如停气过程中关闭阀门、调压器,对停气影响区域进行用户停气和通气宣传等工作,以确保应急工作的顺利开展。

各类应急队伍之间不仅要做好各自的本职工作,还需要互相配合、协作,因此在明确各自职能的基础上,燃气集团制定了各类应急队伍之间的工作流程,以理顺应急处置工作中相互之间的关系,共同做好应急处置工作。

3. 优化应急梯队建设,补充应急队伍新鲜血液。应急队伍人员的配置不仅关系到应急处置工作的水平和效率,更关系到应急工作的可持续性。因此,集团在对应急队伍人员现状、年龄和学历构成等进行充分调研的基础上,每年不断补充新鲜血液充实到应急队伍中,以达到应急队伍人员的结构优化。同时集团建立了应急处置责任人的梯次配备制度,每个应急处置责任人都设立 1—2 个梯次的人员配备,当第一梯次责任人因特殊情况不能履行职责时,由后续梯次补上空缺。目前,燃气集团已建成一支"老中青"相结合,现场处置经验丰富和有一定理论基础的应急新人相补充,并通过不断的相互学习,达到共同提高的目的,促进了应急队伍人员的优化配置。

4. 应急处置关口前移,加强应急巡视队伍建设。在燃气应急处置工作中,燃气集团从原来的主要重视"事后处置"到"事前预防、事后处置"并重的应急处置工作模式。加强应急巡视队伍建设力度,不断提高管网自查发现隐患占所有燃气泄漏事故的比率,将"应急处置关口"前移,及时消除各类事故隐患。

目前,燃气集团系统各管线单位已建立了较完善的"中高压管线巡检网",投入了近 300 人的专业队伍,制定了工作标准和模式,配备了 GPS 定位巡视车、管线检漏车等先进设备,做好对各类燃气管网的日常巡视巡检。其中,对 0.4 MPa 以上的管线确保每日巡视 1 次,对所有道路、街坊地下管线执行"6+4"的巡检频次标准,并在此基础上进一步加大对市中心重点地区、已转换天然气尚未改造的承插管段、占压管段、多次报漏管段、重车大流量区域管段等的巡视巡检力度。

同时,集团系统已引进管线检漏 15 辆,并积极采用电子巡更系统、管线设备电子标识器、激光检漏仪等技术手段,进一步提高巡检效率和质量,及时发现违章占压、施工等管线安全隐患。

5. 发挥专家作用,抓好应急专家队伍建设。2008 年以来,燃气集团以原有的应急专家库为基础,按照应急处置、事故善后、燃气安全等分类,聘请公安、消防、燃气行业、高校等单位各领域专业技术人员、专家教授等组成燃气集团应急专家队,不断完善应急专家资源共享、应急处置业务咨询、应急处置指挥等工作制度,定期召开应急专家联席会议,充分发挥好专家在决策建议、专业咨询和技术支持等方面的作用。针对近年来,天然气在上海地区的逐步推广应用,天然气压力级制较高,天然气事故应对的复杂性,燃气集团在重点加强与上海市内外行业应急处置专家建立关系的同时,进一步加强燃气集团内部应急专家队伍的建设,逐步将熟悉燃气集团内部情况、懂得燃气突发事件应急处置专业知识的内部专家编入应急专家库,扩充燃气集团应急专家的整体力量。

6. 发挥属地政府部门效用,拓展集团属地应急队伍力量。针对天然气主干管网大多沿高速公路和城市主干道敷设,沿线各类施工较多、管线受外损风险较高,以及由于不少站点处于偏远无人区域,偷盗、破坏现象时有发生,对燃气安全构成极大威胁的情况,集团下属的天然气管网公司积极研究对策,尝试了在上述区域推行属地化管理,与地方政府签订巡线协管合同,由地方派出协管员,协助发现和处置天然气管道沿线的各类违章行为。目前已与5个区的9个镇政府签订了巡线协管合同,各区协管员每年都及时发现和处置各类违章行为十多起。另外,针对浦西外环线沿线阀室偷盗破坏现象严重的情况,管网公司委托相关单位采取夜巡的手段,每天夜间加强巡视4次,有效遏制了偷盗行为,确保设备的安全。应急协管队伍的推出有力地保证了燃气集团偏远地区燃气管线的安全。

此外,在应急处置中,燃气集团建立了区域协作机制,随时保持和街道、居委会等有关人员的联系,吸纳他们作为燃气应急处置工作的辅助力量,确保当应急处置影响用户时,可以启动该机制,将燃气事故情况及时通知用户,减少停气对用户可能造成的影响。

二、强能力,提升燃气集团应急队伍作战能力

在应急处置工作中,“人”是最重要的因素,因此燃气集团特别注重应急指挥人员的能力培养,多措并举提高应急队伍的应急作战水平。

1. 组织应急培训,提高队伍知识水平。要提高应急队伍的应急处置水平,应急能力培训是一项必不可少的工作。为此,燃气集团根据系统各单位应急队伍员工情况,每年制定系统的工作培训计划,培训对象不仅是应急处置指挥人员,也包括一线工人;培训内容不仅包括燃气查漏检测、现场控制要点、燃气设施修复技术、现场处置、应急

预案、应急处置系统应用等,也包括心理素质、临场急救、事故善后等方面的培训。通过培训,使应急处置队伍的每一位员工明确自己的职责,知道自己到达现场后该做什么,怎么做。另外,近年来,燃气集团在应急队伍员工的应急抢修技术培训上,做到紧盯国际科技前沿,引进消化吸收国际先进的抢修技术,如不停气封堵技术、带压开孔技术等。

2. 组织应急演练,提高队伍实战能力。2008年以来,燃气集团每年根据不同的具体情况,举行不同形式的实战演练,如2008年的奥运安保反恐演练,2010年的世博园区突发事故应急处置演练,2011年的金山新农门站突发事故应急演练和2012年的崇明县翠竹路高压天然气管道突发事故综合演练等。在演练内容上,不仅侧重每年的应急工作重点,更侧重应急处置方式的转变,即从以前的停气—应急抢修—恢复供应,变为应急气源供应—停气—应急抢修—恢复供应,应急处置不再仅仅满足于修复受损燃气设施,而是在更人性化地尽量满足用户燃气正常供应的前提下修复受损燃气设施;演练形式上从以前的精心准备,反复操练,向采取"不打招呼"的临时演练过渡,以检验队伍真正的实战能力,找出队伍应急处置工作中真正的薄弱环节,不断改进,真正培养出一支"出能战,战必胜"的燃气集团应急抢修队伍。

3. 加强应急联动,提高队伍协同能力。2008年以来,在市应急办指导下,燃气集团充分依托市应急联动中心应急联动平台,发挥平台的联动优势,不仅在工作中提升了应急队伍的应急处置效率,更提高了燃气集团应急队伍的协同能力,如在燃气火灾、爆炸等事故中的灭火、救人、现场控制等处置方面提升了与公安、消防、卫生等单位的协同应对能力;在主干道上的燃气泄漏应急处置中提升了与交警、水务、电力、绿化等部门的协同能力。

在做好外部应急队伍协同的基础上,燃气集团注重做好内部系统各单位应急队伍之间的协同,如管网公司针对其管线覆盖面广、应急站点少,一旦发生燃气突发事故,到达现场时间较长的不利因素,积极与市北、浦东、大众三家区域性公司进行联动处置,确保管网公司所属燃气管线及设施发生突发事故时,燃气应急队伍能够在第一时间到达现场处置;此外,燃气集团在预案中也已明确,集团某系统单位应急处置队伍需要支援时,各单位应急队伍应无条件服从集团的统一调度,从制度上明确了集团内部应急队伍之间的相互协同要求,保证了集团内部应急资源的充分利用,提高了集团面对重大及以上燃气突发事故的应对能力。

4. 制定考核机制,激励应急队伍士气。为充分调动应急处置人员的工作积极性,燃气集团制定了"应急处置工作奖惩制度",以奖励或处罚在应急处置工作中有重大贡献或处置不当的有关人员，以鼓励大家更好的从事应急处置工作。如在 2008 年北京奥运应急保障和 2010 年上海世博应急保障中，燃气集团下属相关公司对圆满完成各项应急保障的有关应急人员给予了一定的物质和精神奖励，通过奖励，激励了应急队伍的士气，提升了应急队伍的凝聚力。

三、重硬件，确保燃气集团应急设施配置合理

2008 年来，燃气集团坚持在提高应急队伍应急处置"软实力"的同时，积极做好应急设施的配置工作，以提高应急队伍的"硬实力"。

1. 优化合理布局应急站点。为扩大扩大应急覆盖面，提升应急处置能力，2008 年以来针对应急覆盖面的薄弱环节，燃气集团认真分析和制订对策，优化应急站点布局，科学规划、合理设置应急救援点，缩短应急响应半径，提高响应速度，确保第一时间到场处置。各销售公司均进一步增加和调整了应急站点，合理配置应急人员和装备，优化应急响应程序，确保在规定时间里到达处置现场；金山公司、崇明公司针对区域广、距离长、站点少、布局不均等薄弱环节，正积极从人力、物力等方面加大投入，确保应急队伍的全覆盖。

2. 积极引进先进抢修设备。2008 年以来，燃气集团积极购入先进的抢修设备，如先进的卫星指挥车，可以将事故现场图像实时传送到指挥大厅；LNG 应急气源车，可以在停气的时候充当临时气源供应下游用户，减少燃气事故因为停气对用户造成的影响；不停气封堵设备可以避免停气对用户造成的影响，缩短抢修时间。所有这些设备的应用，在硬件上提高了应急队伍的应急处置效率，缩短应急处置时间，减少事故造成的影响。

（上海燃气集团　吴庆益供稿）

徐汇区推进应急管理专家组建设

徐汇区委、区政府高度重视应急管理专家在防范与处置各类突发事件中的作用。根据市应急委部署和要求,徐汇区结合本区域特点,经过调研论证,通过组织推荐、本人自愿、集体讨论等多个环节,在 2008 年 4 月组建了区应急管理专家组,为科学、成功处置各类突发事件提供了智力支撑,在应急预案评审等方面发挥了重要作用。

一、专家组的基本职责

在 2008 年 4 月区应急管理专家组成立的仪式上,区应急委领导对专家组工作提出了要求,即专家组要为徐汇区总体应急预案、专项预案的修订,应急管理的培训,应急管理工作的咨询等提供咨询和指导,每位成员要以高度负责的态度,认真履行职责,切实为我区应急管理工作的开展发挥积极作用。专家组的基本职责有:

1. 充分发挥专家组成员的专业咨询作用,向区政府和区应急委、应急办提供应急管理、突发事件处置等方面的决策支持、咨询服务和提供合理化建议。

2. 充分发挥、动员本行业的专业技术力量,加强关键技术和设备的研发,努力突破自然灾害、事故灾难、公共卫生和社会安全等公共安全领域的重大关键技术,提高全区应急装备和技术保障水平。

3. 充分发挥专家权威作用,在处置突发公共事件时,专家们从科学公正的角度提出专业性的意见,充分借助社会对专家的信任,适时向社会公众传递客观、准确信息。

4. 充分发挥理论研究领路人作用,加强应急管理系统理论研究、应急管理法制和政策研究、应急管理工作发展战略研究,为区应急管理工作不断理顺机制、健全体制、完善法制贡献出专家智慧。

二、专家组的工作机制

徐汇区应急办积极创造工作条件,建章立制,保障专家组的工作能正常运转。一是完善决策咨询机制。因地制宜扩大应急管理专家参与突发公共事件预防和处置的工作面。在制订有关政策性文件时，广泛听取专家组意见；在处置突发公共事件中遇到重大问题时，邀请专家参与决策咨询，确保"决策专家"和"业内专家"实现无缝链接。二是完善信息沟通机制。建立政府、专家、公众之间信息沟通机制。三是完善服务支持机制。在应急管理专家组课题申请、经费支持等方面提供便利，适时组织专家开展专题调研。

三、专家组的运转情况

区专家组成立以来，专家们结合自身特长和优势，以宣传培训、接受咨询、提供信息、献计献策等多种形式支持和帮助徐汇区推进应急管理工作。

1. 培训、辅导应急管理人员。在每年度的区应急管理工作会议上，邀请专家组成员出席会议，并对分管区应急管理工作的领导和应急办工作人员进行业务培训、辅导。近年来先后开设了《反恐应对常识及案例分析》《气象灾害防御和减灾对策》《环境污染与城市治理》等讲座，对强化全区领导干部的忧患意识、加强应急管理、提高对突发公共事件的预防和处置能力产生了积极的促进作用，取得较好的效果。2008 年 4 月，为学习、贯彻《中华人民共和国突发事件应对法》，区应急办组织 400 名局处级领导干部进行专题培训，邀请专家组成员结合具体案例，对《中华人民共和国突发事件应对法》进行解读。

2. 走进基层开展宣教活动。按照宣传工作"进社区、进学校、进企业"的要求，区每年组织专家组成员下基层社区宣传应急管理知识和防灾避难的专业知识。如 2009 年区应急办结合"3·23 世界气象日"纪念、宣传活动等，先后 5 次由专家组成员或通过其邀请气象行业的高级专家到社区和学校进行气象防灾科普知识的宣讲培训活动，数百名社区居委干部、居民及三所学校全体师生参加，并向居民和学生赠送了科普书籍。通过深入浅出、图文并茂的宣讲使大家对上海常见灾害性天气的种类、预警信号的识别及如何积极预防和有效应对有了基本的了解和掌握。

3. 组织业务交流探讨活动。如 2008 年初，专家们就雨雪冰冻灾害天气的出现，与区政府相关部门、街道办事处领导召开"如何增强社区应对灾害性天气能力"主题座谈会。专家结合本市、徐汇区遭受灾害性天气侵袭等情况，以不同的角色、从不同的角度，对会议主题进行了客观分析和深入探讨，并对应急防灾知识进社区的必要性、对强化预防为主的理念等达成了共识，强调从技术和管理两个层面努力提高积极防御、有效应对灾害性天气的能力,努力把灾害性天气带来的影响和损失减少到最低程度。此外,区里还与专家组赴外省区开展业务交流与考察。组织专家组成员赴大庆学习考察应急指挥中心的建设和运转情况等。专家组成员对我区防御应对灾害性天气的工作以及区应急指挥中心的后期建设和投入使用后的科学管理献计献策。

4. 参与应急预案修订工作。区应急办组织专家组成员分工对《徐汇区防汛防台专项应急预案》等9个专项应急预案和《徐汇区处置食品安全事故应急预案》等4个部门应急预案进行评审、修订,为构筑平安徐汇建设提供安全保障。

5. 开展应急信息咨询。如发生灾害性天气,区应急办主动咨询气象专家天气趋势和走向。在2012年防御应对"海葵"台风期间,专家向区总值班室发送13期《"海葵"台风快报》、7期《专题气象报告》,为区防御应对台风"海葵"工作的顺利进行提供了信息保障。区应急办坚持与专家地保持信息沟通,利用多途径让专家们多了解和掌握区情,定期为专家提供《徐汇应急管理简讯》,使专家了解区应急管理方面的进展、动态和相关信息。

五年多来的实践证明,成立区应急管理专家组,是区委、区政府的正确决策,是推进区应急管理体系建设的重要举措,对于完善政府公共管理有重要意义。区里将通过多种形式更好地发挥专家组的智囊、参谋作用,使其能结合本区域常见突发事件、热点主题、典型案例,为徐汇的应急管理和突发事件的应急处置决策提供科学的咨询和合理化的建议。

(徐汇区应急办　俞佳民供稿)

闸北区打造"一队多用、一专多能、平战结合"的应急队伍

在应对日益增多的各类突发事件中,闸北区全面加强应急队伍的多元化建设,建立健全专兼职应急救援队伍,将常态化管理与应急处置紧密结合,通过日常工作练兵,确保应急处置队伍"拉得出、动得快、打得赢",有效应对各类突发事件。

一、一专多能,救援力量锻造合力

区应急委站在服务全区经济社会发展,维护社会和谐稳定大局的高度,强化区应急救援队伍建设,实现应急救援队伍的"一专多能、一队多用"。建立健全应急救援工作机制,强化应急救援队伍专业训练,以适应应急救援工作面临的新形势、新情况,全面提升闸北区应急救援保障的能力和水平。

较早前,闸北区民兵专业分队建了不少,但是遇有突发事件,总觉得兵力不够。对此,区人武部把这一问题作为一个重要课题来研究。他们依托现有民兵队伍,按照"多个兵种合成、多样能力具备、多种任务并举"的思路,转、合、改,将十余支民兵重点分队整合改组为集防卫作战、防化救援、抗震救灾、抗洪抢险于一体的合成化民兵应急队伍。按照"平战结合、军民融合"和"一支队伍、多套装备"的要求,协调地方政府拨出专款购置装备和修建训练场。在此基础上,通过业务集训、委培代训、挂钩联训和组织检验性拉动演练等办法,对整合改组后的合成化民兵重点分队进行强化训练,有效提升了民兵遂行多样化军事仼务能力。

区公安消防支队作为一支专业应急救援队伍,强化综合训练,巩固一专多能。要求指战员不仅要有良好的基本功,更要具备应对突发事件的能力,日常强化对抗训练和无预案临机指挥训练,组织模拟演练和依据灾害对象、环境进行高强度训练,增强官兵的心理和身体承受能力;为适应战斗进程的快速变化,研究探索现代条件下抢险救援工作的新战术、新方法,使官兵的作战能力在近似实战中得到锻炼和提高;坚持实战

实训,加强协同演练训练,针对辖区可能出现的各类突发事件特点,有计划、有系统启动应急救援机制,定期组织开展应急指挥与力量拉动演练,以实践形式来检验应急体系的实战效能,解决体系建设的"瓶颈性"问题,促进多种社会救援力量在装备建设、工作协调和政策鼓励等方面的配合协同,提高全区各部门应对突发公共事件的能力。

为使各应急救援队伍达到"一专多能"的目标,闸北区建立了应急救援队伍培训制度。区应急办特邀市委党校应急管理方面的专家学者到各街镇,对街镇及其居委会工作人员进行专业培训,对如何灭火、地震救援、危化品泄漏事故处置、洪涝灾害救援、气象灾害处置、医疗救护等专业知识进行系统讲解,参加培训者达 6 880 余人次,通过各种类型、多方面的培训,夯实了全区应急救援队伍基础,提高了综合应急救援实战能力。

为有效提升救援力量的复合能力,在实战中体现"一专多能",区应急办着力加强灾害事故处置演练,定期组织全区应急救援队伍有序开展防空、高层火灾扑救、塌方事故处置等大型演练,大大提高了各支应急救援队伍的综合实战能力和联合处置能力。

二、一队多用,救援队伍坚强有力

按照"统一管理、资源整合"的原则,闸北区在全区综合性应急救援队伍框架下,基本形成以公安、消防、驻区武警部队为骨干,以火灾救援、医疗救护等专业队伍为主体,企事业单位专兼职队伍和志愿者为辅助的应急队伍体系,为快速、妥善处置突发事件储备了力量,形成统一指挥、反应灵敏、多用途、高效率的应急救援机制。

一是强化应急专业力量建设。公安、消防分别组建了近 700 人的预备役和警力作为应急分队,区武装部组成 300 名官兵作为后备应急抢险队伍,市政、绿化和房管部门组织 320 人为抢险队伍,区卫生局组建了应急卫生救援和灾后防疫力量,全区应急专业队伍,力量较强,领域宽广,用途广泛。

二是积极推进基层应急队伍建设。认真贯彻落实《国务院办公厅关于加强基层应急队伍建设的意见》,明确基层应急队伍建设的基本原则、工作目标,全区综合性应急救援队伍全面建成,街镇综合性应急救援队伍基本建成。

三是加强应急专家队伍建设。为充分发挥专家在应急管理工作中的决策建议、专业咨询、理论指导和技术支持作用,区应急委及时充实由市委党校、燃气公司等专家组成的区 9 人应急专家组。

四是强化应急志愿者队伍建设。大力推进以注册志愿者为主要形式的灾害抢救、医疗卫生、环境保护、法律援助、禁毒宣传等各类应急志愿者队伍建设。全区在册志愿者已达 2 652 人,其中常年参加志愿服务的超过 898 人,各种类型的志愿服务队达 30 多支,各类服务阵地达 33 个。同时,对各类应急志愿者进行业务知识和技能培训 26 次,志愿者队伍参与防范处置事件的综合能力进一步提高。

同时,借助市相关单位之力,将市属自来水、电力、燃气(市北)公司 3 家单位纳入全区民兵应急救援分队处置体系,扩大应急队伍覆盖面,增强各方参与应急体系建设能力,提高应急管理工作的社会化程度。

三、平战结合,日常工作立足实战

闸北区以社会联动工作体系为基础,坚持"平战结合"的应急联动模式,解决应急联动工作中的社会动员和应急状态转换问题,在日常工作中,通过树立指挥权威、完善组织体系、建立健全应急处置力量,加强物资装备投入,强化预案建设与演练,推进教育培训等手段。

其一,应急预案与日常工作紧密结合。近年来,闸北区对各类应急预案进行了修订完善,按照"简便、实用、具体、系统"的标准,对预案中的每一个步骤、每一个环节进行细化,尽量与日常工作相结合,将应急预案的工作要求融入到日常工作规范之中。目前,全区 99 个部门、9 个街镇和 44 个居委会及其基层组织、企事业单位制订了 740 件应急预案,其中,部门总体预案 34 件,专项预案 74 件,部门预案 113 件,基层组织、企事业单位预案 519 件。

其二,应急处置工作与日常工作紧密结合。在制定完备应急预案体系的基础上,闸北区把常态化联动工作与应急处置工作紧密结合,将应急处置的要求逐一分解到日常工作之中,让一线工作人员习惯于应急状态下工作。区绿化市容局日常所使用的机扫车、冲洗车等车辆和铁锹、铲刀等工具,应急状态下,转化为应急装备,为使职工增强应急意识并在应急状态下准确应对,局机关对所属人员定期组织应急业务培训。

其三,建立健全日常保障与应急保障相结合的应急保障机制。面对新形势、新任务特别是日趋繁重的综合应急抢险救援任务,装备、经费保障是影响救援成败的关键问题。在日常经费保障方面,区政府有稳定持续的经费保障机制,以确保应急联动体系的正常稳定运转;在应急物资装备保障方面,建立科学可行的特种车辆、特救设备、反恐器材、防雨雪天气灾害物资等的应急物资储备及其流转机制,以及应急状态下的物资紧急调用机制,确保应对突发公共事件时的物资保障。

(闸北区应急办　顾雪根供稿)

青浦区朱家角镇组建民兵水上应急分队

青浦区朱家角镇作为历史古镇,明清建筑集中、街面道路狭窄、水网河道密集,随着中外游客的增多,带来了诸多消防安全、人员疏散困难等管理难点。为了切实加强古镇应急管理工作,2007 年 5 月朱家角镇成立了民兵水上应急分队。这是一支由退伍军人和大学毕业生所组成的"80 后"战斗队,分队现有队员 45 名,平均年龄为 27 岁,80%以上为退伍军人,其中大专、本科文化程度的队员占 60%以上。全体队员都拿到了保卫人员上岗证和红十字会救护资格证,12 人获得冲锋舟驾驶证,15 人获得国家救生协会"救生员"资格证书。建队以来,获得了全国民兵工作先进单位、全国创先争优先进基层党组织、上海市"创先争优世博先锋行动"五好基层党组织、上海市"五四"特色团支部等全国性和市级荣誉 11 项,青浦区杰出青年志愿者服务集体、世博安保工作先进单位等区、镇级荣誉 13 项;收到各级表扬信 50 多封、锦旗 20 多面,分队建队的突出事迹先后被《人民日报》、《解放军报》整版刊发,被新华社、中央电视台、上海电视台和《解放日报》等多家媒体专题报道 80 多篇。

一、紧贴任务需求,建成一支切实管用的队伍

一是领导重视。各级领导对分队的建设非常重视,重大活动区、镇领导亲自参与,财力上给予重点倾斜,镇政府各部门积极协调、配合。作为上海首支全脱产式民兵组织,队伍除民兵事业费按国家规定由青浦区政府统一管理外,人员工资、福利保险和日常开支每年由朱家角镇财政划拨专项经费进行保障,保证分队基本生活设施配套齐全、基本队伍齐装满员。二是选好队员。分队在全镇范围内优先挑选退伍军人,经过理论考试、体能测试、面试、体检、心理测试等重重考验,确保把思想表现好、文化素质高、身体条件优的青年人选拔入队。三是配好装备。针对新形势下工作的特点,按照党管武装的要求和上海警备区关于加强"窗口"人武部规范化建设的通知要求,周密计划,科学安排,投入大量经费,建设了一个应急维稳、应急消防、应急救护、应急抢险 4

大类 39 种物资的战备器库,通过建立装备档案,施行专人专管、进出库登记等制度,定期清点、保养,确保装备完整;并配备了 4 艘冲锋舟、2 艘巡逻艇、4 台消防泵、3 辆应急车等装备器材,能随时应对各种急、难、险、重任务,为朱家角镇的安全稳定时刻做好准备。

二、突出能力素质,练就一支有战斗力的队伍

如何在新的形势下抓好民兵水上应急分队军事训练,提高遂行多样化任务的能力,始终是镇党委政府常思、常议、常抓的大事。一是突出基础训练。遵循平战结合、战训一致的原则,分队始终抓好了队列、擒拿格斗、武装越野、体能三项等基础课目的训练,严格落实训练时间和标准,强化队员的"兵味"意识。二是突出专业训练。分队坚持"紧贴任务、训用一致"的原则,扎实抓好应急分队专业训练。按照专业分工,分队成立了应急救护组、反恐防暴组、应急消防组等三个专业小组,专门配备了手抬式消防泵、各类灭火器、防化服、防毒面具、急救药箱、强光手电等等各类应急装备器材,扎实提高分队维稳处突、消防抢险、救生救护等能力。三是突出各种演练。为进一步提高队员现场处置和快速反应能力,根据《青浦区突发公共事件总体应急预案》,专门制订《水上突发事件处置预案》、《抢险救灾预案》、《紧急集合和机动预案》、《反恐应急预案》、《消防应急预案》及《救护应急预案》等工作预案,会同地方各职能部门联合开展反恐、消防专业和卫生救护等课题演练 40 余次,通过演练,进一步提高了各职能部门应对突发事件的现场处置能力和快速反应能力。四是谋求共建结对。2011 年 8 月与"南京路上好八连"结为共建单位,积极学习"好八连"现代化管理模式,着力提高民兵应急分队遂行多样化任务的能力,打造水上古镇的民兵"好八连"。成立至今,先后与上海交通大学、朱家角法庭、上海中山医院、上海理工大学进行共建结对,不定期地开展理论交流和座谈,在相互学习的过程中不断提高理论素养。

三、尽职尽责,充分发挥突击队作用

民兵水上应急分队自组建以来,严格按照"平时服务、急时应急、战时应战"的思路,在古镇突发公共事件中发挥了重要作用。一是发挥水上应急员的作用。定期配合相关职能部门定岗、定时、定员在水陆各重要卡点和水域复杂区域进行网格化巡逻,发挥着第一时间发现险情、排除险情。2008 年淀山湖大面积暴发蓝藻,应急分队第一时

间赶赴现场展开打捞作业;在 2008 年奥运会、2010 年世博会和重大节日、黄金周等期间担负起水陆巡逻警戒任务。二是发挥抢险救灾员的作用。每当遭遇重大灾情险情时,分队官兵始终冲在最前处、冲在最险处。2007 年抗击"韦帕"台风、2008 年大暴雪和 2011 年抗击"梅花"强台风,全体队员始终冲在危险的第一线。朱家角古镇作为 2010 年上海世博会主题实践区,每天承接着大量游客,在世博会 184 天的日日夜夜里,分队全体官兵 24 小时处于待命状态之中,担负大型活动安保任务 23 次,处置突发事件 65 起;5 年来,共处置重大灾情险情 20 多起,各类突发事件 492 起,协助转移受灾居民 2 500 多人,挽回国家经济财产损失 500 多万元,较好地完成了区委、区政府赋予的任务,确保了人民群众生命和财产安全。

四、全面履职,建设应急分队高效工作队伍

分队积极协助公安机关及其他执法部门,开展对辖区内非法拉客、违章搭建、设摊等违法行为的联合执法工作,以及国定假期、特奥、奥运、世博等重要节点的安保工作。分队从基础入手,从小事抓起,严格按部队标准,加强作风纪律建设。一是强化队员的身体素质和军事技能。分队聘请专业人士定期组织全体队员开展包括日常英语、文明礼仪、卫生救护、消防救生、冲锋舟驾驶、水上打捞、体能训练、散打格斗等针对性训练,细化军事任务,解决工训矛盾,并进行定期考核,达到个个全面,人人过硬。二是昼夜巡逻,水陆结合,及时处置突发事件。白天,在日常巡逻的基础上,对重要路口和景点重点安排力量,及时疏导人流、化解矛盾冲突,防止各类突发公共事件和社会矛盾的发生。夜间,橄榄绿的身影穿行于寂静的古镇区内,队员们配备消防器材和巡逻装备,执行着巡逻、盘查、防火防灾等任务,民兵夜巡已成为全镇的一条独特风景线。水面上,橘红色的冲锋舟上配备两名消防人员和水上消防装备,穿梭于古镇河道内,进行防火防灾巡查工作,时刻应对突发火情。街面上,巡逻队员别着耳麦,仔细聆听电台里各种信息,关注着镇区内的治安环境,确保公共秩序和重点部位的安全。

五、求实创新,不断提高应急综合能力

一是突出工作重点,创新训练方法。切实按照"需要什么就训什么,缺什么就补什么"的施训方式,继续抓好队伍的军事训练和应急演练,深入了解军事技能的灵活性,明白模拟训练的重要性,在实践中找体会,找不足,切实提高分队整体的专业素质、应

变能力和作战能力。规范装备建设,完善规章制度。二是认真做好应急分队的装备建设,并根据不同任务的需要,统一配备、及时更新应急所需的装备器材,使分队装备建设达到标准化、规范化的总要求,为高效、快速处置突发事件打下坚实的基础。三是从实战出发,健全应急预案。将未来发展形势需要与完成急、难、险、重和维护社会稳定等任务相结合,深入分析在执行抢险救灾任务中可能遇到的各种情况,按照切实可行、简单明了、操作性强的原则,制订出各种切合实际的应急行动预案,提高队伍维稳处突的能力。四是完成急难险重任务,发挥应急分队的突击作用。牢固树立哪里有危险,哪里就有应急分队的观念。注重发挥民兵应急分队在抢险救灾和处置突发事件中的突击队作用,立足在最复杂、最困难、最危险的情况下完成应急任务。五是贴近实战,训练方法灵活多样。要采取多种方法组织民兵应急分队进行训练,如对应急救护组、反恐防暴组、应急消防组等各应急专业小组,有针对性地开展训练并不断加以演练,突出实用性与实战性,重点提高全队应急处理能力与整体战斗力的培养;不断提高应急分队遂行应急任务的能力,实现在用兵中练兵、强兵的目的。

（青浦区应急办　王凤供稿）

十、培训宣教

加强本市应急管理培训
提高领导干部应对突发事件能力

《中共中央关于加强和改进新形势下党的建设若干重大问题的决定》中明确提出：要注重增强领导干部应急管理、舆论引导等方面的能力。中央组织部在《关于2008—2010年大规模培训工作的实施意见》中明确要求，要切实提高新任"一把手"的危机管理等方面的能力。这些要求为新形势下领导干部的应急管理教育培训工作指明了方向。2008年以来，本市依托上海行政学院，加强各级领导干部应急管理能力的培训，并取得了一定成效。

一、专业性、全覆盖的应急管理培训格局基本形成

2008年以来，在市委组织部、市公安局、市应急办等单位的大力支持下，上海行政学院应急培训班专业性、全覆盖的基本格局已经基本形成，主要体现在以下几方面：一是与市委组织部合作举办五次局级领导及后备干部自主选学《突发事件应急管理》专题研修班；二是与市委组织部、市公安局、市应急办联合举办两期局级领导干部城市公共安全与应急管理专题研修班；三是与市应急委联合举办三期处级领导干部预案编制与应急管理专题研修班；四是上海行政学院举办六期社会风险防控与应急管理专题研修班；五是在中青年干部班、正处班、公务员处长任职班、兵团师团长班等主体班次中设计应急管理能力提高课程模块。经过几年的努力，行政学院形成以应急管理专题班为主、其他主体班应急管理能力模块为补充的应急管理培训格局。

二、系统性、层次性的应急管理培训课程体系初步建立

根据应急管理培训的基本特点，按照"研究打基础、实践变素材、理论做引导、体验增感性、互动启思考"的基本思路，经过四年的探索和不断总结，上海行政学院逐渐开发和形成了一套专业性、系列性、层次性应急管理培训课程体系。根据应急管理工作需要设计了以基础理论课、实务训练课和专业实践课三类课程为骨干，20门课程为内容的较为完整、全面的课程架构。

三大类课程基本覆盖了应急管理培训的理论与实践、价值与技术等各个方面，综合运用了讲授、案例、讨论、演练、现场等各种现代教学方式，体现了"理论与实践的结合、学员与教员的结合、课堂与现场的结合"三个结合的基本理念。同时，在不同的班次上，根据学员的具体情况，课程设计又体现出不同的层次性。处级以下干部的培训主要注重基础性、理论性、理念性的知识传授和讲解，系统了解国内外应急管理的制度与做法；处级和局级干部的培训主要注重实战能力、操作能力和决策能力的提升，开阔视野、互相启发，达到提高认识和增强本领的目的。

三、实战性、参与性的应急实训课程打造亮点

上海行政学院应急管理培训工作中最大的亮点是积极探索应急管理教学的新方式，坚持把"行动导向型的教学方法——实训"作为应急管理培训的主导方法，坚持"软件支撑、以训促练"的培训模式，大力开发突发事件应急管理实训课程。在实训课程教学中，根据突发事件处置预案及应急管理培训需要，坚持以"看现场——定方案——做评估——作总结"为演练主线，模拟演练突发事件处置的各个环节。让学员在实训中掌握突发事件应对的技巧和方法，提高学员的指挥能力和实战能力。

1. 看现场。在突发事件处置模拟演练中，通过软件和投影设备将可能发生的各种场景形象地展示给学员，给学员　种身临其境的感觉，为学员思考问题和处置事件提供逼真的素材。如在群体性事件处置的模拟演练中，通过软件和硬件将群体性事件发生过程中的可能发生的各种场景以视频材料或PPT的形式不断地展现出来，模拟群体性突发事件处置中的场景，提出相应的问题，实现动态的追问，发挥软件"纵向"上不断注入事件和提出问题的功能，始终将学员置身于突发事件发生的形象环境中，促使学员积极思考问题。

2. 定方案。实训课程是以问题设置为主线贯穿全部演练流程,要求各组学员根据现场场景及问题,结合自身的角色要求,集体讨论快速作出决策方案,并通过电脑将这些方案投入大屏幕或者通过现场回答的方式汇报突发事件处置方案,这为考验学员压力背景下的应急判断力和决策力提供平台。

3. 做评估。为了更好地让全体学员参与,分享各位学员处置突发事件的经验和智慧,专门设置参谋咨询与现场点评环节。参谋咨询组为现场处置职能小组提供咨询和参谋;处置演练结束后,现场点评组角色是对前面小组处置的流程和方案进行现场点评,评估相应小组处置突发事件具体方案及其优化的思路。同时调动其他小组学员对该组现场处置方案进行评论。通过学员的互动,共享处置经验,细化突发事件处置方案,充分发挥学员的主体作用。

4. 作总结。模拟演练还特别邀请各类突发事件处置主管部门的领导或专家进行点评,结合处置预案和实践工作经验评估突发事件演练过程,做到理论与实践的有机结合。教师在学员讨论和专家点评的基础上,结合突发事件发生、发展及处置等相关理论,进行理论上梳理和提升,提炼突发事件防范与处置的基本理念与规范性流程和思路。

在应急管理实训课程开发中,始终坚持"软件支撑、以训促练"指导思想,将突发事件处置的重点环节和关键细节融入软件系统中,通过软件系统的运行提高突发事件应对的逼真度和真实感,逐步提高领导干部的应对突发事件的技巧、方法和能力。

四、全面性、完整性的应急课程"三库"建设初具规模

"三库"是指与应急管理培训课程相配套和辅助的"师资库"、"案例库"和"教材库"。"三库"建设是应急管理培训的重要支撑和前提基础。没有优秀的师资库、完备的案例库和系统的教材库,就难以开展现代化的应急培训工作,也难以满足学员的多方面、多层面的培训需求。

首先,加强应急管理培训的师资建设。根据应急管理培训实际的需要,从 2006 年开始逐步建立起一支专兼职结合、理论与实践结合的师资队伍。行政学院借助于市委政法委、市应急办、市公安局、市卫生局、市安全监管局、上海广播电视台等职能部门专业人才的资源,结合行政学院公共管理专业的教师组建适应急管理培训的师资队伍。行政学院教师与专业人才共同讨论课程体系的开发、设计,以及教学流程和要求。特别是应急实训课程体系建设,行政学院同相关职能部门形成了"专兼结合、头脑风暴、

互相支撑"开发模式,通过"案例选编、初步设计、专家研讨、头脑风暴、形成方案、软件开发、课堂教学、反馈修改"等流程和环节,逐渐开发了群体性事件处置、媒体沟通与应对、雨雪冰冻灾害应急处置、地铁轨道交通突发事件处置等实训课程,获得了较好的评价和效果。同时,行政学院非常重视专职教师的培养,除了积极参加国家行政学院组织的各类师资培训外,还赴德国应急管理培训机构考察交流,深入研究应急管理实训课程的教学方法。并派教师到实践部门挂职锻炼,形成了全方位的师资培训体系,逐步提高应急管理培训教师的培训能力。

其次,加强应急管理案例库的建设。结合应急管理教学的实际需要,组织有关专家学者陆续建设起了"群体性事件案例库"、"公共政策风险评估案例库"、"突发事件新闻发布会案例库"、"突击采访案例库"、"公共安全事件演练视频库"、"应急实训素材库"等专题案例库和数据库,为教学、科研活动提供了强大的支持和保障。

最后,加强应急管理教材库的建设。四年来,依托主干课程,组织有关教师陆续完成了《应急管理实训手册》、《媒体沟通实训手册》、《现场教学实施手册》等系列教材的编写工作,充实了教学材料,扩大了影响力,受到学员的欢迎和好评。

应急管理培训在世界范围来看,都是较为新的事务。如何探索和摸索一套适合各自国情和特点的应急管理培训体系,也是摆在世界各国面前的重大课题。上海行政学院应急管理实训课程将在以前的基础进一步升级和优化,未来的课程开发与实施将围绕着"国际性大都市公共安全运行与应急管理工作"展开,提高应急管理培训的针对性和有效性。

第一,加快应急管理培训中心建设。2012年12月10日,由上海行政学院和市应急办发起的"上海城市公共安全应急管理培训中心"揭牌成立,中心将承担本市各级行政机关人员的应急管理培训,组织开展应急管理科研和学术交流等工作。下一步,将以上海行政学院为依托,整合政府部门和相关高校、科研机构的教学研究资源,加快建设集教学培训、科学研究、决策咨询"三位一体"培训中心,尽快形成与国际性大都市公共安全管理相匹配的应急管理培训新格局。

第二,在重视应急管理理论培训基础上,大力开发行动导向型的应急实训课程。行动导向型的教学方法课是应急管理培训的主导方法。大力开发突发事件应急管理实训课程,让学员在实训中掌握突发事件应对的技巧和方法,提高学员的实战能力和指挥能力。

第三,加强实训软件系统开发和培训方式创新。在现有基础上,加大实训软件系统开发力度,拓展系统软件的新功能,继续开发新的突发事件处置模拟演练课件,力争做到"一预案、一课件、一演练"的目标,形成自然灾害、安全生产事故、公共卫生事件和社会安全事件四位一体的全方位、多层次的课件体系,适应应急管理培训工作的形势发展和时代要求。同时,不断摸索教学方式、培训方式的创新,提高实训课程的参与度、逼真度和仿真度。

第四,加强应急预案的演练和培训工作。预案是处置突发公共事件的支撑和基础,对从事应急管理的干部进行预案的培训是应急管理教学的重要任务和使命。今后培训工作中,将上海市城市安全运行中常见的突发公共事件的 20 多份市级预案进行逐一梳理和开发,根据预案分层分类对专业管理人员进行模拟演练,提高领导干部应急管理的意识,体验突发事件的流程,掌握基本的处置技巧。

第五,建立专兼职结合的师资队伍。借鉴德国、美国等西方发达国家专兼结合、以兼为主的师资构成模式,将提高现有师资教学能力与充分利用应急管理领域社会专家结合起来,构建专兼结合的、稳定成熟的应急管理培训师资队伍。

第六,加大师资的培训和国内外的交流。有计划地安排应急管理培训教师定期外出培训、交流及参与各种会议,开阔眼界,提高培训水平。同时,加大与国内外院校交流,引进先进的培训理念和培训方式。借鉴国外应急管理培训的先进模式和理念,改进教学方式和课程体系的改革,保证应急管理培训的可持续性,更好地服务各级干部应急管理培训工作。

今后,应急管理实训课程将在前期探索的基础上,坚持"项目运行、软件支撑、以训促练"的培训模式进一步升级和优化,提高应急管理培训的针对性和有效性,发挥应急管理实训课程特有的优势。

（上海行政学院　容志供稿）

市安全监管局积极开展
安全生产知识技能培训

　　市安全监管局高度重视安全生产培训工作,将安全生产培训列入上海市安全生产"十一五"规划和各责任单位的考核指标体系,积极组织开展各类安全行业从业人员应急知识技能培训。

一、应急(安全)培训的基本情况

　　1. 着力抓好各类人员安全教育培训,提升企业安全生产管理水平

　　本市的安全培训、考核和发证工作主要对象是生产经营单位负责人、安全生产管理人员和特种作业人员等。据统计,2010 年底,全市培训特种作业人员持证数为 52.112 万人,生产经营单位负责人持证数 5.152 6 万人,安全生产管理人员持证数 7.705 4 万人,危化企业负责人持证数 6 794 人,危化企业安全生产管理人员持证数 1.075 7 万人,危化企业从业人员持证数 4.959 6 万人。为进一步强化本市各控股(集团)总公司及市安全监管局重点监管单位领导干部安全生产责任意识,提高企业安全生产管理水平,2009—2010 年先后举办了 4 期安全生产专题研讨培训班,培训对象包括大型企业和区县安监局的领导干部,培训人数近 400 人次,收到了良好的效果。

　　2. 深入推进农民工安全生产教育培训,提高农民工的安全素质和自我保护能力

　　本市各级领导十分重视农民工安全教育培训工作,2007 年起,市政府连续将开展农民工安全生产培训列入市政府实事项目,让农民工得到一次免费教育,切实维护农民工的生命安全和健康。

　　本市约有近 400 万农民工。根据《国务院关于解决农民工问题的若干意见》和国家安全监管总局等七部委《关于加强农民工安全生产培训工作的意见》精神,结合实际情况,本市制订了《上海市农民工安全生产培训实施办法》,以规范本市农民工安全生产培训工作。在培训过程中坚持"五个统一",即统一大纲、统一教材、统一课时、统一试卷、统一证书。2008—2011 年计划培训 160 万农民工,实际完成农民工培训

181.236 2万人,完成预定目标的113％,农民工生产安全事故死亡人数逐年下降。

二、应急(安全)培训的主要做法

1. 加强安全生产培训制度建设

为规范安全生产培训工作,市安全监管局加快建章立制,使各项培训工作有法可依。先后制定了《上海市实施〈安全生产培训管理办法〉若干意见》《上海市特种作业人员安全技术培训机构管理的若干规定》《上海市农民工安全生产培训实施办法》《上海市区(县)安全生产教育培训考试中心管理办法》,对安全培训工作的原则、机构、师资、培训范围、培训内容、考核发证、经费标准、监督管理、处罚与奖励作了详细规定。同时又对市和区县安全监管局的安全培训职能、培训对象及分工、考核、发证作了具体要求。

2. 提高培训教材质量

为满足本市安全生产培训需要,提高安全生产培训质量,市安全监管局按照国家安全监管总局安全培训项目分类要求和培训大纲,组织高等院校、科研机构、培训机构、企业工程技术人员等专家编写各类安全培训教材。目前本市共有各类自编教材32种,其中:特种作业人员初训教材11种,复训教材10种,生产经营单位负责人、安全生产管理人员培训教材2种,危化管理人员培训教材2种,农民工安全培训教材7种,以及各种安全培训教材配套习题集等。各类初训教材4年更新一次,复训教材2年更新一次,基本能适应安全培训需要。

3. 加强安全培训信息化管理

自2003年起,开发安全培训考核信息化管理系统,实现安全培训网上报名、管理、考核、发证、统计、查询等一体化功能。这种集学员管理、培训管理、考试管理、题库管理、教师管理、统计管理、查询管理于一体的安全培训信息化管理系统,大大提高了安全生产培训管理工作效率和质量。

4. 实施教考分离,提高培训质量

近年来,市安全监管局积极开发计算机考试系统,在全市17个区县建立了23个考试分中心,各区县考试分中心考场设置网络监视系统,市考试中心远程监督考试分中心的考试情况。试题由计算机随机生成,自动阅卷,可当场查阅考试成绩。目前,生产经营单位负责人、安全生产管理人员、危化生产经营负责人、安全生产管理人员及其他从业人员、特种作业人员(电工、焊工)已实行计算机考试。

(市安全监管局　孟大鹏供稿)

市消防局坚持开展"119消防宣传日"活动

近年来,市消防局以"119消防宣传日"为契机,结合上海消防工作实际,开展了内容丰富、形式多样的消防宣传系列活动,取得了良好效果。

一、统一领导,全民参与,广泛宣传

近年来,本市的"119"消防宣传活动着力构建"政府统一领导、部门依法监管、单位全面负责、公民积极参与"的消防工作格局,各级领导率先垂范,相关部门协调联动,社会单位积极响应,市民群众广泛参与。每年"119"宣传日的市级主会场通常设置在交通便利、人流如织的大型空地、广场等区域,便于广大群众参与,扩大了受众面。同时,市委、市人大、市政府、市政协的主要领导均出席"119"主会场活动,充分体现了本市"全民关注消防、全民参与消防"的良好氛围。主会场通常设有火灾案例警示、初起火灾扑救、清剿火患战役、火场逃生疏散体验等消防宣传教育专区,以及"灭火器使用"、"扑救油锅、电器火灾"、"借助缓降器逃生"、"火场疏散"等模拟演练供市民群众亲身体验。

各区、县和大型独立经济区也依据相关活动方案,纷纷组织开展区域性大型主题消防宣传活动,各区(县、系统和大型独立经济区)党委、人大、政府、政协领导也以不同形式亲自参与本地区的"119消防日"活动。通过举行消防装备展示和消防安全体验活动,讲解消防器材、灭火救援工具的使用及各种火灾的扑救方法,并发放了大量的宣传资料,包括挂历和贺卡,主要内容涵盖防火、火火和逃生的常识。此外,通过开展"企业事业单位和居民住宅区设立消防宣传点,定点发放宣传资料"、"设计印刷消防安全宣传明信片、消防宣传台历,发放到学校、企业及社区家庭"、"在当地区报、区有线电视台开设专版、专栏强化消防宣传"、"利用消防站开放对学生和企业员工开展消防安全教育"、"组织辖区企业、社区开展消防运动会、消防安全培训和疏散逃生演练"等主题鲜明、内容丰富、形式多样、声势浩大的系列宣传活动,掀起了"119消防日"宣传活动的高潮,扩大了宣传面,确保了宣传效果。

二、定制套餐,凸显消防宣传针对性

近年来,本市"119消防宣传"活动紧密结合上海消防工作实际,制定多个消防宣传专项行动,主题鲜明,亮点突出。

1. 开展"世博消防"公益行动。2008年,市消防局以宣传贯彻新修订的消防法和迎世博600天行动为契机,大力普及消防法律法规,切实提高公民消防安全素质,紧紧围绕"人人学消防、平安迎世博"的活动主题,创新消防安全理念,以开展消防志愿服务,提高民众消防安全意识、增强社会防控火灾能力为切入点,体现消防宣传服务世博、保障世博的宗旨。全市先后开展了首批明星消防志愿者招募、各区(县、大型独立经济区)成立消防志愿者大队、发布迎世博消防安全36招等宣传活动。启动世博志愿者消防应急培训,市消防局与世博局联合举行了世博志愿者消防应急培训启动仪式,世博志愿者代表向全体志愿者发出了积极参与消防、服务世博的倡议。

2. 开展"家庭消防"关爱行动。2011年,上海向每户家庭赠阅《上海市家庭消防安全知识读本》,结合727万本《上海市家庭消防安全知识读本》发放工作,发动全市所有家庭开展"看消防知识读本,找身边火灾隐患"活动;依托社区学校将消防安全纳入市民终身教育体系,上海消防部门联合上海社区学校、上海开放大学开展"掌握消防知识,才能安居乐业"主题活动,列为社区学校基本教学内容,配备专职教员,定期定点授课,实化全市200多个社区服务平台,积极向广大市民群众讲解防火、灭火常识,介绍和演示应急器材的使用方法及注意事项,组织广大群众开展居民楼火场逃生演练,进一步提高市民群众的消防安全素质和自防自救能力。

3. 开展"学校消防"教育行动。以"学习消防知识、共创平安校园"为主题,动员全市中小学校争创消防安全教育示范学校,全面提升中小学校消防安全管理和消防安全教育能力,引导和激励师生学习消防知识,掌握消防技能,维护校园安全。市消防局与市教委等单位联合在青少年消防教育基地——东方绿舟开展"中小学生识险避险自救互救知识竞赛和技能展示"活动。各区县也深入各大院校组织相应活动,加强学校消防安全的宣传教育培训,充分发挥"小手牵大手"、"家庭带社会"的辐射效应。

4. 开展"志愿消防"服务行动。广泛发动街道社区、高层建筑、轨道交通、大型商(市)场、企业单位的专职消防队员和大中小学校的师生、志愿者"进企业、进学校、进农村、进社区、进家庭、进宗教场所"活动,开展"送消防、送服务、送平安、送温暖"活动。针对上海人口在老龄化进程中呈现出的"空巢"老人家庭不断增多、老年人口向高龄化发展两大趋势,发动消防志愿者作为独居老人的"家庭消防员",提供三个"定期"服务:定期上门或电话提醒老人注意消防安全,定期上门查看消防安全,帮助消除火灾隐患,定期向老人传授自防自救逃生知识。

5. 开展"全民消防"除患行动。邀请市人大代表、政协委员,巡访上海市实事工程"全民消防疏散演练"、平安实事项目和重点工程等"三大工程"进展情况;建立并实体化运作上海市火灾隐患举报投诉热线"96119",推广开展"消防隐患随手拍"活动,开辟群众举报火灾隐患和消防违法行为的"绿色通道",不断完善隐患举报的受理、核查、反馈、奖励等工作流程。发挥媒体舆论作用,对本市各级公安机关排查整治、市人大代表、政协委员巡访发现、群众市民举报投诉的比较有代表性和突出的火灾隐患开展深入报道,保持舆论对各类火灾隐患的持续高压态势。

6. 开展"文艺消防"亲民行动。编撰"消除火患"七字歌、七字诀,以"唱沪剧、办课堂、讲故事、送礼品"等多种形式深入居(村)委开展巡讲,引导社区、农村居民群众自查自除火灾隐患。消防总队文工团精心创作、编排了多台消防主题文艺演出,在全市17个区县巡回上演,节目汇集了小品、相声、歌舞等内容,不时将生活中常用的防火知识融入艺术表演中,群众喜闻乐见,潜移默化地传播了消防知识和平安文化,有效地激发了市民群众关注消防、学习消防、参与消防的积极性和主动性。

三、营造氛围,体现消防宣传重要性

"119"宣传日开展前夕,市消防局与市委宣传部联合召开新闻通气会,发动并邀请广大新闻媒体亲临"119"各项宣传活动的现场进行采访,形成"119"消防宣传的强大声势,达到"普及消防知识,传播平安文化,加强舆论引导,促进消防工作"的效果。此外,市委宣传部还协调上海各大电视媒体在黄金时段、新闻报刊主要位置在11月9日当天播报刊登"119"宣传活动的统发稿件。近年来,《人民日报》《法制日报》《人民公安报》、央视《新闻直播间》栏目、中央人民广播电台《中国之声》栏目等中央媒体均对上海的消防宣传活动进行了报道;《解放日报》《新民晚报》《东方早报》等上海媒体均制作"119"消防专版专栏;东方广播电台"119"活动期间制作多起专题节目等,形成了立体宣传声势,营造了"119"浓厚的宣传氛围。

四、创新管理,注重消防宣传持久性

1. 不断激发市民消防安全需求。家庭是社会的细胞、社区管理的载体,本市以家庭为突破口,先后 6 次将消防安全作为市政府实事工程,特别是近两年连续创新举措,将"全民消防宣传演练"、"加强居民小区消防安全建设和管理"列为头号实事工程。2011 年,向全市每户家庭赠阅《上海市家庭消防安全知识读本》,组织全市每个单位、每幢居民楼开展疏散逃生演练等消防安全活动,全市各类学校每学期开展 2 课时以上的消防教育和 1 次以上逃生疏散演练。实事工程启动以来,全市总计向每户家庭发放《读本》727 万本、寄送消防知识邮政明信片 500 万张,向全市各消防安全重点单位和居(村)委发放疏散逃生演练《分类导则》及《示范片》1.5 万份,累计开展全民消防安全演练 10.75 万多次,借助各类媒体、媒介滚动播发消防公益广告和提示短信 22 万条次。2012 年,市政府再次将消防安全列为市政府 1 号实事工程,"在每个居民小区组织开展至少 1 次消防疏散演练"再次位列其中,并增加了一条:为全市 700 幢 20 年以上房龄高层住宅楼设置警报装置、简易喷淋等消防设施。硬件设施的提升不仅在扑救火灾时能发挥作用,也为组织发动群众参与演练增添了一个新抓手。

2. 积极创建社区消防"八个一"工程。本市认真落实公安部、民政部《关于进一步加强城市社区消防工作的通知》精神,积极推进社区消防工作"八个一"即:一是制定一个居民防火公约。主要内容:安全用火、用电、用气、用油,不乱抛烟蒂,保持公共走道畅通,爱护公共消防设施(防火公约可纳入居民公约);二是设置一个消防宣传栏。在小区人员聚集场所或重点防火部位设固定的消防宣传栏,其内容应当贴近居民防火实际;三是开设一个消防教育室。社区内应当设消防教育室(可与其他内容相结合),定期或不定期开展消防教育活动;四是设立一个灭火点。在社区公共部位或重要路段设置灭火点,配备相应的灭火器材,用于扑救初期火灾;五是制订一个灭火逃生预案。针对社区内居住建筑的特点,制订灭火和应急疏散逃生预案,并经常开展演练;六是建立一支社区义务消防队。组建由物业管理企业、社区内单位职工组成的社区义务消防队,负责社区防火宣传、初期火灾扑救等;七是组建一支消防志愿者队伍。组建由退休(转业)军人、公安民警、单位安保人员及热心消防工作的群众组成的社区消防志愿者队伍,开展消防宣传、检查等活动;八是搞好一个消防日活动。原则上每月集中开展一次社区消防宣传、检查、灭火逃生演练等形式多样的消防活动。目前,全市 5 482 个社区完成了达标创建工作,并且每年开展"八个一"工程回头看活动,不断巩固创建成果。

3. 充分发挥社会消防培训作用。联合市委组织部党员服务中心，利用党员干部现代远程教育直播课堂，组织实施《社区消防安全管理》专题培训，全市所有乡镇、街道、园区的党（工）委班子，居（村）党组织书记及班子成员等近10万人通过5 500个收视点同时接受了电视直播培训。结合"四个能力"达标建设，全面开展企事业单位消防安全责任人、消防安全管理人消防培训，推动落实企事业单位消防安全管理主体责任；重点加强对本市易燃易爆危险化学品从业人员、动火作业人员等消防安全重点岗位人员的培训力度，提高从业人员消防安全素质；按照消防安全标准化管理要求，突出培训重点，加强对医院、养老院等特殊场所消防从业人员的培训；结合建立完善"保消合一"机制，进一步落实保安员消防安全技能培训工作；结合《上海市住宅设计标准》、《上海市建筑消防设施管理规定》等一系列新规颁布实施，进一步加强对消防工程设计、施工、审图及中介服务单位人员和各类消防产品维保人员的消防业务培训；针对当前企事业单位高技能消防管理人才缺乏的现状，加快推进高级消防管理员和消防管理技师的职业资格培训，努力培养一批适应上海城市建设和企业发展需求的消防技能人才。

本市"119"消防宣传活动发动了社会力量，巩固了消防工作的群众基础，扩大了消防宣传的社会影响，成为传播消防平安文化、普及消防科学知识、构筑消防工作群防群治格局的重要载体，对于提升全民消防素质、维护公共安全、促进社会和谐发挥了重要作用，为上海的平安创建和社会和谐作出了积极贡献。

（市消防局　倪浩、卢骁供稿）

市教委扎实推进应急知识教育进校园

市教委根据市委、市政府加强应急管理体系建设、保障城市运行安全的总体要求，高度重视学生安全知识和技能的普及教育，通过将安全教育纳入学校课程体系、组织编写安全宣传教育教材与读本、创新安全宣传教育内容与形式、开展形式多样的校园应急演练等，切实增强学生安全防范意识和提高应急自护自救能力。

一、安全教育纳入学校课程体系

为了提高学校安全教育课的普及性和针对性，2008年市教委制定下发《关于进一步加强上海市中小学（幼儿园）防灾自护安全教育的通知》，明确自当年9月1日起，本市各中小学必须按照各学龄段的教育内容和要求，将自然灾害、事故灾难、公共卫生事件及社会安全事件安全知识教育渗透到学科教学、专题教育和综合实践活动中，并将此项工作纳入教育督导和校长考核指标。其中，市教委要求中小学每学期课程中至少安排2个学时的专题安全教育课。早在2001年，市教委和市公安局合作，为每所中小学校配备1名由公安干警担任的校外治安辅导员，每月两次到校开展治安、消防等安全教育。目前，本市中小学已基本形成层次分明的安全教育体系，即小学1—2年级学生初步掌握交通安全、防溺水的基本技能，了解家庭用气用电安全、饮食安全等自我保护知识；小学3—5年级学生学习必要的自我保护技能，初步掌握突发灾害时的自救能力；初中阶段着重帮助和引导学生掌握自我保护、应对灾难的基本技能；高中阶段着重帮助和引导学生掌握防灾和应对灾害的技能。2011年，本市消防官兵也走进校园，配合学校开展消防知识教育和逃生演练。

在大学生安全教育方面，2008年市教委下发了《上海市大学生安全教育大纲》，要求各高校积极落实有关规定，开展内容丰富、形式多样的安全教育。2010年，市教委又下发《关于进一步加强大学生安全教育的通知》，把大学生安全教育纳入高校德育工作体系，要求各高校在德育教育（形势政策教育）中确保足够的安全教育课时，除新生入学教育、主题班会、班团重大活动、实习动员、毕业设计等环节必须开展大学生安全专题教育外,每学年形势政策课中至少安排 2 学时的安全教育内容。有条件的高校可单独开设专门的安全教育课程或选修课,落实相应学分。还要求各高校结合实际,充分利用班会、网络、广播、宣传栏等形式开展丰富多样的安全教育,将其贯穿到每一名学生从入学到毕业的整个培养过程。

二、组织编写安全宣传教育教材与读本

市教委积极与相关政府部门、科研院所开展安全宣传教育教材与读本的编写工作。中小学安全教育方面,市教委与市民防、消防等单位合作编写中小学生安全教育读本,同时结合上海的二期课改,将相关内容按照学生的学龄编入《品德与社会》《自然》《地理》《生命科学》等教材中。2010 年,市教委与上海少儿出版社合作编辑出版了《青少年防灾自护宝典》,以图文并茂的案例故事形式,向学生介绍了火灾、交通遇险、遇袭遭抢等危机应对方法,雷电、台风、地震等自然灾害防范和自救,食品卫生、网络安全等知识,并将图书免费发放到全市中小学和幼儿园。2011 年寒假,市教委和市消防局联合编写了消防安全宣传材料,这些读本深受中小学师生及家长的欢迎。2012年,市教委与华东师范大学等高校按学段编制了一套符合本市实际的中小学生安全教育教材。大学生安全教育方面,2010 年 9 月,市教委与本市高等教育学会保卫学研究会联合编写出版了《上海市大学生安全教育读本》,内容涵盖法律法规、校纪校规;应急知识、公共安全;珍惜生命,人身安全;物品保管,财产安全;防火知识,消防安全;出行平安,交通安全;饮食卫生,食品安全;校园环境,周边安全等八个方面。该读本目前已根据教学实际情况,进行了三次修订,充实了大量实用的教学案例,受到师生的好评。

三、创新安全宣传教育内容与形式

市教委要求各级各类学校充分运用广播电视、校报校刊、校园网络、班会课等各种载体,组织开展形式多样、内容丰富、有声有色、入心入脑的安全宣传教育活动,提高学生的自我防护意识和能力。

2008 年,市教委与市气象局共同组织全市中小学校开展主题为“增强气象灾害防御能力”和“关注全球气候变化”的气象灾害防御教育,指导学生积极应对雷电、冰雹、台风等灾害性天气,提高学生防灾意识。活动为时八个月、三个阶段,对增加中小学生

自然灾害防范意识起到了积极作用。同年,市教委向全市各中小学校发放《安全防范小锦囊》,共计 6 万余册。

2009 年,市教委会同市交警总队、全球安全网络—中国在全市小学开展"儿童安全步行月"宣传教育活动,发放《儿童安全步行教程提纲》近 900 本,儿童安全步行提示贴纸 22 000 余套。各小学以教程提纲为参考,结合本校实际和学生年龄特点,编写教案和课件,在学生中开展以"安全过马路"为主题的安全步行教育活动。在学生放学集中排队用的班级引导牌背面张贴"安全过马路三部曲日常提示",起到每日提醒的警示作用,增强小学生安全过马路的意识。在"5·12"防灾减灾日期间,全市各级各类学校通过在校园内悬挂宣传横幅、张贴宣传挂图、海报,组织召开主题班会、技能竞赛、征文比赛等形式,向师生及家长普及防灾减灾知识。据统计,活动共发放 5 000 张宣传海报和 3 000 余册宣传挂图,受教育人数约 186 万人次。

2010 年,为迎接世博会,市教委与市教育电视台联合启动"平安世博,平安校园"宣教片的制作宣传工作。宣教片共分"消防安全、交通安全、流行疾病预防、特种设备安全、地震逃生、防骗防盗、心理干预、运动伤害预防、应急自救与他救、多灾种预防"等十个主题。市教委举行首届中小学生安全知识网上竞赛,历时 3 个月,内容涵盖交通安全、气象灾害防范、火灾、治安防范等,共有 19.6 万名学生参与,近 6 万名学生参赛。

2011 年,市教委联合市消防局、市公安局和有关媒体制作了《2011 校园安全教育教学片》(第 1 集:《消防、治安篇》)视频教材,于秋季开学前下发至全市各大中小学校,要求学校组织学生集体观看。市教委联合市气象局在上海聋哑青年技术学校举行了"第四届安全科普教育校园行"启动仪式,从关爱特殊弱势学生群体入手,引导和启发学生"关爱生命、关注安全"的意识。此外,市教委向全市幼儿园发放《美林安全课堂》教育资料约 15 万份。

四、开展形式多样的校园应急演练

近年来,本市各中小学结合实际制订了防火灾、防盗、防拥挤踩踏、防食物中毒等九大预案,各高校也按要求制定了自然灾害、事故灾难、公共卫生事件、社会安全事件等四大类突发事件处置预案。为提高预案的可操作性、增强应急反应能力,市教委要求各级各类学校加强对应急预案和突发事件的应急演练,使师生能熟知、熟练掌握灾害应对和逃生方法。

各中小学校每年组织学生开展气象灾害、地震、消防灭火和疏散逃生、防暴力事件等类型的应急演练。自2008年起,市教委会同市公安、消防、气象、民防等部门每年举行一次全市中小学师生代表参加的识险避险、自救互救知识技能展示活动,包括现场灭火、心肺复苏、寻找火灾隐患、气象、交通安全知识展示等,检验学校开展安全自护教育成果。2009年起,市教委还要求各中小学结合广播操队伍集合线路、顺序、时间等要求,每周开展1次逃生演练,将逃生演练常态化,不断提高师生防灾自救能力。

各高校基本保证每年至少进行一次消防灭火和逃生演练,主要在集中军训或"119"消防日活动期间开展。部分高校通过与市消防局、各区县消防部门合作,实施消防施救和逃生应急演练,组织学生观看消防官兵的救火表演。此外,各高校根据实际情况进行食品安全事故处置、校内交通事故处理等各类演练。

五、探索社会化、家庭式安全教育模式

学生安全教育与社会、家庭相结合是创新安全教育模式、提高安全教育效果的新思路。本市各级各类学校正积极尝试利用社会资源开展各类学生安全教育,如每年定期前往东方绿舟等校外实践教育基地开展"生命与安全"训练课程和民防、消防技能培训等。目前,市教委正加快建设学生公共安全实训基地。该基地强调实践体验,在仿真场景中组织学生集中进行交通安全、消防安全以及地震等灾害的防护和急救知识教育,使学生全面掌握安全知识,体验实际演练经历。

自2008年以来,市教委与"全球儿童安全网络"等组织合作,每年寒、暑假前为全市部分区县的小学生配送"假期安全作业",以生动活泼的形式普及防火、防烫伤、防鞭炮、防煤气中毒、防溺水、防割伤等假期安全知识,并鼓励他们自己动手,和父母一起查找家庭中的安全隐患。如2011年寒假,针对"11·15"火灾事故中暴露的市民火灾逃生技能欠缺的现状,市教委和市消防局向全市中小学生布置了"消防安全寒假作业",包括寻找家庭火灾隐患、绘制家庭逃生路线图、全家进行一次火灾逃生演练和模拟火灾报警等,鼓励学生和父母一起在家庭学习安全知识并开展应急演练。开学后,消防部门派出专业人员对消防安全作业完成情况进行点评,有针对性地将家庭消防安全常识和火灾逃生技能通过学生反馈给家长,激励师生、家长共同学习消防安全知识,推动学校、家庭形成消防安全教育互动格局。

另外,本市还积极完善学校安全教育宣传保障机制,一是开展安全教育课的评选。2008年,市教委在中小学开展了全市公共安全课评选。2009年,市教委开展了大学生安全教育总结与优秀教案、课件和优秀教师评选,并将获奖各高校的优秀教案、课件和

经验材料等汇编成《上海市大学生安全教育优秀材料汇编》,印发给各高校,将大学生安全教育的优秀经验予以推广。二是加强对学校开展安全教育工作的考核评估,在市文明单位、安全文明校园、平安单位、社会治安综合治理先进的评选指标体系中,市教委都将安全宣传教育的开展情况作为重要考核指标之一,安全稳定工作情况在各项评比活动采取一票否决制,中小学学校安全教育开展情况已纳入教育督导和校长考核指标。三是统筹规划,建立保障体系。"十二五"教育规划中,对上海市中小学教育保障体系进行了整体规划。

(市教委　尹捷供稿)

市红十字会普及应急救护常识培养民众自救互救能力

现场初级急救是国际红十字运动兴起、壮大的重要载体。1993 年,现场初级救护培训被列为中国红十字会的主要职责,正式写入了《中华人民共和国红十字会法》。本市的群众性卫生救护工作先后列入了《上海市红十字会 2003—2009 年工作规划》和《上海市红十字事业(2009—2013)发展规划纲要》。根据中国红十字会卫生救护工作规划,结合上海的实际情况,市红十字会还专门制定了《上海市红十字会 2006—2010 年卫生救护工作规划》,并在重点行业、社区和学校积极开展现场初级急救培训工作,提高广大市民和青少年自救互救的意识和能力。

一、开展"现场初级急救培训"市政府实事项目

多年来,市红十字系统按照红十字运动的宗旨和《中华人民共和国红十字会法》所赋予的职责,长期坚持在社区、学校、企事业单位、冠名红十字医疗机构开展现场初级急救知识普及与技能培训,特别是 2008 年来,市红十字会围绕服务 2010 年上海世博会的目标,在市政府的重视和相关部门的支持下,红十字现场初级急救培训在 2008—2010 年连续三年被列为市政府实事项目。在这三年中,经过全市红十字系统员工和志愿者顽强拼搏、共同努力,圆满完成了群众性初级急救培训市政府实事项目的目标,完成了 1 260 名救护师资培训、11.8 万名红十字救护员和 104.6 万人群众性现场初级急救培训。在以往急救培训进社区、进学校、进企业的基础上,还实现了急救培训进工地、进农村、进机关,特别是加强对全市重点行业和重点人群的培训,切实普及了应急救护常识,提高了市民自救互救的意识和技能。2010 年上海世博会期间,市红十字会与世博局合作,为世博园区内全部志愿者,部分服务外包人员、工作人员,以及园区外志愿服务站(点)的志愿者 9 万余人进行了现场救护专题培训;在园区内设置 5 个"上海红十字服务站",累计提供各类服务约 18 万人次;在园区外为全市 1 200 余个城市

服务站配置红十字急救包和培训初级急救员;并为 147 家公园设置了服务站,配置救护器材。为举办一次成功、精彩、难忘的上海世博会做出了积极贡献。长年来,市红十字会还为市旅游局、东方航空公司、市消防局、上海铁路局等重点行业单位培训救护师资,配备培训器材。

通过三年大规模的急救培训,增强了市民的自救互救的意识和能力。经过培训的市民在生产、生活和服务世博中,有效运用急救技能减少伤残、挽救生命。经过培训的上海消防官兵在"5·12"汶川大地震救援中,运用急救技能,从地震废墟中成功地抢救了 23 条生命。经过培训的上海铁路局工作人员运用急救技能,在列车上对 8 名患心脏病和外伤的旅客及时进行了紧急救护,使患者的病情得到了有效控制。经过培训的普通市民运用急救技能,有的在建筑工地上遇到锐器扎入人体深部组织的伤者,果断采取截断锐器而没有拔出锐器的方法,成功地为伤者实施了现场初级急救;有的在火灾现场对窒息者成功实施了心肺复苏术;有的在旅游途中对心脏疾病突发、心跳呼吸停止者成功实施了现场初级急救,为医院救治赢得了宝贵时间,有效地挽救了生命,减少了伤残。

二、拓展现场初级救护网络建设

经过三年市政府实事项目,上海红十字系统在各区(县)建立了 17 个救护培训基地,并在每个街(镇)设立培训站,全市共建立 240 个培训基地(站)。上海红十字系统共组建了 17 支近 300 人的区(县)级群众性红十字救护队,建立社区红十字救护队 232 支,近 3 600 人。市红十字会还依托上海市第一人民医院,建立上海市红十字紧急救援队、依托各区(县)红十字会组建上海市红十字应急志愿者服务队。通过每年开展不同形式、不同层面的救护培训、演练,夯实应急救护队伍基础,不断完善市、区(县)、街道(镇)、居(村)委四级红十字应急救护网络,部分区(县)还在居(村)委、小区、楼组建立了红十字救护小组。

三、组织现场初级应急救护模拟演练

上海红十字系统积极普及救护知识,广泛宣传安全生活、应急避险的必要性和自救互救的重要性。充分利用每年的"5·8 世界红十字日"、"5·12 防灾减灾日"以及"世界急救日"和"国际减灾日"等重大活动,组织本市应急志愿者队伍、区(县)群众性红十字救护队和冠名红十字医疗机构专业应急救援队开展各种形式的救护技能培训、比赛、竞赛活动和大型的救护场景表演、急救演练活动。2008 年,市红十字会与市文明办、市重大办、文广传媒集团等联合举行纪念"世界急救日"——群众性现场初级急救培训实事项目知识竞赛活动,2009 年,组织开展了"急救为人道,健康迎世博"征文活动和现场急救小品比赛,并在上海东方艺术中心举行 1 400 人参加的"急救为人道"主题活动。2010 年,协助中国红十字会总会在世博园区大洋洲广场开展急救培训展示和表演活动。2011 年,在市红十字备灾救灾中心举行"红十字'救'在身边"现场救护综合演习,并邀请市应急办、市民政局、市民防办、市消防局等有关方面的领导出席;市红十字应急志愿者队伍和红十字医疗救援队、区(县)群众性救护队共 300 余人参加了活动。2012 年 5 月 12 日,参与了"防灾减灾日"宣传周启动仪式。同时,还组织区县开展救护队演练活动,动员红十字系统参加总会举办的主题为"防灾减灾保护生命"知识竞赛。.

四、本市应急救护培训的可持续性发展规划

2011 年 2 月,市红十字会印发了《关于建立红十字应急救护培训工作长效机制的实施意见》,坚持以公益性、群众性、实用性、统一性为原则,加强应急救护的组织建设和能力建设,健全应急救护培训网络,完善应急救护培训管理体系;完善救护师资队伍建设,扩大市级红十字培训师资队伍,规范师资和教学管理,提高教学质量,建立培训质量评估制度,发挥师资志愿者队伍作用;进一步推进救护员复训常态化、规范化,逐步形成横向到边、纵向到底的应急救护志愿者队伍网络体系,定期开展专项演练;深入开展群众性现场初级急救培训,以期在 2010—2014 年,全市救护培训普及率占常住人口的 6％(户籍人口的 8％)以上;培训合格的救护员占常住人口的 0.5％(户籍人口的0.7％)以上;加强对各区(县)及各培训基地的指导,与相关部门合作,扩大行业培训基地建设;进一步巩固红十字培训基地功能,加强对各培训站的管理;完善市红十字培训交流中心的体制、机制建设。

(市红十字会　赵清永、陈艳供稿)

十一、综合管理

科学制定规划标准　提升综合管理效益

——市民防办强化城市地下空间安全协同管理

地下空间是宝贵的城市土地资源,是城市建设和发展的重要组成部分。据统计,截止到 2011 年底,上海已建成地下工程 3.103 7 万个,总建筑面积 5 699 万平方米。其中,地下生产生活服务设施有 2.933 5 万个,总建筑面积 4 898 万平方米,占地下工程总量的 85.9%;地下公共基础设施有 1 158 个,总建筑面积 267 万平方米,占地下工程总量的 4.7%;轨道交通及附属设施有 544 个,总建筑面积 533 万平方米,占地下工程总量的 9.4%。经过多年实践,在市民防办牵头下,本市逐步形成政府统一管理、市和区县联动、部门分工协作、各环节有序衔接的地下空间综合管理模式。

一、推动建立地下空间普查统计机制,为开展地下空间综合管理工作奠定基础

准确掌握地下空间的基础数据和基本信息,是有效实施地下空间综合管理的前提。在以往对全市人民防空工程进行年度统计的基础上,市民防部门又会同统计部门,分别在 2006 年和 2009 年,对全市各类地下工程的分布、数量、面积、类别、埋深、连通、权属和使用等情况进行全面调查摸底和分类统计,形成地下工程基本信息数据管理档案。按照《上海市地下工程管理信息采集工作规定》,市民防部门又从 2010 年开始,每年底会同相关部门和单位进行地下工程信息数据汇总,对本市地下工程总量、地下生产生活服务设施、地下公共基础设施、轨道交通及附属设施等,从分布情况、工程形式、使用用途等多个方面进行梳理分析,编制形成《上海市地下工程管理数据报告》,并报送市政府,同时分送相关委办局。这些基础数据统计、整理工作,平时为开展地下

空间综合管理提供依据,战时为转换利用地下设施组织人员疏散掩蔽提供条件,也为平战结合利用和管理好地下工程奠定了坚实基础。同时,还组织开发建设地下工程综合信息管理系统,通过公务网与各信息采集点联网,建立与公安、建设、市政、交通、水务、电力等部门常态化信息采集协作机制,实现地下空间信息数据的实时更新和互通共享,不断提升地下空间综合管理的针对性和时效性。

二、科学编制实施地下空间开发利用规划,提升地下空间开发利用和管理的预期效能

为使地下空间资源得到合理、有序地开发利用,满足现代城市未来可持续发展的需要,民防部门坚持规划引导与控制,在 2005 年 1 月批准实施的《上海市地下空间概念规划》基础上,牵头协调相关部门先后编制了《上海市地下空间近期建设规划(2007—2012)》《上海市城市快速轨道交通近期建设规划(2010—2020)》《上海市综合交通枢纽近期选址规划》《上海市民防工程专业规划纲要》《民防骨干工程布局规划和近期建设规划》《上海市城市地下空间开发利用和保护"十二五"规划》。各区县根据实际情况,也编制形成了地下空间分区开发建设规划。为规范城市重点地区地下空间的有序开发建设,还相继编制形成了世博园区、五角场商务区、徐家汇城市副中心、大虹桥商务区主体功能区、黄浦江两岸滨江地带等重点地区地下空间详细规划,在242 个控制性编制单元中加入地下空间开发利用控制要素。通过规划的制定和实施,进一步建立城市建设和地下空间开发同步规划、同步发展的机制,既有效提高了地下空间综合开发利用效益,又较好完善了城市地下防护体系的功能和布局。

三、研究细化相关法规政策和技术标准,依法依规推进地下空间综合管理工作

针对地下空间开发利用和管理的法规制度、技术标准相对缺失、不够健全的状况,市民防部门会同相关部门加快研究制定有关政策法规及技术标准,为组织实施地下空间综合管理提供依据。根据地下空间使用安全监管工作需要,2007 年起草制定了《关于进一步加强上海市地下空间安全管理工作的意见》,由市政府办公厅转发实施。该意见具体明确了相关政府部门和单位在地下空间安全管理中的职责和任务。在此基础上,2010 年又研究制定了《上海市地下空间使用安全管理办法》,以政府规章形式明

确相关政府管理部门在地下空间安全使用管理工作中的职责和任务,要求市建设交通、公安、消防、水务、规划土地、卫生、环保、安全监管、房屋管理、质量技术等部门依法在各自的职责范围内负责地下空间安全使用监督管理工作;同时,还明确地下空间产权人、使用人、物业管理单位等在地下空间安全使用过程中的义务和要求,并对地下空间安全设备、消防和防汛设施等提出要求,并配套制定了《上海市地下空间安全使用监督检查管理规定》、《上海市民防工程和普通地下室使用备案管理实施细则(试行)》等行政规范性文件,初步建立起地下空间综合管理体制和工作机制。根据地下空间开发建设管理呈现综合化、规模化、深层化和一体化的趋势,民防部门会同建设交通部门对涉及地下工程规划、设计、建设、运营维护、管理等技术标准进行梳理论证,建立规范标准的地下空间开发利用技术指标体系。2011 年,在地下空间安全管理相关课题研究成果的基础上,编制形成地下空间使用安全风险评估体系、民防工程安全检测评估及处置和地下空间日常安全检查内容技术标准,并已申报为地方标准执行,为地下空间开发建设和管理提供了有效的技术支撑。

四、推进地下空间综合管理信息平台建设,强化地下空间网格化、信息化综合管理

由于上海城市地下空间数量巨大、种类复杂,地下空间使用经营业态呈多样化、复合化,地下空间人流高度密集等特点,上海扎实开展地下空间网格化管理系统建设,把地下空间管理纳入城市网格化管理体系。利用已建成的城市网格化管理系统平台,把地下空间划分成若干单元,根据所管辖设施和管理事件的属性和归属特征,通过网格化管理人员和监管信息平台,明确责任分工,落实管理职责,建立问题反馈和处置通道,形成地下空间检查、反馈、处置和督查的闭路机制,及时发现、报告和解决地下空间发生的各类问题。目前,全市已完成 5 个区级专业网格化管理系统建设工作。为实现对地下空间精准化、实效化和集约化管理,借助本市区域性信息化资源比较发达的优势,民防部门会同其他相关部门加快建设地下空间综合管理信息化系统。该系统由信息处理系统、工程信息系统、地理信息系统、备案管理系统、安全管理系统、应急管理系统等 6 个子系统组成,实行市和各区县以及相关部门和单位的互联互通,资源共享,综合运用,有效提高了地下空间科学化、信息化管理水平。同时,利用现有的民防指挥信息化平台,通过公务网建设地下空间视频监控系统,将核心区域、重点地段和要害部位的监控视频影像实时传送至民防应急指挥中心,实现实时安全监控。

五、开展地下空间管理力量协同建设,有效组织实施地下空间使用安全监管

地下空间综合管理是一项综合性、协调性很强的工作,加强综合协调、形成工作合力,是推进地下空间综合管理的重要保证。一是落实好民防部门的主体责任。在地下空间安全管理工作中,民防部门对公用民防工程安全管理负有主体责任,对结建民防工程安全管理负有监管责任,对普通地下室安全管理负有检查指导责任,对于检查中发现的安全隐患,或以向有关职能部门发出抄告单、或以联合执法的形式,开展综合整治,推动消除隐患。地下空间管理联席会议制度,主要起到议事协调作用,具体工作落实,需要相关职能部门和单位根据各自职责要求去推进。民防部门按照"统揽不包揽,牵头不替代"的原则,主要负责承担联席会议的日常工作和牵头协调有关事务,不参与、不代替相关职能部门的职责工作。二是协调发挥相关部门综合管理作用。借助地下空间管理联席会议平台,按照谁主管谁负责、谁所有谁负责、谁使用谁负责的原则,不断强化地下空间安全管理检查工作。在各级政府的领导下,市和区县地下空间管理联席会议通过每年定期召开各成员单位联席会议的形式,对涉及地下空间有关规划、建设、使用和管理等重大问题和事项进行研究协调,明确相关任务和各自职责。在日常管理工作中,地下空间管理联席会议成员单位之间加大交流沟通力度,广泛征求意见和建议,组织联合执法行动,建立起良性互动和协商会商机制。同时,还建立工作联络员制度,定期召开联络员会议,研究落实工作,互通情况信息。三是加强重要时段和部位的安全管控。特别是2008年北京奥运会、2010年上海世博会筹备举办期间,民防部门依托全市地下空间管理联席会议平台,调动各方力量,健全了地下空间安全管理使用安全检查制度,分类分层与各地下空间使用管理单位签订安全工作责任书,梳理制定了"地下空间使用应急预案"、"值班管理责任制度"、"消防管理责任制度"、"防台防汛管理责任制度"、"治安管理责任制度"等,不间断组织专项检查、联合督查、集中普查、隐患整治等活动,形成常态化的安全检查和督导机制,实现本市地下空间安全可控。四是抓好地下空间使用备案和应急处置工作。落实地下空间使用安全,必须从源头掌控,及时对地下空间使用情况建立应急预案和相关工作档案,健全长效管控机制。为此,民防部门着力推进建立地下空间使用备案制度,及时了解掌握对公众开放的地下空间使用状况,实施动态化安全监管。目前,全市已有80%左右的地下工程进行了使用备案登记。组织编制市、区两级地下空间突发公共事件应急预案和应急处置行动方案,全市所有地下空间管理使用单位编制完成突发事件应急处置操作规程,全面规

范地下空间突发公共事件的应急处置程序、响应机制和保障措施,建立起统一指挥、分级负责、协同应对、快速处置突发公共事件应急管理机制。为检验预案、方案的实际效果,每年还组织开展地下空间突发公共事件应急处置演练,锻炼队伍,加强协同,提高应对能力。五是注重开展地下空间使用安全宣传和防护技能培训。近年来,民防部门先后组织编印《地下空间安全使用培训教程》、《地下空间安全使用手册》、《地下空间灾害事故案例汇编》、《地下空间安全隐患治理手册》等,并下发各级管理和使用单位,并通过张贴宣传海报、播放安全使用宣传片、组织安全业务培训等形式,有效增强了市民群众特别是地下空间管理使用人员的安全意识和防护能力。

本市在地下空间综合管理工作中取得了一定的成效,但在实现地下空间规划统一性、建设协调性、管理一致性和使用规范性等方面,需要继续深入探索和实践各种行之有效的管理方法和手段,不断提升上海地下空间综合管理水平,全力实现地下空间资源全面、科学地利用。

（市民防办　施建明供稿）

围绕"五个坚持" 夯实"五个体系"

——市防汛指挥部强化城市防汛应急管理

加强城市防汛应急管理、强化防汛应急处置,对和谐城市建设、打造平安上海具有重要意义。在市委、市政府的领导下,市防汛指挥部协调全市各有关部门和单位,以防为主、把握主动、增强合力、尽职尽责、一丝不苟,采取切实有力措施,确保"不死人、少伤人、少损失",有序处置台风、暴雨等自然灾害,努力把灾害影响和可能造成的损失降到最低程度,确保人民群众生命财产安全和城市运行安全。

一、上海防汛形势的基本特点

由于特殊的地理环境和气象条件,台风、风暴潮等气象灾害成为上海最常见的自然灾害,决定了上海防汛工作是一项长期、复杂的系统工程。特别是自 20 世纪 90 年代以来,随着全球气候变暖、海平面上升等诸多因素的交替影响,上海的防汛形势呈现出五方面的新特点:

一是台风的多发性。据统计,21 世纪以来,平均每年有 2 个以上台风影响上海,一些年份甚至达到 5 个。台风带来的狂风暴雨常给人民生命财产造成损失,如 2012 年的"海葵"台风上海经济损失达 68 亿元。

二是潮位的趋高性。自 20 世纪 50 年代至 90 年代,黄浦江苏州河口的最高潮位呈抬高趋势,高潮位出现的频率也越来越高。20 世纪 50—60 年代黄浦江苏州河口的最高潮位是 4.5 米,到 20 世纪 70—80 年代上升到 5.0 米,20 世纪 90 年代以后升到 5.5 米至 5.7 米,最高达 5.72 米。其中,5 米以上高潮位 20 世纪 80 年代有 2 次,20 世纪 90 年代有 5 次,2000 年一年就出现了 4 次。

三是暴雨的突发性。汛期暴雨多表现为短历时、强降雨、局部性等特点。最典型的是 2008 年 8 月 25 日的大暴雨,当天清晨 6 时许,雷暴雨突袭市中心城区,其中徐汇区早晨 7 时至 8 时一小时雨量就达 117.5 毫米,为徐家汇气象站有气象记录 135 年来最大一小时雨量,造成全市 170 条段马路积水 10—60 厘米,14 000 余户民居进水。

四是洪水的复杂性。随着太湖流域上游地区工情、水情的变化,近年来黄浦江上游米市渡水位突破 3.5 米警戒线的现象屡见不鲜。1999 年梅雨期的 30 天内,黄浦江承泄的流域洪水总量虽远不及 1954 年,但水位和瞬时流量、流速均远远超过 1954 年。

五是风暴潮洪"三碰头"、"四碰头"的可能性。上海腹地较小,加之上述四种情况的交替或叠加影响,使得本地出现风暴潮洪"三碰头"、"四碰头"的可能性始终存在。

二、本市城市防汛应急处置的经验做法

针对上海的汛情特点,以及本市人口众多、建筑密集、城市化程度较高的市情,市防汛指挥部始终把防御堤防溃缺、道路积水、低洼受涝、房屋倒塌、地下空间进水、高空坠物伤人作为防汛工作的重点。多年来,在市委、市政府的高度重视和坚强领导下,全市各级党政干部深入防汛一线,各项预案落实到位,基层组织发挥作用,各方通力协作,本市的防汛工作总体上经受了考验,取得了大汛小灾、平汛少灾、小汛无灾的良好成绩。主要做法概括为"五个坚持"、"五个体系"。

"五个坚持":在工作方针上,坚持安全第一、以防为主、常备不懈、全力抢险,努力争取防汛防台的主动权;在工作理念上,坚持以人为本、服务大局,把确保人民群众生命财产安全放在首位,力求不死人、少损失;在工作机制上,坚持以行政首长负责制为核心的各级各类防汛责任制,力求防汛责任横向到边、纵向到底;在工作措施上,坚持建管并举、重在管理,不断夯实防汛防台的物质基础和管理基础;在应急抢险上,坚持军民联手、区域联动,增强防汛抢险、灾后救助的整体合力。

"五个体系":(1)防汛工程体系。经过多年努力,本市已基本形成以千里海塘、千里江堤、区域除涝、城镇排水为骨干的"四道防线"。第一道防线是千里海塘。全市已建成一线海塘 523 公里,其中达到 200 年一遇潮位加 12 级风防御标准的有 115 公里,100 年一遇潮位加 12 级风标准的 40 公里,100 年一遇潮位加 11 级风标准的 257 公里,其余 111 公里则是 100 年一遇潮位加不足 11 级风的防御能力。第二道防线是千里江堤。黄浦江防汛墙全长 511 公里,其中下游段(市区)全长 294 公里,按千年一遇潮位设防;上游干流及其支流段 217 公里,按 50 年一遇的防洪标准设防。黄浦江两岸已形成从吴淞口到江浙地界的全封闭防线。第三道防线是区域除涝工程。按照全市水利规划,市郊分为 14 个水利分片,目前已建圩区 385 个、圩堤 2 637 公里,排涝泵站1 116 座、水闸 1 910 座,平均除涝标准达到 15 年一遇。第四道防线是城镇排水系统。

全市规划雨水排水系统 361 个,排水能力 4 135 立方米/秒,服务面积 844 平方公里。目前已建成 255 个,排水能力 2 850 立方米/秒,服务面积 564 平方公里,均占规划数的六成以上。已建排水系统基本达到一年一遇排水标准(即每小时 36 毫米),机场、中央商务区等重点地区达到三至五年一遇排水标准(每小时 50 至 56 毫米)。(2)组织指挥体系。依据国家和本市有关防汛法规,市和区县两级政府均建立防汛指挥部,市、区各有关部门也有相应的工作机构,统一指挥、分级负责、条块结合、以块为主的防汛指挥体系基本建立。(3)预案预警体系。按照全市应急管理的规范要求,防汛防台实行四色预警、四级响应机制。市、区两级政府和相关部门制定的防汛防台专项应急预案,对指挥调度、信息发布、避险引导、人员撤离、应急抢险、物资调配、医疗救护等都设定了应急状态下的操作方案。(4)信息保障体系。市防汛指挥信息系统集成了上海市和流域的气象、水文、海洋、海事等信息,基本实现了水情、雨情、灾情的实时采集和传输,防汛设施和抢险物资的数字化管理,以及多部门的远程会商和预警信息的即时群发。(5)抢险救援体系。抢险救援体系主要由抢险物资和抢险救援队伍构成。抢险物资实行市级、区县级和专业三种方式储备;抢险救援队伍由防汛指挥部各成员单位的专业抢险队伍,建工集团、城建集团的机动抢险队伍,以及驻沪部队、武警、消防和公安干警的突击抢险队伍组成。

三、本市城市防汛应急管理下一步打算

近年来,本市防汛应急处置工作逐步形成了具有城市自身特点的"五个坚持"、"五个体系",同时制定出台了《上海市防汛条例》,拟制了城市减灾规划、防汛防台应急预案等,为处置重、特大灾害事件提供了坚实的制度保障,为确保城市安全度汛发挥了积极作用。下一步工作的打算是:

一是加强城市防汛机构建设。完善现有城市防汛指挥和组织网络,进一步明确各级防汛机构和管理部门的职能,调整、完善市防汛指挥部,充实、强化各级防汛办的人员和装备,落实各级各类防汛责任制,规范各级防汛指挥机构的工作规则,以及各级各类灾害的现场处置程序,并建立防汛专家库,加快形成统一、规范、科学、高效的应急指挥体系。

二是健全防汛应急响应、联动机制。按照以人为本、以防为主、分级管理、防抗救相结合、专业救援与群众救援相结合的原则,不断修订、完善《上海市防汛防台专项应急预案》和《上海市防汛防台应急响应规范》,以进一步明确相关部门的职责分工、运行

规则和工作要求,细化信息发布、避险引导、人员撤离、应急抢险、灾情统计等操作性预案,不断提高防汛实战效能。同时,继续深化与市应急联动中心的配合,建立健全暴雨来袭时道路积水信息反馈、街面警力布置等方面联动,进一步提升响应速度和效率。

三是完善防汛应急保障体系。通过整合现有防汛应急处置资源,完善分工明确、责任到人、优势互补、常备不懈的应急保障体系。主要工作是制订工程、队伍、物资、灾后救助等可操作性的保障计划,并组织实施,同时开展各级各类防汛培训,加强社会性防汛宣传,开展防汛应急抢险实战演练,确保群众自救懂常识、有技能,专业救援能拉得出、用得上、顶得住。

四是加强防汛信息化建设。其一,进一步加强相关部门间的防汛信息联通和共享,加快建立基于 GIS、覆盖全市的汛情信息平台,确保防汛信息及时、准确;其二,开展防汛预案数字化建设,加快建立防汛应急处置预案数据库,以防汛信息化促进防汛应急管理的规范化、制度化,提高防汛信息化指挥决策能力;其三,以防汛服务专业网站建设为抓手,完善防汛信息综合服务平台,及时、准确地向社会发布防汛信息,接受市民的咨询和监督,加强政府部门与社会公众之间的互动。

（市防汛指挥部　章震宇供稿）

编织风险隐患排查网　布设群防群治新格局

——杨浦区探索"啄木鸟"式网格化管理

近年来,杨浦区委、区政府高度重视应急管理工作,全区上下紧紧围绕构建和谐城区的目标,积极探索建立"啄木鸟"式网格化管理,努力形成应急管理工作新亮点、新品牌。

一、动员社会力量,推进群防群治,编织风险隐患排查网,精心培育"市民啄木鸟队伍"

广泛动员社会力量提供公共安全信息、排查各类风险隐患,是加强应急管理工作、有效防范突发事件的重要途径。2005 年,针对闲置厂房多、二级以下旧里多、生产储运危险品企业多的区情实际,杨浦区更新应急管理工作思路,在全市率先成立了区安全隐患举报受理中心,开通了"962151"全天候 24 小时举报热线,设立了专项奖励资金,区政府严格落实各项保密措施,切实保护举报群众人身安全,允许采取举报人提供银行账号或汇款地址等方式发放奖金,对打击报复举报人的行为则依法追究法律责任。实行公共安全隐患有奖举报工作制度后,群众参与举报的热情和积极性不断提高,在全区逐渐形成了一批"市民啄木鸟队伍",使城区公共安全多了千万双"监督的眼睛",该项工作得到了国务院有关领导同志的高度肯定。

近年来,杨浦区在原先工作基础上,按照"拓展功能、整合资源、便民利民、提高效率"的基本工作思路,对区安全隐患举报受理中心和"962151"举报热线的功能进行了优化、整合与提升,将举报热线的受理范围进一步扩大到环保、水务、房地、市政工程、市容环卫、园林绿化、公共安全、房屋应急报修以及其他各类涉及城市管理与公共安全方面的问题,将全区市民与此相关的举报、投诉、建议、咨询等全部归到受理平台,并按照规范的工作流程实行统一派遣、跟踪、督办、反馈和回访。同时加大"962151"热线的宣传力度,通过多种形式不断扩大热线的知名度和影响力。目前,区安全隐患举报受理中心由单一的举报受理机构提升为全区性的城市公共安全综合管理服务平台，"962151"由单一的安全隐患举报热线整合为深受百姓欢迎的杨浦区城市公共安全综合管理服务热线。

二、坚持专群结合，延伸排查触角，推进城市管理网格化，全力打造"专业啄木鸟队伍"

网格化管理是提高城市管理水平的新模式，也是排查治理突发事件风险隐患的重要手段。杨浦区采用"一套班子、两块牌子、内部分工、职能分离"的运作模式，正式成立专事网格化管理的机构——杨浦区城市管理指挥处置中心和杨浦区城市管理监督受理中心，统一简称为"区网格办"，并组建了专职的信息员队伍和监督员队伍。网格办的信息员和监督员每天承担着城区公共安全风险隐患的发现、上报、立案、移送、跟踪、结案等工作，是名副其实的职业"啄木鸟"。杨浦区高度重视网格办队伍建设，一是强化监督员巡查责任制和责任追究制，要求监督员对责任区域内城区公共安全问题做到"应发现尽发现"，并将新闻媒体和"962151"热线曝光的问题作为考核监督员工作绩效的重要依据；二是强化信息员业务培训制和责任分配制，对信息员定期进行专业技术培训，由每名信息员负责一定区域内多个视频探头的街面巡视工作，实行分批包干和分时包干，充分发挥视频截获技术在城区公共安全管理中的作用。通过专业的培训、科学的管理和严格的考核，杨浦区以网格办队伍为载体，逐步培养出一支综合素质较好、管理水平较高、公共安全责任意识较强的"专业啄木鸟队伍"。

2008 年，根据城区公共安全管理新形势和新要求，杨浦区在全区 12 个街道（镇）全面建立了网格化管理分中心。街道（镇）网格化管理分中心是在街道办事处（镇政府）领导下，以现代信息技术为支撑，以数字化城市管理平台为依托，实施社区服务和城市管理的工作机构，是区网格办的终端处置平台，也是应对各类突发事件的应急处置平台。街道（镇）网格化管理分中心秉持"依托社区、多元监督、一口受理、首问负责、便民利民、资源整合、信息共享、条块联动、快速处置、简便高效"的工作原则，其主要职责一是接受区网格办派遣的处置任务，二是为社区管理提供信息保障，三是受理群众的各类咨询和诉求，四是建立社区监督队伍和群众志愿者队伍。街道（镇）网格化管理分中心将大量城区公共安全问题化解在基层、消灭在"萌芽"，进一步壮大了"市民啄木鸟队伍"和"专业啄木鸟队伍"，为基层应急管理工作的顺利开展提供了坚实保障。

三、创新管理机制，整合资源力量，开展综合管理"大联动"，不断提升群众安全感满意度

近年来，随着经济社会不断发展，市民对城区公共安全的要求也不断提高。从2010年开始，为进一步提升杨浦区城区综合管理水平，把近年来一系列好的经验和做法制度化、长效化，杨浦区委、区政府审时度势，做出创新决策，推出了城区综合管理"大联动"新模式，具体包括：一是建立了区级城区综合管理联动指挥中心和街道（镇）综合管理指挥分中心两级指挥平台。前者负责全区"大联动"工作的日常管理、问题会商和指挥调度，后者通过110平台和网格化系统，指挥处置辖区内各类治安警情、市容环境问题和突发事件。二是组建了街道（镇）综合巡查队和街道（镇）联合执勤队两支队伍。街道（镇）综合巡查队的主要力量是社区协管员队伍和志愿者队伍，偏重于前期治安、市容环境问题的发现、制止和纠正；街道（镇）联合执勤队的主要力量是公安巡警和城管分队，偏重于执法，主要负责街面社会治安、市容环境动态问题的巡管和处置。需要强调的是，街道（镇）联合执勤队坚持"执法主体不变，执法程序不变"的基本工作原则，依法行政。全区"大联动"模式全面推开以来，通过各部门和单位扎实有效的工作，取得了明显的成效，也进一步提升了"啄木鸟"式网格化管理的质量和内涵。

近年来，杨浦区通过建立全面覆盖、层层履职的网格化管理模式以及纵横结合、条块互动的"大联动"工作机制，着力加强体制内和体制外两支"啄木鸟"队伍建设，把专业管理与群众监督相结合，把主动发现与社会举报相结合，把区级指挥协调与基层整改处置相结合，扎实有效地解决了大量诱发和影响城区公共安全的突出问题，基本实现了"啄木鸟"式网格化管理。

（杨浦区应急办　冯冰供稿）

围绕城郊区域顽症　创新社会综合治理

——宝山区顾村镇试行村宅社区化综合管理

顾村镇位于上海宝山区中西部,外郊环线结合部,镇域面积为41.66平方公里,总人口约30万,其中沪籍人口约7.6万,办证来沪人口约13.5万,人户分离人员9万,是典型的人口倒挂地区。来沪人员大量进入,给该镇的社会管理工作带来了很大压力,特别是来沪人员在农村地区的集聚,主要带来了四大问题:一是来沪人员的无序流动,人员基础信息登记比较难;二是治安管理的压力比较大,刑事和治安案件较多;三是村容村貌环境受到影响,脏、乱、差点比较多;四是场所整治、无证无照地下加工场点管理的难度比较大。这是来沪人员多的共性的突出问题,治理起来反复性很大,效果不明显或不理想。星星村就是这样一个问题突出的典型地区。该镇党委、政府为破解难题,决定从最难点入手开始试点,在星星村来沪人员最集中居住的四个宅试点进行村宅社区化管理,并命名该四个宅为沈行社区。该社区总面积0.6平方公里,区域内有本地户籍人口525人,来沪人员3 226人,出租房屋1 252间,重点高危人群120人左右。近两年,刑事、治安案件平均上百起,环境脏乱差,无证经营现象严重,群众反响较大。

一、基本思路和原则

坚持"四个一"。一是一个核心,即以基层党的建设带动社区建设,把执政基础的巩固与行政管理效能提高有机结合起来,把依法行政与村民自治管理有机结合起来。二是一个平台,即综合管理平台,把制度建设与智能化科技建设结合起来,在制度上,建立村民公约、村民章程、房屋租赁制度、场所管理制度、电子身份证申领制度,在智能化科技建设上,建立门禁系统,通过图像信息传送,及时掌握有关信息。三是一个机制,即建立一整套自治管理机制,社区内的事务由社区居民自我管理、自我约束、自我发展,充分尊重居民的自治权。四是一套服务措施,即政府管理服务措施,政府把社区医疗、文化、就业、救助、政策咨询、调解等一门式服务,送到群众的家门口。坚持双向思考,不仅要让本地户籍的人员满意,也要让来沪人员满意,使来沪人员觉得这里是他们的第二故乡,从而实现和谐社区的目的。

　　坚持"三个理",即法理、道理、情理上的有机统一。讲法理,就是以法律法规为依据,坚持依法行政、依法管理。讲道理,就是让群众确实感受到合乎切身利益,从而获得群众的拥护和认同。讲情理,就是怀着对人民群众的深厚感情去做事,为群众解决最盼、最怨、最愁、最忧的事情,一件一件地落实。

　　因此,在探索村宅社区化管理模式上,主要是内外兼修。硬件上,以智能化、人性化信息系统建设为主,发挥信息系统功能,侧重于治安管理;软件上,旨在突出村委指导下的社区成员自主管理,以及环境、治安、经营场所等方面的社会综合管理,通过组建社区工作委员会,使本地居民与来沪人员共同参与社区管理,全面提高社区居民的归属感和责任感,充分发挥社区居民共同创建和谐家园的主观能动性。

二、主要做法和措施

　　一是在人员控制上,注重信息化建设和智能化管理。为便于加强管理、保障社区安全,硬件设施建设上做了进一步完善。在沈行社区主要的4条道路口设置了4个治安岗亭,每个岗亭配备值班安保人员,加强对流动人员和进出车辆的有序管理。开发配置ETC出入门禁系统,并为社区内居民和来沪人员统一配备电子身份卡,让持卡人"无障碍"通行,对非持卡人则加强盘查,做到出入登记。电子身份卡系统解决了三大问题:一是解决了人口基础信息录入难的问题,社区的每个成员都办理电子身份证,进行身份信息的核实录入;二是解决了人口动静态相结合管理的问题,通过电子身份卡证,可以随时知道社区里现有人口数和外出人口数,包括每个租赁房的现有人口情况及外出情况,同时对于外出人员的进出都可以通过图像系统进行资料采集,做到了来有影,去有踪;三是解决了人性化管理与智能化管理相结合的问题,根据农村生活习惯,携带电子身份证,社区成员出入门禁,不需要刷卡和出示,出门禁系统自动读取信息,电子身份证也做成钥匙形状,只需随身挂在钥匙圈上即可,方便携带。对于没有身份证出入社区的人员和车辆,由值岗人员进行登记。

　　二是在管理上,注重自治,促进社区成员的自我管理和自我约束。一是全面发挥自治管理作用,成立了沈行社区管理工作委员会。以实现沈行社区居民自我管理为目标,组织召开了第一届沈行社区居民代表大会。征求每户居民意见,推选初步代表,最后在社区内选举产生 23 位居民代表,在此基础上,再选出了 9 名社区管理工作委员会委员,由 6 名本地村民和 3 名来沪常住人员组成。拟定了社区工作委员会章程及社区管理自治公约,在第一次社区管委会第一次全体会议上通过。通过赋予本地村民与来沪人员共同参与社区日常管理和重大事项决策等职能,促进了社区成员对社区的自我管理、自我发展。二是加强指导工作。在村委会的引导和指导下,使社区工作委员会工作正常化、制度化。充分发挥工委会成员在社区管理中的监督作用和自治作用。针对社区中存在的主要问题,一是加强社区场所管理,实行经营场所登记备案制度,制定相关管理办法,对社区内经营场所统一梳理、规范经营,确保社区居民生活便利。二是加强出入车辆管理,规范社区内车辆停放。三是加强房屋租赁管理,进一步加强宣传,动员居民将待租房屋信息报至社区管理服务中心进行统一登记,规范社区房屋租赁行动。上述的各项管理制度和方法,都由社区工作委员会专题讨论、决定,在村委会的具体指导下,做到既符合政策、法律法规规定,也适应当地情况,符合民意。

三是在服务上,注重实用性、便利性和联动性。专门建设了沈行社区管理服务中心,以此为平台,集合基层党建、物业、治安、人口信息登记录入、矛盾调解、就业指导、医疗卫生、来沪人员工会和社会组织管理等各项社区管理功能,加强对社区成员的综合服务和联动管理,推进社区服务和管理一体化。在社区平台上,建立了"五个一":一个综合治理平台、一个社区警务站、一个医疗计生卫生室、一个室外电影院、一个政策咨询服务平台(包括就业、房屋租赁等)。建立这"五个一",就是针对来沪人员生活最实际的治安、卫生医疗、文化娱乐、就业等几大问题,有针对性地提供相关服务功能,把政府的部分职能和服务功能延伸到最基层,延伸到来沪人员的家门口,受到了社区中来沪人员的欢迎。

三、试点效果明显

一是治安秩序好。表现在两个方面:一是试点以来,沈行社区没有一起刑事案件和治安案件发生,这在这个地区的历史上从未有过;二是来沪人员数量减少,主要是高危人群和无证无照经营人群退出了社区,比原来登记数减少了 500 人左右。

二是群众得实惠。主要有三个方面:一是群众安全感满意度明显提高,老百姓都说现在太平多了;二是所在社区房租明显上涨,由原来平均每间每月 200 元左右上涨到 300 元左右;三是社区卫生环境有了明显改善。周边的 2 个生产队队长跑到星星村委会,积极要求尽快加入沈行社区,希望村委会早点安排。

三是来沪人员满意了。表现在三个方面：一是自己得到尊重，来沪人员与本地户籍人员一样，可以平等参与社区管理；二是安全感也得到提升，能够与本地人打成一片，和谐融入；三是对环境也满意了，以往在其他来沪人员集聚区，环境普遍不好，在这里，通过社区居民自主管理，来沪人员普遍感觉到这里环境比其他地方好多了。

四是基层党组织威信提高了。通过试点，基层党组织办实事，求实效，让群众得实惠，在群众中的威信明显提高。为改善村容环境，沈行社区进行了河道整治，沿河道旁的房屋共有 17 家违章搭建，村委领导上门仅一次，屋主就全部拆除。村民说，村委是真心为了群众好，为社区好，理应支持他们的工作。

（宝山区应急办　金晨供稿）

十二、世博保障

筑牢园区安全防线　维护世博运行安全

根据胡锦涛总书记"安保工作确保万无一失"的重要指示和"既要确保安全有序，又要确保运行正常"的总体要求，克服了准备时间短、任务变化多等各种困难，经历了2010年4月10日园区封闭、六场试运行、开幕庆典、开园仪式、中国国家馆日等持续不断的实战检验，园区安保工作经受住了百万以上超大人流、高频度警卫任务和各种突发事件的严峻考验，基本做到了"大事不出、小事不多，有事及时、有效处置"。

一、完善指挥体系，实行联勤指挥，积极探索符合实战需要的安保指挥模式

为进一步增强园区安保指挥效能，理顺指挥关系，成立了园区安保指挥部，统一指挥调度驻园公安、国家安全、军队、武警、消防、保安等各支安保队伍。

1. 按照有利于统一高效的原则构建指挥体系。实行园区安保指挥中心与园区运行指挥中心合署办公，共享一个指挥平台；分别设立公安、军队、武警指挥席位，实行24小时联合指挥，确保指令畅通；各安保工作责任区的安保指挥室与片区（场馆）管理部共用二级指挥平台，军队、武警任务部队派员进驻实行军地联合指挥。

2. 按照有利于责权明晰的原则统一指挥模式。共划设9个安保工作责任区、35个安保责任块，合理配属军队、武警安保力量，把各项安保工作落到岗位、落到一线。在14个出入口分别成立由公安民警牵头负责，军队、武警任务部队指挥员协助配合的现场指挥组，全面负责各出入口的力量部署、勤务安排和组织指挥，并赋予视情调整预检口开放时间、安检通道开启数量和勤务调整等临机指挥权，不断提高了一线指挥处置的应变能力。

3. 按照有利于实战需求的原则确定安保等级。根据每日入园预测客流和当日园

区各类重要活动的安全风险评估报告,适度调整园区安保等级、部署安保力量,有针对性地强化安保工作措施。期间,共实施一级安保等级 9 天,每日投入安保力量 2.9 万余人;实施二级安保等级 38 天,每日投入安保力量 2.8 万余人;实施三级安保等级 137 天,每日投入安保力量 2.7 万余人。

4. 按照有利于规范有序的原则完善方案体系。先后制定了园区安保工作总体实施方案和反恐怖、重点目标保卫等 51 个专项安保工作分方案,分别制定了包括园区大客流疏导处置、园区应急疏散处置在内的 32 个应急预案,形成了 305 份国家馆日、国际组织荣誉日、大型文艺演出、论坛交流活动、重要警卫保卫等安保行动序列,使各级安保工作更趋精细化、序列化。

5. 按照有利于整体作战的原则构建指挥系统。实现了公安、军队、武警三方指挥通信、图像视频的互联互通,提高了合成指挥、协同作战的能力;各级安保指挥中心配备指挥人员 115 人,实行 24 小时全勤模式,为确保园区昼夜平安默默耕耘。

6. 按照有利于信息整合的原则规范信息工作。进一步规范和加强了情况信息报送工作,及时上报、下传园区安保工作最新进展情况和各级领导的重要指示,加强情报汇集和研判处理,共编报《要情摘报》、《工作动态》、《动态反映》等 960 余份,基本形成了指挥调度灵敏高效、情报信息沟通顺畅、工作协调紧密有序的良好格局。

二、超前谋划部署,高效稳步运作,扎实推进园区运行各项安保准备

早在 2010 年春节后即开始谋划部署园区安保工作,临近开幕庆典和开园仪式前的实战阶段,更是超常规运作,超常规推进,细化落实各项安保准备工作。

1. 重点抓好形势预判和风险评估工作。按照“想全、想细、想一万、想到万一,抓深、抓细、抓落实、一抓到底”的要求,对封闭园区、试运行和正式运行后可能面临的各种安全风险和潜在威胁深入开展了分析梳理,特别是针对“外方主导的展馆安保模式”等 10 个重点问题,逐一研究制定了安保对策;组织专人对恐怖活动、极端行为、火灾事故、特大人流、政治滋扰、群体闹访等 6 个方面的安全风险开展了综合评估,为完善各项安保方案提供了依据。

2. 全力做好背景审查和证件制发工作。截至 4 月 30 日世博会开幕前,共完成 18.8 万名申领证件人员的背景审查工作,从中发现“未通过”人员 520 名。5 月 1 日至 10 月 31 日,共制发人员通行证件 28.7 万张,通过背景审查发现“未通过”人员 375 名,及时消除了安全隐患。针对证件制发工作一度出现的问题,面对承受的巨大压力,

证件管理中心迎难而上,负重拼搏,调动一切积极因素,积极协调落实解决人力、设备、信息等工作,全面完成开园前 19.2 万余张人员通行证件和 1.8 万余张车辆通行证件的制证任务,确保了开园以后各项运行活动的顺利进行。

3. 强力推进安保指挥和安防系统建设。克服了因园区及场馆建设、布展施工滞后带来的不利影响,通过近一个月的持续攻坚,在 4 月 20 日前建成了园区两级安保指挥系统,安装了近 27 公里的陆路物理围栏、19 公里电子围栏和 13 公里水岸虚拟电子围栏,完成了人员及车辆出入口人像采集比对系统、873 个安检门和 444 台 X 光机等安检设备、43 套无线信号屏蔽系统、161 个场馆的入侵报警联网系统、73 个场馆的门禁联网系统、16 套水下目标探测处置系统、312 台公安道路监控探头联网系统的建设和调试工作,为园区安保工作提供了强有力的科技保障,并在园区日常运行及重大安全警卫、重要庆典活动、重要敏感活动中发挥了极其重要的作用。

4. 切实加强岗位实训和实战演练工作。分批组织开展了世博礼仪知识、通用安保政策和安保岗位技能的普及培训和出入口防爆防核安检、防核化生恐怖袭击等科目的专业培训,添置了 2 万只灭火器、5 000 块遮挡围栏、930 条床单、1 200 余件更换 T 恤、500 套警戒带、400 顶雨伞、650 只喊话器、4 套遥控路障、74 套路障道钉、250 只防撞石墩、500 余只水马等应急处置装备。4 月 10 日起,组织开展了以防爆炸、防火灾、防挤踏、防冲撞为主要内容的单项及综合处置演练。

5. 全力投入园区试运行和"两开"活动安保准备工作。根据市世博会工作领导小组的统一部署,园区各级安保部门全力投入 4 月 20 日—26 日的六场试运行安保工作。期间,针对各场试运行发现和暴露出的问题,连夜研究制定改进措施,不断理顺指挥关系、合理均衡客流、提高安检通行能力、维护排队参观秩序,不断提升了应对安全风险的临场控制能力、应对突发事件的协同处置能力、应对大客流的机动反应能力,起到了"实战检验"的预期效果,为正式开园运行积累了经验、奠定了基础。同时,对开幕、开园庆典中警卫对象涉足场馆及园区制高点全面开展了基础调研,反复踏勘相关场馆、线路 600 余次,周密制定了专项安保方案,参与了 4 场警卫实景模拟演练;4 月 29 日起,对文化中心、世博中心实施清场搜爆安检和封闭控制,对园内 89 个可视制高点实施"清空固守、逐层控制",动用 742 名安保力量实施全方位控制;采取了贵宾远端安检、车进车出,观众园口安检、园内短驳,零星入园人员实施现场安检等不同安检方式,确保了 4 月 30 日 18 位党和国家领导人、42 位外国领导人及港澳台贵宾集体出席开幕式和 5 月 1 日 6 位党和国家领导人及中外嘉宾出席开园仪式的绝对安全。

三、周密谋划部署，牢筑安全防线，重点加强园区出入口区域安保

坚持"外紧内松、决胜外围"的工作思路，实施"主动防范、主动干预"的安保策略，将近70%的安保力量部署在园区出入口区域，严密构筑起外围区域、预检区域、候检区域、安检区域四道防线。

1. 加强外围布控，守住第一道防线。协调浦东、黄浦、卢湾公安分局部署着装民警和治安辅助力量，加大对各类可疑人员、物品及交通工具的盘问检查，为确保园区安全筑起第一道安全屏障。

2. 加强预检过滤，守住第二道防线。在园区围栏各预检口上部署公安、军队、武警、保安等安保力量，通过加大票证预检和开包检查力度，及时发现、处置各类可疑人员和物品，为减轻安检压力、提高安检通行速度起到了重要作用。

3. 加强现场威慑，守住第三道防线。采取公秘结合方法，出动搜爆犬、治安犬在候检广场配合开展流动临检巡查，不断提高"见警率"和"管事率"，有效增强了威慑作用。截至10月31日，共临检盘查50余万人次，查获各类管制刀具十余把及打火机数万余件，协助处置突发事件3起。

4. 加强防爆安检，守住最后一道防线。投入1.4万名军队、武警官兵，重点对入园人员、物品和车辆实行严格核辐射安检、防爆安检和票证查验，对重点可疑人员及其随身可疑物品引入详查间作进一步处置。据统计，5月1日至10月31日，共安检入园人员10 223.5万人次，其中票检人员7 306.6万人次，安检车辆71.1万辆次，查获各类入园禁带物品282.2万件。此外，还加强了对园区周边24个世博专用停车场的安全管理，按照"停车下客、泊车搜爆"的要求，部署军队搜爆任务部队加强车辆搜爆安检，安排武警任务部队加强停车场周界的巡逻警戒。自7月上旬起，迅速实施以防火安全为重点的停车场综合管理措施，派出消防车进场驻防，增配了371名保安人员，强化了火灾报警和初期火情救援处置培训，落实了督导检查和防范宣传措施。

四、突出工作重点，创新工作机制，着力加强园区核心区域安全保卫

针对试运行中暴露出的各种安全问题，园区安保部门坚决贯彻上级意图，把握重点，创新机制，不断提升安保工作的主动性和有效性。

1. 重点解决热门场馆门前参观排队问题。在为热门馆增加隔离栏等设施、优化

排队组织方案的同时,全面推广由公安牵头负责的"三方三联"(即公安、武警、片区实行联管、联防、联控)新机制,进一步整合各方资源,强化协同配合,提高了应急处置突发情况的能力;组建了 340 人的机动支队,各安保责任区分别组建了一支 30 人的机动应急队伍,制定了应急增援预案,摸索创造了热门场馆门前"截流、分割、单向疏导"的人群疏散控制方法,对现场排队秩序维护起到了重要积极作用,特别是当险情苗子出现后均能及时得到安全控制,化险为夷。

2. 重点加强重要目标和危险物品管控工作。落实武警安保力量加强了对园区内能源、电力、燃气、通讯、仓库等重要目标的警戒值守;加强了对园区厨房、餐饮、商铺等场所各类刀具的排查、管理工作,签订自保承诺书和安全责任书 240 余份,查处收缴违规销售的管制刀具 72 把;对园区内 106 家销售酒类饮品餐饮场所及周边加强了治安巡查工作,特别是在南非世界杯期间每日部署机动警力加强巡查、值守,积极防范、有效处置酒后滋事等突发事件。

3. 重点控制涉外参展人员活动区域。调整了世博村安保工作政策规范,在方便境外参展人员进出的同时,严格实施证件查验,对外来访客及随行人员加强信息登记、身份核对和严格安检;在世博村设立了 24 小时涉外警务工作室,完成了入住世博村的 160 余个国家和国际组织参观团队、4 000 余名境外参展人员的信息采集和背景审查,对 36 家商铺、1 010 名员工开展了滚动排摸工作,发放了警民联系卡和防范宣传资料 4 000 余份。

4. 重点采取全方位安保控制措施。建立了行政中心人员、车辆证件查验制度,完成了行政中心门禁系统、监控系统的升级改造,加强了运行指挥中心、新闻中心等重点要害部位的警戒值守;与 12 家入园物流企业逐一签订安全责任书,圆满完成了 1 384 批次现金、门票和焰火、油(气)料等危险物品的全程押运任务,以及 1.4 万辆次世博食品的入园安检和签封查验等工作;加强了入园邮件、快件、包裹等邮路"三防"(防爆、防生化、防辐射)工作,共检查邮路物品 53 454 件,发现、查扣各类禁限带物品 124 件,消除了园区场馆及世博村、行政中心的安全隐患。

5. 重点保障敏感国家馆日活动安全。按照"一活动一方案"的要求,有针对性地研究制定活动安保方案和应急处置预案,分区域、分层次、分重点地加强核心区控制、警卫线路和警卫对象上下车点保卫、重要制高点安全控制等工作。

6. 重点落实各类活动安保及应急措施。开园以来,圆满完成了开幕庆典、开园仪式、中国国家馆日和闭幕式(高峰论坛)4 场重大庆典活动、189 场参展国国家馆日、21 场国际组织荣誉日、1 429 场省区市活动周、34 场城市特别日、14 场企业特别日、32 场论坛活动、890 场欢乐盛装巡游和 22 041 场文化演出活动的安保工作；及时针对个别活动中出现的安全问题，扎实推进了园区广播图像显示系统的安全控制工作，调整落实了各类参展方活动的安全评估措施。

7. 重点强化园区突出治安问题整治工作。组织开展了集中打击扒窃、拎包盗窃和打击整治"三贩"专项行动，共捣毁盗窃犯罪团伙 3 个，抓获犯罪嫌疑人 48 名，先后快侦快破 78 起盗窃案件；保持了对"三贩"违法犯罪活动的持续压制态势，共查处"三贩"人员 7 000 余人次，查破案件 649 起，缴获各类非法涉博物品 39.4 万件，挖出了严重扰乱园区运行秩序的"地下旅行社"3 家。

8. 重点消除交通、消防安全隐患。及时组建了园区交警支队，加大了对园内交通秩序乱点的专项整治力度，建立了公安、片区、公交运营企业三方联席会议制度，加强了对园区公交车辆驾驶员的安全行车教育；重新调整了 20 余处人行横道线的设置，优化了世博大道、龙华东路、国展路、博成路等道路交通运行方案，启用了园区三色交通信号灯，科学合理调整了信号灯绿信比，极大地提高了园区道路通行效率，主干道路口的机动车和游客自觉遵守率明显提升，园区交通事故类警情数呈现逐月下降态势。在开幕庆典前，园区消防支队克服焰火燃放安保方案准备时间短、焰火类别品种杂、燃放场地分布广、气候因素变化大、安全管理环节多、安保措施要求高等困难，全面落实了焰火设计、生产、运输、存放、安装、燃放、清场等各个环节的安保措施，实现了园区浦江两岸 3.4 公里岸线、江面 18 艘船舶、浦西 7 幢建筑以及卢浦大桥等 9 个区域、260 余个场地世博焰火的安全、精彩燃放。开园后，该支队又严格按照 4 个等级巡检要求，投入 649 名消防专业力量加大了对 148 个重点场馆的防火监督巡检力度，有效实施了日常防火巡查、火灾隐患排查、初期火情处置、人员引导疏散和消防安全宣传等工作。通过全方位、高密度、精细严的交通、消防安全管理，实现了园区"交通事故零死亡、重大火灾零记录"的目标。

五、保持高度警惕，沉着冷静应对，加强反恐和各类突发敏感事件的应急处置

开园以来，园区各安保任务单位始终坚持"理性、平和、文明、规范"的执勤、执法要求，及时、有效、稳妥地处置了各类上访扰序等突发敏感事件 729 起。

1. 高度重视核化生爆安检工作。自 4 月 10 日 6 时园区实施整体封闭后，公安、军队任务部队密切配合，采取人、技、犬叠加安检的方式，完成了园区场馆建筑、公共区域、绿化地带、地下空间等 510 余万平方米的场地搜排爆和核化生检测任务；在开幕、

开园庆典前,园区核心水域进行了两次水下扫测、探摸和核心场馆区域的搜排爆工作;运行期间,各重点敏感国家馆日活动举办前,对重要警卫对象的涉足场馆和部分重点区域实施了 150 余次排爆复检;期间,还稳妥处置了非洲国家超辐射标准展品、装运烟花爆竹车辆违规入园事件。

2. 高度重视突发事件现场处置工作。落实巡查处置、机动增援、武装处突等应急力量,合理部署公开着装警力和便衣力量,从而加强了公开巡逻、重点值守和秘密控制工作,保持了与环保、卫生、电力等应急联动单位的密切沟通,先后成功处置了文化中心"7·22"和韩国馆"7·23"两起扬言跳楼自杀和"5·30"韩国歌迷聚集文化中心、"9·30"驾车冲闯园区事件,得到了上级领导的充分肯定。

（市公安局供稿）

提供气象精细服务　做好世博气象预警

在上海市委市政府和中国气象局的领导下,上海市气象局全体干部职工团结协作,奋力拼搏,不辱使命,圆满完成了世博气象精细化预警服务的各项任务,兑现了"气象,让世博更精彩"的庄严承诺。

一、上海世博会期间主要天气气候特征

2010 年世博会期间(5 月 1 日—10 月 31 日)上海(根据徐家汇站统计,以下同)平均气温为 24.9 ℃,较常年(1971—2000 年,以下同)同期偏高 1.3 ℃,较近 5 年(2005—2009 年,以下同)同期偏低 0.6 ℃。5 月 1 日—10 月 31 日上海降水量为 853.5 毫米,较常年同期(809.1 mm)偏多,较近 5 年同期(891.3 mm)偏少 4.2%。汛期上海极端最高气温为 40.0 ℃(8 月 13 日),日最大降水量为 125.8 毫米(9 月 1 日)。世博期间的天气气候有入夏偏晚、梅雨期过程性降雨和闷热高温交替出现、夏季高温强且 8 月高温日数多于 7 月等特点。出现的主要灾害性天气有大雾、雷雨大风和高温。

二、上海世博会气象精细化预警服务的基本情况

(一) 世博会开幕式、中国馆日、世博会高峰论坛及闭幕式等重大活动气象预警保障

1. 根据调研需求,制订全程跟踪的服务方案。2010 年 2 月,市气象局组织专家对上海世博会开幕庆典期间可能出现的高影响天气进行了风险评估和分析,并提请有关部门注意不利天气可能对开幕式造成的影响,多次与上海世博局沟通,共同编制了《上海世博会开幕庆典及开园仪式恶劣天气应对工作方案》。针对开幕庆典活动 7 个环节和 3 类人群不同需要,分析 17 类气象要素不同影响,与开幕式导演团队共同制定了包括 33 种调整动作和 58 类取消动作的针对性、标准化、可操作的嵌入式服务产品及活

动调整序列,为嘉宾室内外转场、焰火燃放、音乐喷泉、灯光表演、LED 灯球、旗船表演等受气象因素影响较大的活动提供了切实有效的气象保障服务。精心设计中国馆日、世博会高峰论坛及闭幕式等重大活动气象服务行动序列和现场报告流程,针对活动中嘉宾转场、文艺演出、领导巡馆以及闭幕式旗林广场降旗仪式等关键时间节点的保障服务工作进行了强化,挖掘服务需求,做好详细安排,提供了精细化的气象保障服务。

2. 准确预报开幕庆典、中国馆日、世博会高峰论坛及闭幕式期间天气,保证各项活动按既定方案进行。2010 年 4 月 24 日开始预测 4 月 30 日开幕庆典及 5 月 1 日开园仪式期间,以多云天气为主,偏南风,总体上气象条件有利于开幕庆典和开园仪式的举行,并稳定保持此预报结论。提前 4 天精细化预报针对开幕庆典项目的各气象要素,包括江面、10 米、30 米、50 米、70 米的风向风速、云量、云底高度、能见度、温度、体感温度、相对湿度、大气扩散条件、雷电、紫外线等十几种要素预报。开幕庆典当日实况与预报一致。中国国家馆日当天天气系统较为复杂,存在可能影响上海的弱降水过程。9 月 25 日,市气象局发布第一份关于国家馆日的重要气象信息市领导专报,从 9 月 30 日开始提供逐 3 小时精细化天气预报,到 10 月 1 日 6 时 30 分的会商基本排除了馆日期间降水的可能性,并提供了园区逐小时精细化天气预报。10 月 1 日,园区实况为多云到阴,没有出现降水,东到东北风,平均风力 2 级,天气舒适,整个过程预报基本准确。10 月 22 日,市气象局发布第一期针对闭幕式气象服务的专报明确指出“10 月 31 日上海受高气压系统控制,以多云到晴的天气为主,气温 13～20 ℃,北到东北风 3～4 级”,并从 10 月 25 日起每日发布专报,开展逼近式跟踪服务,准确把握了 10 月 31 日闭幕式天气。

3. 针对活动特点,开展精细、贴身、互动的气象保障服务。在世博开幕式、中国馆国家馆日、高峰论坛和闭幕式期间,市气象局和江苏、浙江两省的移动雷达、移动通信车等 6 部移动观测设备在世博园区和天气影响关键区开展气象观测,长三角 8 个探空站和 17 个地面站开展加密观测、风云二号卫星启动双星加密观测,为市领导和相关部门提供及时、准确的气象信息,保障重大活动的正常进行。以世博开幕式为例,针对开幕庆典各项活动提供精细的服务提示,市气象局向 DAE 导演团队提了 4 点建议,均取得良好效果。

(二) 为世博会期间园区及城市运行提供气象精细化预警服务

1. 围绕管理部门、参展方和游客的不同需求,创新服务方式,多手段提供气象信息。世博期间,向各世博管理层发送各类专报 1 709 期,通过世博园区电子屏发布各类气象信息 1 129 次。建立了天气预报、预警手机短信服务群,涵盖世博园区运行指挥中心及各片区管理人员,发送对象超过 2 000 名。为参展方和游客提供个性化服务,主动与世博园区热门场馆以及极易受气象灾害影响场馆进行沟通,并开通了参展方专用的英文气象服务网页,通过传真、E-mail、手机短信、热线电话等方式为参展方提供个性化的气象服务。世博气象热线电话拨打量为 72.497 9 万次,世博气象信息网点击数达 1 299 万次。与联合国馆、美国馆、澳大利亚馆等 30 多家展馆建立起沟通服务渠道,并且每天通过 E-mail 向 32 个展馆发送英文天气预报。建立高效的世博气象服务信息发布机制,重要世博服务产品直接送达主要领导,强对流天气内部通报、预警信号发布迅速、高效,确保重要用户 45 秒内收到手机短信,2 分钟内收到传真。

2. 积极开展公众出行、游园人体健康相关的气象服务。开展了呼吸道疾病、细菌性食物中毒、花粉等过敏性气象条件预报,高温中暑、体感舒适度、紫外线伤害指数等预报服务,同时加强了城市雾霾和空气质量气象条件预报服务。综合利用电视、园区广播、网络、手机短信、电子显示屏及由原上海南市发电厂 165 米高的烟囱改建而成的巨型气温计造型世博气象信号塔及时向社会公众发布各类气象预报预警服务信息。世博会期间,世博园区发布高温预警 37 次、雷电预警 16 次、暴雨预警 10 次、大风预警 7 次、台风和大雾预警各 1 次,气象信息成为首批纳入世博园区手机短信小区发布的 3 类信息之一,日均发布 20 至 25 万人次。

3. 建立以高敏感用户需求为坐标的影响预报业务。通过加强跨专业的部门间合作,分析气象因素对世博客流的影响,开展世博游客人数预测和交通保障;分析气象因素对人体健康的影响,开展世博园区中暑、腹泻、外伤人流预测等。积极开展了三类天气影响预报业务:(1)与区域相关的天气影响预报,如:海洋气象影响预报(风暴潮增水、海浪预报等)、流域气象影响预报(太湖分区面雨量、太湖流域洪涝风险等级、蓝藻暴发等)、大气环境影响预报(霾、污染扩散等)、交通气象影响预报(高速铁路风力影响风险等级、航空飞艇和空警执勤气象保障等);(2)与城市生产运行(城市生命线)密切相关的天气影响预报,如:电力气象影响预报(用电负荷预测、输变站及高压走廊气象保障等)、城市交通影响预报(高速公路天气影响、城市积水等)、城市食物供给影响预报(设施农产品、农业病虫害、蔬菜运输与供应)、城市用水量影响预报;(3)与城市人体健康相关的天气影响预报,如:公共卫生气象影响预报(老年慢性支气管疾病、细菌性食物中毒、花粉等过敏性等)、高温热浪影响预报(国际化高温中暑指数预报、体感舒适度预报、紫外线伤害影响预报等)。

4. 开展精细化气象服务,保障园区活动顺利进行。园区最关心天气的部门之一是活动部,每天大量的室外演出和各种活动都需要合适的天气条件。为此,世博园区运行指挥中心气象席位密切跟踪天气,开展精细化气象服务。在天气条件不理想的情况下,抓住阴雨天气的间隙,建议活动部适时举行活动,取得较好的服务效果。根据市气象局提供的天气预报、预警信号等服务,园区管理部门调整或取消各类室外表演活动 573 场次。根据园区雷电、大风、暴雨等预警信号实施预案,采取关闭高架步道、停运充电公交及越江轮渡等安全联动措施。根据园区高温热浪预警,实施多套参观者防暑降温措施。

5. 开展气象条件对城市运行体征各要素的相关性分析,为领导决策提供技术支持和依据。市气象局和市建设交通委等部门合作分析了气象条件对城市供水、供电、供气、垃圾处理、公园游客量、交通出行方式及世博客流量等的影响,运用相关分析法研究了世博会开幕至今的上海城市运行各类体征要素与温度、湿度、降水量和日照等气象条件的相关性,为领导决策提供技术支持和可靠依据。此外,市气象局挑选相关性最好的气象要素作为预报因子,建立了日供水量、日供电最大负荷的简易预测模型。根据日常天气预报结论,可以做出中心城区日供水量、日供电最大负荷的预测,为供水部门、电力部门提供客观、定量的预报产品。经检验,该预测模型具有较好的准确度。

6. 加强短临天气监测预警,开展极端天气内部通报,保障世博会安全运行。为抓住极端天气可能发生的蛛丝马迹,早通报、早会商、早准备、早应对,全力以赴把气象灾害对世博期间城市运行的影响降低到最小限度。市气象局与市防汛办、世博园区指挥中心进行协商,确定了极端天气内部通报的技术标准、提前时效和发布方式等。面向全市极端天气应对工作,完善了《关于进一步加强上海市极端天气(强对流)应对工作的意见》。意见要求,在现有防汛防台预报预警机制的基础上,在气象部门向社会正式发布气象预警信号前,针对政府内部管理部门增加一个强对流天气内部通报环节,以便与气象、防汛、绿化市容、交通、房管等部门之间早通气,提前做好应对准备。世博期间共发布极端天气内部通报 31 次,击中率 81.13%,时效提前共计 89.52 分钟。

7. 开展气象灾害风险评估,及时查找安全隐患。市气象局高度重视世博气象灾害风险评估工作,组织灾害评估专家和相关技术人员成立世博气象灾害风险评估技术组,专门开展世博会期间气象灾害风险评估工作。世博气象灾害风险评估技术组制定了风险评估的技术规范,从气象灾害风险源识别、气象灾害风险评估、对策和建议等方面出发,先后完成了气象灾害风险评估初始报告、更新报告,针对重点部位(世博轴阳光谷）进行了专项风险评估,共完成了《上海世博会气象灾害风险初始评估报告》、《上海世博会恶劣天气风险评估报告》、《世博轴阳光谷气象灾害安全评估报告》、《上海世博会开幕式恶劣天气风险评估报告》四份风险评估报告,为相关部门及时整改提供依据。

8. 积极做好世博园区雷电灾害防御工作。在2010年4月17日世博园区防雷大检查的基础上,2010年6月17日凌晨,市气象局防雷中心组织专家对世博园区浦西世博轴及高架人行平台、江南广场、出入口广场、停车场、主要场馆及配套设施等7个大项40余幢建筑进行了检测。经过五小时努力工作,保质保量地完成了世博园浦西片区的防雷检测任务,并将根据此次检测中发现的问题组织技术骨干进行后续的审核验收工作。7月进入了高温、台风、暴雨、雷电等恶劣天气的频发期,市气象局就如何做好园区雷电灾害防御工作与世博局进行了多次会谈,并会同世博局共同制定了《世博园区应对雷电灾害应急预案》,由世博局正式下发执行。预案确定了世博园区应对雷电灾害指挥领导机构由世博局及气象局领导共同组成,并且明确了应急响应的等级及应对措施。

三、世博气象精细化预警服务的体会与思考

1. 市委、市政府和中国气象局领导高度重视、精心组织是上海世博会气象精细化预警服务取得成功的重要前提。俞正声书记、韩正市长、杨雄常务副市长等领导多次对世博气象精细化预警服务工作提出明确要求。2006年2月,中国气象局成立上海世博会气象服务工作领导小组,先后召开7次专题会议研究部署世博气象保障服务筹备工作。制定了2010年上海世博会气象服务实施方案、2010年上海世博会重大活动气象保障服务方案及实施、演练、应急等近10个工作方案。领导的重视和精心组织,为气象部门高质量完成气象保障服务工作提供了坚实的组织保障。

2. 气象服务全方位融入世博活动的组织管理工作是上海世博会气象精细化预警服务取得成功的重要途径。市气象局在2004年就启动世博气象服务工作,通过早谋划、早介入、早服务的方式,强化了在国家整体办博组织工作中的重要作用。在上海世博会主运行指挥部下的世博园区指挥部和重大活动专项指挥部均下设气象保障组。气象部门也是涉及在世博安保和城市整体运行等指挥部各工作组(如水上和陆路安保、市政市容、科技服务和交通协调等)的成员单位,市气象局派出4名工作人员作为世博局工作人员,分别参与综合计划、应急管理、人流预测、信息发布等工作;派出10

名科技人员直接承担园区世博运行指挥中心气象席位工作,直接参与世博运营指挥中心日常运营指挥和应急处置工作,有效促进了气象服务与办博运博各项工作的步调一致、全面融合,提升了气象服务的效果。

3. 气象现代化建设成果是上海世博会气象精细化预警服务取得成功的重要支撑。气象卫星、新一代天气雷达、自动气象观测站等现代化气象探测设备的有效应用,高密度的世博园区气象观测网的建立,及数值预报业务系统的发展,显著提升了气象部门精细化天气预报服务能力。针对世博气象保障服务,专门开发的短时临近预报预警系统、长三角信息共享及一体化业务系统、世博短期及专业预报交互系统、世博气象服务业务系统、世博气象服务网站群、多灾种早期预警系统等 6 个业务系统投入了业务应用,极大地提升了世博气象预报服务能力。世界气象组织临近预报服务示范项目、多灾种早期预警系统示范项目、上海城市环境气象国际示范项目的成果转化以及奥运气象服务成果的移植应用也为世博会气象服务提供了有力的技术支撑。

4. 观测、预报、服务互动的常态化、精细化世博气象工作组织形式是上海世博会气象精细化预警服务取得成功的重要创新。市气象局通过开幕庆典、中国国家馆日、世博会高峰论坛及闭幕式等重大活动气象保障和 6 个月的世博气象服务形成了常态化重大活动气象观测、预报、服务流程和人员岗位设置。一是开展与预报服务互动的加密观测和常态化移动观测。根据天气过程的逐步逼近分析,加强加密观测和机动观测,帮助预报员监测分析和现场服务,起到“站岗放哨”的作用。二是强化以高影响天气为坐标,渐近式跟踪的长中短临一体化预报业务组织。针对预报的不确定性,强化多业务单位整合的一体化综合预报平台,强化长期、中期、短期不同环节的衔接,通过长期天气监测分析业务为中短期预报提供背景信息和着眼点,同时强调中期天气形势及过程分析对短期的支持;通过加强集合数值预报产品的(不)确定性分析等在预报中的应用,为复杂天气的短期把握提供“预报之预报”的调整思路。三是强化以高关注地点为坐标的 OUTLOOK-WATCH-WARNING 的多圈层警戒短临预报流程。成立了强对流预警中心,在 5 个高影响和高敏感区县设立分中心,强化多圈层监测预报能力。建立了固定和移动相结合、S、C、X 多波段相结合的天气雷达组合观测业务。建立了卫星、雷达和地面站多源遥感动态定量降水估计业务。建立了以长三角一体化平台为核心的中尺度天气综合监测预报平台。四是建立基本满足现代城市气象服务需要的综合服务业务平台。形成有机构支撑、有服务岗位、有联动职责、有工作预案、有业务界面、有工作对象、有服务体系的实体化服务业务。建立以专职首席服务官为核心,部门联动为重点,专业化服务信息广覆盖为基础,岗位职责明确,应急预案齐全的机制;

建立服务策划和归口管理机制，形成服务任务策划、分解，服务产品编审、把关、分发的一系列规范的工作流程，并通过任务单形式予以落实，做到服务有策划、有跟踪、有落实；建立以世博服务产品制作与分发系统为重点的自动化服务业务系统，根据模版快速、准确地制作和发布适应不同类别用户、不同种类的服务产品，监控并掌握服务工作全程状态。

（市气象局供稿）

完善客流调度机制　力保世博交通畅通

中国 2010 年上海世博会自 5 月 1 日到 10 月 31 日成功举办，实现了成功、精彩、难忘的预期目标。世博交通保障作为上海世博会的重要组成部分，是上海世博会成功举办的重要基础。回顾 184 天办博历程，世博交通保障协调组（以下简称交通保障组）认真贯彻落实市委市政府的总体决策部署，采取积极主动、灵活有效和人性化的工作措施，全面推进实施世博交通保障工作，无论是世博交通还是全市背景交通，总体运行都比较平稳、有序、受控，总体服务水平和质量得到了各级领导、社会各界、各方观博游客的充分肯定和赞扬。

在世博整个运行期间，共经受了 24 次 50 万以上人次大客流的考验，特别是 10 月 16 日成功应对了 103 万以上超大客流的考验，同时还经历了连续数日 60 万以上大客流，以及梅雨、高温、雷暴雨、台风等恶劣天气和黄金周假期的巨大考验，世博交通保障工作做到了平稳有序。在公共交通应急管理方面，交通保障组本着"考虑充分、统筹协调；宣传研判、源头控制；堵疏结合、重点保障；加强培训，有序引导；综合运用，确保安全"的指导思想，将应急保障工作融于日常管理工作，立足可操作性和可实施性，采取了一些超常规的做法，取得了非常有效的成绩，这也为今后大型活动的应急管理，提供了很多有益的经验和启示。

一、创新指挥协调体系

根据世博交通保障职责定位，世博交通保障工作建立了领导靠前指挥、组内部门全力以赴、成员单位及运营企业协同联动的组织体系。在这个行之有效的构架下，各单位、各部门各司其职、各尽其责，形成合力。

一是交通保障组成立了由 33 个部门组成的综合交通运输保障指挥调度中心。既有市政府工作部门，也有运营企业和中央在沪直属机构，包括交通、公安、旅游、铁路、民航、气象、各区县等多个部门。

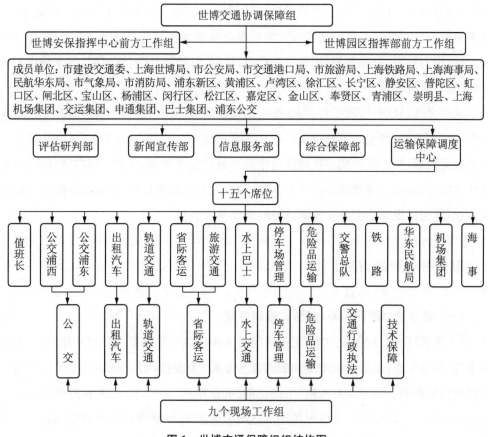

图1　世博交通保障组织结构图

二是组内部设立"四部一中心"，包括研判评估部、新闻宣传部、信息服务部、综合保障部和运输保障调度中心。"四部"分别承担世博交通出行情况的预测、预判，交通保障情况对内对外的宣传，相关交通信息的保障和世博交通保障后勤服务等。指挥调度中心按照"常态各司其职"和"应急集中办公"的工作方针，承担世博期间全市水、陆、空、铁各类交通运输资源的决策、指挥、调度、综合协调工作，并重点突出公共交通运力保障，为园区内外交通的衔接和客流均衡提供了有力组织保障。

三是派出两个前方工作组分别进驻园区运行指挥中心、世博安保指挥中心。在园内园外交通衔接、团队旅游巴士预约、停车场管理、现场道路交通指挥等各方面建立了良好的沟通协调机制，有效地推动了各项工作的实施；与市公安局二指、园区运行指挥中心等建立联动机制，在加强信息共享、措施协调等方面起到了很好的效果，为做好世博交通保障工作提供了重要的保证。

运行期间，各级领导亲临一线。沈骏副市长、尹弘副秘书长几十次赴交通协调保障指挥中心现场指挥；多次赴交通组织现场调研；到交通保障一线慰问基层干部员工。

浦东、黄浦、卢湾、徐汇等区主要领导和分管领导都亲临交通保障第一线。申通集团、交运集团、巴士集团、浦东公交和五大出租车企业等运营单位的领导坐镇一线指挥调度，企业全力投入、全员参与，积极服务世博，确保了世博园区有序运营，整个城市正常运转、服务到位。

这一多部门联合指挥平台，为各种交通保障措施的及时、有效会商，发挥了很重要的作用。应该说，这也是上海首次将这么多部门组成一个统一的平台，以前从来没有过这么大规模、长时间的统一指挥调度平台。通过这个平台，多部门保持密切联系，对具体客流、道路交通等情况进行实时沟通，确保发生突发事件时，能在第一时间协调解决问题，并可以提前指挥各项预案、措施，确保落实到位。

二、制定分类分级方案

(一) 围绕总体思路和基本原则，编制方案

《上海世博会交通保障方案》明确世博交通保障总体思路是，遵循"整体保障、突出世博"的总体原则，既要以全市交通的改善为基础、为前提，最大限度减少世博交通对日常出行的影响。同时又要按照"围绕世博、确保世博"的要求，考虑到世博会的人流聚集，特别是在园区附近，高峰时段局部区域日常出行与世博出行叠加影响较大。基本策略包括：

一是倡导公交出行。世博客流规模巨大，鼓励游客使用公共交通参观世博。通过优化轨道交通、地面公交服务，提高系统保障度，争取90%以上参观人员通过轨道交通、地面公交及团体客车等集约交通方式入园。

二是均衡入园客流。世博客流在周末、双休日、节假日、重大园区活动日集聚。通过信息发布等手段，引导客流从高峰日参观转向一般日参观，从高峰时段出行转向平峰时段出行，从浦西入园转向浦东入园。

三是采取适当管理措施。为确保世博期间的交通服务水平，减少世博交通与日常交通的叠加影响，从加强管理着手，制定相应管控政策，包括汽车使用管理、施工区域管理等，适时实施。

交通保障组基于对世博交通的基本条件和需求特征，从道路交通组织、客运交通服务、综合交通管理等方面制定了29个工作方案，这些方案通过东方网等向社会公示。

道路交通组织方案包括：市境公路道口安检交通保障方案；世博P＋R停车场方

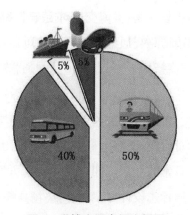

图 2　世博交通出行比例图

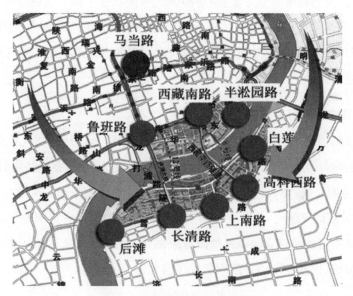

图 3　世博入园客流分布点图

图 4　世博专用车道指示图

案;世博交通保障通道布局规划方案;世博交通可变车道系统实施方案;马当路出入口交通组织方案;世博园区周边道路交通组织方案;世博园区临时停车场交通组织方案;世博专用停车场停车管理调度指挥方案;世博道路交通指路系统方案;世博交通保障通道设计方案等。

客运交通服务方案包括:世博省际公路客运运营保障方案;世博轨道交通运营组织方案;世博专线布局方案;世博专线服务标准、世博水门出入口陆域进出场客流运输保障方案;水上客运组织与日常浦江游览船平衡和监管方案;世博专属出租汽车车队营运管理方案;世博公共交通标志设计方案;世博离场高峰交通运营组织方案等。

综合交通方案包括:世博交通运输保障指挥体系实施方案;世博会交通信息服务保障方案;世博交通指南编制方案;世博园区大客流状态下园外交通系统预警及应对方案;世博专线票价方案;世博专用停车场管理办法;世博期间机动车"尾号限行"方案;世博期间扩大禁止摩托车通行范围方案;世博期间上海市在建工地管理方案;世博交通预演策划方案等。

(二)围绕方案抓好落地,开展演练

交通保障组围绕"三运一保"职责定位(即运能储备、运力调度、运行监管、道路设施保障),切实做好方案落地工作,制定《落地工作计划表》,确保 6 大类 171 项工作在 4 月 15 日前全面完成。同时,随着世博会 4 月 20 日试运行开始,交通保障组从 4 月 15 日起进入世博勤务模式,并开展了马当路出入口客流溢出应急演练(后根据实际转化为实战演练)、直达轨道交通线路故障应急演练、世博周边停车场联动演练、进沪道口拥堵分流演练、世博专用道事故应急处理演练等专项演练,以检验指挥协调流程、工作措施响应等。

(三)围绕园区大客流状态,实施联动

交通保障组经过专题分析调研,在认真分析世博园区客流容量、出入口的安检能力、全市道路运行情况、各种交通方式的运能、参观客流的时间分布等情况基础上,为确保游客安全,依据客流规模采取分级预警管理措施,即当园区内或某些特定节点的游客集聚超过一定的规模时,分别以Ⅲ级黄色、Ⅱ级橙色、Ⅰ级红色进行预警。Ⅲ级黄色状态,园区局部拥挤,以信息告知和状态监控为主。Ⅱ级橙色状态,园区出现大面积拥堵征兆,园外交通系统以限流为目的。Ⅰ级红色状态,园区即将超出计划接待能力,对客流安全直接构成威胁,园外交通系统以截流为目的。相关设施所在区县按照预警等级做好保安全、保秩序、保滞留人群的生活保障工作。10 月中下旬,随着世博会接

近尾声和平日票即将到期,大客流如期而至,从 10 月 15 日开始持续 10 天出现每天 60 万以上大客流,其中 16 日更是达到创纪录的一天 103 万人次。为有效应对,交通保障组根据市公安局二指的指令实施分级预警管理预案,实现了组织调控有力、运力保障充分、工作方案及措施有效。

图 5　世博客流三级预警示意

三、运用信息服务支撑

交通保障组运用交通信息化技术手段,发挥调度指挥、信息服务两大平台作用,为推动世博交通保障科学、高效、安全运行构筑了坚实的基础。

(一) 调度指挥平台保障实时处置

一是以世博交通港航安全监管系统为基础,实现对多种公共交通方式的运营组织管理和服务供应情况的实时动态监测。在公交、出租汽车、省际客运(班线车和包车)、轨道交通、水上客运、危险品运输等行业,利用 GIS、GPS、AIS、道路或车载视频监控系统等技术手段,以综合交通信息、世博交通信息应用服务、世博园交通信息三个子平台为重点,建立了一个信息集聚、运作有序的综合平台,实现了对全市道路交通、公共交通、对外交通、世博会专项交通等信息的采集、汇聚和标准化处理,有效地统筹了世博园区外、交通港口、铁路、机场、公安等部门交通管理信息,分层次、分类型对各类信息进行整合和分析,提高了行业监管水平。在调度指挥中心,能实现 3 000 余辆世博公交车、4 000 辆世博出租专用车、2 400 辆长途客运班线车、6 000 余辆危险品运输车、300 余艘危险品运输船舶以及外省市进沪车船的运行安全实时监管,具有超速、驶入禁止区域和违规停车等自动报警功能。

二是接入大量的视频,为应急指挥调度和领导的决策提供服务。指挥调度中心与市交通信息中心、市公安局(二指)、市应急办、市民防办、上海世博局、申通 COCC、公交巴士集团、大众出租调度平台等单位实现网络互通,信息共享。在指挥调度中心能看到全市主干道、快速路和高速公路通畅情况、主要路口通行情况、交通枢纽(虹桥枢纽、公交场站、轨道交通车站、长途汽车站、客运码头)、停车场库、内河航道、危险品作业码头、人流聚集的公园,以及世博园区内的道路、各大出入口、周边停车场等近5 000路视频。再加上数辆移动视频车,极大地保证指挥调度中心掌握全市面上交通运行情况,从而实施指挥调度。

三是在运行过程中执行专门世博勤务模式,强化值班值守;各现场工作组派驻运行一线,加强责任区域的现场监管;并在世博交通保障重要节点设置观察哨,掌控客流实时动态。在出现世博交通大客流、极端天气或其他突发事件的情况时,及时响应并启动相关保障预案,安排应急运力,进行实时调度。

(二) 信息服务平台提供决策和公共服务

加强信息平台建设,推动运输保障调度中心与市交通信息中心平台对接,实现对道路交通、公共交通、对外交通、园区交通信息的综合和共享。交通综合信息平台强化交通信息采汇、处理、分析和发布等各项工作,为世博交通组织、指挥管理提供实时信息,帮助决策。运行过程中,实现对公交等在途客流的采集、汇集等,确保了客流数据等信息的及时获得,综合交通信息数据实时接入;辅助分析研判客流规律;利用客流综合叠加功能,提供大客流预警基础数据。通过信息服务平台确保了客运数据分析研判的准确性,为世博交通科学决策,均衡配置运能,实现运能效用的最大化起到了重要作用。同时,还通过世博交通指南、世博交通出行网、12319服务咨询热线、电台电视台、可变信息标志、手机、车载导航终端、触摸屏等传媒方式,为市民、世博游客选择出行方式、路径和换乘等,提供了交通信息的社会服务。据统计,世博期间,世博交通出行网访问量348.3万次;触摸屏查询终端总计访问19.2万次;12319服务咨询热线接受询问7.8万次;发放交通指南1 738.7万份。特别是在应对世博最后阶段持续大客流

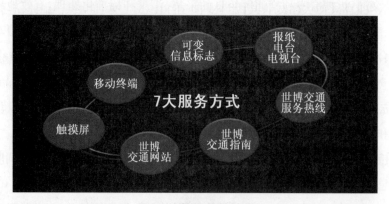

图6　世博信息服务图

中,园区内外信息服务加强交互流动,充分利用地铁乘客信息系统,园区广播、手机短信、LED大屏幕等形式,引导游客避开人流集中的轨道交通站点或出租汽车供应紧张区域,对合理分流、有序控流起到关键作用。

四、研判宣传有效结合

(一) 强化分析研判,提前预警

世博交通研判依托"信息化手段、补充交通调查和交通模型分析"三大核心手段开展,实时跟踪世博交通运行动态,总结世博交通特征,预判可能出现的大客流及潜在交通问题。通过编制192期研判评估日报、26期周报、6期月报、978期世博道路交通状况报告及"公交世博专线运行"、"世博园区附近停车场使用"、"世博游客出行特征"及"'世博大礼包'发放交通保障"等4期研究专报,分层次、分阶段、分专题开展世博交通研判评估,结合发放3万余份世博交通调查问卷,积极寻找客流规律,及时发布研判提示,提出工作建议。

(二) 发挥宣传舆论,积极引导

交通保障组以新闻宣传为重要抓手,实现有效引导、时效服务、高效激励。一是发挥舆论辅助引导作用。每日定时向世博信息服务平台提供新闻素材,并就世博交通出行攻略、交通出行公众信息服务、交通行业服务亮点等方面,策划专题采访近两百个,组织媒体深入世博交通保障第一线实地采访,通过媒体报道及网站转载累计达25万余篇。特别是对世博专线运营方案调整、世博入场离园交通出行方式、世博大礼包出行攻略等与市民、游客出行密切相关的内容进行反复宣传。二是提供高质量信息服务。认真编发世博交通每日运行动态219期、周运行动态22期和专题简报10期等,及时反映世博交通运行动态和最新进展。

（市建设交通委供稿）

强化公共卫生保障 提升世博医疗服务

世博会期间,在市委、市政府的正确领导下,上海世博会主运行指挥部公共卫生和医疗组克服工作时间长、压力大等困难,切实贯彻落实市委、市政府领导关于办博的指示精神,全身心投入到世博会医疗卫生保障工作,一丝不苟地实施各项保障措施。世博会医疗卫生保障工作总体平稳有序,园区内无传染病疫情传播、无饮用水安全事件发生、无食物中毒事故发生、无重大公共卫生事件发生,基本实现了市委、市政府提出的园区医疗保障"四个确保"的要求。

一、精心组织,周密部署筹备工作

为了向上海世博会提供优质、便捷的医疗卫生相关保障工作,保障世博会期间城市和园区公共卫生安全,上海世博会主运行指挥部下专设公共卫生和医疗组。在沈晓明副市长、翁铁慧副秘书长的指挥协调下,公共卫生和医疗组各成员单位精心组织,周密部署筹备工作。

(一) 加强组织领导,指挥决策有力

一是明确工作重点。建立了"三个同心圆"的世博会医疗救治体系,对世博园区内工作人员、志愿者等进行全员现场初级急救培训;进一步健全全市传染病监测网络,进一步规范各类传染病、突发公共卫生事件报告和应急处置流程;有序有力开展重性精神病人治疗管理工作;开展公共场所卫生和饮用水卫生在线监测;开展"健康世博、健康城市"建设,倡导"无烟世博"。

二是完善组织架构。成立了"一室五部"的组织架构,即综合协调办公室、公共卫生保障部、食品安全保障部、医疗服务保障部、健康促进行动部和 VIP 随队医疗保障部。根据实际工作需要,市卫生局、市食品药品监管局、上海出入境检验检疫局、市干保局、市爱卫办、市红十字会等 13 个单位共同参与了医疗卫生保障工作。

三是加强联动协作。制定了《上海世博会主运行指挥部公共卫生和医疗组保障工

作运行方案》,确保公共卫生和医疗组运行的规范化、制度化。各部门各司其职、扎实推进和实施各项保障任务;部门之间建立了工作例会制度,各成员单位间工作动态实行"日报告"制度,畅通了日常信息沟通。各成员单位在疾病防控、食品安全保障、实验室生物安全管理、健康城市建设等各项卫生保障工作上共同推进落实,保障卫生工作协调联动整体实施。

(二) 提高整体医疗卫生保障能力和应急处置水平

完善保障预案,落实准备工作。世博园区医疗卫生保障工作是一个全新的任务和挑战,为完成好本次保障任务,我组部分成员单位在 2005 年起就开始着手相关准备工作,通过参考往届世博会和本市其他各类大型活动医疗保障的经验,结合上海世博会总体规划,制定了各类工作预案。我组专门编制了《公共卫生和医疗组世博相关文件汇编》,收录了市卫生局、市食品药品监管局、市红十字会、上海出入境检验检疫局等成员单位的服务世博会相关文件和方案 20 余篇。

加强培训演练,提高保障能力。在完成了全市 96 家二级以上综合性医疗机构"现场应急救援培训"、输入性及新发传染病临床诊疗能力等培训的基础上,还举行了核化生医疗救治培训、园区内就诊信息软件应用培训、空港口岸卫生监督技能考核等系列培训。完成了 8.7 万名世博园区工作人员、志愿者和服务人员的现场初级急救培训。市区两级部门共建立了 39 支 24 小时公共卫生现场应急处置队伍,各级医疗卫生机构开展了世博会定点医院批量伤员院内救治演练、应急队伍拉动演练、输入性传染病应急处置演练、口岸突发公共卫生事件应急处置演练等,完成园区内医疗救援的专项演练。开展了卫生监督机构突发放射卫生事件、突发生活饮用水污染事件、突发公共场所污染事件等实战演练,增强了卫生监督队伍应急处置能力。

发挥专家咨询作用,创新保障工作方法。市卫生局、市食品药品监管局、卫生部和 WHO 共同推荐专家组成了"健康世博专家咨询委员会"。专家们就世博会期间的疾病防控、卫生应急、控烟、食品卫生和健康促进等领域的合作项目进行了商讨,建立了沟通交流机制,为世博医疗卫生保障和食品安全工作提供权威的咨询建议、技术指导和支持。

世博会卫生保障工作得到了卫生部、国家质检总局的全力支持。卫生部成立了陈竺部长任组长的卫生部上海世博会卫生保障工作领导小组,专门制定了《卫生部上海世博会卫生保障工作方案》,在传染病防控、医疗救援、血液保障、重性精神病人管理等方面,组织协调全国卫生系统,指导和支持本市做好上海世博会各项卫生保障工作。江浙两省卫生行政部门组建 24 小时应急处置队伍,随时做好支援准备,同时卫生部和江浙沪三地卫生行政部门还定期召开视频会议,及时沟通疫情防控信息,确保三地传染病防控协调有序。国家质检总局成立了以魏传忠副局长为组长的国家质检总局上海世博会检验检疫工作领导小组,并先后派出了5批次、26人次的督导检查小组,对世博口岸检验检疫工作进行督导检查。

二、医疗卫生保障的具体措施

世博会开幕后,医疗卫生保障体系运行良好,各项保障措施有序开展。除了日常医疗卫生保障以外,还顺利地完成了开闭幕式、中国国家馆日等重大时间节点和重大活动期间贵宾医疗保障工作。

(一) 及时调整医疗资源,满足园区医疗服务需求

1. 医疗保障基本情况。构建了"三个同心圆"的世博会医疗保障体系,即世博园区内建立缜密的医疗救治网络,世博周边区定点医院提供院内医疗服务,城市运行区临床医学中心提供技术支持。整个医疗保障体系运转是比较顺畅的,在园区患者救治方面发挥的极其重要作用。世博会期间,园区内5个医疗站累计接诊9.7501万人次;世博园区10个出入口医疗点接诊了2.8104万人;中国馆医疗点接诊病人2 066人;总接诊人次数占游园参观者的1.76‰左右。园区内10辆急救车共出8 533车次,救治转送8 183人至园区红十字医疗站,转3 530人至定点医院。9家世博会定点医院共收治住院病人213人次;手术97人次。做好世博会试运行和运行期间国内各省市观摩团指定宾馆的医疗保障工作,指定了5家市级医院作为定点医院,抽调了6辆监护型救护车开展驻地24小时医疗保障,开展巡诊68次,接诊130人次,转送定点医院14人次,圆满完成了驻地保障任务。

2. 针对新情况,及时调整和充实医疗力量配置。开园以后,定期对园区内外伤、腹泻、中暑、儿童患者等进行分析研判。根据就诊情况变化,结合气候、园区客流等总体运行特点,及时加强充实和调整医疗资源,确保医疗救治的有序、有效。在最初5个医疗站基础上,在浦东、浦西各出入口以及中国馆,又逐步增加了11个医疗点。园区内急救车由最早的5辆增加到了10辆,供园区病人转送之用。逢节假日、人流高峰期间,会进一步充实园区医疗站力量配置,并在园区周边停驻特种救护车,以满足园内增长的医疗服务需求和做好突发事件的应对准备。医疗救治过程中总结危重病人抢救的成功经验,更加审慎地对待园区内接诊的心血管系统、呼吸系统病人救治工作,遇有病情危重和骤变可能的病人及时转送定点医院,进一步完善多学科联动的危重病人抢

救工作流程。从 6 月份开始,为应对暑假儿童游园数量的大量增加,增加了园区儿科救治的力量,对园区内的医务人员进行了儿科急诊方面的培训,各医疗点增配了儿科常用药品,同时,将浦东的儿童医学中心增补为世博会定点医院。8 月和 9 月是本市夏季高温季节,面对园区内中暑病人急剧攀升的情况,园区内各医疗站点、参与世博园区医疗卫生保障的单位积极落实迎高温、战酷暑的准备,加强了防暑药品储备,认真部署了中暑患者处置措施。10 月份本市夏末秋初,园区就诊病种发生变化,为此,公共卫生和医疗组积极采取有效措施,及时调整和部署园区秋季防病重点,将园区医疗处置重点由夏季频发的高温中暑逐渐转至为上呼吸道感染、发热、腹痛以及心脑血管系统、呼吸系统慢性病急性发作等秋季易多发疾病。中秋节、国庆长假期间和闭幕前,世博会保障工作进入决战决胜阶段,园区内及周边地区出现超大客流,园区内各种因素引起的重症外伤、心脑血管患者逐渐增多。我组立即组织各定点医院和园区医疗站根据园区客流量、接诊病种变化等情况,加强医疗站药品的储备和医务人员配置,确保满足医疗服务需求;重点部署园区周边地区突发事件医疗卫生救援准备工作;定时向参与世博园区保障的单位通报入园人数,使得保障各方有的放矢地做好应对准备。

3. 加强急救反应能力,缩短应急响应时间。在世博园区运行指挥中心专设 120 调度席位,多管齐下,确保园区内应急呼救网络畅通;安排园区内救护车分散停车、集中调度,在园区救护呼叫高发区域适当增加救护车停泊数量,缩短急救反应时间;加强救护车随车医务人员的技能培训,提升现场急救能力。日常工作中,我组根据园区内救护车辆负荷情况和客流量,及时调派周边区域的救护车进入园区增援。鉴于世博园区场馆众多、人流密集,我组与世博局加强协作,通过对园区内志愿者和场馆工作人员加强教育培训,倡导"救护车在移动过程中,志愿者和相关工作人员能够接应和引导救护车、救援人员"的理念,缩短了救护响应时间。

4. 努力提高医疗服务质量。在全市开展争先创优活动和世博先锋行动以来,园区党组织和党员同志认真开展了园区党建活动,推出了园区医疗站点党员挂牌上岗制度,在每一个园区医疗站点安装了"世博先锋行动党员示范岗"公示栏,为每一位进入园区工作的卫生系统的共产党员制作了含有本人照片、姓名、单位、工作岗位的公示铭牌。党员每日上岗之前必须在公示栏亮牌,提醒党员在园区保障工作更好地发挥模范带头作用,也激励党员以更大的热情投入到世博先锋行动和创先争优活动中。对医疗服务过程中出现的纠纷和矛盾,逐项开展排查和溯源,并逐一整改,切实提高医疗服务质量,向全国乃至全世界的游客展观中国白衣天使的良好形象。会同世博局、中国人保公司签订了《中国 2010 年上海世博会保险定点医疗机构服务合作协议》,切实保障园区内游客和工作人员在紧急情况下得到及时、便捷、合理的医疗服务。

5. 做好贵宾随队医疗保障。世博会期间共调动本市 14 家定点医院的 VIP 随队医疗保障组 101 组、30 辆急救车近 540 多名医疗保障人员。最高峰日派出 45 组医疗组,28 辆监护型救护车参与世博会 VIP 随队的医疗保障工作。VIP 医疗保障实现了"零死亡、零投诉、零差错"。全面完成了世博会期间的 VIP 随队医疗保障和医疗保健接待任务,特别是开幕式、中国馆日、闭幕式等重大活动的医疗保障工作。

6. 开展"世博与红十字同行"志愿服务。在 5 个医疗站开辟场地为观博游客提供红十字医疗服务,在酷暑中送上清凉扇,为行动不便者租给轮椅,为身体不适者提供健康咨询、义诊等服务。世博会期间累计提供各类服务约 17.99 万人次,包括健康咨询 2.73 万人次,提供现场救护小伤处理 4.66 万人次,提供各类红十字便民服务 10.6 万人次。服务站轮椅的配备,由原来的 22 辆增加到 50 辆,为前来就诊的游客及其他急需的人员提供了方便。世博会期间,先后为世博新闻中心配置小药箱 1 只,为参观者援助服务点配置急救包 19 只,配合园区设备抢修为 C09 地块援助服务点配置 4 只红十字急救包和 6 辆轮椅备用,向世博局参展者展区无偿捐赠急救箱 180 只,并持续做好其消耗品的补给,受到了广泛欢迎。此外,还先后为世博园区外的每个城市志愿服务站,以及浦东新区、黄浦区、卢湾区辖区内工作任务相对较重的红十字服务站配置了 5 000 只红十字急救包。

7. 加强血液供应保障。面对数量庞大入沪观博游客,为了保证世博会期间应对突发公共卫生事件的血液保障能力,通过增加了血液储备点,扩大血液供应网络;定期募集,保持特需血液储备量;加强招募动员,启动应急献血者队伍;开展血液核酸检测,确保血液安全等方式,以保障上海世博会期间的日常和应急用血需求。为做好世博期间 VIP 血液保障,先期制定了严密的特殊血型血液的采集、储备计划。自 4 月 15 日起,每日确保去白细胞 Rh 阳性全血及红细胞悬液 700 单位、病毒灭活冰冻血浆 500 单位、单采血小板 14 单位、Rh 阴性血液 33 单位的 VIP 血液库存,并每 2 天更换一次单采血小板,每 14 天更换一次全血和红细胞制品。世博会期间共完成核酸检测 3.870 5 万例,采集特需备血 Rh 阳性血 1.2 万余单位,Rh 阴性血 150 单位,单采血小板 1 800 单位。保障 VIP 用血 2 次,治疗世博病人 3 次,圆满完成世博特殊供血的任务。

(二) 开展健康干预,降低疾病风险

开园后,我组通过新闻媒体向公众发布了参观世博"八注意"等的健康游园、安全游园的温馨健康提示。向世博参观者发布 21 余次健康提示,包括注意预防中暑、儿童游园注意安全、心脑血管疾病患者防范措施等方面,有关的提示内容在上海移动电视等媒体每日滚动播出。针对食物中毒高发季节的特点,发布了10次《世博园区食品安全提示》,提高游客食品安全防范意识。

组织编制中英文版《中国2010年上海世界博览会旅行健康提示》和《上海就医指南》,向宾馆、游客等累计发放约20万本;编写的健康指南——《如何准备你的中国2010年上海世界博览会之旅——对上海世博会旅行者的健康建议》在上海世博会官方网站发布,并与WHO西太区官方网站建立链接。与气象等部门联手,根据天气预测情况开展第二日世博园区中暑、腹泻、外伤人数预测工作,进行每日健康提示供园区管理部门决策参考。为防止传染病境外输入,及时收集整理了参展国家和地区的疫情信息,形成了《2010年上海世博会参展国家和地区常发传染病资料汇编(第一版)》,指导一线检验检疫工作。从4月份开始,每月定期通过媒体主渠道向市民发布主要传染病预防提示;采取电视、网站、报纸等多种方式不定期宣传手足口病、红眼病、流感等疾病防治知识,教育公众充分掌握疾病防治信息,提高防病意识和能力;12320公共卫生公益电话24小时接受市民传染病防治咨询。

2009年秋冬季为全市学生等重点人群接种了近315万季节性和甲型H1N1流感疫苗,2010年9月份根据全国统一部署为全市近175万8月龄—14岁的重点人群接种了麻疹类疫苗,在上述人群中建立了良好的免疫屏障。世博会开幕初期,为园区内餐服人员、志愿者等重点人群开展麻疹、霍乱和甲肝等疫苗的接种工作,累计接种霍乱疫苗2 883人次,甲肝疫苗843人次,麻腮风疫苗2 332人次,有效降低了园区霍乱等传染病的传播风险,世博期间园区内未发生一起因上述重点人群引起的传染病聚集性事件。

(三) 加强监测预警,保障公共卫生安全

1. 完善疾病防控部门间联防联控机制。在世博筹备期和运营期间一直与相关部门保持密切沟通,合力开展疾病的防控工作,如,与教育部门多次协商并联合下发了有关学校手足口病、红眼病防控的文件;与世博局携手,开展大客流条件下传染病防控的合作;与旅游局联合开展来沪游客传染病症状监测工作,将疫情发现关口进一步前移至各旅行团和全市所有星级饭店;与气象部门合作,在气候影响人群健康工作方面进行了有益探索;市卫生局和上海出入境检验检疫部门联动,做好入境口岸脊髓灰质炎和登革热等传染病防治知识的宣传,及时通报输入性疫情,并联合下发了《关于建立上海世博会期间口岸输入性疑似传染病病人转运机制的通知》,建立了顺畅的沟通协调机制,在口岸卫生保障工作中起到了良好的作用;在公安部门加大对"三小场所"加大打击力度的支持下,世博期间本市淋病、梅毒等主要性病发病率呈现下降态势。

2. 进一步完善疾病监测方案。根据筹办期间公共卫生风险评估结果,新增了园区内就诊异常情况监测方案、学校因病缺课缺勤等 6 项监测方案,调整完善了霍乱和高致病性禽流感职业暴露人群等 20 项监测方案,合计梳理完善监测方案 47 项,市级层面全市共布下 5 000 多个监测点,加上各区县在此基础上增加的区级监测点,形成了覆盖全市的传染病监测网络。组织编制了包含 21 项应急预案及其配套技术方案的《中国 2010 年上海世界博览会公共卫生安全保障应急预案和技术方案汇编》,统一规范全市突发事件报告和处置流程。

3. 建立了园区内就诊异常情况监测系统。在世博会中对园区所有就诊患者开展了发热、腹泻、皮疹等传染病症状的监测工作,累计近 2 000 人次的疾控专业人员进驻园区,每日连续 14 个小时对症状监测情况开展分析研判,及时预警,及时处置各类可能的突发公共卫生事件。世博开幕当天即发现 1 例风疹病例,整个世博期间共发现了 13 起传染病事件,涉及 25 人,包括 7 例水痘、13 例急性出血性结膜炎、2 例疑似疟疾(后排除)、2 例疑似肺结核(后排除),均进行了有效处置。另外,及时处置了 5 起上呼吸道感染聚集性疫情并将 33 起关联性腹泻事件第一时间通报食品监管部门。全市层面疾控机构每隔 2 小时对疫情网进行实时监控,一发现重点疾病或者罕见病例以及各类传染病聚集性疫情苗子快速有效进行核实并予以处置,确保疫情控制在萌芽状态。

4. 确保世博园区饮用水和场所空气卫生安全。开园以后,每天对园区 100 多个直饮水点和 13 个地块市政管网水点进行全覆盖现场快速检测,每天对世博园区 30 个生活饮用水在线监测点进行 24 小时实时在线监测和分析,每周对园区生活饮用水进行采样检测。开展在线监测生活饮用水数据分析约 766 万条。对园区 117 个直饮水点和 13 个地块市政管网水点进行现场快速检测,共开展直饮水现场快速检测 1.74 万项次。同时,每周对园区生活饮用水进行采样送实验室检测,共采集生活饮用水水样 825 件。面对园区大客流情况,为了保障园区饮用水卫生安全,我组根据园区人流分布特征,科学合理安排直饮水全覆盖现场快速检测路线,及时发现饮水卫生隐患;加强对生活饮用水在线监测设备的巡查,确保在线监测设备正常运行;做好有关饮水卫生宣传,减少不文明使用直饮水设备的行为。在直饮水水质出现卫生指标超标情况下,我组在督促直饮水公司及时整改的同时,积极与世博局沟通协调,共同推进落实相关改进措施。通过以上措施确保世博会参观者饮水卫生安全。场馆卫生检测方面,共对 140 个世博场馆室内空气质量开展了现场快速检测,共检测 187 馆次 3 612 项次,其中 39 个场馆存在卫生指标超标现象,对超标的场馆全部进行了复测,复测 792 个项次,基本都符合卫生要求。

5. 全力推进世博建设项目竣工验收卫生审核工作。一是提高审批效率,简化了世博场馆建设项目预防性卫生审核有关审批程序,并建立绿色通道,世博建设项目审批时间缩至 3 天。二是加强技术支持。下发了《世博会场馆相关卫生检测工作要求》,组建了"世博会公共卫生监督保障卫生检测队伍",建立了市区合作的实验室检测网络,组织全市疾控中心全力做好世博建设项目卫生检测工作。三是加强沟通协调。定期与世博局相关部门沟通了解世博场馆竣工验收进展情况,并积极协调解决有关问题。自 2006 年 8 月至今,共完成世博建设项目预防性卫生审核 525 件,完成 170 个申请建设项目竣工验收的世博场馆卫生审核工作,共完成 154 个世博场馆竣工验收卫生检测报告。

6. 全面开展全市和口岸公共卫生监督保障工作。为了保障本市世博期间生活饮用水、公共场所、医疗机构放射防护卫生安全,全市卫生监督机构开展了全面监督执法工作。世博会期间,全市共出动卫生监督员 5.255 5 万人次,共查单位 2.437 4 万户(台)次,其中公共场所 1.783 1 万户次,集中式供水单位 744 户次,二次供水单位 2 111 户次,管道分质供水 269 户次,自动售水机 2 280 台次,放射诊疗机构 1 139 户次。其中合格 1.947 9 万户(台)次,不合格 4 895 户(台)次。对不合格的单位,卫生行政部门督促其及时整改,并积极开展追踪复查,确保了全市面上整体公共卫生秩序的稳定。口岸方面,加强了口岸饮用水和场所空气卫生安全监测工作,每月 2 次在浦东国际机场、虹桥国际机场、国际客运中心、铁路口岸进行饮用水和场所空气卫生安全监测,特别加强空气质量、微小气候及集中空调通风系统军团菌监测工作。

7. 加强口岸卫生检疫工作,防止传染病及生物因子传入。世博会期间,上海口岸共对 1 276.077 5 万人次进行了检疫查验,通过旅客主动申报、检验检疫人员医学巡查、仪器体温监测等方式共发现有传染病症状人员 199 名,其中有 39 人移送指定医院。共对 4.189 3 万人次进行监测体检,发现传染病人数 146 人;共对 102 197(艘/架/节)交通工具进行了检疫查验;对交通工具进行卫生处理 4.583 6 万(艘/架/节),处理压载水 87.205 5 万吨、生活垃圾 406.719 吨、货物 352.041 6 吨;卫生处理入境空箱 80.090 2 万标箱,重箱 16.352 万标箱。未发生卫生处理事故。全市传染病网络共监测到 156 例外籍乙丙类传染病病例。本市当年报告的首例"登革热"病例即由境外输入,还在入境人员中发现了一例罕见的"莱姆病"等,均及时作了处置。

8. 加强病虫媒防治工作。研究制定《上海世博会病媒生物控制保障工作方案》,进一步加强常规和应急队伍,切实落实防制措施。开展世博安保部队入住前屯兵点病媒生物消杀工作,为官兵开展健康教育培训 4 801 人次,共喷洒屯兵点面积 18.745 万 m^2。提高防范,加强宣传,开园前后累计向园区赠送《病媒生物预防和控制技术指南》一书达 3 000 本;做好园区病媒监测,多次协调世博局召开工作会议、通报园区病媒情况,并针对园区病媒密度增高的情况,协调世博局组织各片区物业管理人员开展相关的技术培训;向世博园区赠送了 2 吨灭蚊蝇药物,还向园区各餐饮服务单位、部分展馆赠送了 200 箱粘鼠板,向世博园区各餐饮单位及各展馆免费赠送了 15 箱粘蝇板(每箱 1 000 张),受到了园区各方的欢迎,有效控制了园区蚊、鼠、成蝇密度;在全市统一开展夏季灭蚊蝇、灭蟑及秋季灭鼠活动中,世博局也同步开展虫害消杀工作,市疾控中心给予技术指导。达到了全市和世博园区不发生由病媒生物引起的危害安全事件、将媒介生物性传染病突发与流行的危险性降至最低,实现了为游客营造良好的观博环境的工作目标。

为切实做好世博期间口岸病媒生物监控工作,全面展开了对世博保障的病媒生物监测与控制,上海 10 个口岸 36 个监测点,共捕获成蚊 1.373 9 万只,苍蝇 7.655 5 万只,蜚蠊 378 只,鼠 61 只;入境交通工具、集装箱及货物等共截获输入性蚊虫 573 只,苍蝇 4 862 只,蜚蠊 3 377 只,鼠 135 只,并首次截获帕蒂脉毛蚊;较好地处置了 2 月、5 月和 6 月的航空器和集装箱突发的鼠疫情,特别是 8 月以来,针对加勒比海和东南亚地区突发的登革热,上海口岸加强了对浦东机场病媒生物的监测,由原有常规监测改为动态监测,确保口岸不发生疫情,从而较好地预防疫情疫病的发生。

(四) 密切沟通协作,优化世博会游园环境

1. 提出园内设施设备的改进建议。依据每天的游客就诊的监测动态分析,及时主动地向主运行指挥部和园区运行指挥中心上报各类工作动态和工作建议,提出园内设施设备的改进建议。世博局等部门高度重视部门的沟通合作,多次采纳我组的建议,切实改善了游客游园的环境条件,降低了相关疾病的发生率。通过设施设备的及时改进,园区内外伤发生率明显呈逐月下降趋势,从 5 月份的 3.26 人/万下降到 10 月份的 1.2 人/万。高温季节,我组专门就"增加喷淋数量和使用频次、为游客排队提供降温便利措施、提醒游客注意高温游园事项、加大对园区游客身体状况关注和巡视力度"等向世博局提出建议。为了保障园区直饮水卫生安全,世博局采纳了我组的建议,在直饮水点设置了使用说明,并增加了志愿者服务,指导游客正确使用直饮水,杜绝不健康饮水方式,有力地保障了园区直饮水的卫生安全。

2. 开展无烟世博工作。由于本届世博会是世界卫生组织(WHO)《烟草控制框架公约》在我国生效后举办的第一届世博会,积极履约有助于提升中国政府的公信形象。

与世博局合作推进了园区内的控烟工作,主动制作并在园区内相关场所设置控烟温馨台卡、墙贴各 2 000 份和公益海报 1 000 张,园区有计划、分步骤整改各指定吸烟区设施。18 个区县累计组织入园控烟劝阻活动 40 批次,共劝阻违规吸烟行为 8 482 人次,劝阻成功率达 96.82%(8 212 人次)。委托复旦大学开展的"无烟世博"第三方评估显示:园区场馆全面做到 100%无烟雾环境,餐饮场所基本达到无烟标准,户外非吸烟区域吸烟状况有明显改观,逾九成参观者对世博控烟状况表示满意。卫生部和世卫组织实地考察后正式宣布上海世博会"无烟世博"目标成功实现,成为国际重大活动无烟目标实现史上的一个重要里程碑。

全市分批、分级开展控烟普法培训近 2 000 次,参加人数约 8.8 万多人。在 8 个多月的时间里共制作发放了 90 多万份控烟宣传资料,范围覆盖全市所有村居委;开展了 1 300 多次控烟展板巡展,参观人数超过 44 万多人(次);组织了 500 多次参与面较广的主题宣传活动,参与人数超过 30 万人(次)。另外还依托各级宣传部门,利用广电媒体(市和区县电台、电视台)、平面媒体(报纸、杂志)、移动媒体(东方明珠移动电视)等持续投播大量控烟公益广告,营造了浓厚的全民支持氛围。同时,各级卫生监督机构积极开展了对商场、超市等公共场所控烟监督执法工作,截至 9 月底,共监督检查 4 395 户次,对存在问题的单位依法处理,并加强对其指导。

3. 推进健康城市建设。借世博会召开的契机,本市组织开展"健康世博、健康上海——市民健康行动"。完成编制发放《上海市民健康世博礼包》的相关工作,至 10 月 25 日,全市共发放礼包 1 000 万套,其中 18 个区县向居民和外来人员共发放 962 万套;此外,市健康促进委员会还向市建工集团职工、上海警备区官兵和世博大学生志愿者等共发放 38 万套,全面完成发放任务。同时,在全市范围内组织开展以"四控一动"(控烟、控盐、控油和运动)为主要内容的健康促进行动,遍布各村居委的 6 000 余个健康自我管理小组和 200 多个企事业单位共 18 万人参加了相关的学习;另外,据不完全统计,全市健康促进系统共组织了 3 300 余次健康大讲堂培训,参与市民约 35 万人。礼包被卫生部评为全民健康生活方式行动金奖,深受市民欢迎,许多市民认为这是政府为市民健康办得一件实事。据评估,市民参加健康促进活动后,健康知识知晓率和健康生活方式形成率明显提高。

为整治和维护城乡市容环境卫生面貌,全市组织了约 32 万名爱国卫生志愿者,并明确了服务的内容、时间、形式、制度,使爱国卫生志愿者成为重仪表、明任务、有行动的清洁城市的带头人。仅世博试运行以来,全市组织约 92 万多人次的志愿者活动,除居住区外,还全面加强商业区域、旅游景点、公园绿地、交通集散地等人群密集的 420

多处公共场所地区的卫生巡查活动,取得显著成效。

(五) 落实世博会食品安全保障

上海世博会累积共接待入园游客 7 300 万余人次,其中在园区享用食品(包括餐饮和食品零售)的游客占入园游客的比例超过 75%。此外,园区工作人员用餐达 850 万余人次。在世博会食品安全保障部各成员单位全力以赴、善始善终的共同努力下,确保了世博会举办期间,园区内未发生集体性食物中毒事件,未接到重大食品安全投诉,全市食品安全总体平稳可控。

1. 加强源头和生产加工环节监管,保障供博食品及其原料安全。全市 106 家供博食品生产企业,直接供应世博园区共计 2 万余吨预包装食品。共抽检各类供博食品 1 521 批次,抽样合格率 99.1%;对全市 616 家重点食品生产企业巡查 7 083 家次,抽检产品 3 336 个批次;责令企业召回预包装食品 13.9 吨,责令企业整改问题 756 个,对 37 个企业立案查处,及时消除安全隐患。全市对 26 大类 44 种食品开展风险监测,监测风险项目包括致病菌、生物毒素、农药兽药残留、食品添加剂、非食品用物质等共 113 项,监测产品 682 批次,其中 13 个批次产品不合格,风险检出率为 1.9%。

2. 加强流通、进口环节监管,保障供博入园食品安全。加强对入园餐饮服务单位流通环节原料供应商和“配送中心”的主体资格确认,累计核发世博园区《食品流通许可证》139 户。对 1 632 户入园餐饮服务单位流通环节原料供应商和配送中心进行了现场查看和审核评估。对园区外 88 个供博食品发货点实行 24 小时轮流驻点监管,累计出动 1.063 8 万人次,监管供博食品发货 3 488 车次,供博食品 4 200 个品种,共计 4 030 余吨。

3. 加强供博中心厨房监督检查,保障配送入园食品原料安全。对 115 家供博中心厨房实施重点监督保障。115 家供博中心厨房涉及 3 000 多家食品原料供应商、3 万多种食品原料,世博会期间累计加工配送 2.028 0 万车次、约 3.304 4 万吨食品原料及半成品入园,平均每天配送入园食品保持在 200 吨左右。累计出动食品监督员 2.1 万余人次,开展现场快速检测高风险食品、食品加工过程指标等 3.84 万件,发现不合格样品 18 件;抽样供博食品及原料 8 628 件送定点实验室检测,检出不合格产品 126 件,总体合格率为 98.54%。对抽检不合格食品,迅速开展溯源调查,及时采取控制措施;对快检发现食品加工过程指标不合格的,均现场责令整改到位。共完成进口直供世博进口食品的检验检疫 391 批,先后发现、处置 11 批不合格产品;通过批批检验、重点抽检、风险监测相结合的风险管理措施,有效完成对上海口岸一般贸易进口食品 4 万余批次的口岸检验检疫,发现、处置来自 33 个国家和地区的不合格产品共计 337

批、720 吨,货值 180 多万美元,确保了上海口岸进口食品和通过分销、配送等非直供方式入园食品的总体安全水平。

4. 加强园内食品企业和展馆餐饮监管,保障园内各类人员饮食安全。共向园区各类餐饮服务单位发放餐饮服务许可证 244 家,其中公共餐饮单位 153 家、展馆餐饮 84 家、员工食堂 7 家。共检查园内餐饮服务和食品零售单位 2.756 万户次;其中园区餐饮服务单位 2.203 3 万户次、人均检查覆盖 54.1%,食品零售单位 5 527 户次,日平均检查率为 29.3%;检查发现并及时纠正不规范操作行为 3.407 2 万项次,发出监督意见书 95 份,对多次发现问题且整改措施不落实的单位进行约谈 62 户次,对 7 家存在明显违法行为的企业依法实施行政警告处罚,及时消除了一批食品安全隐患。共计抽检食品和环节 14.163 万件,总体合格率为 90.1%;其中对园区餐饮和零售单位的重点环节、温度、消毒效果、个人卫生等开展现场快检 12.123 6 万件,发现不合格 1.212 3 万件,总体合格率为 90.0%。三个园区食品安全实验室开展盐酸克伦特罗、亚硝酸盐、农残等项目快速检测 8 876 件,总体合格率 99.9%;抽样送园外定点实验室检测 1.149 8 万件,总体合格率为 83.6%;对检测结果不合格的均及时通知监管相对人予以处置。依托食品安全信息溯源系统,共检查入园食品配送车辆 2.673 8 万车次,发现并处置不符合要求的车辆 958 车次,符合率为 96.4%。还会同公安、工商、城管等部门,在园区内对非法兜售盒饭行为进行联合整治,共查获非法兜售盒饭行为 121 起,当场销毁查获的盒饭 1 459 份。

5. 加强涉博重点单位监管,保障旅游接待食品安全。世博会期间,累计检查世博周边区、世博村、食品安全示范街、世博接待酒店和旅游接待推荐餐厅等各类重点单位 7.239 3 万户次。综合评价结果良好 48.5%、一般 43.6%、较差 7.9%,对存在问题的企业责令改正 4 438 户次。累计开展食品和环节快速检测 5.887 2 万件,合格 5.663 6 万件,总体合格率 96.2%;其中各类重点单位的合格率均在 92% 以上,有效保障了来沪游客在世博园区外的饮食安全。加强了口岸食品卫生监督的力度,共出动监管人员 6 225 人次,监督食品配餐企业、餐饮单位,食品经营单位等 2 848 家次,共进行快速检测 1.089 7 万项次,结果呈阳性反应 449 项次,均按照要求进行了相应的处理,未发生食品中毒事件。

6. 加强全程跟踪督查,保障重大活动食品安全。世博会期间,全市各级食品药品监督管理部门累计出动监督员 2 258 余人次,开展园外各等级重大活动保障 290 项次,开展现场快速检测 1.620 7 万件,共计保障了中央领导、各国政要、中外贵宾等 971 余餐次、近 35.2 万人次用餐。此外,在世博园内,还确保了 1 312 项次重大活动相关的近 15 万余人次贵宾用餐安全。上海检验检疫部门保障了 442 架次各国政要专包机的食品安全卫生工作,全程保障了"安达卢西亚号"、"泛大陆号"帆船上大型冷餐会的食品安全保障工作。各保障点均未发生食物中毒及其他食品安全事件,出色完成了各项次保障任务。

(六) 全力做好世博安保社会面防控相关工作

1. 有力开展世博重性精神病人治疗管理工作。开展线索调查和风险评估,摸清病人底数和病情底数。成立由社区精防医师、派出所民警、居(村)委工作人员组成的地区精神病人调查评估小组,对包括外省市来沪在内的 2 103 万人开展了世博前和世博期间的滚动式的行为异常线索调查,发现阳性 6 647 例,其中,确诊和基本确诊为重性精神病人的 4 760 例,进行风险评估后全部落实住院或社区看护。结合实施全国重性精神病人排查工作,本市又对 2008 年以来的历史病人又进行了全面梳理,共补充登记 1.090 6 万例病人,使纳入本市在册管理的精神病人从世博前的 10 万人达到了11.8 万人,进一步夯实了工作。

按照国家规范标准对原登记在册的 9.534 4 万名重性精神病人进行了风险评估,占全市在册重性精神病人登记数的 96%。对于评估发现的风险等级在 3 级以上的有暴力倾向的 8 263 名病人均措施到位,其中 88% 住院,其余 12% 落实了社区监护。风险评估技术的运用在精神病管控工作中发挥了重要作用,高风险病人的肇事肇祸起数明显下降。

自世博运行以来,全市有效处理各类突发事件 158 起,其中精神病人肇祸 6 起(上海市 4 起,外地 2 起),肇事 75 起(本市 28 起,外地 47 起),滋事 69 起(本市 35 起,外地 34 起),其他 8 起(走失)。在滋事、肇事、肇祸案例中外省市病人占 55%,主要为流动人口,精神分裂症居多。全市肇祸起数比上年同期下降 50%,肇事滋事起数比上年同期下降 12%。

2. 加强病原微生物实验室生物安全管理。首先对全市病原微生物实验室生物安全管控工作现状进行了风险评估,制定和下发了《上海世博会病原微生物实验室生物安全管控工作方案》以及两个配套文件,并切实组织实施。

一是与所管辖区内的重点地区和病原微生物实验室所属单位负责人及实验室主任签订《病原微生物实验室生物安全管控工作责任书》,确保了责任制的落实。二是摸清底数,杜绝死角,通过对本市实验室地毯式检查,加强了全市病原微生物实验室备案管理工作,全市共备案 1 680 个,其中 P2 实验室共备案 699 个,P1 实验室共备案 981个。三是进一步加强对高致病性病原微生物菌毒种及样本的保藏管理的生物安全专项检查,组织对本市 P2 实验室全覆盖督导检查两次,还对各区县病原微生物实验室生物安全管控工作进行了两次巡查。四是加强高致病性病原微生物实验室生物安全管理,加强两个 P3 实验室活动的严格审批,限制世博会期间非必须的高致病性病原微生物实验活动的开展,降低了实验室生物安全风险。五是进一步加强了涉及高致病性病原微生物实验活动的实验室生物安全关键环节的监督和管理,如菌毒种和生物样本运输过程管理等,对样本和菌毒种的采集、运送、交换等相关工作的审批进行严格把关。六是从源头抓起,加强菌毒种管理。为防范菌(毒)种及阳性生物样本被盗、被抢、丢失等突发事件发生,强化病原微生物菌(毒)种及生物样本保藏管理,所有保存病原微生物菌(毒)种和阳性生物样本的医学实验室均执行"零报告"制度,保障了菌毒种管理的安全。

(市卫生局供稿)

第四部分
工作研究

上海市应急平台建设实践研究

一、本市应急平台总体框架

本市结合上海实际情况，在对中外城市应急管理系统建设现状研究和参考 C⁴ISR 体系结构框架与 Zachman 框架模型的基础上，提出了一个分别由应急基础维、应急业务维和应急保障维组成的三维立方体结构的上海市应急平台总体框架模型。

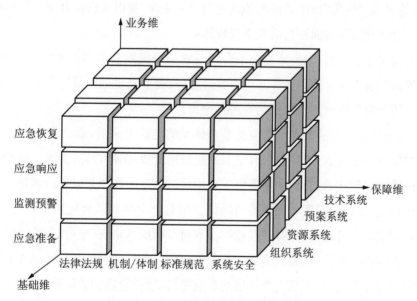

图 1 城市应急管理系统总体框架模型图

应急基础维包括组织系统、资源系统、预案系统，它包含的要素都是在城市应急管理过程中涉及的基础性要素。城市应急管理系统是为完成应急管理各个环节任务的，由具有特定功能、相互联系的应急组织机构、应急人财物、应急预案和技术构成的完整的有机整体。基础维描述了支撑应急业务过程的基础要素子系统，主要包括组织系统、资源系统、预案系统和技术系统的属性。

应急业务维包括应急准备、监测预警、应急响应、应急恢复四大业务系统及其子系统,它包含了城市应急管理过程的活动要素和应急管理的主要环节。应急准备和监测预警是应急管理的前期阶段,主要是通过事前有效的预防和准备活动,减缓潜在突发公共事件发生的可能性,并利用先进的技术手段,使人们及早发现已经发生的突发公共事件。应急响应主要是在突发公共事件发生后采取一定的应急处理措施,通过科学决策和指挥调度可用资源,减少突发公共事件造成的损失。应急恢复是在应急响应阶段结束以后进行的现场清理、灾后重建、总结评估等工作。业务维描述了应急管理各阶段的任务、活动、资源及信息流,这些描述对应急技术的设计和添加、人员的培训、业务流程的改进非常有用。

应急保障维包括法律法规、体制机制、标准规范和系统安全,它包含了实施应急管理过程的支撑性要素。保障维是由监督应急管理系统元素的实施、安排、交互相关的法律法规、体制机制、标准规范、系统安全等构成的集合。

省级城市应急平台应具有"多级、两维、一主线"的结构特点。"多级"指国家、省市、区县等多级,"两维"指市政府与各级部门,"一主线"指以政府综合应急指挥场所为主线,实现纵向到底,横向到边的应急管理体系。

作为省级应急平台,上海市应急平台担负着全市突发公共事件处置管理的职能,具体来说即担负着日常值班业务和应急管理业务,需要满足处置重特大突发公共事件的需求。因此应急平台注重平战结合进行建设。

同时,市应急平台从其在国家应急平台体系的定位上来看,起到了承上启下的作用。相对国家平台而言,市应急平台主要完成数据上报、图像、可视会议互联互通等方面的和国家平台衔接的工作,主要需要实现的是网络连接和相关设备的调通工作以及数据上报格式、上报方式等方面内容的确认。相对于专项和区县应急平台而言,市应急平台起到了综合管理协调的作用,能够实现对专项应急系统(平台)所涉及的全市综合管理的资源进行整合,从而为全市层面的管理提供数据、图像、通信等多方面支撑。

在应急业务方面,分别从应急管理的事前阶段、事中阶段和事后阶段分析如下:

(一) 事前阶段

在事前阶段,市应急平台根据应急管理日常工作任务,主要为应急值守提供相关通信和业务的支撑,同时能够提供对录音、录像等信息的综合查询,并提供应急预案的管理、查询,GIS图层以及各类应急保障资源如监控图像、可视会议等的综合维护。

市应急平台作为省级平台,在日常还担负着按期向国务院应急平台进行数据报送的职能,市应急平台需要按照国家数据报送的格式和频率进行相关数据的报送。同时,按照国家应急平台体系的建设要求,可视会议系统、图像监控系统需要能够为国家平台提供相关图文信息。

同时，市应急平台还承担着预警预测的接收和协调管理的职能。当接收到预警预测信息后，需要通过平台获取相关的信息支撑，如 GIS 信息、资源分布信息、预案方案信息等，针对事件进行预案方案的部署，实现对区县委办的任务指派。

（二）事中阶段

突发公共事件发生后，应急管理工作将由事前阶段进入处置协调阶段。该阶段的主要任务是对事件处置进行综合指挥协调。在业务角度方面，该阶段与事前不同的地方主要是该阶段更多应用通信、视频、图像等实时性的资源，从而实现高效的协调沟通。

在市政府应急指挥室，相关领导、市应急办可通过市应急平台和相关委办局进行语音、图像、信息等方面的双向沟通，实时了解现场情况。如市政府成立指挥部，市应急平台可为指挥部领导提供与前方实时连通的指挥环境。同时，GIS 系统、图像监控、会场系统将全面启动，根据指挥部领导要求能够实时实现与现场指挥部之间的可视会议。在这一过程中，系统将随时启动相关辅助工作并结合现场反馈信息供领导决策指挥。

（三）事后阶段

突发公共事件结束并不代表着应急处置协调的结束，事件在此时进入事后阶段。

从现场来看，现场更多的是事后的处置和恢复工作，这些工作都是由委办和区县按照预案和相关工作规范进行的。从应急平台体系角度来看，委办和区县在本阶段主要实现相关信息的实时上报，包括受灾人员情况、灾后重建物资、相关处置情况等。信息上报方式多数通过电话，由值班室或指挥中心人员更新系统。同时，GIS 中涉及的资源信息也将在专项委办的前置系统进行更新，能够实现远程调用查看。

在市政府应急指挥室，相关领导、市应急办可通过市应急平台对上报的信息进行综合查看，特别是灾害情况、处置流程和预案等方面的信息，对这些信息查看一方面可以实现对现状的把握，另外一方面也能够对预案方案在实际工作中的效果进行评估，并予以修正。从实际工作来看，预案评估的过程可以在应急处置结束后即时进行，也可以过一段时间组织专家进行相关研讨，但应急平台的信息资源将为研讨提供处置情况回顾和信息支撑。

根据上述分析，提出了上海市应急平台的建设目标，主要包括：(1)实现信息接报、跟踪反馈等日常值守业务管理；(2)汇总分析突发事件预测结果，开展综合研判；(3)提供应对事态的智能辅助决策方案;(4)实现对应急资源的动态管理;(5)利用可视会议、图像、通信、移动应急平台作为指挥调度的技术支持;(6)建设满足应急管理要求的数据库系统及数据共享与交换系统;(7)建立满足业务管理需求的体制和机制。

市应急平台的建设包括应用系统建设、平台体系建设、管理与安全规范建设三大方面。其中应用系统属于系统开发工作,平台体系建设为基础设施的集成整合,管理和安全规范主要从标准规范体系上实现对应用和集成的支撑,也提升了系统的扩展性。

应用系统建设主要包括如下六个方面的内容:应急业务管理系统;办公业务管理系统;应急资源管理系统;综合应急管理系统;数据交换系统;实时信息展示系统。其中,应急业务管理系统包含预案管理子系统、值班信息管理子系统、预警处置子系统、事件处置子系统、应急案例管理子系统、应急评估子系统。综合应急管理系统包含信息发布子系统、应急演练子系统、综合研判 GIS 辅助子系统、科普宣教子系统、统计查询子系统。

平台体系建设主要包括四个方面的内容:网络平台;主机平台;系统软件平台;基础设施平台。

安全与规范建设包括七个方面的内容:数据交换和信息共享平台;资源注册和目录管理系统;安全管理体系建设;监控图像系统接入管理规范;地理信息系统接入管理规范;应急业务数据接入管理规范;移动通信系统接入管理规范。

二、本市应急平台建设效果

本市应急平台从 2008 年 1 月开始建设,到 12 月完成。随着平台的上线运行和使用,取得了较好的社会效益和经济效益。

从社会效益来看,市应急平台的建设进一步整合了已有的应急资源,实现专项资源的综合利用,从而有效发挥了上海市在专项应急工作方面的优势,同时也加强了全市层面的综合协调能力。应用系统和相关平台、制度的建设,提高了应急管理中信息资源的整合和综合展示,从而有效支撑了全市范围的应急工作综合管理与协调。通过相关规范制度的建设,实现"国家—上海市—区县"的应急平台体系建设模式的有效纵深拓展,形成市应急平台综合管理协调,区县专项平台有效联动的综合立体式处置体系。

从总体情况来看,一是市应急平台体系的建设提升了上海市处置突发公共事件的能力,通过对区县、专项应急资源的整合,能够全面分析突发公共事件的情况,并实现综合协调和管理,从而降低了突发公共事件处置的盲目性,提升了跨部门的协调水平,降低了突发公共事件引起的损失。二是市应急平台体系的建设并不是缺乏依据的指挥调度、流于表面的现场监控、各类信息的简单堆砌、先进装备的蛮力上阵的全新建设,而是在充分整合现有资源的基础上进行的建设,从投入上来讲实现了"小投入、大产出"的效果;通过跨部门的信息共享和综合支撑有利于进一步挖掘原有应急资源的效能,从而实现国有资产的保值与增值。

三、本市应急平台建设与发展的思考

(一)加强风险隐患的监控和预警

随着上海的快速发展,城市人口、面积、社会生产活动等也日益增大,可能发生突发事故的风险隐患也随着急剧增加。这些风险隐患包括自然灾害风险隐患、社会治安风险隐患、公共卫生方面的风险隐患以及工农业生产及交通运输方面的风险隐患。上海人口数量庞大、人口密度也极高,一旦发生事故,伤亡和经济损失也将是巨大的。因此,防患于未然,对重点风险隐患加强监测和预警是有效降低突发事故发生的重要手段,是应急发展的必然趋势。加强风险隐患的监控和预警,重点包括两部分。一是加大对风险隐患监控的覆盖面,二是加强对监测数据和预警信息的共享。

突发应急事件的风险隐患多种多样,涉及自然灾害、事故灾难、公共卫生事件以及社会安全事件四个方面。目前对这些风险隐患的监控存在片面性和局部性,因此必须要对这四种风险隐患都做好监控,才能真正实现对事故的预警和降低事故的发生次数。在加强对风险隐患监控的同时,也需要对监测数据和预警信息实现共享。风险隐患引发的突发事件往往涉及多个联动部门,实现对监测数据和预警信息的共享,可以使相关部门及早做好相关措施,防止事故发生,缩短响应时间。

(二)加强应急资源的共享和整合

本市目前的各类应急资源都是由不同的部门和单位各自进行管理的。这些资源包括预案、救援力量、应急物资、突发事件信息等。应急资源存在着信息不全面、更新不及时、共享有障碍等一系列问题。应急资源是进行应急指挥的重要保证,因此需要及时解决应急资源信息目前存在的上述问题。加强应急资源的共享和整合,重点需要进行如下三个方面的工作:一是建立应急资源的统一标准和规范;二是制定资源共享机制和使用规范;三是整合现有应急资源。

目前各部门涉及资源的信息系统类型众多,数据库平台也多种多样,只有建立各部门都遵循的统一的标准和规范,才能实现这些异构系统的互连和数据交换,使其具有良好的扩展性、继承性和一致性。由于突发事件具有破坏性强、影响范围大、相关因素多的特点,加之其偶发和突发性强,导致对其规律的认知和应对经验积累较困难。因此,案例的统计和分析是认识突发事件规律和应对方法的重要和必要手段。通过对大量案例的系统分析,对不同类型的案例进行合理分类,建立突发事件案例库也是必要的。每个部门在应急管理和指挥上,都有各自不同的业务特点和需求。因此需要根据本市应急管理和指挥的特色,制定应急资源共享机制和使用规范,通过制度来保证应急资源共享的常态化和规范化。

建立一支24小时值守的专业化队伍,提高日常保障水平,真正实现应急平台的实效,应急平台除了要满足日常值守的需要,还要能满足应急处置的需要,做到系统"开之能用"、人员"来之能战"。这就需要各种专业的技术保障队伍,包括应急平台的专业建设队伍、熟练操作的使用队伍、系统可靠运行的保障队伍和针对本地区应急需要的各种专业的应急处置队伍。充分利用上海市各应急管理部门已有的信息资源,整合全市区县各类资源,建立或确定相对统一的信息汇聚地和应急指挥场所。信息整合的方式可以根据实际情况确定,通过建立、接入数据或外部访问等形式实现。

本市应急平台的建设是一个持续性的过程,在建设过程中需要明确应急管理的目标和重点,结合各区县、委办局的应急业务特点,以提高应急管理能力为目的,以整合资源为抓手,坚持不断完善,努力建设适合上海应急管理需要的应急平台。

(市政府办公信息处理中心　邱晨明供稿)

突发事件应急指挥体制机制的探索

应急指挥是应急管理工作中应对处置突发事件的关键环节。应急指挥体制机制建设旨在搭建合理高效的指挥组织架构，建立运转顺畅的指挥流程，使得各类应急资源要素在应对各类突发事件的目标中合理配置、有效组合，其建设成效直接关系到应对突发事件的成败。

一、正确认识应急指挥体制机制在应急管理活动中的定位、路径和重点

虽然应急行动一般为突发事件发生后，但在应急预案中，就应将指挥体制机制预先设定，而不是等危机发生后再去确认指挥体系。在莫拉克风灾的案例中，原有的政府救灾体系并未将军队纳入救灾体系中，等灾害来临时，部队直线型的科层组织结构，使得临时组建指挥体系耗费了大量时间。在基层一些地方反映的"预案无用论"，原因也是预案未能对指挥体系作详细清晰的描述。同样，应急指挥体系建设在整个应急管理的"三制"建设中的重要性也毋庸置疑。应急指挥其实是政府在"非常态状态中"统筹安排各种行为活动的一种权力表达。所以在应急管理"三制"建设中，要在体制中合理划分国家各部门和单位的指挥权力边界，即"谁来指挥"的问题；在机制中要根据指挥体制建立相应的指挥工作流程，即"怎么指挥"的问题；而这两个问题都要通过法律、法规、规章来保障，这其实涉及指挥的"合法性"、"权威性"等问题。

应急指挥体制机制建设的路径实际就是指对应急指挥的体制、机制进行剖解，运用一系列方法对指挥流程作科学合理的规划，确保指挥系统发挥最大的作用。根据系统论、方法论和组织行为学等原理，体制建设可以从指挥的组织、层级、跨度、队伍等要素进行分析；机制主要完善指挥方法和手段以及不同机制之间兼容、整合等关系。

明确了应急指挥体制机制建设在应急管理工作中的定位和路径，就能对建设的重点有一个相对清晰的认识，具体来说：一是组织的革新。需要强调的是，这里并不是单纯指破坏原有的行政体制结构。革新应该分为两个层次。第一个层次，主要是在服

务、服从整个行政体制改革的基础上,经过一系列组织、法律程序对应急管理组织架构作一个自上而下的改革。因此,该变革涉及较复杂,涉及面也比较广,是一个循序渐进的过程。如,国务院批准,国务院办公厅设置国务院应急管理办公室(国务院总值班室),具有协助国务院领导处置重特大突发事件的职责。又如,本市决定启用应急联动中心,整合应急救援力量。第二个层次的革新主要是为应对突发事件,对原来的行政体制作暂时的变革或调整;处置完毕后,恢复原有的状态。如,各地在抗震救灾期间,基本都建立了指挥部。该行政组织最大的特征为临时性、非常设性。无论是哪一种层次,组织革新的最终目的必须满足统一指挥、精简高效、权责对等、分工协调等基本原则。二是资源的整合。所谓的"资源整合"指为满足应急管理工作的需要和应对突发事件的需求所能指挥调度提供的一切有形和无形的资源。因此,资源也有两种形态:一种是有形资源,实际上也是应急指挥的对象,如应急队伍、应急物资等;另一种是无形资源,包括指挥的权威性、动员力、群众的应急意识等等。资源整合的最终目的就是为应对突发事件在相对短的时间内尽可能统筹应急资源,打破部门分割和资源垄断,保障应急指挥的顺畅、有力。

二、当前应急指挥体制机制模式的评析

建立和探索富有效率的指挥体系是成功处置各类突发事件的基本保障,也是行政管理者为之思考的永恒课题。目前比较通行的应急指挥体制机制主要有以下几种:

1. 直线式指挥结构。该指挥体制又叫军队式结构,主要为军队原始的组织指挥结构。其运作的机制主要靠命令链来维系,即一种从组织最高层贯穿到最基层的不间断的职权线路。其主要优点是:从组织最高层到基层,自上而下建立垂直领导关系,保证命令的绝对权威,形成直线指挥关系且不专门设立职能部门。该指挥结构的优点为指挥统一、职责明确、效率较高,在应急行动的初期,短时间内能迅速集结人财物,迅速发挥作用。缺点在于:该指挥模式比较依赖指挥组织者的个人知识、经验、领导权威等,局限性比较大,往往突发事件发展到一定阶段,情势较复杂,指挥者仅靠个人能力很难在极短时间内做出科学准确的决策。

2. 职能制指挥结构。指在应急指挥中,政府各职能部门在本部门职权范围内,分别领导处置突发事件的相关应急队伍。该指挥结构最主要的特点为专业化。其优点为指挥职能分工专业化,确保各种类型的突发事件都有较专业队伍处理,可以充分发挥职能部门的作用。因为突发事件有不同类型,往往一种应急队伍的专业无法涵盖全

部。其缺点在于政府各部门级别平等，相互不隶属，造成政出多门，使应急队伍无所适从，破坏了统一指挥原则。比如，某市曾在应急管理的实践中，探索成立了应急指挥中心（正局级事业编制），但由于将应急管理与指挥职能单独设置在政府组成机构以外，造成同级协调权威性不够的尴尬局面。

3. 直线职能式指挥结构。该指挥结构是对前两种指挥结构的综合：针对一类直线指挥人员拥有对下级下达命令的权力；另一类参谋人员和职能部门能为指挥人员提供参谋服务，对业务部门和应急队伍实行指导，但无权直接指挥，这种结构集聚了统一指挥和专业分工相结合的优点。但决策权仍然高度集中在指挥组织高层，下级难以发挥主观能动性，各直线指挥系统横向交流较少，协调难度较大。

4. 分权式指挥结构。该指挥结构是对直线职能式的改良，即遵循"政策制度与行政分开"的原则。最高行政管理层主要负责研究和制定各类政策，制定总目标和长期计划；各职能部门在既定的政策、目标、计划的控制和指导下从事应急指挥。在我国地方行政体制的现状中，地方应急委员会及其办公室往往充当这一角色。其优点在于，应急行政领导层能集中精力于重大问题的研究。其缺点在于，地方应急办在重特大突发事件的处置过程中，往往无所作为，容易被"边缘化"；政府各部门容易产生本位主义，影响各单位间合作。

5. 矩阵制指挥结构。矩阵制结构是由纵横两套管理系统组成的立体方形结构，一套是纵向职能系统；另一套是为完成某一任务以及纵横交叉重叠起来组成类似于数学中的矩阵结构形式。反映到应急行动中，临时组建的综合性应急队伍有双重责任：一方面应急队伍中的队员需向垂直的纵向主管职能部门负责，保持隶属关系；另一方面又要对横向的临时指挥领导负责，完成组织任务。此种指挥模式往往在临时性的大型活动的安保中使用，如奥运安保、世博安保等。其优点是能集中完成组织希望达到的目标和任务，信息沟通交流频繁；其缺点是组织时间跨度短，工作人员对完成任务有临时感，同时接受双重领导，名为统一指挥，但由于权事关系仍归于原组织，容易受原部门的干扰。

6. 网络化指挥结构。该指挥结构是近几年来比较流行的指挥方法，主要指根据分工或地理位置，建立不同的团队，形成由不同物理职能或不同地理位置的网络，由行政组织决策层或建立临时型的总部直接协调。其机制内涵在于将行政部门间横向协调与协作的理念扩展到组织的边界之外。其最大的优点在于既体现了扁平化，减少了指挥层级；又能体现灵活性，让小型团队能在处置突发事件中发挥作用。但其缺点在于，该组织网络往往依靠规则、协调、联络来保证应急行动的一致性，其组织凝聚力、控制力往往因突发状况直接影响指挥的控制力和效果。如本市按照城市网络化管理模式,将城区分成若干个区域,依托应急联动中心平台,整合公安、民防、水务、安全生产监管等相关应急专业队伍,统一指挥、屯兵街面、相互策应,形成全天候各区域动态应急管理。

三、应急指挥体制机制建设的思考

在正确认识了应急指挥体制机制建设的定位、重点以及科学评价与对比各种指挥模式优劣的基础上,应以深化和完善应急指挥体制为重点,建立完善军、警、地联合应急指挥平台为手段,加强各类指挥机构应急指挥队伍能力建设为依托,建立健全应急指挥法规为保障,不断深化应急指挥体制机制等各方面建设。

(一) 深化和完善应急指挥体制建设

应急指挥体制要素主要包括各级各类应急指挥组织机构、各类应急队伍、各种应急资源。加强应急指挥体制建设的首要问题,就是要在应急行动状态中科学设置应急指挥机构,确保统一指挥、协调一致。这其中既有自上而下各层级指挥机构的衔接问题,又有自内而外指挥机构内部组织设置与外部整合问题。无论采用哪种指挥模式,必须考虑指挥层级、指挥跨度、指挥机构内的组织设置三个基本问题。

一是要合理确定指挥层级。该层级的设置应满足应急行动的需求及应对突发事件为前提,所以应与平时政府日常行政管理层级相区别。层级过多,必然影响指挥信息传输与反馈的速率,影响指挥效能;层级过少,则指挥机构将直接面对众多指挥问题,事务繁杂,容易影响对关键问题的决策与控制,削弱指挥效能。从近几年应急行动的实践来看,发生重特大突发事件后,往往从战略层面与战术层面设置两级指挥机构:总指挥部和现场指挥部。总指挥部作为从宏观上来对把握整个应急指挥的决策,通过听取现场指挥部的汇报、专家参谋辅助决策来作出重大部署;现场指挥部在总指挥部的统一领导下,灵活按照现场的具体情况,直接指挥和调度应急队伍、人员。比如,汶川大地震发生后,国务院成立抗震救灾总指挥部,事发地和其他省(自治区、直辖市)成立现场或地方指挥部,确保上下工作接口。

二是科学确定指挥跨度。其旨在解决指挥机构所能调度的指挥队伍和资源。科学的指挥跨度一定是指挥顺畅,协调高效,使指挥指令能充分传达到每一个指挥对象中去。研究表明,当组织规模增大、环境变动性和复杂性较高时,低集权而高参与扁平型或网络型组织更具有适应性;同时组织成员因拥有更大的控制权、广泛的信息渠道,主观能动性大大提高。比如,上海设置最小作战单元反恐应急队伍,确保每个最小作战单元具备独立承担中、小规模恐怖袭击事件的现场专业处置能力,形成管理规范、指挥顺畅、协同密切、处置高效的最小作战单元勤务模式。

三是整合精简指挥机构内的组织。应急行动基本的要求就是统一指挥、指令顺畅、行动迅速。因此,当预警级别上升到一定级别(一般是特别严重或严重)时,且专业指挥机构无法单独协调时,最高行政领导机构应建立最高指挥部,召集有关部门和单位负责人集中办公;并根据应急行动实际情况,设置相对应的组织,确保指挥指令上传下达。设置组织应该以整合、精简为原则,通常设置为指挥组、专家组、联络信息组、交通运输组等。其中指挥组为最核心,负责统筹协调、决策部署;专家组负责咨询参谋;其他组负责宣传、医疗、交通等工作,为指挥组决策保障。无论如何设置,都应以整合、精简为原则,但不能以此为由而追求"大而全",譬如部分政府应急管理部门,集指挥、协调、处置于一体,导致工作处于超负荷的溢出状态。

(二)科学构建应急行动军、警、地联合指挥机制

现役各军种部队、消防、武警部队在我国发生的重特大突发事件如雨雪冰冻灾害、汶川地震、洪涝灾害等应对中发挥了骨干和主力军的作用。新修订的《中华人民共和国消防法》、《中华人民共和国人民武装警察法》也明确授权公安消防、武警部队参与抢险救灾、处置相关突发事件的应急行动;同时也明确了"统一领导、分级指挥"的原则,即国务院、地方政府都有权领导、指挥部队参与应急行动的权力。因此,构建军、警、地联合指挥、联合行动、联合保障为目标的联合应急指挥机制,是应急指挥体制机制建设的重要内容。构建该联合应急指挥机制,要合理区分军事、准军事、非军事各类应急行动的指挥权限;要明确平行指挥机构间、指挥机关与指挥员、指挥员与指挥对象等各种关系;要对军、警、地原有决策、报告、指令传输、指挥场所做进一步整合、精简;避免因职责不清、任务不明、指挥权重叠造成指挥混乱、处置效率低下。

构建军、警、地三位一体的应急指挥机制可以从联合应急指挥机构预设、应急动员机制整合、联合应急指挥平台对接三个方面着手,循序渐进、有序推进。首先,要根据"平时预编预设、急时快速展开"的要求,在重大应急行动中建立由党政军领导挂帅,应急办、国动办和相关职能部门参与的联合应急指挥机构;其次,按照"平战结合"的要求,注重加强国防动员机制与应急动员机制相融合,加大向民众同时普及应战与防灾等方面的知识;再次,在不违反保密原则的前提下,按照平战结合、系统集成、数据共享的思路,建成军地兼容、横向互联、纵向贯通的联合应急平台。比如,为应对周边邻国缅甸发生政府军与果敢同盟军间的较大规模军事冲突对我国边境造成的影响,云南省

委、省政府建立了军地一体、上下一致、横联纵通、系统配套的省级联合指挥部,该联合指挥部编组了情报研判、指挥协调、综合保障等"六大中心",规定了各方行动力量协同配合的内容、时机和方式,明确了指挥权限、指挥条件、指挥方式等有关重要事宜,确保了指挥高效顺畅、行动协调一致、保障到点到位。

(三) 加强各类指挥机构应急指挥队伍能力建设

应急指挥队伍包括总指挥、现场各级指挥员、参与指挥和保障的工作人员。该队伍既是应急指挥的对象,也是应急指挥体制机制建设的核心要素。相比平时决策,应急指挥有三个特点:决策的速度快、频率高;独断式或有限的民主决策;不求最好但求有效与满意。这就对各级应急指挥能力提出了极高的能力要求,也就是要求指挥员在科学的应急管理理论指导下,运用各种知识和技巧,在应急行动中对应急队伍和应急资源进行统一的部署和指挥,最大限度的发挥队伍的整体作战力。其中应急指挥员的应急指挥能力是应急指挥的主观条件,需要具备分析判断能力、观察预测能力、科学决策能力、运筹谋划能力、控制与协调能力、把握战机能力等多种能力。指挥是否得当直接关系到应急行动的成败。

近年来,我国应急管理各条战线在对应急指挥员的培训教育上投入较大,培养选拔了一大批具有丰富基层实践经验的指挥员。但是,许多指挥员往往在本行业或专业上是行家能手,但是在应对复合性、衍生性的突发事件,往往由于缺乏其他领域的专业知识,或者决策的层次较低,很难站在全局的角度来综合决策、协调各方。如果一名指挥官在应急行动中不能对全局形势作通盘考虑,就会直接影响指挥的权威性和有效性。因此,培养一批具备综合指挥技能的指挥员队伍对谋划应急指挥体系建设意义深远、责任重大。建议国家或一些有条件的地区,可以尝试依托相关院校开设应急管理、应急指挥等相关课程,对各级领导干部加大该方面的培训。如,广东省依托高等院校,在暨南大学挂牌成立全国第一所应急管理学院,积极探索应急管理高层次的复合型人才的培训培养方式。又如,2009 年 12 月,经民政部批准,中国军事科学学会武警分会在天津武警指挥学院成立,旨在打造政府、军队、院校应急理论研究、学术交流、咨询服务的平台。

(四) 建立健全应急指挥的法律法规

从国家到地方,至今尚未有完整的针对应急指挥的法律法规。虽然《中华人民共和国突发事件应对法》第八条、第十八条、第四十八条等对突发事件应急指挥机构的成立、政府有关部门调用应急队伍和资源的权力作了原则性的规定,但是对共同协同处置中指挥身份关系的明确与授权、指挥权的实现和支撑、应急队伍内部的责任分工未作具体规定,需要出台相关实施细则。地方各级政府出台的预案基本参照国家总体应急预案,对指挥机构的设置、处置各单位的分工、处置工作流程等都有相关规定,但是应急预案的性质只能作为政府间的规范性文件,其法律效力无法覆盖至企事业单位乃至普通民众,而且现行应急预案也很难打破政府部门间级别上的限制,无法在没有行政命令的前提下对联合应急行动的现场指挥权明确授权。建议国家有关部门加大此方面的研究,对目前的应急法律法规做系统梳理,适时出台相关应急指挥法律法规。地方可以从政府层面,作一些实践方面的探索,规范联合行动中的指挥程序、指挥关系。如上海曾在应急管理体制机制调研报告中提出,建议授权公安消防部门指挥调度救灾现场的各种救援力量。又如,湖南在处置株洲高架桥坍塌事故中,将抢险救援的总指挥权授予消防部队。这些做法值得参考研究。

（市应急办供稿）

突发事件应急处置评估指标体系分析

一、突发事件应急处置工作评价指标构成

突发事件应急处置作为整个应急管理的一环,与应急预防、应急准备等环节建设成果密切相关。在本市突发事件应急管理工作的"测、报、防、抗、救、援"六个环节中,其中处置工作主要落脚点是"抗、救"两个环节,但是,这并不表示其他的四个环节与处置工作无关,其他环节恰好是应急处置成功的基础。因此,可以从两个层面对突发事件应急处置工作进行评价:一是考察常态下应急管理体系建设,即以应急单位日常工作为基础进行应急处置能力指标设计,偏向于考察六个环节的基础性工作的绩效,重点是应急管理体系的硬件设施"有无"的问题;二是考核非常态下应急管理体系运行状况,即以"突发事件处置"或"应急预案演练"为焦点进行指标设计,重点考察"抗、救"两个环节应急管理运行,主要考虑应急单位"作为与不作为"的问题,有效作为是应急管理的关键。

(一)常态下应急管理体系建设评估指标设计

由于突发事件发生具有偶然性,同时,预案演练也基本上是一年一次;于是,测量应急单位处置绩效应更多通过平时应急管理活动考察发现其存在问题、改进其不足。以应急单位日常工作为基础进行应急处置能力考核,其核心是考察相关制度完善程度、程序清晰明确和组织健全状况。

根据突发事件应急管理体系是一个包含了日常机构和临时机构构成的有机系统,可以将应急管理体系构成要素分为:组织、预案、物资、资金和人员等四大类型。由于应急组织架构、应急预案体系、物资储备、应急人员和资金建设的任务皆是由应急管理体系规划予以确定,因此,整个要素是"十二五"应急管理体系建设规划为核心建构的整体性发展愿景。

根据《中华人民共和国突发事件应对法》《国家突发公共事件总体应急预案》和《上海市突发公共事件总体应急预案》等相关预案、制度所确立的应急管理的工作原

则、组织设置、程序规定和时间限定,可以分为四方面的一级指标,即应急组织建设方面指标、应急预案体系方面指标、应急物资储备方面指标和应急资金与人员编制方面指标。然后,根据相关应急管理能力确定二级指标,并对二级指标进行说明,提出评价指标。

1. 组织建设方面指标。应急管理组织是应急处置活动组织基础,组织体系完整、应急人员专职化是应急管理工作专业化的保证。尽管在大型应急救援活动有诸多的组织参与,作为常见的评估而言,还主要考核一些专属应急处置组织,主要包括突发事件应急管理委员会、应急管理办公室、应急处置专业队伍、应急处置志愿者队伍等四个类组织。

2. 应急预案体系方面指标。根据各类应急预案主体权限的不同和内容差异,按照《中华人民共和国突发事件应对法》和《国家突发公共事件总体应急预案》的相关规定,整个预案体系是由各类总体预案、专项预案、部门预案以及企事业单位预案、重大活动预案等构成的多层次、多功能的体系。

3. 应急物资储备方面指标。应急物资是应急救援活动的基础,是取得应急救援中减少生命和财产损失的保证。应急物资主要包括应急装备、应急物资、应急通讯等构成。

4. 应急资金与人员培训。应急资金主要包括应急专项资金以及每年应急资金增长常规机制。人员编制主要落实"三定"要求,完成相关应急管理人员和救援队伍的技能培训和知识增长。

本研究认为,针对上述四个方面应急管理体系建设,分别有不同目标;目标差异也就引导不同建设要求。对于组织架构建设而言,其核心目标就是体系完整、专人专责;预案体系建设而言,主要追求预案的规范性、完整性和预案之间的衔接度;而应急物资储备,其基本要求是类型丰富、储量够用;应急资金和人员培训则是逐年增长、技能提升;应急管理体系建设的目标是体系完备、运行有序(见图1)。根据这些目标设置相应的指标,如果达到就获得1分,没有达到则为0分(见表1)。与此同时,用目测法进行直接观感判断、测量,对整个应急处置制度进行查漏补缺考察,具体包括:通知\预警制度、沟通制度、应急指挥中心运行状况、应急公共信息制度、影响评估制度、损失评估制度、物资储备制度、疏散制度。通过对每一项制度目测之后,可以在表1的备注中写出主观评价。

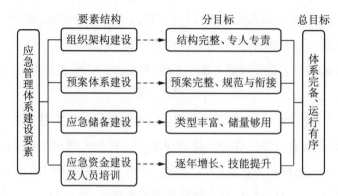

图1　应急管理体系建设结构与目标图

表1　应急管理体系建设评估指标

管理体系	指　　标	评价内容	得分(符合1分, 不符合0分)	备注
组织架构	领导机构	职责明确		
	办事机构	编制到位		
		职责明确		
	工作机构	编制到位		
		职责明确		
	专业队伍	编制到位		
		有训练方案和行动		
	志愿队伍	有联络线路图		
		动员方案清楚		
预案体系	预案完整性	预案结构完整		
		预案内容有可操作性		
	预案规范性	语言、文字、格式规范		
		预案管理按时更新		
	预案衔接度	预案体系完整		
		预案内容衔接机制明确		
物资储备	应急物资	应急物资储备方案完整		
		物资储备机制运行良好		
	应急装备	装备与现有队伍匹配适当		
		装备与灾害风险配备相当		
	应急通讯	应急网络、电话和移动配置完整		
		有完整的通讯替代方案		

（续表）

管理体系	指　　标	评价内容	得分（符合 1 分，不符合 0 分）	备注
资金与人员	应急经费	有专项应急经费		
		应急经费增长正常		
	培训规划	年度培训规范完整		
		3—5 年培训规划明确		
	培训活动	培训目标明确		
		培训方案具有针对性		
		年度培训行动落实良好		
	培训评估	已开展培训评估		
		完整培训评估报告		

（二）非常态下应急处置过程评价指标设计

所谓非常态可以有两种情况：一是"突发事件"发生或以人为构造的"预案演练"的情态。因此，非常态应急处置绩效评价指标可以以"突发事件处置"和"预案演练"为焦点进行指标设计。突发事件应急处置过程是一个程序化和非程序相结合的流程，程序是应急救援效率的前提，完善的应急管理程序不仅保障应急处置活动基础，也是将应急管理工作常态化的重要方式。应急处置程序包括诸多环节，在绩效评估行动中可以抽取影响到处置效率的关键性的环节，包括致灾因子监测、信息报告、灾害预警、灾变防御、应急处置、救援、灾后恢复等 7 个环节，其中信息报告是贯穿于应急管理各个环节之中。

1. 监测。上海是中国重要的特大城市，2011 年末，常住人口达 2 300 多万，正逐步建成国际经济、金融、贸易和航运中心。根据历史资料和专家分析研究，对上海可能造成影响和威胁的主要自然灾害有：台风、暴雨、风暴潮、赤潮、龙卷风、浓雾、高温、雷击、地质、地震灾害；主要人为灾害事故有：道路交通事故、火灾、化学事故和"生命线工程"事故。此外，上海不仅面临自然灾害、事故灾难和公共卫生事件，而且随着社会矛盾凸显和经济改革深入，社会安全事件也不断增多。基于对突发事件监测，上海正在建立水务、气象、地震、建筑、房地、海洋、环保、交通、安监、供电、供气、海事、卫生、公安、金融、外事、信息等监测网络。

2. 信息报告。信息报告是应急沟通的重要环节，信息报告实际上包括信息上报、信息抄送和信息向社会发布。信息上报包括事发单位应通过 110 等报警电话将事故迅速向应急联动中心报告信息、事发地的管理机构向区县政府及相关部门报告事故、市应急联动中心接到报警之后准确汇总报送信息给联动单位。信息抄送是指应急联动中心快速向区县和职能部门通报信息、向可能受到影响地区跨区域信息通报相关情况、向国际机构报送专业信息。

3. 预警。监测网络中成员方将监测到的信息,通过分析研判,初步确定危害发生概率、影响范围,并根据相关预案所规定不同预警级别的条件确定预警等级。预警等级确定之后,首先应向有关部门通报,然后通过相关发布平台进行发布。根据《中华人民共和国突发事件应对法》和《上海市突发公共事件总体应急预案》,对突发事件的发布按照责任主体予以确定。

4. 防御。事故灾难事件发生之后,应急联动中心在接到公民或企事业单位报警之后,应立即接警,并快速处警。处警可以包括三个部分:一是向受影响的地区的企事业单位和公民发布预警信息,要求采取自我防御的措施;二是将相关信息通知于联动单位,并要求采取防御政策,以减少事故对相关重要设施或公民影响;三是迅速指定应急联动单位派救援队伍进入现场或派出警力稳定社会人群。

5. 处置。本市为了提高应急处置效率,在市级层面建立了统一接处警的应急联动中心,形成了包括公安、卫生、安监、民防、海事、建设交通、环保、气象等部门以及各区(县)人民政府和区域行政主管机构(统称为联动单位)应急联动机制,并组建了消防、医疗、地震等专业救援队伍。根据《上海市突发公共事件总体应急预案》和《关于进一步加强上海市应急联动工作的若干规定》,突发事件处置包括三个步骤:

(1) 即时处置。当突发事件发生后,为在第一时间内有效地控制局面,防止事态扩大,也为抢救生命、减少损失赢得时间,事发单位应当即时启动应急预案,做好应急的即时处置工作。事发单位在即时处置时,应当同时向当地政府的应急处置机构报告事故发生的情况和即时处置的进展,以便及时扩大抢救救援范围,必要时启动相关部门的部门应急预案。此处的应急处置机构是对本行政区域内的突发事件和应急救援进行先期处置的职能机构和指挥平台,一般以110为代表。上海已将各类应急热线集中在一起,统一运行的应急联动中心,在应对突发公共事件中,应急联动中心统一受理全市各类突发事件和应急救助的报警,并根据各类突发事件或应急求助的等级,直接或协助市委、市政府以及具有处置突发事件的职能的领导机构,组织、指挥相关部门开展应急处置。

(2) 先期处置。应急处置机构接到事发单位的报告后,应当综合考虑突发事件的类别、规模、影响等因素,认为有必要的,由应急处置机构统一组织相关部门赶赴现场开展抢险救援工作。此时,相关部门应当启动部门应急预案,做好先期处置工作。在先期处置阶段,信息报告的责任不仅在于直接参加抢险救援的相关部门,即相关部门应当向上一级政府部门报告事件产生的原因、影响范围、事态性质、处置情况以及需要采取的措施和建议,以便及时启动上一级政府部门的部门应急预案;同时,应急处置机构在指挥应急处置时,也应当向应急管理办事机构报告相关应急处置信息,以便必要时启动同级政府的专项应急预案或总体应急预案。

(3)应急响应。当先期处置也无法有效控制事态,上一级政府部门可以启动本部门应急预案或者当地政府可以启动专项应急预案或者总体应急预案,即应急相应启动。此时启动的应急预案层次较高,涉及面广、影响面广,可能需要调动社会资源,甚至赋予应急救援队伍一定的强制权。因此,为了保证应急处置活动有序进行,应急响应的启动设计可用规范的法定程序来框定。当然,不同层次的应急预案,启动的程序也会有差异。本课题针对本市应急响应,可以用三个层次来区分:第一层次部门应急响应启动程序,即启动政府部门的部门应急预案的,可以由部门行政领导直接决定应急响应,或者根据同级应急管理办事机构的建议决定是否启动;第二层次专项应急预案启动程序,即启动专项应急预案的,应急管理办事机构应当向同级人民政府分管领导提出建议,由其决定是否启动;第三层次启动总体预案应急响应程序,即需要启动总体应急预案的,应急管理办事机构应当向同级人民政府行政首长提出建议,必要时还需要提请政府常务会议决定。政府常务会议决定启动市应急专项预案或应急总体预案之后,将组建现场指挥部,并利用市应急指挥平台,调度各职能机构、区县现有应急资源和成员,必要时提请国务院帮助和周边省市协助突发事件处置工作(见图2)。

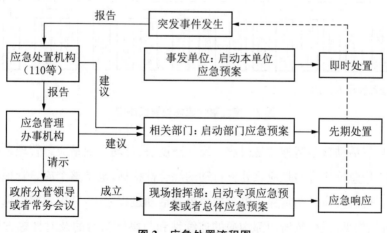

图2　应急处置流程图

6. 救援。处置突发事件过程中,救援是处置的必不可少的一部分。救援包括现场救助和社会救助两个部分,其中现场救助是每一件突发事件处置必然环节,而社会救助则是一些较大或重大突发事件才需要开展一个环节。现场救援主要由救援专业队伍承担,而社会救助则是由民政局、红十字会和慈善基金会等机构动员全社会参与。现场救援涉及组织和救助受害人员、疏散和撤离受影响的人员、消除危害和危险源、划定危害区域和控制区域、维持社会治安等;社会救助则主要指对疏散人群进行安置(包括安排避难场所、水、食物、通讯等)、对受影响的人群进行心理情绪安抚、在全社会开展临时募捐活动。

7. 恢复。恢复是突发事件处置的最后一个环节。应急恢复程序涉及较多活动,主要包括响应终止、秩序恢复和社会重建,其中响应终止包括救援终止评估、申请救援终止(口头或书面申请),秩序恢复包括清理现场、解除相关临时管制措施和安排疏散人群有序回归,社会重建主要涉及事故责任认定、对受损害利益方进行补偿赔偿以及向社会公布事故评估结果报告。

上述突发事件处置的 7 个环节构成了一个迂回循环的运转系统,所言相关操作程序可能存在于各个环节,因此,所有操作程序并不是某个环节所独有的,而仅仅是在某个环节该程序是必需的。如信息发布实际上是在 7 个环节都存在,但是,不同环节所发布信息的内涵有差异且重要性不同,如预警环节就特别要注重信息公开(详见图 3)。

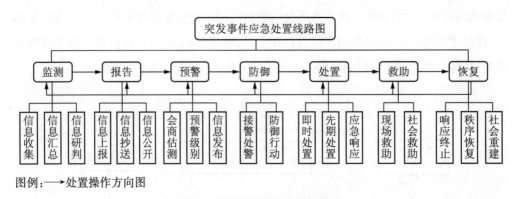

图例:——▶处置操作方向图

图 3　突发事件应急处置线路图

应急处置活动核心精神就是快速。反应速度快、行动灵敏是应急管理系统最核心评价标准。应急反应时间是应急处置行动的综合性指标,也是整个应急管理活动的根本性指标。应急反应时间贯穿于整个应急处置活动过程之中,其中预警信息发布提前性、到达现场的准时性、政府内部沟通的连续性和与媒体沟通的及时性等方面时间规定性对整个应急救援工作更具有决定性意义。

根据《上海突发公共事件总体应急预案》和《关于进一步加强上海市应急联动工作的若干规定》两个文件,对一些程序时间限定作出了规定:其一,信息上报规定,突发事件发生之后,各应急机构、事发地所在区县政府、职能部门和责任单位,及时汇总相关信息并迅速报告,重大突发事件,必须在接报后1小时内分别向市委、市政府值班室口头报告,2小时向市委、市政府值班室书面报告。其二,对应急联动单位到场时限作出了规定。根据距离远近,应急联动单位到达现场的时限也略有差异。未列入本表中应急联动单位,根据联动单位与联动中心约定而进行确定。

　　根据上述7个应急处置环节和上海时限规定,可以根据突发事件处置相关细节,设计19个指标、70个评价内容,每一项评价内容为1分,如果实际情况符合要求则得1分,不符合为0分,最高共70分。与此同时,为了便于给予被评价单位改进建议,特别设置了备注,以便于考评者写下自己的主观评价(见表2)。

表 2　上海市应急处置过程评价指标体系

环节	指　标	评 价 内 容	得分(符合1分,不符合0分)	备注
监测	信息收集	每天各时段皆有信息记录		
		每月皆有信息记录		
		信息记录覆盖了各类灾害		
	信息汇总	信息格式统一		
		统计思路清晰、资料全面		
	信息研判	信息及发送给相关单位、共享程度高		
		经常开展灾害研判活动		
		预测精准,市民评价度高		
报告	信息上报	事发地1小时内向应急联动中心报告信息		
		事发地1小时内向区县报告		
		市应急联动中心准确汇总报送信息		
	信息抄送	1小时内向区县和职能部门通报信息		
		3小时内向可能受影响地区跨区域信息通报		
		24小时内向国际机构报送专业信息		
	信息公开	1小时内向基层企事业公布		
		2小时内向社会发布信息		
预警	会商估测	利用相关信息对灾害初始评估		
		利用市应急平台对灾情精确评估		
	确定预警级别	确定预警级别程序明确		
		确定预警级别依据充分		
	信息发布	第一时间、分阶段发布预警信息		
		预警信息发布准确、客观、全面		

（续表）

环节	指 标	评 价 内 容	得分(符合1分,不符合0分)	备注
防御	接警处警	联动中心按程序接警		
		联动中心按程序处警		
	防御措施	基层政府经常开展防御活动(有记录资料)		
		鼓励公众开展自救、互救手段(有方案)		
处置	即时处置	事发单位3分钟内向应急联动中心报警		
		事发单位按规定流程启动了预案		
		事发单位向公众发布了警告或劝告		
		事发单位向可能受影响民众宣传应急避险和防灾减灾常识		
		事发单位转移、撤离或疏散了人员和财产		
		事发单位初步采取了控制措施、现场隔离		
	先期处置	联动中心核实报警信息(有回访记录)		
		联动中心将警情转给联动单位(有记录)		
		联动单位确认信息接收(有反馈记录)		
		联动单位按规定启动了预案		
		向联动单位指挥(值班)机构进行通报		
		向处置队伍下达了待命指令		
		向专家征询了意见		
		调集、筹措相应的物资与设备		
		处置队伍按规定时间进入了现场		
		处置队伍控制了突发事件现场		
		处置队伍向应急联动中心报告现场情势		
		公用设施安全得到保障		
		及时有效抢救了伤员和重要财产		
		向有关联动单位通报处置情况(有记录)		
		启动变更预警处置级别程序清楚		
	应急响应	研究启动市应急响应的必要性		
		确定了应急响应等级(有理由记录)		
		成立了指挥部(现场、协调和决策)		
		信息系统运行通畅,网络能互联、信息共享		
		与媒体合作(定时给媒体提供相关信息)		

（续表）

环节	指　标	评　价　内　容	得分（符合1分，不符合0分）	备注
救援	现场救助	有效地组织和救治了受害人员		
		有力措施疏散和撤离受影响的人员		
		对危害和危险源采取措施，并快速消除		
		清楚地划定危害区域和控制区域，并有标识		
		社会治安维持良好、无群体性事件再发生		
	社会救助	对疏散人群进行安置（包括避难场所、水、食物、通讯）等		
		开展心理、情绪安抚活动		
		开展社会募捐等活动		
恢复	响应终止	救援终止评估、评估报告初步形成		
		申请救援终止（口头或书面申请）		
		宣布救援终止，并及时向各方告知		
	秩序恢复	现场清理干净，没有残留物		
		解除相关临时管制措施，告知标识清晰		
		安排疏散人群有序回归，无老弱病残遗漏		
	社会重建	责任认定清楚、准确		
		补偿、赔偿政策实施到位，无争议		
		组织事件缘由及处置结果调查准确		
		在规定时间向社会公布调查报告		

　　确定评价等级需要考虑三个层面：一是现有应急单位已有的建设水平；二是未来城市发展对应急管理需要水平；三是与其他地区应急管理现状的比较优势。按照上述三个层面考虑为基础，可以通过以下几点实践确定等级分数界限：一是根据对抽样部分单位进行初步测试，观察现有应急联动单位和区县政府应急处置实际水平；二是根据专家对上海城市安全发展水平需要预测，预估城市应急处置能力的要求确定相关水平；三是根据现有相关政策文件规定确定相关水平。根据分数高低确定评定等级，在百分制结构下，85～100分为满意等级，65～84分为合格等级，64～0分为不合格等级（见表3）；其中满意等级所要求达到的主观评价是体系成熟、程序流畅、技能娴熟，合格等级所要求的主观评价体系完整、程序合理、技能一般，不合格等级所要求的主观评价为体系残缺、程序有瑕疵、技能不足等。

表 3　等级评定对照表

等　级	分　数	说　　明
满　意	85～100 分	体系成熟、程序流畅、技能娴熟
合　格	65～84 分	体系完整、程序合理、技能一般
不合格	0～64 分	体系残缺、程序瑕疵、技能不足

二、突发事件应急处置工作指标使用的改进

从上文指标评价设计来看,基本可以确定为一种工作评价,还不是绩效评估。所谓工作评价是指现有工作所需要达到要求,而绩效评估则是确定现有工作对组织作用。绩效评估需要确立标杆(即目标定位),寻找现况与目标之间差异,从而确定组织未来方向。而工作评价是评价现在工作是否完成已定要求和计划(主要年度计划和工作日常标准),以便于组织自身改进工作。在现有工作评价的基础上进行绩效评估需从两个方面改进:一是改进指标权重结构以确定哪些指标完成对应急管理工作贡献度大;二是改变每一个指标的评价内容。

一般而言,指标设置越细致、精度越高,与此同时,其缺陷也就越多。因此,将定量和定性相结合应该是目前比较有效的测量方式。但是,定量多一点还是定性多一点,关键在于使用何处,如果从建设角度来说,定性更有助于选择建设重点;而定量测量便于寻找去与其他地区或同行之间差距,有助于精细化改进。因此,以"突发事件处置"或"应急预案演练"为焦点指标设计,侧重于定量考核,发现在实际处置过程中关键性环节或行动的缺陷。而以应急单位日常工作为基础进行应急处置能力指标设计,则偏重于定性测量,其目的为了建设。

(一) 总体说明

在进行评估之前,应先确定此次评估的目的和重点,然后进行评估方式、评估指标、指标权重等方面选择。评估是采用诸多专家打分的办法,避免犯以偏概全的弊病。

(二) 各项指标分数确定标准

以"突发事件处置"或"应急预案演练"为焦点测评指标体系中共有 35 个指标,然后将每个指标的分值确定为 1～4 分,如果假设每一项指标都被专家确定为 4 分,那么所有指标总分值为 140 分;如果每一项指标被专家确定为 1 分,那么所有指标总分值为 35 分,因此,35 项指标的分值处于 35～140 分变动之中。因此,每项指标权重就有

两种算法：

1. 简便算法。简单算法就是将每一项指标得分除以 140 分，就是该项指标的权数。具体是让三个以上专家根据自己判断选择，对每一项指标进行打分，然后算出每一项指标专家打分的平均分，再将平均分除以 140，就可以得出这项指标的权值。如，对 A1 指标第一位专家打 3 分、第二位专家打 4 分、第三位专家打 4 分，那么该项指标权重应该是：$(3+4+4) \div 3 \div 140 \approx 0.026$。在对 35 个指标的权重确定之后，将 35 指标权重加总，看其综合是否为 1，如果不是可以对某些指标权重的小数点的第三位数进行适量修正，以促使其综合为 1。

2. 精确算法。通过将三位专家对 35 个指标的赋分进行加总，然后去算平均值。然后对三位专家关于每一项指标赋分加总和算出平均值，用每一项指标得分平均值除以 35 个指标总分的平均值，就可以确定每一项指标的权重。如，专家一关于 35 个指标赋分总和为 80 分，专家二关于 35 个指标赋分总和为 90 分，专家三关于 35 个指标赋分总和为 70 分，就可以算出 35 个指标平均分为：$(80+90+70) \div 3 = 80$ 分。如果三个专家关于 A1 指标赋分值为 3、4、4，则 A1 指标平均分为 3.7，然后用 $3.7 \div 80 = 0.046\,3$，$0.046\,3$ 就是 A1 指标的权重。采用这种算法需要注意的是由于专家对 35 个指标总分值可能不是 140 分，这就需要遵循每位专家意见，考虑哪些重要指标没有出现在 35 个指标项中，需要对指标进行修改或增设。

指标 ＼ 分值	1	2	3	4
1. 领导机构(应急管理委员会或领导小组)(A1)				
2. 应急管理办事机构(A2)				
3. 应急管理工作机构(A3)				
4. 应急专业队伍(A4)				
5. 应急处置志愿队伍(A5)				
6. 应急预案完整性(B1)				
7. 应急预案规范性(B2)				
8. 应急预案衔接度(B3)				
9. 应急物资(C1)				
10. 应急装备(C2)				
11. 应急通讯(C3)				
12. 应急经费(D1)				

(续表)

指　标 ＼ 分　值	1	2	3	4
13. 培训规划(E1)				
14. 培训活动(E2)				
15. 培训评估(E3)				
16. 信息收集(F1)				
17. 信息汇总(F2)				
18. 信息研判(F3)				
19. 信息上报(G1)				
20. 信息抄送(G2)				
21. 信息公开(G3)				
22. 会商估测(H1)				
23. 确定预警级别(H2)				
24. 信息发布(H3)				
25. 接警处警(I1)				
26. 防御措施(I2)				
27. 即时处置(J1)				
28. 先期处置(J2)				
29. 应急响应(J3)				
30. 现场救助(K1)				
31. 社会救助(K2)				
32. 响应终止(L1)				
33. 秩序恢复(L2)				
34. 社会重建(L3)				
35. 公众参与(L4)				

(三) 分值处理公式

由于指标权重通过一次计算就可以确定,最少在 1 年中无需对指标权重进行重新计算,一方面年度内不调整指标权重体现对每个应急单位绩效考核的公平性,另一方面也是有助于每年根据测评结果找出薄弱环节、进行重点建设。为了保持对应急单位建设持续性支持,可以考虑每一项指标权重使用 5 年,这样以便于应急管理建设规划以 5 年为周期进行调整。

每一项指标权重确定后,然后利用评估表进行评估后得分乘以权重就可以得出每一项指标的实际分数,35 项指标分数汇总就可以计算出该单位应急处置的分值。

(四) 评估报告写作的格式与范本

应急处置绩效评估报告应该包括六个部分,具体而言,包括:(1)测评意图;(2)测评人和被测评的组织;(3)测评活动日期、地点、基本内容;(4)现状记录;(5)测评总分数;(6)发现的问题及改进建议。在条件许可的情况,可以利用录像设备记录现状,以便对问题进行深入分析和提出有效改进建议。

三、推进整个应急管理工作绩效评估的基本构想

应急管理系统是涉及多个部门、多个区域的网络,应急管理活动是一个需要多个部门合作、共同行动的复杂过程。因此,对应急管理整个体系进行绩效评估依然有很多难度,于是,推进整个应急管理系统绩效建设可以分步考虑:

其一,以应急管理环节为基础,针对每一个环节设置评估指标,进行评估工作,以此推进整个应急管理系统建设。

其二,以点及面进行改进。为了加快应急管理系统绩效评估工作,可以考虑先选择一些试点地区开展,发现现有指标存在问题,然后进一步修正。经过一段时间积累后,开始进行区域性使用。

其三,鼓励社区探索自身评价模式。

评价的目的不是为了确定应急单位先进与落后,而是为了明确自身的优缺点,以便于进一步改进工作。

四、结语

突发事件应急处置工作评估是一个循序渐进的过程,评估指标与应急管理相关工作紧密相连的;因此,评估指标不会是一成不变的。建立有效的评估指标关键在于确定好每一项工作目标、明确每一个组织工作任务和责任,要将每一个组织的目标、任务与整个应急管理系统目标和任务联系起来。推进突发事件应急处置评估根本目的在于提高整个应急管理系统运行的速度、效率和有效性。

(市应急办、复旦大学公共安全中心供稿)

突发事件社会动员和财产补偿机制研究

一、突发事件中社会动员和财产补偿机制研究

(一) 突发事件中社会动员应急功能研究

由于种种原因,目前我国社会动员的应急功能还没有得到广泛的认可,应急功能建设还有待进一步加强。要实现社会动员的应急功能,必须明确社会动员在应对突发事件中应具备哪些应急功能。

1. 保障应急与民生。保障应急与民生是政府应对突发事件过程的中心工作。突发事件具有发展趋势的危机性、后果对主体与社会具有危害性等特征。这就意味着突发事件一旦发生,就会给人民的生命、生产和生活造成持续严重的影响,也给突发事件处置过程的保障增加了难度。《中华人民共和国突发事件应对法》第三十二条、第四十九条第七款、第五十一条中规定,政府应当建立应急救援物资、生活必需品和应急处置装备的储备制度,与有关企业签订协议,保障应急救援物资、生活必需品和应急处置装备的生产、供给,保障人民群众的食品、饮用水、燃料等基本生活必需品的供应,最大限度地减轻突发事件的影响。从社会动员体系来看,社会动员潜力存在于国民经济之中,其构成包括物质资源、人力资源、科技资源、财力资源等诸要素,通过社会动员能够使社会动员潜力向战争实力转化从而为赢得战争胜利提供强有力的保障。特别是社会动员潜力中的通用性资源(CR),涵盖了涉及处置突发事件和保障人民生活的各种应急物资。经济动员办公室利用机构的风险防范意识、专业应急素质和快速反应机制,能够实现对通用性资源(CR)的快速筹措、即时调度和足量保障,为保障应急和民生提供最可靠的保证。目前,应急保障职能主要是由民政部门实施,地方财政负责经费保障和向中央财政申请拨款,人民防空动员办公室也履行部分职责。在实际工作中,经济动员办公室应与同级民政、财政部门积极配合,共同履行保障应急和民生的职能。

2. 维护经济稳定,建立主动适应的经济动员机制。我国正处于工业化转型、城市

化加速、国际化提升的关键时期,地区发展不平衡、社会利益关系多元、收入分配机制不健全等社会和经济的深层次矛盾较为突出。由于突发事件具有多样性、时空耦合的群发性、链状分布的联动性等特征,如果对突发事件处置不当,将严重影响正常的经济秩序,造成对经济运行的冲击。《中华人民共和国突发事件应对法》第四十九条第八款、第五十一条规定,突发事件发生后政府可依法从严惩处囤积居奇、哄抬物价、制假售假等扰乱市场秩序的行为,稳定市场价格,维护市场秩序;发生突发事件,严重影响国民经济正常运行时,国务院或者国务院授权的有关主管部门可以采取保障、控制等必要的应急措施,保障人民群众的基本生活需要,最大限度地减轻突发事件的影响。社会动员的应急机制是在政府应对突发事件的过程中逐步形成和完善的。实际上"维稳"作为社会动员的内在功能,在以往应对突发事件的过程中已经发挥了至关重要的作用,但政府在运用社会动员"维稳"功能上是偶然的和被动适应的。政府在应对突发事件的过程中,往往在遇到难以解决的困难后,才向当地的经济动员办公室要求协助,缺乏应急信息的沟通、长效的协作和联动机制。实践证明,社会动员在维持经济稳定上能够发挥两方面的功能,一是缓解突发事件对经济运行的直接冲击和影响,二是提高国民经济应对突发事件的抗风险和应变的能力。在实际工作中,经济动员办公室在依托发改委综合协调职能的基础上,应加强同保险、银行等金融机构,财政、税务、物价等行政机构以及各行业主管部门的沟通与协作,在维护经济稳定上形成合力。

3. 有效应对突发事件,搭建协调政府与社会力量的桥梁。应对突发事件需要社会的广泛参与,由国家行政机关独揽突发事件的预警、监控和处理,往往是效率低下的。因此,必须充分调动社会力量,做好公众的沟通与动员工作,并提供公众参与应对突发事件的渠道和途径。《中华人民共和国突发事件应对法》第六条、第十一条、第五十二条规定,国家建立有效的社会动员机制,增强全民的公共安全和防范风险的意识,提高全社会的避险救助能力。公民、法人和其他组织有义务参与突发事件应对工作。履行统一领导职责或者组织处置突发事件的人民政府,必要时可以向单位和个人征用应急救援所需设备、设施、场地、交通工具和其他物资,要求生产、供应生活必需品和应急救援物资的企业组织生产、保证供给,要求提供医疗、交通等公共服务的组织提供相应的服务。事实上,《中华人民共和国突发事件应对法》中所规定的社会动员组织活动,正是经济动员办公室在工作中反复实践的。近几年来,经济动员办公室以应急需求为主线,对区域内资源潜力进行调查评估,建立动员潜力数据库,梳理出重点行业、重点企业重要物资和重要产品的动员力量,为有效应对突发事件做了大量的工作,具备组织应对突发事件社会动员的能力,可以起到协调政府与社会力量的桥梁作用。在实际工作中,由于经济动员办公室属于议事协调机构,应做好政府应急指挥机构的参谋,加强与公众的沟通。

(二) 国外行政补偿原则对完善财产补偿机制的启示

在各国行政补偿制度中,不只是构成要素,关于补偿的原则也是宪法层面上加以明确规定的一项重要内容。各国关于行政补偿的原则主要涉及两个方面:一是补偿额度方面的原则,二是补偿时限方面的原则。对于前者,各国的规定有一定的差别,并有一个发展演变的过程;对于后者,则完全一致。

在我国法律法规中关于补偿存在不同的表述,概括来看大致有以下四种模式:(1)给予一定的补偿;(2)给予相应补偿;(3)给予适当补偿;(4)给予合理补偿。在2004年我国通过的宪法修正案中规定"国家为了公共利益的需要,可以依照法律规定对公民的私有财产实行征收或者征用并给予补偿",但令人遗憾的是,其中并没有指明补偿要遵循的原则,这还需要以后在具体的立法中进一步完善。世界各国关于征收征用的补偿有不同的补偿原则,具体来说有"正当"、"公平"、"公正"、"合理"等。

德国在基本法中规定"征收之补偿,以'公平'地衡量公共及参与人利益后,决定之",从而确立了公平补偿原则,具体而言,是以完全的价值补偿为原则,而在具有特殊理由的例外情况下方可以减少补偿,也就是说要具体情形具体对待。

法国实行全部、直接、物质补偿原则,按法国《公用征收法典》中规定"补偿金额必须包括由于公用征收产生的全部直接的、物质的和确定的损失在内"。

1946年《日本国宪法》规定:"不得侵犯财产权。财产权的内容由法律规定之,以期适合于公共福利。私有财产在正当的补偿下得收为公用。"日本依此确立了"正当补偿"原则。

美国按征用时市场上的公平价值补偿,这种市场价值,不仅包括征用时的使用价值,而且包括被征用财产的最佳使用价值,即财产因其开发潜力所具有的"开发价值",体现为一种对于"预期利益"之保护。

总结各国做法,行政补偿主要有三种类型:一是完全补偿;二是适当补偿;三是公平补偿。完全补偿说认为,对损失应当按其全额予以补偿;适当补偿说认为不一定要全额补偿,只要参照补偿时的社会观念,按照客观、公正、妥当的补偿计算标准予以补偿;公平补偿说将尽可能补偿受害人的特别损失为原则,同时采取灵活的补偿标准,以实现补偿的公平公正,例如征地建学校和建商业住宅应采用不同的标准,后者标准应当更高。

本研究认为,固定地采取某一补偿标准不适合于复杂的社会现实。采用不同的补偿标准,会对政府和财产权人产生不同的激励效应,一味地采用完全补偿或适当补偿均不利于资源的有效配置,只有采取利益衡量的方法,在衡量公益与私益后公平地决定如何补偿,才是正当的路径选择。因此,笔者认为我国应采用公平补偿的原则,对财产权人的补偿应针对不同情况,灵活适用不同的标准、方式进行补偿,做到既能弥补财产权人的损失,又能合理配置资源满足公益的需要。具体来说,公平补偿原则包含着下列内容:(1)事先补偿原则,即未经事先合理补偿,政府不得征收、征用公民的财产。当然,事先补偿并不排除在紧急情况下适用事后及时补偿原则;(2)补偿直接损失原则。即补偿仅针对与征收、征用行为有直接因果关系的损失;(3)补偿物质损失原则。即补偿仅针对财产上利益损失,不补偿精神上或情感上的损失;(4)补偿实际损失原则。即只对已发生或将来一定发生的损失进行补偿,而不包括将来可能发生的不确定的损失;(5)动态调整原则。补偿标准确定后,不能一成不变,否则,就会产生有失公正的结果。因此,对补偿的标准要根据经济与社会发展变化的情况定期进行评价,并适时地加以调整,使其能与经济、社会的发展相适应,能在公共利益的增进与个人利益的有效保护之间维系动态的平衡。

二、我国城市突发事件社会动员机制的缺失和完善

(一)目前我国应对突发事件社会动员制度中存在的问题

就我国而言,虽然我们曾经战胜过各种危机,但自觉的危机管理建设却比较滞后,从应对突发事件的社会动员机制来看,我们也还存在一些不足,主要表现在以下几个方面。

1. 突发事件社会动员制度不完整。社会动员更多地成为一种政治动员,更多地依靠政治、行政手段,对法律的、利益的手段利用不够,没有建立一个完整的社会动员制度。在应对突发事件中,政治的、行政的手段是必要的。但这些手段也是有限度的,过于依赖这些手段,反而会影响它们的力度与效果,特别是在突发事件持续时间较长的情况下更是如此。依法治国背景下,对突发事件的治理应是一种法治的治理,法律手段也应成为一种主要的治理手段。概言之,如何协调使用政治的、行政的、法律的、利益的以及精神激励的手段应对突发事件,我们仍需进行更多的探索。

2. 社会特别是非政府组织(NGO)的缺失。在危机管理中,社会并非只是消极的动员对象,一个成熟的社会在危机情况下往往能积极地进行高效的动员,甚至先于政府及时、快速进行动员。从国外经验看,危机时刻非政府组织往往极为活跃,并表现出

及时、高效、灵活等优点,从而对危机治理起到了十分积极的作用。如日本阪神大地震中,最先赶到现场并发挥作用的是非政府组织;韩国金融危机中,在非政府组织的广泛动员下,民众表现出了极大的爱国热情,掀起了捐赠高潮,其场面十分感人。

3. 信息沟通机制不完善,社会动员运行效率低。突发事件应对中,沟通是非常重要的基础性工作。从2008年汶川地震的情况看,我们在信息沟通机制上还存在一些缺陷,一方面是有效信息不足,另一方面是小道消息、谣言等借助先进的现代传播方式大范围扩散,各种谣言的飞传,曾给地震救援带来了消极的影响。此外地震后,大量群众怀着救灾的心情,无组织、四面八方的涌入灾区,使通往灾区的交通更加不顺畅,严重影响了灾区的救援工作。说明我国的社会动员制度存在信息沟通不畅且运行效率低下等问题。

此外我国危机下社会动员合作机制单一、开展范围较小、协调性和组织性都不高、平时应对突发事件的宣传教育较少、政府、NGO、群众各自为战,未形成合力,因此总体来说,我国建立和完善应对突发事件的社会动员制度任重而道远。

(二) 建立和完善应对城市突发事件社会动员制度的基本思路

社会动员并不一定总能得以正常地、规则化地进行。而一旦社会动员成为一种不规则、不正常的社会力量时,它对于发展进程的不利影响是深远的。因此,正确地组织和使用社会动员,才能使社会动员对于发展进程起着一种积极而有效的推动作用。针对我国现有社会动员机制的不足,可参考以下思路以完善应对突发事件的社会动员制度。

1. 建立健全危机处理机制和应急法规,确保社会动员的规范化和制度化。党的十六大提出了建设政治文明的目标,这是中国社会和政治的进步。危机状态下,如果没有规范的危机处理机制和法律法规,会造成一些负面影响:第一,可能会导致危机状态下过于集中和强大的政府权力在危机过后得以延续;第二,有的官员借口处理危机而侵犯公民的合法权益,从而使政治改革成果出现倒退。因而,从长计议,应建立健全危机处理机制和应急法规,确保政府的社会动员走向规范化和制度化。

(1) 建立危机处理机制。"危机可以分为四个阶段:潜伏期、突发期、相持期和解决期。在危机的每一个阶段,管理体系都会采取不同的应对措施。比如潜伏期需要预警系统、爆发期需要决策系统、信息收集系统和资源调配系统等等"。我国自突发事件应对法的出台,开始建立起科学规范的危机处理机制。然而,我国处理危机的机构习惯上是建立临时指挥部,在危机处理完后,指挥部就撤销,所以很难积累经验。而美国则采用常设机构,即紧急事务管理署(FEMA),专门处理突发事件的常设机构。"这个机构可以在怎样建设危机应对体系,怎样去建立预警机制和怎样从危机中学习经验和教训等方面发挥很重要的作用。"这可以为我国正在建立的危机处理机制提供有益的借鉴。

（2）健全应急法律法规。2003年的"非典"防治中,国务院组织专家组在短时间内火速出台《突发公共卫生事件应急条例》。以法规的形式规定了政府动员的形式和内容。随后国家组织专家对条例做进一步的修订和完善,把它上升为一部正规的、能灵活处理各种危机的法律,即《中华人民共和国突发事件应对法》。条例第六条规定"国家建立有效的社会动员机制,增强全民的公共安全和防范风险的意识,提高全社会的避险救助能力。"然而遗憾的是,这些法律、条例中突出了政府组织的功能,而没有体现社会组织参与抵抗危机、自主管理方面的条款。这一方面说明社会组织的自主管理能力弱小,另一方面体现政府对社会组织的重视不够,突出政府的社会动员与控制,而弱化与社会组织的互动。条例可以单列一章,规定社会组织与公民如何参与自救的条款。只有危机处理的法律法规和运行机制进一步完善和成熟,政府的社会动员能力才能得到提升,走向制度化和规范化。

2.正确运用社会力量,提高社会动员的全面性。培育和整合社会力量,增强社会自主管理能力,是提高社会动员全面性的基础。社会力量是指除政府及其所属公共部门之外的各种社会组织、自治组织、企业组织和NGO组织。在西方,由于社会发育健全,社会各种力量能够管理好自身的事务,大量的NGO组织则承担了一些过去政府做的工作,而政府主要管理那些社会组织不能完成的公共事务和提供社会组织不能提供的公共产品。这种政府和社会"双强"的局面非常有利于危机状态下政府对社会的全面调动。

中国在改革开放前是政府包办一切的社会。在20世纪50—70年代,党和政府在城市和农村分别用单位、人民公社及生产队等一整套管理体系来控制社会的方方面面,包括公民的公域和私域空间,使得社会国家化、政府化,导致社会的自我管理能力基本丧失。改革开放后20多年以来,以农民土地承包为转折点,农村逐步实行村民自治;城市中由于单位人逐步变为社区人、社会人,从解放初期就实行的居民自治也逐步推开。由于政企分开,社会主义市场经济制度的进一步完善,社会主义民主的进一步发展,政府逐步由过去的全能政府转变为有限政府,同时各种社会自治力量蓬勃兴起,"包括村民自治、居民自治、国有企业的自主经营、大量民营企业的兴起、社会中介组织的出现等多个层面"。但是这些社会力量的自我管理能力还很薄弱。2003年的"非典"和2008年的汶川地震正好发生在我国社会转型时期,这次的政府社会动员中就暴露出公民和社会力量自我管理能力薄弱的缺点。首先是遇事容易惊慌;其次是要么过分依赖政府,要么不太相信政府;再次是明哲保身,社会责任意识淡漠。这些状况造成的结果是:第一,增加政府社会动员的成本;第二,造成社会动员中的盲区和死角;第三,从主客观上增加政府失误的可能性。

客观上讲,政府在危机中不可能包办一切,面面俱到;主观上说,会造成政府试图干预一切,从而分不清主次,出现大事化小、小事化了的可能。因此培育和整合社会各种组织,增强其自主管理能力,对提升政府在危机中的社会动员能力的全面性和有效性显得尤为紧迫。第一,政府应该明确界定与社会组织的角色,防止过多干涉,使社会组织演变为官方的附属物;第二,政府需要制定相应政策,鼓励社会组织发展;第三,政府需要建立信息沟通渠道,与社会组织经常互通信息。社会的各种力量自主管理能力增强了,政府与社会"双强"局面也就形成了。此时政府只要保证信息畅通、准确,并依据规范的应急指挥机制和应急法规加以引导和落实,奖惩得力,就能较为全面、有效地控制和处理好危机,并且可以降低政府社会动员成本,提高动员效率,把人民生命财产的损失控制到最低限度。

3. 深化配套制度的改革,保障政府社会动员的协调性。2003 年"非典"初期的防治工作中,暴露出我国政府社会动员的多处不协调。首先是防疫工作由于长期未受重视,资金缺乏,设备陈旧,人员素质落后,与实际需要极不协调。其次是部门条块分割造成信息沟通困难和行动不一致。北京的医院有隶属北京市的,有属于卫生部的,有属于军队的。由于这些医院之间没有横向的信息沟通体系,北京市的公共卫生部门根本完不成信息的统计,后来只得由国家卫生部来做这项信息统计工作。再次是各地步调的不一致。据说当时有的地方打算设关卡阻止北京车辆的进出,这无疑会造成物资调度的困难,曾一度造成北京市民的购物恐慌。这些都给政府的决策带来很大的障碍,造成政府决策失误和在危机面前动员滞后。清华大学公共管理学院院长薛澜教授曾指出:"中国政府在危机管理上法律框架不健全,各部门地区多单兵作战、少综合协调,缺乏长期的反危机战略和计划,缺乏管理危机的常设机构,重危机处理、轻危机管理。"顾林生教授认为:"建立常规的国家危机管理需要规划和计划体系、财政体系、金融体系、监督和评估体系、教育和培训体系等五种体系来保障。"这一方面指出危机状态下政府动员的各部门地区多单兵作战、缺少综合协调的现状;同时指出要建立统一协调的政府动员体系,必须从把规划和计划体系、财政体系、金融体系、监督和评估体系、教育和培训体系五种体系纳入并进行统一的指挥和领导。因此五种体系进行配套改革以适应危机状态下的政府社会动员势在必行,关键是要具备统一的指挥和领导体系。在这方面日本的经验可以为我国提供借鉴:日本的危机管理体制是以内阁首相为最高指挥官,由内阁官房(负责各省厅间的协调,相当于办公厅)来负责总体协调、联络,通过安全保障会议、阁僚会议、内阁会议、中央防灾会议等决策机构制定危机对策,由警察厅、防卫厅、海上保安厅、消防厅等各省厅、部门根据具体情况予以配合的组织体系。在这一体系中,根据危机种类的不同,启动的危机管理部门也不尽相同。我国也可以根据国情组成由国务院统一领导、有各部委危机常设机构参与、有各种层次决策会议的危机管理统一领导体系,有了科学的决策和协调体制,就为协调的政府社会动员提供了保证。

4. 加强国际合作,为社会动员提供有益补充。现代社会危机的一大特点是:一国发生的危机,很快波及他国和全世界。2008 年美国的金融次贷危机很快就波及全球,全世界的经济都因此受到了影响。"9·11"事件很快就掀起了全世界反恐高潮。"非典"随快速的交通工具和快速的人员流动,很快就成了 30 多个国家和地区的危机。2008 年的汶川地震和 2010 年的海地地震、智利地震,许多国家都往受灾国家派遣了救援队,给予技术、经济和人道上的援助和支持,建立了广泛的合作渠道。因此现代危机中,国际合作是必要的。一国的危机,如果应对不当,很快就会成为区域性,甚至世界性的危机。一个国家与世界各国以及国际组织的密切合作是一种"双赢"的行为,对于一国来说,是政府社会动员从国内延伸至国外,对即时、全面、有效控制和处理危机是行之有效的;而对国际社会而言,也可避免危机的扩大。

以上四个方面的建议是有机联系在一起的,是一个互动的系统,共同服务于应对突发事件下政府的社会动员工作。应急机制和法规是政府动员的制度保障;配套制度之间的协调运行为处理好政府间、政府与部门间社会动员的内部互动关系提供保证;培育和增强社会的自主管理能力强调处理好政府社会动员中政府与社会间各种力量的互动关系;国际合作强调处理好中国与国际互动关系。这四个部分之间,信息是畅通的,目标是一致的,协作是默契的。

三、我国城市突发事件财产补偿机制的缺失和完善

(一) 我国应对突发事件的财产补偿制度中存在的问题

我国现有的行政补偿制度较之于其他行政法制度有着较长的历史,是一门建立较早的行政法制度,半个多世纪以来的实践,尤其是在土地的征用和补偿方面,取得了不少成就,也积累了大量丰富的经验。另一方面来看,我国行政补偿制度特别是紧急公

用征调补偿制度(即应对突发事件的征用补偿制度)的状况并不乐观,长期以来由于指导思想不够重视,相关的理论研究长期停滞不前,使得我国相关立法分散、零碎,缺乏内在的整序性,不仅远远落后于西方发达国家,而且也不如其他行政法制度发展迅速。这种状况与行政补偿制度担负的制约政府的征用权、保障公民财产权,解决应对突发事件资源优化配置以及协调公益与私益矛盾的角色是极不相称的,必须引起我们的高度重视。

汶川地震北川曾发生因震时被征用物资与事后补偿金额不一致,商家生活因此陷入困境的案例。5月12日汶川地震当天,极重灾区北川县漩坪乡遭受重创,交通全部中断,物资无法运入。为了解决燃眉之急,漩坪乡政府当即作出决定,按商家意愿,紧急征用商家物资用于救灾,并承诺在适当时机给予一定补偿。然而到了2009年11月,就在商家讨要补偿时,乡政府却称当初征用物资的登记册丢失了,无法核实每个商家被征物资的价值,只能象征性地给以补偿。其中,自称被征用了10万物资的超市老板只能获得7 000元补偿。

这一案例再次暴露了我国应对突发事件的财产补偿制度的不足,具体表现在以下几个方面:

1. 宪法中没有完整的征用补偿条款。在宪法层面关注行政补偿并加以原则性规定,是近代以来各国的一致做法,我国在迈入近代社会之初亦有所借鉴。新中国建立以后,特别是生产资料社会主义公有制确立以后,我国实行高度集中的、国家与社会一体化的计划经济体制,个人利益被湮没在国家利益和集体利益之中,公民个人财产长期得不到重视。另一方面,在政府无时不在的社会动员和思想教育的推动下,群众也"自愿"为了国家建设而牺牲个人利益。然而,这种"热情"虽能投合当时政治的需要,却无益于全社会法律意识的培养和法律制度的完善。因为财产权是公民的一项基本权利,在宪政秩序下,任何对基本权利的侵害都必须遵循宪法保留的原则。也就是说,财产权只有在符合宪法规定的条件下才能予以限制。

正因为如此,近代以来的各国宪法都严格规定了限制财产权的条件,即基于公共利益的需要并给予公平的补偿。然而,我国宪法"公民的基本权利和义务"一章中却找不到财产权的概念,这就是说,财产权并没有被视为公民的基本权利,因而也就谈不上征用补偿。总纲中第10条虽然规定了国家为了公共利益的需要,可以依照法律规定对土地实行"征用",但未及"补偿"。因此可以不夸张地说,我国征用补偿制度建设和实践中面临的种种问题,都可以溯源至此。

2. 征用补偿的原则不明。征用补偿的原则是行政补偿制度中一个非常重要的问题,它不仅明确回答了相对人合法权益遭受公权力侵害时要不要补偿的问题,而且还直接决定着国家弥补相对人这种损害的程度。正因为如此多数国家均在宪法层面上对行政补偿的原则作出规定。在我国,宪法层面上的补偿原则还是个空缺。从我国目前的相关法律规定来看,补偿的范围往往限于与被征用的客体直接关联的经济损失,如应急征用居民房屋,若归还时房屋损坏了,只补偿因房屋本身损坏而修理所需要的费用,而房屋在征用期间居民的安置问题、修理期间造成的房屋不能使用等问题则没有考虑,也就是说对于与被征用客体有间接关联以及因此而延伸的一切附带损失则不予补偿。由此可以推论出,我国行政补偿的原则为不完全补偿。并且,由于上述补偿费的标准非常低,以至于被征用人不能维持征用前的生活水平,因而这种不完全补偿仅是一种适当补偿,远没有达到合理补偿的程度。

3. 立法分散,缺乏一个宪法界定下的统一的关于征用补偿的法律法规。在过去相当长的时期里,我国颁布了许多涉及行政补偿的规范性文件,由于这些规范性文件都是针对各自具体对象制定的,并且多数情况下也不是为解决补偿问题而制定的,因而总体上说来比较零散,彼此间缺乏密切的关联和内在的整序性,以至于在征用补偿实践中找不到一个完整的、成体系的指导原则、补偿形式、补偿标准,补偿实践中暴露出的许多问题大多与此有关。

(1) 公共利益含义不明。公共利益的需要是征用权行使的前提。如果不存在公共利益的需要,则无征用可言。由于立法上并未对什么是公共利益的内涵作出界定,使得实践中"公共利益的需要",往往成了行政机关自由裁量权的领域,加上缺少相应的制度对其进行审查监督,使得公共利益在征用过程中总是在最广的意义上使用的,均被视为广义上的国家需要和公共利益之需要,都可以作为国家征用的理由。显然,这是不合理的。

(2) 征用权的行使主体不明确。立法上对征用权的行使未能予以明确规定,通常仅含糊地规定"国家"为征用权主体,这就给许多行政机关争以"国家"名义揽权夺利以可乘之机;而众多的征用主体对于补偿义务往往又互相推诿扯皮,使得征用工作难以有效地完成,影响行政补偿功效的发挥。征用权行使主体不明确带来的另一个后果就是在实践中,征用权的行使主体层级过低,而低层级主体行使征用权客观上又导致了征用权行使背离其目标现象的滋生。在我国现行法律制度中,征用权行使主体的层级过低,几乎涵盖全部行政机关的各个层级。

(3) 征用权的行使缺乏有效的监督,导致征用权常被滥用。立法上的不明确使得对征用权的行使忽略了事前监督,征用过程中各行政机关职权与职责脱节、互相包庇纵容,使征用权的行使丧失了事中监督,而司法系统对有关征用诉讼是否由其管辖迟疑不决,无疑又失去了制约征用权的最后一道屏障。"有权力的人们使用权力一直到遇有界限的地方才休止。"无拘无束的征用权自然要被滥用。面对法律监督机制的缺失,对于征用权的监控,竟然靠的是党的纪律约束和政策警示,以及行政官员的行政道德自律等非法律机制。这正是法治社会所不能容忍的病态现象。

(4) 补偿的形式混乱。缺乏对行政补偿进行有效的类型化处理,造成不同的法律法规在涉及补偿时使用的名称各不相同,同一名称在不同的规范性文件中甚至同一个规范性文件中存在着内涵不一致的现象。

(5) 补偿的随意性和不公正性问题非常严重。由于补偿的规定操作性不强,政策调整的倾向很明显,造成了补偿的标准不稳定和补偿方式的差异性。一些法律法规虽然规定了"支付适当的补偿费用"、"给予相应的补偿"等,但对于补多少、补什么、怎样补、何时补、谁来补等问题均不置可否,尤其是相关规定中缺乏具体实施程序和救济程序的规定,使得补偿制度残缺不全,不符合有权利必有救济的法治主义的最起码要求。

(二) 建立和完善应对城市突发事件社会动员和征用补偿制度的基本思路

1. 我国征用补偿制度建设。从行政补偿的视角来看,我国就是片面强调私人利益对国家利益、公共利益的依赖和服从,忽视对政府征用权的控制和公民财产权的有效保护。显然,随着社会主义市场经济的发展和公民的权利意识的复苏,过去那种认为私人利益应当为国家利益和集体利益牺牲简单思维方式和理论逻辑必须进行修正。因此,在建立和完善我国行政补偿制度的过程中,必须转变观念,牢记胡锦涛同志提出的"权为民用、利为民谋、情为民系"的指示精神,树立民主政府、有限政府、服务政府、公正政府、廉洁政府、法治政府的观念。

根据上述政府理念的要求,在构建我国行政补偿制度时,必须做到以下几点:

(1) 征用权的设定必须符合法治主义的原则和要求,考虑到我国行政权一贯强大的历史,制度设计上尤其要突出对公民财产权的保障。

(2) 严格征用权行使的条件和程序,特别是要明确划定公共利益的外延,形成对征用权具体而有效的控制,并通过立法、司法和社会等手段,对征用权行使的全过程进行监督,确保征用权不致被滥用。

(3) 在行政补偿原则、补偿范围、补偿标准和补偿方式等方面,既要虑及国情国力,保证补偿的切实可行,又不能使征用演变成掠夺被征用人的工具,损害社会公平正义原则。

(4) 在行政补偿的救济方面,既要考虑行政效率对征用的要求,又要牢记"司法是社会公正的最后一道防线"，切实保障相对人在行政补偿中的司法救济权。

2. 宪法中公民财产权保障条款和征用补偿条款的完善。在现代西方国家的宪法中，出于对公民财产权的保障和对政府强制征用权的限制，宪法中都有一个财产权保障条款，具体内容包括以下三个方面：一是"财产权不得侵犯"，即"不可侵犯条款或保障条款"；二是"财产权根据公共利益得依法受限制"，即"制约条款或限制条款"；三是"在合理补偿的条件下，可用于公益的目的"，国家可以征用、征用等，即"征用补偿条款或损失补偿条款"。正是这样一个条文结构构成了对财产权的既保障又制约的宪政基础。

而我国宪法的现状是，财产权保障条款极为简单粗糙，且零乱分散，根本缺失西方国家那种完整规范的条文结构。类似于不可侵犯条款的内容主要体现在第 11 条、12 条、13 条、18 条等条文中。但在具体的表述上，却因财产权主体的不同而有所差异，把国家和集体的财产称为"社会主义的公共财产"，强调神圣不可侵犯；对于公民，保护其"合法财产的所有权"；对于城乡个体经济、私营经济、外国的企业和其他组织或者个人，只是笼统地保护"合法的权利和利益"，却没有直接使用财产权的概念。这种规定的局限性非常明显。

事实上，经过 30 多年改革开放的伟大实践，我国社会经济状况较之于 30 多年前有了根本改观，在人权保障日益彰显的今天，这样的征用补偿条款是非常不合时宜的。如果没有补偿规则，设定征用的法律就是违宪的，以其为据采取的征用措施也是违法的。因为这种情况下由于没有法定的补偿规则，关系人不能单独要求征收补偿，而只有诉请行政法院撤销征用行为。原告不能使法院撤销征用行为的，补偿请求即要被驳回。不存在诉请撤销和补偿之间的选择权。

以上可见，我国宪法关于财产保障的条款极不完整，而且相关条款还存在繁复、零散和空泛的特点，并且相互间缺乏关联性和整序性，因而与现代意义上的宪法财产保障制度有着很大的差距，也不符合依法治国建设社会主义法治国家的要求。

3. 突发事件城市社会动员和财产补偿制度细则的制定。前已论及，我国征用补偿制度存在问题，如立法形式多样，层次不一，名称不规范、程序制约缺失、救济渠道不畅等，很大程度上在于缺少一个统一的补偿制度，导致在应对突发事件财产征用和补偿时无法可依、无据可引。因此通过制定统一的补偿制度，可以对征用补偿制度中一些最基本的问题作出明确而统一的规定，避免分散立法而可能出现的疏漏或各自为政的局面，统一的征用补偿制度可以考虑围绕下列问题展开：

（1）明确补偿立法的指导思想与根本目标。可以考虑为"保护私人财产权，控制政府征用权，实现公益与私益的平衡"。

(2) 科学界定征用补偿的概念,包括行政补偿的内涵、外延等。除此之外,以下问题也应予以明确:征用权的设定,应当明确规定征用权由宪法、法律、法规设定,规章及规章以下的规范性文件及党的政策不能设定征用权;公共利益的范围,虽然如何定义公共利益存在着技术上的困难,但是必须规定任何情况下的商业需要都不能混同公共利益;规范征用补偿机制中相关概念术语,如征用内涵应当明确和统一;区分紧急征用及一般征用的区别,并对紧急征用的适用条件等作出明确的规定。应对突发事件的征用显然一般均为紧急征用,因此制定时要明确紧急征用的内涵、明确紧急征用的行政主体、定义紧急征用的公共利益范围。

(3) 突出征用补偿的一般原则。补偿制度对宪法征用补偿条款的落实和具体化,在统一的补偿制度中必须重申宪法中的行政补偿原则,并在补偿的范围、标准等各项具体规定中充分体现这一原则规定。

(4) 明晰征用补偿的构成要件。从主体要件上来看,只有行政主体的行为才能引起行政补偿;从行为要件上来看,必须是行政主体的合法行政行为,这种行政行为一般为具体行政行为,不包括事实行为或不作为;从结果要件上来看,必须要造成特定人的合法权益损害,并且这种损害既非来源于特定人的法律义务或责任,亦不是全体社会成员都必须平等承受的负担;从因果关系来看,行政主体的合法行政行为与特定的损害之间存在因果关系。

(5) 规范补偿制度法律关系,尤其是行政补偿的义务主体。从目前的立法看,对于行政补偿的义务主体一般未有明确规定。我们认为,在立法上首先应当明确区分补偿的义务主体与补偿费承担者之间的差别,也就是说,补偿义务主体与补偿费的承担者并不总是吻合的,两者实际存在着分离的情形。因此,在统一的行政补偿中,应当明确规定国家在任何情况下都是行政补偿的义务主体,这是由其享有征用权所决定的。

(6) 扩大补偿的范围。考虑到我国目前补偿范围极其狭窄,且不同的法律法规之间缺乏统一性,在制定补偿制度时宜对补偿的范围作出一个一般性的规定,具体可包括与相关行政行为有直接关联的经济损失、有间接关联的经济损失(如营业上的损失)及因此而延伸的附带损失(如律师专家代理费)。从目前来看,相对人遭受的精神上的损害不宜纳入补偿范围之内。

(7) 提高补偿的标准。对于直接的财产应当按征用时的重置价格补偿,并且为了保证补偿义务人及时履行义务,立法上还应规定,如果补偿义务主体迟延支付补偿金时,遇价格上涨,按新价格执行。这样规定,一方面可以保证被征用人生活不致因征用而下降,另一方面也可以防止补偿义务主体拖延支付补偿金。对于间接关联的经济损失,应经由相关社会中介机构的评估。对于延伸的附带损失,则应照实补偿。特别要注意的是,法律应当规定在受害人提出的行政补偿的请求获得解决之前,行政机关应当视具体情况先向受害人提供一部分应急款项,以避免给受害人的生产生活带来不便。

（8）丰富补偿的方式。除了肯定现有的金钱补偿、实物补偿、恢复原状、返还原物、产权转换等形式外,从长远来看,对于那些生活基础设施遭到破坏,失去工作、失去生活来源或者生活环境遭到破坏的当事人,立法上应将生活设施的再建、劳动与机会的供给、环境污染的等措施列入行政补偿的范畴。必须注意的是,在众多补偿方式中,应赋予相对人最后的选择权。

（9）补偿金的来源与管理。为了及时、足额地补偿受害人的损害,保护相对人的合法权益,国家有必要建立专门的补偿基金。补偿金的来源应当多样化,主要包括国家财政拨款、社会捐助、受益人缴纳等。

（10）严格征用补偿的程序。具体包括征用程序和补偿程序两种,该程序不仅要遵循相应法律法规的一般规定,而且补偿制度也要对其进行有针对性的详细规定。征用程序包括:征用前的调查、拟定征用方案、审批,征用实施中的听证、说明理由,征用的法律后果包括权属转移的时间和方式、强制措施等。补偿程序包括:申请,在征用补偿中行政机关应主动给予相对人以补偿,但是在行政活动调整的补偿和行政行为附随效果的补偿中,一般要由受到损害或损失的相对人向行政机关提出补偿请求,才能启动补偿程序;协商,行政机关接到补偿请求后,与相对人进行协商,尽量达成双方都能接受的补偿协议;调解,由上一级行政机关或法定主管机关对补偿争议进行调解;裁决,若补偿协议不成,则由行政机关依法作出裁决;履行。紧急征用时,程序可以酌情减免,或者延后办理,程序简化但必须遵循相应法律法规,取得相关负责部门的批准,并与被征用人协商好补偿标准等。

（11）完善补偿的救济。包括行政复议和司法救济。具体来说,对于征用争议,考虑到行政效率和公共利益的需要,以行政复议为主,对于补偿纠纷则一律纳入司法审查的范围,遵循司法终局的原则。

（12）健全补偿的时效制度。对于征用的异议,适用行政复议法关于时效的一般规定;对于补偿纠纷则可以适用民事法律制度中的短时效制度,以1年为宜。

四、结语

随着非典、甲型流感、恐怖活动、雪灾、地震等突发事件的频繁出现,突发事件越来越为社会关注,它不仅危害公众的身心健康,也严重危及社会经济和国家安全,影响社会安定。当突发事件来临时,政府在掌控资源、组织体系等方面虽有优势,但也难免存在一定局限。因此不管是在预警、准备阶段,还是事后的灾难救助阶段,都应积极吸纳和发挥社会力量的作用,将各个相关部门乃至整个社会都动员起来,提高危机处理效率,维护社会稳定,保障公众的身体健康与生命安全,有效预防和及时地控制、消除突发性公共事件的危害,将损失和影响降到最低限度。

在应对紧急事件的时候,需要大量的设备、物资,这些完全靠政府临时采购甚至建造都是不现实的。在这种情况之下,必须征用公民或者其他社会组织的财物。而财产权是公民的一项基本权利,宪法意义上的财产权是公民对国家的权利,反映着公民与国家在宪政秩序中的关系。当被征用人为了公共利益的需要而将自己的财物交给国家使用,这对于被征用者来讲是一种损失。而对于整个社会来讲,因为被征用者的损失而获得了利益,因此获得利益者对被征用者给予一定的补偿是公平、合理的。行政补偿制度中,对征收权行使的公共目的性限制,不仅使征收权的合宪性得以成立,而且为我们提供了判断征收权的每一次行使是否合法的标准,从而有效地遏制了征收权行使过程中的任何扩张,实现行政权力(征收权)与公民权利(财产权)的平衡;另一方面,基于公共负担平等原则的要求,国家必须公平补偿相对人由此而遭受的损害。当国家牺牲无责任特定人的合法权益以满足公共利益需要,从而破坏既有的利益平衡和分布格局时,国家必须对受损害的特定成员进行公平补偿,以体现社会公平和正义的要求。

长期以来我国立法对征用补偿方面极少有关注,执法方面的情况也不容乐观,如补偿立法的指导思想仍然偏重于国家利益的考虑而缺乏对公民合法权益的应有尊重(表现为补偿范围过窄、补偿标准偏低等),相关立法仍然只是"浅尝辄止",征用补偿范围、标准、程序、方式、管理均未阐明,实践中曲解法律、滥用征收权、以权谋私现象屡屡出现。建立完善的应对突发事件社会动员和财产补偿制度,不仅有利于克服我国长期以来计划经济体制下形成的重视国家利益、公共利益,漠视个人利益的倾向,促进平等、公正、等价有偿、诚实信用等适应市场经济要求的观念形成和发展;与此同时政府部门也可以优化资源配置,及时、有效地组织人力、物力及财力,全力应对突发事件,具有重大的现实意义。

（市应急办、同济大学防灾减灾研究所供稿）

上海突发事件应急管理体系与国防动员体系衔接的思考

近年来,上海积极探索应急管理体系与国防动员体系的衔接,努力实现人力、物力、财力和信息资源的共享。

一、上海应急管理体系的建设成果为更好地实现军民融合式发展夯实了基础

应急管理体系是在政府统一组织领导下,动员社会各阶层积极参与应对突发事件的事前预防、事发应对、事中处置和善后等应急管理全过程中所形成的有机整体。而国防动员是指国家为准备战争和实施战争而在相应的范围内由平时状态转入战时状态所采取的统一调动人力、物力、财力的紧急措施。由此可见,应急管理体系虽然主要满足和平时期应对突发事件需要而建立起来的,但突发事件和战争从性质上讲同为紧急状态,必然决定了其与国防动员在组织体系、运行机制、动员方式等方面存在组织目标、建设内容、实施方式上有其趋同性属性。

(一) 本市现行的应急管理体制,为实现平战转换提供了组织保障

本市应急管理组织体系实行"统一领导、分级负责",明确市和区县应急委是突发事件应急管理的领导机构,决定和部署本区域内的应急管理工作,发挥了组织体系中决策领导的核心作用,并明确市应急办(设在市政府办公厅)在常态下发挥应急管理工作牵头组织协调,非常态下特别是应对重特大突发事件指挥枢纽职能。本市确定了建设、交通、环保、水务、气象、民防等49个部门和单位,作为应急管理的工作机构,根据各自职责,分别负责可能发生、或可能对城市安全运行造成影响的44类突发事件的应急管理;在重要交通枢纽、大型工业、人员密集场所有针对性地遴选了一批市级应急管理单元,负责本区域的应急管理。应急联动建设方面,明确市应急联动中心作为市级突发事件联动处置的指挥平台,统一受理报警及应急求助,组织联动单位实施应急处置,最大限度控制突发事件产生的危害和造成的影响。各区县应急管理机构也分别进

行了探索和改革,如闵行探索城市综合管理"大联动"机制,在拓展综合协调职能中发挥了积极的作用。

虽然应急管理与国防动员组织体制设立的目的、功能存在差异性。但是,应急管理体系实际上具备服务于国防动员系统"应急应战"的双重功能。从现行体制上看,可以概括为"行政领导双向兼职、成员单位兼负双重职责、协调机构相互协作"。具体言之,行政领导同时都担任应急委和国动委的领导;而国动委的主要成员单位同时也是重要的应急管理工作机构,如交通战备动员办公室设在建交委、经济动员办公室设在发展改革委,民防办履行"平时防灾、战时防空"双重职能;同时,市应急办和国动委综合办分别作为市应急委、市国动委的办事机构,近年来已经形成并建立了良好的工作协作机制。这些都为应急应战体制和任务转换提供了便利。

(二) 本市建立的应急管理机制,为军地协同参与应对突发事件提供了合作形式

本市应急管理紧紧把握"测、报、防、抗、救、援"6 个关键环节,按照"常态管理与非常态管理相结合、综合管理与分类管理相衔接、防范与处置并重"工作原则,已建立了条线(专业部门)、块(区县)、点(应急单元)相结合的分工协作机制,通过不断完善应急预案、应急培训与宣传、应急物资储备等常态建设;强化"预防为先"理念,气象、防汛、地震、海洋灾害、传染病等自然灾害、公共卫生事件的监测预警预报体系已初具规模;完善应急联动机制,应急联动中心作为上海市突发公共事件应急联动先期处置的职能机构和指挥平台,履行应急联动处置较大和一般突发公共事件、组织联动单位对特大或重大突发事件进行先期处置等职责。同时,根据和平时期赋予部队的使命和任务,本市军地双方加强了信息资源的共享,建立了良好的应急响应机制。近年来,在参与世博会安保、参与地方应对重特大突发事件和抢险救灾等方面,驻沪部队都发挥了无可替代的作用。2011 年,为更好地发挥驻沪部队专业力量整体优势,加快非军事能力建设。经上海警备区统筹协调,驻沪部队建立了包括反恐维稳、核生化救援、水上海上搜救、公共卫生救援、工程抢险救援、信息保障等"六支力量",通过明确目标任务、责任分工、实施步骤等,有利于进一步完善军地联动响应机制,加强与地方专业应急救援队伍的联勤联训。这些都为军地联动处突和战时应战提供了保障。

(三) 本市开展的应急管理法制化建设,为规范应急应战双向兼容提供了制度保障

本市的应急预案编制形成了以市级总体预案为龙头,51 个专项和部门预案为主体,区县、单元、重大活动和基层应急预案为支撑的应急预案体系,确保了各部门在应

对各类突发事件中做到高效有序、各司其职，使应急管理工作有章可循。同时，根据国务院中央军委颁发的《军队参加抢险救灾条例》等有关规定，上海的突发事件总体应急预案对驻沪各部队、武警上海总队，民兵预备役部队参加突发事件应对的地位、性质和工作任务作了明确。近年来，市应急委针对应急联动、专家队伍建设、信息系统建设等方面，印发了有关规范性文件，指导规范各部门应急管理工作。在应急管理法律体系建设上，市人大常委会陆续颁布实施了《上海市安全生产条例》、《上海市消防条例》、《上海市民防条例》等一批法规，《中华人民共和国突发事件应对法》地方配套立法已于2012 年出台。这些制度建设既规范了应急管理工作，也为军地双方加强协作，服务保障应急管理和国防动员工作提供了依据。

二、做好应急管理体系与国防动员体系衔接需把握的几个重点问题

应急管理体系要服务国防动员，国防动员体系要参与应急管理，虽然两个体系分别于不同的要求，隶属于不同的系统，但是应急管理与国防动员既有共性，也有特殊性，要确保衔接顺畅，最重要的是要解决不同组织间的兼容性问题，特别是要解决好组织体制、指挥机制、动员保障等三方面的问题。

1. 在组织体制方面。常态主要指平时、稳定的状态，通常是相对于紧急状态而言的。在这种状态下，由于不同体系往往是在各自系统内相互独立运作，需要依靠建立日常协作机制来维系联系，加强人员、装备、物资、情报等信息资源的共享，为紧急状态下的应急应战转换做好准备。现行体系由于国动委和应急委定位于非常设的议事协调机构，日常事务由其办事机构承担，具体负责信息汇总、综合协调等职能，而实质上承担应急应战所需的力量、资源分散于不同的部门，这就对常态和非常态下综合协调的权威性、有效性提出了更高的要求。目前，市区两级政府虽然都已建立了应急管理办事机构，但区县设置不尽相同，有的设在城市综合管理"大联动"管理部门（闵行区）、有的设在政府办公室（浦东新区）、有的依托民防部门（嘉定区）等形式。同样，国动委系统的"八办"，综合办公室、人民武装动员办公室隶属警备区，而交通战备、经济动员、人民防空等办公室设在政府部门。因此，需要建立两个体系对接的组织体制，能够确保常态与非常态下的高效运转。

2. 在指挥机制方面。本市应急处置基本框架是以应急联动中心为指挥调度平台，同时也明确了公安消防为骨干的应急救援总队担任以抢救人命为主的现场指挥官。从上海市实践角度看，建立军地协同应急处置指挥机制需要研究解决三个问题：

其一,应急联动机制自身完善问题。按照有关规定和实际运作情况,应急联动中心定位于利用平台系统调度各联动队伍,不仅仅是发挥"吹哨子"功能,其在指挥调度、后续跟踪、考核评估等方面的联动机制需要进一步加强。其二,部队参与定位问题。按照《军队处置突发事件应急指挥规定》,动用驻军参与地方抢险救灾报批规定和指挥权限非常严格,即使是紧急处置权也受用兵规模、数量的限制。从实践看,达到何种响应级别需要动用驻地部队往往不易把握,在上海地方实践上也无操作性规范。其三,军地应急救援指挥协同问题。军队作战指挥和力量编制自成一体、体系完整,政府应急指挥和力量编制较军队相对复杂、松散,以队伍为例,不仅有警察、消防准军事化部门,也有卫生、电力、水务、民防、环保等非军事化部门,必要时还有志愿者、群众团体等社会力量。因此,需要建立协调隶属于不同系统救援队伍之间的高效指挥链。

3. 在动员保障方面。《中华人民共和国突发事件应对法》第六条明确"国家要建立有效的社会动员机制,增强公民的公共安全和防范危机意识,提高全社会的避险救助能力"。其一,政府作为公共服务的管理者和提供者,其拥有的资源,以及影响力、公信力、权威性是任何社会组织无法比拟的。其二,应急动员的对象是公民。因为参与突发事件是公民应尽的义务。其三,应急动员也是应急宣传,目的是增强公民危机意识,提高全社会避险救助能力。近年来,本市不断探索社会动员机制,在支援四川汶川地震、上海世博会保障中都发挥了重要作用。但总体看动员机制在手段、方式上仍处于"摸着石头过河"阶段。健全社会动员机制,不仅要发挥政府的主导作用,更要发挥好慈善、企业、团体等非政府组织的作用,包括调动公民自发参与的积极性和主动性。同时,这一机制还要有利于与国防动员机制对接,能够实现资源的整合。

三、对加强应急管理体系与国防动员体系衔接的思考和建议

国防动员体系建设要立足于军事斗争的需要,应急管理体系建设要立足于确保社会运行安全的需要。因此,做好两个体系的衔接,实现平战结合、资源共享、融合发展,一方面,要依法坚持应急管理和国防动员的职能定位,从而健全军地对接机制;另一方面,要抓住应急管理和国防动员在应急应战不同阶段的特征,从而形成平战结合的转换机制。具体建议:

(一) 健全军地衔接的组织体制,确保平战结合的功能互补

总的原则是把握平时、应急和战时不同阶段的特征、侧重点,有针对性的建立应急管理体系和国防动员体系对接模式。具体可考虑建立"常态管理军地联席、重特大处

置任务协作、战争状态联合管制"组织体制,当处于常态下,由应急委和国动委建立军地联席会议制度,双向兼职,建立信息通报、定期会商等工作制度。如本市在闵行区试点中,主要是采取了决策层双向兼职,协调层相互协作,执行层明确双重职能的形式,值得借鉴;当处于应对重特大突发事件时,由市应急委统一领导决策,发挥国动委综合办公室设在警备区的优势协调驻军根据有关用兵权限,以任务为导向,协同地方应急力量开展救援行动。其体制的特点是应急管理部门是主角,国防动员部门是配角;当处于战争状态下,根据国家和中央军委的统一部署,由战区指挥部组织领导,应急体系向军地联合管制模式转换,协同做好战时城市交通、照明、物资、医疗等管制,组织发动市民开展战争服务、保障等,政府的职能应从经济建设转为支援、保障部队作战。其体制的特点是国防动员部门是主角,应急管理部门是配角。

（二）加强应急联动的调度对接,确保平战指挥的顺畅转换

总的原则是把握军地不同指挥阶段转换的特点,建立不同建制队伍高效顺畅的指挥机制。平时常态阶段,应急委和国动委办事机构应建立工作协调制度,制定军地队伍协同处置的应急预案,加强军地合成训练、演练。建立信息共享平台,做好物资、装备、情报等互联互通。按照分类管理、分级响应的原则,制定处置工作流程,一般、较大突发事件由市应急联动中心进行联动处置,以地方应急力量为主,原则上不动用调动驻地部队;平时发生重特大突发事件处置或参与地方重大活动,由地方政府负责统一领导,设立应急指挥部,必要时在应急指挥部可设立军队指挥席位,共同参与决策指挥,分别下达指令。如上海世博会期间,军队领导担任安全保卫指挥部副指挥,在园区运营指挥中心设立军队指挥席位,共同参加值守、决策、调度,形成紧密型协作指挥关系。这里值得注意的是,军队在参与地方应急处置时,现场指挥权与行政等级往往是相分离的,如有时现场指挥官是政府专业部门的领导（或是消防部门的应急救援队领导）,其行政职务（或军衔）低于军队现场指挥员,但并不因此改变从属关系。在战争状态下,由平时转换战时阶段,作战的指挥权当仁不让地应属于部队,地方各应急队伍可按承担的任务统一编入应战体系,按民兵、预备役的建制编成战斗单元,实行军队作战的一体指挥。

（三）完善应急动员的手段方式,确保平战保障的资源共享

总的原则是充分发挥社会力量,服务保障平时应急、战时应战的需求。要进一步加强政府主导的应急动员机制建设,可考虑利用国防动员体系来充实完善应急动员机制,借鉴国防动员的手段和方式（如国防动员细分为政治动员、交通动员、经济动员等),研究应急动员机制的标准化建设。具体可采用对应预警分类标准,完善不同阶段的动员模式,明晰应急时的经济、交通、物资、装备、科普宣教、心理辅导等方面的应急动员能力和组织方式。对应《中华人民共和国突发事件应对法》四级预警分类标准,可以细化制定四级动员模式。同时,要加强国防动员组织方案和应急预案在指挥、力量、信息保障等方面的对接,如可将应急物资储备和生产能力储备与国防动员中的经济动员储备相结合,使那些既能应急又能应战的通用物资进行有机整合,实现资源共享,避免浪费和重复建设。作为资源共享的关键是信息共享,通过市应急平台及相关应急专业信息系统与国防动员相关系统的互联互通,为加强应急管理体系与国防动员体系衔接提供技术支撑。

（市应急办供稿）

上海受到地震海啸影响分析及预警系统建设的思路

海啸是由海底地震、海底火山爆发、海岸和海底山体滑坡、小行星和彗星溅落大洋以及海底核爆炸等产生的具有超大波长和周期的大洋行波。当海啸波进入岸边浅水区时，波速变小，波高陡涨，有时可达 20～30 m 以上，骤然形成"水墙"，会给沿海地区造成严重的生命和财产损失。其中海底地震是引发海啸最常见的原因，占所有海啸个案 90％ 以上。但并不是所有的地震都会引发海啸，据中国地震局相关资料显示，在 1.5 万次海底构造地震中，大约只有 100 次能够引起海啸。

一、地震海啸形成的机理

地震海啸的形成，要具备 3 个条件：一是有深海盆地，可以容纳巨量海水；二是海底地形隆起与拗陷反应强烈；三是发生 6 级以上倾滑型的地震，瞬间改变海底地形，使隆起与拗陷落差陡然增大，迅速引起海水大量涌入而产生扰动。按地震海啸形成的三个条件，只有环太平洋地震带和部分地中海—喜马拉雅地震带才具备这 3 个条件，因此海啸多发生在这些地区。

据 1 700 多年的资料统计表明，全球有记载的破坏性较大的地震海啸约发生 260 次，平均 6 年发生一次，其中发生在环太平洋地震带上的地震海啸约占 80％，发生在地中海区的占 8％，而在日本列岛及其邻近海域发生的地震则占太平洋地震海啸的 60％ 左右。我国是一个多地震的国家，地震西部多东部少，但地震海啸却不多见，据不完全统计，从公元前 47 年—2006 年，中国沿海共发生 51 次地震海啸。按照区划，中国台湾地区周围是海啸的高发区，其次是大陆架区域，低发区是渤海区域。

表 1　地震海啸统计

时　间	地　点	震级或烈度	浪高/m	死亡人数
1746-10-28	秘鲁利马	X		1.8 万
1755-11-01	葡萄牙里斯本	IX	5～10	6 万
1868-08-13	秘鲁与智利间	8.5	10	4 万
1877-05-09	智利	8.0	2～6	
1896-06-15	日本三陆海域	7.6	24	2.712 2 万
1917-06-26	萨摩亚群岛海域	8.3	26	
1933-03-02	日本三陆海域	8.5	29	3 008
1946-04-01	阿留申群岛海域	7.4	35	178
1960-05-22	智利海域	8.9	25	7 931
1964-03-28	阿拉斯加湾海域	8.5	70	131
1979-12-12	厄瓜多尔	7.9		600
1994-06-02	南爪哇海域	7.1	60	
2004-12-26	苏门答腊西南海域	8.7	10	28 万
2011-03-11	日本本州东海岸附近海域	9.0	23.6	死亡 1.470 4 万，失踪 1.096 9 万

二、上海受海啸影响的可能性

我国有数千公里的海岸线,有 300 万平方公里的海域,东面濒临太平洋深海沟和环太平洋地震带,在这一地带发生的大震容易引起地震海啸。由于我国东部自北而南有千岛群岛、日本群岛、琉球群岛、台湾岛、菲律宾群岛等,对我国大陆起着屏障和保护作用,因此环太平洋的地震海啸对我国大陆不会产生大的破坏,但并非绝无影响。

我国历史时期曾经发生过多次海啸,其中台湾地区周围是海啸的高发区域,其次是大陆架区域,低发区是渤海区域。在各省份中,按照有历史记录的海啸分析,浙江发生的次数最多高达 45 次,其次是江苏、山东、上海、福建、台湾、广东。按照已确定的海啸记录分析,台湾发生海啸的次数最多,有 8 次,其次是山东、广东和浙江,不论是哪个数据,它们都表明,我国存在海啸发生的危险区。

以下 4 处地段若发生 6 级以上的地震有可能引发地震海啸,并对我国产生影响:

(1) 我国东南海域发生大震和地震海啸(可能对山东和上海有影响);

(2) 台湾岛东侧海域发生大震和地震海啸(可能对台湾东岸有影响);

（3）菲律宾群岛西侧海域发生大震和地震海啸（可能对东南沿海各省有影响）；

（4）苏拉威西和加里曼丹北部海域发生大震和地震海啸（可能对东南沿海各省有影响）。

在未来东海、南海，特别是台湾岛附近海域具备产生海啸的条件，即海南、台湾存在成灾条件；其次是上海、广州也存在潜在的海啸危险。沿海其他城市仍应居安思危，过去发生过，将来还有可能发生，过去没有发生，绝不等于将来不会发生。

三、我国海啸预警系统建设现状

通过地震监测进行海啸预警的物理基础在于地震波传播速度比海啸的传播速度快。地震纵波即 P 波的传播速度为 6～7 公里/秒，比海啸的传播速度要快 20～30 倍，所以在远处，地震波要比海啸早到达数十分钟乃至数小时，具体数值取决于震中距和地震波与海啸的传播速度。例如，当震中距为 1 000 公里时，地震纵波大约 2.5 分钟就可到达，而海啸则要走大约 1 个多小时。1960 年智利特大地震激发的特大海啸 22 小时后才到达日本海岸。

由于大洋中几乎每年都有破坏性的海啸发生，为了预防灾害，在 1966 年成立了"太平洋海啸警报系统国际协调组"（ITSU），目的在于传递海啸警报，收集并交换地震波和海平面变化的实测资料，向 20 多个国家和地区的有关机构和团体发布海啸警报和情报。据介绍，国际海啸预警系统一般是把参与国家的地震监测网络的各种地震信息全部汇总，然后通过计算机进行分析，并设计成电脑模式，大致判断出哪些地方会形成海啸，其规模和破坏性有多大。基本数据形成后，系统会迅速向有关成员国传送相关警报。而一旦海啸形成，该系统分布在海洋上的数个水文监测站会及时更新海啸信息。

我国于 1983 年加入国际太平洋海啸警报系统，此后国家海洋局海洋环境预报中心开展了海啸预警报业务。上世纪 90 年代后期，国家海洋局组织开发了太平洋海啸资料数据库、太平洋海啸传播时间数值预报模式和越洋、局地海啸数值预报模式。建立了以海洋验潮站和地震台网相结合的海啸监测网络，2006 年 10 月国家海洋局颁布《风暴潮、海浪、海啸和海冰灾害应急预案》，在该应急预案中明确规定了海啸预警启动标准，海啸预警发布单位、发布方式、海啸监测保障等。从 2006 年开始，当我国或者其他临近海域发生较大地震可能在我国沿海引发海啸时，国家海洋环境预报中心都进行海啸预报并通过互联网、电话、传真等方式发布海啸预警，可以说我国已初步建立海啸预警系统,具备进行海啸预警的基本能力。

四、上海海啸预警系统建设的基本构想

众所周知,地震波传播速度比海啸的传播速度快,如能利用地震波传播速度与海啸传播速度的差别造成的时间差分析地震波资料,快速准确地测定出地震参数,并与预先布设在可能产生海啸的海域中的压强计的记录相配合,就有可能做出该地震是否激发了海啸,海啸的规模有多大的判断。然后,根据实测水深图、海底地形图及可能遭受海啸袭击的海岸地区的地形地貌特征等相关资料,模拟计算海啸到达海岸的时间及其强度,运用诸如卫星、遥感、干涉卫星孔径雷达等空间技术监测海啸在海域中传播的进程,采用现代信息技术将海啸预警信息及时传送给可能遭受海啸袭击的沿海地区的居民,并在可能遭受海啸袭击的沿海地区,开展有关预防和减轻海啸灾害的科技知识的宣传、教育、普及以及应对海啸灾害的训练和演练。

上海作为沿海的大城市,存在着潜在的海啸危险。因此,上海在依托国家海啸预警系统基础上,可以在沿海和海中岛屿合理地布局建造海啸预警综合观测站,配备地震计、验潮仪、水声接受仪器、海水压强计等综合观测手段,来了解地震地质及水文资料,构建更为灵敏的海啸预警系统。

根据本市科学和技术发展"十二五"规划,已将海洋环境监测与资源利用列入重大任务项目,在未来五年内将建成"东海海底观测网"。届时,该观测网如同"海底直播室"一般,不仅能实时监控海洋信息,还能记录地震和海啸等数据。

(市地震局供稿)

上海应急产业发展的几点思考

应急产业作为应急管理的重要物质和技术保障，始终受到党中央、国务院的高度重视。《中共中央关于制定国民经济和社会发展第十二个五年规划的建议》、《中华人民共和国国务院国民经济和社会发展第十二个五年规划纲要》都对加强公共安全体系建设、发展应急产业提出明确要求。国家发展改革委员会制定的《产业结构调整指导目录(2001 年)》，将"公共安全与应急产品"作为单独产业类别鼓励发展；工业和信息化部 2009 年发布的《关于加强工业应急管理工作的指导意见》，明确提出加快制定应急工业产品相关标准，促进应急工业产品推广；公安部将加强装备保障能力建设作为提高各级公安机关处置突发事件能力的关键；科技部近几年不断加大对有关公共安全和防灾减灾科技开发项目的支持力度，2001 年又委托有关方面组织开展了 36 个公共安全类科研项目；安全监管总局将促进安全产业发展、建立国家安全产业基地纳入国家安全生产"十二五"规划。应急工作实践也使地方各级政府和相关企业越来越认识到发展应急产业的重要性和紧迫性。广东、安徽、重庆、浙江等地方政府，结合经济结构调整、产业升级和企业转型，将应急产业作为战略新兴产业予以重点支持，一批产业基地正在形成。

一、我国应急产业发展概况

一是应急产业发展势头加快。在国家有关部门大力引导和支持下，在各类突发事件防范处置工作对应急产品需求的牵引下，许多地方政府、大型国有企业、民营企业发展应急产品的积极性不断提高，研发和生产投入力度加大，产业体系初见雏形。企业对应急产品投资行为由以往被动、无意识状态，开始向主动、有意识状态转化；投资形式开始由产品投入向产业投入转化；应急产品逐步由单一的有形安全产品、应急产品，向应急科研、服务、咨询、标准认证等无形产品形式扩展，应急产业发展的规模效益正在显现。

二是产品科技创新能力增强。政府、企业以培育自主知识产权、自主品牌和创新性企业为重点,加强应急产业的科技创新能力建设,应急产品科技水平逐步提高,新产品开发、新技术应用范围日益广泛。如将物联网技术应用于大坝安全防护、泥石流监测、早期预警等;将云计算技术用于分析处理海量灾情信息等,都收到了良好效果。

三是应急保障作用得到发挥。应急产业发展既为我国经济结构调整、战略新兴产业发展注入了新的生机和活力,更为保障公共安全、维护社会稳定发挥了重要作用。在抗击非典、禽流感等突发公共卫生事件中,相关企业生产了大量流行病防护用具、检测设备、防控设施等;抗震救灾中,应急产业提供了大量优质帐篷、活动板房、各类救援车辆等;山西王家岭矿难救援中,排水、通风、打钻等应急产品,在救援中发挥了巨大作用。北京奥运会、上海世博会、广东亚运会、广州大运会期间,大量监测、预警和装备技术的应用,确保了重大活动的顺利进行。

二、本市应急产业发展基本情况

当前,本市应急产业发展总体处于起步阶段,基本建立了应急产品(物资)的储备制度,初步搭建了应急产业交流平台,一些企业依托上海高新技术产业集聚的优势,探索研发、制造一批具有较强竞争力的应急装备,为处置突发事件和开展应急科普宣教发挥了积极作用。经对照《产业调整指导目录》中"公共安全与应急产业目录"范围,据不完全统计,至2010年底,全市规模以上应急产品生产企业共184家(按照2010年国家统计局统计标准,即为年主营收入500万元及以上的企业),工业总产值为594.6亿元,年税金总额23.6亿元,年利润总额63.4亿元,从业人员年平均人数为6.5万人。184家应急企业均分布在市、区两级产业园区。生产应急产品比较集中的市级园区共15个,园区内有企业44家,2010年园区工业总产值158.9亿元;区级园区共15个,有企业25家,2010年园区工业总产值121.3亿元。

全市规模以上涉及应急产业的服务行业多分布在事业单位、科研院所及国有企业,民营企业从事应急服务业的所占比重较低。主要涉及气象服务、地震服务、海洋服务、防污管理、水污染治理、危险废物治理等领域的行业部门和单位共27家,其中事业单位7家,研究院1家,国有企业(集体企业)17家,民营企业3家,共计从业人员3 471人,总产出9.4亿元,企业营业利润0.57亿元。一些国企下属的分支企业较民企专业性强,实力雄厚,在城市应急管理发挥作用明显。如上海城投总公司(从事国有水工程与管理)下属的上海东安海上溢油应急中心有限公司,主要承担黄浦江及内河污染的应急响应,成为水污染应急处置的排头兵企业。

三、上海推动应急产业发展的主要工作

近年来,本市依托已有的产、学、研管理体制,推进产业规划和部署,主要是:

一是在应急产业规划上,明确应急产业方向。本市把《国家产业结构调整指导目录》明确鼓励的 43 项公共安全和应急产品领域纳入本市"十二五"期间重点发展的产业领域,结合产业基础和发展实际,有针对、有侧重地支持符合产业发展方向的部分公共安全和应急产品加快发展,进一步提升其在研究开发、制造和应用等方面的能级。

二是建立市级应急产品储备制度。自 1993 年起,本市成立了"市级重要商品储备管理领导小组",制定了《重要物资应急保障预案》,针对突发事件发生的新情况、新特点,以及对应急物资保障的即时性、专业化要求,不断调整储备品种、数量,整合应急物资实物储备资源,建立和完善实物储备、生产能力和紧急动用的信息管理系统,逐步实现各类应急物资的信息资源共享和动态管理。针对本市城市密集度高,应急产品配送难的实际,市商务委还会同相关部门与企业积极探索应急配送体系建设,进一步提高对应急产品保障能力。

三是建立适合城市应急管理特点的应急产业群。从本市应急产业分布来看,从事高端应急产品制造企业和服务业大都在科研院所、事业单位以及国有企业。本市针对企事业单位便于分配、布局和管理等特点,将重要应急产品或技术科研攻关与城市高风险、高概率的突发事件处置紧密结合起来。2010 年"11·15"大火发生以后,公安部上海消防研究所与相关装备企业联合研制开发了高层建筑火场更为科学的消防硬件配置技术,以及消防排烟机器人、消防员单兵三维追踪定位装置、路轨两用消防车、头盔式消防用红外热像仪等相关技术和产品。为弥补本市轨道交通发展迅速带来的管理科学上的不足,上海申通集团公司开发了轨道交通车辆走行部在线安全运行预警系统、运营隧道应力应变光纤监测系统集成技术,建立了预警系统。

四是适时搭建应急产业交流平台。为推动应急产业发展,本市注重发挥国际大都市市场交流集聚等优势,为全国各地应急产品制造业搭建销售、交流、贸易、合作等平台。自 2009 年起,本市每年举办"上海国际减灾与安全博览会"。该展览会由市商务委主办,市应急管理工作机构发动相关单位和部门积极参与,先后吸引了数万名国内、国际从事应急产业人士和社会群众参加,得到了联合国人道主义事务协调办以及商务部、民政部、地震局等国家有关部门的好评。

五是为应急产业提供一定的扶持政策。市财政局根据《中华人民共和国企业所得税法》规定,对从事应急监测技术、生态环境监测技术、固体废弃物处理与综合利用、各种灾害监测仪器等符合条件的高新技术企业减按 15％的税率征收企业所得税。对防汛专用、应急通信等应急车辆,免征车辆购置税。本市还在进一步研究市场培育发展、产品标准制定、行业协会建设等事项。

六是开展征集应急产品和技术的工作。根据工信部《关于征集应急产品和技术的通知》的要求,为进一步细化《产业结构调整指导目录》有关应急产业内容,编制国家鼓励发展的应急产品和技术,工信部决定在全国范围内征集应急产品和技术。市经济信息化委从 2012 年 5 月 16 日起在经信委网站上公开征集应急产品和技术,截至 6 月 8日,共有中科院上海高等研究院等 17 家单位参加了申报工作。经对申报材料的初步审核,推荐了中科院上海高等研究院等 17 家单位参加工业和信息化部应急产品和技术的申报工作。

七是开展工业动员能力调查工作。为掌握全国工业动员潜力情况,提高工业平战转换和应急能力,根据国家经济动员办公室、工信部运行监测协调局的统一要求,市经济动员办公室、市经济信息化委共同组织开展了对本市工业动员能力调查。市经济信息化委主要负责本市工程机械、重型机械和电工电器行业的工业动员潜力调查工作,调查指标主要是产品 2007—2009 年平均生产量、年最大生产量、单批最大产量和完成单批最大产量所用时间等 4 个指标。在市统计局的大力支持下 2011 年一季度完成了342 家企业工业动员潜力的调查工作。

四、深化应急产业发展的对策与建议

当前,上海应急产业发展中也遇到一些有待解决和完善的问题,重点要研究如何把发展上海城市安全配套建设的应急产业同发展社会经济协调统一起来,鼓励与支持应急产业的发展,优化政策环境,加强政府服务与监管等,具体是:

一要加快制定应急工业产品相关标准的产业建设发展规划。应急产业作为新的产业分类,需要国家相关部门加大对应急产业概念的宣传力度;开展应急产业领域标准体系研究,制定城市发展中急需的地方标准;制订与应急产业发展相关的地方专项发展规划,编制当前鼓励和支持发展应急产品目录;通过举办应急工业产品展示交易活动等形式促进信息交流和共享,建立应急产品应用示范工程。

二要加快制定应急产业引导扶持政策。由于现行的相关政策中,只有对能源如油、气、煤、电等产业设有专项应急保障资金,《中华人民共和国企业所得税法》中也只对应急监测和应急通信等少部分应急产业实行减免税费政策。需要研究增加对应急管理的"必需品",即四大灾种中突发事件概率高、险级大所依赖的应急产品优先实行税费优惠政策,按照"保本微利"原则,保障企业平时能够正常生产和运行。

（市应急办供稿）

第五部分

典型案例

全面抗击 2008 年雨雪冰冻灾害

2008 年初,受异常气候影响,我国南方地区先后四次出现大范围低温雨雪冰冻天气过程。本市分别于 1 月 25—29 日、2 月 1—2 日两次出现明显雨雪冰冻天气,累积降水量达到了 70.3 毫米,全市最大积雪深度 23 厘米,雨雪量、积雪深度为近 60 年来最大,持续降雪时间为 1964 年以来最长。此次罕见的低温雨雪冰冻天气正值春运高峰,对本市交通运输、春运工作、电煤供应、群众生活和人民生命财产都造成了严重威胁,给城市安全运行带来了严峻考验。据统计,雨雪冰冻期间全市因灾死亡 2 人,受伤 14 人,因危房简屋发生险情转移安置群众 1 658 人;倒塌各类房屋 82 间,损坏房屋 594 间;农作物受灾面积 10 684 公顷;倒塌厂房、工棚 69.1 万平方米;因灾直接经济损失 1.563 5 亿元;部分跨省高速公路几度封闭;全市各春运站点旅客滞留总数累计 23 万人次。其中 1 月 28 日铁路上海站出现滞留高峰,滞留旅客 4 万人;2 月 2 日铁路上海南站出现滞留高峰,滞留旅客 6 万人。期间,全市 10 KV 线路故障 19 起,同时用电负荷持续走高,最高用电负荷为 1 802 万千瓦,电煤库存可用量一度下降到 5—6 天;受灾害影响,蔬菜价格出现过较大涨幅。

市委、市政府高度重视,按照党中央、国务院的统一部署,全力组织低温雨雪冰冻天气的防范和处置工作,做到了预警信息发布早、准备工作部署早、应急机制启动早,城市应急管理体系发挥明显作用,努力将灾害可能造成的损失降到了最低,防止了次生灾害和重特大等级事故的发生,确保了城市安全有序运行和市场基本稳定,经济社会保持了良好的发展势头。2 月 5 日新华社对本市应对低温雨雪冰冻天气工作进行报道,认为"此次迎击雨雪恶劣大气,各部门在全市统一的应急管理体系下,分工协作,相互配合,优势互补,实现了抢险工作的有效运转"。主要做法是:

一、领导重视,靠前指挥

1 月 28 日,市委书记俞正声,市长韩正分别到市应急联动中心、长途客运总站和铁路上海站检查工作,并慰问一线工作人员。1月31日,市委召开常委会,听取市政府灾害性天气应对工作情况汇报,并对全市抢险抗灾、节能节电等工作提出要求。2月2日上午,韩正同志到市政府总值班室,打电话直接了解职能部门和部分区县应对雨雪冰冻天气工作情况,随后召开紧急会议,强调要认真贯彻、全面落实党中央、国务院和市委部署,尽最大努力降低雨雪冰冻天气影响,确保群众的生命财产安全,确保生活必需品的正常供应,确保城市安全有序运行。会议明确常务副市长和各位副市长结合工作分工,牵头负责相应领域的应对工作。会后,市领导立即分四路赶往虹桥机场、高速公路、铁路上海火车站和长途客运站等处检查工作。市委常委、常务副市长杨雄、副市长沈骏等同志从1月26日起,多次召开市政府专题会议和全市抗击雨雪冰冻灾害紧急电视电话会议,研究、部署雨雪冰冻天气期间春运、扫雪除冰、道路交通保障和滞留农民工安置等工作。市委常委、副市长屠光绍,副市长唐登杰、胡延照、艾宝俊、沈晓明、赵雯等市领导深入一线,组织部署、落实全市应对雨雪冰冻天气的有关工作。

二、预警准确,发布及时

1月上旬起,市气象局就开始密切关注灾害性天气情况,加强监测,并组织与周边省市的气象联防会商,及时向市有关部门通报重要动态情况。在雨雪冰冻天气过程中,气象部门通过媒体共发布暴雪、道路结冰、寒潮等预警提示15次,有关预报情况基本准确。按照市领导要求,市应急办先后5次发出预警防范工作通知,要求各区县、各部门做好各项预防和应急准备工作;多次组织相关单位,研究灾害性天气影响和对策,并对具体问题进行协调。市委宣传部、市政府新闻办向本市各新闻单位下发了《宣传通知》,对各新闻单位如何做好应对雨雪天气的宣传报道提出了明确要求。据不完全统计,在应对雨雪灾害天气的10天时间里,本市主要媒体共刊播相关新闻报道950多篇(条)。各区县、各部门和单位按照全市的统一部署,纷纷建立起横向到边,纵向到底的工作网络。有关单位还通过手机短信、电视滚动字幕,社区电子公告牌、高速公路和高架道路情报板、车载移动电视等及时向社会公众发布气象预警信息及防范提示。

三、指挥有序,重点突出

雨雪冰冻天气前期,市政府即成立本市应对雨雪冰冻灾害和安置滞留农民工应急处置指挥部,由常务副市长和分管副市长担任总指挥和副总指挥,指挥部办公室设在市应急办。市应急处置指挥部及时梳理有关情况,明确了应对雨雪冰冻灾害的四个重点,即"保畅通、保市场、保春运、保运行"。根据市委、市政府要求和有关气象预报,各区县、各部门和单位迅速启动应急预案,开展各项防范和处置工作。

"保畅通"方面:市市政局共投入 1.1 万余人次,动用各类应急车辆 3 400 余台,撒布融雪材料 350 多吨,在上海警备区和武警上海市总队 2 000 余名官兵的支援下,连续奋战,全力铲除冰雪,及时抢通 600 多公里高速公路、100 公里城市高架路、5 座跨黄浦江及所有苏州河桥梁;市容环卫部门全行业 6 000 余名干部职工全员上岗,对地面道路积雪进行及时清扫;各区县发挥街道、乡镇和居(村)委会等基层组织的作用,发动企事业单位、居民志愿者累计约 40 万人次,对区内道路和小区积雪进行清扫。公交、地铁、出租车等行业落实各项防冻防滑措施,在确保安全运行的前提下,增加部分线路运力,缓解交通压力。

"保市场"方面:市经委、市发展改革委、市市政局加强协调,开辟农副产品绿色通道,减免来沪农产品通行费和进场费等,加大主副食品供应,并在部分菜场、集贸市场、大卖场设立供应和价格监测点,及时掌握市场变化情况,稳妥做好临时价格干预等措施。市农委按照应急预案,建立专门的农业防雪防寒应急指挥机制,指导督促抗灾救灾工作。

"保春运"方面:市建设交通委、市交通局、上海铁路局、机场集团等部门和单位,采取有效措施,在确保安全的前提下,千方百计输送滞留旅客。市公安局、武警上海市总队调集执勤干警和 3 000 名武警官兵配合铁路、公路、民航、水运等部门维护秩序和疏散滞留旅客。各区县按照工作部署,及时开启体育场馆、中小学等场所安置旅客。市卫生局、市食品药品监管局认真搞好相关场所的卫生防疫和食品供应安全检查。

"保运行"方面:市发展改革委在灾害性天气初期加强应急物资储备,组织筹备了 15 万只草包、30 万条麻袋、2.5 万吨工业盐等一批应急救灾物资,并及时启动储备商品动用机制,安排市级储备 2 万把铁锹随时待命;市市政局备足生产物资,细化限气、停气应急处置方案,加强燃气供应调度,确保供气平稳;市水务局落实防冻保暖措施,及时处置供水管道险情;市房地资源局加强应急值守,提高物业报修处置能力,并加大危房地区巡查力度;市安全生产监管局、市质量技监局、市建设交通委督促有关企业落实雨雪冰冻天气下的各项安全生产措施,并对危险化学品、特种设备、轨道交通施工站点等重点部位和重点场所加大了监管力度;市卫生局充实一线门诊力量,开辟急救"绿色通道";市经委加大资源采购力度,提高煤炭运力,将电煤库存逐步提高到 7—10 天;上海铁路局采取积极措施,努力保证电煤运输,45 天完成装车 17 万余辆,同比增长

15.2%,有效缓解华东地区电煤供应紧张局面;上海海事局主动联系电煤船运公司,优先各项措施,保障重要物资水运;市电力公司加强巡视,配强抢修力量,维护好发电机组的稳定运行和电网安全,确保城市电力供应;宝钢等国有大型企业,积极响应市委市政府节能节电的号召,采取限电避峰措施,优先保证居民电力供应;申能集团、上海石油天然气公司加强生产,保证供应。

四、强化联动,形成合力

市公安局充分发挥应急联动平台作用,全力确保社会治安秩序和道路畅通。据统计,1月25日至2月3日,市应急联动中心共接报警31.4万余起、处警9.3万余起;向联动单位发送警情1万余起,日均联动处警1 100余起,同比1月中旬日均上升40%。市气象局每天向全市300多家相关职能部门和单位定时提供最新的气象预报情况。市市容环卫局在工具、设备自身不足的情况下,主动支援市市政局参与保障城市快速路的畅通。围绕铁路两站滞留旅客突出的矛盾,各有关方面牢固树立一盘棋的理念,讲配合,讲支持,讲协作,共同应对。市劳动保障局加快农民工工资拖欠案件的处理,解决农民工的后顾之忧;市建设交通委、市国资委、市外经贸委等部门准确统计滞留车站的农民工数量,细致做好劝返工作,为全市及时组织有效安置工作打好基础;各区县负责对农民工进行分类托底安置;市教委、市体育局和市民防办等部门积极参与配合。据不完全统计,全市共设置以体育场馆、学校和民防地下工程为主的滞留农民工安置点765个,实际启用滞留点410个,累计安置滞留农民工约12万人。驻沪部队主动请缨,全力以赴,上海警备区组织兵力约3 000人次,武警上海市总队派出兵力1.8万人次,先后担负越江大桥、机场、隧道等重要部位的执勤保障任务,发挥了人民子弟兵在抗灾抢险中的突击队作用。社会各界、企事业单位、市民群众积极参与、守望相助、共同应对。

全力救援 2008 年"5·12"汶川特大地震灾难

2008 年 5 月 12 日 14 时 28 分,四川省汶川县发生里氏 8.0 级特大地震,这是共和国成立以来破坏性最强、波及范围最广、救灾难度最大的一次地震灾害,地震遇难、失踪人数超过 8 万人,直接经济损失 8 000 多亿元。地震发生后,市委、市政府迅速作出部署,要求坚决贯彻党中央、国务院有关部署和要求,发扬"一方有难、八方支援"精神,有力、有序、有效地支援灾区的抗震救灾工作。

一、快速组建派遣救援队伍,第一时间投入一线救灾工作

灾情发生后,市委、市政府第一时间成立了市救灾援助指挥协调工作小组,组建多支抗震救灾专业救援队伍,主动向国务院抗震救灾指挥部请战。根据中央和市委、市政府指令以及四川省请求,5 月 13 日,本市首支救援队伍——市消防医疗救援队 22 人赶赴灾区。随后,根据中央和市委、市政府指令及四川省政府请求,本市还陆续组建并派出公安特警、消防救援、卫生医疗、地震监测评估、心理疏导、康复指导、特种设备监测、水务抢修、环境辐射监测、工程应急加固处理等抗震救援队伍赶赴灾区。救灾援助期间,本市累计向四川灾区派出 57 支专业队伍,共 1.540 4 万人,分别深入成都、绵阳、广元、德阳、阿坝等 5 个市(州)及都江堰、绵竹、什邡、青川、汶川、安县等救灾一线,奋战在灾情最严重的映秀、漩口、水磨等乡镇,累计搜救 250 人,收治伤员 6.066 5 万人次。

二、全力以赴筹集调运救灾物资,圆满完成各项物资支援任务

通过调集储备物资和紧急采购,13 日中午,本市紧急空运首批 32.5 吨照明、发电、通讯等救灾物资。为优先保障灾区急需物资的运输工作,市建设交通委、市交通港口局、市公安局等单位积极协调铁路、民航、公路等部门,科学调度、密切配合,及时开

辟"绿色通道",确保物资及时运送到位。上海铁路局、机场集团、东航、上航、扬子江快运、中国邮政航空等 11 家运输单位全力支持,深挖运能。至 6 月 18 日 17 时,应中央部门和四川省政府要求,以及本市救援队伍需要,本市紧急调集并运往灾区的抗震救援物资 3 611 吨,价值 1.17 亿元。其他社会援(捐)助物资通过本市帮助由航空和铁路运往灾区共 242 102 吨。

三、广泛组织动员,形成全市救灾援助氛围

地震发生后,市民政局、市红十字会、市慈善基金会第一时间启动应急预案,公布捐款账号、热线电话,安排工作人员 24 小时值班,积极做好抗震救灾捐赠工作。市政府办公厅、市民政局印发了《关于加强本市抗震救灾募捐管理的紧急通知》,要求相关单位及时加强工作协调和沟通,保证本市社会捐赠工作有序进行。据统计,至 10 月 14 日国务院通知全国性捐赠活动结束,全市累计捐款约 25.25 亿元,捐助灾区急需物资折价 2.53 亿元。

本市宣传系统及时组织力量,抽调精兵强将,第一时间深入灾区和本市各有关现场开展宣传报道,客观反映抗震救灾的生动场面,大力弘扬"万众一心、众志成城、迎难而上、百折不挠"的精神,激励激发全市人民爱国热忱,得到中宣部有关领导好评。

四、全力参与做好灾区恢复、重建工作

本市按照党中央、国务院的全面部署,充分依托各界力量,发挥人力、智力资源和产业优势,积极做好供水抢修、水质检测,房屋勘测、安置和重建规划,活动板房启动、彩钢板供应等各项工作。到 6 月 18 日,共建立集中生活供水点 74 个,援助或恢复 18 镇的供水;建设绵阳地震灾区过渡安置房共开工 24 个地块。

五、做好接收灾区伤病员和致残人员来沪治疗康复工作

本市认真做好灾区伤病员和致残人员来沪治疗康复工作,专门组织成立由骨科、普外科、泌尿外科、肾脏内科、院内感染、精神科等专家组成的"上海汶川地震伤员医疗救治专家组"。各收治医院按照"集中伤员、集中专家、集中资源、集中救治"的方式,切实加强病例会诊、手术、特殊病人护理、院内感染、与患者家属沟通,转院收治等各项工

作。本市各收治医院累计共为来沪伤员开展手术 236 台,救治伤员 400 多人。

六、一线救灾和后方支援联动,形成全市救灾援助合力

根据市政府的要求,本市在救灾一线建立了上海援助四川抗震救灾成都工作站,与本市后方、四川省抗震救灾指挥部建立联系制度,全面统筹前方救灾工作。同时,市救灾援助指挥协调工作小组充分发挥统筹协调的平台作用,充分依托各相关职能部门,全面做好物资筹措、运输调度、社会捐赠管理、派出队伍后勤保障等工作。实践证明,建立市救灾援助指挥协调工作小组统筹协调全市救灾工作,形成市领导亲自抓,协调小组统筹协调,各部门各负其责的工作机制,有利于调动各方面积极性,形成合力,推动抗震救灾工作的深入开展。

此次救灾援助工作,启动迅速、措施有力,派出的专业救援队伍能吃苦、能打硬仗,救灾援助物资调运及时有序,得到了四川省政府和灾区人民的高度肯定和称赞。6 月 30 日,人民日报在头版显著位置刊登了《非常时期建非常之功 上海落实"两手抓"工作纪实》的报道,对本市 5 月 12 日以来,一手抓救灾援建任务落实,一手抓经济社会发展的做法予以肯定。

有效应对 2008 年 "8·25" 特大暴雨

2008 年 8 月 25 日 6 时起,本市部分区域出现短时强降雨,其中市中心区、青浦、闵行、浦东等地雨量较为集中。徐家汇气象站 7 时至 8 时一小时雨量就高达 117.5 毫米,为该站有气象记录 135 年来最大一小时雨量。由于降水过于集中,远远超出本市每小时 27～36 毫米的排水能力,导致全市 170 条段马路积水 10～60 厘米,1.4 万余户民居进水。市中心部分地区交通一度严重拥堵。中环吴中路、宜山路下立交因积水严重而临时封闭,持续时间较长。雨情发生后,市委书记俞正声立即批示要求各区领导深入受灾户,帮助群众解决困难,并亲赴受灾居民家中慰问。正在出访途中的市长韩正获悉雷暴雨突袭后,立即要求市政府各相关部门迅速启动应急响应,全力抢排积水,确保交通畅通,确保市民生命财产安全,尽力减轻雷暴雨对城市运行的影响。副市长、市防汛指挥部总指挥沈骏即刻赶赴积水严重的徐汇、长宁等地察看灾情,现场指挥排险工作。市长助理、市公安局局长张学兵要求全市民警尽最大努力疏导交通,维持秩序。相关部门快速响应,有效调配处置力量,尽最大努力减少恶劣天气对市民生活和工作秩序的影响。主要做法是:

一、及时预警

上海中心气象台 5 时 54 分和 6 时 25 分先后发布雷电和暴雨黄色预警信号,7 时 31 分更新为暴雨橙色预警信号。6 时 30 分,市防汛指挥部发布防台防汛黄色预警信号,启动Ⅲ级应急响应。各相关部门及时启动应急预案,采取措施保障城市安全运行。

二、全力做好排水工作

本市防汛部门在接到天气情况早通报和有关预警信号后,即刻开启全市各防汛排水泵站,开足马力排水,1 000 多名防汛、排水职工迅即上街巡视,及时打开路中窨井加速排水。11 时,市防汛指挥部再次向各区县防汛指挥部和有关委办局发出紧急通知,要求有关防汛责任人深入一线,全力解除居民水患之苦。按照市领导要求,有关区县和部门领导深入一线慰问受灾居民并指挥抢排积水。

三、加大交通疏导力度

暴雨影响本市前后,交通事故和车辆抛锚数量急剧上升,7 时至 14 时 30 分,发生交通事故 3 165 起,环比上升 58.7％,车辆抛锚 700 余起,环比上升 2 293％。为做好交通排堵保畅,最大程度减少暴雨对市民出行的影响,市公安局领导坐镇市应急联动中心交通指挥台组织指挥疏导工作,调集巡逻、治安民警增援,督促各区级交通指挥台协调"清障施救"网络协作单位,出动所有施救车辆上路牵引事故抛锚车辆。期间,全市 3 000 余交警满员上岗,安抚受堵驾驶员,疏导交通。同时,本市通过交通信息台不间断滚动播出道路交通拥堵情况及道路积水情况,指导车辆避开拥堵节点和地区。至 15 时,全市高架道路基本恢复正常。

四、做好应急处置工作

市应急联动中心与各联动部门密切配合,及时处置各类突发事件。市应急联动中心增派 110 接警员,开通 75 个接警工位同时接警,确保 110 报警渠道畅通。据统计,7 时至 14 时 30 分,110 共接报警电话 28 220 个(平均每小时接报 3 800 余起,环比上升 126.3％),处警 4 956 起;其中防汛 363 起、气象 422 起、水务 265 起。市消防局全员备勤,出动所有车辆投入抢险救灾,共进行抽水作业 59 起,其中,5 辆消防车协助市政部门在中环线吴中路隧道抽水,直至 26 日凌晨结束任务返回。市政、水务、环卫、电力等部门及时清理堵塞排水沟的污物及树叶、抢修信号灯供电等系统。

8 月 26 日下午,沈骏副市长召开专题会议,总结"8·25"大暴雨应急处置工作,会议要求有关部门按照市委、市政府主要领导的指示精神,认真总结、梳理这次大暴雨中暴露出来的问题,全力做好各项善后工作,采取有效措施,克服薄弱环节,完善市政公共设施,进一步提升本市的城市应急管理能力。

及时防控 2009 年甲型 H1N1 流感疫情

2009 年 3 月,墨西哥、美国等国家和地区出现甲型 H1N1 流感疫情,并在全球范围内蔓延,至 7 月份已经传播 160 余个国家和地区。4 月 27 日,世界卫生组织(WHO)将 H1N1 流感病毒从 3 级升到 4 级警报,2 日后又升级至 5 级警报,6 月 11 日升至 6 级最高级别。接到世界卫生组织通报的疫情后,党中央国务院高度重视,及时部署疫情防控工作。本市按照国务院应对甲型 H1N1 流感联防联控工作机制的统一部署,在卫生部的具体指导和市委、市政府正确领导下,迅速启动应急机制,及时开展联防联控,积极落实各项防控措施,科学有效的防控工作明显延缓了疫情在本市乃至全国的扩散速度。截至 2009 年年底,本市共有 3 146 名甲型 H1N1 流感确诊病例,报告了 99 名重症病例、7 名死亡病例。期间,未发生不明原因病例,无社区和学校暴发病例,维护了人民群众身体健康和经济社会秩序稳定。

一、本市防控甲型 H1N1 流感疫情的主要做法

1. 建立健全防控工作领导机构。甲型 H1N1 流感爆发后,本市迅速构建了三个层面的防控疫情工作组织构架,建立工作例会、信息通报发布和督办检查制度,形成规范化、制度化的防控工作体系,确保防控工作有序、高效。第一层面是领导小组。由韩正市长任组长,副书记殷一璀和副市长沈晓明任副组长,市委、市政府相关部门、各区县主要负责人为成员。第二层面是工作小组和专家指导组。工作小组由副市长沈晓明任组长,副秘书长翁铁慧和市卫生局局长徐建光任副组长,相关委办为成员单位,下设综合协调、疾病防治、动物疫情监测、检验检疫、储备供应保障、新闻宣传、旅游外事等 7 个工作组,各组按照职责开展防控工作。专家指导组由来自流行病学、临床医学、动物学等方面的 10 位专家组成。第三层面是口岸防控工作现场指挥部。由副秘书长翁铁慧任组长,市口岸办、上海出入境检验检疫局、市卫生局负责同志任副组长,成员由市口岸办、市外办、市公安局、机场集团等有关方面组成。

2. 及时启动各项防控应对措施。4 月 10 日,市卫生部门召开夏秋季传染病防控专题会议,根据全球疫情动态,重点部署落实流感、手足口病和肠道传染病等重点传染病的防控措施。4 月 27 日晚,WHO 将全球流感大流行警戒级别升至四级。4 月 28 日下午,市卫生局向市领导和相关委办局专题汇报了甲型 H1N1 流感防控进展情况。按照应对人感染猪流感疫情防控有关工作方案,本市各项防控工作全面展开,有序、有效、科学地开展各项防控工作。

3. 严格出入境检验检疫和口岸管理。检验检疫部门对所有入境航班实行严格登机检疫,严把国门。购置了先进的测温检测设备、消毒防护用品以及信息化设备,确保在 30 分钟内完成登机检疫任务,最大限度地减少对航班延误的影响,维护空港正常工作秩序。截至 7 月 20 日,上海口岸共检疫入境飞机 16 353 架次、入境旅客 190.7 万人次,其中来自疫区的 161.6 万人次,检出发热或有症状病人并移送指定医院隔离诊治 1 647 人,移送集中医学观察 6 270 人。卫生、教育部门分别调动 9 辆救护车和 150 名医护人员,100 名护理专业学生支援检验检疫一线防控工作。

口岸防控现场指挥部发挥指挥协调作用,研究制定了涵盖空港、海港、铁路口岸的防控预案、措施、规定等 21 个规范性文件,印制了多种语言的《入境健康提示卡》和《就诊方便卡》,开通 24 小时全国免费防控事项咨询电话,为入境旅客提供人性化服务。公安、机场集团、海关、边检、民航华东管理局、市交通港口局、上海铁路局积极配合开展口岸防控工作。

4. 妥善开展集中医学观察。根据防控工作需要,先后启用了浦东新区、南汇区、宝山区、奉贤区、金山区、闵行区、松江区、杨浦区 8 个集中医学观察点,共设置 980 个单独隔离的房间,落实集中医学观察任务。截至 7 月 10 日(按照国家防控策略调整要求,7 月 10 日起本市不再对甲型 H1N1 流感病例密切接触者实施集中医学观察),共对 6 760 人进行了集中医学观察(其中外籍人员为 3 240 人,涉及 69 个国家和地区)。卫生、检验检疫、外事和旅游等部门密切配合,及时掌握口岸发热病人密切接触者的有关信息,落实人员追踪、移送、外事沟通和宾馆服务等相关工作。为妥善应对大量的留观人员,旅游部门制定了本市留观点服务标准和规范。经过市有关部门和区县的共同努力,在各集中留验点未发生重大突发事件和人员冲突。

5. 强化疫情监测和卫生监督。本市共设置国家级流感监测哨点医院 19 家和网络实验室 20 家,市级流感监测点 31 家。通过市、区县两级的监测网络,认真做好实验室病原学检测和监测,重点加强对流感暴发疫情、不明原因肺炎病例的监测,对经来自疫区或接触过甲型 H1N1 流感病例的可疑病例实行"即时报告"。同时加强对发热门诊和公共场所的卫生监督,全市卫生监督机构累计出动卫生监督员近 7 500 余人次,监督检查医疗机构、公共场所、学校和托幼机构、集中式供水单位等 5 100 余户次。

加强动物养殖检疫监管和动物疫情监测工作,由市农委牵头的动物疫情监测组每日出动 100 余人次,对 500 余家规模养殖场、专业户、散养户等进行检查,严把本市道口关,对运载生猪情况实施检查,凡检疫证不符合入沪条件的生猪及产品,严禁入沪。

6. 充分发挥专家咨询作用。市专家指导组充分发挥了疫情的分析研判、防控措施的咨询建议、社会的解疑释惑和舆论的正确引导等方面作用,防控期间共召开 12 次专题会议,针对甲型 H1N1 流感流行病学特征和流行趋势的研判、本市采取的防控措施、流感疫苗的接种策略等相关问题,形成 6 份咨询报告和 3 份会议纪要,为市委、市政府和市防控甲型 H1N1 流感工作小组领导决策提供参考依据。

7. 认真开展医疗救治和应急演练。确定公共卫生临床中心和儿科医院分别作为收治成人和儿童确诊病例的定点医院,第六人民医院和瑞金医院作为后备定点医院。建立了市、区两级医疗救治专家组,提高诊治能力。成立中医药防控专家顾问组,充分发挥中医药在防治中的优势和作用。全市医疗急救中心承担疑似、确诊病例的转运工作,截至 7 月 12 日,共出动 2 320 车次,转运 3 124 人次。全面落实医院首诊负责制,加强医疗机构预检分诊,规范发热门诊管理,对发热、有流感样症状、有接触史的患者做到高度警惕、高度负责、及时会诊、及时上报。全市共设置 136 家 24 小时开放的发热门诊,接诊发热病人和可疑患者,共排查甲型 H1N1 流感可疑病例 2 100 余例。卫生部督导组先后三次督导本市甲型 H1N1 流感医疗救治工作,均给予充分肯定。5 月份,本市组织开展甲型 H1N1 流感防病综合演练,受到卫生部督导组高度评价。

8. 全面落实应急物资生产和储备。由市发展改革委牵头的物资保障组及时组织研究防控和应对甲型 H1N1 流感疫情相关药品和防护用品的储备、生产、供应情况,全力以赴抓好流感疫情相关药品、物资的生产储备,并在第一时间协调上海医药集团,恢复"奥尔菲"生产。食药监等部门建立了每日药品监测报告制度,防止价格异常,确保市场有序供应。对消毒液、医用口罩等应急物资开展动态监测,建立了有关生产企业供应联系网络,保障应急防护用品有关的储备保障和供应,保障药品市场价格稳定。

9. 加强新闻发布和宣传教育。根据防控甲型 H1N1 流感工作进展情况,认真做好新闻发布和健康教育工作,组织境内外新闻媒体及时、准确、客观发布防控工作信息,发布健康提示,积极引导舆论宣传。市政府在第一时间召开新闻发布会,向社会公布本市疫情状况和各项防控措施。先后开展新闻发布 70 余篇次,在国内外电视、电台、报纸、网络等媒体刊发报道 1 000 余篇,组织媒体 5 次集中采访赴机场、集中留验点等地开展大型现场采访报道。

采取多种方式宣传甲型 H1N1 流感防治知识,教育公众充分掌握疾病防治信息,配合政府开展防病工作,提高防病意识和能力。卫生和爱卫部门向市民发放健康教育宣传资料 260 万份,张贴海报 5 万份;12320 公共卫生公益电话 24 小时接受市民咨询,并向市民发送健康提示短信;在公交、出租、地铁、医疗机构等公共场所滚动播出健康教育短片。据市爱卫办和市健康教育所开展的一项市民调查显示,99％的市民表示听说过甲型 H1N1 流感,86％的市民表示了解甲型 H1N1 流感是可防、可控、可治的。

10. 积极做好外事工作。通过外事通气会等形式,及时向外国驻沪领馆通报本市防控甲型 H1N1 流感疫情有关情况,向外方解释我国的有关法律、法规、防控政策和措施,回答有关国家驻华使领馆询问和政策咨询。妥善安排领事探视,对需留验的外国驻沪领事馆人员,落实特殊处理等工作。本市的集中医学观察、确诊病例涉及较多的外籍人士,集中留观的外籍人士占总数的一半,确诊病例超过 1/3。经过外事及相关部门耐心细致的工作,本市集中留验和确诊的外籍人士大多数对中方的工作表示理解,能积极配合。

11. 实施免疫规划策略。为进一步做好本市甲型 H1N1 流感和季节性流感等主要冬春季呼吸道传染病的预防控制措施,保障 2010 年上海世博会顺利举办,本市在 2009 年下半年根据国家应对甲型 H1N1 流感联防联控工作机制的统一部署,组织开展重点人群甲型 H1N1 流感疫苗和季节性流感疫苗接种工作。市卫生局制定了《上海市 2009 年秋冬季重点人群甲型 H1N1 流感疫苗接种工作方案》,按照“分步实施,稳妥推进”、“知情同意,自愿接种”和“政府保障,免费接种”的原则,组织实施甲型 H1N1 流感疫苗的接种工作,并加强对疑似预防接种异常反应的监测,落实各项应急处置措施以确保接种安全。截至 12 月 31 日,全市累计为 1 373 080 人接种甲型 H1N1 流感疫苗,累计为 603 026 人重点接种对象接种了季节性流感疫苗。

二、甲型 H1N1 流感疫情防控工作的实际经验

1. 领导重视,科学决策。市委、市政府领导高度重视,认真贯彻党中央和国务院的整体部署,市领导亲临一线、靠前指挥,各部门责任明确,制度健全,防控措施科学有力。充分发挥专家指导组作用,为科学决策提供有力支撑。

2. 分工协作,形成合力。甲型 H1N1 流感防控工作时间紧、部门多且中央单位多,在这样的情况下,各部门分工协调合作。口岸工作以检验检疫为主线,口岸办、海

关、边检、卫生、机场、民航华东管理局、航空公司、公安、铁路、交通港口等有关部门密切配合。发现疑似移交后以卫生为主线,旅游、外事、区县政府、公安、发改、宣传、农委、教育等有关部门紧密配合,整体性强,整合有力,形成无缝链接。

3. 因时制宜,措施周密。为加强防控工作,本市研究制定了大量的工作规范和措施,并根据国际疫情变化不断调整完善,提出了不同阶段的工作意见和建议,卫生部9号公告公布后,本市及时进行了策略调整。通过及时的策略调整,既保证本市各项防控工作措施,又避免防控过度,造成不必要的浪费和损失。

4. 抓早抓实,未雨绸缪。本市的防控工作启动动员较早,在全国率先制定防治工作预案和方案,在第一时间向领导汇报参谋,为及早决策,控制疫情发展争取了宝贵的时间,也为以后的防控工作奠定了良好的基础。

妥善处置 2009 年"熊猫问题奶粉"事件

2009 年 4 月,本市熊猫乳品有限公司(以下简称熊猫公司)产品被检出三聚氰胺超出国家标准。事发后,市质量技监局迅速启动应急预案,成立工作组,积极应对,及时处置。

自 4 月 23 日开始,工作组一直驻厂对熊猫公司持续展开调查,清理原料、成品仓库,掌握公司生产销售情况,查明问题批次奶粉、炼乳及炼乳酱销售流向,并组织各区县质量技监局全面展开召回工作。市公安局也及时介入,深入侦查此事。经查,该公司在生产过程中存在明显恶意瞒报及违法犯罪行为。为及时有效控制事态发展,最大程度地降低问题产品可能造成的危害,工作组于 4 月 28 日凌晨、4 月 30 日晚分别调动市、区县 40 余名食品监管人员,连夜奔赴安徽、江西、广东、江苏、天津、陕西等省市全面展开召回工作。由于措施及时到位,问题产品的召回率达到了 93.78%,最大程度地降低了问题产品对消费者健康的危害。后该案经市第一中级人民法院判决,三名责任人犯生产销售有毒、有害食品罪,分别判处其有期徒刑 3 至 5 年,并处罚金。

一、事件基本情况

2009 年 4 月 23 日 17 时,市质检院食品污染物监测显示,熊猫公司生产的中老年高钙乳粉(生产日期 2009 年 4 月 1 日,规格 400 g/包)三聚氰胺超过国家标准,检测值为 28 mg/kg(限量值为 2.5 mg/kg),市质量技监局接报后,立即组织市食监所、食品应急中心会同奉贤区质量技监局赶赴公司生产现场进行调查。

1. 企业基本情况。熊猫公司系民营性质的有限责任公司,位于本市奉贤区工业综合开发区,法定代表人王岳超(浙江苍南人),持有有效的食品卫生许可证,证号为"沪质监(奉)食证字(2005)第 0097 号"。核准生产经营方式与范围为乳及乳制品:乳粉、炼乳;调味品;含乳调味酱。该公司持有效生产许可证 3 张,证书编号分别为 QS312005020001;QS312005010285;QS312003070130,产品名称分别为婴幼儿配方乳粉(干法工艺);乳制品[乳粉(调味乳粉、特殊配方乳粉)]、其他乳制品(炼乳);调味料(半固态)。该公司是国家质检总局 2008 年 9 月 16 日公布的 22 家婴幼儿乳粉产品中检出三聚氰胺的乳制品生产企业之一,当时,该企业生产的 3 批次婴幼儿配方乳粉中检出三聚氰胺,最高检出值为 619 mg/kg。

2. 现场调查情况。(1)中老年高钙奶粉情况。经调查,4 月 17 日市质检院抽检的标注生产日期为 20090401 的中老年高钙奶粉(400g/包),实际生产日期为 2009 年 4 月 13 日。标注生产日期均为 20090401 的产品共生产了 287 箱(24 包/箱),发出 157 箱,库存 130 箱。其配料为:全脂乳粉、白砂糖、麦芽糊精、复合营养素(维生素等),所用乳粉原料为宁夏熊猫乳品有限公司 2008 年 10 月 4 日生产的全脂乳粉,熊猫公司于 2009 年 3 月 9 日购入该批原料 5.95 吨(有三聚氰胺检测合格证)。事发时,5.95 吨原料全部用于生产中老年高钙奶粉、炼乳、炼奶酱等产品。(2)炼乳及炼乳酱生产过程中涉嫌违法的情况。经核实,该公司在炼乳及炼奶酱产品生产过程中投放回收的炼乳,投入量为"每锅加回炉炼乳 50 kg"(原始记录),投放的炼乳为 2008 年三聚氰胺事件后从福建晋江退回的炼乳成品。上述添加回收炼乳的行为系经公司开会讨论确定。添加回收炼乳的行为最早记录始于 2009 年 2 月 7 日,根据该公司仓库台账统计,2008 年 10 月至 2009 年 4 月期间,共回收炼乳 2 303.5 箱(计 54 020 kg),主要回收地为福建晋江等地。截至事发,库存回收炼乳共计 911 箱(计 21 930 kg)。另经调查,该公司收回炼乳的情况未按规定向奉贤区质量技监局作报告,既未申报也没有进行三聚氰胺检测,炼乳回收后放于公司仓库中,并且未作特殊标记,监管人员不易发觉。(3)库存清查情况。4 月 29 日晚至次日凌晨,在前期对企业原料、成品数量统计的基础上,再次组织人员对企业原料仓库、成品仓库以及换货库存奶粉全面彻底清查。调查发现,成品仓库中共有库存产品 69.7 吨,涉及产品 62 个。在原料仓库中共有原料 85.9 吨,分别来自 10 家企业(宁夏熊猫乳业有限公司、黑龙江冰都乳业有限责任公司、黑龙江心甜乳业有限公司、咸阳光大乳业有限公司、徐州市远航食品添加剂有限公司、西安泰龙儿童食品有限公司等)。另有回收的待销毁 GAVI(出口产品)5 724 公斤,炼乳 21.93 吨,由该公司自行生产。换货库存奶粉的清查情况如下:根据该公司仓库保管员提供的详细换货记录清单显示,产品生产日期时间跨度从 2006 年至 2008 年 9 月之前,总量为 32.78 吨,与调查人员核实统计的总量(33.95 吨)有 1.17 吨的出入。经分析,可排除公司有恶意瞒报的可能,总体上认为该公司目前换货库存奶粉的总量可信。

3. 调查抽检情况。市质量技监局对熊猫公司库存产品进行了全覆盖抽检,对送检记录进行了全面检查,发现该公司生产的 8 批次产品三聚氰胺超过临时管理限量值的规定。包括 2 批次中老年高钙奶粉、1 批次高钙高铁奶粉、1 批次学生加锌奶粉、4 批次炼奶酱。

4. 产品召回情况。4 月 28 日凌晨 2:00，连夜召开应急处置紧急会议，对整个问题产品召回工作做出部署，共成立 8 个召回小组，明确召回区域，落实具体责任，要求确保整个召回过程顺利进行，确保问题产品全部得到召回，确保将社会危害性降到最低。会后，8 个召回小组立即行动，连夜分赴江苏、安徽、江西、天津、陕西、广东和上海地区，监督企业开展问题产品召回工作。4 月 30 日凌晨 1:00，再次抽样送检 3 大类 44 个产品、6 个原料至市质检院。当天下午市质检院反馈，经检测，3 个批次产品不合格。4 月 30 日晚，市质量技监局再次组织人员连夜赴江西、安徽等地追查上述 3 个批次的问题产品。

据统计，问题奶粉共生产了 425.5 箱(3 503.1 公斤)，库存 134 箱(1 269.6 公斤)，已发出 291.5 箱(2 233.5 公斤)；问题炼奶酱共生产了 2 140 箱(44 657.5 公斤)，库存 823 箱(16 560 公斤)，已发出 1 317 箱(28 097.5 公斤)。工作组封存了所有库存产品。截止到 2009 年 5 月 11 日，已发出的 291.5 箱(2 233.5 公斤)问题奶粉已召回或控制 279 箱(2 159.7 公斤)，召回率 96.7%；已发出的 1 317 箱(28 097.5 公斤)问题炼奶酱已召回或控制 1 225 箱(26 284.4 公斤)，召回率 93.5%。

二、经验、思考

1. 加强防范，为食品安全风险监测工作提供新思路。综观近年来系列食品安全事件，许多事件的处理是沿着"曝光—查处—治理"的路径在进行，食品安全事前防范存在薄弱环节。作为监管部门，绝不能满足于事后亡羊补牢，必须下好先手棋、打好主动仗，下更大工夫加强事前防范，及时发现隐患、果断"排雷"，把问题解决在萌芽之中。惟其如此，才能走出被动应对的尴尬。

熊猫奶粉事件的妥善处置是努力改进监管模式的充分体现，体现了食品安全风险监测工作的重要性。通过加强日常食品安全检测工作，主动发现问题，解决问题，全力防止不安全食品流入市场，避免了食品安全事件引发群体性恐慌情况的发生。

2. 总结经验，积极探索召回管理工作新思路。此次问题奶粉的召回工作时间紧、数量大、范围广、要求高，而且涉及多省市、多部门的协调衔接，对市质量技监局在突发事件应急处置过程中的不安全食品召回工作来说是一次新的挑战。通过此次召回的成功经验，发现问题产品的高效率召回，除了前期的调查摸底工作要细致准确之外，准确的切入点及与企业良好的沟通也是提高召回率及工作能效不可忽视的环节。

3. 汲取实战经验,完善应急预案。这次突发事件应急处置工作,很好地检验了食品安全应急预案的针对性、适用性和可操作性,但也暴露了部分存在的不足,为完善应急预案,更加科学地处置、应对突发事件奠定了实践基础。

积极处置 2009 年
"莲花河畔景苑"房屋倒塌事件

2009 年 6 月 27 日,闵行区"莲花河畔景苑"房地产开发项目内,一幢已结构封顶的在建 13 层楼房发生倾倒,1 名作业人员被压窒息死亡。

事故发生后,市委书记俞正声和市长韩正立即要求彻底查清事故原因,严肃追究事故责任,并以此为鉴,举一反三,落实责任。副市长沈骏以及闵行区委、区政府领导等立刻赶往现场,指挥部署抢险善后工作。

一、事故应急处置

一是紧急组建了现场抢险指挥部,同时组成了由中国工程院院士江欢成先生担任组长、14 位勘察、设计、地质、水利、结构等相关专家参加的专家组。

二是针对倾倒楼房附近存在南面开挖基坑、北面堆土过高、部分防汛墙坍塌等重大隐患,为保持土压平衡,根据专家组建议,加快卸载北面堆积最高约 10 米的土方,抓紧回填楼房南面深约 4.6 米的基坑,同时对多余土方进行外运。经过抢险施工人员三天三夜的连续奋战,累计卸载、外运和回填土方约 6 万方。至 6 月 30 日,南面基坑全部填平,北面堆土下降至 0.5 米左右,临时防汛设施基本修筑完成,防止了次生灾害的发生。

三是对临近区域人员进行紧急疏散安置。事故发生后,与工地临近的一学校进行了紧急疏散,附近小区的 135 户居民也已被疏散,有关部门在闵行区罗阳小学设立了临时安置点,安置此次事故中受影响的居民。

四是组织专业检测人员,分别对在建的其余 10 幢楼房、邻近居民小区、附近防汛设施和道路管线进行不间断监测,并对燃气、电力等管线进行逐户安检。专家组根据检测结果判断,邻近居民小区、附近道路管线等未受影响;在建的其余楼房安全状况稳定,不会发生类似倾倒事故。临时撤离居民于 6 月 29 日晚全部回家,工程抢排险任务于 7 月 1 日结束。

二、事故原因调查

市委、市政府高度重视事故的调查处理工作,多次听取事故调查进展情况汇报,明确工作要求。事故调查组依据《中华人民共和国安全生产法》《生产安全事故报告和调查处理条例》的相关规定,以事实为依据、以法律为准绳,认真贯彻"四不放过"原则,按照"全过程、全方位、全环节"调查的工作定位,对涉及工程程序及工程行为的 21 个重要环节,通过现场勘查、技术鉴定、调查取证,认真研究分析。调查组在闵行区 20 多天,调查询问了 293 人次,共作了近 300 份笔录,通过调查分析,查明了事故直接原因、间接原因。

经过调查分析,事故调查组认定这起事故在本市实属罕见,社会影响恶劣,性质非常严重,是一起重大责任事故,其直接原因是:紧贴 7 号楼北侧,在短时间内堆土过高,最高处达 10 米左右;与此同时,紧邻 7 号楼南侧的地下车库基坑正在开挖,开挖深度 4.6 米,大楼两侧的压力差使土体产生水平位移,过大的水平力超过了桩基的抗侧能力,导致房屋倾倒。

除了直接原因,还存在六个方面间接原因:

一是土方堆放不当。在未对天然地基进行承载力计算的情况下,建设单位随意指定将开挖土方短时间内集中堆放于 7 号楼北侧。

二是开挖基坑违反相关规定。土方开挖单位,在未经监理方同意、未进行有效监测,不具备相应资质的情况下,没有按照相关技术要求开挖基坑。

三是监理不到位。监理方对建设方、施工方的违法、违规行为未进行有效处置,对施工现场的事故隐患未及时报告。

四是管理不到位。建设单位管理混乱,违章指挥,违法指定施工单位,压缩施工工期;总包单位未予以及时制止。

五是安全措施不到位。施工方对基坑开挖及土方处置未采取专项防护措施。

六是围护桩施工不规范。施工方未严格按照相关要求组织施工,施工速度快于规定的技术标准要求。

事后,依据有关法律法规,6 个责任单位受到处罚,6 人被追责。同时,对全市在建工程开展安全普查,进一步加大监管力度,加强对开发商、设计、施工、监理等从业人员的教育培训,严格执行规范标准,强化现场施工管理,防止类似事故发生。

三、后期处置

莲花河畔景苑倒楼事件发生后,业主普遍对这个楼盘失去了信心,认为其他未倒房屋随时随地都有可能倒塌,要求开发商退房并赔偿。同时,他们又担心周边房价太高,无力买房。为让莲花河畔景苑业主放心,闵行区政府向有实力的知名品牌大开发商求助,请他们协助解决善后事宜,让业主重新树立起对这个楼房倒塌小区的信心。有关部门认真研究了莲花河畔景苑未倒楼预售合同履行细则,7 月 31 日晚上开始,梅都公司以邮寄方式,向购房人送达善后处理《操作细则》,业主可在 8 月 15 日前选定方案,即在原房价打折 5% 继续履行合同、解除合同并退本返息,按 2009 年 6 月 27 日市场价由万科收购三种方案中选择一种。万科房地产作为第三方托管小区建设,表示将确保楼盘明年 5 月 31 日前交房。

8 月 11 日,在政府相关部门督促下,梅都公司就莲花河畔景苑购房者关注事项作出说明。

9 月 25 日公布"莲花河畔景苑"未倒 10 幢楼房检测报告,报告显示其中 9 幢楼房总体符合安全要求,距离倒楼最近的 6 号楼则需要进行基础加固。报告指出,10 幢楼的各房屋的建筑、结构布局符合设计要求,轴线尺寸、层高、构建截面尺寸、配筋、混凝土强度等指标总体达到设计要求,检测中未发现各房屋的主体结构存在明显施工缺陷和裂缝损伤。钢筋工程及混凝土工程中存在部分施工偏差,经检验各种规格钢筋的力学性能符合要求,考虑施工偏差进行结构验算,各房屋上部主体结构的各项性能指标满足规范要求;地基基础方面,各房屋的沉降和不均匀沉降均较小,无明显倾斜变形,目前沉降区域稳定,沉降与倾斜均在规范允许范围之内。通过资料调查表明,桩基施工质量满足设计和规范要求。通过单桩水平承载能力、低应动变测及桩芯孔内摄像检测表明,抽样工程桩均未发现桩身质量问题。根据调查确定的实际桩长、桩数及单桩承载力进行验算,报告指出,1 号到 5 号、8 号到 9 号楼的桩基承载力、桩基抗震验算及沉降验算均满足规范要求。综合施工环境条件比较以及房屋沉降、倾斜、水平位移测量和现场工程桩完整性检测等分析判断,前期施工及事故过程对它们基础结构的安全性未造成影响。由此,报告综合检测和分析结果表示,莲花河畔景苑 1 号至 5 号楼、8 号至 11 号楼上部主体结构工程、基础工程和桩基工程的总体施工质量满足设计和规范要求,结构安全性和抗震性能满足规范要求。至于距离 7 号楼最近的 6 号楼,报告中表示,其上部主体结构工程总体施工质量满足设计和规范要求,安全性和抗震性能满足规范要求。不过,综合施工环境条件比较、水平位移分析和监测结果判断,6号楼基础发生的水平位移可能会造成其工程桩的损伤,为确保6号楼基础的安全性,报告建议对6号楼基础进行加固处理。这个检测报告的检测评估工作大纲和检测评估报告经市建设交通委科学技术委员会组织专家评审通过。

11月18日,倒覆楼赔偿工作结束。倒塌的7号楼中所有购房者全部完成意向协议签署。其中,18户选择退房,23户选择置换未倒楼房屋。至此为期4个月的倒覆楼赔偿工作暂告一段落。

2010年5月26日至30日,莲花河畔景苑房屋集中交付,全部已售的437套房屋中,共交付421套房屋,占到全部房屋的96%。小区业主最终决定,不改变小区原有名称,仍以"莲花河畔景苑"命名。

紧急处置2009年
"12·4"西安路煤气泄漏事故

2009年12月4日上午7时37分,本市虹口区西安路发生煤气泄漏事故,25人煤气中毒,其中2人当场死亡,23位伤员中1人经三个月抢救无效死亡。市委、市政府高度重视,副市长沈骏、市政府副秘书长尹弘迅速赶赴现场了解事故原因,到海员医院看望伤员,并召开现场会议,要求:组织力量、全力以赴抢救伤员,在全市范围内确保设备和药品供应;迅速成立事故调查组,查明事故原因;有关部门要切实做好事故的善后处置工作。在虹口区委、区政府、市相关部门的共同努力下,事故应急、善后等工作有力、有序、有效开展。

一、领导重视,成立机构

根据市领导要求,虹口区委、区政府对善后处置工作做出了具体部署:成立专门工作班子;继续全力抢救伤员,做好受影响居民的安抚工作;做好伤亡居民家属的接待工作;加强舆情监控和引导;加强对事故发生地区的交通疏导。

市建设交通委、市安全监管局和市质量技监局立即组建事故调查组,对事故进行调查。

申能集团、燃气集团、燃气市北销售有限公司也在第一时间启动应急预案进行抢险工作,市北燃气公司领导本着"生命高于一切"的理念向政府承诺,在事故责任尚未认定前,公司将在资金上予以保证,先行垫付伤员抢救的医疗费用及相关的善后费用,并派遣众多业务能力强、政治素质好的同志自始至终参与善后处置工作,负责与伤员及家属的协商沟通工作。

与此同时,一个由区安全监管局牵头,区建交委、公安虹口分局、区卫生局、区司法局、区民政局、区人保局、提篮桥街道、有关律师事务所和市北燃气公司等方面组成的善后处置工作组也迅速成立,按照"以人为本、依法赔付"的原则做好善后处理工作。

善后处置工作组下设由 50 余人组成的善后处理第一、二、三小组和信息后勤保障、律师组等五个小组,明确各小组的工作职责,责任落实到人,对受灾人员建立一人一档,采取包案到人的工作措施,推进善后工作开展。事故所在地的提篮桥街道领导带领全体机关干部参加应急处置,投入大量的人力、物力、财力,在人员看护、联系单位、地区调查、调解纠纷、居民自治组织支持、维护社会稳定等方面充分发挥了地区协调优势。

二、排除险情,稳定民心

12 月 4 日事故发生后,燃气市北公司立即组织抢修人员实施抢险任务,经过近 4 个小时的不间断施工,受损 DN300 口径的管线于当天 13 时 30 分左右修复。由于抢修工作采用了先进的不停气作业法,确保管道沿线居民的正常生活用气,从而有效控制事故影响范围的扩大。通过各有关部门共同努力,煤气管道于 12 月 4 日下午 15 时修复,并恢复供气,当晚 19 时道路修复,并于第二天凌晨恢复通车。

煤气泄漏事故后,事发地周边居民仍有恐慌心理。为此,在管道抢修期间,由街道安排居民饮食;管道抢修结束后,在得到燃气公司安全承诺的基础上,善后处置工作组派员对居民进行了广泛深入的宣传安抚工作,并组织有关人员随时待命,确保维稳力量到位,随时做好应急处置准备,做好宣传教育及安抚工作,确保了事发地周边社会面保持稳定。

三、人文关怀,缓解矛盾

“12·4”事件的发生给受灾人员家庭生活造成了极大的影响。为此,善后处置工作组从人文关怀的角度出发,派员 24 小时值班,主动关心受灾家庭的生活。12 月 4 日下午 5 点,提篮桥街道召开全体机关干部大会,要求全体机关干部从即日起放弃休假,全部投入到事故善后处理工作中。事故发生后的半个月内,街道干部分别到伤员所在医院——海员医院、新华医院、杨浦区中心医院和闸北区中心医院实行 24 小时值班,这些干部在掌握病情动态、病人家属接待、协调联系医院等方面起到了非常重要的作用,为住院治疗病人解决了大量的现实困难。

12 月 4 日中午,区领导分别赶到新华医院、杨浦区中心医院看望慰问伤员。12 月 4 日晚,提篮桥街道领导分批到救治病人的四所医院看望并慰问了中毒人员和家属,为两名死者的家属送上了慰问金。此后,善后处置工作组成员也多次前往医院看望慰问了病人及家属。

部分死伤者家属陆续从外地来沪后,善后处置工作组对这些家属进行了妥善安置,安排统一场所接待家属,做好家属思想工作,先后在三个旅馆安排其食宿。在善后处理中结合实际情况,全力做好对病员及其家属安抚工作,主动协商善后处理有关事宜,促成赔偿协议尽快签订。

善后处置工作组积极联系救治医院,要求为中毒人员提供最好的救治条件,加强医疗救治工作。经过协商,院方为所有住院病人提供了一对一的护工。为稳定家属情绪,善后处置工作组还与救治医院联系,就病情发布的口径、时机、方式等达成共识。

四、依法依规,快速理赔

"12·4"事故涉及人员广且结构复杂,既有下岗失业人员,又有少数民族和外来务工人员,善后工作难度较大,一旦处置不当,将会造成更大的负面影响。为此,善后处置工作组、律师事务所和燃气市北公司按照有关法律规定,并参照相关赔偿标准,统一口径,根据不同情况分别制定了赔偿协议和赔偿标准。此外,按照有关法律法规的规定,公开相关赔偿标准,引导受灾户根据自身情况对号入座。同时,妥善解决伤员或死者家属的合理诉求,使善后工作得以妥善、平稳、快速的开展。

在与涉及伤残鉴定等部分当事人的协商中,善后处置工作组寻求虹口法院诉调中心的支持,希望司法机关以中立权威的地位促进矛盾化解。在虹口法院诉调中心居中协调下,最后 3 名中毒人员于 2010 年 11 月 26 日、12 月 2 日分别签订了赔偿协议。至此"12·4"燃气事故的善后工作圆满结束。

成功处置2010年"10·25"液化
天然气槽罐车侧翻事故

2010年10月25日上午11时54分,上海交运捷东运输公司一辆装载20吨液化天然气的槽罐车,在S32下行转S4匝道上发生侧翻,事故造成一名驾驶员死亡,一名押运员受伤,车上装载的液化气未发生泄漏。

事故发生后,市长助理、市公安局局长张学兵多次致电市应急联动中心,了解处置工作进展情况,并提出具体工作要求。市政府副秘书长肖贵玉、尹弘,市公安局、市安全监管局、市建设交通委、市交通港口局、市质量技监局、闵行区政府以及交运集团领导相继赶赴现场,组织指挥施救和抢险工作。10月26日23时许,液化气槽罐被安全吊上驳运车辆,并于27日2时许被成功运抵临时处置点,处置工作历时34小时圆满结束。

一、事件处置经过

事故发生后,成立了以肖贵玉副秘书长为总指挥的现场指挥部。当天,指挥部紧急调用了两台吊车、交通运输部东海救助局的高分子强力尼龙缆做好吊装准备。随后召开了紧急会议,具体研究抢险方案。为了确保安全和万无一失,经研究,在还不完全具备应急处置的条件下,决定当天暂停抢险行动,并加强对槽罐车的泄漏检测和现场安全警戒。

10月26日上午,市建设交通委主持召开了事故处置研究会议,组成了专家组,形成初步意见。下午2时,现场指挥部听取专家意见、并反复论证后明确:事故抢险组具体由交运集团牵头负责,下设吊装、专业应急、消防三个组,分别由建工集团、天然气管网公司LNG站、消防局负责;专家组由上海交大汪荣顺教授牵头,作为事故现场抢险的技术支持。同时,闵行区政府做好应急情况下周边群众疏散、安全稳定的各项准备。市政府新闻办做好舆论的引导工作。市交警总队落实好相关道路封堵、协调的措施。

所涉及的闵行、奉贤、南汇等有关部门要全力配合、服从统一指挥。事故处置的具体目标是:将事故罐车起吊扶正,挂车牵引运到金山枫泾进行处置。同时,针对可能出现的罐体破压、液体泄漏、槽车无法扶正,运输途中发生险情等应急情况,要从倒罐转移、安全排放、消防扑救、交通协调、应急联动等方面,细化操作预案,切实避免各类灾害的发生。会议明确,各部门、各单位要全力以赴地落实抢险人员、物资、机具。一线人员配备测爆仪、防暴工器具、防静电服等装备,一旦发生罐体破压等险情,交警部门要在第一时间"净空"一公里范围内的周边区域,确保社会安全。

　　10 月 26 日下午,事故处置总指挥肖贵玉副秘书长在现场指挥部再次主持召开专题会议,在听取了现场操作、应急救援、交通控制、社会动员、技术专家五个工作组的方案落实情况的工作汇报后,作出部署,迅速实施抢险方案。20 时 49 分,闵行交警开始关闭 S4 上行(金山卫方向)颛桥入口;20 时 55 分,暂时封闭 G15 上、下行转 S32 下行(市区方向)匝道,S4 上、下剑川至颛桥的主线道路,S32 上行(浙江方向)三鲁至 S4 立交的主线道路;21 时 10 分,暂时封闭 S4 下行航南至颛桥的主线道路。21 时 29 分,指挥部紧急调用的建工集团 500 吨吊车在现场开始抢险操作。22 时 26 分侧翻的液化天然气槽罐由绿化地带吊至匝道内。22 时 41 分,液化天然气槽罐与牵引车顺利挂钩连接,检查符合安全行驶要求。27 日 1 时 40 分,S32 上行(浙江方向)转 S4 立交上行(金山卫方向)匝道槽罐侧翻事故处理完毕,S32 上行(浙江方向)转 S4 匝道、S4 上行(金山卫方向)剑川收费站和 S4 上行转 S32 上、下行匝道全部开通。27 日 2 时,在交警车辆的引领下,在市燃气管理处、市交运集团相关人员的护送下,事故车辆到达临时消防处置点——金山区枫泾镇枫湾路 777 号。(上海万事红管道燃气经营有限公司)

二、处置经验

　　1. 领导重视,靠前指挥。事故发生后,市政府成立了由肖贵玉副秘书长任总指挥的现场指挥部,指挥部多次在现场召开专题会议,听取处置工作进展情况,反复研究论证槽罐体运离方案。处置过程中,各单位、各部门领导按照职责迅速调派抢险人员、车辆和机具,落实工作措施,细化操作方案,全力以赴开展抢险工作。

　　2. 反应迅速,力量到位。市应急联动中心接报事故警情后,立即指令消防局、闵行分局派员到场,并通知市卫生局调派医护人员到场施救,市建设交通委、市安全监管局、市燃气集团派员到场参与处置,各联动单位均按照指令要求调集相关应急处置力量及时到达现场。其中,闵行公安分局的第一批警力在 5 分钟内到场,并在 8 分钟内设置了禁戒线,疏导、维护交通;市卫生局、消防局的应急处置车辆均在 15 分钟内赶到现场;市建设交通委在接到调用两台大型汽吊的要求后,先期派出工程人员到场勘察,并迅速调派车辆在短时间内到达现场。

3. 专家支招,措施得当。此次事故处置的要求高、难度大,为确保安全和万无一失,现场指挥部下设专家组,由上海交通大学的专家牵头,按照常规处置、处置过程中槽罐车破裂两种情况,优化完善了事故处置技术方案。针对可能出现液体泄漏、罐车无法扶正、运输途中发生险情等情况,从现场吊装操作、消防扑救、交通警戒、周边人员疏散等方面,细化应急处置操作预案,切实避免各类次生、衍生灾害的发生。专家充分参与到应急联动处置工作中,体现出了较高的技术水平和咨询能力,为领导决策提供了依据和技术支撑。

4. 各方协作,通力配合。事故处置期间,在现场指挥部统一指挥协调下,市应急联动中心始终与现场保持联系,不间断了解伤员救治、事故车辆撤离等工作的最新进展。消防官兵及时到场,使用专业工具救出被卡人员,120 急救中心医护人员迅速开展现场施救,市公安局交警部门开辟绿色通道,疏导、维护现场交通,确保了及时救治伤员和周边道路畅通。联动中心根据现场需要,迅速联系市建设交通委调派大型吊车到场;另从安全角度出发,考虑到现场不适宜使用钢缆起吊,联动中心又商请上海海事局、东海救助局调取专业尼龙缆绳立即送往事故处置现场,并由市公安局负责交通保障。由于各单位的通力协作,确保了处置工作稳妥、有序开展。

应急处置 2010 年"11·15"特别重大火灾事故

2010 年 11 月 15 日,本市静安区胶州路 728 号公寓大楼发生一起高层建筑特别重大火灾事故,造成 58 人遇难,71 人受伤,建筑物过火面积 1.2 万平方米,直接经济损失 1.58 亿元。经调查,该起特别重大火灾事故是一起因企业违规造成的责任事故。

事故发生后,党中央、国务院高度重视,中央领导作出重要指示,要求全力组织灭火,千方百计搜救被困人员,千方百计做好伤员救治工作,妥善做好善后处理。受胡锦涛总书记和温家宝总理委派,国务委员孟建柱率国务院工作组连夜赶赴事故现场,慰问遇难者家属及受伤人员,指导抢险救援、善后处理和事故调查工作。16 日凌晨 2 时许,孟建柱主持召开会议,传达胡锦涛总书记和温家宝总理的重要指示精神,听取市委、市政府的情况汇报。

国家安全监管总局在接到事故报告后,立即组织研究部署,并要求市安全监管局:一要配合有关方面全力组织灭火救援,科学制订方案,确保救援安全;二要更进一步核实伤亡情况;三要查清事故原因并通报全国;同时,国家安全监管总局要求各地吸取教训,落实消防安全责任,强化安全监管,认真排查、消除隐患,坚决遏制重大事故发生。随后,国家安全监管总局局长骆琳,副局长王德学、梁嘉琨率工作组赴上海,指导抢险救援和事故调查等工作。

俞正声、韩正等市委、市政府领导第一时间全力组织灭火救援,迅速成立事故善后处置领导小组,统一指挥协调伤员救治、遇难者家属安抚、受灾群众安置及人员抚恤、财产赔付等善后工作。副市长沈骏,市长助理、市公安局长张学兵等迅速赶赴现场指挥灭火救援行动。当晚,市委、市政府召开紧急会议,研究火灾的有关善后工作,要求全力以赴抢救伤员、做好居民安置工作,尽快准确查明火灾原因;市区两级立即组织班子妥善做好善后工作,本着实事求是的态度,及时报道火灾实情;各级领导要高度重视,举一反三地做好各项安全生产工作,决不能松懈大意,必须紧绷安全这根弦,确保人民群众生命安全、社会和谐稳定。

一、应急处置的基本情况

(一) 迅速调集力量做好火场救援工作

当日 14 时 15 分,市应急联动中心到火警后,迅速调集 25 个消防中队的 61 辆消防车前往扑救。由于此次火灾的起火建筑是塔式结构,体量大,火灾控制难度也大;加上居民家庭可燃物多,燃气管道紧急关阀后还有不少存量,导致火灾迅速进入猛烈燃烧状态。起火建筑的东、南两侧都没有消防登高面,消防云梯车、举高车无法靠近作战。在这种形势下,消防官兵采取内外夹攻的灭火方法。从外面控制火势,用举高车以及在邻近建筑楼顶架设移动炮和水枪阵地,堵截与强攻相结合,上下左右合围打击火势;同时灭火与救人同步进行,60 个攻坚组、240 多名攻坚队员强行进入楼内,挨家挨户搜救生命。除了传统的云梯救人之外,还出动了直升飞机救人。共救出幸存者 160 人,并有效堵截和扑灭了快要烧到东侧相邻建筑的火势。

(二) 全力救治伤员

事故发生后,本市卫生系统按照市委、市政府领导的要求,举全市医疗卫生单位之力,调集全市最好的医疗专家和设备,全力以赴维护伤员的生命安全和身体健康。静安区中心医院、华东医院、华山医院、瑞金医院、长海医院、长征医院等 9 家市、区级医院紧急动员,开辟绿色通道,在第一时间做好伤员救治,市医疗急救中心调集 30 辆救护车抢救、转运伤员和投入应急保障工作,市级烧伤救治中心专家赶赴各医院紧急会诊。在组织全市医疗卫生机构开展医疗救治工作的基础上,市卫生局连夜部署落实 5 条措施,加强伤员抢救工作:一是组织市级专家对在院病人进行全面梳理;二是对病情较重的病人进行集中收治;三是进一步加强瑞金医院、长海医院的医疗救治力量;四是建立对口救治指导机制;五是积极做好伤员心理疏导等工作。

(三) 妥善安置受灾人员

在事故善后处置领导小组的领导下,相关部门及时联系 17 家宾馆,安置受灾居民。

二、事故调查及善后工作

(一) 事故调查及责任认定

1. 依照国家有关法律法规,并报经国务院同意,11 月 17 日成立了由国家安全生产监督管理总局、监察部、公安部、住房和城乡建设部、全国总工会和市政府及有关部门人员组成的国务院上海市静安区胶州路公寓大楼"11·15"特别重大火灾事故调查组。最高人民检察院应邀派员参加调查。事故调查组经过调查取证,查清事故原因、性质和责任,提出了对有关责任人员的处理建议和防范措施,完成了《上海市静安区胶州路公寓大楼"11·15"特别重大火灾事故调查报告》。

2. 国务院事故调查组查明,该起特别重大火灾事故是一起因企业违规造成的责任事故。根据国务院批复的意见,依照有关规定,对 54 名事故责任人作出严肃处理,其中 26 名责任人被移送司法机关依法追究刑事责任,28 名责任人受到党纪、政纪处分。

3. 国家安全生产监督管理总局依据《中华人民共和国安全生产法》、《生产安全事故报告和调查处理条例》等法律和行政法规规定,责成市安全监管局对事故相关单位按法律规定的上限给予经济处罚。

(二) 善后工作

1. 加强治疗。按照市委、市政府的要求,各医疗机构开辟绿色通道,启动应急方案,组织医务人员迅速投入抢救,并建立心理援建队伍,为每一个遇难者家属安排了两个志愿者,开展心理援助,帮助受灾群众解决灾后心理问题。同时,受灾群众的所有医疗费用均免费,由政府相关渠道解决。

2. 做好逝者身份确认。市公安局通过 DNA 技术,对逝者身份进行了认真比对,确保逝者身份准确无误。

3. 悼念逝者。按照民间传统丧葬习俗,俞正声、韩正市委市政府领导于逝者"头七"举行悼念活动,为遇难者献花。

4. 信息公开。通过市政府新闻发布会,及时公布相关信息。同时,在火灾善后处理现场的入口处张贴《尚未联系到的居民名单》和《急诊入院病人情况汇总》,便于家属掌握。

5. 保险理赔。事故发生后,上海保监局在事故现场附近设立了专门的保险理赔受理点,并派驻 24 小时值班人员,接受市民的咨询和报案。各家保险公司纷纷启动紧急预案,第一时间确认核实客户信息,投入灾后理赔工作。

6. 慈善救助。市慈善基金会于火灾发生当晚向受灾群众送上价值 20 万元物资;11 月 16 日一早,市慈善基金会副理事长金闽珠代表基金会来到"11·15 特大火灾"受灾群众的临时安置点,为受灾群众送去 50 万元善款,并安抚受灾群众的情绪。

7. 经济赔偿。按照有关政策,积极做好经济赔偿工作,非本市户籍遇难人员和本市户籍遇难人员按同样标准处理。每位遇难人员将获得约 96 万元赔偿和救助金。其中按《中华人民共和国侵权责任法》一次性死亡赔偿约 65 万元、政府综合帮扶和社会爱心捐助等 31 万元。

三、反思与整改

事故暴露的违法违规问题主要有:一是电焊工无特种作业人员资格证上岗作业,严重违反操作规程,且引发大火后逃离事故现场。二是装修工程违法层层分包,导致安全责任不落实。三是施工作业现场管理混乱,安全措施不落实,存在明显的抢工期、抢进度、突击施工行为。四是事故现场违规使用大量尼龙网等易燃材料,导致大火迅速蔓延,人员伤亡和财产损失扩大。五是有关部门安全监管不力,对停工后复工的建设项目安全管理不到位。

此外,事故也暴露出了高层建筑消防的难题。

为深刻吸取教训,国务院要求各地区、各部门深入开展工程建设领域突出问题专项治理,严格落实消防安全责任制,抓紧研究完善建筑节能保温材料防火等技术标准及施工安全措施,加强安全管理和监管,督促企业严格落实安全措施,及时消除安全隐患,切实防止重特大火灾等事故再发生。

事故引发本市对城市运行安全和生产安全的高度重视。事故发生后,本市开展了防火及安全生产大检查、建筑市场专项整治。11 月 22 日,市长韩正在市政府常务会议上指出,本市建筑市场表现出的混乱现象以及监管不力,是造成“11·15”特别重大火灾事故的重要原因之一。他强调,要永远铭记事故的惨痛教训,让警钟长鸣,让惨痛的教训时刻警醒各方,对生命负责,对城市负责,切实做好维护城市安全的每一项工作。2010 年年底起,本市组织开展了城市运行安全和生产安全大调研,提出了进一步加强城市运行安全和生产安全的意见和要求。

迅速平息 2011 年日本福岛
核电站核泄漏引发的抢盐风波

2011 年 3 月 11 日 13 时 46 分,日本近海发生 9 级地震,并引发海啸,导致该国福岛核电站发生泄漏事故,引发周边国家人民的恐慌。受碘盐可防核辐射等谣言影响,国内多地发生食盐抢购现象,并波及本市。3 月 17 日,本市各大超市食盐一度"告急"。

3 月 17 日上午,市长韩正主持召开专题会议,研究本市食盐市场供应工作。韩正指出,本市食盐储备充足,能够充分满足市场需求,目前出现的情况是暂时性的配送问题。韩正要求全市各有关方面,一是针对当前市场上出现的抢购及因抢购而产生的暂时性脱销现象,采取多管齐下的措施,确保市场供应充足;二是第一时间公开信息,要把市场的真实情况、职能部门正在做的工作以及相关预案向群众公开,让群众知情,让群众放心,只有让群众知情才能确保人心稳定;三是从现在开始必须采取各种措施解决配送,确保 3 月 18 日早上超市和卖场开门后供应正常,让群众心定;四是密切关注其他大宗商品,特别是主副食品的市场供应情况,确保供应充足和食品安全。韩正强调,必须加强市场监管,严格执法,严厉打击囤积居奇、哄抬物价行为,严格做到有一例处理一例、处理一例就向社会公开一例,用最严格的手段维护市场秩序,维护广大市民群众的切身利益。

3 月 17 日晚本市实行了通宵供货,通宵配送 2 700 余吨盐,是平时配送量的 11 倍,其中向大型超市、大卖场配送量达到 1 400 吨,是平时的 20 倍。从 18 日早上起,2 700 吨食盐在沪上各零售网点同时销售。从全市中心区销售情况看,截至 18 日 16 时,浦东新区、黄浦区、静安区、卢湾区、徐汇区、长宁区、虹口区、杨浦区、普陀区、闸北区食盐购买秩序总体正常,郊区区县,崇明 18 日上午 10 时 30 分,各超市门店居民排队买盐现象就已消失,到 18 日 15 时 30 分,金山区、宝山区、青浦区、松江区、闵行区、奉贤区、嘉定区部分超市、大卖场门店食盐销售后仍有库存。

市商务委负责人在接受记者采访时再次强调,目前本市食盐库存非常充足。

同时,为了防止工业盐假冒食盐借机流入市场,保障市民食盐安全,市盐务局对全市食盐市场监管工作进行紧急动员和部署,盐政稽查总队和各稽查大队深入市场,全力出击,全面启动保障食盐安全的专项整治行动。3月17—20日期间,各稽查大队共查处各类涉盐违法案件10件,查处违法盐产品3.94吨,查处工业盐假冒食盐批发窝点一个,配合工商部门查处工业盐假冒食盐加工窝点一个,涉盐违法行为受到沉重打击,制假贩假的势头一定程度上得到遏制,全市食盐安全总体可控。

彻底查办 2011 年"问题馒头"事件

2011 年 4 月 11 日晚,中央电视台《消费主张》栏目曝光了本市部分超市销售上海盛禄食品有限公司分公司生产的问题馒头,在社会上引起了广泛反响。市委、市政府领导高度重视,市长韩正批示立即成立联合调查组彻查此案,要求每个环节都必须查实,依法严惩,严肃问责,及时向社会公布。他要求将调查过程向社会公开,查到哪里公布到哪里,每个环节都不放过。

一、事件处置基本情况

1. 成立联合调查组。4 月 12 日下午,副市长沈晓明召开专题会议,研究部署"问题馒头"查处工作,并成立了联合调查组。该联合调查组由市政府负责人担任组长,成员包括市食安办、市质量技监局、市工商局、市公安局和宝山区政府等多个部门相关负责人,以及市人大代表和政协委员。

2. 清查问题馒头。工商部门在 4 月 11 日连夜采取了应对措施,组织相关企业自查,市工商局出动执法人员检查各类超市、卖场、便利店和食杂店。至 12 日 16 时,共下架、封存上海盛禄食品有限公司分公司生产的馒头 1.6 万只,涉及华联、联华、迪亚天天等多家超市。

3. 对生产企业进行查封、调查。新闻媒体曝光后,本市质监、工商、宝山区政府等部门连夜抵达现场,调查"问题馒头"出笼情况。质监、工商部门第一时间查封了生产厂家——上海盛禄食品有限公司,查封涉案的食品添加剂、产品生产记录、销售台账等证据,责令企业停产整顿并召回涉案产品,企业负责人也被公安部门采取控制措施。

经对 4 月 11 日、12 日现场抽取的高庄馒头等成品和原料 19 个批次检测,其中 4 个批次成品中检出"柠檬黄";2 个批次成品中的甜蜜素含量超标。4 月 13 日,市质量技监局依法吊销了上海盛禄食品有限公司分公司的食品生产许可证。

二、事件后续处置

问题馒头事件发生后,本市对同类产品生产经营企业开展了全面检查,举一反三,严厉打击食品生产经营违法行为,确保民众饮食安全。2011年4月29日,本市公布了多部门联合制定的新规,明确要求大型连锁超市设置独立的食品安全质控部门,做好所经营食品的检验工作;强化食品生产经营企业的职业道德教育,加强食品安全培训;把好选择食品供应商的"入场关",完善准入制度;把好变质和过期食品的"销毁关"以及临近保质期食品的"退货关";开展食品风险评估,切实提高食品中有害物质的检测能力。同时,食品安全监管部门将推行飞行检查、交叉执法、定期轮岗等监管措施;加大抽检力度,丰富科技手段,提高对违法生产销售问题食品的发现能力和查处能力。此外,在加强政府监管的同时,本市将积极引入第三方监督和检测机制,加大有奖举报制度的实施力度,提高公众对食品安全监督工作的参与度。

本市公安部门对涉嫌犯有生产、销售伪劣产品罪的上海盛禄食品有限公司分公司法人代表叶维禄、销售经理徐剑明等5人依法刑事传唤。经审查,这5名犯罪嫌疑人分别交代了企业自2011年1月以来,违法生产销售掺有违禁添加剂"柠檬黄"的"染色"馒头价值20余万元。2011年9月26日,宝山区人民法院宣判三名责任人有期徒刑5年到9年,并处罚金65万到20万元人民币不等。

临危排除 2011 年"6·21"智利
"瑞马"轮危化品燃爆险情

2011 年 6 月 21 日,载有 72 吨危险化学品"连二亚硫酸钠"(俗称"保险粉",4.2 类危险品)的智利国航"瑞马"轮在洋山深水港水域与智利"佩托卡"轮发生严重碰撞,造成"瑞马"轮 26 只集装箱落水,舱面部分集装箱变形倾斜,第五舱破损进水。事发后,市委书记俞正声多次做出重要批示,副市长沈骏、市政府副秘书长尹弘等领导亲临现场指导,上海海事局迅速发布航行警告,设置警戒区,洋山港海事处启动应急预案,立即开展现场交通组织,实施相关应急抢险救助工作,并组织力量打捞落水集装箱。

一、事故处置的基本情况

2011 年 6 月 21 日 1 时 25 分,"瑞马"轮报告,舱内 3 个共载有 72 吨危险化学品"连二亚硫酸钠"的集装箱遇水后发生剧烈化学反应,箱体发热并冒烟,发生危险化学品可能燃爆的重大险情。接报后,上海海事局迅速协调救捞、消防、安监、港口等单位,采取有效应对措施,对遇险船舶实施应急排险工作。并组织专家对该船集装箱进行逐一核对,发现该船第四舱舱面还装载有一箱易燃易爆危险品"含酒精的硝化纤维",如火势蔓延,可能引发"含酒精的硝化纤维"剧烈爆炸,进而引爆舱面十多个其他液态危险货物集装箱。6 月 22 日下午,"瑞马"轮靠泊洋山盛东集装箱码头 9 泊位,共卸载舱面未倾斜变形集装箱 166 个,第四舱舱面装载"含酒精硝化纤维"的集装箱被安全卸载,排除一大危险隐患。

6 月 23 日,上海海事局协调上海打捞局"大力号"大型起重船靠妥事故船舶,在锚地对其他无法正常卸载的受损变形集装箱以及第五舱舱内发生燃爆的 3 个危险品集装箱实施处置。6 月 24 日,结合"瑞马"轮第五舱连续 25 小时温度、化学气体监测数据和前期抢险情况进行分析,决定对"瑞马"轮第五舱进行开舱作业,抢险人员着防化服进舱开始对舱内集装箱进行卸载作业。当日 20 时 50 分,第五舱舱内 3 个危险品集装箱被成功地安全卸载被运往奉贤奉城处置点。至此,本次洋山港水域危险化学品重大险情应急处置工作完满结束。

二、事故应对的主要做法

一是统一组织,综合协调。事发后,市政府一位副秘书长到现场坐镇指挥,统一组织部署应急救援工作,并成立了事故处置工作组,根据现场发展态势,全力采取应对措施,从而为成功完成此次应急救援任务提供了组织保障。

二是部门联动,发挥合力。接报后,海事、救助、打捞、公安消防、港口、民防、安监等部门迅速到达现场,启动相关应急预案,密切配合,采取有效应对措施,充分发挥部门协同作战能力,确保救援行动顺利开展。

三是专家咨询,专业处置。本次事故不仅涉及国际货轮,还涉及船上的多种危险货物,应急救援难度较高。事故处置工作组充分依靠专家咨询作用,商定应急处置方案;发挥专业救援处置力量,如公安消防特勤支队、民防化救队进行现场检测,监控易燃易爆、有毒有害气体浓度及爆炸极限值,为舱内作业提供可靠的参考数据,从而使本次事故得到妥善处置。

科学处置 2011 年"9·8"低温罐区烯烃管线爆燃事故

2011 年 9 月 8 日 22 时 54 分,上海化学工业区赛科石油化工有限责任公司(以下简称"赛科公司")低温罐区烯烃管线发生爆炸燃烧。接警后,市应急联动中心迅速调集 46 个中队、107 辆消防车、1 000 余名官兵赶赴现场处置,火势于 2 小时后被有效控制。在历经 9 小时的放空燃烧、降温稀释、持续看护后,明火于 9 月 9 日 8 时 47 分被彻底扑灭,保住了周边 2.6 万立方米乙烯储罐、2 万立方米丙烯储罐、5 万立方米液氨储罐,以及临近 48 个、总量约为 42 万立方米的各类液化石油气储罐和大量化工装置,有效减小了损失和影响。事故没有造成人员伤亡,未造成水污染等任何次生灾害。事故应对的主要经验包括:

一、领导高度重视、靠前指挥、科学决策是成功处置的保证

市长韩正、副市长张学兵等市领导获悉灾情后,第一时间到市应急联动中心坐镇指挥,要求加强事故现场封控,采取有力控制、扑救措施,最大程度减少人员伤亡、尽最大程度减少次生灾害事故发生。副市长艾宝俊等市领导直接赶赴现场,组建现场指挥部,科学决策并组织力量开展灭火和救援。

二、事前调查研究充分、火场信息掌握精准是成功处置的前提

近年以来,市消防局以开展化工专题研究活动为抓手,扎实推进化工装置"六熟悉"、扑救技战术研究、装备性能测试及专业理论学习等活动,不断完善化工灾害事故处置专业队伍体系,各级官兵基本掌握了化工装置工艺流程、建筑构造及其固定消防设施,大功率消防装备应用和化工火灾扑救技战术等内容。在此次事故处置中,参战力量结合掌握的信息,初期到场作战行动快速,水源停靠有序,应对措施合理,灭火成

效显著。

三、专业力量快速集结、优势兵力集中攻坚是成功处置的关键

市应急联动中心接警后,1分钟内调集包括战区指挥在内的21辆消防车出动,10分钟内调集包括总队指挥在内的29辆消防车赶赴现场增援,处置过程中共调集38辆大功率消防车、8辆抢险救援车等107辆消防车。同时,化学工业区医疗、环保、安监等单位处置力量快速集结现场参与救援行动,确保了第一时间调集足够力量和有效装备到场实施处置。

四、各方联勤联动、实施"一体化"综合应急救援是成功处置的保障

上海化学工业区应急响应中心高效整合公安、消防、水务、医疗、环保和安监等部门,建立了应急一体化指挥平台,并定期开展联合实战演练或桌面推演。此次灾害事故发生后,相关部门各司其职,交警部门及时开辟绿色通道保障救援车辆通行,医疗急救车辆到场做好救助准备,环保部门技术人员利用仪器开展大气、污水监测,形成了现场综合救援合力,大大提升了救援效率。

快速处置 2011 年"9·27"
地铁 10 号线追尾事故

2011 年 9 月 27 日 14 时 37 分,上海地铁 10 号线 1005 号和 1016 号列车在豫园站至老西门站下行区间百米标 176 处发生一起追尾事故。事故起因是由于地铁运营公司 10 号线行车调度员在未准确定位故障区间内全部列车位置的情况下,违规发布电话闭塞命令;接车站值班员在未严格确认区间线路是否空闲的情况下,违规同意发车站的电话闭塞要求,导致 1005 号列车与 1016 号列车发生追尾碰撞。事故发生后,本市立即启动应急响应机制,各相关部门和单位全力开展应急救援、伤员救治及人员疏散等工作,事故共造成 295 人到医院就诊检查,无人员死亡。事故处置总体有力有序,主要处置经验和做法如下:

一、各级领导高度重视,现场指挥、科学决策,为事故处置和后续工作指明方向

事故发生后,中共中央政治局常委、国务院总理温家宝,中共中央政治局常委、中央政法委书记周永康,国务委员、国务院秘书长马凯,国务委员、公安部部长孟建柱分别做出重要指示。市委、市政府高度重视,市委书记俞正声,市长韩正,市委副书记殷一璀,常务副市长杨雄,副市长张学兵、沈骏、沈晓明等市领导迅速赶赴现场指挥处置,并到医院看望伤员。市领导要求全力以赴做好伤员的救治,稳妥有序地确保 10 号线停运期间其他轨道交通线路的正常运营,在完全排除事故隐患并确保安全的情况下,再恢复 10 号线运营,迅速成立事故调查组,以严肃态度彻底查明事故原因,并及时公开信息。

二、应急准备充分,联动处置迅速高效,最大程度降低事故损失

2011 年 4 月,本市结合世博期间轨道交通保障经验,制定施行了《上海市处置轨

道交通运营事故应急预案》,对发生轨道交通运营事故后的处置措施、联动单位、职能分工等都做了明确,各相关部门也都配套制订了相应工作预案,并开展了一系列应急演练。这些预案在事故处置中都得到了有效运用和检验。"9·27"地铁10号线追尾事故发生后,市应急联动中心按照预案,及时调集公安、消防、卫生、安监、建设交通、交港等部门人员和应急队伍,约1 200名警力、52辆消防车、近百辆救护车抵达现场开展救援处置;公安轨交总队和地铁立即启动"一站一方案",快速引导、疏散受困旅客;市卫生局启动医疗卫生救援预案,将受伤乘客登记后迅速送往附近7所医院救治;市交通港口局启动乘客驳运预案,安排公交驳运滞留乘客,并增加10号线沿线公交配车,确保市内交通运行正常。

三、信息发布公开透明,有效掌握舆论主动权

事故发生后,微博等新媒体上最先出现10号线追尾的信息和现场乘客受伤的图片,很快在网络上形成热点,随之出现大量猜测、谣言,甚至言语攻击。地铁方面第一时间用"上海地铁shmetro"官方账号发布事故信息和救援进展,采取"主动说、及时说、连续不断说"等措施,连续发布事实信息,同时在微博上诚恳地道歉,得到了广大网友的理解,有效阻断了谣言的滋生蔓延。市政府当天晚上就召开新闻通气会,及时向媒体通报了事故处置和后续情况,掌握了网络舆论的主动权。

四、事故调查公正公开,调查结果权威可信

按照市委、市政府领导要求,市安全监管局牵头,会同市建设交通委、市交通港口局、市公安局、市总工会,并邀请市检察院,依据相关法律法规,成立事故调查组,同时,邀请国内权威专家组成第三方专家调查组,对事故性质、原因和责任进行了认定。所有调查组成员和第三方专家的名单均向社会公开。事故调查组通过现场勘查、取证、专家论证和综合分析,查清了事故经过和原因,严肃慎重地形成了事故调查报告,并按程序向社会公开,得到了公众的认可。

积极防御 2012 年"海葵"台风

2012 年 8 月份,本市先后遭受了"苏拉"、"达维"、"海葵"、"布拉万"、"天秤"等 5 次台风的侵袭和影响。在市委、市政府的坚强领导下,全市上下团结奋战,确保了台风期间城市正常运行。在强台风"海葵"侵袭本市前后,市委书记俞正声和市长韩正多次到市防汛指挥部,动员部署防台防汛工作,分别带队慰问一线防汛工作人员和在安置点被疏散撤离的群众,视察防汛排水工作。市长韩正、副市长沈骏还亲临市政府总值班室了解洋山港区和本市面上抗台情况。市防汛指挥部总指挥、副市长沈骏全程指挥了台风防御工作。其他副市长对分管领域的防台防汛工作进行了部署和检查。

2012 年 8 月 7 日晚至 8 日,第 11 号强台风"海葵"严重影响本市,在市委、市政府的高度重视和坚强领导下,全市军民团结奋战,各项应对工作、防御措施有序有效,成功抵御了台风、暴雨的侵袭,确保了城市平稳正常运行。防御"海葵"期间,在市委宣传部、市政府新闻办的协调和指导下,充分发挥各种媒体的作用,不断滚动播发台风动态、预警信息、安全提示,报道防汛防台工作进展和涌现出的众多众志成城、守望相助的感人事迹,起到了凝聚人心、鼓舞斗志、普及知识、合力应对的积极作用。

一、快速反应,科学研判,果断决策

在应对自然灾害等突发事件中,快速反应、科学研判、果断决策至关重要。台风"海葵"8 月 3 日在西北太平洋生成后持续向西北偏西方向移动,强度逐渐加强。对此,市防汛指挥部高度重视,快速反应,迅速启动预案,气象、海洋、水文等部门加强对台风未来路径走向、风圈大小、对本市风雨影响程度的监测、预报。经过多部门会商,研判"海葵"将是本市自 2005 年遭遇"麦莎"台风以来影响范围最广、强度最大的一次台风。俞正声书记、韩正市长、沈骏副市长在听取汇报后,果断决策,作出"七个一律"和"三个可以"的应对决策。即各类群体性户外活动一律停止;各公园、旅游景点、游乐场所一律闭园;各类暑托班、培训班等一律停课;黄浦江、苏州河等水上旅游一律停止;

计划中的旅游日程一律调整;各类户外建设工地一律停工;各类船只(除执行紧急公务外)一律停运进港。不涉及国计民生和城市运行的企事业单位可放假或换休;未按时上班的职工可以不作迟到处理;各有关部门和单位应根据实际情况,可以采取切实有效的多种措施,确保人身安全,减少可能产生的各类损失。领导决策后,市防汛指挥部第一时间召开全市视频会议进行动员部署。市委、市政府领导的果断决策和快速部署为成功应对"海葵"侵袭奠定了基础。

二、用好媒体,多方联动,形成合力

在按照防汛组织体系进行周密部署的同时,根据"第一时间说,以我为主说,连续不断说,发动大家说"的思路,及时组织协调报纸、电台、电视台等传统媒体和政府网站、政务微博等新型媒体进行广泛深入的防御"海葵"舆论宣传,努力形成多层次、多形式、全方位、全覆盖的舆论宣传合力。

一是加强与"上海发布"沟通互动。与"上海发布"密切配合,在第一时间发布了"七个一律"和"三个可以"的紧急通知,同时在水务门户网站上刊登了通知全文,"上海防汛"和"上海水务海洋发布"等微博也立即转发。国内外媒体纷纷报道,转发、评论超过6.4万次(条),对市政府将人身安全放在首位应对自然灾害侵袭的做法表示高度认同和赞扬,香港《南华早报》称"上海采取的紧急措施表明政府将安全放在首位",北京网民噶玛仁切说:"以人为本!做得好!"青岛网民就爱剃光头评论说:"上海很多政策很人性化,不服不行啊!"

二是充分发挥本市水务海洋系统政务微博群和门户网站作用。在防御"海葵"期间,局门户网站开辟了"关注第11号强台风'海葵'"专栏,在第一时间发布、更新"海葵"预警信息和全市各区县、各部门、各单位全力迎战"海葵"的工作动态。以局政务微博"上海水务海洋发布"为统领、"上海防汛"、"上海排水"等9个部门、行业微博为成员的"1+9"政务微博群,在配合"上海防汛"即时发布防汛防台预警信息的同时,及时发布各部门、各行业应对"海葵"的动态。"上海水务海洋发布"编辑并发布的防御暴雨积水和防御台风便民提示,图文并茂,浅显易懂,受到不少网民赞扬;"上海排水"发布、转发微博24篇,并配以照片,向广大网民展示了排水人奋力抢排积水、维护城市正常运行的感人瞬间。"上海水利"及时发布水利行业的好人好事和迎战台风的动态,发挥了很好的表扬激励作用。

三是充分发挥传统媒体的作用。为加强宣传力度和深度,重视发挥报纸、电台、电视台等传统媒体的作用。随着"海葵"的逼近,云集在市防汛指挥部值班室的各路记者,最多时达30多位。按照事先制定的工作预案,在确保各项防汛工作不受影响的前提下,全力满足记者的采访需求,安排市防汛办常务副主任和新闻发言人分别接受采访,充分运用好媒体提供的发布平台来发布信息。如接受《新闻晨报》的专访,介绍"七个一律"和"三个可以"的决策过程,8月8日该报以"'七个一律'背后的决策与考量"为题作了详细报道;《东方早报》更是将视线瞄准居委干部、消防官兵等奋战在一线、基层的普通人,8月8日该报以"人人可以让城市更坚强:6个普通人的抗台笔记"为题编发了两整版的报道,生动记录了6位普通市民参与防台工作的情况,视角独特,言语朴实,引人共鸣。8月7—8日,共接受各类媒体采访100余次,仅央视、上视电视直播连线就20次。8月6—9日,国内外媒体引用我方提供的有关新闻统稿数超过200篇,防汛主管部门的声音始终做到及时、准确、连续不断。

四是积极运用短信平台发布安全提示。在市应急办支持下,协调市通信管理局和移动、联通、电信三大运营商,自8月6日晚上起向市民发送防范台风安全提示、气象预警等短信共计5 975万条,及时提醒公众加强自我防范,起到了很好的防范告知作用。

五是重点加强人员撤离工作的宣传力度。"海葵"来临前,及时转移撤离一线海塘外作业施工人员、危棚简屋、工地临房和居家船只内人员是避免减少人身伤害的有效措施,市防汛指挥部要求各区县和有关单位必须在8月7日21时前撤离完毕。"上海防汛"和水务门户网站等将其作为工作重点,进行了广泛的宣传和跟踪报道,及时发布最新的转移撤离动态,并安排了近百人次的电视、电台、报纸等媒体记者分赴浦东、金山、奉贤、静安等转移安置点实地采访,有效推进了撤离工作的落实。

三、关注动态,及时应对,正面引导

为防止各种不良不实信息对防御"海葵"工作的影响,在主动发布相关信息的同时,一直高度关注舆情动向,主动及时回应微博等媒体中反映的各种问题,努力往正确方向引导社会舆论。

8月8日下午,网民每日上海发微博说"苏州河告急!苏州河真的要漫堤了?图片汇总,很多小区都在疏散……",这条微博短短几个小时引发评论和转发数就过千。为此立即派人去微博所说的苏州河普陀区段内的防汛墙实地察看,事实上是河水在天文高潮时漫过了亲水平台和第一级挡墙,不会影响防汛安全。为避免社会公众恐慌、以讹传讹,"上海水务海洋发布"立即以发微博的方式,予以公开回复:"这段苏州河防汛墙与浦东滨江大道一样采取亲水型设计,允许河水在高潮时可以漫过亲水平台或第一级挡墙。"由于回应及时、客观,舆情很快平息。

同一天,网民如意重重发微博说:"风大雨大,是谁却在此刻偷偷地污染苏州河,可恶。长寿路桥下联通大厦前。"这条微博也引起众多转发。感到博主发这条微博的出发点是好的,立即派同志去现场调查核实,并由"上海水务海洋发布"迅速回应:"经核实,该问题因广肇防汛泵站开泵预抽空引起,该地区属合流制排水体系,雨污水共用排水管道,雨天部分污水及地表径流的污染物随雨水溢流入河,造成河道局部污染。"经过及时而实事求是的回应,舆情很快平息。

在防御强台风"海葵"期间,在有关部门的关心、指导和各新闻媒体的支持、配合下,市防汛指挥部较好地完成了任务,受到媒体和网民的肯定。但在深感欣慰的同时,也清醒地看到,工作还有许多不足,与市委、市政府的要求,与媒体和广大网民的需求,与兄弟单位相比,还有不小的差距,必须进一步加强学习,主动适应当前政府履职环境不断趋向公开透明和信息化、法治化的特点,在强化与传统媒体合作的同时,学会运用和善于运用微博等新媒体,更好地了解民情、掌握民意、集中民智,为确保本市防汛安全做出新的贡献。

附录一 文件目录选编

2008 年

《上海市人民政府办公厅关于成立上海市救灾援助指挥协调工作小组的通知》

《上海市人民政府办公厅关于建立上海市对口支援都江堰市灾后重建工作领导小组的通知》

《上海市人民政府办公厅关于加强本市抗震救灾募捐管理的紧急通知》

《上海市人民政府关于批转市建设交通委制订的〈上海市城市网格化管理实施暂行办法〉的通知》

《上海市人民政府办公厅关于印发上海市处置大雾灾害应急预案的通知》

《上海市人民政府办公厅关于印发上海市处置雨雪冰冻灾害应急预案的通知》

《上海市人民政府办公厅关于建立上海市安全生产应急救援指挥部的通知》

《上海市人民政府关于奥运会期间本市采取安全检查特别措施的通告》

《上海市人民政府办公厅转发〈国务院办公厅关于进一步开展安全生产隐患排查治理工作的通知〉和印发本市开展安全生产隐患排查治理工作实施方案的通知》

《上海市人民政府办公厅关于转发市食品药品监管局、上海世博局制订的〈2010年上海世博食品安全行动纲要〉的通知》

《上海市人民政府办公厅关于转发市卫生局制订的上海市手足口病防治工作预案的通知》

2009 年

《上海市地下空间安全使用管理办法(市政府令)》

《上海市轨道交通运营安全管理办法(市政府令)》

《上海市人民政府办公厅关于转发市发展改革委制订的上海市重要物资应急保障预案的通知》

《上海市突发公共事件应急管理委员会办公室转发〈国务院应急办关于印发突发事件应急演练指南通知〉的通知》

《上海市人民政府办公厅关于印发本市安全生产"三项行动"实施方案的通知》

《上海市人民政府办公厅转发市公安局等三部门关于进一步加强本市高层建筑消防安全工作意见的通知》

《上海市突发公共事件应急管理委员会转发市民防办关于组织开展社区和基层单位突发事件人员疏散撤离和应急防护预案编制工作意见的通知》

《上海市人民政府办公厅关于转发上海铁路局修订的上海市处置铁路交通应急预案的通知》

《上海市人民政府办公厅关于转发市水务局修订的上海市处置水务行业突发事件应急预案的通知》

《上海市人民政府办公厅关于转发市建设交通委修订的上海市处置桥梁隧道运行事故应急预案的通知》

《上海市突发公共事件应急管理委员会转发市教委关于对本市学生聚集性活动加强甲型 H1N1 流感防控工作的意见的通知》

《上海市人民政府办公厅关于印发上海市应对高温天气应急预案、上海市处置雷电灾害应急预案和上海市处置大风灾害应急预案的通知》

《上海市人民政府办公厅关于转发市林业局制订的上海市处置森林火灾应急预案的通知》

《上海市突发公共事件应急管理委员会关于进一步加强本市应急预案工作的若干意见》

《上海市人民政府办公厅关于本市开展应急避险和疏散安置场所普查工作的通知》

《上海市突发公共事件应急管理委员会印发关于进一步加强本市应急联动工作若干规定的通知》

《上海市人民政府办公厅关于印发〈上海市应急平台数据组织工作方案〉的通知》

2010 年

《上海市人民政府关于加强地下空间安全管理的通告(市政府令)》

《上海市人民政府关于加强留宿场所安全管理的通告(市政府令)》

《上海市人民政府关于加强内河水域安全管理的通告(市政府令)》

《上海市人民政府关于加强烟花爆竹安全管理的通告(市政府令)》

《上海市人民政府关于实施安全检查特别措施的通告(市政府令)》

《上海市人民政府关于加强食品安全管理的通告(市政府令)》

《上海市人民政府关于爆炸、剧毒、放射性等危险物品安全管理的通告(市政府令)》

《上海市人民政府办公厅关于加强本市综合性应急救援队伍建设的意见》

《上海市人民政府办公厅转发市民防办〈关于推进上海市应急避难场所建设意见〉的通知》

《上海市人民政府办公厅转发〈国务院应急办关于做好雪灾和强降温应对准备工作通知〉的通知》

《上海市突发公共事件应急管理委员会办公室关于转发〈市公安局制订的利用外高桥保税物流园区内部道路实施"分流引导蓄车"工作预案〉的通知》

《上海市人民政府办公厅转发市公安局关于本市构筑社会消防安全"防火墙"工程实施意见的通知》

《上海市人民政府办公厅关于印发上海市防汛防台专项应急预案的通知》

《上海市突发公共事件应急管理委员会关于印发上海市机场大面积航班延误应急保障工作预案的通知》

《上海市人民政府办公厅关于转发市安全委员会办公室制订的〈上海市继续深化"安全生产年"活动实施方案〉的通知》

2011 年

《上海市人民政府关于建立上海市食品安全委员会的决定》

《上海市人民政府办公厅关于进一步加强本市气象灾害监测预警及信息发布工作的意见》

《上海市突发公共事件应急管理委员会关于进一步加强本市应急管理专家队伍建设的意见》

《上海市突发公共事件应急管理委员会关于进一步加强本市突发事件信息系统建设的意见》

《上海市人民政府关于进一步加强本市食品安全工作的若干意见》

《上海市人民政府办公厅关于进一步加强政府网站安全管理工作的意见》

《上海市人民政府印发关于进一步规范本市建筑市场加强建设工程质量安全管理若干意见的通知》

《上海市人民政府办公厅转发市食品安全委员会办公室关于进一步加强本市食品

安全举报奖励工作实施意见的通知》

《上海市人民政府办公厅转发市食品安全委员会办公室关于进一步加强本市餐厨废弃油脂从严监管整治工作实施意见的通知》

《上海市人民政府办公厅关于转发市安全监管局制订的〈上海市危险化学品安全监管联席会议制度〉的通知》

《上海市人民政府办公厅关于印发进一步加强本市危险化学品安全监管工作方案的通知》

《上海市人民政府办公厅关于成立上海市消防安全委员会的通知》

《上海市人民政府办公厅关于转发市建设交通委制订的上海市处置城市轨道交通运营事故应急预案的通知》

《上海市人民政府办公厅关于印发上海海上搜救和船舶污染事故专项应急预案的通知》

2012 年

《上海市建筑消防设施管理规定(市政府令)》

《上海市安全生产事故隐患排查治理办法(市政府令)》

《上海市人民政府关于贯彻〈国务院关于加强道路交通安全管理工作的意见〉进一步加强本市客货运安全管理工作的实施意见》

《上海市人民政府贯彻国务院关于加强和改进消防工作意见的实施意见》

《上海市人民政府办公厅关于转发市教委等三部门制订的〈上海市校车安全管理规定〉的通知》

《上海市人民政府办公厅转发市建设交通委等四部门关于进一步加强本市建设工程质量安全监督机构及队伍建设意见的通知》

《上海市人民政府办公厅关于转发市安全生产委员会制订的〈上海市较大以上生产安全事故查处督办办法〉的通知》

《上海市突发公共事件应急管理委员会关于印发上海市突发事件应急短信发布工作暂行办法的通知》

《上海市人民政府办公厅关于印发上海市集中开展安全生产领域"打非治违"专项行动实施方案的通知》

《上海市人民政府办公厅转发市消防局关于加强和改进本市消防工作实施方案的

通知》

《上海市人民政府办公厅关于转发虹桥商务区管委会制订的上海虹桥综合交通枢纽突发事件应急预案(总案)的通知》

《上海市人民政府办公厅关于转发市安全监管局制订的上海市处置危险化学品事故应急预案的通知》

《上海市人民政府办公厅关于印发修订后的上海市生产安全事故灾难专项应急预案的通知》

《上海市人民政府办公厅关于转发市民政局修订的上海市自然灾害救助应急预案的通知》

《上海市人民政府办公厅关于转发市卫生局制订的上海市流感大流行应急预案的通知》

《上海市人民政府办公厅关于印发上海市食品安全事故专项应急预案的通知》

《上海市人民政府办公厅关于转发市建设交通委修订的上海市处置燃气事故应急预案的通知》

《上海市人民政府关于转发市通信管理局修订的上海市通信保障应急预案的通知》

《上海市人民政府办公厅关于转发市规划国土资源局修订的上海市处置地质灾害应急预案的通知》

附录二　五年应急管理大事记

2008 年 1 月

2008 年初,本市遭受罕见低温雨雪冰冻灾害天气,给春运工作、农业生产和市民生活造成威胁。本市成立应对雨雪冰冻灾害和安置滞留农民工指挥部,统筹和部署全市应对雨雪冰冻灾害工作,全力"保畅通、保市场、保春运、保运行"。各区县、各相关部门和单位相互配合,形成高速道路以市政局为主、地面道路以市容环卫局为主、社区及沿街人行道以区县为主的除冰扫雪基本格局。市经委、市发展改革委、市农委等部门加强统筹和协调,开辟农副产品绿色通道,加大主副食品供应,保证市场供应平稳,维护城市正常运行。市建设交通委、市公安局、上海铁路局、市交通局、市港口局、机场集团和武警上海市总队等密切配合,确保铁路、公路、港口和航空有序运行。全市环卫职工参加除雪防冻约 16 万人次,车辆巡回 250 车次,出动铲车、扫路车等机械设备 40 余辆(台)。武警上海市总队先后出兵 1.8 万人次、车辆 680 台次,扫雪除冰 60 公里,救助受灾群众 150 人,运送救灾物资 250 吨,维护浦东国际机场和虹桥机场、铁路上海站和铁路上海南站春运秩序 1 个多月,协助疏散滞留旅客。

2008 年 5 月

5 月 5 日上午行驶在杨浦区黄兴路国顺路上的一辆公交 842 路突然起火燃烧,3 名乘客当场死亡,12 受伤,其中 3 人重伤。经市公安局勘查,公交车起火是由乘客携带易燃物品上车导致。

5 月 12 日 14 时 28 分,四川省汶川县发生里氏 8.0 级特大地震,这是新中国成立以来破坏性最强、波及范围最广、救灾难度最大的一次地震灾害。5 月 12 日晚、13 日晨,市委、市政府两次召开紧急会议,对支援四川抗震救灾工作作出部署,并两次致电四川省委、省政府,对四川省汶川发生强烈地震表示深切慰问。5 月 13 日,市委办公厅、市政府办公厅发出《关于全力做好支援四川抗震救灾工作的紧急通知》,要求坚决贯彻党中央国务院有关部署和要求,发扬"一方有难、八方支援"精神,有力、有序、有效地支援灾区的抗震救灾工作。14 日,本市成立市救灾援助指挥协调工作小组,沙海林任组长,统筹协调本市救灾援助工作。据统计,全市累计派出各类应急救援队伍 57 支、1.5 万多人次,累计捐款 25.25 亿元,捐助灾区急需物资折价 2.53 亿元,为抗震救灾做出了积极贡献。

2008 年 6 月

6 月 26 日,市政协十一届三次常委会议审议通过《关于上海应对各类突发公共事件的若干建议》,就完善城市公共安全体系提出了九方面建议:一是增强全社会危机意识,营造有利于防灾减灾的社会氛围;二是排查监控城市安全的薄弱环节;三是理顺本市应急管理体制,着力形成统一、高效、畅通的以预防为主,预防、处置、救援、善后相衔接的高效务实的应急管理格局;四是完善应急联动合作机制;五是健全应急管理相关的地方性法规,尽快制定突发事件应对法实施细则;六是完善本市突发公共事件总体应急预案和各类应急预案;七是重视应对灾害的科技研发;八是整合社会各方资源,完善应急社会动员体系,扶持和发挥民间力量参与应对各类突发事件;九是制定有关财政政策,推动商业保险参与公共安全建设,共同解决应对公共安全的资金保障。

2008 年 9 月

9 月,国内发生三鹿奶粉事件后,根据市委、市政府和国家质检总局的部署,本市各有关部门迅速启动重大食品生产突发事件应急响应,全程监督相关企业召回问题奶粉;对本市所有乳制品生产企业开展驻厂监管;通过主要平面媒体和网站发布每日经检验合格的乳制品产品名单,并组织专人在 12365 质量申诉热线向消费者解疑释惑;对使用乳制品为原料生产食品的企业开展全覆盖检查;组织乳制品生产企业对 9 月 14 日以前生产的在售产品进行全面清查。其间,全市质量技术监督部门共出动 5 723 人次,先后对 17 家乳制品生产企业实施驻厂监管,累计驻厂监管 123 天,检查用乳制品为原料生产食品的企业 911 家次,抽检乳制品产品和原料共 1.083 2 万批次,接待市民咨询投诉 1.586 2 万人次。

2008 年 11 月

11 月 28 日,ARJ21-700 客机在沪首飞成功。市应急办会同市公安局、市卫生局、上海海事局、市民防办、市政府新闻办、民航华东管理局、机场集团、中国商用飞机有限责任公司以及闸北、虹口、杨浦、宝山、崇明等相关区县,制定《ARJ21-700 客机首飞应急保障方案》,落实应急救援队伍、装备、物资等各项应急准备工作。首飞期间,有1 100 余名民警和消防官兵、19 支应急医疗救护队伍、38 家二级甲等综合性以上医院、6 艘海上巡逻艇应急备勤,为首飞圆满成功提供了安全保障。

2009 年 2 月

2 月 12 日,市应急平台数据组织工作会议召开,副市长沈骏出席。3 月 4 日,市政府办公厅印发了《上海市应急平台数据组织工作方案》。12 月完成了市应急平台建设,汇总、修订和增补了 45 家部门和单位的应急管理数据。

2 月 13 日,上海市突发公共卫生事件应急信息系统在市公共卫生应急指挥中心启用。该系统建设总投资 1 亿元,历时近 3 年。系统建有 1 个网络安全平台、4 个数据中心、1 个指挥中心、4 个核心数据库、5 个应用支撑平台、5 个应用系统、1 个对外信息门户和 1 套数据标准规范,可联通全市 600 个公立卫生机构的信息网络,实现 20 万家企业卫生信息化监管,支撑 5 万名公共卫生业务工作人员日常工作。该系统具有全市公共卫生风险监控、预测预警,信息联通、指挥调度、事件回溯等功能。

2009 年 3 月

3 月 6 日,市政府印发《上海市实施〈生产安全事故报告和调查处理条例〉的若干规定》。该规定适用于在生产经营活动中发生人员伤亡或者一定数量直接经济损失以及其他社会影响恶劣的生产安全事故的报告和调查处理。规定明确,造成 3 人以上(含 3 人)重伤的一般事故,区县安全生产监督管理部门和负有安全生产监督管理职责的部门应当在接到事故报告 2 小时内,向市有关部门分别报告;造成 1—2 人重伤的一般事故,区县安全生产监督管理部门和负有安全生产监督管理职责的部门应当每月上报。市、区县安全生产监督管理部门和负有安全生产监督管理职责的部门应当建立事故报告值班制度,并向社会公布值班电话,受理事故报告和举报。

2009 年 4 月

4 月，为进一步做好世博会前的各项应急准备工作，根据市长韩正要求，市应急委、市委组织部、市委党校、市公务员局联合举办一期局级领导干部和二期处级领导干部应急管理专题研修班，副市长沈骏出席研修班开班仪式，并作了动员讲话。办班期间，市内有关专家、学者分别就上海世博会安全、突发事件媒体沟通和四大类（自然灾害、事故灾难、公共卫生事件和社会安全事件）突发事件处置等内容作专题讲座。近百名区县政府、市级应急管理工作机构、市级基层应急管理单元牵头单位的分管领导及应急办、相关职能处室负责人等参加。

2009 年 5 月

5 月 2 日，市委常委会专题研究本市甲型 H1N1 流感防控工作。HIN1 流感最初于 2009 年 3 月在墨西哥发现，并迅速在全球范围内蔓延，4 月 27 日，世界卫生组织将 H1N1 流感病毒从 3 级升到 4 级警报，2 天后又升级至 5 级警报。6 月 11 日升至 6 级最高级别。本市于 5 月 24 日出现第一例输入性确诊病例，至 2009 年底，本市共有 3 146 名甲型 H1N1 流感确诊病例、其中重症病例 99 例、死亡病例 7 例，未发生社区或学校聚集性暴发疫情。

5 月 7 至 13 日，本市举行以"关注生命安全，加强防灾减灾"为主题、以"应急管理法律法规宣传和科普宣教"为主要内容的首个"防灾减灾日"集中宣传周活动。其间，以现场播放防灾减灾教育片、展出防灾减灾知识挂图、举办专家现场咨询和讲座、发放宣传资料、组织应急疏散演练、开展防灾知识有奖竞答、紧急救护演示培训等形式，向市民开展宣传教育活动。

5 月 20 日，市政府飞行队、市公安局警务航空队成立。市长韩正、市人大常委会主任刘云耕出席揭牌仪式。市政府飞行队、市公安局警务航空队主要担负空中巡查与指挥、侦察和追捕逃犯、反恐支援警务飞行任务和城市消防救援、医疗急救等飞行任务。

2009 年 6 月

6 月 8 日,上海世博会安全保卫群防群治工作动员部署大会召开,市委书记俞正声出席会议并作重要讲话。会上,各相关单位签订了《世博会安全保卫工作签约责任书》。

6 月 9 日,市交通港口局下发《关于加强上海市公交车辆安全运营管理工作的紧急通知》。该通知要求公交企业为公交车辆配备逃生锤,为在岗司售人员随身增配救生锤等应急救生工具,6 月后更新的公交车辆必须安装视频监控设施。

6 月 27 日,闵行区"莲花河畔景苑"房地产开发项目内,一幢已结构封顶的在建 13 层楼房发生倾倒,1 名作业人员被压死亡。事发后,市委、市政府要求彻底查清事故原因,并依法公开严肃处理。调查组通过现场勘查、技术鉴定、调查取证、综合分析,认定这是一起重大责任事故。依据有关法律法规,6 个责任单位受到处罚,6 人被追责。

2009 年 7 月

7 月,本市成立市治理工程建设领域突出问题工作领导小组,有关责任单位和各区县相应成立工作机构。按照"项目清、底数清、问题清"的要求,对工程建设单位和政府审批监管部门在项目决策、环境影响评价、土地使用权审批和出让、城乡规划管理、招标投标活动、工程建设实施和质量管理、物资采购和资金安排使用管理、工程建设项目信息公开和诚信制度建设等方面的情况进行全面排查,同时以"制度加科技"的思路,推进工程建设领域长效机制建设。据统计,全市对 2008 年以来立项的 9 741 个项目以及在建、竣工的 1.097 8 万个项目进行自查自纠,发现有问题的 1 465 个。在自查自纠的基础上,市工作领导小组组织 10 个检查组,对大型居住社区江桥基地一期配套商品房项目、外马路道路改建工程等 454 个项目进行重点抽查,提出整改措施,确保整改工作落到实处。

7 月 20 日,市应急委印发《关于进一步加强本市应急预案工作的若干意见》,意见要求继续推进应急预案的编制工作,并适时对预案进行评估和修订,同时要切实搞好应急预案的组织和实施、培训和演练、公开和宣传等工作。意见印发后,各预案管理单位加强了预案评估,相关市级预案陆续修订。

2009 年 9 月

9 月 18 日,新疆维吾尔自治区阿克苏市中小学发生甲型 H1N1 流感疫情,并出现扩大趋势,根据请求,本市迅速启动应急预案,市卫生局等有关部门紧急组织采购物资和药品,由上海航空公司免除运费,通过"绿色通道"于 9 月 26 日运抵阿克苏市。此后,又分两批运送达菲药品、手持式红外线体温检测仪、医用防护口罩、连体隔离衣、甲型 H1N1RT. PCR 试剂等。

2009 年 11 月

11 月 9 日,S4(沪金高速)公路奉贤区段发生特大交通事故。"浙 FC3305"大货车失控横移撞击并穿越中心隔离设施,与由西向东行驶的号牌"豫 N42737"依维柯大客车、"浙 A92236(浙 A3110 挂)"大货车、"浙 B06161"别克商务小客车、"沪 G19511"荣威小客车 5 车相撞,导致 8 人死亡、7 人受伤。事故原因是肇事司机操作失误,在修正方向时用力过猛。

11 月 28 日,一架津巴布韦 AVIENT AVIATION 航空公司的 MD11 飞机在浦东机场起飞滑跑过程中冲出跑道,撞毁围墙后起火并呈粉碎性解体,浦东机场一跑道被迫关闭。事故发生后,浦东机场运行指挥中心立即启动重大事故应急救援预案,消防、公安等驻场单位密切配合、迅速行动。经过 3 个多小时奋力施救,成功营救出 7 名遇险人员(其中 4 人生还、3 人遇难)。11 时 49 分,事故救援工作基本结束,浦东机场恢复正常运行。

11 月,市委党校建成启用应急管理实训室和媒体沟通实训室。应急管理实训室以应急管理培训需求为导向,针对风险识别、事态控制、应急联动、对策制定、综合协调、社会动员、媒体应对等突发事件应对关键环节,为领导干部提供信息化协同模拟演练平台。媒体沟通实训室采用情景模拟,建立构建媒介、体验分享、能力提升等实训流程。

2009 年 12 月

12 月 18 日,在全国政法工作电视电话会议后,本市召开分会场会议,对上海世博会安全保卫工作提出要求。年底,上海世博园区临时围墙和监控设施建成,担负园区安保工作的武警、部队、公安民警和消防人员进驻执勤。

12 月 22 日,上海地铁 1 号线突发供电触网跳闸故障,造成 1 号线停运。在运营调整恢复中,7:00 左右,两列车发生侧面碰撞。事故发生后,本市立即启动应急预案,一方面派出抢修队伍至现场排除故障,另一方面启动地面公交配套预案,调集 80 辆公交车辆到该区间短驳乘客。时值冬至交通高峰,该事故对城市交通运行造成了影响。

2010 年 1 月

1 月 1 日,《上海市实施〈中华人民共和国防震减灾法〉办法》施行。该办法根据本市高楼林立、人口密集、地下工程较多的实际,明确防震减灾规划的地位、防震减灾工作的管理体制、海域地震监测台网的规划和建设、地震安全性评价的范围、农村住宅抗震设防的管理和要求以及地震应急预案的制定、完善与演练等内容。

2010 年 2 月

2 月 21 日,青浦区嘉松中路 4490 弄 400—418 号上海月胜废品回收有限公司一加工车间发生火灾,造成 6 人死亡。

2010 年 3 月

3 月,市应急委印发《上海市应急平台体系建设指导意见》,要求各应急管理部门和单位加强市应急平台应用,推进应急管理信息共享。上海世博会期间,高速公路、高架道路、轨道交通、地下空间、港口海事、防汛防台、世博会园区等视频信号以及燃气、建设交通、交通港口、实有人口库等系统接入市应急平台,为上海世博会运行提供信息保障。

3月,市应急委印发《上海市机场大面积航班延误应急保障工作预案》。预案细化相关部门职责,明确应对机场大面积航班延误的预测预警、处置规程、应对措施等保障要求,成为浦东机场、虹桥机场一旦出现大面积航班延误快速、安全、便捷地疏散旅客的工作依据。

3月25日,浦东新区大治河桥遭船撞击致桥面断裂。一艘装载垃圾的集装箱船,与大治河桥相撞后,致使桥体塌陷,并被压沉;船上有3人及时逃生,另2人失踪。事故发生后,公安、救护、消防、港监部门都第一时间赶到现场救援。

2010年4月

4月13日,上海东方明珠塔顶端发射架遭受雷击发生火灾。起火后,消防部门迅速出动,在1个小时内将火扑灭。火灾未造成人员伤亡,也未对东方明珠塔的建筑结构造成影响。

4月22日,上海市应急救援总队在市消防局新虹特勤消防站挂牌成立。市应急救援总队是根据《中华人民共和国消防法》、《国务院办公厅关于加强基层应急队伍建设的意见》和《上海市消防条例》,依托上海市公安消防总队组建,实行"一支队伍、两块牌子"运作模式,承担以抢救人员生命为主的应急救援任务,并负责现场的统一救援指挥。至6月底,全市各区县及化学工业区相继挂牌成立属地应急救援支队。

2010年5月

5月1日至10月31日,中国2010年上海世界博览会在上海举行,上海世博会共接待海内外参观者7 300多万人次,创造了世博会的崭新纪录。按照"平安世博"和"以面保点"等应急管理要求,本市建立世博应急保障机制,落实各项支援、保障工作,公安、防汛防台、气象、安全生产、质量技术监督、公共卫生、食品药品、出入境检验检疫等部门深入世博园区,确保第一时间进行应急处置。上海世博局编制并实施《上海世博会园区总体预案》和各类分预案。上海世博会主运行指挥部印发《上海世博会旅游突发事件处置预案》、《上海世博会恶劣天气应对工作总体方案》、《上海世博会运行信息公众发布工作方案》等,保障上海世博会运行安全。

5月31日,市应急委印发通知,启动"十二五"期间本市突发事件应急体系建设规划编制工作。

2010 年 10 月

10月25日,莘奉金高速(S4)公路剑川路出口,一辆载有20吨液化天然气槽罐车侧翻,驾驶室内一人不幸当场身亡,另一人受伤。事发后,市政府立即成立现场处置指挥部,组织指挥施救和抢险。26日,紧急调用建工集团500吨吊车实施抢险操作。27日晨,事故处置完毕,槽罐车未发生异常。

2010 年 11 月

11月15日,静安区胶州路728号一幢28层居民住宅楼因企业违规操作,发生特别重大火灾事故,造成58人遇难,71人受伤,建筑物过火面积1.2万平方米,直接经济损失1.58亿元。事故发生后,党中央、国务院高度重视,中央领导作出重要指示。受胡锦涛总书记和温家宝总理委派,国务委员孟建柱率国务院工作组连夜赶赴事故现场,慰问遇难者家属及受伤人员,指导抢险救援、善后处理和事故调查工作。俞正声、韩正等市委、市政府领导第一时间全力组织灭火救援,迅速成立事故善后处置领导小组,统一指挥协调伤员救治、遇难者家属安抚、受灾群众安置及人员抚恤、财产赔付等善后工作。国务院调查组对事故严格依法依规开展调查,依照有关规定,对54名事故责任人作出严肃处理,其中26名责任人被移送司法机关依法追究刑事责任,28名责任人受到党纪、政纪处分。事发后,本市全面开展防火及安全生产大检查,并在全市层面组织开展了城市运行安全和生产安全大调研,提出了进一步加强城市运行安全和生产安全的意见和要求。

2011 年 1 月

1月24日,市应急委印发《关于进一步加强本市应急管理专家队伍建设的意见》。意见明确,应急管理专家队伍在市应急委统一领导下,按照"分级负责、分类管理、建管结合"的原则,由相关单位按专业领域具体负责组建、聘任和管理。市应急办负责组织协调、信息汇集等工作,并依托市应急平台,建立本市应急管理综合专业人才(专家)

库。至 2012 年,共有 800 多名专家纳入市应急平台的综合人才(专家)数据库。

2011 年 3 月

3 月 11 日,日本当地时间 14 时 46 分(北京时间 13 时 46 分),日本本州东部海域发生里氏 9.0 级强烈地震并引发海啸。根据市领导指示,市政府副秘书长尹弘紧急召集市地震局、国家海洋局东海分局、市农委、市旅游局、上海海事局、东海打捞局、市政府新闻办等部门,研究部署日本地震海啸有关应对工作。会议要求严密掌握地震海啸情况,及时发布海啸预测预警;跟踪掌握本市在长江口外海上作业渔船动态,提醒做好安全生产,一旦发布海啸警报,及时返港避险;密切跟踪在日旅游团队情况,做好撤团准备和安排等相关工作;加强应急值守,做好震情、渔业、旅游、舆情等各类信息收集、研判;做好海上应急救援准备;及时发布最新权威信息及采取的相关举措。3 月 17日,受谣言影响,本市发生食盐抢购。市政府及时部署,采取多种措施,确保了市场供应,迅速平息了抢盐风波。

2011 年 4 月

4 月 11 日,央视《消费主张》曝光,本市浦东新区的一些华联超市和联华超市正在销售用染色剂染出来的"馒头"。当天,市质量技监局执法人员现场抽取了上海盛禄食品有限公司分公司生产的高庄馒头等成品和原料共 19 个批次。经检测,其中 4 个批次成品中检出"柠檬黄";两个批次成品中的甜蜜素含量超标。13 日,市质量技监局依法吊销了上海盛禄食品有限公司分公司的食品生产许可证。盛禄公司违反国家关于食品安全法律法规的禁止性规定,在明知蒸煮类糕点使用"柠檬黄"食品添加剂不符合相关卫生标准的情况下,大量生产添加"柠檬黄"的玉米馒头,并销往本市联华、华联、迪亚天天等多家超市。三名被告人分别获刑 9 年至 5 年。

2011 年 5 月

5 月 27 日,市政府决定成立上海市食品安全委员会,市食品安全委员会由 18 个部门组成,其主要职责是组织贯彻落实国务院及市委、市政府关于食品安全工作的决策部署;分析食品安全形势,研究部署、统筹指导全市食品安全工作;提出食品安全监管的重大政策措施;督促落实食品安全监管责任;组织开展重大食品安全事故的责任调查处理工作;研究、协调、裁决有关部门监管职责不清等问题。

2011 年 6 月

6月16日,驻沪部队"六支力量"建设协调部署会议在上海警备区召开。上海警备区司令员彭水根少将、副市长姜平出席。根据中央军委和南京军区有关规定,上海警备区牵头建立协调指挥机构,负责协调反恐维稳力量、核生化救援力量、水上海上联合搜救力量、公共卫生事件救援力量、信息保障力量"六支力量"建设管理。11月至12月,上海警备区联合市有关部门和任务部队组织检查验收,并组织开展军地联合演练。

2011 年 7 月

7月13日,上海市消防安全委员会成立。市消防安全委员会共有 29 个成员单位。主要职责为宣传贯彻消防法律法规、政府规章、技术规范标准和工作政策;制定本市消防事业发展规划,协调推进公共消防基础设施和多种形式消防队伍建设;定期研究部署消防工作,组织发动全市性的消防安全综合治理、消防宣传教育和应急疏散演练;督办重大火灾隐患整改工作等。

2011 年 9 月

9月14日,英顺达(上海)有限公司员工班车在浦东新区 S20 外环线 25 公里处,同车道前方停放的小客车碰擦、进而发生侧翻,事故造成车内驾驶人等 7 人当场死亡,4 人经医院抢救无效于同日死亡,1 人于 6 日后死亡,另 12 人受伤,直接经济损失约 1 314.5 万元。经调查,事发的沪 AT6427 大客车是由英顺达公司向上海北奥客运有限公司临时租赁用来接送英顺达等三家公司的员工。事发时,大客车内实载 24 人(核载 47 人)。

9月27日,地铁 10 号线 1005 号和 1016 号列车在豫园站至老西门站下行区间百米标 176 处发生追尾事故,事故共造成 271 人受伤。

2012 年 2 月

2 月 20 日,市政府办公厅转发虹桥商务区管委会制订的《虹桥综合交通枢纽突发事件应急预案(总案)》,标志虹桥综合交通枢纽作为市级基层应急管理单元之一纳入全市应急管理体系。

2012 年 4 月

4 月 6 日,市政府印发本市突发事件应急体系建设"十二五"规划。根据规划,"十二五"期间,本市的应急管理工作以保障城市安全运行为目标,按照国家应急体系建设总体部署,进一步建立健全城市应急管理"一案三制",着力推进应急防范能力、应急救援能力和应急保障能力建设,有效防范和应对各类风险,为本市"十二五"国民经济和社会发展提供坚实保障。

4 月 22 日,一辆本市旅游大巴在沿江高速江苏常熟董浜段与一辆苏州牌照的货车发生猛烈碰撞。车祸造成 13 人死亡、21 人受伤。出事的旅游大巴由益流汽车出租服务公司提供,车号为沪 BL1290,车上共有 31 名游客、1 名导游和 1 名司机,是由上海享达旅行社、上海悠哉国际旅行社等组成的散客团,前往常熟尚湖看牡丹花会。

2012 年 8 月

8 月 7 日晚至 8 日,台风"海葵"严重影响本市。8 月 7 日,市政府办公厅发出关于在台风"海葵"严重影响上海市期间减少出行、确保人身安全的紧急通知,要求各区县、各部门、各有关单位立即采取各项有效措施,确保人身安全和城市正常运行。8 月 7 日上午起,为防御台风,全市各有关方面陆续开展人员撤离转移工作,申城各类撤离转移人员达 37.4 万,是新中国成立以来单次转移人次最多的一次。

2012 年 12 月

12 月 10 日,上海城市公共安全应急管理培训中心在上海行政学院成立。副市长、上海行政学院院长姜平为该培训中心揭牌,并向市民政局、市安全监管局、市卫生局、市公安局等首批10家指导单位颁发了聘书。

　　12月26日,由市应急办组织相关部门起草的《上海市实施〈中华人民共和国突发事件应对法〉办法(草案)》在市十三届人大常委会第三十八次会议上全票审议通过,该办法将于2013年5月1日起施行。

图书在版编目（ＣＩＰ）数据

上海应急管理报告:2008～2012/上海市突发公共
事件应急管理委员会办公室编著.—上海：上海人民出
版社,2013
  ISBN 978-7-208-11415-9

  Ⅰ．①上… Ⅱ．①上… Ⅲ．①突发事件-公共管理-
研究报告-上海市-2008～2012 Ⅳ．①D63

  中国版本图书馆 CIP 数据核字(2013)第 096592 号

责任编辑　秦　堃
美术编辑　甘晓培
封面装帧　王斯佳

上海应急管理报告

(2008—2012)

上海市突发公共事件应急管理委员会办公室　编著

世 纪 出 版 集 团

上海人民出版社出版

(200001　上海福建中路 193 号　www.ewen.cc)

世纪出版集团发行中心发行

常熟市新骅印刷有限公司印刷

开本 787×1092　1/16　印张 26　插页 8　字数 449,000
2013 年 7 月第 1 版　2013 年 7 月第 1 次印刷
ISBN 978-7-208-11415-9/D·2271

定价 58.00 元